TIANXIA
NANSHE

王晓华 俞前 张庆军

著

# 天下南社 ★

团结出版社

图书在版编目（ＣＩＰ）数据

天下南社 / 王晓华，俞前，张庆军著. -- 北京 ：
团结出版社，2019.3
ISBN 978-7-5126-6470-8

Ⅰ．①天… Ⅱ．①王… ②俞… ③张… Ⅲ．①南社一
研究 Ⅳ．①I209.5

中国版本图书馆CIP数据核字(2018)第 165717 号

出　　版：团结出版社
　　　　　（北京市东城区东皇城根南街 84 号　邮编：100006）
电　　话：（010）65228880　65244790　（出版社）
　　　　　（010）65238766　85113874　65133603（发行部）
　　　　　（010）65133603（邮购）
网　　址：http://www.tjpress.com
E-mail：zb65244790@vip.163.com
　　　　　fx65133603@163.com（发行部邮购）
经　　销：全国新华书店
印　　装：三河市东方印刷有限公司

开　　本：170mm×240mm　　　16 开
印　　张：34.25
字　　数：517 千字
印　　数：4045
版　　次：2019 年 3 月　第 1 版
印　　次：2019 年 3 月　第 1 次印刷

书　　号：978-7-5126-6470-8
定　　价：88.00 元

# 序

杨天石

江南第一水乡周庄有一条"南社旅线"，西起小巧玲珑的石拱红桥，穿行于白墙黑瓦、石板铺路的小道中，南经清末的东江国民学校旧址，登上贞丰桥畔的德记酒楼——迷楼。这座临水的二层小楼，当初之所以称为"迷"，是因为景色好、酒好、菜肴好，还是因为别的什么原因，似乎说不大清楚了。20世纪20年代，陈去病、柳亚子等南社诗人常在此宴集，迷楼附近，有南社发起人陈去病的故居，有因陈逸飞的油画而名闻世界的双桥，有民国报人叶楚伧的故居，有青年诗人王大觉的"风雨闭门斋"。1916年，当袁世凯称帝时，这位诗人愤而起草讨袁檄文，"一千一百八十字，字字苍生痛哭声"。现在帝制已遥，但两千多年的皇权专制主义却如影随形，成为中国近代史上难以根除的痼疾。思念及此，不免感慨。

我每次到周庄，都喜欢站在迷楼附近的街道上，看两侧店招飘飘，听弹词声声，遥想当年陈去病、柳亚子等南社人在此临风把酒，挥毫吟诗的情景。2011年，曾有小诗《题周庄迷楼，忆南社诸子》：

迷楼往昔忆颠狂，

痛饮长宵待曙光。

蒿目时艰多慷慨，

悲歌代哭写华章。

一首小诗，写不了更多内容，倘能传达当年陈去病、柳亚子等人的心神于万一，则幸甚。

今年9月，炎气初消，微雨蒙蒙，我再次来到周庄，走在黑瓦白墙、石板铺路的小道上，陪我游览的一位年轻女孩子知道我研究南社，突然问我："老师，今天我们可以从南社诗人身上继承什么？"

"爱国主义、民主主义呀！"我不假思索地脱口回答。

南社酝酿于1907年，成立于1909年。那时，中国外有列强侵凌，内有专制高压，国势危殆，人民沦入"两重奴隶苦复苦"的悲惨境地。在这样的时刻，陈去病、高旭、柳亚子等一批文人响应孙中山"振兴中华"的号召，集会于苏州虎丘，毅然成立文学团体南社，以文字鼓吹革命，投入以推翻清朝皇权专制主义为目标的民族、民主革命。终于，民国肇建，共和创立，中国历史进入了一个没有皇帝的新世纪。然而，曾不旋踵，袁世凯窃国，复辟帝制，南社文人再次响应孙中山号召，投入保卫民主、保卫共和的斗争，以诗文鞭挞帝制，讽刺倒退、复辟丑剧，再一次表现出爱国和民主精神。

爱国、民主，这是近代中国人的普遍要求，堪称时代的主旋律。南社在文化上主张"召唤国魂"。高旭在《南社启》中的第一句话就是"国有魂，则国存"。鸦片战争以后，中国被西方打败，欧风美雨东来，中国人为强盛、繁荣的西方文明所吸引，一时间，卢梭、华盛顿成为偶像，学习西方成为热潮。与之相并立，主张保存民族文化精华的国粹主义思潮兴起。南社的召唤"国魂"，大体上与国粹主义思潮同调。何谓"国魂"，用今天的语言来说，也许可以称之为"民族精神"。召唤"国魂"，发扬民族精神，保存民族文化的精粹，同样体现了南社作家们的爱国主义思想。

南社成立后，山鸣谷应，越社、广南社、淮南社、辽社、南社粤支部相继成立。至全盛时期，全国入社者达一千一百八十余人。革命家黄兴、宋教仁、陈其美，名报人于右任、邵力子、林白水、戴季陶、陈布雷，翻译家马君武，思想家吴虞，法学家沈钧儒，人权活动家、中国科学社创立人杨杏佛，画家、艺术家黄宾虹、李叔同，小说家苏曼殊、包天笑、周瘦鹃，女作家徐自华、吕碧城等陆续加入社籍，连鲁迅都曾加入越社，编过《越社丛刊》。汪精卫也曾列名社籍。南社因此名流荟萃，人才济济，集一时之选。其成员在近代中国的革命事业、文学事业和教育、新闻、出版、科学、艺术等多种文化事业中都做出了卓越的贡献，南社也就因此成为近代中国最大、名气最为响亮的文学社团和文化社团。现在，苏州、南京、常熟、无锡、常州、泰州、徐州等地都在纷纷成立研究南社的团体，不少知名学者、企业家纷纷加入，南社风流颇有在新时期重现的趋势。

任何文化都是民族的文化，但是，文化除了民族性之外，还有其时代性。"国粹"固然要"保存"，但是更要革新，发展，与时俱进。中国历史到了近代，开始向现代转型；中国文化到了近代，也开始向现代转型。20世纪初，陈去病、高旭、柳亚子等都曾是中国文化向现代转型的推手。他们继承黄遵宪、谭嗣同、梁启超所倡导的"诗界革命"传统，以传统诗词格式写新思想、新意境。又积极提倡"戏曲革命"，鼓吹"种田的、当兵的"都能读懂的"白话文"。这些都开启了"五四"新文化运动的先河。"五四"新文化运动后，南社逐渐解体，柳亚子于1923年10月又与叶楚伧、胡朴安、邵力子、陈望道等人组织新南社，提倡新文化，注重引进世界思潮，表现出追随时代脚步，苟日新、又日新的精神。革命家廖仲恺、著名作家沈雁冰等新人加入，更为新南社注入了新血液。一时间，《新黎里》《新同里》《新周庄》《新盛泽》《新平望》等"新"字头的报刊遍布苏州一带城镇。历史学家范文澜曾称湖南是戊戌维新时期最有朝气的一省，我觉得黎里、同里、周庄等地堪称新文化运动时期最有朝气的江南小镇。可惜，由于国民党左右派斗争兴起，柳亚子的主要精力被卷入斗争之中，未能将这一势头发展下去。

俞前、王晓华、张庆军的《天下南社》这本书，写了南社从成立到解体的历史，但是，又不限于南社的历史，而是选择若干南社有代表性的人物，写了若干有关他们的代表性的故事，其下限，一直写到于右任、柳亚子分别在台湾和大陆逝世为止。这种写法，扩大和丰富了南社研究的内容，有助于加深对南社及南社成员所处时代的理解。由于作者采取"大事有据，小事不拘"的纪实文学写法，所以比严谨的、"无一字无来历，无一语无出处"的南社研究著作要生动、可读。近年来，南社研究已经受到学人重视，电视界拍了好几部关于南社的文献片，文艺界在开始筹拍艺术片。现在，俞前先生等又有本书的写作，试图以文学体裁再现南社和南社人，从而再现百年来中国知识分子的历史身影。俞先生自称这是"尝试"，我要说的是，这是可贵的、有意义的尝试。

本书作者俞前先生多年研究南社，研究陈去病。我此次到南方来，俞先生要我为本书写序，我旅途无书，手头没有任何资料，只能凭记忆涂鸦几句。

2013 年 9 月 13 日于无锡鼋头渚旅次

# 目录

# 楔子：磨剑

清光绪庚子年（1900）冬天的一个清晨，大雪纷纷扬扬地飘着，天地间一片素白。

突然柳家书房里一阵大乱，两个声音在激烈地争吵，柳母向 14 岁的儿子要他手中的文章，柳亚子不给，将文章藏在身后。

"拿来，快拿来！"母亲态度极其严厉。

"不给，就……就不给！"

柳亚子小小年纪，性格却很倔强。

"你说，这些邪门歪道是跟谁学的？"

"跟……跟舅……舅祖父……"柳亚子本来就有点结巴，在母亲的喝问下，说话就更不利索了。

"你这个逆子，瞎胡闹，非闹得满门抄斩才心甘！"

柳父念曾闻声进来："什么满门抄斩？有这等利害？"

柳母指着儿子手中的一卷纸："十年寒窗，书都念到哪里去了？"接着对柳父说："点灯熬油，你看看他都写了些什么？"

柳亚子不服气，结结巴巴地说："我写的是一剂药方，你们看，看不懂的……"

柳父缓和着气问："你不学策论怎么学起医书来？"

柳母趁儿子不备，夺过儿子的书卷递给柳父："医书？吃死人不偿命。"

柳父："这么严重？"他戴起老花镜看了起来，越看表情越严肃，到后来竟把文章往桌上一拍。出乎柳母的意料，大声赞赏："好文章！"

柳母吃惊地向这一老一小瞥了一眼："有其父，必有其子，你纵容他这样下去，满门抄斩是轻的，祸及九族都来不及了……"

柳父说："孺子可教！儿子，你记住，宝剑需要慢慢地磨，锋芒不可太露。"

原来柳亚子写的是一篇《上清光绪皇帝万言书》，大致有五个大纲和十多个子目。第一个便是正名分。当时正值戊戌变法时，反对分子拥护慈禧太后的口号，柳文引用赵武灵王胡服骑射，秦孝公变法，以及倭酋睦仁、帝俄大彼得维新的故事来驳斥他们。第二点，说明光绪帝载湉不是慈禧太后之子，继统不继纲，应解除母子名义，再责以紊乱纲纪之罪，告于太庙，废慈禧太后，诛戮后党。其余几点即变法维新、废科举、设学校、改官制、创议会等等。

正是由于这特殊的时代、特殊的家庭和特殊的父辈，才成就了柳亚子的叛逆天性，成就了后来的辛亥革命风云人物柳亚子，成就了富有中国精神的天下南社。

那么，柳亚子的生活环境、父亲以及同时代精英，又是一些什么样的人呢？

第一章　风雨鸡鸣

## 甲午战败赤子死　反清革命志士多

　　1894 年，中日战争爆发，黄海海战的惨败，到刘公岛北洋舰队覆灭，日军占领辽东，逼近京城，一连串的噩耗，使国人从最初的振奋到彻底的绝望。

　　一位叫凌退修的读书人在上海家中大口大口地呕吐鲜血，药石罔效。

　　凌退修是柳亚子祖母的弟弟，中过进士，当过刑部郎中，也曾在河南当过一任知县，虽然是个七品芝麻官，倒也为百姓着想，因为私自开仓赈灾而被开缺回籍。他有一手行医的本领，曾在上海挂牌行医，暗中结交各方豪杰，想对国家有所作为，却突然被病魔击倒……

1860 年 10 月，英法联军攻陷北京。

当时，柳亚子的大姑丈凌恕甫英年早逝之后，舅祖父凌退修在上海挂牌行医。凌退修生病后，他的儿媳，也就是柳亚子的大姑母来到上海服侍。一天，一位七十多岁的叫作凌德的上海名医来了。来人与凌退修是通家至好，常在一起谈古论今，还讨论文章道义。老郎中望闻问切之后，拈着花白的胡须，就对柳亚子的大姑母说：

"心病还须心药医，他得的实实在在是一种爱国病，只要大清国立即打几个胜仗便可以痊愈，无这副良药，是很难起死回生了。"

正当群医束手无策之时，苏州电报局长谢绥之突然登门造访。他也是凌退修的好朋友，早年凌退修在河南当知县救灾的时候，他就在做幕宾。他是特地从苏州赶来，想与老友见最后一面。

谢局长得知老友的病因，安慰几句，临行时，又对送出门的凌退修的儿媳耳语几句。

第二天，上海南市凌公馆中收到了一份十万火急的电报，凌退修的儿媳立即来到凌退修的身边，大声说："好消息，好消息！"久卧病榻的凌退修一下子坐起来，大声问："什么？"

儿媳将电报递给他看，上面说，俄国、德国、法国开始干预中日战争，如果日本还不就范，俄国就出兵西伯利亚，德国、法国即为后盾。

看完电报，凌退修说了句："这样才有希望吧！我饿了，拿粥来。"

他居然吃了大半碗稀饭，血也不吐了。奇迹发生了，几天光景，身体渐渐好了起来。

就在这时，有一位朋友带了礼物来看他，外面包着一张旧报纸，已经是半个月以前的。凌退修随手拿过来一看，只见报上登着的正是《马关条约》签署，清廷承认朝鲜为独立国，割辽东半岛和台湾、澎湖给日本，再赔偿日本经费二万万两……

一口鲜血喷出，两眼一翻，凌退修往后便倒。等儿媳买菜回来，奄奄一息的凌退修说："我也知道你们是好意，但天下事不是哄骗得了的，你们又何苦来呢？"他叹一口气又说道，"我们中国，讲大体，讲远景，是不怕的。不过政府这样糊涂，将来恐怕非有一个大变动不行。南海康有为，我也知道他的名字，可惜没有见过面，不能与他详细谈谈。只是这个人书生气太重，恐怕未必有希望。我已病入膏肓，不能为国家再出一番力气了……"

很快，凌退修就撒手人寰，弥留时嘱咐儿媳说："枕头下面有一本文稿，名叫《狂言谵语》，是我最近几年来政治主张的结晶，你好好保管着。将来有识货的人，也许就是黄梨洲《明夷待访录》吧。"说罢，就像熟睡一样长逝了。

《狂言谵语》署名"东海季连"，鼓吹变法维新，与康、梁变法的思想异曲同工。

凌退修的死对少年柳亚子是个强烈的心灵上的震撼，爱国思想由此萌芽。

后来柳亚子曾多次将凌退修与康有为做比较，说凌"深于旧学，又能吸收新思潮，论起并世人物来，实在不在南海康有为之下"。他还说："吴江的政治家，在过去只有凌退修先生。"

正是受到舅祖父的影响，柳亚子在少年时代就有变法思想，加上扎实的旧学功底，就洋洋洒洒地写出一篇"大逆不道"的文章。但这也与父亲的教育培养有密切的关系。

原来，柳家不是一个普通人家，柳亚子的父亲也不是那种胸无大志的庸庸之辈。

在吴江分湖边上，有一个村庄，东面和西面都是湖荡，东面的叫中心荡，西面的叫野鸭荡，这个村的名字叫大胜，当地人叫它胜溪。

吴江的分湖之滨是个福地，是人们乐居的地方。晋朝时，这里出了个张翰，在朝廷做官，想着分湖的莼菜和鲈鱼，就辞官回到了家乡。"莼鲈之思"成了一句思乡的成语，分湖成了人们理想中的"子陵滩"，于是，就有移民在这里生根了。明末时，有个叫柳春江的人，为了躲避兵难，从浙东慈溪搬到了分湖的东村，在这里靠务农为生。

大胜柳氏的始祖叫柳琇，从他这里开始不惜工本教孩子读书，渐渐地，柳家成了当地的书香人家。

1887 年，柳家的一个小子出生了，当时人们认为生了男孩就有人传宗接代了。有人继承香火是一件倍有面子的事情，于是在长辈眼里，这孩子就成了柳家的全部希望。他的曾祖父柳兆薰给他取了个名字叫"慰高"，想用"慰高"来纪念他的高祖——也就是柳氏文坛上的开山祖师，"亚子"是这小子后来自取的名字。

柳家希望柳亚子能读书光宗耀祖来告慰先祖，却不知，这小孩是个《红楼梦》里贾宝玉一样的人物。

读过《红楼梦》的人都知道，贾宝玉作为荣国府嫡派子孙，他出身不凡，又聪明灵秀，是贾氏家族寄予重望的继承人，但他的思想性格中爆发出来的却是一种"叛逆"。

柳亚子从小就有着与生俱来的"叛逆"，"很不听话"，因此常常挨打挨骂。柳亚子的母亲费漱芳出身于书香门第，曾跟清代大名士袁枚的再传弟子徐丸如学过唐诗，柳亚子的启蒙教育基本由母亲负责。然而，他母亲秉持"不打不成器"的理念，动辄非打即骂，记不住生字要打，稍稍淘气也要打，患了口吃更要打。其实，结巴他是跟别的小孩学的，结果，教他的小孩后来改正了结巴，他越被打口吃越厉害，演变成终身口吃。

柳亚子的外祖母也爱柳亚子，但不懂外孙的脾性，常常管头管脚，也令柳亚子十分逆反。

有一次，柳亚子与妹妹不知为什么争吵起来，外祖母说："你年纪大，她年纪小，你应该让她才对。"柳亚子大声反驳："那么，你不是比我更大吗？为什么又不让我呢？"这句话把外祖母气得半死。外祖母就告诉了他母亲，母亲把柳亚子打了个半死。

这种过于严厉的做法，造成了柳亚子的叛逆心理。他认为，不起来反抗，更死无葬身之地了。于是，人家要他方，他偏给人家圆；人家要他白，他偏给人家黑。他自己说过，长大了这种变态心理还在作怪。他不吃生葱、大蒜、韭菜，便不许家中人吃，桌上有了这些菜，就非把它倒掉，或在里面放生水、污水，让大家都吃不成。

清光绪甲午年（1894），中日甲午战争爆发。北洋海军和大清的陆军一败涂地，丧权辱国，割地赔款，与日本国签订了《马关条约》。乙未（1895）年春，北京发生了著名的"公车上书"。

当时，刚参加完乙未科会试的举子们正在等待发榜。《马关条约》清政府割让台湾及辽东半岛、赔款二万万两的消息突然传至，最先闹腾起来的是读书人。在北京应试的举人群情激愤。在广东举子康有为、梁启超的鼓动下，其他省的举子也一拥而上。

1895 年 4 月，李鸿章在日本马关与日本全权代表签订《马关条约》。

集会的地点是智桥胡同的松筠庵，这是明朝大忠臣杨继盛的旧居，乾隆年间改建为杨忠愍公祠堂。那天一早，康有为、梁启超来到了松筠庵，率先到了杨继盛的塑像前，望着匾额上"正气锄奸"四个庄重的颜体字，不由得肃然起敬，更激起了他们为国献身的决心。

各省举子都来了，竟达一千三百多人。康有为发表了激情澎湃的演说。那篇他花了一天两夜书写而成的万言书，中心思想就是变法救国。听得举子们时而狂呼，时而跺足，时而鼓掌，时而悲号。

康有为

梁启超

举子们纷纷同意康有为上书朝廷的建议，有六百多人当场签了名。第二天，这份万言书送交了都察院，这就是有名的"公车上书"，随即康有为变法图强的呼声传遍全国。

公车上书，如巨石击水，波涛涌起，之后造成的涟漪一圈一圈地向四面八方扩展，在江南水乡小镇同里也起了微澜。

丁酉（1897）年的一天，同里镇还是像往日那样平静，同里西郊章家浜大夫第内的"天放楼"里来了一位神秘的客人。主人金松岑一见这位客人到来，赶忙把他迎进了书房。这位神秘的人物是谁呢？是姑苏大才子张一麟。

原来，为了推进维新变法主张，张一麟、张一鹏兄弟在苏州成立了"苏学会"，这是戊戌变法时期江苏的维新团体。张一麟四处游说，宣传变法。他了解到同里镇的金松岑是个有抱负、爱国家的人物，就来找他商议大事。

金松岑是个秀才，出身于书香门第，清瘦白皙的长脸上有着一对浓浓的眉毛，一副眼镜架在齐匀高整的鼻梁上，显得英伟而又斯文。甲午战争时，金松岑还在当地的举人钱焕先生处读书，当大清国惨败的消息传来，师生感到是中国的奇耻大辱。为激励金松岑的救国思想，钱焕向他推荐了一本书——《摩哈麦德传》，该书讲述了阿拉伯半岛麦加孤儿穆罕默德兴国史，穆罕默德从小由祖父伯父抚养大，此人英勇无畏，成功地统一了阿拉伯半岛，并创立了伊斯兰教。钱焕给金松岑推荐这本书是有用心的，当时这本书是日文翻译的，既然日本人能译这本书，把摩哈麦德作为日本民族的楷模，中国人更应崇尚摩哈麦德勇敢无畏的救国救民精神。于是，金松岑和另一人翻译了中文版《摩哈麦德传》。

金松岑在自序中写道：

**吾恨吾国民之积弱焉，故译此书，使知国家者以威力伴神圣而行；不然，其为塞种之续矣！**

张一麟与金松岑一见如故，侃侃而谈："康有为为首的改良主义者正通过光绪皇帝所进行的资产阶级政治改革，要学习西方，提倡科学文化，改革政治、教育制度，发展农、工、商业……"一席话说得金松岑茅塞顿开，于是金松岑动起了成立一个学会的念头。

金松岑找到了居住在一个镇上的陈去病。清咸丰三年（1853），陈去病的祖父举家从芦墟镇迁到了同里镇，定居倪家汇。他也是诸杏庐先生的学生，与柳亚子的父亲和叔叔是同学。他崇拜游侠，不安于小天地而怀有解救世人愁苦之心，少年时就有一种朦胧的革命思想。

陈去病生得五短身材，脸色黝黑，像抹过一层淡淡的墨水似的。他与金松岑两人外形相差很大，一个矮胖，一个瘦长，但两人结为莫逆。陈去病多次到金松岑府上饮酒作诗，或一起远足交游。金松岑留有《西湖录圃坐同佩忍伯升》《律以告燕尾月舫和佩忍》《佩忍响酒以诗报之效其体》等诗，表露了两人真挚而深厚的友情。

与他们交往较多的还有吴江黎里人蔡寅。蔡寅自幼聪明好学，看书能"一目十行"。12岁时就能自己撰文书写作品，在当地有"神童"的称誉。蔡寅家居黎里，外婆家在同里，蔡寅与金松岑两家是世交。经金松岑介绍，陈去病结识了蔡寅。

接触机会多了，陈去病与金松岑、蔡寅就模仿起《三国演义》中的"刘关张桃园三结义"。三人义结金兰，金松岑老大，陈去病老二，蔡寅老三，成了拜把弟兄。他们还公开取号，金松岑号"壮游"，陈去病号"壮图"，蔡寅号"壮怀"。1909年，陈去病与柳亚子发起并成立南社。蔡寅在1911年参加了南社，入社号为204。

金松岑结社的想法立即得到了陈去病的响应，他们将学会取名"雪耻学会"，金松岑担任会长。"雪耻学会"一成立，就得到了周围有识之士的纷纷响应，会员从同里延伸到黎里、松陵、平望等地。会员有当地的士子钱崇威、薛凤钧、薛凤昌等四十多人。柳亚子的父亲柳念曾和叔叔柳慕曾也成了会员。可能就是这个会给陈去病以极大的激励，以后他才有胆色与高天梅、柳亚子一起发起了南社。

"雪耻学会"的会址开始设在金松岑的书楼"天放楼"里，后来"天放楼"移建到原同川书院内，"雪耻学会"会址也同时迁移到同川书院教育楼内。"雪耻学会"会员定期集合。他们研究时政，研究新学，商讨救国救民的策略，在当时很有影响。

金松岑将译本《摩哈麦德传》和收集整理的《三大儒学粹》发给会员，引起了强烈反响。大家群情激昂，纷纷发表自己的观点和看法。薛凤昌说道："这样的好书，不仅我们要学，而且还要推广，中国泱泱大国，每个人担当起责任，还怕国力不强盛？"

陈去病即席撰写了一联：

炎黄种族皆兄弟，华夏兴亡在匹夫。

柳父念曾也参加这样的活动，他还经常给柳亚子讲起康有为、梁启超的名字以及关于戊戌政变的故事。

## "三剑客"风云际会　蔡元培聚集精英

陈去病、金松岑与柳亚子被称为"三剑客"，这场风云际会是怎样的一番情形呢？

原来，柳亚子十六岁那年作为童生，在父亲陪同下，和舅舅费仲深（树蔚）、表兄孟良等结伴，去吴江县城参加考秀才，下榻于翰林吴寄荃府上。他还遇见三个年龄相仿的少年：任味知是同里镇望族任兰生的大公子，钱颂文和钮彬彬是吴翰林的亲戚。

县考由姓宗的知县主持，天刚蒙蒙亮，考生们都进考场了。场规甚松，大家都找熟人坐在一起，钱颂文就挨着柳亚子，还给了一个纸包，里面有油鸡酱鸭之类，以备充饥。谁料到没开考就出了意外，柳亚子吃鸡腿时，一不小心，将油鸡的汁儿滴落在考卷上，顿时油渍斑斓。柳亚子着实吓得不轻。幸亏钱颂文是吴翰林的表弟，和衙门里的人都熟，他拿着考卷去考官那里换了一张卷子，这才让柳亚子免于丢丑。

县试共考三场，头场结果，唱名费仲深第一，柳亚子第二；二场柳亚子第一，费仲深第二；第三场费仲深第一，柳亚子第二。

宗知县将柳亚子请到衙门里，说："你和费仲深二人不分伯仲，名次高下实难决断，但你是甥他是舅，只好屈就你了。"

柳亚子的这位舅舅比他大三岁，也不是凡鸟。就是此次考中秀才，鲤鱼跃龙门。吴大澄奇其才，将七女儿吴本静嫁给他；与袁世凯长子袁克定为连襟。曾官河南州牧，由张一麐（张仲仁）荐入袁世凯幕府。袁世凯赴京入军机处，费亦随同前往。袁退居洹上村，与朋党唱和养寿园，也有此人。后应徐世昌之邀入邮传部，任员外郎，兼理京汉铁路事。袁世凯称帝时，费任北洋政府政事堂肃政史。袁世凯僭号称帝，他直言劝谏，未采纳，遂隐退南归回到苏州。

此次在县城，柳亚子最大的收获是与金松岑、陈去病相识。金松岑是个廪生，是为替县考的童生们出具保结来到县城的。陈去病住在松陵镇的北门外，是《新民丛报》的吴江发行人。柳念曾与陈去病是同窗，又参加了金松岑、陈去病发起的"雪耻学会"，这次他到了县城，就有意带着柳亚子与这些俊杰相见。柳亚子以前只在父亲的口中听说过金松岑和陈去病，能够相识很是兴奋。金松岑也对柳亚子十分器重，摸着他的脑袋说："这聪明的脑袋是不可多得的。"

陈去病笑着说："论辈分亚子应该称我为师叔，但各论各，我称令尊为兄，称你为小友可行？"

柳亚子当即一揖："老兄在上，受小弟一拜！"

柳念曾哈哈大笑："一点规矩不懂。"

陈去病："都讲规矩，只怕君君臣臣父父子子就无法改变了。还是没规矩的好！"

**年轻时的陈去病**

县考后，柳亚子又赴苏州参加府道两级考试，皆斩将骞旗，进了背榜末一名的秀才。

1902年4月，春暖花开，万物复苏。陈去病的心情也特别好，27日，他与金松岑联袂来到了上海大马路泥城桥外福源里二十二号。他们是接到蔡元培的邀请，专程前来参加中国教育会成立大会的。

中国教育会是由蔡元培和叶瀚、蒋观云等人发起的。蔡元培，字鹤卿，号子民，绍兴山阴人。蔡元培是民国响当当的人物，为此，后来柳亚子成立南社纪念会，请他当名誉会长。在南社人物排座次时，将他尊为"托塔天王晁盖"，成了南社的精神领袖。

蔡元培少年时曾在绍兴古越藏书楼校书，得以博览群书。光绪十五年（1889）中举人，十八年补殿试，为进士，授翰林院庶吉士。甲午战争后，开始接触西学，同情维新，后回到绍兴，任绍兴中西学堂监督，提倡新学。二十七年（1901）七月奔赴上海，出任南洋公学教习。陈去病和金松岑经张一麟介绍，结识了蔡元培。

1902年，是中国近代史上不平凡的一年。戊戌变法和唐才常自立军失败后，反满复汉的民族革命思想日益盛行，为了使更多的爱国青年走上革命道路，革命志士积极地开展了宣传和组织工作。2月份，有一位南社人到了上海。他叫林白水，福建闽侯人，原名獬，又名万里，字少泉，他拜名师高啸为师，1898年赴杭州求是书院任教习。他到了上海见了蔡元培，他们就一起创办了中国教育会。林白水后来加入南社，入社号98。1902年4月27日，在中国教育会成立大会上，蔡元培大声疾呼："中国教育会提倡教育，就是出于改造中国的政治目的，是为在中国建立民主共和的国家而办教育，我们的宗旨就是民族主义、民主主义的教育宗旨。"

蔡元培

大家选举蔡元培当事务长，王慕陶

等人为干事。

中国教育会决定在各地设置支部。陈去病和金松岑回到同里后，立即行动，决定成立"中国教育会同里支部"。金松岑任会长，柳亚子和蔡寅、薛凤昌、陶亚魂等几十人成了会员。支部的牌子挂在同川小学门口。

中国教育会同里支部的牌子一挂，不仅在同里这小镇，在整个吴江县都产生了强烈的反响，支部团结了周围一大批有志于革命的知识分子，组成了以学术团体为名义的进步组织。

柳亚子回到黎里，也就打起了"中国教育会黎里支部"旗帜，主要人员是蔡寅和陶亚魂。

黎里镇上有个禊湖书院，1901年曾改为养正学堂，这时已经关门。柳亚子他们就想将这里作为集会会所，但是主管书院的范姓士绅反对，不让他们进门。

他们年轻气盛，并不买账。到了大门口，二话没说，就把大门捅掉了，硬是闯了进去，在里面进行演说，还真吸引了不少人来听。里面没有演说台，他们就把炕几移去，跳上炕床，演讲到起劲的时候，双脚一顿，炕床就开了一个大洞。主管人员就说他们破坏公物，双方闹僵了。柳亚子他们只能将集会的地方改到了镇上的众善堂，而且在门口挂起了"中国教育会黎里支部"的牌子，支部的成员也发展到了几十人。

他们每个星期登坛演说，金松岑、陈去病、柳亚子的行为在当地产生了很大的影响。当时同里镇上还有一位杨天骥，少时曾随其父居镇江任所，后来回到同里就读。十余岁就以才识超卓被选为秀才，1902年推为壬寅科优贡。民国成立后，1925年任北京国民政府国务院秘书，1931年起任国民政府监察院秘书、代秘书长。他较早加入南社，未填入社书，柳亚子将他的入社号以中文拟为"六六"。后来人们把金松岑、陈去病、柳亚子、杨天骥称为"吴江四杰"。

11月19日，中国教育会与退学学生在张园集议，决定成立爱国学社。当时，教育会也没有钱，蔡元培赶赴南京向朋友借款。他刚到码头，有家人奔来泣告，说他的长子病死了，蔡元培挥泪嘱他人代办丧事，然后义无反顾，毅然登上了轮船。

21日，中国教育会正式决定办学，定名"爱国学社"。学社设在泥城桥福

爱国学社师生合影

源里，以蔡元培为学校总理，吴敬恒为学监，黄炎培、蒋智由、蒋维乔等为义务教员，以灌输民主主义思想为己任，重振精神教育。

1903 年初，陈去病被中国教育会列入了出国名单，在爆竹纷飞中，会中同人为他钱行。会场的气氛很热烈，大家积极地鼓励和深情的祝福使他深受感动。要离开这些朝夕相处的同志了，陈去病心中有一种难以诉说的情绪。然而，这毕竟是从事一件有志男儿所向往的事，也是为了家乡的新生而寻求一条革命的道路，他情绪激奋，慷慨赋《将游东瀛赋以自策》诗一首：

长此笼樊亦可怜，誓将努力上青天。

梦魂早落扶桑国，徒侣争从侠少年。

宁惜毛锥拼一掷，好携佩剑历三边。

由来弧矢男儿事，莫负灵鳌快着鞭。

诗中抒发了陈去病决心冲破封建专制主义的牢笼，寻求救国之道的豪情壮志和投笔从戎、投身革命行列、救国救民的决心。

3 月 12 日，陈去病、秦毓鎏等一行十一人到了日本大阪。这一天正是大阪天王寺博览会开幕的日子。

得知了天王寺博览会开幕的消息，一种新鲜感吸引着陈去病等人，大家兴致勃勃前去参观；然而博览会却像一盆冰水凉透了他们的心，刺伤了他们的民族自尊。

博览会设人类、参考、机械、教育、工艺、通运等展馆。同时，因为中日《马关条约》将台湾割让给了日本，还专门设立了台湾馆。

在台湾馆里，陈去病他们看到了展出的几具带歧视侮蔑性的中国服装的木偶，有穿翎顶补服的清朝官员，有小脚盛装的官太太，有披麻戴孝的市民，也有伸手行乞的乞丐……

馆中设有茶座，作秀的男女招待一律是拖着辫子的台湾男人或裹着小脚的台湾女子。

"太欺负人了！是可忍孰不可忍！"陈去病攥紧拳头，怒火中烧，血脉贲张。

"这是在日本国呀，人家的地盘，多一事不如少一事。"

"谁在多事？你们瞧瞧，《马关条约》台湾被割占，福建还是大清的版图。"陈去病指着展览柜里标有福建字样的产品，"看清楚这是福建的物产，凭什么也划入了日本的势力范围？"

在场的一位留学生提议："找清国官吏，要他们与日本政府交涉。"

陈去病等人在会场中寻找到湖北出品委员会的桑宝，桑宝哆哆嗦嗦、推诿再三，不肯出面。颠来倒去反复说："清国国弱，不可因小事而得罪邻邦。"

陈去病怒不可遏："这可不是小事，是关系到国家荣辱的大事！"

接着他们又找博览会的负责人，坚决要求日本方面将福建产品迁出台湾馆，并且取消侮辱中国人的表演。

一个留着小胡子的负责人，态度傲慢，强词夺理地说："这是炫耀帝国物产丰富、百业繁盛的展览，你们支那人有什么权利要求撤下展品？不满意就请不要参观！"

留学生中有个福建人，义正词严地说："福建是中国的领土。我等都是留学生，年少气盛，不顾利害，假如你们不接受我们的意见，我们将采取行动，敲碎玻璃窗！"

留学生也都大声呐喊起来，纷纷高喊："砸！砸！"

博览会的负责人只得去向上级汇报了，最终妥协，从台湾馆搬走福建产品。

大家出来后都很兴奋，陈去病说："今天的胜利告诉我们：中华民族若不再奋起而自救，则被瓜分的日子已经不远了。我们到这里来，就是要寻求一条救国救民的道路。"

再说中国教育会，陈去病走了，金松岑来了，还带了四个学生：柳亚子、蔡寅、陶亚魂、任传薪。金松岑虽然没有参加南社，但是他的不少朋友和学生都是南社人。

金松岑接到蔡元培的招呼，就去了上海。在爱国学社，作为学生的柳亚子，一下子认识了蔡元培、章太炎、黄宗仰、吴稚晖、邹容、张继、章士钊等有名的人物，兴奋至极。尤其是比自己大两岁的邹容，更成为他的知己。

柳亚子与这里的师生亦师亦友，如鱼得水，经常饮酒赋诗，相互酬唱。他手中有两柄折扇，十分喜爱。一柄折扇正面画的是一幅人物，一个少年在吹军号，这是金松岑的手笔；背面是邹容所书的"中国少年之少年"七个篆字。另一柄正面是黄宗仰的山水画，背面是章太炎所题写的七绝一首：

> 流汗蒙头愧黑辛，赵家重腐解亡秦。
> 江湖满地呜呼派，只逐山膏善骂人。

一天早上，柳亚子正在爱国学校的膳堂里吃油条，有传达室的人来告诉他：有个叫费公直的在会客室里等他。柳亚子一边大嚼，一边拿着半根油条就急急忙忙闯进会客室，含糊不清地问："费兄，油条吃不吃？"一不留神，脑后的辫子又像蛇一样从礼帽下滑落出来。

看到他狼狈的样子，费公直不禁哈哈笑了起来，柳亚子问："我有那么好……好笑吗？"

费公直："已经穿上象征革命的西服，你的猪尾巴怎么还留着？"

柳亚子脸红了，口吃更厉害了："我……我来上海前，母亲拿把剪刀警……警告我说，要在外边剪……剪了辫子，她就自……自……"

费公直笑了："自什么自？"

"自杀！"

费公直，原名善机，字天健，号一瓢、霜红、双桥词人等，别署器志、秋明，室名秋明阁、双红豆簃，吴江同里人，世居周庄。留日期间加入同盟会，他后来于 1911 年在上海加入南社，入社号 66。当时，他刚从东京回国。

费公直眉飞色舞、滔滔不绝地宣讲"拒俄义勇军"；柳亚子听入了迷，也跟着兴奋、激动，他为自己不能身临其境而感到一丝遗憾。

就在这一年，回到黎里的柳亚子将自己的书房命名为"磨剑室"。磨剑室的取名源于贾岛的《侠客》诗："十年磨一剑，霜刃未曾试。今日把示君，谁有不平事。"

这时起，他心中也激起了当"革命杀手"的冲动。

1903 年 6 月，陈去病回国在爱国女校当老师。一天，他从英国电讯社得到一条特大新闻：日本突然袭击驻扎在中国旅顺口的俄国舰队，日俄战争在中国领土上打起来了。

战事发生在中国土地上，中国的老百姓遭了大难，而清政府却宣布"局外中立"，这事激起了广大爱国志士的强烈愤怒。陈去病同样积极参加了拒俄运动。他曾与一朋友相约，准备提供自己的家产作为救国之需。未过多久，这位相约共尽义务的伙伴却退缩了。这事让陈去病痛心不已，在报上公开发表了《警告某青年书》，对这人沉沦消极进行了谴责。

《俄事警闻》上，发表了陈去病谴责清政府的《论中国不与俄战之危险》一文，文中写道：

夫此东三省者，既为我中国之东三省，则即我中国一方面观之。日闻夫俄罗斯之逞其横暴酷虐之手段，以蚕割我土地，奴隶我人民，奸淫我妇女，戕贼我老稚，霸占我家室，搜括我财产，以及种种恶毒悲惨之状况，则我中国凡有血气之伦，固已将发愤切齿，慷慨激昂，冲冠面怒，拂衣而起，磨刀霍霍，以向乎斯拉夫之犬羊，即其哥萨克之马兵，义勇舰之水队而屠之、戮之、排之、拒之，勿使其一涉我藩篱，而重回夫康熙朝荡平罗刹之天。斯则天下人民乃踊跃忭舞，快心欢慰，而后已也。

文章最后呼吁：

大盗入室，主人酣眠，其亡！其亡！我中国人民有不为再重奴隶者乎？

夫至为再重奴隶，而我中国人民休矣！休矣！思求伸而不得，将恢复兮何年？暗暗死囚，沉沉黑狱，我黄帝子孙尚有重见天日之期乎？是故我中国之于今日，能独立以拒俄，策之无上上者也。……

1904年春节刚过，爆竹声此起彼伏。上海四马路东首惠福里的一幢小屋里，一群人已经忙碌起来了。这里是《警钟日报》的编辑部。

《警钟日报》的前身就是《俄事警闻》，创办人是蔡元培。这是反帝拒俄革命团体对俄同志会机关报，第1号载《俄事警闻社广告》说："同人因俄占东省，关系重大，特设《警闻》，以唤起国民，使共注意于抵制此事之策。"

蔡元培他们决定改编《俄事警闻》，以《警钟》为名重新创刊，编号另起。不久，又后加了"日报"两字，命名为《警钟日报》。《警钟日报》比《俄事警闻》内容更丰富了，栏目也更繁多了。大家感到工作重而压力大。

这天，蔡元培正在办公室里审着稿件，门开了，一个黑脸膛的汉子风尘仆仆地闯了进来，一见面，两人同时张开双臂热情拥抱。来的不是别人，正是陈去病。

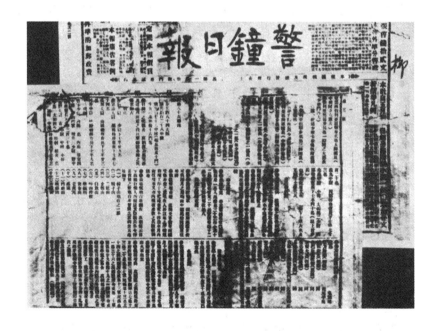

警钟日报

"好啊，来得正好，许多事情等着你呢。"蔡元培高兴地说。

"接到你的信，我就去买船票，哪敢耽搁？"

"这就对了，《警钟日报》笔政就等着你来主持。"

"你手下个个精兵强将，离了我就不出刊？有点夸张吧。"

"《俄事警闻》创刊时，你就是撰稿人。别人不是不行，但要熟悉一段时间，你是驾轻就熟，手到擒来。"

原来，陈去病回家过年时，接到了蔡元培的邀请，让他来警钟日报社。就这样，陈去病开始主持《警钟日报》笔政。在发刊词中题了一首七绝：

> 铸得洪钟着力撞，鼓声遥应黑龙江。
> 何当警彻雄狮梦，景命重新此旧邦。

陈去病以"洪钟"和"战鼓"喻作《警钟日报》，以"雄狮"喻作中国。他要为让古老的中国重放光彩而努力。

《警钟日报》警醒了一批知识分子。《警钟日报》影响很大，柳亚子也成了《警钟日报》的撰稿人之一。但他在爱国学社只是一名思想激进的学生，一个青涩的小伙，虽然也给《警钟日报》投稿，只是"欲凭文字播风潮"，当时离大家之路尚远，也未被知识界所认识。

## 学生军拒俄排满　　朱疯子白幡招魂

1903 年 4 月，清晨，一群拖着大辫子的留学生奔出宿舍，聚集在操场上，每人手里拿一根木棍，上下摆动，引得观众如堵，这是中国留学生在进行军事训练。

根据中俄《东三省条约》规定，沙俄应于 1903 年 4 月撤军。沙俄不仅拒不守约，反而向清政府提出了七条无理要求，企图永远占据中国东三省。俄国这种蛮横霸道、强悍欺人的做法，令人忍无可忍。

在中国国内，一场拒俄运动正在掀起。蔡元培、吴雅晖等人在上海张园组织了演说会，宣传革命思想，发动拒俄运动。4 月 27 日，上海爱国学社集各界人士数百人在张园召开"拒俄大会"。这样的演说会已经是第三次了。

张园的集会，也引起在日本的中国留学生的一腔爱国之心。松江人钮永建听说了上海张园会议的事情，就去找中国留学生会馆干事章宗祥和曹汝霖等人，要他们以会馆名义召集全体学生组织学生军，以拒俄人侵略中国。但是，章宗祥、曹汝霖说，学生手无斧柯，决无所成，并且这会引起清政府的疑忌，没有同意钮永建的建议。

郁闷的钮永建便去了秦毓鎏的住处，滔滔不绝地讲着自己的主张。秦毓鎏说："你的主张很好，我已经听叶澜说了个大概，我们都支持你！最好我们一起商议一下。"

钮永建很兴奋，情绪又一下子被鼓动了起来。当场在秦毓鎏的住所草拟了传单。在钮永建的召集下，一些人聚集在中国留学馆商量对策。决定通知中国留日学界，在东京神田锦辉馆举行中国留日学生大会，商讨组织"拒俄义勇军"之事。

4 月 29 日下午，会议如期举行。到会的有五六百人。

会议公推汤尔和为主持人，他慷慨激昂地喊道："我们要建立义勇队，用战争手段收复国土。我们自称是顶天立地的大丈夫，总是天天说自己报国无门，没有为国家献身的机会，现在东三省的局势是我堂堂中国人流血报国的机会。今日的形势，那就是战也亡，不战也亡。既然都要亡国，宁可把开战的主动权操在自己的手里。即使是拼命到弹尽粮绝，一败涂地，犹不失为亡国之鬼雄。勇敢地为国而死，总比当亡国奴被屠杀而死强！大家说对不对？"

"对！对！对！"几百号人一齐高喊。

"下面谁要发言？"汤尔和话音刚落，钮永建已捷足先登："诸君，当今时局危迫，人所共见。国家危急，三尺童子都有保家卫国的责任，难道我们这些热血男儿，不该也拿起枪杆子上战场，驱逐虏寇，复我河山吗？我提议，我们青年会自今而后，不当只做文字口头宣传工作，也要争取做一个驰骋沙场的勇士！有志的男儿们，让我们组织一个'拒俄义勇军'，早日回国到战场上和俄国佬见面吧！"

邹容也上了台，声泪俱下："国事到了今天这样的地步，与其不战而亡，宁可战而可能不亡。我们流血牺牲，不是为清朝帝国去抵挡俄国人的快枪火炮，而是为保护大好河山而流血，为保护祖宗庐墓而牺牲！我们即使变为沙场之鬼，也要做为国战死的鬼雄，为抵御俄国侵略者而阵亡的国殇……"

陈天华沉痛地指出："东北三省的存亡，关系着祖国和民族命运，决不可等闲视之。"他宣讲了沙俄侵略占领中国东三省的罪行，介绍了国内的拒俄形势，直接发出了"外抗沙俄，内反清廷"的口号。

上台发言的还有一位令人瞩目的人物，他就是苏曼殊。苏曼殊登台后发表了慷慨激昂的演说："因今日我诸同胞所立足之地位，已降级而至末一级，如再不留意，则一步之降，不识不知，已无我辈等立足之地。危矣哉我同胞！悲矣哉我同胞！转瞬之间，今日来此集会之人，不知地属何国，身为何属，何有种类之亲，何有血统之属！夫我本一无权无位无名之人耳，今日至此，满怀凄怆，言不能竟，亦唯有向我同胞痛泪一洒而已。"苏曼殊参加南社也较早，但到1912年4月才补填入社书，入社号243。

这时，汤尔和又登上了主席台，他宣布即时发起组织"拒俄义勇军"，准备回国请缨赴敌。钮永建随即从口袋里掏出一张纸，"哗"地一下抖了开来："这是发起成立'拒俄义勇军'的倡议书，愿做发起者，请签名。"

与会的留学生一拥而上，有好几百人都签了名。

陈去病也参加了"拒俄义勇军"。

陈去病听说中国的留学生都集聚在东京，就决定赶赴东京。正赶上参加拒俄运动，陈去病与战友们一起神情自若地上前签了名。签名后，在主持人的带领下，所有与会者一起，做了以下宣誓："誓以身殉，为炮火之引线，唤起国民铁血之节气，中国死吾辈数人如九牛一毛，我国民有知，亦当为之感泣……"

宣誓后，当即宣布成立义勇军，这是被国民称为"死籍"的团体。陈去

苏曼殊，原名戬，法号曼殊，于光绪十年（1884年）生于日本横滨，父亲是广东商人，母亲是日本人。他能诗擅画，是南社的重要成员。

李书城

病义无反顾地加入团体，参加射击、操练、听课等活动，还从微薄的生活费中捐出了两元钱，作为义勇队的活动经费。

5月2日，中国留日学生在东京锦辉馆开会，把"拒俄义勇军"更名为"学生军"，由陆军士官学生蓝天蔚担任学生军队长。蓝天蔚根据留学生身体强弱编成甲、乙、丙三个区队，由龚光明、敖正邦和吴禄贞三人任区队长。每个区队下编四个分队。

学生军中后来成为南社社员的除了陈去病、苏曼殊外，还有黄兴、李书城、林白水等人。

黄兴是湖南省长沙府善化县人，1902年赴日留学，热衷于学习军事，练就了一手好枪法。入东京弘文学院速成师范科学习，并参与创办《湖南游学译编》杂志，组织"湖南编译社"，介绍西方的社会、政治学说和各国历史，宣传民主革命和民族独立。他参加学生军并担任教练，教学生枪法。民国元年加入南社，1912年10月填入社书，入社号323。

李书城是湖北潜江县人，1902年至日本就读于弘文学院速成师范，与黄兴是同学。1903年1月在东京组织湖北同乡会，创办《湖北学生界》杂志，宣传反清革命。同年，又与湖北留日学生张继煦等撰写《致国内同学书》，鼓吹革命，极大地振奋了湖北学生界。1912 年 10 月填入社书，入社号 324。

鲁迅断发照

林白水是 1903 年春天到日本留学的，他是丙区队二分队队长。陈去病被编在丙区队三分队，苏曼殊和李书城被编在甲区队四分队，黄兴被编在乙区队三分队。编了队伍，大家又做了入队宣誓："勇于前进，不存退避。"

当时，鲁迅也在日本。鲁迅后来在 1911 年 4 月加入了南社分社越社。他是 1902 年 4 月进入东京弘文学院的，1903 年中国留学生会馆举行新春团拜会，他也参加了。鲁迅的好友许寿裳报名参加了学生军，被编入乙区队二分队。当时，鲁迅刚剪了辫子，就将新照的照片送给了许寿裳，还慷慨赠诗，为朋友壮行：

灵台无计逃神矢，风雨如磐暗故园。
寄意寒星荃不察，我以我血荐轩辕。

后来，慑于清政府的淫威，一部分学生宣布退队，学生军中人心动荡。学生军的领导紧急商议了对策：一是公推钮永建、汤尔和两人作为特派员从速回国向北洋大臣袁世凯请愿。二是将学生军的名义再加以研究变更，并推蓝天蔚、秦毓鎏、谢晓石和张肇桐四人负责修改规章及召集大会。次日下午，留学生又在锦辉馆举行大会，由谢晓石担任主席，决定将"学生军"改为"军国民教育会"，并制定了"养成尚武精神，实行爱国主义"教义。

陈去病等人加入"军国民教育会"后，一方面继续参加"军国民教育会"的听课和射击、体操等训练，一方面利用《江苏》杂志进行革命宣传。陈去病还相约金松岑写了小说《孽海花》，在《江苏》上发表。《孽海花》后来由曾朴续写，成了晚清四大谴责小说之一。

就在陈去病等人在日本成立拒俄义勇军、反对清政府的时候，在苏州，发生了一件在全国有影响的事件。

1903 年 11 月 19 日（农历十月初一），苏州郊外狮子山来了一批吊孝的人。只见中间一位中年书生，素衣白冠，手持一块白色招魂幡，披枯枝、踏荒草，沿崎岖的山径迅速地朝山顶攀登。他的后面跟着十多位斯斯文文的秀才，虽然文质彬彬，却人人神情激奋。这领头的就是朱锡梁。朱锡梁，字梁任，号纬军，别号君仇，江苏吴县人。他早年东渡日本，接受孙中山革命思想，加入同盟会。刚从东京弘文学院速成科毕业归国。他后来是南社成立时参加第一次雅集的 17 人之一，1911 年 6 月补填入社书，入社号 53。

西太后七十生辰要到了，朝廷命令全国各地大小衙门举行庆典，苏州也不例外，督辕抚堂、府衙县署提前十天就开始张灯结彩，粉饰出一派太平气象。朱锡梁就与朝廷对着干，他与苏曼殊、包天笑等 17 人来到了苏州郊外狮子山招国魂，意欲唤醒中国这头睡狮。当时响应的还有梁柚隐、胡友白、杨韫玉、祝心渊、王薇伯等。参加招魂的包天笑是在 7 年后的 1910 年 8 月参加了南社第三次雅集，于这年 12 月参加了南社，入社号 104。

包天笑问朱锡梁："为什么要到狮子山？"朱锡梁说："我们中国是睡狮，到现在的时候，睡狮应该醒了。如今国内形势危急，而国人麻木，愈为可怕、可悲！拿破仑将中国喻为东方睡狮，我们怎么能让这种情况永远存在下去呢？睡狮不醒，国运难转，民众昏昏，狮醒无日，民众的觉悟，当是国家的魂灵。我们要招回国魂，还有什么地方比狮子山更合适呢？"

他们雇了一条快船，备了祭品，朱锡梁还带了一支后膛枪和一面招魂幡。招魂幡由朱锡梁自己设计，很有象征意义：上面绘一头威武的雄性醒狮，朝天怒吼，象征祖国复兴，黑布制成的幡长 5 尺，宽 7 寸，下面分开，为两尖角，上面写着"魂兮归来"四字，落款"共和纪元第四十六癸卯十月辛亥朔"（周共和元年，即公元前 841 年，为中国古史有确切纪年之始），署名为"黄帝之曾曾小子"。

到了狮子山前，朱锡梁一边走，一边哭喊着："不要脸啊，有那么一帮东西，明明是汉家子孙，却甘做胡虏的奴才，岳元帅在哪里？快来收拾这帮不肖子孙吧！"骂完后，他放声高唱岳飞的《满江红》："怒发冲冠，凭栏处，潇潇雨歇……"

登上狮子山后，摆好祭品，朱锡梁将招魂幡竖了起来，狮子山顿时被一派慷慨悲壮、激奋昂扬的气氛所笼罩。贡品桌上，纸钱飞起，就在这气氛中，众人痛哭。

朱锡梁和泪作了一首《题招魂幡》：

> 归去来兮我国魂，中原依旧属公孙。
>
> 扫清膻雨腥风日，记取当时一片幡。

大家痛哭祭拜，纵酒高歌。

接着包天笑作了一首《招国魂歌》：

> 吁嗟神圣我祖国，沉沉睡狮东海侧。
>
> 山头声凄悒，悲风猎灵旗墨。
>
> 奋力鬼雄翔一声，魂兮归来我祖国。
>
> ……

朱锡梁又诵诗一首：

> 十月之交招国魂，曾曾小子拜轩辕。
>
> 黄河两岸遗民族，赤县千里奉至尊。
>
> 纵有胡儿登大宝，岂无豪杰复中原？
>
> 今朝灌酒狮山顶，要洗腥膻宿世冤！

最后，朱锡梁高擎后膛枪，向着北方"砰"地放了一枪，鸣枪向清廷示威，声震原野，惊动乡人。

狮子山招国魂回来后，朱梁任为自己家附近一条土路取名为"醒狮路"。就是这个朱锡梁，在慈禧太后做寿、苏州地方当局为太后举办生日庆典时，白衣白帽，大哭着来到庆典现场，说："黄帝子孙甘心做奴隶吗？"这可是大逆不道的杀头之罪，清廷官吏将他抓了起来，他没有屈服，最后被当作疯子给放了出来，从此"朱疯子"就出了名。

## "苏报案"震惊全国 "马前卒"监狱夭亡

1903年暮春的一个上午，大雨刚停，天空初晴，在上海四马路九华楼的一个角落，一位中年人与三名青年人正在推杯换盏，高谈阔论，上至革命共和，下到百姓民生，皆是话题，无一不谈。

中年人身着马褂，披散着剪了辫子的长发，戴着一副深度近视的眼镜，手里拿着一把羽毛扇子，摇头晃脑，滔滔不绝在讲着，眉宇间流露出一种大家风范。三名年轻人，一个西装革履，戴着一副玳瑁边水晶眼镜，看上去精明干练，还有两位一个身材魁悟，声音洪亮；一个白皙瘦弱，宛若女子。

这四位是当时鼓吹革命的急先锋：中年人是国学大师章太炎。三位年轻人，戴着眼镜的是著名报人兼学者章士钊；像年轻女子的是以一本《革命军》闻名于大江南北的邹容。而那位身材魁悟者名叫张继，他是黄兴华兴会的骨干分子，在日本留学时因和邹容一起剪掉了清朝驻日监学姚文甫的辫子，而被驱逐回国。张继后来也加入了南社，入社号238。

聊到投机的时候，章太炎就说："我们彼此既然志同道合，为什么不就此结为异姓兄弟？"他的话立即得到其他三个人的一致赞同。

于是章太炎便请茶房去买来香烛，四个人当即焚香燃烛，洒酒跪叩，结为异性兄弟。根据年龄排列，章太炎三十六岁，年纪最大，当然是老大哥；老二章士钊，二十三岁；老三张继，二十二岁；最小的是邹容，十九岁。结拜后，章太炎高兴地拉着邹容的手说："我把蔚丹从'小友'改称为'小弟'了！"

章太炎　　　　　　　　　　章士钊

章士钊说："我们也该有封号吧？"

章太炎笑着说："兄是浙江人，位于中国的东南，称为'东帝'，章二弟士钊是湖南人，称为'南帝'；张三弟继是河北人，称为'北帝'；邹四弟容是四川人，称为'西帝'，如何？"

张继说："太好了，我们四兄弟就变成'四帝'结盟九华楼了。目的就是要推翻紫禁城里的那个载湉小儿。"

邹容道："我们要推翻帝制，不先要革自己的命吗？"

章太炎摇头晃脑地解释说："此帝者，非彼帝也！此帝也者，中国之主人也。我们要推倒'客帝'，而我们从'客民'的地位，成为中国之主人，中国能成为共和之中国，则人人皆可得而称之为帝也。"

章士钊说："东帝大哥，继'客民篇'之后，你最近还得替《苏报》写文章啊！"

《苏报》于1896年6月26日在上海创刊，创办人是胡璋，1900年陈范购得产权。陈范原籍湖南省衡山，生于江苏阳湖（今常州），原名彝范，晚年更名蜕，字叔柔、蜕庵，号梦坡，退僧退翁，别号有梦通、忆云、锡畴、瑶天等。他是个激进分子，后来也加入了南社，入社号150。

陈范与爱国学社签约，由爱国学社成员提供报料，蔡元培、吴稚晖等人轮流给《苏报》撰稿。1903年5月开始，陈范聘章士钊担任主笔。章士钊接任主笔后，采取的言论态度更加大胆而开放，他自己写了《驳康有为政见书》，

邹容　　　　　　　　　　张继

开始大谈革命的道理。《苏报》在日本也有影响，陈去病在日本时写的《与本邑人士劝游学》一文，在寄给同里教育会的同时，寄给了《苏报》。

听章士钊这么一说，章太炎赶紧说："文章当然要写的。"说着，指了一下邹容说："我们还要写两篇文章，替蔚丹小弟的《革命军》宣扬一下，要天下都知道这本书，都来读这本书。"

原来，邹容在日本时，一边学习，一边积极地参加留日学生的反清宣传，不久被迫离开日本，回到上海，加入蔡元培、章太炎等人主持的爱国学社，积极参加拒俄运动。他在日本时，已着手撰写《革命军》，回到上海后，即把主要的精力放在《革命军》的最后定稿上。1903 年 5 月初，《革命军》正式出版，章太炎为之作序，章行严（即章士钊）为它题签。柳亚子、蔡寅等人出钱资助，每人捐了几十元。

《革命军》一书分七章，两万多字，满篇都是"革命"两字。在这本书的结尾，邹容写道："中华共和国万岁！中华共和国四万万同胞的自由万岁！"他署名为"革命的军中马前卒"。这本书宣传资产阶级民主共和国思想，被誉为中国近代《人权宣言》。鲁迅是这样评价的："便是悲壮淋漓的诗文，也不过是纸片上的东西，于后来的武昌起义怕没有什么大关系。倘说影响，则别的千言万语，大概都抵不过浅近直接的'革命军马前卒邹容'所作的《革命军》。"

6 月 9 日的《苏报》上刊登了《介绍〈革命军〉》，对邹容的《革命军》做了郑重介绍：

> 其宗旨专在驱除满清，光复中国。笔极锐利，文极沉痛，稍有种族思想者，读之当无不拔剑起舞，发冲眉竖。著能以此书普及于四万万人之脑海，中国当兴也勃焉。

后来，该报又刊出了章士钊的书评《读〈革命军〉》和章太炎所作的《〈革命军〉序》。6月29日的《苏报》在显著的位置刊登了章太炎的文章《康有为与觉罗君之关系》，这是一封长达万言的公开信的节录，后来被加上《驳康有为论革命书》的题目翻印成小册子。

《苏报》的革命宣传，引起了清政府极大的恐慌，他们一方面把《革命军》一书作为"逆书"通令查禁，另一方面由两江总督魏光焘要求上海租界查封《苏报》，逮捕蔡元培、吴稚晖、章太炎、邹容、陈范、黄宗仰六人。众人得到消息，蔡元培去了青岛，吴稚晖去了法国，陈范去了日本，黄宗仰也躲避到了哈同花园。

巡捕要抓革命党的消息闹得满城风雨了。张继就想将邹容送到一个外国传教士那里暂时躲避起来，于是跑到了爱国学社，劝章太炎找个地方躲避一时，但章太炎却不听劝告，他没有逃走的任何打算。张继见章太炎固执己见，只得叮嘱他小心谨慎。

6月30日，巡捕闯进爱国学社。章太炎正忙着写什么东西。巡捕把拘票拿给他看，并指着上面的名单问他："这些人都在吗？"章太炎用近视眼镜凑在拘票上看了半天，然后神态自若地指着自己的鼻子说："别人都不在，要抓章炳麟，就是我！"

巡捕们看到章太炎那种又迂又怪的神态，相互看看，不禁都感到惊奇诧异。章太炎就这样被捕了。

邹容得到了章太炎被捕的消息，正想办法去探视，却收到了章太炎给他的信，劝他到巡捕房去投案。邹容血气方刚，接信以后立即跃跃欲试。当时张继正与邹容在一起，他劝说邹容："你不能去，你这一去，无疑是自投罗网。"

邹容却坚决地说："太炎既是我们的大哥，我当然应该去跟他同生死，共患难。何况这次事件，主要是因为我的《革命军》而起，如果我不去投案，那岂不是要让大哥连我的罪名都要承担起来了吗？"

张继还要劝，邹容说："我用不着考虑了！三哥，你就放我去自首，也好成全我们这份兄弟之情。"

无奈之下，当天晚上，张继陪着邹容到巡捕房去投案自首。

巡捕："小孩子，别处去玩。"

邹容："我就是你们要找的邹容！"

巡捕非常惊骇地看着邹容："填了这张表，好收押你。"

邹容却很从容。张继眼睁睁看着邹容被押走了，想到这位小弟此去吉凶难卜，不由得热泪盈眶，掩面哽咽而去。

案发当天，金松岑和蔡寅、柳亚子他们都不在爱国学社。此前，因为中国教育会与爱国学社发生内讧，柳亚子他们是中国教育会会员但不是爱国学社社员，学社宣告独立，柳亚子他们只得回到了黎里，而金松岑也顺道回到了同里。

章太炎和邹容被捕后，金松岑闻讯立即到了上海，不顾个人安危，花钱打通监狱狱吏，为章太炎和邹容传递了书信物品，并设法营救；还聘请到当时租界很有名气的英国辩护律师琼斯，为章太炎、邹容辩护。

"《苏报》案"就要公审了，这消息一下子轰动了整个上海。开始，清廷

《革命军》

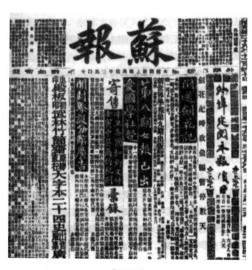

《苏报》

密电上海道袁树勋和俞明震等人，尽力向驻上海外国领事馆交涉，要求将章太炎、邹容"引渡"到江宁（南京）审判。由于多方面的压力，特别是公共租界工部局为了维护"治外法权"，也表示反对，"引渡"一事就搁置下来。

7月15日，英租界会审公廨的旁听席上早在开庭前就已经挤满了人，金松岑也在人群中。身躯肥硕、面目黧黑的印度巡捕裹着红头巾，提着小警棒，站立在法庭内外维持秩序。被告人在法警的押护下进入了公堂。章太炎一副傲慢神情。邹容苍白瘦削的脸上显露着病容，细细的眼睛内不时闪露出一缕神经质的微光。

会审开始，先有原告律师古柏通过翻译，提出了"中国政府"对于《苏报》、邹容、章太炎以及其他人的控诉案由。起诉人啰啰唆唆念了一长串指控言论，之后开始审讯。

章太炎承认《驳康有为论革命书》是其所写，邹容也承认《革命军》出自自己笔端。两人侃侃而谈，大声宣传民主革命的道理，搞得审判官员无所适从。在英租界的公廨里，当着众多旁听者的面，既不能拷打，又不敢动用刑具。孙建臣等人硬着头皮审问了一通，最后只好草草收场。

当时，陈去病在日本，他正担任日本留学生主办的《江苏》杂志的主编，他也密切关注着《苏报》案"，并与金松岑通信联系发表见解。

陈去病在第四期《江苏》杂志上发表了署名"浴血生"的杂剧《革命军传奇》，这部杂剧就写了章太炎、邹容入狱的事。

柳亚子返回黎里没几天，就得知了"《苏报》案"的发生，十分震惊。当即赋诗两首：

祖国沉沦三百载，人看民族日仳离。

悲歌叱咤风云气，此是中原玛志尼。


泣麟悲凤伴狂客，搏虎屠龙革命军。

大好头颅抛不得，神州残局岂忘君。

由于家庭的羁绊，柳亚子一时无法赴沪，只能托金松岑带信给章太炎与

辛亥革命时的柳亚子

邹容。这时，柳亚子所撰的《郑成功传》在《江苏》杂志上发表。章太炎、邹容在狱中看后，都给柳亚子回复。章太炎信中说：

> 亚庐仁弟左右：别数月，忽得《江苏》杂志，见弟所为《郑成功传》，曩吾睹弟之面，而今睹弟之心矣。杂志草创时，辞颇喑塞。数期以来，挥斥慷慨，神气大变，进步之速，斯为极点。而弟所纂《郑传》，亦于斯时发现，可谓智勇参会，飙起云合者也……

邹容的信这样写道：

> 人权志士足下：奉致枚公书，得近状，审足下以支那大陆，尚有某某，不以其微贱忽之，感甚感甚。某事国无状，羁此半年，徒增多感。幸得枚公同与寝食，迩来获闻高谊，耳目一新。奈某愚钝，不堪造诣，且思潮塞绝，愿尽文字的国民责任，念而不能。得足下活泼之文章，鼓吹国民，祖国前途，或有系耶……

章、邹两位对《郑成功传》给予热情的推崇，都对柳亚子的文采学养称赞不已。

第二年的暑假到了，柳亚子立即冒着酷暑从同里到了上海，想去探望章太炎和邹容。要有捕房发的许可证才能探视，他找到了蔡元培。蔡元培说每个月只能持证探监一次，而且只能去一人，探一人。柳亚子犹豫再三，选择了先看望章太炎。

到了探视的那天，柳亚子与蔡元培分别坐着东洋车前往提篮桥监狱。蔡元培无法进去，顶着烈日在外面等待，柳亚子进了恐怖的监狱，隔着狭窄的铁窗，看见了章太炎。一见面，百感交集，不知从何说起，柳亚子只是向章太炎问了声好，并请其代向邹容问好，要他们两人好好保重身体。短暂的探视就这样结束了。

邹容没有等到刑满出狱的那一天。1905 年 4 月 3 日，是一个风雨如晦的日子，半夜时分，邹容病死于狱中，年仅 20 岁。

消息传到同里自治学社，学社内众人痛哭流涕，柳亚子和着泪水，写下了《哭威丹烈士》二绝：

### 其一

白虹贯日英雄死，如此河山失霸才。

不唱铙歌唱薤露，胡儿歌舞汉儿哀。

### 其二

哭君恶耗泪成血，赠为遗书墨未尘。

私怨公仇两愁绝，几时王气划珠申？

陈去病是在一个朋友那里听到这个消息的，他内心悲愤喷涌，《稼园哭威丹》一挥而就：

半春零雨落缤纷，烈士苍凉越九原。

正是家家寒食节，冬青树底赋招魂。

怜君慷慨平生事，只此寥寥革命军。

一卷遗书今不朽，诸君何以复燕云。


邹容去世后，尸体被那些毫无人性的狱卒们随便抛在了西牢墙外的空地上，最初没有人敢出面收尸。后来先由《中外日报》的陈竞全收殓，中国教育会蔡元培在愚园组织召开了追悼会。后来，邹容的灵柩由爱国学社的庶务徐吾敬负责，暂时安放在北四川路四川会馆内，张继在四川义庄的许多棺木之中，好不容易找到一具上面写着"周容"名字的厝柩。原来，当事人收尸时害怕惹出麻烦，就把邹容的名字改为了周容，也好掩人耳目。

一个月后，章太炎监禁期满，柳亚子与蔡元培等人会集在上海湖南路工部局门前迎接，护送到中国公学。原本章太炎应该参加邹容的葬礼，只是当局限定他三天离开租界，于是，章太炎当晚就去了日本。

7月3日（农历五月十二），革命党人会葬邹容。陈去病雇用了一只小船，凌晨启程，前往华泾。船行了三个多小时，中午到达。午餐后，到邹容墓前开会，有的做报告，有的做演说。

在日本的同志听到这消息，也都悲痛欲绝。委托与邹容义结金兰的张继回上海为邹容料理后事。

邹容墓成后，复封树植碑。为了避清廷耳目，碑名上写的是"周容"。一位叫刘季平的人因向邹容捐赠墓地而获得了"义士"的美名。

## 刘季平东渡"成城" 方声涛云南"讲武"

　　1903 年春，一位 20 多岁的年轻人走进了日本东京的成城学校，他就是刘季平。

　　刘季平进学校时，苏曼殊从早稻田大学转至成城学校，这两位著名的南社人是在这里相交的。初次攀谈，就非常相慕、相投、相亲，彼此都有相见恨晚的感觉。

　　刘季平与苏曼殊性格迥异，但是有一点很相似，就是热情奔放，无拘无束。刘季平擅长饮酒，人们称他为"小刘伶"。他喝了酒就作诗，虽是即兴之作，但充满了豪气和才情。苏曼殊经济上非常困难，刘季平就经常慷慨相助。对他们以后的交往，有这么一句话："梅子天气，落花时节，人生苦短里头居然会有一个苏曼殊遇上一个刘季平，踏落花为泥之情彼此心照不宣。"

　　这天，两人又碰到了一起，苏曼殊说："有个人物，叫陈独秀，特别有激情，也有思想。"

　　刘季平："是否就是在安庆创办'青年励志社'的陈由己？"

　　苏曼殊："对呀，他在安庆组织社员

刘季平

每周举行集会，讨论国事，闹得风生水起，受到清政府四处搜捕，无法再在安徽藏身，去年秋到了日本，进入东京成城学校陆军科学习。怎么，你认识他？"

"不、不，我早就知道此人，却无缘相识。"

"我给你们介绍，走！"

他们兴冲冲地来到陈独秀的宿舍，发现空无一人，两人甚觉沮丧，正要转身离去，忽然从走廊最里面的一间活动室内传来了安徽口音："应该好好地教训教训这条走狗……"

苏曼殊一听口音："是陈独秀。"

他与刘季平向活动室走去。推开门一看，屋内挤满了人，都是成城学校的学生，蒋百里、张继、蔡锷、陈天华、邹容、黄兴等留日学生中的反清爱国活跃分子都在，陈独秀正在里面发表演说。

刘季平第一次遇到这场面，便悄悄地向旁边人问道："你们在开会吗？要教训谁呀？"

站在他身旁的张继看了看刘季平，气呼呼地说："姚煜！清廷在日本的一条走狗！"

**陈独秀**

姚煜是东京陆军士官学校学监，他不仅经常向清廷告密，还常常无端地压制学生，阻挠学生学习军事。1902 年 4 月份的时候，鲁迅在日本弘文学院江南班学习，他第一个剪掉了辫子，当时在留学生中产生了极大的反响，也产生了激烈的斗争，姚煜大发雷霆，说要停了他的官费，送回中国去。

这个姚煜不仅是清廷奸细，而且作风卑劣，生活腐化，遂激起爱国留学生的公愤，决定教训他。

陈独秀刚演讲完毕，苏曼殊便喊道："是应该狠狠地教训教训他！"

陈独秀顺声音一看，原来是好友苏曼殊，便向他走过来。两人寒暄完毕，苏曼殊向陈独秀介绍了刘季平。陈独秀那乐观大气的豪情、渊博的学识、敏捷的才思，都让刘季平深为折服。而当时刘季平在留学生中已有"才子"的美誉，这也给同样喜欢文学、酷爱写作的陈独秀留下了深刻印象。

当天晚上，陈独秀便与邹容、张继等来到了姚煜的住所。在气势汹汹的青年学生面前，姚煜早已吓破了胆。他跪了下来，如捣蒜一样向学生磕头，一个劲地哀求学生放过他。

邹容说："纵然饶过你的头，也不饶你的发！"于是，他上前捉住了姚煜的发辫，张继抱着他的腰，一下子把他放倒。陈独秀拿起雪亮的剪刀，只听"咔嚓"一声，姚煜脑后的发辫应声而落。

姚煜没了辫子，没有了效忠清廷的标记，气急败坏。于是，他和清政府驻日公使蔡钧勾结日本官方，以"破坏留学、反对政府"为名，由日本警方出面捕人。日本警方于4月底将陈独秀、邹容、张继驱逐出境。

虽然陈独秀被勒令回国，但剪辫事件却大长了进步留学生的士气，刘季平也在这件事中受到鼓舞。他先积极参加了"拒俄义勇队"，后加入了孙中山在横滨设立的兴中会分会，积极从事反清革命斗争。

在成城学校，刘季平经同乡钮永建介绍认识了邹容，彼此志趣相投，结为至交并视为盟友。剪辫事件后他俩便交往频繁，感情甚笃。刘季平回国后，与秦毓鎏、费公直、刘东海等人在上海郊区华泾创建了丽泽学院，借办学宣传革命。《苏报》案发，得知好友入狱，刘季平心急如焚，他一方面为营救邹容而四处奔走，耗尽家中资财，另一方面重金雇请义士刺杀两江总督端方。刘季平还时常前往牢中探望邹容，送去他喜欢吃的油酥饺、如意酥、寸金糖等食品。

一天，刘季平收到了陈去病的来信。

原来，因为邹容的墓地问题，陈去病向蔡元培进言请刘季平捐地安葬邹容，他在信中对蔡元培说："沪郊华泾乡的董事会党人刘三与邹容都是留日同学，此人慷慨好义，且在乡饶有田产，拟请刘三捐出隙地，胜另行买地多矣。"

得到蔡元培的许可，陈去病就给刘季平写了一封信，请刘季平"乞谋片土"安葬邹容。刘季平接到陈去病的信后，就去见了蔡元培，同意捐地安葬邹容。

章太炎写了《邹容墓表》，有一句称赞刘季平：

**刘三今义士，愧杀读书人。**

陈独秀与刘季平两人通过在日本的这段短暂的交往，都给彼此留下很深刻的印象。

孙中山在横滨设兴中会分会，刘季平又义无反顾率先加入。此后，刘季平的革命思想也日益成熟。

是年，刘季平与黄任之、顾仲修三人在日本东京的一家寓楼里小聚，他们联句赋词，刘季平词的最后两句是："男儿气节慎勿婬，君不见黄龙之酒味醺醺。"表露了当时留学生汹涌澎湃的革命激情，有一种恢复中华、黄龙痛饮的豪放意兴。

1904 年春，刘季平离开日本成城学校回国，与费公直、秦毓鎏、刘东海等人在华泾办起了丽泽学院，后来参与了邹容的营葬活动。

1905 年暑期，刘季平来到了上海，进入中国教育会所办的通学所学习催眠术，这是为了以后实行暗杀做准备，而这时柳亚子也来到了通学所学习催眠术。

教授催眠术的老师是卖野人头的陶成章，此人是光复会成员，因为想回绍兴组织起义，但手上没有经费，于是就借教授催眠术筹集资金。其实他并非真能催眠，刘季平、柳亚子他们自然也未能学得此术。

柳亚子与刘季平一接触，就知道这位就是为营葬邹容而出力的"江南刘三"，于是，就有了想结伴去华泾凭吊邹容的想法。

去年柳亚子提篮桥探狱，只探视了章太炎而未能见到邹容，想不到从此与邹容阴阳相隔，因而为此抱憾终身。他向刘季平讲了自己的愿望，刘季平果然仁义，一口答应。两人坐洋车到了黄浦江边，坐划子船走了水路，又坐独轮车走了一段旱路才到了华泾。

一座新坟默默地躺在烈日荒草之间，柳亚子泪如雨下，跪倒在地，哽咽着说："邹兄，我对不起你，来生再见……"

中午，刘季平在黄叶楼招待柳亚子，两个人心里闷闷的，喝了许多酒，午餐后，刘季平将柳亚子送回上海。这次华泾之行，柳亚子感慨万千，途中吟出了纪事诗：

> 风尘满地识刘三，我亦当年龚定庵。
>
> 思怨满腔忘不得，天涯握手一潺湲。

这是柳亚子与刘季平订交的开始。

1909 年，陈独秀携高君曼到杭州陆军小学担任历史、地理教员，与正在这所学校任教的刘三巧遇。

陈独秀笑道："难怪这些年我一直打听刘季平，却无人知晓，没想到踏破铁鞋无觅处，得来全不费功夫，刘三就是刘季平。"

刘三也开怀大笑："彼此彼此，陈由己改名陈独秀，原来是有了新夫人就忽略老朋友了。"

两人回忆了当年在日本的经历，也诉说了日本一别后各自的经历。此后，陈独秀还促成了刘季平与陆灵素的婚事。刘季平在 1907 年参加了陈去病发起的在上海愚园的雅集，参与南社前身神交社的创建，但到了 1916 年才补填入社书，入社号 640。他的妻子陆灵素也随他加入了南社，入社号 641。

刘季平在日本成城学校学习的时候，另一位南社人方声涛也在日本学军事。方声涛是福建省福州府侯官人。1902 年，年仅 17 岁的方声涛东渡日本，入读日本有名的振武学校，学习先进的军事技术。他头理短发，着深色西装，两眼炯炯有神，英俊潇洒，给人留下了深刻的印象。由于方声涛武功高强，军事技术过硬，在拒俄运动时，方声涛也不甘落后，担任教练，主要负责教授"拒俄义勇队"队员军事技术。

方声涛

几个月后，方声涛被推为代表，

回国联络各地革命志士。清政府知晓后密令逮捕，幸亏有伯父方家澍为之开脱，以聘任侯官高等小学堂教习存身，静待时机。1905年，方声涛再赴日本，随他前往的还有新婚妻子郑孟勤、弟弟方声洞、姐姐方君瑛和嫂子曾醒。方声涛考入东京士官学校第四期骑兵科，同年他与弟弟参加了中国同盟会，成为同盟会首批会员，随后妻子、姐姐和嫂子也成为了同盟会会员。在日本，他与李烈钧、唐继尧等人密切往来，积极策划革命活动。

方声涛从日本毕业回国，先是在保定陆军速成学堂任教，因暗中发展同盟会会员，引起了当局的怀疑而离职。此时，李根源、李烈钧等人正在昆明筹办陆军讲武堂，李根源便热情邀方声涛前来陆军讲武堂任教。从此，方声涛和李根源就结成了患难之交。

李根源生于云南腾越，1903年进入昆明高等学堂，第二年留学日本，学习陆军军事，先后从振武学堂与士官学校毕业，1905年加入同盟会，第二年春任云南留日学生同乡会会长，《云南》杂志社经理，1909年回国，正赶上云南总督锡良要重办云南讲武堂。

李根源到昆明，受到云贵总督沈秉堃的召见，沈秉堃对他说："你刚从日本回来，学习的是陆军军事，现在云南要创办讲武堂，正是你施展才华的大好时机。"

李根源

李根源这时也正在想着自己回国后的作为，办讲武堂正是求之不得，立即爽快地答应了。李根源坐上了云南讲武堂监督的交椅。"监督"相当于主管教学的副校长，同时兼任步兵科教官。1910年，升任总办，"总办"也就是校长。沈汪度为监督，张开儒为提调，这两位也都是同盟会会员。清廷建讲武堂是为了加强他们的统治力量，想不到讲武堂的一、二、三把手全为同盟会会员。

李根源的祖上就是南明王朝时"反清复明"的骨干，他筹建讲武堂，选址就选在明朝开国元勋沐英镇守云南时的练兵场上——翠湖边的一大块空地上。他要在此继承祖先遗志，练一支革清朝之命的精锐。后来他把自己在讲武堂的居所取名为"思沐小墅"，其思念的"沐"，就是沐英。

方声涛一进讲武堂，就协助李根源准备开学事宜。1909 年 8 月 15 日，经过积极筹备的云南陆军讲武堂正式开学，第一期招收了 420 名学员，分成甲、乙、丙三班。甲班和乙班主要训练现役军官，学期为一年。最值得注意的是丙班，这个班在社会上招收 16 岁至 22 岁的具有中等文化以上、品行端正、身体强健者 200 人，学期长达 3 年。方声涛出任丙班班主任。当时丙班学生主要学习普通学科及军事学基本教程，如国文、伦理、器械画、算术、史地、英文或法文、步兵操典、射击教范、阵中勤务令、工作教范、野外演习等，然后再分科专业学习军事学科和步兵科教程。当时丙班步兵科中有一名学生特别受到方声涛的喜欢，这名学生就是后来鼎鼎大名的朱德。

朱德是四川省仪陇县人，1909 年春节刚过，他听说云南创建了讲武堂，就从四川仪陇马鞍场琳琅寨李家湾的家中出发，在成都与一位同学结伴，历时

云南讲武堂

朱德（前左一）与讲武堂学员

七十多天，行程三千多里，一道走到昆明。在当年夏天进行的讲武堂首次招生中，朱德没有被录取，而比他的分数还要差一些的那位同学却榜上有名。一打听，原来讲武堂录取新生，内部有一条不成文的规矩，就是要优先录取云南人。他的那位同学就是在报名时悄悄将成都籍贯改为云南昭通籍贯才被录取的。朱德十分沮丧。

这时，正好碰上李根源出来。朱德拦住李根源，倾诉了入学堂的强烈愿望。李根源被眼前这位朴实的年轻人打动了，沉思良久说："千里迢迢，你赶来投考，说明你是个有革命志气的青年，即使是四川人，也应给予录取！"

就这样，由李根源亲自拍板，朱德进了云南讲武堂。

朱德于1910年2月正式进入讲武堂学习，到第二年7月提前毕业，只在云南陆军讲武堂生活、学习了一年多时间。然而，这一短暂的经历，却给朱德的一生奠定了厚实的基础，他就是在讲武堂加入了同盟会。

方声涛教学很有一套，他与李根源等人把学校的制度和作风仿效日本陆军士官学校而定，纪律非常严格，每天上课6小时，上操2小时，早晨有体操和跑步，晚上还有自习，而且夜间有紧急集合的训练。由于课程较为完善，教学严格，纪律要求高，使得云南陆军讲武堂毕业生的质量在当时与其他军事学堂相比，高出一筹。在把自己学到的先进军事知识毫无保留地教给学生的同时，方声涛还在学生中广泛宣传反清革命思想，鼓励青年们反清救国。丙班走出了49位将军与元帅，在中国近现代史上叱咤风云。

讲武堂集聚了一批英杰。有一本教材叫《曾胡治兵语录》，是兼职老师蔡锷编辑的，共12章，14000余字，分将材、用人、尚志、诚实、勇毅、严明、公正、仁爱、勤劳、和辑等，前十章为治军问题，学员们一读就喜欢上了。在1924年黄埔军校成立时，校长蒋介石曾将《曾胡治兵语录》一书作为教材，印发给学员学习，并亲自增辑"治心"一章，加序言再版印行。此书后来还被评为中国十大兵书之一。蔡锷后来调云南任新军第19镇37协协统，就是李根源及教官罗佩金向云南总督李经曦推荐的。

方、李两人后来都参加了南社，方声涛是在1915年反对袁世凯称帝时参加南社的，入社号325。李根源在民国元年加入南社，比方声涛早几年，但在1916年8月才补填了入社书，入社号670，在方声涛之后。

第二章　秀才造反

## 香凝襄助廖仲恺　黄兴联盟孙中山

1903 年春天，日本的樱花已经开了，在如云如雪的樱花树下徜徉，廖仲恺和何香凝的心情非常愉悦。

何香凝的父亲是香港经营茶叶出口和房地产的著名商人何炳桓，何香凝从小性格刚毅有主见，特别爱听太平天国女兵的故事。那时候上流社会的女孩都要缠足。母亲给她缠上，她等母亲转背就剪开。她不惧打骂，坚决反抗。父母对她实在没有办法，只得放任她长成一双天足。

何香凝不同于一般富家千金整日热衷打牌穿戴，她爱读书。在"女子无才便是德"的社会氛围里，她不能进私塾读书，于是天天软磨硬求父亲，终于进"女馆"读了几个月书。

后来，她又找来哥哥们的读本自学。就这样，她认识了不少字，并接触到资产阶级维新派宣传的妇女解放等一些新知识。

20 岁的时候，何香凝与廖仲恺结婚了。

廖仲恺的父亲廖竹宾是客家后代，侨居旧金山多年。亲身经历了旅美华侨所遭受的种种歧视，深知小脚女人是中国的一种耻辱，所以曾留下遗嘱：儿子必须娶个大脚妇女做媳妇。可是，在 19 世纪末年，中国的妇女几乎都裹着小脚，社会上见不到多少大脚妇女，尤其是上层社会里，不缠足的大家闺秀更难找到。

正为女儿脚大难找婆家而忧心忡忡的何家，碰上廖仲恺要遵照父亲的遗嘱选择配偶，何香凝的"天足"正符合要求。通过媒妁之言订婚，然后迎娶，

廖仲恺、何香凝一家

1897 年他们在广州结婚。

廖仲恺不是个一般人物，他心里装着天下。结婚以后，就经常给何香凝讲时事，讲清政府的无能。甲午中日战争爆发后，廖仲恺再也坐不住了，他要去日本留学，寻求革命道路。当时，他的父亲已经去世。他的亲哥哥是清政府的外交官员，但不同意廖仲恺去日本，说如果去，不提供经费。廖仲恺没有钱去日本，常常在家里唉声叹气。何香凝见他这样很同情他，于是，就把结婚时娘家给她做陪嫁的珠玉首饰卖了，凑足了钱，让廖仲恺去了日本。在廖仲恺去日两个月以后，她也到了日本，进入了东京目白女子大学。

1903 年春，孙中山抵达日本后，宣传推翻清朝、号召革命的名声日隆，廖仲恺夫妇早就听说，他们十分仰慕孙中山，可惜一直没机会见面。

8 月的一个晚上，廖仲恺和何香凝像往常一样到中国留学生会馆参加聚会。忽然，会场上的青年人欢欣雀跃起来，原来，孙中山前来参加聚会了。想不到在这里见到了孙中山，廖氏夫妇真是喜出望外。

因为是公开的大会，去的人很多，孙中山在那次会议上做了演讲，话虽不多，但廖仲恺和何香凝都听得入了神，不知不觉到了曲终人散的时候。

散会了，廖仲恺和何香凝没有马上离去，他俩挤到了台前，靠近了孙中山，向孙中山要了寓所的地址。当孙中山把地址告诉他们时，他们十分激动，连说"谢谢！谢谢！"

几天后的一个晚上，凉风习习。廖仲恺夫妇在留日的学生黎仲实的带领下，穿过小石子路，来到了小石川的一间普通小旅社，日本人叫它"下宿屋"。这出租房，面积不大，设备简朴，由于住着孙中山，便门庭若市了。

孙中山目光炯炯有神，气宇轩昂，没有架子，也没有客套。他与廖仲恺等一一握手后，就分别席地坐在日本特有的"榻榻米"上。

孙中山是天生的演说家，口若悬河，滔滔不绝，从鸦片战争谈到太平天国，谈到戊戌变法，谈到义和团，最后归结到清政府的无能，他振臂而说："正因为清政府无能，所以我们一定要进行反清革命。"

廖仲恺和在场的留学生受到了孙中山强大气场的感染，无不血脉贲张，跃跃欲试。廖仲恺和何香凝向孙中山表示：他们也要参加革命，愿意为推翻清政府出力。

孙中山颔首称赞，让他们先在日本留学生中物色有志之士，广为结交。从这时起，廖仲恺与何香凝就开始在留日学生中进行了宣传联络工作。

1903 年夏秋之间，孙中山离开日本去美洲，临行前，他召集了廖仲恺等人，对他们说："鉴于以往武装斗争的失败，我们要十分注意训练军事人才，要在留学生中组织学习手枪、步枪射击等初步的军事知识，为将来发动武装斗争做准备。"

孙中山

孙中山离开不久，日本留学生组织了义勇军，廖仲恺也积极参加了。组织义勇军的事是秘密进行的，为了避免外人知道，义勇军队员每天清晨秘密聚到森林里练习射击，教他们枪法的是黄兴。

当时廖仲恺他们在牛込区租了房子。有二十多名义勇军队员与廖仲恺何香凝住在一起，何香凝每天先行起床，照料烧水煮饭的事，为他们管理着家务。

有一天，他们住处发生了一件意外事。有一位与他们同住的义勇军队员与一个日本女子谈恋爱。当时，清政府驻日公所很注意留学生聚会的事，发现这里住着一批留学生，就指使那个日本女子假装怀孕，到他们的寓所来闹，他们只好变卖家私杂物，筹钱赔给那个女子。这件事一发生，这里也不安全了，廖仲恺他们就搬了家，搬到了小石川居住。这里的义勇军训练活动也就停止了。

1904 年，何香凝怀孕了，预备回香港分娩。这时，正巧孙中山由美洲赴欧洲考察经过日本，就让她带一封信给香港的陈少白。何香凝到了香港，第一次与陈少白见面。

何香凝生完孩子后，又回到了日本。一天，黎仲实来到了她的家里，说孙中山想将联络点设在她的家里。

原来孙中山也由欧洲回到日本，开始筹建同盟会。孙中山住在一间名叫"高阳馆"的旅馆。他因为收发很多书信，又有许多人来这里相聚，引起了日本警察的注意，于是想找一个可靠的人家作为开会和收信的地点，孙中山就想到了廖仲恺和何香凝。

何香凝一听就答应了。黎仲实说："这是一件很秘密的事，一定要严格保密，而且不宜雇用女佣。"

何香凝根据要求，在神田租了一间合适的房子，由本乡搬到了神田，每天下课后就自己亲自操持家务。这样，何香凝的家里就成了通信联络站和聚会场所。1920 年，廖仲恺同何香凝结识了柳亚子，1923 年夫妇俩都加入了新南社。柳亚子多次说到廖仲恺是新南社的代表人物。

孙中山就在神田开始组建中国同盟会，配合孙中山组建同盟会的正是后来也加入南社的华兴会负责人黄兴。

这时，黄兴在长沙任教于明德、修业等学堂，暗中进行反清革命活动。

1903 年 11 月 4 日（农历九月十六）是黄兴的生日，这天，陈天华、吴禄贞、宋教仁、张继、刘揆一、章士钊、苏曼殊、谭人凤等黄兴的同事和好友都来了。他们先把黄兴扶到上座，给寿星祝了寿，然后纷纷入席，举杯开筵。

宋教仁，字遁初，号渔父，汉族，湖南桃源人。创办华兴会，黄兴任会长，宋教仁为副会长。宋教仁是在 1911 年 8 月加入南社填写入社书的，入社号 164。

黄兴生日表面上很是铺张，但他办这堂宴会是另有心计的，原来他们要进行一项在中国历史上留下印迹的活动：成立华兴会。刚才在后面的密室中，他们已商量好华兴会的宗旨，一致公举黄兴为华兴会的负责人。酒过三巡，黄兴拿着酒杯，直奔主题："参加本会的都是革命同志，应该讨论一下发难的地点和方法，我认为一种是直接夺取清廷所在地北京，就像法国大革命发难于巴黎，英国大革命起义于伦敦，但这种方法叫市民革命，而不是国民革命。我们发难，应该采取先夺取一个省，之后各省再响应的办法。现就湖南而论，军界、学界革命思想很普遍，市民受其影响，而且主张反清的还有会党，但都只是在观望，都在等我们点燃引火线再联合行动。如此看来，我们不难占据湖南省为根据地。但是如果湖南省首义，其他省无响应者，则是以一省之力对抗各

1904 年，黄兴与流亡东京的华兴会会员合影。

省，仍然不能直捣幽燕，驱逐鞑虏。所以我希望各位同志，只要有条件，就去发动学界、军界，包括本省的和省外的革命志士。一旦时机成熟，我们再制订发难响应、援助的具体办法。"

这次聚会上，华兴会正式成立，并决定派吴禄贞到北方，用重金贿赂陆军军部要员，打入北洋练军，动员新军，在京畿伺机行事；宋教仁、陈天华分别回桃源、新化开展活动；谭人凤、胡瑛等则负责与湖北武昌科学补习所等革命团体联系。

黄兴积极筹备在湖南首先发难，争取各省响应，想在慈禧太后七十生辰那天起义。不幸事泄，被迫流亡日本。

1905 年 6 月 11 日，孙中山从法国马赛港乘海轮东返，7 月 19 日抵达日本横滨。这天，他专程到新宿访问了他的日本朋友——中国革命的支持者、《三十三年落花梦》的作者宫崎寅藏，想要这位日本友人帮助推荐一些革命英才。

一见孙中山到来，宫崎寅藏非常高兴，立即叫妻子买来酒，烧好了菜，两人开怀共饮起来。

畅饮之后，孙中山便讲到了正题，问宫崎寅藏有没有为推翻专制、献身革命、能共图大事的人。

宫崎寅藏趁着酒兴，拍手笑道："有，有，有！近数十年来，贵国人才辈出，风云际会，怎会没有英才。近二三年，留日学生很多，眼前东京地面就有一位顶天立地的中华好男儿，是个非常的人物。"

孙中山一听，欢喜得站了起来，抓住宫崎寅藏的双手，连声问道："是谁？现在在哪里？我要见他。"

宫崎寅藏说："这人姓黄名兴，字克强，是湖南人士。"他接着向孙中山介绍了黄兴的情况，最后说："如果先生能与他联合起来，共图大事，何愁中国革命之大业不成！"

孙中山急着要见黄兴，宫崎寅藏就说："你年龄比他大，声望比他高，应该是他长辈了，我到他那里去把他请过来。"

孙中山说："革命之事，分什么前辈后辈。他既是好男儿，我又先知道了他，不如我去见他的好。"

宫崎寅藏见他求才若渴，非常钦佩，便陪着孙中山去见黄兴。黄兴住在神乐坂附近，到达黄宅时，宫崎寅藏要孙中山稍等，自己先走上前去，推开格子门高声地喊着："黄先生——"

这时，黄兴探出头来，一见孙中山，惊奇地喊道："孙先生！"那时候，留心看报的人对孙中山的形象都很熟悉。

黄兴想到有许多学生在屋里，就立即做了个手势，让孙中山先不要进去，于是宫崎寅藏和孙中山就在门外站住了。

黄兴进了屋，穿戴整齐地出来了，身后还跟着宋教仁和张继。

一行人来到了中国餐馆凤乐园楼上，找了一个僻静的雅座坐了下来。黄兴点了菜，又要了酒。大家不拘礼节，一边饮酒，一边谈话，越谈越投机，真是一见如故。

孙中山说道："论今日的形势，我以为当以联络人才，结成革命政党，形成统一的革命力量为第一要务……此时若有数十百个有胆有识的俊杰之士出而联络之，主张之，一切革命前的筹划，革命后的建设，种种事情都有适当的人才分任司理，一旦发难之后，即可成立文明民主的新政府，天下事从此定矣。"

黄兴、宋教仁等人听了孙中山的议论，都深深为他折服。

黄兴酒意微醺，把外衣一脱，挺胸说道："好！孙先生高论，极合我意。我等华兴会同人，愿与孙先生的兴中会联合一致，共同奋斗，来日再联合全国各省志士，结为同盟，任凭孙先生统一指挥，共图推翻专制、振兴中华之大业。不知孙先生意下如何？"

孙中山听了，十分兴奋，连连点头说："克公此议极好，这件事是可以马上就着手办的。"

大家都对孙中山和黄兴的建议十分赞同。在开怀畅饮的同时，倾心谈了许多，华兴会和兴中会合并的方案就这样形成了。最后，孙中山与黄兴举杯祝贺。

7月29日，黄兴在他的住所召集华兴会会员开会，商议与兴中会合并，组建全国性革命大同盟的事。会上意见不是很统一。黄兴提议合作组织政党，但实质上仍保持华兴会的独立；陈天华主张华兴会与孙中山的革命组织联合；刘揆一提议不加入孙中山的兴中会；宋教仁认为既有入会和不入会之分，那就研究将来入孙中山会和不入孙中山会的人的关系如何处理。各说各的，没有达成统一的意见，最后黄兴决定由个人自己决定，不做统一规定。

7月30日下午，各省革命志士聚集到东京赤坂区桧町三番黑龙会会所，共同讨论发起新的革命团体。与会者有孙中山、黄兴、陈天华、张继、程家柽、冯自由、胡毅生、吴春阳、宋教仁、田桐、黎勇锡、朱少穆、马君武、邓家彦、但焘、时功玖、何天炯、康宝忠、刘道一、蒋尊簋、朱执信、古应芬、李四光等七十余人，分别来自国内的10个省。其中，有兴中会、军国民教育会、青山军事学校、华兴会、科学补习所、军国民教育会暗杀团、光复会等团体派出的代表。

孙中山被推荐为主席，他首先发言，讲了革命理由、革命形势和革命方法。他说："全国革命派必须合组统一的新团体，进行反清革命。"而后，他提高了嗓音说道："我提议新团体定名为中国革命同盟会，大家认为如何？"

湖南留学生张明夷反对，他说："这个名字不妥当，既然革命目的是推翻清廷，就应该以革命的对象定名，我主张定名'排满同盟会'，这样更直接。"

孙中山解释说："不妥，清政府腐败无能，我们之所以要革命，也要让满族人同情我们，我们也允许满族人加入我们的团体。革命党的宗旨不是排满，应当废除专制制度，创造共和国家，这两者之间不是对立的关系。"

中国同盟会成立大会情景

黄兴认为："本会属于秘密性质，不必明用'革命'两字，以防清政府和日本政府的破坏和干涉。"

孙中山点了点头说："这个意见很好，就叫作中国同盟会。"最后大家达成共识。

名称确定后就讨论宗旨，孙中山首先阐述了三民主义理论，他说："三民主义即民族主义、民权主义和民生主义，民族主义就是'驱逐鞑虏，恢复中华'，要颠覆清朝政府，还我主权；民权主义就是要'建立民国'，这是政治革命的根本。在推翻清朝的同时，还必须实行政治革命，推翻君主专制制度……"

大家接受了孙中山的建议，以"驱除鞑虏，恢复中华，创立民国，平均地权"作为同盟会的宗旨。

黄兴最后讲话，他发表了革命成功以后如何普及教育和发展工业的见解。最后，他提议"请赞成者立誓约"，正式成为革命组织的会员。

与会者纷纷缮写签署盟书，再进入另一小房间内，由孙中山领导各人同举右手向天宣誓，然后教以各种暗号和秘密口号。宣誓毕，孙中山向会员们祝贺道："为君等庆贺，自今日起，君等已非清朝人矣！"

大家又推黄兴、陈天华、马君武、程家柽、汪精卫、蒋尊簋等起草会章，待成立会时提出讨论。这几个人，除黄兴外，马君武和汪精卫也加入了南社。马君武，名和，字贵公，号君武，广西桂林人，南社一成立，就以南社社员资格参加了活动，但直到1912年才补填入社书，入社号235。汪精卫，名兆铭，字季新，号精卫，广东番禺人，也是在1912年填写了入社书，入社号260。

人们正要离开会场时，室内后部的木板忽然倒塌，声如裂帛。孙中山诙谐地说："此乃颠覆满清之预兆！"大家兴奋地鼓掌欢呼。

8月20日下午，中国同盟会在东京日本子爵阪木金弥的府邸召开了成立大会。阪木金弥的府邸在赤孤区灵南阪，邻近清政府驻日公使馆，到会者有100人左右（一说近300人）。

会上，孙中山发表演说，滔滔不绝，动员22个省代表参加同盟会。突然，有心术不正的人站起来，质问孙中山："别说那些好听的，我只问他日革命成功，先生是做君主，还是民主？请明白告诉我！"

马君武

宋教仁

话音一落，全场寂然，包括孙中山、黄兴都不知所措，面面相觑。

这时，有一个人从人群中走出，大声说："革命者，国人之公事也，孙先生何能为民主、君主？在革命党人心中，没有从龙之荣，那么君主从哪里而出？今天的会议，是要讨论是否要推翻清朝，不该问什么君王、民主！"

顿时，全场一片赞同声，大家都争着写盟书，黄兴宣读了《中国同盟会章程》，然后，大家推举孙中山为总理，黄兴为执行部庶务。本部各机构的主要职员有章炳麟、程家柽、田桐、邓家彦、汪精卫、宋教仁等。

同盟会领导成员中后来成为南社社员的有黄兴、程家柽、田桐、汪精卫、宋教仁等，占了半壁江山。

程家柽，字韵荪，安徽休宁人，他留学日本，也是1903年中国留学生大会和成立"拒俄义勇军"的发起人之一。同盟会成立后任外务科负责人。他后来加入南社，但未填入社书，顺序号为"廿四"。

田桐，字梓琴，号玄玄，湖北蕲春人，曾和白榆桓一起创办《二十世纪之支那》，对各革命团体的联合起到了推进作用。同盟会成立，被推荐为评议员，协助孙中山办理文书，后来出任书记部书记，负责内务机要。他是南社早期社员，1910年补填入社书，入社号85。

中国同盟会正式登上了历史舞台。

## 傅尃掀动《洞庭波》　高旭主盟同盟会

1906年深秋的一天，在上海美租界的一间屋子里，傅熊湘和宁调元、陈汉元三个湖南人正聚精会神地商量着办刊的事。

傅熊湘是湖南醴陵人，字文渠，一字君剑，号钝安，又别署钝根、屯艮。幼年随父就读，也曾留学日本弘文学院，后加入同盟会，投身了反清革命。南社成立，他是首批南社成员，入社号35。

宁调元出生在湖南省醴陵县东富镇，1903年7月考入长沙明德学堂第一期速成师范班，受到教师黄兴、周震鳞、张继等思想影响，加入了大成会和华兴会。1904年参与华兴会长沙起义的筹划，起义因事泄失败，后入经正学堂学习。宁调元在1911年由高天梅介绍加入南社，入社号158。

1905年11月，日本文部省公布"取缔规则"（《关于清国人入学之公私立学校之规程》），对中国留学生的活动进行限制。中国留学生认为这一规则"有辱国体"，便发动罢课，宁调元是罢课斗争的积极分子，曾被选为文牍干事，起草了大量宣传文案。

当时，留学生中分裂成两派，有的主张坚决斗争，也有的主张好好读书。面对留学生的分裂，陈天华忧心如焚。陈天华写了绝命书后，乘船前往东京大森湾。轮船在海面上行驶，海面上波平如镜，船上的人集聚在舱面，有的在散步，有的在闲谈。陈天华独自在一边坐着饮酒，突然站立起来慷慨激昂地说："烈强侵略中国甚急，灭亡之祸，迫在眉睫，而举国醉生梦死，冥然罔觉。其

陈天华

稍有识者，亦无一肯为鲁仲达、楚灵均，以唤起国魂，吾愿首为之倡。"

讲到这里，陈天华突然攀登船栏，一跃跳入海中，众人已来不及阻拦。当时他只有 30 岁。

1906 年春，宁调元回国到了上海。他与秋瑾、于右任、姚宏业等在上海创办中国公学，接纳归国学生。没多久，他离开中国公学回醴陵主持渌江中学校务，暗中与洪江会首领李香阁、龚春台联络，从事反对帝制革命活动。他听到了陈天华蹈海的噩耗，心如刀绞。1905 年宁调元由学堂保送获公费出国，赴日本早稻田大学学习法学，不仅与黄兴重逢，而且和陈天华结为好友。

然而，没多久，又一个噩耗接踵而至。因为经费、校舍困难，加上诽谤流言，在 1906 年清明节那天，当陈天华的灵柩抵达上海的时候，姚宏业效法陈天华，投黄浦江自杀，年仅 25 岁。

宁调元在醴陵听到噩耗，迅速赶到长沙，和革命党人禹之谟等商量，决定为陈、姚两人举行一次盛大的公葬。

5 月 20 日，长沙各界近千人在左宗棠祠为陈、姚两烈士举行追悼大会，当场议决将他们公葬于岳麓山。

这件事情遭到湖南守旧思想的士绅王先谦、孔宪教等人的阻挠，他们向巡抚庞鸿书告状。原先支持公葬的教育会会长谭延闿等人顶不住，准备改变原议，但宁调元和禹之谟等意志坚决，毅然进行。

23 日，长沙万余学生上街送葬。一队由禹之谟领头，抬着陈天华的灵柩；一队由宁调元领头，抬着姚宏业的灵柩。

两队均穿白衣，擎白旗，在庄严肃穆的气氛中绕市行进。到达岳麓山后，举行了隆重的下葬仪式，禹之谟、宁调元等多人发表演说。

清朝官吏和王先谦们坐不住了，于是由学务处出面，张贴布告，指责各学堂学生"纷纷扰动,任意出堂,游行街市,开会喧嚣",限令将陈、姚两烈士灵柩克日迁葬。布告声言:"如有违抗之人,严拿到案惩办。"

有少数学生因培土和竖碑回去的比较晚,在回家途中被长沙和善化两县的总监督俞诰庆带了一批军警捕去了十余名。

宁调元和禹之谟得知情况后前去交涉,但没有结果,于是定下了一个收拾俞诰庆的办法,以逼迫其就范。

6月19日晚上,俞诰庆在攀西巷一家妓院嫖宿,被学生当场抓住。他们将俞诰庆和妓女押到药王街镜中天照相馆拍了照片,第二天,由禹之谟主持在濂溪阁开了公审大会,有五六百人参加,俞诰庆只得俯首认罪,并答应立即释放在押学生。

这次公葬陈天华、姚宏业和痛惩俞诰庆事件,是湖南革命势力和反动势力的一次正面交锋,在国内影响很大,毛泽东听说过这件事情后把它称为"惊天动地可记的一桩事"。他说:"这次毕竟将陈、姚葬好,官府也忍气吞声莫可奈何,湖南的士气在这个时候几如中狂发癫,激昂到了极点。"①

事后,宁调元和禹之谟遭到了当局的查捕,两人不得不离开长沙。禹之谟回到湘乡被当局抓捕了,他宁死不屈,最后慷慨就义。宁调元到了上海,躲在租界内暂避风头。

这时,宁调元遇到了傅熊湘和陈家鼎。陈家鼎是同盟会会员。1906年3月,陈家鼎在上海首先创建同盟会机关,后在武汉创建同盟会湖北机关。5月,陈家鼎护送陈天华、姚宏业两烈士灵柩回湖南,在长沙和宁调元、禹之谟一起领导了公葬两烈士的大规模示威运动,同时创建了同盟会湖南分会。后来筹备发动起义未成,禹之谟被捕牺牲。同年9月,陈家鼎逃亡到上海。

傅熊湘和宁调元、陈家鼎三人商议,决定创办一份革命刊物《洞庭波》。1906年10月28日,《洞庭波》第一期问世,刊出了宁调元壮怀激烈的《感怀》诗:

十年前是一重囚,也逐欧风唱自由。

复九世仇盟玉帛,提三尺剑奠金瓯。

---

① 中央文献研究室编:《毛泽东年谱》(上卷),第44页,中央文献出版社1993年版。

......

愿播热血高万丈，雨飞不住注神州。

《洞庭波》一期印数千册，散布各省，尤以湘赣醴陵、浏阳、萍乡为甚。凡粗通文字者，莫不以先睹为快，对该年冬萍浏醴起义起到了重要的推动作用。宁调元以屈魂、仙霞、辟支等笔名发表诗文，尖锐揭露、批判满清政府的腐朽和卖国，批判梁启超"革命可以召瓜分"等谬论，主张以"暴动"推翻清政府。还以"铁郎"为笔名发表《二十世纪之湖南》一文，又撰《论各省宜速响应湘赣革命军》，号召各省响应萍浏醴起义。

当时，宁调元居上海美租界厚德里时，秋瑾、陈伯平秘制炸弹所赁处所与宁所营密室仅一墙之隔。

一天，"轰"的一声，炸弹误爆了，宁调元与同志誊密稿于室中。听到了声音，就急忙摇手示意同志不要动，他自己则急忙沿阳台过到邻室，将制弹原料携归。同志们认为这个举动不安全，应赶快转移藏匿。

宁调元说："爆炸的声音很大，巡警必已遍布搜寻。如果这时候携物转藏，势必会被抓获，而秋瑾、陈伯平也可能暴露。"于是，大家平静如初，在屋中诵读唐诗琅琅有声。

革命刊物《洞庭波》

巡捕在这一带查了许久毫无收获，没有怀疑到宁调元他们住的地方，只能退去了。宁调元立即为受伤的陈伯平裹伤并送入医院，然后从容携弹壳炸药到了其他同志处，嘱转移到中国公学秘藏。革命党人无不佩服他的胆识和机警。

1906年9月，《洞庭波》刊出的时候，坊间突然流传着一本《太平天国翼王石达开遗诗》，其中有"平达开"作《石达开遗诗》二十首，连同1902年《新民丛报》上发表过的梁启超《饮冰室诗话》中的石达开诗五首，凡十七题二十五首，共为一辑，题为署"残山剩水楼主人刊"，并以哭庵之名撰"序"与"跋"。

诗集中或揭露清朝暴政，或吟唱英雄豪情，或回顾太平天国历史，悲愤苍凉中不乏慷慨豪壮之气，多与石达开身世相吻合。"历年已久，书页烂漫"，书中有缺字少句未予填补，由于当时人们反清情绪高涨，并常怀念太平天国遗业，这些血性文字确实产生了很大影响，起到激发民气的作用。千册书不日告罄，一时风行大江南北，各种脍炙人口的诗话被争相抄引。其实，这本诗集出自高天梅之手，是为了反清革命需要而出版的一部伪作。

高天梅

高天梅，名旭，初号江南快剑，继为钝剑，江苏金山县张堰镇人。此人才高八斗，自视甚高，在文学尤其诗词方面的造诣不亚于柳亚子。陈去病评价说："高以诗词鸣，柳则以文。高年稍长，柳较少。高意气傲岸，自负弘远。喜饮酒，长于雄辩，醉则倾其座人。捉笔为诗歌，缠绵数十百言立就。"高天梅后来与陈去病、柳亚子一起发起成立了南社。

他的革命思想产生较早，庚子年，唐才常、林圭等自立军在汉口失败后，高天梅痛愤万分，作诗泣血曰：

**热血横飞恨满腔，汉儿发愿建新邦。**

高天梅在1904年春天赴日本留学于东京法政大学，结识了在国内革命斗争失败后流亡日本的宋教仁、陈天华，并经常和田桐、程家柽等人在一起讨论国家大事，探讨寻求反清救国的道路。

他将已经休刊的《觉民》和《江苏》两份杂志合一办了一个催人猛醒的杂志《醒狮》，这是同盟会的机关报《民报》没有出刊的时候最有批判锋芒和战斗威力的刊物。孙中山从欧洲到了日本，组织了中国同盟会，高天梅是第一批入会的盟员之一，并且担任了江苏省的主盟人。

1905 年 11 月，日本文部省公布《取缔清留日学生规则》，对留日学生严加限制，引起中国留日学生的强烈反对，东京八千名留日学生罢课抗议，秋瑾等三千余同学退学回国。

为解决部分归国留学生的就学问题，姚宏业、孙镜清等人四方奔走，劝募经费，筹办中国公学，校址在上海北四川路底新靶子路横滨桥，后迁至吴淞。两江总督端方迫于舆论压力，同意每月拨银 1000 两，并以郑孝胥为校长，于右任、马君武、李登辉、陈平等人为教员。

1906 年初，因蔡元培准备出国留学，同盟会党务不能有所进展，于是合上海、江苏二分会为一，派高天梅为分会长。2 月 16 日，柳亚子经高天梅、朱少屏介绍加入了中国同盟会。在这前不久，柳亚子已经蔡元培介绍加入了光复会，如今他成了"双科的革命党"。高天梅也参与了中国公学的创办。

1906 年 4 月，中国公学正式开学，设大学班、中学班、师范速成班、理化专修班。然而开学不久，发生了一件事，因为经费紧缺，公学有了排斥江苏人的举动，江苏的学生就找到了高天梅。

高天梅张堰镇万梅花庐

高天梅本来对中国公学人员复杂、组织松散、管理混乱不满，现在发生了排斥江苏人的情况，感到不能再容忍这种事了，于是，就与朱少屏宣布退出中国公学，在上海西门宁康里另行组建健行公学。

这事得到了中国公学江苏籍学生的响应，有五十多个江苏学生同时离开了中国公学。教师除高、柳两人外，其他还有陈陶遗、朱少屏等同盟会员，他们以《黄帝魂》《法国大革命史》《荡虏丛书》等为教材，向学生灌输反清革命思想。

一天，柳亚子见到了朱少屏，

说："我想进……进健行公学，学习英……英文。"

朱少屏直言相告："你有口吃，英文念不好的，你的国文基础好，应该是个好的国文教员。现在我们正缺人手，你就来当国文教员吧。"

就这样，柳亚子进入了健行公学，开始了他的教员生涯。

柳亚子曾在家乡吴江同里组织学生自治会，创刊油印的《复报》周刊。此时，柳亚子将《复报》与同里自治会均移至健行公学。将同里自治会改称青年自治会，推高天梅为会长。改《复报》周刊为月刊，改油印为铅印，1906年5月8日出版。由高天梅函托田桐在日本东京印刷，寄回上海发行。高天梅、田桐、柳亚子一同参加编辑工作。刊物每期有社说、演坛、历史、传记、批评、文苑、小说，以及音乐等项，与《醒狮》栏目相近，生动活泼，丰富多彩，出版后风行一时。高天梅还将《醒狮》停刊，专一发行《复报》。《复报》与同盟会机关报《民报》相呼应，成为《民报》的"小卫星"，而当时东京出版的其他革命刊物如《洞庭波》《鹃声》《寒帏》等，也都以健行公学为集散地。半年之中，健行公学成为上海革命气氛最浓的学校，有第二爱国学社之称。

在健行公学的后面，有其教员夏昕藻的一所住宅，榜其门曰"夏寓"，实为同盟会江苏支部的秘密机关。上海地区的许多革命会议，都是由高天梅在这里主持召开的。外地革命党人往来上海，往往也以此为投止之地。当时，柳亚子与高天梅等都住在"夏寓"之中，这是以同盟会会员夏昕藻名义租的房子，同时也暗指"华夏"。柳亚子与高天梅常常一起喝酒吟诗。高天梅的酒量很大，但只要一喝多，就缠着柳亚子喝酒，直到两人都横在地上呼呼大睡才结束。等第二天醒来就埋怨柳亚子："又让我喝高了！"

柳亚子结结巴巴："谁让你喝……喝高啦？"

高天梅则打趣："还说不是你，喝

柳亚子办《复报》

喝狠喝狠喝，还能不高？"

柳亚子真急了："怪……怪你自己喝……狠喝狠喝，还埋埋……"

高天梅："行行，不埋了，再埋埋就埋到土里了。"

闹归闹，喝归喝，高天梅能拿捏分寸，总是在柳亚子狂喊痛哭之前，及时打住，所以两人关系非同一般。

高天梅说："你可以改号叫亚子。"

"为……为何？"

"后唐有个李亚子，是个武人，而且很风流，能填小词。我叫剑公，你叫亚子，子和公正好是顺对的名字。我们既是革命同志，又是作诗的搭档，正要即此才行呢！"

从此，高天梅就以"亚子"称柳，渐渐地朋友都这么叫了起来。

高天梅通过马君武等人联系各地革命党，使得健行公学成为东南地区的革命活动中心。

自1906年秋起，健行公学、"夏寓"、《复报》都逐渐受到清政府的注意。学校门口每天有警探活动，寻隙生事。加之在江苏巡抚幕内任幕僚的诸贞壮从中传出情报，得知两江总督端方要禁报拿人，封闭公学。10月，柳亚子避回黎里，陈陶遗复东渡日本。

1907年1月，因叛徒出卖，高天梅被指名查捕。不得已，忍痛关闭"夏寓"，解散健行公学，心情十分激愤地回到金山乡下。后来南社成立后，健行公学的大部分教师成为南社主要组成人员。

## 吕碧城相交秋瑾　徐自华义葬女侠

清光绪三十四年（1908），光绪皇帝与慈禧太后相隔几天先后亡故，一大批人为之惶惶不安，似乎慈禧一死，国家就失去了主心骨，不知如何办才好。这时却有人填了一阕《百字令排云殿清慈禧后画像》，题咏慈禧的画像，登在报上：

排云深处，写婵娟一幅，翚衣轻羽。禁得兴亡千古恨，剑样英英眉妩。屏蔽边疆，京垓金币，纤手轻输去。游魂地下，羞逢汉雉唐鹉。

为问此地湖山，珠庭启处，犹是尘襄否。玉树歌残萤火黯，天子无愁有女。避暑庄荒，采香径冷，芳艳空尘土。西风残照，游人还赋禾黍。

这阕《百字令》把慈禧痛骂了一顿，说她在主宰朝政的近半个世纪中，大清皇朝的江山被搞得一塌糊涂。把中国边疆的大量领土、国库中的大把银钱送给帝国主义国家，她到阴曹地府，一定无颜与女流豪杰的汉高祖吕后、唐朝武则天见面。最后说，玉环飞燕偕尘土，只有凛冽的西风和惨淡的日光，游人还唱《诗经》上那首悲悼周朝灭亡的《黍离》。这件事使清政府十分恼火，成为轰动一时的新闻。很久以后，人们才知道这阕《百字令》的作者是一个年轻女子——吕碧城。

吕碧城是安徽旌德人，12岁即丧父，家道中落，她随侍母亲到旌德乡下居住。一年后，母亲让她到塘沽为官的舅父处生活，使她受到了较好的教育。

吕碧城

吕碧城 1914 年在上海与南社的外交圣手朱少屏相识，由少屏介绍，同年 6 月 1 日填写入社书，入社号 418。

1903 年，吕碧城私下想到天津探访女学。她把这想法与舅父一说，遭到舅父阻拦和厉声斥骂，但吕碧城并没有因为舅父的阻拦而终止行动。

第二天，她悄悄地出去了，一个人乘火车到天津。当时她身无旅费，也无行装，但义无反顾。她知道舅父署中的方秘书夫人住在天津《大公报》报社，就写了一封信，然后找到了这位夫人，请她将这封信呈给《大公报》的办事人员。这封信讲了自己的情况，说自己有一身文才，现在流落天津，生活无着，向《大公报》求援。这封信文笔优美，声情并茂。

信传到了《大公报》总理英敛之手里，英敛之读后感叹不已，就亲自前往会见吕碧城，一见面，感觉到吕碧城是个不可多得的才女，就诚心邀请她到报馆，不仅安排他住在自己家中，还让她出任《大公报》编辑。

这以后，吕碧城通过英敛之介绍得识严复，跟从严复学习逻辑学，由严复介绍认识清政府学部大臣严修，由严修推荐，主持天津北洋女子公学。在北洋女子公学，她不仅总理教务，而且亲任讲席。光绪三十二年（1906），增设北洋女子师范科，"厘定课程，力求精进"，贡献实多。当时学界称誉她是"北洋女学界之哥伦布"。这时，吕碧城的诗、词、文不断在《大公报》推出。

一天，吕碧城正在住所看书，有门房前来说有人找她，并提上了名片。吕碧城一看名片上的三个大字：秋闺瑾。

吕碧城一看到这个名字，心里一惊，难道这就是大名鼎鼎的女侠秋瑾？急忙让门房请进。

秋瑾是浙江绍兴人，出生在福建厦门。吕碧城在天津少年成名时，

秋瑾

秋瑾正跟丈夫王子芳住在北京。丈夫在清廷度支部，也就是以前的户部谋差，秋瑾无事时则读读书、写写诗、练练字什么的。也就是在那段日子，秋瑾认识了丈夫同事的妻子吴芝瑛。吴芝瑛是吴汝纶的侄女，安徽桐城人，出身书香门第，博览群书。在吴芝瑛的家中，秋瑾接触到大量进步书籍和报刊，思想上也越来越趋向于革命，行动也越来越富有激情。因为诗写得好，人漂亮又豪爽，秋瑾在北京南方文人的圈内小有名气，常以"碧城"为号写一些诗文在圈内流传。

秋瑾在《大公报》接连看到吕碧城的诗、词、文，另一个"碧城"佳作迭出，她很震惊。而且当时的人都以为吕碧城的诗出自秋瑾之手，闹出了许多误会。

一天，《大公报》馆的茶房一路小跑而来，大声报告：

"来了个梳头的男爷们儿——"

只见一个漂亮女人梳着高高的发髻，身穿一袭男人的长袍马褂，把一帮男编辑看得一愣一愣的，纷纷慨叹："安能辨我是雄雌。"

惊愕之中的吕碧城，急忙放下手中的毛笔站了起来。

"我当是谁？原来是秋瑾女侠，久仰！久仰！"吕碧城上前紧握着秋瑾的手，亲热地说，"姐姐路上辛苦了。"

秋瑾与绍兴明道女校师生合影

秋瑾上下打量着对方说:"今天见了赫赫有名的吕碧城,果然才貌俱美,自愧不及,我宣布,从即日起我自动取消'碧城'之号,'碧城'专属阁下!"说完发出爽朗的笑声。

"姐姐抬爱,真令我不知如何是好!"

秋瑾大嚷着:"摆酒!摆酒!你我今天好好聊聊。"

南北两碧城心仪已久,一见如故。秋瑾的性格极为豪爽,她问吕碧城:"会不会划拳?"

吕碧城说:"那是男人们的嗜好,我哪会呢?"

秋瑾哈哈笑道:"我们女子哪一点比男人们差?不要说是喝酒划拳,我还要学骑马打枪,冲锋陷阵,去推翻腐朽的清王朝呢!"说着大碗喝酒,一副大丈夫气概。

吕碧城虽然不如秋瑾豪迈,但对兴办女学,解放妇女也有自己独到的见解。两人打开了话匣子,彼此都有说不完的心里话。白天,侃侃宏论,滔滔不绝;夜晚,点上灯继续聊,一直谈到半夜,同榻而眠。

第二天早晨还闹了个笑话,睡眼蒙眬的吕碧城突然看到一双男人的官式皂靴在自己的床前,大惊失色,"哎呀"一声。

原来是秋瑾正在照着镜子往脸上扑粉。听见吕碧城的叫声,回头嫣然一笑:"怎么?"

吕碧城用手捂着"怦怦"狂跳的心:"吓死我了,我还以为有个男人站在床边上呢。"

秋瑾笑着说："是男人又怎样？还能吃了你？就这种胆量还想提倡女权运动？说正经的，我昨晚上让你考虑的事情怎样？"

原来，秋瑾此行，是来劝吕碧城与她同赴日本留学，并参加排满革命运动。吕碧城经过一夜的深思熟虑，决定不去东瀛。她解释说："你持民族主义，要排满兴汉；我持世界主义，没有满汉畛域之见。你们要把满人都赶出关外的做法，我认为不妥。起码，英敛之兄就是满族人当中的好人，没有他，也没有我吕碧城的今天。对于封建专制，我希望通过政体改良的方式，而不是通过激烈的革命方式。"

秋瑾显得很大度："人各有志，不能强求。此番你我虽不能同行，但有一天我们会合作的。将来我要办《女报》，维护女权，你一定要给我投稿！"

吕碧城立即首肯："在你刊物上，一定会刊登我的文章！"

"那就一言为定！"

秋瑾与吕碧城分手，独自漂洋过海。到日本之后，她给吕碧城写了两封信，都被吕碧城刊发在《大公报》上。不久，秋瑾在东京参加了孙中山领导的中国同盟会，积极进行反满革命活动；吕碧城依旧在天津埋首于女学工作。经过近一年的筹备，1904 年冬，中国近代最早创办的女学之一——北洋女子公学正式开学，吕碧城出任总教习。

秋瑾 1906 年春回国策划起义，1907 年 1 月于上海创办了《中国女报》。她约请好友吕碧城撰写了一篇慷慨激昂的发刊词：

吾今欲结二万万大团体于一致，通全国女界声息于朝夕，为女界之总机关。使我女子生机活泼，精神奋飞，绝尘而奔，以速进于大光明世界，为醒狮之前驱，为文明先导，为迷津筏，为暗室灯，使我中国女界中放一光明灿烂之异彩，使全球人种，惊心夺目，拍手而欢呼，无量愿力请以此报始，吾愿与同胞共勉之。

这发刊词以秋瑾的名义发表，执笔人是吕碧城。

没过几个月，到了 7 月份，秋瑾因徐锡麟安庆暴动一事被捕，很快被杀于绍兴古轩亭口。吕碧城在听说秋瑾被杀一事后，心中五味杂陈，用英文写了《革命女侠秋瑾传》，发表在美国纽约、芝加哥等地的报纸上，叙述了自己与秋瑾的交往，表达了一些悲伤，也表达了一些困惑。

秋瑾的死，对吕碧城的触动是很大的。一想起这事，吕碧城对人生又增添一些虚幻感。吕碧城后来曾任中华民国大总统袁世凯的机要秘书，是当时女子担此高职的第一人，也曾任北洋女子师范学堂校长，培养出邓颖超、许广平等多名女界精英，是中国近代最早的女教育家。她的卓越才华赢得南社同人的钦佩，柳亚子称其为"南社女诗人中的佼佼者"。

秋瑾的闺中好友，是南社社员的，除了吕碧城，还有徐自华、徐蕴华姐妹。这姐妹俩是浙江石门县语溪人，柳亚子曾评价徐自华的词可与李清照媲美。

姐妹俩后来都加入了南社。姐姐徐自华，字寄尘，号忏慧，她在南社成立前就与陈去病结识，1909 年南社成立，她是南社的首批社员，当时没有填写入社书这一项，1910 年补填了入社书，入社号 11。妹妹徐蕴华，字小淑，是陈去病的学生，1909 年与林景行结婚，夫妻双双加入了南社，徐蕴华入社号 12。林景行，字亮奇，号寒碧，福建闽侯人，入社号 13。

1906 年春，南浔乡绅张弁群在南浔东栅创办浔溪女校，徐自华被聘主持

徐自华（右）、徐蕴华（左）姐妹

校务，任校长。这年三月，秋瑾经嘉兴褚慧僧（辅成）介绍来浔溪女校任教，徐自华与她一见如故，每天纵谈家国大事，时以诗词唱和，遂成莫逆。后徐自华与妹徐蕴华经秋瑾介绍加入同盟会与光复会。

秋瑾执教两个月后，因为校董金子羽思想比较保守，对秋瑾的所作所为散布了流言蜚语，秋瑾就离开南浔到了上海参与筹备中国公学。徐自华由于父亲病重，也辞去了浔溪女校之职，回到崇福侍奉双亲。不久，徐父病故，秋瑾闻讯前来吊丧，在徐家住了半个月，姐妹情谊更加深厚。徐自华得知秋瑾在上海筹办《中国女报》，经费筹集十分困难，就与妹妹徐蕴华一起赞助了一千多元，陈去病也出资相助，使《中国女报》一、二期得以顺利出版。

1907 年的早春二月，徐自华与秋瑾又相会在杭城，登凤凰山吊南宋故宫遗址，鸟瞰西湖全景，密侦城厢内外出入途径，画成了军用地图，准备以后起义时用。然后，一起下山到了岳坟，凭吊南宋抗金英雄岳飞，她俩在这里徘徊瞻顾，不忍离开。

徐自华问秋瑾："你是否希望死后埋葬在西湖边？"

秋瑾长叹一声后回答："如果我死后真能埋骨在此，那可是福分太大了！"

徐自华就说："如你死在我前面，我一定为你葬在这里，但如果我先死，你也能为我葬在这里吗？"

秋瑾回答说："这就看我们谁先能得到这个便宜了。"

不经意间，两人定下了"埋骨西泠"之约。

三个多月后，夏至节的黄昏时分，秋瑾突然来到崇福徐家。秋瑾告诉徐自华，起义即将举行，成败难以预料，还谈到筹划起义经费的困难，徐自华慷慨地拿出自己的积蓄和所有首饰，大约可以折合黄金三十两，全部交给秋瑾。秋瑾十分感动，脱下翡翠玉镯一双，回赠给徐自华作为留念。

秋瑾对自华说："此次倘若事败，必然以身殉国，岳王坟前一诺，还算不算数呀？"徐自华望着消瘦憔悴的秋瑾惨然回答："若果真到这一步，我必为你设法办到。"

不料竟一语成谶。

秋瑾就义后，徐自华为践"埋骨西泠"之约，与安徽桐城吴芝瑛女士多次共商营葬秋瑾事。吴芝瑛是曾国藩的四大弟子之一，是时任京师大学堂总教习吴汝纶的侄女，著名女书法家。

秋瑾是陈去病所敬仰的革命者。1905 年陈去病私购军械事泄遭缉，亡命苏州、镇江，继而潜浙，欲晤陶成章、徐锡麟未成，而秋瑾掩教于浙浔溪女学。陈去病遂往访秋瑾，并识徐氏姐妹，从此结下患难之交、同志深谊。不久，陈去病又辗转皖、浙，酝酿南社之建。而秋瑾则组光复军于浙，加紧绍事。想不到与秋瑾才分半年时间，秋瑾就遇害了。

陈去病饮泣写下《江上哀》：

> 皖首虽敝身亦壮，越女含悉竟同系。
> 秋风秋雨愁煞人，沉冤七字何年霁？
> ……
> 城头悬布要须登，前仆何妨后来继？

1908 年 1 月，徐自华在《时报》上刊登《会祭鉴湖公函》。陈去病也到了绍兴，拜访了徐自华等人，参与筹划葬秋瑾和追悼会事宜。

2 月 25 日，秋瑾安葬及追悼会准备工作就绪。徐自华及其义女濮亚华等至绍兴迎柩。船到了杭州，陈去病邀集了同人志士二百余人，在西湖凤林举行了追悼会。

秋瑾墓与民族英雄岳飞、于谦、张煌言的祠庙连在一起。徐自华撰写了《鉴湖女侠秋君墓表》，由秋瑾的好友吴芝瑛书写，石印成册，分赠给亲朋好友。吴芝瑛书写的《呜呼，鉴湖女侠之墓》刻成石碑，立于墓门。

追悼大会上，陈去病提议组织秋社以纪念秋瑾，提议得到了大家的赞同。秋社成立，徐自华为社长，陈去病为干事，成员有褚辅成、姚勇忱、杨侠卿等几十人，决定每年农历六月六日为秋瑾成仁纪念日。陈去病当时写了一篇《鉴湖女侠秋瑾传》，开首就表露了他的悲哀：

> 自徐君殉皖之耗闻，余即为歌诗吊之；及君耗送至，余又欲为追悼，以他人所阻而止。明春戊申，适越过杭州，会徐夫人方为君营墓湖上，余因建议组织秋社，一时与会诸子咸赞同焉。及诣越，过轩亭，始为文申吊……

秋社立，陈去病榜一联曰："秋菊有佳色，社会惜此人。"陈去病又亲撰《秋社启》，连同徐自华所撰墓表，皆由吴芝瑛书，石印成册，其事、其文及书法，时称三绝，分赠诸同人友好。徐自华又请人绘《西泠悲秋图》，征人题咏。

7月4日（农历六月六日），是秋瑾牺牲一周年纪念日。徐自华、陈去病、褚辅成、姚勇忱等数十人，在西湖凤林寺秘密追悼。会上，宣读了陈去病写的《鉴湖女侠成仁一周年祭文》：

溯君畴，一何英发，名马宝刀，高吟独酌。飒爽风流，岂唯巾帼。自谓一时，可推豪杰……

长春悠至，菱荷夏开。古湖大好，打桨偕来。顾唯侠女，竟何在哉！

听说革命党人聚集西湖，增韫大为惊恐，召集了人马准备缉拿。一时风声紧张。秋瑾墓被迫迁葬回绍兴城外严家潭，后被清廷平毁，灵柩由夫家运去湘潭暂厝。徐自华与秋瑾的西湖之约未能如愿。

直到民国元年，徐自华重提归葬秋瑾于西湖之事。几经周折，12月4日，陈去病和秋珵与谭延闿委派的李某一起护秋瑾灵柩到了上海。正在上海竞雄女

秋瑾墓

学教书的徐自华、徐蕴华发动各界人士迎灵。

当灵柩被缓缓地抬上岸时，由 36 名女学生陪护，几百名女学生白衣素服执绋前导，上万民众肃立在江岸，含泪致敬。沿途哀乐声声，钟鼓齐鸣，灵柩被送到了上海绍兴会馆。随即，在绍兴会馆举行了追悼大会，由徐自华主奠。

第二天，徐自华姐妹及陈去病等一起护秋瑾灵柩赶赴杭州。也是万人相送，伴抵上海火车北站。

12 月 8 日，孙中山由上海到了杭州。9 日，孙中山致祭秋瑾。当时，秋瑾墓还在建设之中，灵柩暂时厝在秋社。孙中山就由徐自华、陈去病等陪同，一起去秋社祭悼。

祭悼时，孙中山撰写了挽联：


江户失丹忱，重君首赞同盟会；

轩亭洒碧血，愧我今招侠女魂。


祭后，孙中山面允自任秋社名誉社长。1916 年 8 月间，孙中山两次视察浙江，陈去病受命全程陪同，这时秋墓已修缮一新，陈去病陪同孙中山凭吊秋墓，孙中山唏嘘于墓前，说道："光复以前，浙人之首先入同盟会者秋女士也。今秋女士不再生，而'秋风秋雨愁煞人'之句则传诵不忘。"

## 陈去病开笔新剧　李叔同粉墨登场

1904 年秋的一天，柳亚子在书房里，凝神了一会儿，笔端流出这样的话：

拿破仑曰："有一反对之报章，胜于十万毛瑟枪。"此皆言论家所援以自豪之语也。虽然，热心之士无所凭借，而徒以高文典册，讽诏世俗，则权不我操，而阳春白雪，曲高和寡，崇论闳议，终淹殁而未行者，有之矣。他日民智大开，河山还我，建独立之阁，撞自由之钟，以演光复旧物、推倒房朝之壮剧、快剧，则中国万岁，《二十世纪大舞台》万岁！

《二十世纪大舞台》是陈去病首先倡导创办的。他喜爱戏剧，结识了一批名角儿，其中有京剧演员汪笑侬。汪笑侬出生在官宦家庭，年轻时中过举人，当过河南太康县知县。因秉性刚强、正直，与地方豪绅不合，没多久就被革职，于是干脆票友下海。

汪笑侬编演过新戏《党人碑》，借以针砭时事，悼念在戊戌变法中牺牲的革命党人。该戏演出后，产生了较大的影响。

一天，闲暇之余，陈去病曾邀刘师培一起到春仙茶馆观看汪笑侬演出的《瓜种兰因》，这是根据《波兰衰亡史》改编成的时装京剧。第一本一共十三场，主要写波兰与土耳其开战，由于波兰君臣荒嬉，主帅骄矜，奸细通敌，导致兵败乞和、割地赔款，国家面临着被瓜分的厄运。

汪笑侬在台上激越高亢唱道：

见条约，不由我，魂飞魄散。
一股热血，向上翻，
蓦然间，睁眼来观看，
分明是，瓜分小波兰。
若容那，土耳其，屯军马，
各国利益要均占。
你驻兵三千，他驻兵三千，
眼睁睁，亡国祸，就在眼前，
……

《二十世纪大舞台》

陈去病被深深地吸引住了。这哪是演

外国的事？观众又有几人知道波兰在哪儿？这就是在骂当今腐败昏庸的政府。

"嘿，这个法子好，我怎么就没想到呢？"

散场后，他径直去了后台找汪笑侬："我给你免费刊登广告，扩大影响，让更多的人来看你的戏！"

汪笑侬成了陈去病倡导的戏剧改革运动的中坚力量。陈去病将汪笑侬的《瓜种兰因》第一本在《警钟日报》上连载，并撰写了推荐广告，将《瓜种兰因》推了出去。

一次，陈去病观看了汪笑侬演出的《桃花扇》。该剧是清初孔尚任的剧本，以复社名士侯方域和秦淮名妓李香君的爱情故事为主线，描写了南明王朝灭亡的历史故事。陈去病并没有沉浸在侯方域和李香君爱情的情节中，而是沉浸在国家灭亡的悲伤中。

陈去病黯然泣下，观后赋诗一首：

> 久无人复说明亡，何意相逢在剧场。
>
> 最是令侬凄绝处，一声肠断哭先皇。

这就是以戏剧为武器，是刺向清廷的新式武器。

汪笑侬剧照

陈去病在《警钟日报》上发表了3000字的长篇文章《论戏剧之有益》，激励革命党人与戏剧艺人结合，编演宣传革命的新戏。

陈去病与柳亚子、吴梅等人，在商讨中萌发了筹办戏剧刊物的想法。10月份，《二十世纪大舞台》创刊了，柳亚子撰写了《发刊词》。吴梅，字瞿安，1907年与陈去病一起创建了神交社，1912年3月补填了入社书，入社号236。

《二十世纪大舞台》开辟了图画、

论著、传记、传奇、班本、小说、丛谈、诙谐、文苑、歌谣、批评、纪事等栏目，做到了陈去病所期望的"梨园子弟遇有心得，辄刊印新闻纸，报各全国，以故感化捷速，其效如响"，为革命戏剧改良大造了舆论。

陈去病从多方面撰文，表明自己的戏剧主张和革命思想。第一期刊登的文章中，除了他以前写的《论戏剧之有益》外，还有他写的歌颂爱国女伶的《南伶工杨花飞别传》和盛赞帮助孙中山进行革命活动的外国志士的《日本大运动家优宫崎寅藏传》。

党人万福华刺杀王之春案没几天，陈去病窗前的灯亮了一夜，他时而闭目深思，时而奋笔疾书，迅速创作了时事新剧《金谷香》，借万福华之口，唱出了自己的心声：

> 骂一声，王之春，你好无赖。
>
> 私下里，和外邦，暗地安排。
>
> 全不想，我中国，连遭颠沛。
>
> 都为那，俄罗斯，种下祸胎。
>
> 还有那，众奸臣，私将国卖。
>
> 因此上，众外邦，兵舰齐来。
>
> 到如今，东三省，连年受害。
>
> ……

让人看了大呼过瘾，都说："有这种大骂卖国贼的好戏我们就要看！"

受《二十世纪大舞台》的影响，1906 年冬，一个旨在研究各种文艺的留日学生团体春柳社在东京成立，主要的发起人是李叔同和曾孝谷，起初只设演艺部，先后加入该社的有吴我尊、黄喃喃、李涛痕、马绛士、谢抗白、庄云石、陆镜若等人。

李叔同就是后来有名的弘一法师，在民国元年前结识了柳亚子，1912 年加入南社，入社号 211。

李叔同原籍浙江平湖，生于天津。9 岁那年，他第一次看戏班的演出，就激起对京剧的兴趣。17 岁时，醉心于戏剧，结识孙菊仙、杨小楼、刘永奎等京剧名角，对梆子坤伶杨翠喜的演艺更是欣赏。一个在台上，轻甩水袖，巧笑倩兮；一个在台下，眉目含情，如痴如醉。他们坦然地相爱了，甜蜜浓烈。李叔同向母亲吐露了这段纯洁的恋情，不料，遭受母亲的大怒："不学好的东西，什么人不好找，非得找一个不能入祖坟的戏子？"

李叔同很少见到慈爱的母亲如此伤心，只能含泪斩断了这缕缕情丝。

戊戌政变失败，有人怀疑李叔同是康、梁同党，于是他就携母南下，移居上海。入上海南洋公学，受业于蔡元培。作为票友，李叔同粉墨登场，客串过京剧《虫八蜡庙》《白水滩》《黄天霸》等。从行当上看，有老生还有武生，显露了他在表演艺术上的才能。

李叔同东渡日本留学期间，与朋友创立了剧社春柳社，这是受到日本新派剧的影响而诞生的；而日本新派剧在传统的歌舞伎形式中，加入宣传性的演讲形成一种新的演出形式，又以西方现实主义戏剧为摹本。

1907年春，春柳社在东京骏河台中华基督教青年会的礼堂演出了法国小仲马的名剧《茶花女》。李叔同饰演茶花女玛格丽特，曾孝谷饰杜法尔，唐肯饰亚芒。这次演出是参加日本东京中国青年会为国内徐淮水灾举行的一个赈灾筹款游艺会。因为是游艺会性质，又是第一次尝试，只演出了该剧的第三幕，在一定程度上造成了轰动效应。日本戏剧权威藤泽浅二郎当即到后台致贺，他激动地说："《椿姬》（即茶花女）实在非常好。不，与其说这个剧团好，宁可说就是这位饰椿姬的李君演得非常好……尤其李君的优美婉丽，出色的表演，绝非我国的徘优所能比拟。"

《茶花女》的试演，使春柳社一时名声大震。紧接着春柳社又排了一部大戏《黑奴吁天录》。

李叔同演茶花女

《黑奴吁天录》是根据美国女作家皮丘·斯托夫人的小说《汤姆叔叔的小屋》改编的，内容描写美国黑人在白人统治下所过的非人生活。剧本由曾孝谷根据林纾、魏易翻译的小说改编，李叔同负责舞台美术设计。

欧阳予倩

春柳社为这出新戏的上演做了多次排演，日本新派剧演员藤泽浅二郎先生亲临排练场指导。李叔同在该剧中饰演爱米丽夫人及破醉汉两个角色。1907 年 6 月 1 日和 2 日，在日本东京卜地本乡座正式公演。

这场演出再一次在东京演剧界引起巨大反响，得到日本戏剧家土肥春曙和伊原青青园的好评。

《茶花女》的演出，同样让留学生感到兴奋，许多人都以接近春柳社、认识李叔同为荣。一天，有一个留学生来拜访李叔同，自我介绍："鄙人欧阳予倩。"

"阁下有何指教？"

"我惊奇地发现戏剧原来有这样一种表现办法，能不能带我一起玩？"

李叔同遇见知音："你愿意参加游戏当然欢迎！"

为了维持春柳社，李叔同十分投入，花掉了父亲遗产中的大部分款额。春柳社又排了两个独幕剧，在日本常馨馆演出。一部《天生相怜》，另一部《画家与其妹》。

才气洋溢的一颗初生的明星终于黯淡。在演出《天生相怜》时，李叔同依旧客串旦角儿，有人评论他的扮相不好，春柳社里又有人与他意见不一致，李叔同演戏的兴致与热情便渐渐淡了下去，从此停下了脚步。

然而，因李叔同一句话改变了人生命运的欧阳予倩，仍然积极参加剧社活动，成为主角儿。在舞台上摸爬滚打，编导并演出了数十部话剧与京戏，历练成为戏剧表演大师，是中国话剧运动的奠基者、开拓者之一。

第三章　革命南社

## 雅集虎丘建南社 "众客酬酢一客然"

上海的天气还十分寒冷。在一家酒店里却热气腾腾，后来被时人称为"南社三巨头"的陈去病、高天梅、柳亚子与一批文朋诗友在饮着酒，为刚回国的刘师培接风洗尘。

刘师培，字申叔，号左盦，江苏仪征人，1902年中举，1903年在上海结识章太炎、蔡元培等人，并改名光汉，参加反清宣传，是个响当当的人物。其实刘师培从日本回来，受当时的日本社会党内部弥漫的一股无政府主义思潮的影响，思想已急剧地向无政府主义方向转变。他在日本反对孙中山，大闹同盟会，最后与章太炎闹得不可开交，正准备暗中投靠端方，归顺清廷。但陈去病、高天梅、柳亚子他们还蒙在鼓里，他们以刘师培为同志。

文人诗酒成席，酒过三巡，陈去病即席赋诗助兴：

刘师培

星晨昨夜聚，豪杰四方来。
别久忘忧患，欢多罄酒杯。
文章余老健，生死半凄哀。
待续云间事，词林各骋才。

众人纷纷叫嚷："好诗！"

陈去病说："好的还在后边。我有一提议，是不是大家商议建立文社，以继续明末松江几社之风？"

高天梅立即响应："对，我们要为拯救民族的危难而写作，不能无社。"

柳亚子用筷子作笔，连比画带沉吟，也作诗一首：

> 天涯旧是伤心地，裙屐丛中我再来。
> 把臂恍疑人隔世，浇悉端赖酒盈杯。
> 琵琶天宝龟年怨，词赋江南庾信哀。
> 莫管存亡家国事，酒龙诗虎尽多才。

柳亚子有感而发，诗中既有安史之乱后流落江南、以琵琶诉怨的李龟年，也提及沉沦北国、写作《哀江南赋》的庾信。

1908年1月12日，柳亚子与陈去病、高天梅再次在上海一家酒楼聚宴。参加的人除了原来的刘师培、沈道非外，还有《神州日报》的总编辑杨笃生和邓秋枚、黄晦闻、朱少屏、张聘斋及刘师培的妻子何志坚。在这酒席上，陈去病又提出了结社的倡议，明确提出结社的目的是"借文酒联盟，好图再举"。

他的倡议得到了与会者的热烈响应。大家兴致很高，会后还合影留念。这次聚会是南社酝酿时期的重要举动。

朱少屏

建南社的想法，陈去病、高天梅、柳亚子已经酝酿一段时间了，他们三人相识后，惺惺相惜，都想做一番惊天动地的大事业。半年前的初夏，陈去病与高天梅、朱少屏、刘季平、沈道非五人自上海到了苏州，貌似悠闲、恬静、安然，漫步在沧浪亭中，当时的情景真是"接天莲叶无穷碧，映日荷花别样红"，如同进入了仙境，诗人们顿时来了情绪。

朱少屏，原名葆康，字少屏，号屏子，别署朱三（因排行第三而署）、平子、天

一、地一等，上海人。他也参加了南社首次雅集，入社号 6，是陈去病、高天梅和柳亚子三位发起人外，最为重要的角色。

熟悉南社掌故的郑逸梅，认为在鼎足而三的柳亚子、陈去病、高天梅以外，应当把朱少屏列为第四位南社创造人。朱少屏的第一位夫人周湘云因为早逝，没能赶上南社创立。第二位夫人岳麟书就是南社社员，入社号 7。岳夫人去世后，朱少屏将岳夫人的行述和遗像在《南社丛刻》上刊出，《南社丛刻》刊登南社亡友小影，即始于岳麟书。他的第三位夫人蔡景明，也是南社社员，入社号 419。

沈道非，名砺，字勉后，别署嚓公。光绪三十二年（1906）结识高天梅，受聘为上海健行公学讲师，不久加入同盟会，也为南社社员。

一行人游完了西园和留园，沿着山塘街向东而行，进入了张公祠。这是为纪念明末抗清将领张国维而建的祠堂。

张国维，字玉笥，浙江东阳人。曾任明末江南十府巡抚，后任兵部尚书。他的气概深深地感动着陈去病。就在当年清明节时，"三剑客"就想去凭吊张公祠。但不知什么原因，没有成行，陈去病总是感到心中留存一件憾事。今天终于如愿以偿了。

进入张国维祠，悲伤、惆怅、激奋，陈去病的心里五味齐全，张国维为国尽忠的情景如电影般展现在了眼前：

清顺治二年（1645 年），张国维拥鲁王朱以海监国，在浙江东阳等地与清军苦战失败。总兵方国安叛降了，他就召来两个儿子，向他们说："现在国家到了生死存亡的时候，你们准备怎么办，对生死的态度怎样？"大儿子张世凤说："决不偷生"，小儿子张世鹏支支吾吾，回答稍微缓了一点，张国维就拿起石砚向他掷去，没有击中。张世鹏哭泣着对父亲说："从容尽节，慷慨捐躯，儿等甘之如饴，唯祖母年迈八旬……"当天夜里，张国维穿戴衣冠，向母亲诀别，从容赋了《绝命书》三章，又提笔写下了如下铿锵的话语："忠孝不能两全，身为大臣，谊在必死。汝二人或尽忠，或尽孝，各行其志，勿贻大母死，使吾抱恨泉下！"说完把笔掷在地上，将遗书交给了小儿子，投园池而死。

缅怀张国维，激发了陈去病的灵感，使陈去病萌发了创建反清社团的想法，他就对高天梅说："我们建社团，成立地点就选在这里，用张公的行为励

陈去病　　　　　　高天梅　　　　　　柳亚子

志。"高天梅点头同意。这次凭吊，也埋下了后来在这里召开南社成立大会的引子。

　　成立南社之前，陈去病与高天梅、柳亚子等人商议发起组织一个联络革命文化人士的团体，以讲交论学为名，联系天下文士。于是"神交社"就应运而生了。

　　"神交社"社名出自这么一个典故：魏晋年间嵇康、阮籍等 7 个文人经常在竹林中相聚，史书上称他们之间的友谊为"神交"。陈去病就借这名字成立了一个社团。这神交社似乎可以视为发起南社结社活动的开始。

　　1907 年 7 月 29 日，陈去病在上海《神州日报》上发表了《神交社雅集小启》和《神交社例言》，宣称"本社性质，略似前辈诗文雅集，而含欧美茶会之风"，同时表示欢迎下列八种人加入：1. 耆儒硕彦，有诗文杂著发刊于世者；2. 曾为著名杂志担任撰述者；3. 海内外有名之新闻记者；4. 有编译稿本为学界欢迎者；5. 留学生之得有允当文凭者；6. 海内外著名学校之主任者；7. 各学会之会长；8. 名人后裔，能保先泽而勿失坠者。

　　戊戌维新运动以后，东南一带的新闻、出版、学校、学会等新兴文化事业蓬勃兴起，大批年轻人出洋留学。神交社例言表明，它吸纳的主要对象是这批新兴的知识分子，但也容纳旧式的"耆儒硕彦"和"名人后裔"。

　　8 月 15 日，神交社在上海愚园举行雅集，到会的有陈去病、吴梅、刘季平、冯绍清等 11 人。陈去病倡议社员继承明末复社文人的传统，积极参与反清斗争，大家赞同。于是开始酝酿成立南社。雅集了一天，到了傍晚，一起拍了照。

神交社雅集，高天梅和柳亚子因为有事没来，于是，陈去病给高天梅写了一封信，相约再游虎丘，商议建新社，并请其为神交社写点文字。

高天梅收到了陈去病的来信，知道神交社成立了，兴致勃勃，即兴挥笔写了一首：

> 弹筝把剑又今时，几复风流赖总持。
> 自笑摧残遽如许，只看萧瑟欲何之！
> 青山似梦生秋鬓，红豆相思付酒卮。
> 怕听夜乌啼不了，沼吴陈迹泪丝丝。

高天梅对神交社的创建表示欣慰，希望陈去病继承几社、复社的传统，主持坛坫；但对重游苏州之约则予以婉谢，理由是不忍再见当年越国灭吴的陈迹。

陈去病请人绘了《神交社雅集图》，寄给了柳亚子，也约他结社。柳亚子比高天梅积极得多，他收到陈去病寄来的《神交社雅集图》后，立即提笔写了一篇图记，高度评价晋代忧国忧时的"新亭"名士和明末踊跃抗清的复社文人。柳亚子认为，复社文人组织的抗清义军虽然都失败了，但他们所表现出来的凛然正气却是不朽的。柳亚子进一步希望，神交社能成为生生不息的土壤，在反对清政府统治的革命战争中，它的成员将"身先士卒"，"攀弧先登"，成为攻城略地的"健者"。

神交社成立后就只举行过这么一次雅集，没有引起很大的影响，但是，这是陈去病向黑暗社会进攻的一个初步尝试，柳亚子对神交社有很高的评价，认为它"隐然是南社的楔子"。直到 1908 年 1 月 5 日，陈去病在欢迎刘师培的酒席上，重提建社之议。

陈去病离开了苏州，不久患腿疾，建社的事耽搁了下来。直到 1909 年秋，苏州的张霽甄再次请他当了家庭教师。他就以塾教为掩护，开始了南社的筹建工作，并得到了张霽甄的支持。

就在筹划南社成立之时，有一个消息令陈去病他们十分震惊，端方由两江总督改督直隶，他的随员名单中，赫然出现了刘师培的名字。刘师培夫妇失节这时才大白于天下。原来，陈陶遗、张恭被捕，都是刘师培夫妇告密的结果。陈去病、柳亚子等人都十分心痛。刘师培是个革命的先行者，是陈去病入同盟会的介绍人。上海酒楼相约结社言犹在耳，如今南社创建在即，岂不风险重重？然而，从1909年10月起，陈去病与高天梅、柳亚子等人还是紧锣密鼓地着手发起成立南社。

陈去病特别喜欢"南"字，读了"胡马依北风，越鸟巢南枝"的诗句后，不仅改名为巢南，还将他的诗集命名为《巢南集》。定名南社还有更深一层的含义，陈去病后来对此进行解释："南者，对北而言，寓不向满清意。"

10月17日，上海《民吁报》上发表了高天梅的《南社启》，公开宣布了南社的宗旨，主张"欲存国魂，必自存国学始"；同时表示与陈去病、柳亚子存南社之结，"一先前代结之积弊，作海内文学之导师"。

不久，《南社例十八条》也在报上公布，紧接着，陈去病在《民吁报》上发表了《南社诗文词选叙》的文学主张：主张效法屈原、贾谊、谢翱等人，写"不得已"之作。他所据的"湘水沉吟""江南愁叹""西台痛哭"等，都是在国家危急时发出的悲凉慷慨之音，三个方面，写出了南社诗、文、词追求的特色。他提出，南社的作品，不是无病呻吟，而是对兴衰存亡的表达不同于当年的几社、复社，襟怀之坦荡可以与河汾诸老相比，可追随逃社之遗风。

几社、复社是明朝时的名人社团；河汾诸老指隋末王通设教于河汾广收门徒，房玄龄、魏征、李靖等都曾在那里受业，这些初唐重臣皆为"河汾门下"；而逃社，又称"逃之盟"，是明末吴江人建立的反清意识很强的社团，亦叫"惊隐诗社"，顾炎武等人为其社员。这几方面暗指了南社不仅是文学社团，更要参与革命，还要培养革命的开拓者。

10月29日，宁调元在《民吁报》上发表了《献礼诗序》，分析了诗歌的作用，阐明了南社的命名和意义在于"钟仪操南音不忘本也"。

至此，南社成立的准备工作全部就绪。

11月6日，陈去病在《民吁报》上发表了《南社雅集小启》，向全社会公布将于11月13日（农历十月初一）召集南社第一次会议，地点在苏州虎丘。

陈去病坐镇苏州，以"及时雨宋公明"的资格指挥一切。而柳亚子以"小旋风柴进"自名，以复社中的吴扶九、孙孟朴自比，为南社的成立而奔走。早几天便搭乘从吴江黎里到苏州的小火轮，住进了阊门外的惠中旅馆。

惠中旅社是一幢两层走马堂楼，这是典型的江南古建筑，木格栏杆，雕花结子镶嵌其间，宽宽的走廊，下雨天的时候，依栏听雨看雨，会让人的心情格外沉静。

但文人相聚，图的是难得的热闹。第二天，俞剑华、冯心侠也到了苏州，同住惠中旅馆，于是乎就聊天、吵架、喝酒、捧戏子，乱哄哄了好几天。

俞剑华，名俞锷，字剑华，号一粟。他的名字"剑"和"锷"都是有沿武思想，童年时就习文练武、学剑骑马，留学日本后在日本加入中国同盟会。回国后，在上海同盟会总部工作，在《民国时报》、北京《民国新闻》《七襄月刊》等处从事新闻编辑。他崇拜的人是刺杀日本前首相伊藤博文的朝鲜志士安重根。后补填入社书，入社号31。

冯心侠，名冯平，字心侠，号复苏，与俞剑华是同乡，都是太仓人，又是好朋友。他补填入社书的入社号是33。冯心侠是在日本留学期间经俞剑华介绍，与时在东京的孙中山先生相识，并加入同盟会。回国后，他认识了柳亚子，积极参加反清活动，遭清政府追捕，曾一度误传被暗害。柳亚子得知消息后非常悲痛，写了两首七律《哭冯心侠》。

其一：

一纸书传泪暗吞，苍天梦梦佛无言。

如君死尚憎流俗，而我生难共酒樽。

其二：

白眼看人怜阮籍，青蝇作吊痛虞翻。

平生知己成何用，一哭凭棺事莫论。

诗作感情真挚，令人动容。俞、冯两人的到来，令陈去病和柳亚子都很高兴，特别是柳亚子，见到了生龙活虎的冯心侠，确认不是做梦，当即写了一首诗：

相期作吊横塘去，岂意吹箫吴市来。

噩梦猖狂偏易醒，疑云暧魅却难开。

料应鬼伯憎无赖，未必天公惜此才。

生死何须强分别，明朝且罚汝千杯。

　　11 月 13 日上午，参加会议的人陆续报到，有朱锡梁，庞树柏、陈陶遗、沈道非、赵厚生、林立山、朱少屏、诸贞壮、胡栗长、黄宾虹、林秋叶、蔡哲夫、景秋陆，加上陈去病、柳亚子、俞剑华、冯心侠，共 17 人。除胡栗长、黄宾虹、蔡哲夫 3 人外，其余 14 人都是中国同盟会会员。那天还有来宾 2 人，是张采甄和他的侄子、陈去病的学生张季龙。

　　到会的人，有几位还真有传奇色彩。

　　陈陶遗，上海金山松隐镇人，原名公瑶，改名剑虹、水，字止斋，号陶遗，也作陶怡，他补填入社书的入社号为 29。

　　陈陶遗中过秀才，不甘心在家乡教书。赶时髦留学东瀛，入日本早稻田大学学习法政，经同乡高天梅介绍加入同盟会，改名剑虹。陈接任同盟会江苏支部部长，仍兼暗杀部副部长。曾携枪支弹药从日本回国，计划谋刺当时人们眼中的巨蠹两江总督端方。他回到上海的第二天，和张同伯一起在十六铺码头准备搭乘轮船回金山松隐，被清朝的密探跟踪，从他身上搜查出两颗小印，一刻"剑虹"，一刻"中山"，密探即怀疑他是革命党人。几番审讯，陈陶遗坚不吐实，又查无实据。原来，得知陈陶遗被捕，他的外甥蔡恕就把炸药沉入黄浦江，枪支偷偷转移。后经过状元张謇疏通关节，终于获释。陈陶遗在沪上创立健行公学。他曾与柳亚子、高天梅三人，划着一艘小艇到吴淞口外的海轮上谒见过孙中山。

　　黄宾虹，安徽歙县人，是个廪生，画得一手好丹青，日后成为中国现代顶尖的大画家之一，他补填入社书，入社号 96。《马关条约》签订后，黄宾虹不安分起来，激动地致信康、梁，赞同他们的变法主张。同年夏天，谭嗣同途经贵池，作为维新派骨灰级粉丝的黄宾虹特地赶来与谭会面。戊戌变法失败，黄宾虹因"维新派"同谋者的罪名而被奸人告发，幸亏他事先得到消息，溜之大吉。

　　黄宾虹在歙县成立"黄社"。"黄社"的盟词是"遵黎洲之旨，取新学以明理，忧国家而为文"。黎洲即黄宗羲，名为研究诗文，实为纪念清初思想家黄宗羲及其非君论，暗中宣传革命。主要骨干除黄宾虹、陈去病外，还有江炜男、汪律本等，社友发展到十几人。社址设在黄宾虹的宅院怀德堂，他们经常集会，商议革命行动。

张公祠

为了给革命党的活动提供经费，并扰乱清王朝的币制，黄宾虹还制造假币。他采办机器设备，聘到了铸钱的技术高手，秘密铸钱。就在首炉铜坯即将出炉时，被当地一伙地痞告发到省城。幸亏衙门里有内线，黄宾虹连夜拆埋机器设备，遣散工人，销毁现场，只身乘船外逃，直奔杭州再转上海。后加入吴昌硕为会长的海上题襟馆金石书画会。

由此看出，南社就是一群"叛逆"的组合。19 人乘坐雇用的画舫，带着船菜，又唱又笑，连哭带闹，疯子一般从阊门外阿黛桥出发，沿着七里山塘河向虎丘而来。

开会的地点是张公祠。这张公祠年久未修，庭院里杂草丛生。正中大厅门窗也已经破旧不堪，这是个游人稀少的幽静之地。陈去病事先雇人略为打扫，又借来了两张方桌，八条长凳。

参加会议的人在虎丘山下合影后，就进入了张公祠，祠堂里摆下了两桌船菜，他们边饮酒边开会。会上通过了《南社例十八条》，又选举产生了职员，陈去病任文选编辑员，庞檗子为词选编辑员，柳亚子为书记员，朱少屏为会计员。

选举已毕，酒兴正浓，大家边吃边讲，讨论起了诗词的问题。

清末，"同光体"、常州词派盛行。"同光"系指清代"同治""光绪"两个年号。作品以宋代江西诗派为主，代表人物有陈三立、沈曾植、郑孝胥。常州词派是清代嘉庆以后的重要词派，是常州词人张惠言所创，推崇南宋词人吴梦窗（吴文英），提出了"意内言外""比兴寄托"说，并标举温庭筠词为典范。

柳亚子不认这壶酒钱，主观地认为学诗应学唐，学词当宗五代、北宋。他兴奋地说："讲……讲到南宋的词，除了李清照是女子外，论男性只有辛幼安（辛弃疾）是可儿，吴梦窗（吴文英）作品最多，无非是……是七宝楼台，拆下来不成个片段，何……何足道也。"

庞树柏跳了起来，此人是词学专家，尊南宋为正统派。当然听不得柳亚子的说法，于是和柳亚子打开口水仗。蔡哲夫夹七夹八，出来帮腔。朱锡梁是站在柳亚子一边的，但他也是个结巴，期期艾艾地说着。

陈去病悄悄说："柳亚子是个不遂他愿就不干的人，闹吧，闹不好非得哭一鼻子。"

陈陶遗笑道："我看亚子不像你说的那样。"

此时形势逆转，明显两个口吃，自然对付不了伶牙俐齿的庞树柏。柳亚子越急越说不出话来，而庞树柏滔滔不绝，果然柳亚子急得大哭了起来，骂道："你们不……不要脸，欺侮我。"

看到这情景，陈去病急忙来劝说："好了，都不要争了，伤和气。"

庞树柏看柳亚子真伤心了，也急忙道歉，事情才告一段落。后来，黄檗子特意做《虎丘雅集》纪事长歌，有"众客酬酢一客欷"，就是说这件事。

南社第一次雅集留影

会议结束已近黄昏，薄暮时分，他们返回阊门，又在阊门外九华楼张灯开宴，又是一场胡说胡闹，天明时分才分别，各回各家。柳亚子有始有终，与众人一一告辞。

## 于右任沪上办报　雷铁厓寺院撰稿

1907年5月8日黎明，上海福州路上起了一场大火，火势迅猛，十几个铺面楼房在燃烧着，等火扑灭的时候，十几个铺面楼房俱被焚毁。

火是从福州路584号的祥兴琴行烧起的，首先受到波及的是《时报》馆，有正书局和《新民丛报》支店，然后延烧到了《神州日报》，这就有阴谋了。

原来，于右任从日本回国后，在上海中国公学任教。后来他邀集杨笃生、王无生、汪允中、叶仲裕、汪彭年、庞青城和邵力子等发起创立了《神州日报》。报名用"神州"，据于右任称"就是以祖宗缔造之艰难和历史遗产之丰实，唤起中华民族之祖国思想"，"激发潜伏的民族意识"。想不到的是《神州日报》在1907年（光绪三十三年）2月20日创刊，即被清政府视为眼中钉、肉中刺，才开办80天，就被一把火烧毁了。

起火时，《神州日报》的印刷工人

于右任

正在工作，编辑部的人员刚刚休息，闻讯仓皇逃出，无一伤亡。但所有主笔房、排字房、机器房及其中的访稿、存稿、藏书、藏报、藏纸、印机、铅字、铜模等均付之一炬。遇火的当天，《神州日报》被迫停刊，但只中断了一天，就又恢复出版。复刊后，该报在望平街黄字 160 号借了一间房子作为临时事务所，分散进行编辑，委托商务印书馆代为排印，每天暂出一张，就现有销数送阅，不取分文。同时积极另觅馆舍，购备器械，准备重整旗鼓，东山再起。

由于事先保有火险，从承保的合众保险公司领到了 1 万元赔款，恢复的工作进行得还算顺利：5 月 12 日改为日出两大张；23 日起恢复为日出三大张；6 月 1 日起，又迁入了福州路辰字 451 号新址。日常的出版工作只用了不到一个月的时间就基本上恢复了正常。这次意外的火灾，使《神州日报》蒙受了重大损失。在这种情况下，于右任深感自责。

6 月 20 日，《神州日报》在头版位置刊出了于右任宣布辞去经理职务的一则启事：

右任启事不佞自总理神州以来，竭力经营，妄冀鼓吹文明，于神州前途（有）所裨补，不意出版未久，竟遭祝融，本当收合余烬，勉复旧观，自顾才力竭蹶，不足以肩此重任。乃从权邀集在沪发起人及股东会议，推举叶仲裕、汪漱尘二君接任。此后凡有关于社中一切事件，即与汪、叶二君接洽可也。

至此，《神州日报》历史上持续 80 天的于右任时期，即告结束。

于右任离开了《神州日报》，但办报的事业并没有停止。1908 年 8 月，他找到了庞青城、柏小鱼、张人杰等，开始筹办《民呼日报》。他们在七八个月中募集了六万元股款，于是，于右任就以个人名义在上海各大报登载启事：

《民呼日报》

鄙人去岁创办《神州日报》，因火后不支退出，未竟初志，今特发起此报，以为民请命为宗旨。大声疾呼，故曰民呼，辟淫邪而振民气，亦初创神州之志也。

1909年5月15日，《民呼日报》正式创刊。于右任担任报社总理，先后有陈非卿、范鸿仙、戴天仇、景耀月等任主笔。于右任在《如何写评论》文中说，所谓"民呼"，就是"人民的呼声"。

在《民呼日报》的人员中，不少骨干后来加入了南社。于右任是很早的社员之一，但没填写入社书，顺序号是"六五"。范鸿仙1911年9月加入南社并填写入社书，入社号177。景耀月的入社号是259。

创刊号上发表了《民呼日报》宣言书，宣言书指出：

《民呼日报》为何而出现哉？记者曰：民呼日报者，炎黄子孙之人权宣言书也。有世界而后有人民，有人民而后有政府；政府有保护人民之责，人民亦有监督政府之权。政府而不能保护其人民，则政府之资格失；人民而不能监督政府者，则人民之权利亡。

在他们看来，报纸天然就具有监督政府的责任。

当第一份创刊号印出来时，于右任手捧着那张充满油墨香味的报页无比激动，随即伏案题写一绝：

大陆沉沉亦可怜，众生无语哭苍天。
今番只合殉名死，半壁江南一墓田！

亲友们见了，都认为此诗不祥，而他慨然说道："既舍身入此社会，不以身殉之，岂能有益于天下！"

于右任在《民呼日报》发表的第一篇文章，是只有十几个字的《元宝歌》。歌词是：

一个锭，几个命，民为轻，官为重；

要好同寅，压死百姓。

气得绅士，打电胡弄。

问是何人作佣，樊方伯发了旧病。

请看这场官司，到底官胜民胜？

歌词通俗易懂，寥寥几句，生动形象地刻画出了贪官污吏鱼肉百姓的丑陋嘴脸。

当时，有说书人在茶坊市井说着一段《傀字官场》的故事，这故事就来源于《民呼日报》，是于右任以"大风"为笔名，对"瘦郎"先生写的《傀字官场》一文进行评论，用来揭露官场的黑暗。原文是：

客有善诙谐者，或问之曰：今之官场，其现象如何？客不答，提笔书一"傀"字。或问其故，曰："傀"字从左边看是人，从右边看是鬼，不人不鬼，半人半鬼，合凑起来实成为一傀偏的"傀"字，岂非今日官场之现象？大风曰：然则今日之官场，皆吾民之催命鬼乎！

用故事来评论时事，在市民中起到了强烈的宣传效果。

当时，甘肃连续大旱近三年，饿殍载道，哀鸿遍野，甚至出现了人吃人的惨况，百姓纷纷逃荒。但陕甘总督升允粉饰太平，沉湎在挥霍无度的享受中，对老百姓的死活全然不顾。为了宣赫自己的"政绩"，指望升官发财，他甚至不惜隐瞒和缩小灾荒的程度，欺骗上面和社会舆论。《民呼日报》了解到了这一情况，连续发表了《论升督漠视灾荒之罪》《甘督升允开缺感言》等文章，对甘肃省的灾情进行了如实报道，揭露了升允的罪行。它的言论比《神州日报》更为激烈，斗争的锋芒直指腐朽的清朝统治，字里行间渗透民族革命大义，使读者受到极大鼓舞，创刊不到三个月，销路便跃居当时上海报纸第一位。许多人看了《民呼日报》的报道，纷纷慷慨解囊，为灾区捐款，不少人将捐款和物资送到了《民呼日报》社，请报社代转。我国报纸参与社会赈济工作就是从《民呼日报》开始的。

6月17日，于右任正在办公室里审读稿件，突然，上海公共租界总巡捕房几个巡捕冲了进来，将于右任和陈飞卿拘押去了巡捕房。

原来，《民呼日报》的一系列文章引起清统治者的嫉恨和恐惧，在《民呼日报》社开始接受各界募捐的机构才设立五天的时候，升允就以"侵吞账款"的罪名诬陷《民呼日报》，电令上海道蔡乃煌查处《民呼日报》。蔡乃煌接到电令，就勾结了上海租界当局对《民呼日报》发难。租界当局拘捕于右任的目的是要迫使《民呼日报》停刊。

对于诬告者的阴谋，于右任是很清楚的，因而，他一再对来狱中探望他的同事说，报纸不能停刊。报社的同志也为坚持正义做了不懈的努力。8月3日，报纸上一连刊出了十多篇特别启事，向读者披露了案情，得到了社会各界的声援。

于右任和陈飞卿聘请了费信惇大律师和德雷、佑尼于两位律师到庭，申请办理保释方面的交涉。公堂上，费信惇与原告朱云锦的律师斐烈等进行了激烈的辩论，驳斥了原告的诬告。按规定证据不足应当庭释放，但于右任仍被押回收监。消息传开，舆论大哗。《民呼日报》发表了《民呼日报与于右任之死生》的社论。社论说：

夫民呼报因于右任而出世，是先有于右任后发生民呼报。天地间如于右任其人者，正不管人。则虽死一民呼报，安见不更有千百之于右任，也而重建千百之民呼报，以大声疾呼为民请命，以继于右任之志。

许多人为救于右任而奔走，但是上海当局拘押于右任的目的是让《民呼日报》停刊。《民呼日报》不停刊，于右任就没有出狱的希望。《民呼日报》同人为营救于右任，被迫宣布《民呼日报》停刊。上海当局遂判于右任一个"逐出租界"了结。

离《民呼日报》停刊不到两个月，《民吁日报》就诞生了。《民吁日报》的创办人还是于右任，因为他刚被判逐出租界不便出面，所以由朱少屏为发行人，范鸿仙为社长，景耀月为总编辑。人还是《民呼日报》的人，机器设备也是《民呼日报》的，只是注册地点换在法租界，名称换了一个字，所谓"民不敢声，唯有吁耳"。另外，清吏曾威胁于右任，若其再敢放言无忌，将挖去他的双眼。"民吁"的另一层意思就是指"呼"挖去两眼还可以"吁"。

上海各报发表了《民吁日报》出世广告，阐明《民吁日报》"以提倡国民精神，痛陈民生利病，保存国粹，讲求实学为宗旨"。创刊号上有于右任写的宣言书和景耀月写的出世辞。于右任在宣言书中明确"小之可以觇民情，大之可以存清议，远之可以维国学，近之可以表异闻"。言论报国之心溢于言表。

10月26日，哈尔滨市发生了一件轰动中外的新闻：朝鲜爱国志士安重根，刺杀了日本前驻朝鲜总监伊藤博文。对这大快人心的消息，许多报纸不敢披露，《民吁日报》第一个用大字标题做了报道，还发了评论，评论中揭露了日本垂涎中国东北、妄图侵吞中华的狼子野心。此后，《民吁日报》又连篇累牍地报道日本侵略东北的事实，从10月21日到11月19日，不到一个月就发表了62篇有关报道和评论。

日本驻上海领事松冈恼羞成怒，向苏松太道①蔡乃煌施加压力。蔡乃煌又会同租界当局于11月18日野蛮地查封了《民吁日报》，还对范鸿仙实行拘讯。19日强行裁决："永远停止出版。所有主笔人等，均免于深究完案。机器不准作印刷报纸之用，由该被告切实具结领取可也。"对《民吁日报》打击最沉重的是最后一条——具保机器永远不许作刷报纸之用。

《民呼日报》《民吁日报》两报先后被封并没有动摇于右任办报的决心。经过近一年的筹办，在沈缦云、庞青城、张人杰等一批江浙资本家的帮助下，十三个月后，于右

《民立报》

---

① 苏松太道，即上海道，因管辖苏州、松江两府和太仓直隶州，因此正式名称为"苏松太道"。

任等终于再次在上海租界创办了《民立报》。

《民立报》仍以"民"字打头，预示它同前两报一脉相承，依然充满革命色彩。于右任曾经这样说过："先是什么也不怕，大声疾呼地宣传革命；不许大声疾呼，就只好叹息；叹息也不许，就迫得非挺立起来不可了！"

《民立报》一问世，就深受广大人民的喜爱，日销两万份以上，居全国报刊之首。黄花岗起义爆发后，报馆门前天天挤满了读者和报贩，急切等待新报。武昌起义枪声响起，报馆不断收到各地发来的最新消息，就出号外，有时号外也来不及出，干脆书写在大张白纸上贴于墙壁公布于众。孙中山从国外回到上海，首先前往《民立报》馆表示亲切慰问。

《民呼日报》《民吁日报》《民立报》的创办，吸引了一批南社人，孙中山任中华民国临时大总统时，《民立报》主编徐血儿就是南社社员。徐血儿即徐天复，江苏金坛人，入社号362。他在报上发表了多篇讨袁檄文，其中影响较大的是《声讨汉奸》《铁瓮城头革命旗》和《袁氏其悔过乎》。

在于右任积极办报的同时，另一位南社人雷铁厓虽遁入空门，却也在用笔进行着革命宣传。

杭州西湖的夕照山下，雷峰塔遗址西侧，有一座白云庵。园中水木清华，交映绀碧，天光云影，绝底明漪。寺后丛植万花，浓淡相间。山石荦确，堆叠玲珑，而一径通幽，别成风景。棋枰琴榻，位置得宜。这里原是宋朝名园"翠芳园"，后来改名"白云庵"。清咸丰年间焚于战火。光绪年间杭州著名藏书家丁松生重建，曾为浙江革命党人秘密集会场所之一。徐锡麟在赴安庆前就曾在此庵中居住多日，其间，他曾约秋瑾、马宗汉、陈伯平及吕公望等人在庵中密商皖、浙同时发动起义等事。

1909年秋，又有一位人物来到此一游，他就是雷铁厓。

雷铁厓，四川富顺人，生于自流井，先后就读于日本大成学校和弘文学院，与四川留学生共同创办《鹃声》杂志，以"发明公理，拥护人权"为主旨；又与吴玉章在日本创办《四川》杂志，一篇《警告全蜀》堪称代表之作。不久，杂志因言论激烈，遭日本政府封禁。随后，由陕甘留学生主持的《夏声》杂志在日本东京创刊，雷铁厓与于右任等人成为该杂志的主要撰稿人。

1908年底，雷铁厓由日本回国，任教于上海中国新公学，兼任龙门师范

杭州白云庵

教师，以民族思想教化学生。

清宣统元年秋，雷铁厓被清朝大吏端方通缉。匆忙中向好友胡适借了床棉被，连夜赶到杭州白云庵出家，怀着"英雄失败只逃禅"的无奈心情遁入空门。

在白云庵，雷铁厓每晚都难以入眠，睡不着就写诗，诗作中满是"啼鹃"之词。如"杜鹃夜半声凄绝，不是愁人也泪流"；"竖尽星旗思拍马，招来蜀魂再啼鹃"；"杜字啼红春欲泪，长弘化碧月留痕"；"一寸山河一寸泪，啼来红润笔花枝"；"五月悲秋游子梦，三更啼月蜀王魂"；"身随野鹤饭金粟，心有啼鹃痛铁函"；"鹃因口瘁啼衔赤，烛为心伤泪堕红"之类的诗句，在南社中广为传诵，由此博得了"啼鹃诗人"的美名。

为僧期间，雷铁厓秘密参与创办《越报》，写了《发刊词》，并撰写了《名说》一文，批判儒家的纲常名教思想。他在文中疾呼：

今之中国，已如大厦之将倾，非推去旧宇、重建鸿模，其何以历风霜而蔽风雨？故欲谋今日之中国，必先涤尽旧日之陈朽，以改良社会之观念……

他提出了"以铸造新国民，以竞争新世界"。

南社成立不久，雷铁厓经俞剑华介绍加入。1910 年他参加了南社在杭州举办的第二次雅集，补填入社书，入社号 59。

辛亥革命前，雷铁厓应胡汉民之邀，前往同盟会南洋支部所在地槟榔屿，出任《光华日报》编辑并主持笔政。他不断撰文宣扬民族主义和爱国思想，与《槟城新报》为首的保皇派报刊展开激烈论战。雷铁厓笔锋犀利，文章极富鼓动性和震撼力，在华侨中产生了极大的影响。

## 柳亚子张园革命　吴国风劲吹湘粤

1910 年，阳春三月，桃花盛开。

南社的第二次雅集是在杭州唐庄举行的，因为当时陈去病在浙江高等学堂教书，于是众人移樽就教。

唐庄坐落在杭州西湖金沙港西首，一座小小的园林，是唐氏于光绪年间建造的金溪别业。内有香雪轩、金沙泽元堂、吸翠园等。曲水短桥，池畔叠石，环境宜人。雅集的日期定在 4 月 10 日。柳亚子提前到杭州，与陈去病、邹铨等相谈社中具体事宜。

此次参加雅集的同人，有陈去病、柳亚子、陈陶怡、朱少屏、邹铨、蔡模、杨瑃、李光德、章梓、卓尚诚、王文熙、丘望仑、周承德、马叙伦、程宗裕、雷昭性、陈钝等 17 人。众人修改了南社条例，晚上在聚丰楼集宴。

《南社丛刻》第一集由高天梅编辑，里面发表的作品属高天梅最多，柳亚子认为高天梅有私心且敷衍了事，有些失望。第二次雅集后，陈去病编辑了《南社丛刻》第二集。第二集编得比第一集好，把文选、诗录、词录、词选都收在了一起，以名家专集殿后。该集文三篇、诗九十七篇、词十四篇，编排也无序时。柳亚子认为诗太多文太少，不平衡，感觉陈去病和高天梅一样，书生

南社第二次雅集

习气，做事习惯于马马虎虎，于是，便与好友俞剑华酝酿决定去夺陈去病、高天梅的大旗。

南社第三次雅集在上海张园举行，到会的有柳亚子、朱少屏、黄宾虹、包天笑等19人。张园在上海静安寺路泰兴路口，原来是西人别墅，后来被无锡张叔和买了下来，叫张家花园，简称张园。

第三次雅集会上通过了南社的第三次修改条例，新的条例，将入社条件进行了修改，添加了入社需经"社友介绍"，使入社门槛提高，不是随意可以加入，并且规定"愿入社者，由本社书记发寄入社书，照式填送"。填入社书，社团的组织形式显得正规而严肃。条例还提出了"社稿以百页为度，分诗、文、词录三种。诗、文各四十页，词二十页"，从具体的篇幅上避免了一、二集出现的类别不均的情况，也使排列更规范。去掉了正社长、副社长，而直接采用"社中公推编辑员三人，会计、书记各一人，庶务二人"，削弱了三位编辑的权力。同时，在第三次修改条例中，将南社通信地址改为：上海法租界洋泾浜五十四号《民立报》馆朱少屏或苏州黎里镇柳亚子。这样柳亚子和朱少屏成了南社的社长和发行人。

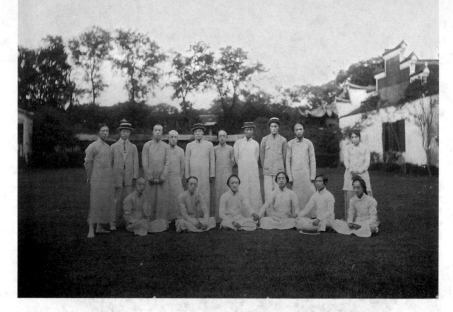

南社第三次雅集

在第三次雅集上，人事上也有了很大的变动：诗选编辑景秋陆，文选编辑宁调元，词选编辑王无生，庶务包天笑和张佚凡，书记朱少屏，会计柳亚子。

"夺权"成功，柳亚子自然得意。当夜，所有社员在岭南楼聚餐吃大菜，用柳亚子的话说是"庆功宴"。这次雅集，在南社发展史上是一个里程碑式的重大事件，它使南社从一个自发的团体初步成为一个有计划的组织，组织也开始由松散到紧密的转折。这次改选之后，三位编辑均没有到位，由于朱少屏在文学上没有多大兴趣，也没有一定的编选眼光，因此，整个选稿实际全部落在了柳亚子的身上。

陈去病、高天梅都落选，对这次雅集都很不悦。陈去病大度不去计较，高天梅却耿耿于怀。于是在第四次雅集上出现了高天梅与柳亚子大闹酒席的事件。

南社第四次雅集在上海愚园杏花村举行。愚园在上海静安寺东北，和张园同为上海西面的风景秀丽之处。愚园是传统的中式园林，内有杏花林、亏起楼、倚翠轩、花神阁等。陈去病、柳亚子、高天梅、朱少屏、俞剑华、张佚凡等24人参加了会议。这是第一次由三个发起人共同参与的雅集。

这次会议后，照例与会者聚宴大庆。酒席间，高天梅因一小事与柳亚子打开口水仗，借题发挥，大闹酒阵。争论中，柳亚子占得上风，支持他的为多数，陈去病也是站柳亚子一边的。最后一位女将虎虎生风跳了出来，她就是后来担任女子北伐队队长的林宗雪，高天梅落败。

柳亚子哈哈大笑："这真叫作得道多助呢！"没想到这句话，种下了后来导致南社发生分裂的根苗。

南社的雅集，吸引了一批文人雅士，也影响了一批文人雅士。1910年后群起响应，不少省份都成立了分社。先是浙江绍兴成立了越社，既而应声而起的是辽宁，客居在辽宁和辽宁籍的社员成立了辽社。淮地旅宁游沪学生为骨干成立了淮南社。

民国元年9月，陈去病与秋瑾的胞妹秋珵一起，就秋瑾归葬浙江之事去了湘潭。

在长沙，陈去病会晤了湖南社员黄钧、傅尃等，心情是愉悦欣喜的。陈去病与同人一起出游离开了西边的外城，扬帆渡到了橘子洲头，跃入眼帘的是一片青油油的橘树。陈去病联想到了对清流弹奏鼓瑟的湘水之神。接着他们又游玩著名的岳麓山。苍翠的枫树夹道，层林尽染。他们在爱晚亭中稍作休息，又向上攀登。在虎岑下煮茶后，逐步走过了千级的台阶，登临到了群峰的顶端。

陈去病见到了陈天华烈士墓，舒畅的心情一下子庄严了起来：新的墓地筑起了，荒坟重积，仿佛有鬼雄在发出啾啾的凄惨声音。他想着当年与陈天华一起肝胆相照投身革命，如今却是阴阳相隔，生死两茫茫，伤心的泪水不停地落

南社第四次雅集

下，飕飕凉风中仿佛都渗透着悲怜凄怆。

由于陈去病的到来，湖南的南社社员也就集聚到了一起。9月25日，正值农历中秋节，经陈去病、李德群、傅尃发起，湖南的南社社员在长沙烈士祠举行了临时雅集。到会的社员有陈去病、李德群、傅尃和成本璞、孔昭绶、谭觉民、文斐、文斌、刘师陶、黄埜、谭作民、朱德龙、刘谦、郑泽、宋一鸿、方荣杲、陈家鼐、唐家伟、海印和尚等19人。

他们先在花茶摄影留念，然后入东轩茶话。首先由傅尃向大家介绍了陈去病，接着汇报湖南的社务情况；陈去病发表感言，讲述了南社过去的历史及对于南社将来的希望，最后说："惟文字原属吾人余技，所望今后对于民国各发其爱国之热忱，为社会努力，则吾社前途，将益获美誉，而永为民国之光荣。"

随后，文斐、孔昭绶相继作了演说。雅集后，他们到阴园赏月，对酒欢歌；另有朱静宜、朱品莹姐妹及尹金阳等入席。

1912年春，宁调元到了广东，担任三佛铁路总办。宁调元是南社的中坚力量，1908年南社筹建时，他写过《南社序》。南社第三次雅集他没有参加，但被选为文选编辑员。

宁调元到了广东，就和广东的文人谢英伯、黄晦闻、蔡哲夫、邓乐雅以

南社长沙民国元年雅集

及李茗柯、王君衍、潘致中等人相聚到了一起。他们在一起北游石门、西览昌华，在崇屺楼边吟诗作词，兴浓的时候，宁调元就倡议发起成立南社广东分社——粤社。这倡议得到了响应。特别是参加过南社第一次雅集的蔡哲夫积极

南社长沙第四次雅集

南社广东分社第一次雅集

参与，担起了导演的角色。

初冬的一天，宁调元与蔡哲夫等人登上了粤秀山的山顶，效法当年南社虎丘雅集，把酒赋咏，谈论时政，很是热闹。在聚会进入高潮的时候，大家就推举当时担任粤督胡汉民高等顾问的谢英伯起草《宣言》。

谢英伯，原名华国，号抱香居士，广东嘉应（今梅县）人，辛亥革命时期著名报人。1912年初被檀香山华侨推举到南京晋谒孙中山，在上海加入了南社，入社号303。不久奉孙中山的命令回广东任同盟会广东支部部长。

不久，宁调元和谢英伯都离开了广州，于是蔡哲夫接任粤社社长，之后，他对粤社工作投入了相当大的精力与热情。他主持的粤社活动，开始是小型的、无明确意图的，但后来渐渐形成规模。

## 开元寺鲁迅主席　　建越社巢南领袖

1908年2月，陈去病接到绍兴府中学堂的聘书，在学校任教国文。1910年春节过后，陈去病又到浙江高等学堂教书。是年夏天，宋琳从浙江两级师范学校毕业回到绍兴。9月份，鲁迅至绍兴府中学堂担任监学兼教生物课，请宋琳至中学堂任教数理化科兼庶务。宋琳就有意在绍兴成立南社的分社——越社。

宋琳，字紫佩，生于绍兴，17岁考取秀才，后来又考入绍兴府中学堂，结识了徐锡麟，开始接受民族主义思想，就毅然加入徐锡麟、秋瑾主持的大通学堂。大通学堂被清政府抄封后，宋琳逃免。在这年秋天再入绍兴府中学堂。

当时陈去病在绍兴府中学堂任国文教员，他利用课堂向学生灌输革命思想。宋琳就与陈去病走到了一起。陈去病介绍他加入了同盟会，宋琳一度成了陈去病的得力助手。宋还联络绍兴一带的革命志士和大通学校的同学，成立匡社，寓"继承秋志，匡复中华"之意。

清廷的狗鼻子嗅出味来，迫使匡社的社务停止，宋琳为避祸，考入了杭州两级师范学堂优级科学习，成了鲁迅的学生。

鲁迅回到绍兴后，又聘请宋琳到府中学堂担任理化科教员兼庶务，他便在鲁迅与陈去病之间牵线搭桥。

鲁迅，本名周树人，浙江省绍兴人，原名周樟寿，字豫山、豫亭，后来改名周豫才，取笔名鲁迅。1898 年，17 岁的鲁迅离开家乡的三味书屋，进入金陵的新式学堂江南水师学堂，后赴日本，先入东京弘文学院学习日语，后进入仙台医学专门学校学习现代医学。在日期间师从章太炎，加入光复会。回国后，担任浙江两级师范学堂生理学、化学教员，绍兴府中学堂教员兼监学，绍兴师范学校校长等职务。

宋琳是南社社员，入社号 141。成立越社时，他得到陈去病的支持，陈去病起草了《越社成立叙》。在《越社成立叙》中，他肯定了人力可以胜天，期望南社由越而闽而粤，不断发展壮大。

首批入越社的有鲁迅、范爱农、陈子英、李宗祐等，以后社员发展至数百人。

绍兴光复时，鲁迅在开元寺组织越社召开了大会，并被推为主席。有传言说杭州府的清兵要渡过钱塘江来绍兴，城内人心浮动。鲁迅立即召集学生们组织了一支武装演说队，到各地演说和散发传单，他亲自带着指挥刀，指挥着学生游行。

演说队出发前，有学生问："万一有人阻挠怎么办？"

鲁迅反问道："你手上的指挥刀做什么用的？"

这次游行并没有遇到抵抗，绍兴人心安定。很快，革命党人王金发率领革命军进入绍兴，鲁迅、范爱农、孙德卿及越社的青年出城迎接。当穿着蓝色制服的王金发带着军队进城时，绍兴城沸腾起来了。

年底，陈去病接到宋琳的来信，说宋琳等人要在绍兴创办《越铎日报》，请陈去病去当总编辑。陈去病答应了宋琳，并且，他心中还有一件事——必须严惩谋害秋瑾的凶手章介眉。

王金发任分府都督后，抓住了章介眉。听到这消息，陈去病很兴奋。他去函强烈要求王金发严办凶手。王金发任职伊始，采取一些于民有利的措施并训练部队准备北伐，但是，不久就蜕变了。他召集宋琳参与军务，但要解散学生军。宋琳感到与王金发所见有了分歧，就没有就职。他认为王金发的行动需要社会监督，就决定办一份报纸。

办报需要有知名人物才有号召力。宋琳先找到了鲁迅，想请鲁迅领头。对宋琳等人的行为，鲁迅表示支持，但鲁迅说他可以参与报纸的筹建工作，但是不担任总编辑。于是宋琳想到了陈去病。

鲁迅

在陈去病到绍兴前报纸已经出了创刊号。鲁迅与宋琳等人给报纸取了一个含意深邃的名称——越铎。

《越铎日报》原定 1 月 15 日创刊，可能由于得知中华民国临时政府成立的消息，提前在 1 月 3 日创刊了。创刊号上，二版头条刊登了鲁迅以"黄棘"为笔名撰写《越铎出世辞》。文中，鲁迅以极大的革命热情欢呼辛亥革命胜利，并声明创办此报，是"纾自由之言议，尽个人之天权，促共和之进行，尺政治之得失，发社会之蒙覆，振勇毅之精神"。鲁迅指出了革命来之不易，切不可陶醉在凯歌之中，应该不停顿地前进，以巩固和发展辛亥革命的胜利成果。

《越铎日报》的宗旨得到了陈去病的赞同，他与徐自华为秋瑾丧事来到绍兴。宋琳介绍陈去病与鲁迅见了面，一起研究《越铎日报》的事。这样，陈去病就开始主持了《越铎日报》的笔政。

1 月 15 日，陈去病在《越铎日报》上发表了致匡社、黄社同人的启事：

自中原光复，吾曹之目的已达，所有本社同人务请即赐函越铎报馆，以期联络不胜盼祷庆幸之至！

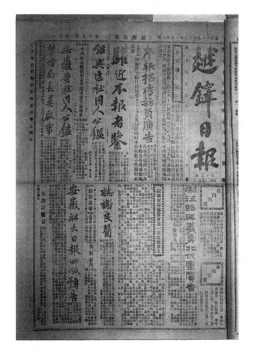

《越铎日报》

《越铎日报》是继《绍兴日报》之后天天出版的大报，由于得到了鲁迅、陈去病等人的加盟，初期的报纸办得尖锐泼辣，富有生机，名誉四起，各界莫不爱读。

就在此时，由鲁迅编辑的《越铎丛刊》第一集出版了。第一篇就是陈去病的《越社启》，其次为《越社第二次修改章程》《越社文录》《越社诗录》《南社启》《南社第四次修改条例》。

就在此时，政局却在发生变化。王金发在担任绍兴军政分府都督的后期，也渐趋骄奢淫逸。他任用同乡亲信，大肆搜刮，大发横财，终日陶醉在胜利的气氛中，对章介眉的态度也发生了变化。原来，章介眉表示要"悔过自新"，情愿捐田赎罪、疏财助饷，加上南京方面来人说情，于是王金发释放了章介眉。

对此，陈去病和鲁迅等人都发出了愤慨之声。《越铎日报》也对内幕进行揭露，惹恼了王金发，王下令要逮捕宋琳。宋琳只得避居上海，到了叶楚伧办的《太平洋报》社。

就在陈去病和宋琳离开绍兴期间，《越铎日报》内部出现了问题。当年追随徐锡麟、秋瑾革命的所谓开明地主，如孙德卿、黄柏卿等，他们赞成革命的目的不过是想在推翻满清统治后，取得高官厚禄。光复后，孙德卿的欲望没有满足，就拉拢了报社的一个编辑陈瘦蝶，登载了为章介眉翻案的文章。宋琳、陈去病斥责了陈瘦蝶，并决定撤掉这两篇文章。陈瘦蝶、孙德卿又勾结了一个从越社分化出来的王文灏，改组了《越铎日报》，由孙德卿任总经理，王文灏为执事。

2月17日，王文灏在《越铎日报》上刊登了一则《紧急启事》，说陈去病、宋琳把持业务，污蔑社员，声称"报社原有一些图记、簿册，由宋紫佩私人携去而作废"。这样，《越铎日报》成了反孙（中山）倒王（金发）的舆论工具。陈去病与宋琳对孙德卿的做法非常反感，于是就脱离了《越铎日报》社。

# 第四章　辛亥洪流

## 精卫引刀成一快　黄兴喋血广州城

　　秋冬季节，北方特别寒冷，在凛冽的寒风中，一个眉清目秀、英俊的青年男子，提着一只皮箱随着人流出了车站，来到出站口，排着队接受检查，一名巡警客气地请他打开皮箱：里面只有换洗的衣服和一本《红楼梦》。巡警随手拿起来翻了翻，之后挥手让他离开。

　　一出京奉车站，在瑟瑟冷风中，他缩起了脖子，将嘴和半张脸藏进了大衣的毛领之中。一招手，钻进一个等在站口的骡车之中。

　　"先生，您去哪儿？"

　　"什刹海——"

　　"驾！"随着一声鞭响，马车"嘚嘚"地小跑起来。

　　这个人不是个一般人物，这次来北京也是为了干一件不一般的大事。他就是汪精卫。汪精卫，名兆铭，字季新，号精卫，广东番禺人，后来也加入了南社，入社号260。

　　汪精卫的父亲汪椒是个落第秀才，后来弃文经商，汪精卫出生时他已是62岁。汪椒见汪精卫天资聪明，就特别注重教汪精卫读书，还每天让汪精卫为他读王阳明的文章和陆游的诗。汪精卫参加了科举考试，以广州府县第一名的优异成绩考取了秀才，三年以后被公费派往日本留学。他后来加入了孙中山创建的"兴中会"，作为同盟会的发起人之一，当选为评议部部长。

　　此时，同盟会发生了危机，而社会上又流传了一种说法，说同盟会的领袖是"远距离革命家"，这样，汪精卫坐不住了，他挺身而出，主动提出去北京刺杀清朝高官。让社会看看，革命领袖可不是贪生怕死之徒，要用鲜血回击同盟会领袖是"远距离革命家"的讽刺，挽回民众对革命党的信心。

去北京前，他心潮起伏，抱定了必死的决心，但他心里惦记的是革命的同志，于是，他提笔写了一封信给胡汉民等同盟会南方支部同志："此行无论事之成否，皆必无生还望……弟虽流血于菜市街头，犹张目以望革命军之入都门。"

他给孙中山的信这样说："无如革命党之行事，不能以运动为已足，纵有千百之革命党运动于海外，而于内地全无声响，不见直接激烈之行动，则人几忘中国之有革命党矣……吾侪同志结义于港，誓与满酋拼一死，以事实示革命党之决心，使灰心者复归于热，怀疑者复归于信。今者北上赴京，若能唤醒中华睡狮，引导反满革命火种，则吾侪成仁之志已竟。"

胡汉民劝汪精卫："你不是马前卒，是同盟会中举足轻重的人物，你的文才口才和号召力都是无人可以取代的。如果以一时之激情与虏酋拼命，对革命损失太大。"

汪精卫反驳："梁启超骂我们这些革命党人是远距离革命家，章炳麟等人又背叛孙中山和同盟会，非有特殊手段不能挽回。我们必须拿出具体的行动来证明我们的革命决心，才能使梁启超愧对民众，使章炳麟愧对党人，才能促使同盟会内部团结！"

决心之大，不赴死不足以挽回。

汪精卫曾经在《民报》26 期上发表《革命之决心》一文：

现在四亿人民正如饥如泣的赤子，正在盼等吃革命之饭。但烧熟米饭所需要的一是薪，二是釜。薪燃烧自己化为灰烬，把自己的热移给了米，才使生米变成熟饭；釜则默默忍受水煎火烤。所以革命党人的角色有二：一作为薪，为薪的人需要有奉献的毅力，甘心把自己当作柴薪，化自己为灰烬来煮成革命之饭；二作为釜，为釜的人需要有坚忍的耐力，愿意把自己当作锅釜，煎熬自己来煮成革命之饭。

黄复生读到了汪精卫的文章，也是热血沸腾，他找到了汪精卫谈了感受，并且对他说："我也愿意作革命之薪。"

现在汪精卫要行动了，第一个要见的人就是黄复生。

黄复生见了汪精卫，感觉到了一种肃杀之气。他们的对话很简单。

汪精卫："好久不见，可否记得作革命之薪的话？"

黄复生："记得。"

汪精卫："现在要落实行动了。"

黄复生："愿意。"

汪精卫："我要上北京杀清朝官员。"

黄复生："我和你一起去。"

就这么简单但有分量的话，把两颗心连在了一起。

随后，还有两人参与了进来。

一位是黄复生的好友喻培伦。喻培伦与黄复生是同学，他在大阪高等工业预备学校卒业后，到大阪化学研究所专攻化学，接受同盟会制造炸药、炸弹的任务，有"炸弹大王"之称。当汪精卫和黄复生找到他时，他毫不含糊，立即答应了。

还有一位是青年女子，汪精卫的恋人陈璧君。豆蔻年华的她，与汪精卫在马来西亚的槟城相识。陈的父亲是马来西亚华侨商人，支持革命，多次为孙

汪精卫与陈璧君

中山捐款捐物，汪精卫貌若潘安，口若悬河，风采风度无不吸引着每一位见过他的年轻女子。陈璧君采用人盯人战术，汪精卫在哪里演讲，头一排准有陈璧君，喊哑了嗓子，拍红了巴掌。在孙中山特批下，陈璧君加入同盟会，在《民报》编辑部工作。汪精卫当面发誓："革命不成功不结婚！"

陈璧君更干脆："我就喜欢你的执着！"

陈璧君得知汪精卫要去北京，毅然要与汪精卫同往。这时，有人说了这么一句话："你反正有英国护照，被抓了英国领事馆自然会来救你。"陈璧君听后没说一句话，当场取出护照撕个粉碎。

汪精卫与黄复生两人先乘英国船到了天津，来迎接他们的是美人郑毓秀。

郑毓秀是广东人，因不同意家长为她与两广总督的儿子订下的婚约而离家出走，进入了天津崇实女塾。这是一所著名的教会学校，她在那里接受西方教育。后来随姐姐东渡日本，在日本加入了同盟会。这次，她接到了廖仲恺的来信，说汪精卫他们要到北京去执行暗杀计划，要她全力协助汪精卫等人的暗杀行动。

郑毓秀也为汪精卫的外貌所吸引。

汪精卫对郑毓秀说："我们这些男人带炸弹容易引起怀疑，想请你帮我们把炸弹带入北京。不过这是一件危险的事，炸弹在路上一不小心可能爆炸……"

郑毓秀说："放心，你的事，我粉身碎骨在所不辞！"

郑毓秀在社交界有一定的名气，当时有个法国外交官对她很有好感，于是她把炸弹塞进了一个箱子里，利用那个色迷迷的外国男人，要他陪自己去北京。法国外交官正要寻找向郑毓秀献殷勤的机会，求之不得，就立即答应了。

在北京前门车站，法国外交官吃力地提着大箱子，郑毓秀挽着他的胳膊，大摇大摆地走出了检查处，巡察见洋人根本不检查，点头哈腰，帮他把那个装着炸弹的死沉死沉的箱子提出车站，送到法国领馆等在路边的马车上。跟着他们后边大摇大摆出站的也是一对"恋人"，他们是喻培伦和陈璧君。

在北京，汪精卫与黄复生在琉璃厂租了一幢房子，开了个"守真照相馆"。这也是汪精卫他们巧妙计划的，因为照相馆有暗室，搞炸药的组装不易被人发现，而且照相馆里飘出化学药品的味道也不会引起人的怀疑。

汪精卫开始谋划暗杀行动。他最早想刺杀庆亲王奕劻，但这位王爷府邸的保卫属于特级，根本下不了手。就在他们一筹莫展的时候，听到了一个消息，前往欧洲代表清廷祝贺英王加冕的两个宗室贝勒载洵、载涛两人要回到北京。

汪精卫的脸上又出现笑容："在载洵、载涛走出前门车站时，将他俩炸死。"

2月底的一天，汪精卫和黄复生、陈璧君三人雇用了一辆骡车向前门车站驰去。

汪精卫和黄复生带着装有炸弹的箱子在车站外守候，陈璧君在骡车上接应，等目标出现，汪精卫与黄复生就扔炸弹，利用混乱跳上陈璧君的骡车离开。

猎物终于出现，却发生了意外，那天火车晚点，迎接的官员又多，满站台都是红顶子，根本辨认不出哪个是载洵、载涛，因而也无从下手，第一次暗杀行动无功而返。

回到住所，汪精卫鼓励同伴不要泄气，又开始寻找新对象，最后把暗杀的目标锁定在摄政王载沣身上。

他们先开始踩点，熟悉载沣的行踪。载沣的王府在什刹海附近，载沣每天早晨按点上朝，必定经过鼓楼大街，几天下来，他们在鼓楼附近发现了一座矮墙，正好隐蔽，蹲伏在墙后，等载沣经过时，投出炸弹将其炸死。

计划刚制订好，情况却有了变化，载沣上朝改变了线路，不走鼓楼大街。行动只能停止。

什刹海边上有一座甘水桥，甘水桥三面环水，汪精卫计划将炸弹埋在甘水桥的下面，等载沣一行经过时，用电线引爆炸弹，把载沣送上西天。于是他们在附近的清虚道观租了间房子，开始准备。

载沣

（天下南社）

月黑风高，黄复生和喻培伦前往甘水桥去埋炸弹，汪精卫与陈璧君两人留在出租房内。

　　时间一分一秒过去。去埋炸药的喻培伦突然跑了回来说："大事不好，有人看见我们埋的炸弹了。"

　　汪精卫一惊，忙问："炸弹被取出来了吗？"

　　"我先回来报信，不清楚。"

　　原来喻培伦和黄复生埋炸弹进行得正顺利时，发现不远处有人影闪动，两人心里一惊，难道有人在暗中窥视？于是喻培伦先回去向汪精卫报告，黄复生藏在附近观察情况。

　　他们的行踪的确被发现了。本来这地方深夜是没有人的，可这天偏偏有个赶车的车夫，老婆还没有回家，睡不着觉，就走出家门来到了甘水桥上。发现桥边有人在埋东西，他开始认为是在埋偷来的宝贝，就悄悄地躲到一边，想等埋的人离开后自己去拣个便宜。再一看在拉电线，知道不妙，就匆匆忙忙去报案了。

　　不一会儿，那车夫带着两个巡警来到了桥边，黄复生知道事情败露了，也急忙赶了回来，说："警察已经发现炸弹了。"

　　巡警部立即派人到了甘水桥，将桥下的大铁罐子挖了出来，最后找来了美国、日本使馆的人才知道是一颗大炸弹，不解释全明白了，有人要炸死摄政王爷。

　　第二天，北京的报纸上刊出有人要刺杀摄政王的消息，还有分析评论，说是宫廷内部的争斗，暗喻是袁世凯派人所为，压根没有谈到革命党。

　　汪精卫松了口气，但他没有立刻撤离北京，继续商议下一步的暗杀计划。

　　就在这时，有一个人匆匆忙忙地跑到了"守真照相馆"。汪精卫一看，是个熟人，同盟会的老会员白逾桓。白逾桓对汪精卫说："你们已经暴露，巡警不可能不怀疑到这里。"

　　汪精卫一脸书生气："凭什么怀疑？"

　　"哪有归国留学生开照相馆谋生的？"

　　汪精卫和黄复生正举棋不定。此时，听到了警方放出风来，说在卢沟桥抓到什刹海炸药案的案犯，并且已被处死。

汪精卫他们还是毛嫩，中了奸计。

警察仔细观察了现场和残物，发现炸弹后并未声张，先拿到外国使馆找专家鉴定，这外国专家说："这炸弹威力强大，技术高超，绝非中国制造。但外壳很大，且较粗糙，是就近制造的。"

警察就盘查了北京所有的铜铁店，最后查到了骡马市大街的鸿太永铁铺，铁铺的伙计一眼认出这铁罐是他制作的，说出了是"守真照相馆"的人要的。

大网撒下了，汪精卫等人却没有警觉，还在等待下一次暗杀的时机，并对照相馆内部进行了装修。

密探扮成工人，混进了"守真照相馆"。经过一番秘密侦查，从"守真照相馆"里盗走了革命党文件。

警察包围了"守真照相馆"，汪精卫和黄复生束手就擒。

久已期待的朝廷大案终于开庭，主审官是民政部肃亲王善耆。汪精卫和黄复生大义凛然，对行刺案供认不讳，争当主谋而绝不牵连其他人。

汪精卫在庭上读了他起草好的四千多字的供词："本人汪兆铭，别号精卫。前在东京时为《民报》主笔。生平宗旨，均刊登于《民报》，不予多言。孙中山先生起兵事败后，我决心炸死载沣以振奋天下人之心……"

事实清楚，无须熬审。

在狱中，汪精卫自忖必死无疑，既然心里踏实了，口中吟出了四首《被逮口占》，其中第三首写道：

慷慨歌燕市，从容作楚囚。

引刀成一快，不负少年头。

一时传诵，生命力至今不衰，为人津津乐道。

很怪，清朝的汉官都认为"大逆"，主张将汪精卫枭首，而以肃亲王善耆为首的满族权贵倒主张免死，理由是当时朝廷正推行立宪，应非常注重时议，对汪精卫等人理应从宽发落。这是正史的说法。

其实背后的故事是隆裕皇太后看了汪精卫的照片，说了一句："多俊的小白脸儿，可惜啦！"

可能没人信，但汪精卫的命确实保住了，被判为"永远监禁"。

就在汪精卫刺案不久，爆发了黄花岗起义。

1911年4月27日（农历三月二十九日）下午4时左右，130余名敢死队员在黄兴的住所小东营五号前边集合了。黄兴进行战前动员，队员们大受鼓舞。每人得到一个大饼、一条白毛巾以及枪械弹药。

5时30分，螺角声准时响起，著名的"三二九"广州起义爆发了。黄兴带领敢死队员，臂缠白巾，手执枪械炸弹，从小东营五号总指挥部直扑总督署。到了门口，黄兴对士兵喊道："我们是来打清廷的，我们都是同胞，不要自家人打自家人。如果你们赞成，请举手。"

卫兵不应声，敢死队就立即开枪，扔炸弹，革命党人谢梅卿首先冲锋攻入。相遇管带金镇邦在那里督战，黄兴两手各持一枪，"啪啪——"两声，金镇邦倒地身亡。有几个卫兵就弃枪投降，并愿作为导向。

于是黄兴与林时爽、朱执信、严骥等人冲入督署。进去一搜，两广总督张鸣岐逃往水师提督衙门，里面各屋都空荡荡的。原来，总督张鸣岐等人趁他们撞门的时候，已从阁楼顶上逃走了。黄兴等找不到张鸣岐，便放火焚烧督署衙门，然后冲杀出来，这时革命党人牺牲了3人。

冲出来正碰上水师提督李准的亲兵大队。林文听说李部内有同志，便上前高呼："我等皆汉人，当同心勠力，共除异族，恢复汉疆，不用打！不用打！"话还没有讲完，被敌人一枪击中，当场牺牲。于是，双方枪弹齐发。刘元栋、林尹发等5人也相继中弹。

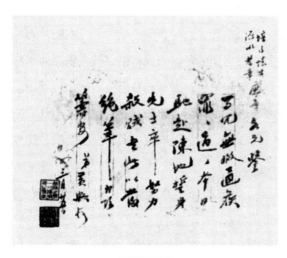

黄兴绝笔书

黄兴在射击时，突然飞来一颗子弹，他的右手食指和中指的第一节被打断了，他便以断指继续射击。清兵从四面合围上来，黄兴等知道已不能实现目标，就决定

被清军逮捕的黄花岗起义战士

分三路突围：黄兴带 10 人，欲出大南门，与巡防营相会；徐维扬率花县党人 40 人出小北门，与新军相会；川、闽及南洋党人佯攻督练公所。

黄兴与方声洞所率一部行至双门底后，与温带雄所率计划进攻水师行合的巡防营相遇。温部为入城方便，没有缠戴白巾，方声洞见无记号，便开枪射击，温带雄应声倒下。对方立即发枪还击，子弹密集，方声洞牺牲。

往小北门的一路也很快遭遇清军。经过一夜作战，打死打伤敌人多名。最后，张鸣岐放火烧街，徐维扬率部突围，被敌逮捕。攻督练公所的一路途遇防勇，绕路攻龙王庙。喻培伦胸前挂着满满一筐炸弹，左手执号筒，右手拿手枪，奋勇当先，投掷炸弹。战斗一直进行到了半夜，终因寡不敌众，喻培伦全身多处受伤，率众退至高阳里盟源米店，以米袋作垒，向敌射击。后因敌放火，他们才被迫突围，喻培伦被俘遇害。

战至最后，只剩黄兴一人，他退到一家书店，用肩膀把门撞开，从里面伸出两支枪，左右射击，打死了七八个防兵。这时，天已经黑了，巡防营有号令声，追赶黄兴的人都退走了。躲在书店里的黄兴口渴得很，就在里面的水缸里搞水喝。喝了几口，才感到手指疼痛起来，这才想起自己负了伤。他就用凉水冲了瘀血，从衣服上撕下一块布条，把手指缠了起来。这时，一个十几岁的少年推门进来，一见是个起义者，没作声。黄兴就向他打听外面的情况，那少年说："外面到处在捉人，但城门还没有关。"

黄兴起身就要走。少年从衣架上取下了一件黑色长衫，叫黄兴把血衣换下来。然后，这少年就将黄兴送出了城门。

这次起义，由于情况变化，导致黄兴一路孤军作战。起义失败后，广州革命志士潘达微收殓牺牲的革命党人遗骸 72 具，葬于广州郊外的红花岗，并

黄花岗七十二烈士墓

将红花岗改为黄花岗，史称"黄花岗七十二烈士"。这次起义因而也被称为黄花岗起义。

72 位烈士死得壮烈。到了武昌起义爆发，清廷上谕，将汪精卫等人释放出狱。汪精卫参加了南社，成为诗坛领袖、政坛领袖，却又走向另一个极端。

## 大智门居正中枪　　陈陶遗雪中送炭

1911 年 10 月 10 日，武昌起义爆发。中部同盟会湖北分会负责人居正从上海到达武汉。

居正，湖北广济人，初名之骏，号梅川，后改名正，字觉生。此时，他已加入了南社。他没填入社书，顺序号"五一"。

在日本时，居正与宋教仁、赵声、谭人凤等人一起讨论革命战略，宋教仁提出在长江流域首先起义和建立一个统辖长江流域革命活动的中部同盟会的主张，居正等人都非常赞同。受谭人凤的委托，居正一个一个地邀请在日本的11个省区同盟会的分会会长在左仲远寓所开会。

会议由谭人凤主持，他提出了建立中部同盟会的主张，他说："事权必须统一，责任必须分明。中部同盟会在长江流域革命活动以武汉和南京为中心，统一指挥长江流域等中部地区的革命活动。"

话音刚落，宋教仁发言，提出新的革命战略："北方发动为上策，长江流域发动为中策，南部沿海发动为下策……"

很明显，他的战略否定了孙中山沿海沿边起义的战略思想。

大家七嘴八舌议论开了，都认为小宋的法儿比老孙的要高，起码可以试一下，大家取得共识：要加强长江流域的革命行动。最后，会议推定了长江流域各省负责人，居正被推为湖北负责人，他立即启程回国准备湖北地区的起义。

1910年盛夏，居正回到了上海。一到上海，他就去拜访了上海同盟会主盟人陈其美。

陈其美是浙江吴兴人，名其美，字英士，号无为，别名高野英。他是在1911年2月由柳亚子介绍加入南社的，入社号125。

居正向陈其美介绍了日本左仲远寓所会议的情况，他说："长江一带的革命行动，一点一点地扩大了，非有一个总机关来筹划领导不可。"陈其美表示可以考虑。

在上海期间，居正还会晤了先期从日本回国的陕西革命党人井勿幕、四川革命党人熊克武和但懋辛，传达了同盟会东京本部的决议，然后各人分头活动，于是乎中部同盟会在上海正式成立，陈其美成为马头。

居正风尘仆仆到了汉口，来到了设在汉口租界宝善里的广惠公司，这是革命党秘密联络机关。他一进公司大门，湖南革命党人刘绍襄就迎了上来，说："来得正好，有你的一封信……"

居正打开一看，是黄兴写的，信中说："吾党举事，先须取得海岸交通线，以供输入武器之用，现钦廉虽失败，而广州大有可为，不久发动，望兄在武汉主持，结合新军，速起响应。"

原来，刘绍襄在东京左仲远寓所会议后，专门到香港向黄兴汇报了会议

居正

情况，黄兴正在香港再次策动广州起义，就派刘绍襄到武汉传达命令。

居正只得留在武汉，在革命党人杨时杰的陪同下，访问了湖北共进会的领导人孙武，组织人马准备响应广州起义。

此时，谭人凤奉黄兴"尚方宝剑"来到了武汉，在湖北共进会领导人的旅馆，谭人凤做了报告："我奉黄先生的命令，督率长江革命，江宁（南京）、九江已有联络，两湖尤为重要。因为黄先生和胡展堂、赵伯先诸兄都在香港，各省同志集中在那里准备广州起事。谋划既定，经费也有着落，最短的时间内当能实现，等广东一动手，两湖再急起响应……"

居正等人只能在武汉准备，以响应广州起义。不料，却传来了一个噩耗：广州起义失败了。

居正、刘公、孙武、杨时杰等湖北、湖南的革命党人在武昌胭脂巷机关召开了紧急会议。会议由居正主持，与会的人传看了孙武从汉口带来的《民立报》，当看到"黄兴攻督阵亡，胡汉民、赵声当场捕获"时，都惊呆了，大家悲痛不已，甚至有号啕之声。

居正悲愤地站起来，沉痛地说："广东起义失败，是我党机关的一大损失，但根据本人窥测，克强、汉民、伯先等阵亡与被捕的消息恐怕未必确实。《民立报》是革命党的机关报，或许这么刊登是为了和缓官厅的赶尽杀绝也未可知……"

众人抑制住悲痛，抬头望着长须飘飘的谭人凤。

"不必气馁，事情已这样了，我们要研究新的办法，老路子多次证明了是行不通的！"

于是会议决定筹集经费，还是在长江流域、两湖地区进行起义。

同盟会中部总会正式发挥作用了。上海北四川路湖北小学里，宋教仁、

武汉阅马场

谭人凤、陈其美、居正等与各地与会者 29 人正式开会，进行部署。

居正作为湖北分会负责人，奔走于武汉、上海之间。居正参加了共进会和文学社领导人在武汉雄楚楼刘公房间举行的联合协商会议。三天以后，居正和杨玉如受武汉革命党人的委托来到上海，与宋教仁、陈其美等人商议起义大事。在这期间，居正在上海结识了柳亚子等南社成员，正式参加南社，还见缝插针地吟诗作赋。就在居正滞留上海期间，武汉的形势发生了急剧变化，武昌起义爆发了。新军协统黎元洪被拉出来担任了大都督。

1923 年 6 月 13 日，黎元洪最后签署命令时的情景。

居正和谭人凤联袂来见武昌的新主人。宽阔的阅马场广场上搭起了许多帐篷，士兵们荷枪实弹，充满了临战气氛。进入都督府，黎元洪接待了他们。

居正是外来户，到谋略处看望了蔡济民等革命党人，一起策划了下一步的行动。鉴于黎元洪初任都督，未有决心，虽为主帅，却是徒有虚名，无以整肃三军，居正建议搞一个都督宣誓活动，以振奋人心。

阅马场广场中央搭起了祭台。黎元洪穿着将军军服，在革命党人的簇拥下骑着马来到了祭台前。他登上祭台，在旗剑分列的黄帝神主位前宣读祭文：

**务以歼除满酋，恢复神州为目的。元洪德薄智浅，仰托先皇灵爽，赖同志进行之锐，誓必达到目的……**

谭人凤怎么瞧都别扭，这么多年的血拼成果，拱手让人，心有不甘。

等黎元洪宣读完毕，由谭人凤给黎元洪授旗授剑。黎元洪接过旗和剑后，又大声宣誓："实心拥护革命，坚决打倒清政府……"

顿时，全场欢声雷动。

接着，居正做了演说。显然他已经是配角了，向革命军人宣传了同盟会的革命宗旨、创立民国的伟大意义，鼓励大家用鲜血保卫革命成果，最后，居正命令各军举枪向黎元洪致敬，一时，全场口号声四起："中华民国万岁！""四万万同胞万岁！"

誓师活动取得了成功，军心大振。

当天晚上，几百名革命党人聚集在教育会开会讨论《组织暂行条例》，第二天，居正和几个革命党人将《组织暂行条例》交给黎元洪，黎元洪立即签字批准，于当天公布。

没多久，被清廷封为钦差大臣的袁世凯密令部署在汉口周围的北洋军冯国璋部开始进攻革命军。冯国璋的军队用大炮狂轰汉口市区，汉口市区陷入一片火海之中。

居正冒着炮火从汉阳到了汉口，察看前线情况。当晚，在汉口军政分府召开会议，部署军政工作。

第二天上午，居正登上水塔观察战况，看到大智门车站方向革命军势力不支，不少革命军人在后撤。他立即率领八名卫士，沿铁路至大智门车站，这时原来在这里的指挥姜明经因为害怕敌军的攻势逃离了阵地。居正立即大喝一声："绝不能后退！"随手拿起一面红旗，指挥士兵反攻。在居正的带领下，革命军人士气倍增，一下子打垮了清军，夺回了刘家庙车站。正午时分，战斗又激烈地展开了，革命军人饥疲不堪，居正急回大智门车站组织援军。

居正在大智门车站集合了一批革命军人，他正在进行战前动员，突然一颗流弹飞了过来，击中他的脑部，瞬间血流如柱，居正倒地后不省人事。

黎元洪与湖北革命党心急火燎盼上海方面能策应武昌的战斗，关键时刻，陈其美病倒了，躺在医院的病床上，群医束手。

在武汉的隆隆炮声中，陈其美亦心急如焚，在东南各地奔波着。在杭州，与顾乃斌、褚辅成、吕公望等人在西湖白云庵曼殊茶室秘密商议杭沪联合起义计划。然后，他又赶到江宁（南京）附近，策划新军起义。又马不停蹄地返回上海，因劳累突然病倒了。

一天，陈陶遗突然来访，他是听到了武昌起义成功的消息赶到上海的。

陈陶遗一见陈其美就说："我有一海外仙方能治公病。"

望着陈陶遗，陈其美有气无力地说："陶遗兄不要开玩笑了，我的病只恐回天乏术……"

陈陶遗未等陈其美说完，就像变戏法似的从怀里掏出一张纸递给陈其美："给你药方。"

原来是一张十万大洋银票，陈其美看后从床上一跃而起。

原来陈其美是被钱所困，一病不起。

上海光复后，位于外滩的大清银行改组为中国银行，中国银行上海分行经理是宋汉章。陈其美当了上海都督后去找他，令他筹饷，宋汉章不买账："中国银行系官商合股，我只是个管钱的，不能做主。"

陈其美大为恼火，而中国银行行址在租界内，就是上海都督也不敢胡来。于是，经过一番思考，陈其美决定请宋汉章"吃顿大餐"，地方安排在曹家渡小万柳堂。

这是鸿门宴。席间，陈其美又提起了筹饷的事，宋汉章仍然以前面说的理由推辞。

陈陶遗

陈其美是帮会人物，耍开流氓手段：

"既敬酒不吃，那就休怪本都督不客气了。"他使劲摔了酒杯。

"啪啦"一声，当即从门外蹿进来两个大汉，一人一个胳膊架住了宋汉章，将其扭出万柳堂，直奔后门，押上了早已停候在河边的小火轮。

在多方周旋及舆论压力下，陈其美只能把他放了，然而目的还没有达到。急火攻心，一口鲜血喷出，陈其美病倒了。

这回陈陶遗正是雪中送炭。他受同盟会派遣来到南洋泗水，表面上在一所华侨中学任教，其实是向华侨筹集款项。当陈陶遗得知陈其美正缺乏经费，他携款从南洋赶回，治好了陈其美的心病。

黄兴、宋教仁都来到了上海，商议支持武汉的事，陈其美找来范鸿仙，让他把前几天买到的三百支手枪交给黄兴，一起运往武汉。

枪有了，但如何运出去是个难题。前方战事十分紧急，武汉方面接连有电报到上海，黄兴就说："真不行，我就冒险闯一闯。"

陈其美说："现在不是冒险的时候，昨天我表妹杨季红说要去武汉为革命军疗伤，看从她那里有没有办法。"

第二天，杨季红举着"红十字会救伤队"的旗帜，以中外人士结队往汉口救伤为名，护送黄兴、宋教仁及武器去了武汉。

## 陈其美占领上海　黄克强拜将武昌

武汉前线战事吃紧，陈其美当机立断，加紧部署上海起义，以便策应武昌。

他在上海城自治公所召开会议，与商团领导人李平书等人商量发动上海起义的事。傍晚，李平书到了中华国民总会的秘密会址，与陈其美、范鸿仙、叶惠钧、叶楚伧等人见了面，商团被陈其美争取了过来。

这天，陈其美正在办公室，突然有紧急谍报到，陈其美一看，说有五艘清军军舰正从汉口驶来，停泊在吴淞口，准备装运江南制造局的枪支弹药，用来接济冯国璋所统领的北洋军，以进攻汉阳。

陈其美一见谍报，感到是个战机，立即给李燮和打了一个电话，让他到《民立报》报馆商量对策。

李燮和是光复会中地位仅次于章太炎、陶成章的人物，中部同盟会成立，他从香港到了上海重新经营光复会秘密机关。武昌起义后，他策反了吴淞巡官黄汉湘、闸北巡逻队队官陈汉钦，又联络了其他清军人员，沪军营和江南制造局附近的炮兵一营的士兵也被他策反了。他是上海革命党中有分量的人物。

他接到了陈其美的电话，就来到了《民立报》报馆。

陈其美与他一见面，就对他说："现在武汉的形势特别紧张，武汉方面希望上海能立即发动起义，以缓解武汉的压力。"

李燮和对当前的形势是了解的，他对陈其美说："要想占领上海，必须攻下江南制造局。拿下江南制造局并不容易，何况苏州的江苏巡抚程德全手下水陆军和警察也相当有力量，他如发兵上海，半天就到了。"

1911年11月5日，上海各界商议成立沪军都督府，右前一为陈其美。

陈其美说："苏州方面不用担心，我已经派人去策反程德全了，他不会轻易出兵。只要我们速战速决，上海一光复，苏州就会跟上来了。"

李燮和对陈其美手下的兵力不太了解，陈其美说，李平书的商团有两千多人可以调遣，另外，还有其他敢死队员三千人，精武学校的师生、中国国民总会的模范体操团两千人，以及从日本归来的留学生。除此以外，陈其美还策反了一批清军官兵和警员。

听了陈其美的介绍，李燮和感到同盟会还是很有力量的，于是决定与陈其美联合行动。两人打开地图，商量了作战方案，决定在11月3日下午4时发动上海起义。

3日上午，陈其美正在准备下午的起义，突然接到李燮和的电话，说负责闸北起义的总指挥陈汉钦在传达起义命令时走漏了风声，闸北警方已经开始抓捕革命党，急切地问陈其美怎么办。

陈其美当机立断，提前起义。

闸北、吴淞参加起义的巡警及商团团员，人人身缠白布，首先向警察总局发起进攻。巡道汪瑞闿和巡警总局局长姚捷勋慌慌张张逃进了租界。驻军有的反正，有的保持中立，未经战斗就顺利光复。

10时左右，刘福彪和应桂馨带敢死队进攻上海城厢，至达城门时，守城的警察都臂缠白布在列队迎接了。队伍进了城门，就向道台衙门进攻。

上海道台刘燕翼、知县田宝荣听到枪声，急忙命令手下抵抗，而他们却拿上关防和库银清册，逃进了租界。手下人见上司跑了，都无心抵抗，也纷纷逃命。

当刘福彪、应桂馨等人冲进道台衙门时，里面已是空荡荡的。进入庶务处也没有人，只见几瓶煤油。刘福彪就上前，抽出马刀，将铁皮砍开，让手下把煤油洒到了大堂的门窗板壁上，点起了一把火，不一会儿，道台衙门燃起了冲天大火，火光标志着上海城光复了。

很快，喜讯传遍了上海城，街上到处是欢呼的人群。许多酒楼茶室都挂起了白旗和革命军军旗，白旗上都写着斗大的"光复"两字。

陈其美、于右任、沈缦云、李平书等人立即在西门外斜桥西园召开与革命党有关的重要人物会议。会上决定成立上海军政分府，下午在九亩地广场举行誓师大会，攻打江南制造局。

下午4时，陈其美、李燮和等人率领一支支队伍，准时到了九亩地广场，排列了方阵，气势雄伟。

陈其美登上主席台，宣读了上海军政分府独立宣言：

窃自满清为虐，盗我中华，同胞之深仇巨耻未报者，二百余年矣！屠杀之惨，历历在目，卧薪尝胆，未敢或忘。讵意满清今得狠毒，假立宪之好名，行防汉之谲计，涂我四百万神明子孙之肝脑，以供养彼五百万之犬羊贱种；犹复颐指气使，视汉人若牛马，苛税则无不知，而彼满奴则不耕而食，不织而衣；权利则无不削，而彼满奴则握大权执大炳；而日横死于满清虐政下者，尤不胜屈指，又何一非黄帝子孙，我亲爱之同胞也……我苏浙各省，据长江下流门户，形势重要。故我江东革命军，于9月13日（农历）起义于上海，以安商业，以宁民居，各守生业，勿相惊恐。急于大义者，其各来归，盖满恶昭彰，已白于天下；胡运已绝，汉族方兴。凡吾三吴健儿，均当效忠于祖国，以建共和之基；不当尽力满洲，以贻万世之辱。而满洲将士，其有弃逆投顺者，亦概不加诛，视之同等……

陈其美话音刚落，全场掌声雷起。从此，上海独立了。革命党人扯下了正中旗杆上的黄龙旗，换上了同盟会制作的青天白日旗。

集会以后，陈其美打开了两只箱子，这就是他自己拿来的手枪、步枪和炸弹。他将这些武器分发给了起义军。

准备完毕，陈其美拿了一面旗帜，带领敢死队从南市出发，进攻江南制造局。

江南制造局是清朝洋务运动中成立的清政府最大的军事工厂。江南制造局总办张士珩听说了闸北民军起事，就立即调兵遣将守卫。他调巡防二营和四营在江南制造局前的高昌庙和斜桥迎击民军，却未料到这两个营早已被陈其美策反，陈其美的部队未经阻拦就直接到了江南制造局。

陈其美的人马到江南制造局门口时是 5 时左右，这时正是下班时间，大门开着，陈其美一马当先，从西栅栏潜到门前，向里面扔了几颗炸弹，随即，刘福彪带着敢死队冲了进去。

驻守的清军关上二道门，在里面拒守，敢死队被阻截在了院内。敢死队员卧在地上射击。清兵上了楼房，居高临下开枪还击，战事很危急。由于起义军地形不利，先后发动了两次冲锋都没有成功。陈其美见久攻不下，只得下令退出门外。

望着制造局的大门，陈其美心里很焦急，久攻不下，策反的清军并不稳妥，若程德全从苏州派兵过来，后果不堪设想。于是他做了一个大胆的决定。

他把手臂上的白带，连同手枪一起交给了刘福彪，对他说这里由刘福彪指挥，自己要去找张士珩谈判，并对他说："如果我一个小时不出来，你与后门的杨谱笙合兵一处进攻。"

刘福彪一把把他拉住，说这不可使，张士珩是名顽固分子，进去等于羊入虎口。

陈其美说："不入虎穴，焉得虎子？谈判成功最好，不成功，牺牲了，也显示了革命者视死如归的精神，可以鼓舞革命者的士气，一举拿下制造局。"

陈其美举了一面白旗，向大门口走去，边走边说道："弟兄们，我们都是汉人，不要打了，快去报告总办，民军代表要来谈判。"

不一会儿，守门士兵出来，将陈其美身上检查了一遍，确信他没带武器，就把他带了进去。

张士珩拒绝投降，反而将陈其美五花大绑，大骂说："你们这帮亡命之徒，待我将外面这些狐朋狗党打死，再来杀你。"陈其美见谈判不成，只好束手待毙。这时，局内有一名叫张杏村的士兵，几天前曾与革命党联络赞成革命。他眼见陈其美在危急之际，便对张士珩说："张总办，此人乃文弱书生，有何本事？杀不杀无济于事，但他们党人很多，均不怕死，今若杀他，设异日他们党人来寻张总办谋报复，那可了不得。"张士珩说："我不怕他们，更不怕死。"张杏村再晓以利害说："总办所说甚是，但总办家眷少爷小姐均在外居住，身家性命以及财产也当顾虑，即我辈在此，自当同总办出力，设若革命成功他们必不饶恕我们，请总办想想何不等到大事平定，再来杀他不迟，横直他在那里，哪能跑得脱。"张士珩一听有理，便放弃了立即杀害陈其美的念头，把陈其美关了起来。

起义军得知陈其美被捕后，又组织了进攻。守军依然负隅顽抗。后来有民军悄悄地从后墙翻进，用汽油烧着了张士珩的住宅，霎时火焰弥漫，西边围墙也被炸开了缺口，起义军见势蜂拥而进，终于攻下了制造局。

攻占制造局之后，起义军立即四处寻找陈其美的下落，遍寻无着，最后才在马栅旁一间储存废铁的小房间里发现了陈其美。他被戴上脚镣手铐，绑在一张条凳上，头紧紧贴着墙壁，一动也不动。原来他的头发被钉在墙上，所以他全身不能丝毫移动，同志们把他放下来，打开脚镣手铐时，他已全身麻木，动弹不得，被同志们送回去休息。

上海光复后，陈其美被推为沪军都督，掌握了上海的军政大权。

再说武汉情形：革命军与清军激战十多天，相持不下。此时，一群胳膊上戴着红十字袖章、戴着白口罩的人坐着上海开往汉口的英国轮船，在汉口码头上岸。原来是黄兴与宋教仁、田桐、李书城等一行人安全到达。随即渡江至武昌。

黎元洪派出代表带着军乐队和仪仗队在江岸隆重迎候。他知道黄兴在革命军中的威信极高，就叫人做了几面大旗，上面写着"黄兴到"三个醒目的大字，命令几名骑兵，骑上快马，高举大旗，威风凛凛地跑了一圈，沿街不断地大呼："黄兴到——"

一下子，武昌城内响起了鞭炮声，原来是群众得知著名革命领袖黄兴到

了武汉，就纷纷鸣放鞭炮，表示欢迎。前线的战士听说了黄兴到的消息，也是军心大振。

全城忐忑不安的人心又放回肚子里。

黎元洪在总督府会见了黄兴，寒暄后就谈起了汉口的战况。黎元洪请黄兴主持大局，黄兴也没有推辞，提出要到汉口前线去巡视战况。当夜，黎元洪就派吴兆麟、杨玺章、蔡济民、徐达明四位官员陪他前往。军政府从各机关部队中选出一些有作战经验的官兵及自告奋勇的学生组成督战队，归黄兴统一指挥。随军还有两面大军旗，旗长一丈二尺，上面写着斗大的"黄"字。

黄兴过江到了汉口，在满春茶园设立了临时总司令部，随后立即到前线视察。这时，汉口的军民与清军已相持了十天。各部军民已不到七千人，而清军方面，第二、第四两镇就共有一万五千人，形成了半月形包围之势。

黄兴了解情况后，意识到巨大的危险性，必须抓紧时间进攻。于是下达了作战命令，第二民军从歆生路、张美之巷发动了对清军的反攻。这一仗打败了敌军，鼓舞了士气。

但是，清军两万多人沿铁路向玉带门进犯，黄兴根据地形，指挥民军与清军进行巷战，清军难以前进。清军指挥官冯国璋就命令部队放火焚烧市街房舍，一下子大火四起，民军渐渐不支，陆续向汉阳撤退。黄兴率督战队拼死督战，不让民军退出战场。但已经无法维持。

为了黄兴的安全，军政府以商议汉阳防务为由，派多人将黄兴挟持回武昌，黄兴是一步一回首，顿足叹息。汉口陷落了。

当晚，军政府召开了紧急会议，商量应对之策。最后决定由黄兴负责保卫汉阳并向已宣布独立的各省发出求援。

当晚，湖南的援兵到了，黄兴十分高兴。军政府又召开了紧急会议。居正又召集革命党人和军政府高级官员开了一个秘密会议，这个会议是背着黎元洪和黄兴的，他们想让黄兴取代黎元洪作为湖北军政府的首脑。

这个建议得到了一部分与会者的拥护，但是也有人反对，最后，没有通过。但考虑到黄兴指挥官的身份，经黎元洪同意，由

黄兴

军政府委任黄兴为"战时军民总司令"，所有各省军队都由他指挥。

湖北军政府召开军代表大会，黎元洪效法刘邦拜韩信为将的典故，在武昌阅马场举行了"登坛拜将"的隆重仪式。

阅马场筑起了高坛，坛的四角，飘扬着象征全国十八省的十八星军旗，中间则竖立着一面"战时总司令黄"的巨大红旗，威武森严，天地生色。

正午时分，军乐声起，黎元洪和黄兴两人骑着高头大马并驾进场，全声欢声雷动，鼓乐齐奏，喜炮轰鸣。

黎元洪率先登坛，大声宣告：

本都督代表中华民国四万万同胞及全国军界同胞，特拜黄君兴为战时总司令，于本日此时就职，率我军队，推倒满清恶劣专制政府，光复汉族，建立良善真正共和，共谋人民福利。我将士皆须诚心悦服，听其指挥，群策群力，驱除鞑虏，以卫国家。中华民国幸甚，同胞幸甚……

说完以后，就请黄兴登坛受职，黎元洪将关防、聘状、令箭等，亲自交给了黄兴。

黄兴登坛后，在将坛上做了演说：

此次革命，是光复汉族，建立共和政府。斯时清廷仍未觉悟，派兵来鄂与民军为敌，我辈宜先驱逐汉口之清军，然后进攻，收复北京，以完成革命之志。今日既承黎都督与诸同志举兄弟为战时总司令，为国尽瘁，亦属义不容辞。但是军人打仗，第一要服从命令，第二要同心协力。自今而后，对于作战，倘有不服从命令及临阵怯敌者即以军法从事。尚望大众努力前途为要……

黄兴讲完后，大家拍手，齐声欢呼："中华民国万岁！""四万万同胞万岁！""黎都督万岁！""黄总司令万岁！"

但是，谁是领袖，谁是副手，不言而喻。

黄兴即派参谋副官前往汉阳，选定昭忠祠为总司令部，然后就准备迁移汉阳。

黄兴在总司令部召开参谋会议，部署了反攻汉口的计划。当时汉口清军的首领是冯国璋。黄兴决定各部队分三路向汉口进攻：第一路由武昌方面派步兵成炳荣协，从武昌东北的青山偷渡长江，进攻对岸的刘家庙，袭击清军后路。第二路由步兵杨选青标，从汉阳东北岸的南岸嘴强渡汉水，进攻汉口龙王庙清军左翼。第一路配合进攻，第二路助攻。第三路是主攻部队，由黄兴自己统领湘军主力和部分鄂军，由琴断口渡过浮桥，向汉口玉带门、硚口进攻。另外，武昌凤凰山炮队向汉口射击，配合进攻，反正的海军协同进行。

总攻开始，初冬季节，寒气袭人。驻守在汉水沿岸的清军，都躲在老百姓屋里生火取暖。当民军逼近敌人防线时，清兵不知所措，仓皇退逃。玉带门的清军也开始向东北退却，民军占领了玉带门一线。黄兴派人通知第四、第六民军协助渡江，但是被敌军炮火所阻，未能完成渡江任务。

黄兴率领的第三路主攻部队，天亮与清军接上火。这一路开始进展比较顺利，清军节节败退，民军乘胜追击。但是民军由于干粮不足，加上天气不好，饥寒交加，战斗力削弱了。清兵的援军赶到了，民军在猛烈的火力下支持不住了。这时后方又来送饭，士兵们相向争食，军心散了。在这种情况下，指挥官甘兴典命令："大家齐退，先保性命。"说完带头骑着马向后逃了。

黄兴率领司令部人员和督战队竭力阻拦，并且传令："再有一个钟头，有我们的部队从清兵背后杀来，那时清兵腹背受敌，就能共灭清兵了。"

按原计划，第一路军该从武昌乘轮渡来了，但是情况发生了变化，一路人马的指挥官成炳荣喝醉了酒，走错了方向，根本没有过江。而另一路，指挥官王隆中被子弹击中了头部，于是部队就败了下来。最后只是打响首义第一枪的熊秉坤率敢死队顶住清军的进攻，夺回了阵地，但由于其他队伍的败退，被清军围住了。

民军是兵败如山倒，黄兴也没有回天之力了，只能指挥部队后撤。黄昏时，黄兴拖着疲惫不堪的身子退到了汉阳花园阵地。这时，一个潜入民军的敌人便衣举起枪对准了他的侧背，正要开枪。在这危险关头，被黄兴的随从发现了，他用日语大喊一声："危险！"黄兴听得声音，猛一回头，一刀把敌人砍死了。

此时清军却来了精神，冯国璋会晤了袁世凯，决定进攻汉阳。黄兴得到情报，断定清军即将进攻汉阳，于是就召集各部队长官在司令部开会，讨论对策。

黄兴对大家说："现在各省响应，民心归向，全国已有十之七八为我所有，仅京汉铁路满军与我为敌。我若将汉阳武昌严密防御，使满军不能得志，再经过几日，则满军必渐不支，望大家各督率所部，以为防御。"

这个建议得到了大家的赞同，双方开始进行最后的主力决战。为了加强

1911 年 1 月，黄兴（二排中）、李书城（二排右一）等武昌战地司令部成员合影。

指挥，黄兴把总司令部由昭忠祠移到了靠近前线的十里铺。

战斗在三眼桥展开。一部分清军抢渡成功，突破美娘山防线，乘势夺取美娘山，革命军趁其立足未稳，实施反击，美娘山失而复得。清军复增兵美娘山方向，在炮兵支援下，很快攻占美娘山、仙女山。黄兴鉴于仙女山之敌对汉阳威胁甚大，遂令预备队投入战斗，进行反击。有的部队不听指挥，反击未能成功。清军一部乘势进攻三眼桥，革命军被迫退守锅底山、扁担山。经反复争夺，终因力量悬殊，锅底山、扁担山及磨子山相继失守，至此，汉阳周围制高点尽失。而王隆中不顾大局，擅自将他统领的湘军撤退到武昌两湖书院休息，另一路湘军也撤到鹦鹉洲乘船开回岳阳。

黄兴派李书城到武昌请王隆中回师汉阳，王隆中坚决不从，说部队要休息。李书城说："只要你带兵回汉阳，可以给50万元奖金。"

王隆中还是不肯，竟向李书城下跪："你饶了我吧！"

黎元洪亲自出马督劝也碰了一鼻子灰。革命军因伤亡过大，无力再组织反攻。

黄兴困在昭忠祠总司令部，除随从人员外，身边只有几个学生军跟随，哭着说："战事一败至此，官兵无一人用命。眼见汉阳已失，我没脸去见武昌的革命同志，只有一死以谢同胞。"说着竟去摸腰间的手枪。

田桐等人极力劝阻，武昌的同志也来电话劝慰。黎元洪致电安慰，要黄兴回武昌商量善后防守计划。

黄兴等人就退出了汉阳。当江轮渡至中流时，黄兴看着残破的汉阳城，胸中一团怒火与悲伤。他走到船边再次动了轻生的念头，却被副官上前死死抱住。汉阳终于失守。

黄兴黯然离开了武昌。

## 柏文蔚策反新军　李根源起义云南

　　武昌起义的消息传到奉天，在奉天的革命党人都很兴奋。奉天督练公所参谋处二等参谋柏文蔚接到了范鸿仙、郑赞丞的来电，邀他南下。

　　柏文蔚是安徽寿州人，号烈武，室名斌庐。他也是南社社员，1916 年 11 月正式填写了入社书，入社号 727。

　　柏文蔚出生于书香门第，中过秀才，其父得意地说："麟儿如此，定能光耀门庭。"他回答："经国大计，不在此雕虫小技也。"中日甲午战争后，柏文蔚与孙毓筠、张树侯等人在寿城内创立了"阅书报社"，同时改良藏书楼，创立天足会，清光绪二十五年（1899年）夏，柏文蔚考入求是学堂（后改名安徽大学堂）。知清廷与俄罗斯签订《西藏密约》，乃奔走呼号，痛斥清廷丧权辱国之非。曾多次去江宁，结识了赵声、张伯纯等革命志士，共同组织"强国会"；后来，柏文蔚投笔从戎，入武备练军学堂充当学兵。结识熊成基、倪映典等一批志士，卒业后，与陈独秀、常恒芳、宋少侠等成立"岳王会"，后应新军第九镇三十三标第二营管带赵声之邀，任前

柏文蔚

队队官，加入同盟会。不久，赵声升任统带，柏文蔚即被提升为管带。孙毓筠与柏文蔚、赵声密议谋炸两江总督端方，事泄未成，孙毓筠被捕，柏文蔚难以存身，遂去吉林胡殿甲统率的吉强军中充任文帮带兼马步队总教习。后任督练公所参谋处二等参谋。

柏文蔚接到了范鸿仙的电报后，就立即召开了在奉天的革命党人会议，商议在东北进行响应。陈其美又来了电报，说赵声已去世，长江一带需要有能力的同志带领。

柏文蔚匆匆南下，到了上海。陈其美、范鸿仙、郑赞丞大喜，说："关东不必回去了，这里的工作责任重大，你不可委卸。"

这时，黄兴来到了上海，大家在陈其美家里商量工作，最后决定黄兴去武汉指挥；柏文蔚去江宁动员新军第九镇起义。

柏文蔚来到江宁城内第九镇营房，与凌毅接上头。此人与柏文蔚是老乡，肄业于两江师范学校，他们一起发起组织岳王会、信义会，此时，凌毅被推为第九镇代表，准备举兵响应。

凌毅说："新军士气很旺，但最大的问题是有枪而没有子弹，都被勒令上缴了，你得想办法。"

柏文蔚返回到上海，与陈其美商量对策。陈其美下令让管财政的杨谱笙拨款 1000 元，用来购买手枪和制造炸弹。上海同人效率极高，三天以内，就准备了 1200 颗炸弹和 300 支手枪。

柏文蔚等将这些武器用褥被和毛毯包裹好，分批用三轮车运送，躲过检查，送上火车，用瞒天过海之法，将武器顺利地运到了江宁城内，藏放在城南内桥的秘密机关里。

一天夜间，柏文蔚、凌毅等人与第九镇正参谋沈同午等人见了面。柏文蔚介绍，党人在南京城内已经有一千多，希望与新军一起举义。如果新军不能相助，也将采取行动。

沈同午回去向第九镇统制徐绍桢摊牌，说明柏文蔚来宁的情况，促徐绍桢起事。徐答应与柏见面。

柏文蔚来到徐绍桢司令部，卫兵把着门，不让任何人靠近，徐绍桢分析了形势，决定先动员巡防营起事，进攻江宁将军铁良的旗营，夺取机关枪和大炮等重武器，第九镇三十三标响应，夺取清凉山的火药库。但是事机不密，起义的信息外泄，总督张人骏就命令徐绍桢第九镇调离江宁前往秣陵关，并说如果不服从，以违令处理，命张勋所部江防军予以就地剿灭。

乌云压城，形势危急。

徐绍桢无奈，命令所部退出江宁城。而这时，第九镇的十七协统孙元在外面没有回来，十八协统杜淮川驻军镇江，三十三协统王光照吓得将所部交由伍崇仁代理，自己跑腿；炮标标统陈懋修也逃走了。军心浮动，徐绍桢在秣陵关也不敢妄动。

张勋关闭城门，捉拿革命党，大开杀戒，大街的电线杆上挂满了血淋林的人头。柏文蔚心急如焚，一时无所适从。

一天凌晨，新军炮标排长侯城、辎重营正目李朝栋混进城里，找到柏文蔚，说徐绍桢邀他前往秣陵关。

当晚，柏文蔚他们溜出城，划着小船，沿着秦淮河，前往秣陵关。柏文蔚摸不清徐绍桢的真实意图，于是先到了三十三标伍崇仁处。

伍崇仁也是柏文蔚的岳王会成员、同盟会会员，是三十三标一营的队官，相当于连长。

"嚓嚓、嚓嚓"传来一阵阵磨刀声。

伍崇仁推开窗子："不动手是不行了！"

月光下，处处是给刺刀开刃的士兵，锋利的刺刀闪闪发着寒光。

徐绍桢听说柏文蔚到了，派人召他前去。伍崇仁怕柏文蔚有危险，就陪同前往，并交代部下："如果我们去后遇到危险，你们就武力营救；如果徐绍桢有反正的意向，我们就拥他当都督，听令进攻江宁。"

柏文蔚等来到镇司令部。徐绍桢一见面，紧紧地握住了他的手：

"你总算来了！"

柏文蔚顿时心里一热，有了底气，也

徐绍桢

有了信心。

"王统带走了，伍崇仁代之，陈统带也走了，此缺由你代之如何？"

"义不容辞！你是统帅，我听你的，起义成功，我们都推你当都督，我当小兵头目也愿意；如果你还要做清廷的统制，那就不敢从命！"

"如果我还是清政府的鹰犬，你还能活到今天？"徐绍桢摸着柏文蔚的脖子，笑着说。

客厅中传出一阵开怀大笑声。

等在门外的伍崇仁的卫兵也笑了。刚松了一口气，里面又争吵起来，原来起义的大方向是一致了，在具体的战术上，却又闹腾开了。

柏文蔚主张先攻江宁，然后再攻上海；徐绍桢主张先攻上海，再下江宁。

人家的地盘，柏文蔚只能少数服从多数。

徐绍桢一杆子将柏文蔚支到上海：

"你负责去制造局弄弹药，没这个无法攻江宁！"

柏文蔚同意，去找陈其美想办法。因为刚得到陈其美来电，制造局已经拿下，上海光复。

好消息接踵而来，第二天，苏州光复。

徐绍桢在弹药严重不足的情况下，下令攻江宁城。第九镇进攻雨花台，与张勋部打了一天，粮弹两匮，城内无人接应，伤亡惨重，全军大部溃散，徐绍桢向镇江撤退，去投靠林述庆，没想到昔日的部下对长官不理不睬，徐绍桢只得找了个小旅店勉强栖身。

第九镇进攻秣陵关起义的失败，对刚取得独立的上海和江浙震动很大。沪军都督府决定组织江浙联军，以集中力量攻取江宁城，并举徐绍桢为联军总司令，电请两省都督予以承认。

江浙联军总司令部成立后，苏浙沪各军会攻江宁，以镇江为进兵要地。第九镇从秣陵退到镇江的残军编成第一镇，公推柏文蔚为统制。

联军参谋部决定兵分四路：以镇军、浙军为主力，右翼镇军攻打天堡城，左翼浙军由孝陵卫攻朝阳门；南路苏军攻雨花台、聚宝门，北路淞军攻沿江各炮台；柏文蔚率镇军二支队和扬军徐宝山部沿江北岸向浦口进攻，以截清军退路；沪军为总预备队。

苏州都督程德全前往丹阳、镇江以至龙潭、尧化门一带，派员慰劳各军，民军志气为之鼓舞。此时上海总兵站赶购之军械也已运赴前线，一切准备就绪。

各路军队向指定目标进击，当夜占领乌龙山。联军攻占幕府山炮台、占领孝陵卫。由幕府山开放大炮，向南京城内北极阁张人骏、铁良藏身处和督署、将军署等各要点轰击，炮声震天，战火纷飞，吓得张人骏、铁良等人心胆俱裂。

很快，江浙联军对江宁形成合围之势。苏军攻占雨花台，浙、镇诸军攻占天堡城。

张勋

张人骏、铁良托美国领事及鼓楼医院美籍院长马林出面向江浙联军总部洽降，要求不杀旗人，停止炮击，让他们退出。

是日深夜，张勋率两千残兵自大胜关渡江狼狈北逃。苏军由雨花台攻入南门，镇军攻入太平门，粤军攻入凤仪门，其余部队陆续入城，南京光复。

在南京光复的同时，另一位南社社员在昆明参与了"重九起义"，他就是李根源。李根源是民国元年经宁调元介绍加入南社的，1916 年 8 月补填入社书，入社号 670。

农历九月初九，中国称为重阳节。秋高气爽，文人雅士有登高、赏菊的传统。浓浓的夜色中，新军首领蔡锷正在昆明巫家坝与七十四标革命党人召集主要军官会议，紧张筹备起义工作，部署行动任务。

武昌起义的消息传到了昆明，在昆明的同盟会员坐不住了，他们在积极落实起义计划，就在这时候，忽见城内大火浓烟冲天，不一会儿，就枪声大作。

原来这天傍晚，驻守在昆明北教场的七十三标排长黄毓英、王秉钧、文鸿揆三人正在安排士兵去抬子弹，突然来了一批人，领头的是反动军官唐元良。双方发生了争执。黄毓英、王秉钧、文鸿揆继而派人开箱取出一批马枪，另一个军官安焕章赶来阻止，并用指挥刀和皮鞭乱打士兵。愤怒的士兵一不做二不休，拉开枪栓，当场开枪击毙了安焕章、唐元良等人。

起义军总司令蔡锷正让人打听发生了什么事时，忽然又接到第19镇的来电："七十三标兵变，七十四标戒严待命。"蔡锷得知事情有变，刻不容缓，即令分发子弹，并整队集合，即刻起义。

这时，李根源被云南总督李经羲传见后，已从城里赶到北教场。他见到七十三标标统丁锦时，丁锦正令其卫队向义军李鸿祥及队伍开枪扫射，义军官兵死伤二十多人，正在卧倒奋勇还击。

李根源立即命令讲武堂丙班毕业生、排长王钧率兵直扑七十三标本部，向镇压义军的军队开枪，丁锦负伤，卫队败逃。随即李根源整顿队伍后，经莲花池从昆明北门杀入城中。

到了晚上10点左右，蔡锷全副戎装，腰佩银剑，来到巫家坝的大草坪上，向全体官兵庄严地宣布了起义的号令、目标和要求。步、炮两标官兵群情激奋，振臂高呼："革命军万岁！"

随后，蔡锷亲自带领这支起义新军，迅速向昆明城进发。

李根源率领七十三标起义官兵由城北发起进攻，战斗异常激烈。黄毓英、杨秀林、卢焘、蒋光亮和董鸿勋等人率先跃入堑壕，组织五十多人持刀带枪，搭成人梯爬上城墙，黑暗中遇见一队巡防清军，黄毓英瞄准人影"啪、啪"两枪将最先者击毙，其他清兵拔腿便逃。杨秀林用备好的大斧头砍开城门，起义部队一拥而入。

李根源同时派出部队前往银圆局（内有50万银圆）、机器局、粮饷局、布政司等衙门，以保护财产安全；又派黄毓英率部分官兵切断清军的通信线路，扼守北门，阻挡清军入城；另一部分义军占领并守住小西门和大、小东门，这时离原定起义时间还有数小时，李根源又立即派人向蔡锷报告，准备迎接巫家坝义军入城。由于起义

李根源

军"弹药将竭",难以持久战斗,七十三标攻占北门后,迅即将进攻目标锁定在五华山东北面螺峰街的军械局。

军械局为清军在昆明的弹药储存之地,四周围墙高大坚厚,四角配有火炮和机枪,大门是铁门,防守严密;五华山的清兵从山上猛烈直射,可与山下的军械局之敌互为犄角,火力甚猛。第七十三标战至凌晨4时,猛扑军械局数次,仍未攻下。待七十四标第三营及谢汝翼率部分炮兵等增援部队赶到后,又因军械局内存有大量军火,不敢炮轰。

李根源冒着危险,亲自向守军喊话,要其放下武器,停火谈判。守军虽孤立无援,却倚仗坚固的工事和精良的武器及充足的弹药,拒降顽抗,以架在门边的大炮和机关枪射击,幸亏起义部队躲避及时,"未伤人,于是激烈的战斗重新开始"。

李根源下令运来黑色炸药,挖掘地道埋于墙角用火药引爆,一连三次才将围墙炸开一个五尺宽的洞。谢汝翼执手枪乘势领军冲入,奋勇拼杀,并放火烧毁了大门,七十三标官兵涌入。敌人见起义军冲进了军械局,惊慌失措,大约有三百人纷纷从后门逃走,其余的缴械投降。上午10时,起义军完全占领了军械局,立刻打开弹药库。

在蔡锷的指挥下,七十四标标统罗佩金率部从小东门冲进昆明城后,得知李根源攻打军械局屡屡受挫,立即派所属第三营和炮标一营跑步驰援七十三标起义部队,并亲自指挥第一营和第二营分别攻打五华山和都督署,炮标二营转移到南城助攻都督署,炮标三营则在东城角集中火力向五华山猛轰。

蔡锷率领第七十四标由巫家坝向昆明城进击时,部队出发不久,刚刚从讲武堂毕业、担任七十四标二连左队排长的朱德突然大汗淋漓、气喘吁吁地跑到蔡锷面前报告:"我

蔡锷

连连长带着部队叛变，我把部队追回来了，但是连长跑了！"

原来，朱德的连长是一个落后的反动军官，在起义爆发时带领其他两个排逃跑。朱德得知消息后，在没有时间向上级请示的情况下，当机立断，只身疾追逃跑的部队，截住了他们。在朱德的感召和影响下，士兵们纷纷表示愿意跟他回去参加起义。这时的朱德虽然只是一个排长，但对此事的果断处置展示了他的带兵才能和威信。

蔡锷当即下令说："我现在就任命你为连长，指挥队伍进攻！"就这样，朱德在火线上被蔡锷提拔为连长。

李根源率领七十三标打下军械局后，与七十四标在义军炮火的猛烈配合下，合力强攻五华山。五华山是可俯瞰昆明全城的制高点，为敌我双方的必争之地。清军云南总参议靳云鹏、第十九镇统制钟麟同亲率重兵部署在五华山，易守难攻。

七十四标在山下的梅园巷缀满大青石的巷道上与清军短兵相接，双方白刃肉搏，发生了杀声震天的激烈巷战。七十三标在攻打军械局时，为压制山上清军的火力，派出董鸿勋、马大伦等部抢占山上的劳公祠、潘公祠、武侯祠和两级师范学堂等处高地，"斜击"敌人，掩护进攻五华山的大部队。

10月31日上午6时，天色微明，据城各炮队在庾恩旸等人的统一指挥下，从东、南、西三门附近的阵地，向五华山敌人及督署开始射击。

当时，总督署有千余清军以十多挺机枪死死把守，敌我双方的战斗相当激烈。在唐继尧的指挥下，朱德等部突击三次，死伤三十余人，仍未得手。第二天（10月31日）早上，起义军炮火开始猛烈轰击，总督署里的官兵死的死、逃的逃，一片混乱。

炮击停止后，朱德一连人马乘势由西辕门率先冲入都督署，活捉了云南总督李经羲。大部队随之涌进，清兵全部缴械投降，清王朝在云贵两省的最高统治机关——总督署制台衙门被起义军占领，昆明全城光复。

随即云南成立了以蔡锷为都督的军政府，李根源为军政部总长，唐继尧为次长。

## 孙竹丹魂归东京　周实丹遇害山阳

辛亥革命爆发后，流亡海外的革命党人纷纷回国响应起义，而南社社员孙竹丹却音信杳然，这个人在哪里？

孙竹丹，安徽寿州人，名元，自改铭，字竹丹，别号同仁、同仁子，又更名负沉。自小受到较好的家庭文化教育，考入江南陆师学堂，由于学业成绩优良，被公派赴日本留学，进入振武学校学习陆军军事，成绩名列前茅，以好学深思称名于同辈。

孙竹丹是南社社友中入社较早的一位，入社号132。

中华民国临时政府建立，宋教仁、刘揆一、何天炯、陈陶怡、柏文蔚、孙武、柳弃疾、张我华、徐血儿、王九龄、熊越山、李肇甫诸人发布公启，陈述孙竹丹被诬遇害始末，洗刷了他的冤情。

孙竹丹是中国同盟会首批会员，被推举为安徽同盟会分会会长，奔走党务，干劲十足，不遗余力。

萍浏醴起义爆发后，同盟会会员孙毓筠主动请缨，前往江苏、安徽等地策动革命，以呼应起义。孙中山大为高兴，特意摆酒为其壮行。孙毓筠带着孙竹丹等到达江宁（南京），与党人赵声、柏文蔚联络，谋划刺杀两江总督端方，不幸事泄，被捕入狱。

端方是孙家鼐的学生。孙家鼐任过工部、礼部和吏部尚书，第一任管学大臣，也是光绪皇帝的老师。当端方得知孙毓筠是朝廷重臣孙家鼐的侄孙时，如何处理此案是件难事，于是主动给老师写了一封信请示。信中说"近来捕了

孙竹丹

一个革命党人孙毓筠，他自称为老师的侄孙，不知是否属实，您看该怎么办好？"

孙家鼐回了端方一信，说是孙家"族大枝繁"，记不清有没有这个人了，不过据说好像有这么一个人。然而既然犯了法，该当按国法论处，不必顾及我的面子。

球又踢回来，端方思来想去，决定上"美人计"，将一个绝色丫鬟扮作养女，许配给孙毓筠。果然孙毓筠一见倾心，表示出狱后不再革命了。端方自然高兴，不仅为其操办了婚事，还奉送了丰厚的嫁妆。

再说孙竹丹侥幸漏网，逃回了日本，更名幼符。宣统元年春天，亡命天涯的熊成基，在东京遇到孙竹丹，俗话说，老乡见老乡，两眼泪汪汪，两人一见如故。

熊成基，字味根，江苏扬州人。早年入安徽武备练军学堂，后入南洋炮

熊成基

兵学堂，毕业后分配在新军第九镇任炮兵排长，后调任安徽新军混成协马营和炮兵队官。曾参加安徽岳王会和江浙光复会等革命团体。徐锡麟安庆起义失败后，岳王会决定再次发动起义，熊成基被推为起义总指挥。

光绪三十四年，清廷南洋新军和湖北新军集结于安徽，举行秋操，正在这时，传来光绪、慈禧相继死亡的消息，熊成基觉得机不可失，仓促起义，失败后逃往日本。

孙竹丹资助了熊成基的旅费，两

人一起住在了牛込区市谷町澄吉馆。

一天，熊成基向孙竹丹讲了他与黄兴会面的事，说："黄兴对我说，同盟会在东三省革命影响不大，工作基础薄弱，他与孙先生商量让我去东三省联络，组织革命同志，我正准备回国运动。"

孙竹丹劝阻："清政府还在通缉你，回国很危险。"

熊成基不以为然："我来日本，不是为了避风头。若是怕死，苟且偷生，革命何日才能成功。我若不去，还会有别的人去，同样会有危险。"

孙竹丹慨然道："好！既然如此，我与你一起去。"

当时留在东京的革命党人经费困乏。孙竹丹探得日本参谋部有一份秘密军事计划书和一批秘密图纸和东北有关，于是通过种种关系，终于偷到了一份。孙竹丹与熊成基商量，准备售予俄国人，以求换得一笔可观的资金。

于是熊成基身藏军事计划书去长春找关系；孙竹丹则到北京，联络党人时功玖、张昉、石德纯、梁荫卿等，设法筹钱。

然而，熊成基一直没有回音，孙竹丹就写了一封信去询问进展，熊成基回信说：售书一事毫无结果，现在又与俄国人联系，又因为价格问题未能成交，现在正在别谋他法。

原来，熊成基化名张建勋，到了长春，没有找到同盟会会员蒋大同、商震等人，却找了一个叫臧冠三的人。

臧冠三原是奉天怀德县人，马贼出身。虽然满嘴革命，其实是一个市井庸夫，而且利欲熏心；但臧冠三不知熊成基的革命党身份，只知他是商人。一天，臧冠三和熊成基拉家常，得知熊成基携有价值二三十万元图书，并且熊成基说如能帮其出手，能给他上万元的报酬。

熊成基在长春住了一个月，臧冠三以为熊成基有钱，就一次次向他借，这样，军事计划书没有卖出去，带来的钱却花完了，连去其他地方的费用都没有了。

孙竹丹收到了熊成基的信后，就去京师大学堂找党人程家柽帮忙。

孙竹丹说："味根手头拮据，急需钱用，希望迅速帮助将计划书售出。"

程家柽古道热肠："我来想办法。"

程家柽找到了友人丁汝彪和俄国译员赵郁卿，答应先售一册，于是就由大清银行先汇300元到臧冠三处，让他转交熊成基，以救燃眉之急。臧冠三收到后没告诉熊成基，将300元钱全部吞没了。

熊成基等不到孙竹丹的回音，无奈之下，又给孙竹丹写了一信告急。等孙竹丹回了信，熊成基才知道臧冠三将钱吞没了，认为臧冠三私心太重，不配成为革命同志，想走却无钱离开。

正在这时，有个同志韩应房去哈尔滨经过长春，见到了熊成基。熊成基向他说了现在的处境，说想到哈尔滨去。韩应房一听就说："好！我身上的钱款，尚能够两个人的费用，不如一同前往。"

熊成基就跟着韩应房去了哈尔滨，住在秦家岗宾如栈。他立即就给孙竹丹写了信，告知了现在的住处，并说不要再与臧冠三联系。

在程加桦的介绍下，孙竹丹与俄国人接了头，但俄国人很精明，见孙竹丹出手心切，就故意保持着不紧不慢的态度，想压价格。而此时，熊成基在哈尔滨生活异常困难。

程家桦筹到了五千元钱，孙竹丹就带着钱到了哈尔滨。在宾如栈内，孙竹丹与熊成基、韩应房、梁冰等人在一起商量办法。

孙竹丹说："我们所有的军事计划书，是秘密资料，如果出价太低，宁可不卖。"

熊成基表示同意："革命需要大批经费，这批秘密计划书正是款项来源之一。我们宁可待价而沽，不图速成。"

孙竹丹："售书的事得从长计议，我和梁冰先回北京，味根可先回东京。"

熊成基："不将计划书售出，我决不回东京。我留在这里，一面联系售书，一面学习俄文。我想，学会俄文，就可与俄国高级官员直接接头，如果他们看到这批秘密资料，一定会如获至宝，高价收购的。另外，我还要与商震等同志一起筹划开垦的事。"

这样，熊成基留在了哈尔滨，孙竹丹他们回到了北京。临行时，孙竹丹紧紧地握住熊成基的手，让他多加小心。

又过了一个月，孙竹丹又收到了熊成基的来信，信中说他决定再回长春，与徐伟天、齐续堂等党人一起想办法出售计划书。

孙竹丹感觉到这是一个危险的行动，回信告诉熊成基，他离开长春后，臧冠三几次来信打听他在哈尔滨的住处；他劝熊成基不要去长春，即使去了也不要多停留。

果然不出孙竹丹所料，熊成基到了长春就出事了。这次熊成基住进徐尚德的家里，与徐的仆人郑顺富同住。一天，臧冠三找上门来了。臧与郑富顺也熟，于是知道了熊成基在这里。两人一见面，臧就说要借一万元钱。熊成基说没有。臧冠三说，如果不给钱，我就去官府告密。但熊成基想这不过威胁而已。过了几天，卖计划书的事还没有着落，徐伟天说："这事急不来，你先回哈尔滨等信息。"于是，熊成基又回到了哈尔滨。

不到半月，臧冠三得知清权贵载涛赴欧洲考察返国将路经哈尔滨的消息，就向官府告发：有个叫熊成基的革命党人，准备在哈尔滨谋炸贝勒爷载涛。

吉林巡抚陈昭常接到报告，得知安庆起义的首领熊成基在哈尔滨，立即下令搜查。那么，臧冠三又是怎么知道熊成基的真实身份呢？

原来，熊成基住在臧家时，有一次酒后失言，在臧冠三面前说了自己本不叫张建勋，而叫熊成基。就是这次酒后失言埋下了祸根。

熊成基被捕了，他承认自己就是安庆起义的首领，但竭力为孙竹丹开脱，清廷还是严令捕捉孙竹丹。

吉林巡抚给清朝廷军机处发了奏电请示。军机处回电：验明正身，即行就地正法。孙铭（孙竹丹）一犯，着民政部步军统领严密查拿，毋任漏网。

熊成基在吉林巴尔虎门外英勇就义，年仅二十三岁。

孙竹丹避逃至天津日租界，得同志石德纯资助，再赴日本避难，经钱兆湘和杨宝泰帮助，终于安顿下来。

一连数月，孙竹丹杜门不出，每天埋头于易经研究，或者翻译日本小说，投稿换得稿酬以维持生活。只与王九龄、何天炯、宋教仁、钱兆湘等数人保持着往来。

辛亥革命前夕，赵声、宋教仁陆续回国。不久，一件意想不到的事情发生了。一天，有个人来找孙竹丹，叫他一起到东京郊外下棋，孙竹丹是坦白而无城府的人，他对赵声对他的警告没当回事，就去了。就在他与人下棋的时候，有一个人拿着铁哑铃悄悄地来到了他的身后，假装观棋。突然对方下棋的人说一声："杀！"孙竹丹凝神思考丝毫没有防备，来人用铁哑铃猛击他的后脑，孙竹丹当场死于非命。凶手又碎尸数段，盛于箱中，以回国为名，带至船上，在夜间抛弃在大海中。孙竹丹被害时年仅29岁。

柳亚子对孙竹丹的遇害感到不平，搜集资料，撰写了《孙竹丹事略》，又写《为孙竹丹昭雪启》："竹丹江左名流，富春华胄。伯符英锐，早有逐鹿之心；士雅激烈，每欲闻鸡起舞。"对竹丹给予很高的评价。

1917年，柳亚子从柏烈武处得到孙竹丹遗事稿一束，内有钱兆湘所记，还有不具名的竹丹弱冠前事略数则，再加《熊案始末记》《熊烈士供词签注》等资料，汇为一卷，题名《孙烈士竹丹遗事》，由柏文蔚出资刊行。

柳亚子为不少死难的烈士写传，为烈士昭雪。对孙竹丹是这样，对其他人也是这样。1912年的一天，他坐在书房里，提笔写了《周烈士实丹传》。

武昌起义的消息传到江宁，给一位知识分子带来了兴奋剂。这位知识分子就是淮安山阳县人周实。

周实，字实丹，原名桂生，字剑灵，号无尽、和劲、吴劲、山阳酒徒。1885年生，江苏淮安人。幼读私塾，在读私塾的时候，不是光读四书五经，也读了《美利坚独立史》《法兰西革命纪》等书，关心起了社会，产生了革命意识。

周实中过秀才，岁考中名列一等。科举制废除后，周实和宗兄周伟及同邑阮式一起报考江宁两江师范学堂，三人同时录取。

阮式原名书麒，字梦桃，号翰轩，别号汉宣，与周实一样也是秀才出身。他们是很要好的朋友。阮式1911年加入南社，入社号337。

南社成立，在两江高等师范学堂读书的周实、周伟、阮式欣然参加，并成立了以周实、阮式为首的，以淮地旅宁旅沪学生为骨干的"淮南社"，为南社作"桴鼓之应"，不遗余力。周实入社号45，被柳亚子称为"社中眉目"。

柳亚子编《孙烈士竹丹遗事》

能加入南社，自然诗文功底不差，而豪气也壮。且看周实佳作的确豪气万丈：

> 豪气腾为万丈虹，酒徒何惜醉颜红。
> 九州人物尊游侠，六代江山托寓公。
> 无限国仇谁砺剑，共知天道若张弓。
> 茅檐昨夜潇潇雨，梦斩楼兰气尚雄。

武昌起义的消息传来，阮式兴奋得大碗喝酒，连呼"痛快！"几个人的心又开始躁动。当时，东南各省相继响应起义，而只有江宁城还在张勋、铁良、张人骏等人的高压控制之下。

周实实在憋不住，鼓动同学少年起来造反："此举生死未卜，然能为光复死，足偿十数年革命之志，亦复何憾。"

他联合了在南京的各校学生七百多人，准备实施光复行动。

柳亚子来信，将周实约到上海商讨组织两淮光复的事。柳亚子与周实以前是书信文字交往，如今相见，激动之情溢于言表。

柳亚子分析了江苏的革命形势，劝他回老家发动。周实遂决定回淮安图谋光复山阳。

周实约阮式一起回淮安。临行时留了一封信给周伟："吾决意归淮，汝速返，践前约。"希望他也回淮安参加光复。

当时山阳的情况很严峻。武昌起义后，距山阳三十里的清江十三协士兵哗变。有一队人马却在队官郑玉堂率领下开到了淮安，和与杨建廷带领的团练勾结起来，保护山阳县属地主士绅的反动政权。

周实与阮式以维持秩序为名，组建了学生队，表面是维持地方，私下加紧训练，等待时机。

参加学生队的大多是本府各校学生和旅宁、旅沪回淮学生，也有少数老师和地方人士。后来法政讲习所的大部分学生也参加了，一下子发展到了六十多人。

"天下英雄唯使君与操！"周实、阮式当仁不让，一个是正队长，一个是

周实　　　　　　　　　　　　　阮式

副队长。

　　周实与阮式做警察和乡勇的工作，游说他们反正。很快他们的行动在当地引起了反响，被称为"革命党"。

　　经过周实和阮式的努力，不少人有了光复之心。学生队改成了巡逻部，周实与阮式担任了正、副部长，承担起了守城的责任。

　　巡逻部的人没有枪，周实与阮式就组织力量，夺取城守营枪支武装自己，荷枪持械，日夜守卫全城。

　　地方上的旧势力仍然很强大，最有实力的士绅是阮师凝。这阮师凝是阮式的同祖兄弟，是曾经做山西巡抚的丁宝铨的文案。丁宝铨当时在上海，遥控着淮安局面。山阳县令姚荣泽是他的门生，对其言听计从。

　　眼看时机成熟，周实和阮式便在漕运总督署举行"山阳光复大会"，参加者数千人。

　　山阳县令姚荣泽借故不到场。周实向群众演说光复大义，继而由阮式申斥"虏令劣绅"之无状：

　　"姚荣泽不到会，就是反对光复行动！"

　　这层纸捅开以后，山阳表面上还是平静的，底下暗潮涌动，杀机已现。而书生气十足的革命者却没有丝毫警惕，依然威风张扬，不知自忌。

次日，有江北都督蒋雁行的士兵来淮安，周、阮二人出城迎接，设宴招待。姚荣泽带着几十名卫队也到了。

阮式一脸蔑视："姚知县，昨天开大会时为何不见踪影？"

姚知县放下身段："鄙人身体抱恙，实在是对不住！"

"恐怕不是抱恙是抱恨！"

"非也，我亦汉人，光复华夏，也是下官的责任！"

周实来得直接："那么'下官'，把漕银的数目、库房的钥匙统统交出来，就对得起地方，也对得起我们。"

姚知县的头上沁出了汗珠："这个、这个……"

"什么这个那个，认识这个吗？"

两只冰冷的枪管抵在姚知县的额头上："你认识它，它可不认识你！三天之内，有话跟它说！"

"一定，一定……"姚知县的话音中充满了恐惧与胆怯。

具有诗人气质的革命者放声大笑，而姚知县要的就是这种效果。

于是，周实、阮式坐了上首，而姚知县叨陪末座。尽兴之后，周实、阮式着手筹建山阳军政分府，被推为分府领袖。

有阳谋就有阴谋。姚荣泽与典史周域邠密集地方士绅在海会庵秘密布置，诱杀周实、阮式的计划开始施行。

是日中午，何钵山在家设宴请招待周实。酒足饭饱，周实摇晃着来到府学宫前面的时候，有人拿了姚荣泽的名片，邀他入学宫议事。学宫内兵勇林立，周实还是坦然入内。刚进入明伦堂，突然头上挨了一刀，这时，他感到遭了暗算，免不了一死了，就从容高喊："文明世界，请以枪毙！"

周域邠就连发两枪，周实倒在了血泊之中，倒地后又挨了两枪，壮烈牺牲。

周实被害后，杨建廷带兵包围了阮式的家，却持阮式到了学府。阮式知道遭了暗算，但面对清吏毫不惧色。他愤怒地说"要杀就杀，快刀立断！"

姚荣泽惨无人道，竟指使无赖朱二吼将阮式刳肠剖胸，阮式死状十分惨烈。

周实、阮式被害后，亲属和战友先后至上海公布惨案真相，引起革命者公愤，柳亚子愤慨异常："所痛者，二烈士不死于光复以前，而死于光复以后；

不死于沙场，而死于东市；不死于祈战死，而死于莫须有；不死于青天白日，而死于漫漫长夜。"

柳亚子等奔走呼号要严办凶手姚荣泽。柳亚子、朱少屏等南社社员联名上书沪军都督陈其美，明确指出："虏令无状，一日杀二烈士，不扑杀此獠，无以谢天下。"陈其美派员到南通提解。

但是，南通光复后任总司令的张詧，仗着弟弟张謇是南京临时政府实业总长的关系，包庇姚荣泽。姚荣泽又用金钱四处奔走，这事闹到了南京临时总统府还是不能解决。陈其美十分恼火，就叫人把柳亚子请到了沪军都督府，让柳亚子代陈其美起草了一通几千字的电报，致大总统、司法部总长、次长。说如果张詧再不就范，我们就不管三七二十一，要派兵舰攻打南通了。

孙中山在 2 月 10 日复电陈其美，同意将该案交沪军都督府讯明办理。张詧见了电报也怕了，他知道陈其美是说到做到的。这样，才不得不将案犯姚荣泽解沪候审。

在柳亚子等人的倡议筹划下，南社与《光复学报》社、淮安学团在江苏教育总会联合召开了"山阳殉义周实丹、阮梦桃二烈士追悼会"，与会者有一百多人。淮安学团代表顾振黄报告了二烈士的事略，柳亚子作为南社代表宣读祭文。

又几经商洽，才由司法总长与沪军都督派员组成临时合议裁判所审理。审判结果，大快人心：姚荣泽以谋杀罪被判死刑。

### 姚雨平率军北伐　　柏文蔚挥师渡江

姚雨平早年参加中国同盟会，曾参与广州黄花岗起义的组织领导工作。

黄花岗起义失败后，一批革命党人于深夜相继退入小北丘家祠，几十人攀墙而入。第二天早晨，两广总督张鸣岐闭城搜捕革命党人，唯丘家祠是丘逢甲寓所，门首高悬钦赐"工部主事"木牌，清兵不敢冒犯。而姚雨平却于事后被清巡警所拘捕，经各同志和平远同乡会多次设法营救，派人探监，示意他说自己是两广方言学堂学生丘某。后经丘逢甲亲自交涉营救，始得释放。

姚雨平1912年加入南社，入社号233。广州起义的时候，他在南洋。广州起义胜利，胡汉民到广州任都督，他就和胡汉民一起到了广州。

一天，胡汉民相约姚雨平到自己的寓所，询其对时局的看法。

姚说："武汉民军，几被清军击败，革命前途，尚未可乐观。此时，广东应急速出兵北伐，以壮声势，而牵制清军兵力。"

胡汉民："是啊，唇亡齿寒，武汉不保，大局休矣。这样组织北伐军之事就拜托了。"

第二天，胡汉民等在蒋尊篪参谋部组织会议，商议组织北伐军一事。

有人坚决反对："广东光复不久，地面不靖，连我们自己的事还没有做好，是不是等广东秩序稍定，将军队训练后再行北伐？"

姚雨平站起来："这种认识缺乏全局观念，太平天国的失败就是没有全局观念，要以太平天国为前车之鉴！我们只有立即北伐，直捣燕云，才能最终安定我们广东。"

胡汉民支持姚雨平："广东省是辛亥革命的发源地。广东的革命派历来以富于革命精神而称著全国。我们决不能容忍清军在武汉逞凶，应抱远征北伐之志，夺取全国胜利。"

他的讲话得到了大部分与会者的认同，大家公推姚雨平为广东北伐军总司令。同时，另选在广东新军中的领袖人物马锦春为副总司令，组建班底。

总司令：姚雨平（南社社员）；副总司令：马锦春；参谋长：陈雄洲；秘书长：叶楚伧（南社社员，入社号32）；秘书：谢星桥（南社社员，入社号316）；经理部部长：邹鲁（南社社员，入社号758）。

自此，开始夜以继日筹备北伐的大事。

那么叶楚伧是怎样到广东的？又如何进了姚雨平的北伐军呢？原来，都是陈去病的关系。陈在汕头主办《中华新报》，因病辞职，便推荐叶楚伧来主持笔政，叶楚伧从上海赶往广东汕头进入《中华新报》，这也是他从事新闻工作的开始。叶楚伧到职后，写了很多文章，揭露清政府的腐朽统治，宣传革命思想。其文笔雄浑泼辣，针砭时弊，文章很受欢迎，《中华新报》销量大增。在《中华时报》创始人谢逸桥的介绍下，由谢良牧主盟，叶楚伧正式加入同盟会。叶楚伧是南社社员，姚雨平、谢星乔、邹鲁等经叶楚伧介绍，加入了南社。

胡汉民委任姚雨平为北伐军总司令，姚需要一支健笔，以应军队的宣传需要，于是姚雨平聘叶楚伧为秘书长。北伐军军队出征时的《北伐誓师文》，就出自叶楚伧之手。

12月8日，在东门外校场，召开了北上誓师大会，姚雨平在会宣读了《北伐誓师文》。

在各方的协力支持下，姚雨平组成了一支约八千人的队伍，其中共计有步兵两团，辎重、工程、卫队各一营，还收编巡防营两个团，以及一支学生地雷队。筹集的装备有退管炮一十八尊，步枪弹三百万发，机枪弹五十万发，其实力，在当时来说还是领先的。

姚雨平率北伐军于农历十月十八从广州出发，分三批乘船由海道经香港北上，到达上海，驻军吴淞，受到沪督陈其美的热烈欢迎。从沪宁线抵达汤山附近，归徐绍桢总司令统一指挥，加入江浙联军光复南京的战斗。南京光复后，姚雨平的司令部设在碑亭巷协统衙门。

孙中山先由法国经香港抵上海，被独立各省代表在湖南路江苏咨议局开会，经投票被选为临时大总统。消息传来，姚雨平由南京专程去上海欢迎。这是姚雨平第一次见到革命领袖孙中山，挺起胸敬了个礼，大声报告："我是粤军北伐军司令姚雨平！"

孙中山颔首："你辛苦了，从广东出发带兵若干？枪弹若干？"

姚雨平一一向孙中山进行了汇报，特意强调枪弹缺乏，请中山先生设法补充。

孙中山说："革命军有这等实力，已甚充裕！"并列举欧美各国革命军以少胜多之事实，指示姚雨平："要督率全军勤加操练，培养士兵弹无虚发的本领，自然战无不胜，攻无不克。"

军务倥偬，姚雨平随即就赶回了南京，积极进行北伐训练。

北伐军

各路北伐军齐集南京不久，中华民国临时政府成立，叶楚伧随军拱卫京城。当时，清政府虽然摇摇欲坠，但仍然控制着北方数省，原清朝江南提督张勋乘南北停战议和之机，纠集二十个营的清军自徐州南犯，直逼南京。

姚雨平即率军渡江北伐，叶楚伧随行。北伐军沿津浦铁路北进，很快与敌遭遇。第一次战斗从固镇打响。北伐军士气旺盛，一鼓作气，杀入敌阵，大破清军倪嗣冲和张勋部顽敌。

固镇一战，共击毙清军炮兵管带 1 名、步兵队官 1 名、兵卒数百人，俘虏 100 余名；缴获大炮 1 尊，机车、客货车数十辆，枪械万余支及大批军事装备。而北伐军仅伤亡 200 余人，孙中山获悉后即致电祝贺。

接着与清军在徐州、宿州一带决战，北伐军冲锋前进，气势如虹，勇猛顽强，令敌人胆寒。此时，张勋要求和谈，以等待时机；和谈破裂后，北伐军一鼓作气夺取了战略要地徐州，击退敌人至徐州以北三十里，革命军声势显赫，京津震动，溥仪看见大势已去，迫不得已下诏宣布退位，南北和议告成。一战击溃张勋，乘胜追击，再败辫子兵于宿州城下。叶楚伧在这两次战役中兼任北伐军参谋长，亲临前线，枪林弹雨中出生入死，忘却了自身的一切。胜利之后，夫人和儿子从汕头来到上海和他相会，他这才发现夫人从汕头寄来的信件，竟然全未拆封。

这时孙中山认为北伐军名义已不适用，改名为讨虏军，总司令一职仍派姚雨平担任。因姚部将士大多为广东人，北方气候、水土也都不服，姚雨平请准陆军总长黄兴，由徐州班师回南京。不久，临时大总统孙中山解职，临时政府北迁，陆军部又将讨虏军再改为第四军，姚雨平任军长，仍旧统军驻南京，受南京留守黄兴节制。南北和议告成，南方革命军队多被裁撤，姚雨平自动要求带第四军回广东解散。

南社社友柏文蔚也领导了北伐。柏文蔚，安徽寿州人，号武烈。后来在1916年经朱少屏、戴季陶介绍填写入社书，入社号727。

1912年2月17日，是农历除夕，大家都在忙于过年，第一军军长柏文蔚接到了参、陆两部的急电，命令他立即去南京。大年初一早晨，在震耳欲聋的鞭炮声中，柏文蔚来到参谋本部。

黄兴一见，高兴地迎过来："军人就是军人，来得好快。"

柏文蔚立正敬礼："军情如火，万万耽误不得，贻误军机，我这项上人头就送给你了。"

黄兴哈哈大笑："现在南北和议破裂，命令即日北伐，兵力未到徐州之前，所有各军，都归你指挥。"

柏文蔚得到了这命令，感到十分棘手。原来各军长官都是乱世英雄，都不相上下，互不统属，各自称雄，让自己来指挥，万一不服从，会误大事。

因此，他对各军发布指示，不用命令而用通报，并请各军推派能问责的高级参谋，组成各军参谋团，这样既可以发号施令，又可以疏通感情。这样的办法果然有效。

柏文蔚的镇军和姚雨平的粤军两军配合，沿津浦铁路北上，粤军先头部队到达凤阳。21日，清军前敌总指挥尹恭先、副总指挥陈得修率15个营、2个骑兵队和装备15门大炮的炮兵队进占固镇构筑工事。23日下午，粤军与镇军在蚌埠会合。柏文蔚来到了蚌埠姚雨平的军中，与姚雨平沟通，两军和谐。姚雨平军中缺马，柏文蔚就调了两队骑兵给他们。柏文蔚军中炮兵缺子弹，姚雨平就给了子母弹300颗。

25日，镇军在右翼、粤军在左翼从蚌埠向固镇进攻。镇军二师沿铁路西侧、三师从铁路东经王庄分两路北上；一师葛应龙团与淮上军乘火车于下午5时许抵达新马桥准备迎战。

张勋的清军很顽强，三次被打退又三次反攻。26日上午10时许，清军分左右两翼渡过浍河发起攻击，镇军前卫部队由殷家庄（今谷阳乡殷庄）沿铁路左侧退回新马桥，清军尹恭先部抵达濠河北岸，数次发起冲锋，均被镇军打退。这时，粤军两个团开抵新马桥，炮轰清军阵地，步兵也同时推进。清军则

北伐军第一军团长柏文蔚与卫队合影

边退边抢占有利地形进行还击。粤军八个营渡过澥河，发起猛攻，并进入短兵相接，反复争夺制高点；及至粤军主力全部投入战斗后，清军不支，北撤到刘塘子、李庄，组织第二道防线，被北伐军一举突破，清军退守浍河北岸，又依靠浍河的天然屏障和铁路桥两侧的坚固工事，组织了严密的火力网。

北伐军逼近浍河，从正面强攻铁路桥，并以部分兵力分东西两路强渡浍河，形成对清军的三面包围。下午3时许，以300名粤军勇士组成的敢死队，在炮火掩护下攻至铁路桥北端，清军发起反冲锋，双方展开了激战。此时，东路镇军在方坎渡河后向固镇发起攻击。清军以为被包围，慌忙沿铁路向西北败退。

北伐军遂占领固镇，留下部分镇军守卫，其余继续追敌。当粤军前卫部队接近一个河汊时，突然遭到清军步兵的猛烈射击，接着芦苇丛后冲出清军的骑兵，步兵也紧紧跟上。粤军就地卧倒进行阻击，并将机枪营调到第一线向骑兵扫射。当粤军主力赶到时，清军已溃不成军，北伐军一鼓作气，追击数十里，把清军逼至宿州，北伐军又乘胜追击，再捷宿州，直捣徐州，张勋遂退守徐州以北。

柏文蔚、姚雨平两人不愧是"上马击狂胡，下马草露布"的南社社员。

第五章　南社内阁

## 遁初力争内阁制　南社社员组政府

冬天的吴淞口外白浪翻卷，细雨如织。码头上，早已挤满了人，天气的阴冷，丝毫抵挡不住人们如火的热情，每个人口中哈出的白气，与薄雾交织在一起，迷茫一片。

人群中有乌目山僧即黄宗仰、沪军都督陈其美、黄兴，广西代表马君武，山西代表景耀月、马伯援、王有兰、许冠尧。这些辛亥革命的风云人物聚集吴淞，要迎接的是一位什么样的重磅人物呢？

1911 年 11 月 25 日上午 9 时左右，香港英国邮船"地湾夏"号靠近了租界码头。众望所归的革命党领袖孙中山出现在甲板上，微笑着向欢迎他的人们挥帽致意，胡汉民等人紧随其后。

孙中山登岸后，乘坐当年最新款式的美国奔驰 176 号汽车，在黄宗仰的陪同下，前往静安寺路的哈同花园——爱俪园。此园占地 300 亩，构思精巧，布局恢宏，亭台楼阁，小桥流水，星罗棋布，被称为"海上大观园"。

孙中山在美丽的爱俪园里会见了伍廷芳、黄兴、汪精卫、宋教仁等人。哈同已摆好筵席以款待孙中山，众人举杯相庆，欢声笑语，经过十几年的不懈努力，终于推翻了清王朝，喜悦之情溢于言表。接下来孙中山就要着手解决建立政府的问题，悠悠万事唯此为大。

其实，在孙中山回国前，上海的南社社员就已经开始酝酿成立临时政府诸问题。一天，宋教仁等人在黄兴寓所，恰巧《民立报》主持人于右任前来拜访。

黄兴说："来得正好，我们正商量临时政府人选问题，想听听你的意见。"

孙中山回国合影

于右任开门见山："我的意见就是在新政府中，应该多容纳些武昌首义的革命同志。"

宋教仁摇头："事情没那么简单，成立政府是一个各方面力量平衡的问题。"

于右任不服："革命党人打下的江山为何还要接纳旧官僚？"

黄兴："不考虑各方因素，政府难以为继，比方说财政问题怎么解决？"

在陈其美的安排下，孙中山住进了宝昌路408号。

这一天，1911年12月25日，值得载入史册。这是自1895年孙中山广州起义失败，离开中国16年后，第一次踏踏实实地睡在祖国的土地上。这一夜，他睡得很香。

次日，孙中山在寓所召开同盟会最高干部会议，讨论组织新政府的体制问题，即采用总统制还是内阁制，并决定总统的人选。参加人员有胡汉民、汪精卫、黄兴、宋教仁、马君武、居正和张静江。除了胡汉民、张静江外，几乎全是南社中人。

孙中山开宗明义："诸位同志，今天我们召开同盟会最高干部会议，主要讨论一件事，也是我们建立中华民国新政府的最最重要的大事。即讨论总统制和内阁制孰优孰劣，哪个更适合于中华民国新政府？"

宋教仁第一个发言："总统制起源于美国，内阁制起源于英国、法国。总统制是由选民分别选举总统和国会，由总统担任国家元首和政府首脑。总统只向人民负责，不对议会负责。内阁制是由内阁首脑从与其政见相近的议员中挑选担任阁员，或由参加内阁的各党派协调分配名额，使阁员产生，然后提请国家元首任命。国家元首只是在名义上代表国家，执行些礼仪上的活动，并无实际权力。这两种政体哪种更好？就要看是否适合我们的国情。”

孙中山提高了声音：“现在是非常时代，清廷尚在，应该实行总统制。我是革命党领袖，我要干实事，我不能遵循他人之意见，自居为一个神圣的赘疣。”

张静江附和着：“领袖就是领袖，除了先生之外，没有第二个人能说出这样的话……”

宋教仁却不以为然：“听了先生的教导，受益匪浅，但我不敢苟同。我在日本多年，研究过西方政治、法律制度，眼界大开，心得颇多。我认为内阁制更优于总统制，尤其在现在！中国几千年都只听皇帝的，革命的目的不是换汤不换药，再听一个人的指挥。”

宋教仁的语调虽然很平和，但也是针尖对麦芒，一步也不让。胡汉民、汪精卫、黄兴、陈其美、张静江等人面面相觑。

宋教仁仍然畅所欲言：“辛亥革命为什么成功？这是发挥了革命党人集体的智慧，按总理在边地革命的理论，那么多的起义流血都以失败而告终，这次武昌起义成功，主要是同盟会中部总会的功劳，因此，我认为内阁制更胜于总统制。”

汪精卫插话：“我不赞成遁初的言论，什么叫全是中部总会的功劳？没有总理这面旗帜，革命是不会成功的。因此，我同意实行总统制。”

宋教仁：“我觉得实行内阁制更胜一筹。”

汪精卫一针见血：“我看遁初是自己想做内阁制的总理吧！”

宋教仁瞪起眼睛：“不错，你说对了，我就是要做内阁总理又怎么样？也比某些人下车伊始，就迫不及待地做大总统强得多。”

孙中山沉下脸色：“遁初，你什么意思？这是在指责我吧？”

宋教仁继续说：“我对事不对人。为什么这样说呢？内阁不善而可以更迭之，总统不善则无术变易之。我们应当由内阁代替总统对国会负责，凡是总统的命令，不仅阁员要副署，并由内阁起草，这才是责任内阁制的精神，才是新政权中华民国应有的政体！”

眼看着孙中山的脸色越来越难看，胡汉民眼瞅着黄兴，示意他来劝说一下。于是，黄兴说："遁初，别再说了，这里大多数人都赞成孙先生的总统制，包括我本人，我认为应以大局为重。"

宋教仁年少气盛，湖南骡子脾气上来了："你要实行什么跟我没关系，不是讨论吗？为什么要妥协？我就是要在党内申述正确的主张，以免将来带来后患！"

孙中山急了："后患？请把话说明了。"

宋教仁一步不让："就是为了防止某些不开诚布公的人做了总统而专横跋扈！"

孙中山勃然大怒："我怎么专横跋扈？我怎么不开诚布公？"

宋教仁步步紧逼："我说错了吗？在日本时你到处募捐的钱都干什么了？我们办《民报》没有钱，你却把持得很紧，也从来都没有公布过捐款账目。"

孙中山："我募捐来的钱都用于起义了。"

宋教仁："起义？你的起义有一次成功吗？这次辛亥革命要不是我们多年的努力，根本得不到今天的成果！你还能实行总统制？"

黄兴、陈其美都站起来："革命已经成功，这些伤感情的话不说也罢！"

这已经不是意气之争，这是革命党人的建国之争，路线斗争，加上多年的积怨，双方都据理力争，各不相让，吵得面红耳赤。

宋教仁："那好，现在独立十七省的代表都在南京，我在这里说不通去南京说。如果大多数代表都同意总统制，那就实行总统制！总而言之，不能让一个人说了算！"

晚饭后，同盟会重要干部继续开会，重提组织政府大纲问题，宋教仁力主内阁制不能更改，孙中山坚持总统制不能变，双方面红耳赤。最后黄兴说："这个问题再争论下去就伤和气了，不如交给南京的各省代表来决定怎样？"

"那好，我这就去南京！"宋教仁起身而去。黄兴随即追了出来，跟着去了火车站。

这一夜，孙中山失眠了。

27日，黄兴和宋教仁到达南京，下榻丁家花园，晚上出席了南京丁家桥的各省代表会议。

宋教仁在会上做了演讲，提出三条议题：（一）改正朔用阳历；（二）起义时以黄帝纪元，今应改为中华民国纪元；（三）组织政府采用总统制。大会决定一、二两条合并讨论。在总统独立制问题上，宋教仁坚持己见，反复说明总统制的弊端，坚持主张临时政府采用内阁制。他满心以为会得到代表们的支持。而黄兴征询了大会代表意见，多数代表同意采取总统制，反对内阁制；经表决后获得通过。会后，南京各省会议代表到上海面见孙中山，传达大会表决结果。

马君武在日本与孙中山合影

孙中山微笑着："看来总统制是人心所向，众望所归啊。"

12 月 29 日，十七省代表开会选举大总统，候选者有：孙中山、黎元洪、黄兴。会议主持者将选票分给十七省代表，一省一票按秩序依次投票。其中江苏代表陈陶遗、山西代表景耀月、广西代表马君武、云南代表吕志伊同为南社社员。

柳亚子兴奋地说："这也是在南社历史上值得大书特书的一页吧！"

开票结果孙文 16 票，黄兴得 1 票。孙中山以超过投票总数三分之二以上当选为中华民国临时大总统。当选举结果揭晓时，在场的十七省代表兴奋地大呼："中华民国万岁！中华民国万岁！"

军乐队奏响了马赛曲，在场的代表们互相握手，拥抱，表示祝贺。

只有一人向隅而泣。宋教仁是个有政治抱负的人，才高心不展，但并不服气，他坚信他的政治理想一定会实现，哪怕道路崎岖充满艰险，都要义无反顾地走下去。

1912 年 1 月 1 日，是中华民国开国的日子，也是孙中山由沪赴宁，就任中华民国临时大总统的日子。

上午 10 时半，上海商、学、军各界群众早早就等待在上海沪宁火车站，急欲争睹大总统孙中山的风采，道途为塞。在沪军都督陈其美的护卫下，身穿黄色呢质军服、戴着大檐军帽的孙中山一行数十人来到火车站，向欢迎群众挥手致意，人群中发出热烈的欢呼声和"中华民国万岁""大总统万岁"之声，如大海波涛，一浪高过一浪。

一列花车升火待发，火车头和车厢上挂满了象征汉、满、蒙、回、藏五族共和的五色旗，这是宋教仁等为即将诞生的中华民国设计的国旗。在人们的簇拥下，孙中山一行上了花车。

11时整，在隆隆的礼炮声中，汽笛鸣响，花车缓缓开动。孙中山挥手向站台上的人群告别。

花车经苏州、无锡、常州、镇江各站时，都有成千上万的组织起来的民众高呼着"共和万岁""总统万岁"。

下午5时，火车缓缓驶进了南京下关车站。此时，下关各炮台、军舰同时鸣礼炮21响，南京的政、军、商、学以及各国驻南京领事早已在车站等候。车站外广场约四五万人夹道欢迎。

孙中山一一与欢迎者握手，之后孙文等仍乘花车转宁省铁路，下午6时15分抵总督衙门车站，即换乘扎花马车，在黄兴、徐绍桢等人恭迎陪同下进入总统府（即旧两江总督府）。晚上10时，大公堂里，各省代表和海陆军代表聚集一堂，临时大总统就职典礼在这里举行。

当孙中山走进礼堂时，已经被四面壁炉烧烤得暖融融的礼堂，顿时燃烧起来似的，响起了雷鸣般的欢呼声和掌声。神采奕奕的孙中山走上临时搭起的主席台，在两面鲜艳的五色旗前接受大家的祝贺、欢呼。军乐声后，由各省代表联合会代理议长、临时政府各省代表会议主席、山西省都督府派出的议员景耀月致颂词。

孙中山站在主席台前，举起右手庄严宣誓，声音缓慢、凝重而清晰：

倾覆满清专制政府，巩固中华民国，图谋民生幸福，此国民之公意，文实遵之，以忠于国，为众服务。至专制政府既倒，国内无变乱，民国卓立于世界，为列邦公认，斯时文当解临时大总统之职。谨以此誓于国民。

接着，景耀月致颂词，致送大总统印绶。孙中山用印盖在《临时大总统就职宣言》上，宣言由胡汉民代读。宣告中提到了民族之统一、领土之统一、军政之统一、内治之统一、财政之统一的政务方针。最后，胡汉民读道：

临时政府，革命时代之政府也，余年来，从事于革命者，皆以诚挚纯洁之精神，战胜所遇之艰难；即使后此之艰难，远逾于前日。而吾人惟保此革命之精神，一往而莫之能阻。必使中华民国之基础确定于大地，然而临时政府之职务始尽，而吾人始可告无罪于国民也……

庄严的宣誓，赢得了全场阵阵掌声。

宣誓结束，江浙联军总司令徐绍桢受各省代表与陆海军人委托，向孙中山致颂词。颂词称："尊重共和，巩固自由，举满、汉、蒙、回、藏各族，复于平等之政，众意所属，至诚爱戴。"孙中山致答词："文誓竭心力，勉副国民公意，完成建国大任。"

第二天，大总统孙中山提出内阁名单，仿照美国政府制，不设总理，分作九部，由总统提出各部总长、次长名单，须经代表会同意。开始人选按宋教仁的意见全由革命党人担任，不用旧官僚。经过各方意见妥协，孙中山提名：陆军总长黄兴，海军总长黄钟瑛，外交总长王宠惠，内政总长宋教仁，财政总长陈锦涛，司法总长伍廷芳，交通总长汤寿潜，实业总长张謇，教育总长章炳麟。

代表中有人反对宋教仁、王宠惠、章炳麟和伍廷芳，于是经过黄兴与孙中山商量，改程德全掌内务，蔡元培管教育，伍廷芳与王宠惠对调，最终代表会无异议，按照提出名单投同意票，获得一致通过。在这份名单中，同盟会会员占了相当比例，而这些人不少也是南社社员。

陆军总长兼参谋总长：黄兴，字廑吾，号克强，入社号 323；

教育总长：蔡元培，字孑民，南社纪念会名誉会长；

司法次长：吕志伊，字天民，入社号 172；

内务次长：居正，字觉声，顺序号"五一"；

教育次长：景耀月，字秋陆，号太昭，别号帝召，入社号 259；

交通次长：于右任，原名伯循，字骚心，顺序号"六五"；

实业次长：马君武，原名道凝，改名和，又名同，字厚山，入社号 235。

根据孙中山、黄兴的意见，采用部长取名、次长取实的办法，所以内阁的实权是掌握在革命派手中。

对于新生的政权，柳亚子等一批南社社员也没有袖手旁观、置身其外。

武昌起义前一天，南社社员雷铁厓来到上海西门外安澜路 38 号南社社员朱少屏家。柳亚子也住在此，与朱少屏筹办《铁笔报》。拟请在日本的景耀月返沪任总编辑，但他一直没回来。没想到武昌起义爆发，景耀月便回国，作为山西代表去了南京参加 17 省会议，于是《铁笔报》便无疾而终。

朱少屏问："听说你在南京政府高就？"

雷铁厓指着胸前佩戴的一方盖有红印戳的白布说："总统府秘书。"

柳亚子拱手："可喜可贺，怎么有空来这里？"

雷铁厓说："我是特地来请你和少屏去南京总统府做秘书，去给南社撑撑门面。"

柳亚子："怎么又拖上了我？你是知道的，我不善于在官场应酬，要去少屏去，再说你老兄文笔极健，我才不去续貂！"

雷铁厓说："古文我尚能凑合，但骈文不如你老兄，倘然偌大的临时大总统府，找不出一个骈文家来，不是使钟阜蒙羞、石城含垢吗？"

柳亚子拗劲上来："天，我又哪儿会作骈文呢？我是坚决不去的。"

雷铁厓拍案顿足："如今的天下，有南社人一半，你不帮谁帮？"

雷铁厓死拉活拽，闹得差点翻脸，总算是将柳、朱两人说通。1 月中旬，柳亚子、朱少屏，加上南社社员、柳亚子的同里自治学社的同学邹亚云等一道，蹭着司法总长伍廷芳的花车，前往南京。

总统府的文稿需易懂直白，骈文四六句不太适宜，骈文秘书，并没有多少事情可做。

柳亚子干脆就一个字：玩！

当时，南社社员姚雨平任粤军北伐军总司令，叶楚伧在替他当参谋长。正值南北议和，北伐不能进行，于是这几位南社人天天腻在一块，游山玩水。

一日，几个人前往城南夫子庙，在秦淮河上泛舟，下午走进桃叶渡一处酒家，坐下来喝酒作诗。柳亚子突然想起社友周实在南京光复前，赴沪和自己"联床竟夕，商江北起义方略"，不由悲从中来，撰七绝《桃叶渡酒家题壁》：

桃叶芳名尚未删，秦淮流水自潺潺。

我来不洒新亭泪，只哭淮南周实丹。

他们喝着、吟着、闹着。当晚，柳亚子自述："身子吃不消，忽然发起寒热来，只好对不住铁厓，卷铺盖而出总统府，还到上海来当流氓了。"

接着，南京临时政府准备北伐。

叶楚伧撰七绝，他与柳亚子告别后，"不日渡江"，有感而发：

帝城万堞拂朝曦，大将楼船命出师。

一幅河山迎送画，隔江烟树主军旗。

佳人此去成奇遇，杀敌归来更可儿。

河洛即今生浩劫，好凭鞋伐济仁慈。

身为大总统府秘书的南社社员还有张继、任鸿隽、俞剑华和秘书处收发组组长杨铨等。

任鸿隽，字叔永，原籍浙江吴兴，清末应试时，著籍四川巴县。游学日

黄兴等参加临时参议院成立典礼

本，参加同盟会，入社号 440。

杨铨，字杏佛，江西清江人，入社号 229。

南京临时政府解散后，黄兴成立留守府，总参谋长李书城，字小垣，湖北潜江人，入社号 324；所用的秘书杨性恂，字德邻，长沙人，他也是南社社员，入社号 257；还有张默君的父亲张通典，字伯纯，也在其中做文案，入社号 467。

秘书治国也是民国一大特色，许多政要都是做秘书出身。追根溯源，滥觞于中华民国南京临时政府时期。

1 月 28 日上午 11 时，临时参议院举行正式成立大会，孙中山及各部总次长和十七省三十八名议员到会。南社社员陈陶遗当选为参议院副议长。孙大总统致祝词，之后，黄兴、蔡元培、居正、马君武相继登台演说。按柳亚子的话说："于是少年同社，尽庆弹冠了。"

南京临时政府成立后，同盟会决定改为公开组织，以"巩固中华民国，实行民生主义"为宗旨，举孙中山为总理，黄兴为协理，宋教仁、胡汉民、马君武、刘揆一、张继、李肇甫、汪兆铭、居正、田桐为干事，实际负责人为宋教仁。这些人里，除孙中山、胡汉民、刘揆一外，其余都是南社社员。

宋教仁的内阁制主张未获同意，在新政府中的内政总长又落选，而孙中山还算大度，仍任命他为法制局局长。

2 月 12 日，清帝颁诏宣布退位，袁世凯赞成共和。孙中山委曲求全，表示妥协，以"功成身退"的胸襟，向参议院提出辞职咨文，提出推荐袁世凯候选临时大总统。

## 三专使北京迎袁　两健将上海开骂

清廷退位诏书已下，袁世凯志得意满，正在筹备临时政府的班底。孙中山提出了附带条件，即新政府必将设于南京，目的是让袁世凯摆脱北方旧官僚的土壤与氛围之中，置于南方革命党势力的控制之下，以便制约。老奸巨猾的袁世凯何尝不知道孙中山的良苦用心？

孙中山电袁世凯：尽快到南京就任临时大总统一职。

袁世凯电告孙中山："若专为个人责任计，舍北而南，则有无穷窒碍，北方军民意见尚多分歧，隐患实烦，皇族受外人愚弄，根株渐长。北京外交团向以世凯离此为虑，屡经言及……"一句话：不能离京。

孙中山接电后，与同盟会诸人反复商量，为表示诚意，决定派出以蔡元培为专使、汪精卫与宋教仁为副使的迎袁代表团前往北京，欢迎袁世凯动身南下。这三位专使，蔡元培后来成了南社纪念会的名誉会长，而汪精卫和宋教仁都是南社成员。蔡元培用开玩笑的口吻对汪精卫、宋教仁说："这次又成了南社对北庭了。"

2月27日，北京正阳门外搭起了巨大的牌坊，牌坊上扎满青松翠柏枝叶，两边悬挂着五色国旗；正中用电灯泡拼成了"欢迎"两个大字，晚间灯火辉煌，格外耀眼。

三专使的花车隆隆开进正阳门外京奉车站时，月台上仪仗队鼓乐齐鸣，北京的政要早已等候在那里，双方拱手寒暄，亲密无间。

沿途的军警布满大街，在热热闹闹的气氛中，三位迎袁专使坐了大马车，来到煤渣胡同内的法政学堂下榻。第二天上午，三位南蛮子去外交大楼谒见袁世凯，面交孙中山先生手书，情切殷殷，要求老袁尽快启程。最重要的理由：国不可一日无总统。

袁世凯笑容可掬，说出种种困难，就是不能离京。富有辩才的宋教仁，词锋犀利，颇使袁世凯招架不住。他说：

"如果袁公不能到南京接任，孙总统也就无法卸职。"

袁世凯虚与委蛇："承蒙孙中山先生和参议院以及三位专使的好意，兄弟我何敢固辞？但有些实际问题也须考虑，不可操之过急。如果北方平静无事，兄弟愿意随三位专使南下，与孙中山先生和各位先生共商国是。"

三位专使得到肯定的答复，满意而回宾馆，文人得意，少不得饮酒赋诗，兴致大发。

这天晚上，北京城内突然响起枪声，越来越密，火光冲天，映红半城。原来曹锟所部发生兵变，焚掠东安门和前门外市街，引起极大的惊恐。

三位专使刚要休息，突然传来乒乒乓乓砸门之声。

三人急急忙忙逃到后院，爬上墙头跳了下去，只听见"拿人"之声，三人被一群下人逮住。原来这是中国银行总经理冯耿光先生的宅邸，见有人半夜跳进院子，被主家当成了贼。

1912年2月18日袁世凯与专使合影。前排左一为汪精卫，左五为蔡元培。

三位专使急忙解释，介绍了各自的身份，这才在冯家大院里凑合了一夜。而他们随身携带的行李与重要文件被洗劫一空。

这场突如其来的骚乱，似乎证明了袁世凯的确不能离开北京。在京的英、美、法、日各国公使要求派兵进城保护使馆；而北方各省都督纷纷电报阻止袁世凯南下。

袁世凯据此兵变，致函孙中山，托词拒绝赴宁就职。三位专使也出面替袁世凯说好话："北京兵变，外人极为激昂。日本已派兵入京，设使再有此等事发生，自由行动恐不可免。培等睹此情形，集议以为速建统一政府为今日最要问题，余尽可迁就以定大局。"

3月4日，蔡元培等三位致电孙中山，提出：取消袁世凯南行之要求，确定临时政府之地点为北京。

6日，孙中山咨请临时参议院审议袁世凯在北京就职办法。经参议院同意，孙中山电告蔡元培等："惟袁总统得参议院电复认可之日，举行仪式，应由专使等代表民国，接受誓词，赍交参议院保存，以昭隆重。"

其实，这正是袁世凯的一招棋。

三位专使返回南京，大家在总统府听取专使们汇报北方情事。蔡元培说："袁世凯在兵变后，拟招三十营的新兵。"

马君武一听就急了："狼子野心，南方有的是兵，由孙先生统兵北上，以迎袁为名，乘便把北洋军都扫荡完。"

宋教仁："统兵北上？你以为是儿戏？津浦路上，我前线只到达徐州，山东直隶有北洋重兵，哪肯轻易让你过去？势必会惹起战争……"

话音未落，马君武立即大声斥责："你现在为袁世凯做说客，出卖南京，出卖革命党！"说着跳起来，照着宋教仁脸上就是一拳，顿时，宋教仁左眼角受伤，鲜血流过面颊。

孙中山大喝："住手！你怎么这样粗鲁？"

黄兴急忙拦住："遁初，不要和他一般计较！"

孙中山生气地说："什么话不能好好说，你必须向遁初赔礼道歉！"

马君武无奈，只得过去："对不起遁初，我太冲动了。"

孙中山："兹事体大，改日再商量。克强，你替我送一下遁初。大家散了吧。"

黄兴亲自送宋教仁回龙公馆。

袁世凯如愿以偿，在北京就任临时大总统，任命唐绍仪为国务总理。

4月1日下午，孙中山去了湖南路上的临时参议院，行解职礼，正式宣告解除中华民国第一任临时大总统职务。2日，临时参议院决定迁往北京。

对袁世凯的为人，柳亚子早有认识。

柳亚子自行离开临时大总统府后，回到上海，经邹铨、陈布雷两位南社社友介绍，进了《天铎报》，他反对袁世凯，反对南北议和，于是用"青兕"的笔名开始做文章，天天骂南京政府、骂临时参议院，主张由起义各省组织都督团，反抗南京，取消和议。那时《民立报》是南京临时政府的机关报，邵力子和徐血儿赞同主和，于是向柳亚子进行反驳。双方笔战甚是热闹。

柳亚子对孙中山让位于袁世凯耿耿于怀，在《民立报》连篇累牍地发表抨击袁世凯的文章，一针见血地指出：

> 选举大总统出于国民自由公意……袁氏自审与国民之恩怨如何，血雨硝烟迷濛燕市，大狱株连至今未释，颇闻握枪挟弹之豪，乃有善病工愁之女，此岂有所私怨于袁哉？国人之公义则然耳。共和国民以道德为元气，几见大总统而可以力征经营者？

袁世凯就任临时大总统后与北洋军人合影

柳亚子还在《论袁世凯》一文中指出：

使袁早定大计，爱新觉罗氏之亡不待今日，即中华民国第一任总统亦非袁莫属也。乃袁狼子野心，不愿为汤武，而欲为操莽，身入北军，为之指挥，于是有汉口、汉阳之陷，淮北皖北之扰，齐鲁则独立取消，秦晋则危机屡迫，两川既定而复乱，滦州起义而弗成，残杀志士，荼毒生灵，北兵所至，民无孑遗。此皆袁氏罪状，罄竹难书，虽能使虏酋逊位，功罪岂足相抵哉？

至袁之为人，专制锢毒，根于天性，与共和政体无相容之理。昔法之大小拿皇，咸以总统而登皇帝之位，袁氏野心，取则不远，……

柳亚子主张对于袁世凯只有采取北伐手段。他大声疾呼：今日之事，万绪千端，惟有乞灵于铁血。


柳亚子警告孙中山和南京临时政府，可惜无人响应，这就是"不用吾谋恨，当年计岂迂"。袁世凯上台后的倒行逆施，果然应验了他的推测。如今，面对"小丑空婴槛，元凶尚负嵎"的局面，柳亚子除了痛哭还能怎样？

然而，孙中山慨然宣布让位了。

4月3日下午，孙中山由宁赴沪。胡汉民、于右任等同行，抵沪后便直接去了宋耀如家。此时，孙中山身边多了一位南社人物，他就是戴传贤，字季陶，号天仇，原籍浙江吴兴，生于四川广汉。在南社成立不久，就加入南社，入社号115。

早在1905年，14岁的戴季陶便和宋耀如、马君武等同船赴日本留学，戴季陶考入师范学校。1909年回到上海，先后在《中华日报》《天铎报》当记者，由于发表反清政论，惹出文字狱，遭到清政府通缉，转赴南洋槟榔屿，任《光华报》编辑。武昌起义后回上海，与南社人周浩（字少衡，安徽旌德人）创办《民权报》，抨击时政野心，被当局提讯查究。因此，他逐渐懂得一条真理：百万锦绣文章，终不如一支毛瑟。

1911年底，孙中山从海外归来，戴季陶以《民权报》记者身份去吴淞码头采访孙中山。南京临时政府成立时，戴季陶做了孙中山的机要秘书。孙中山辞职去沪，去会老友宋耀如，戴季陶也与宋是旧相识，于是一同前往。随

戴季陶

后，戴季陶仍回《民权报》，继续作他的锦绣文章。就在袁世凯就任临时大总统不久，4月19、20日，戴季陶以"天仇"为笔名，在《民权报》上发表《袁世凯罪状》一文，淋漓尽致地揭露了袁世凯反革命的伎俩，宣布其反革命六大罪状，向党人、国人历数了袁世凯的前世今生，一针见血地指出，国家政权落在袁世凯这种野心家的手中，辛亥革命已经失败，死者不瞑目，而生者之恨亦无穷期矣。

这是一篇振聋发聩的战斗檄文，预示了二次革命终将到来！戴季陶不愧是南社的笔杆子，后来的国民党的理论家。这样划时代的文章刊登出来，令多少南社人痛快之极。

## 亚子辞职《天铎报》 精英荟萃"太平洋"

春天来了，经过漫长的严冬，大地开始复苏，生命的胚芽在泥土中勃发欲动。

民国来了，数千年的封建专制独裁终于过去了。南社的文人，就像春天里的燕子一样，在各个报章、杂志上尽情地发表各自的见解、各自的主张。把整个的中国，烘托成绚丽多彩的百花园。

仅上海望平街，晚清以来，《申报》《中外日报》《神州日报》《民报》《新闻报》《时报》《太平洋报》等许多著名的报馆均设于此，是名副其实的报馆街。

民国初年，各种政治背景、政治主张、学术观点和迎合市井口味的报纸，犹如雨后春笋般竞相出土。几个穷书生，租一间旧房子，两张破桌子，就是编辑部。有排字房就不得了了，就是像样的报馆。而南社精英经营的最耀眼最有代表性的报纸，就在这块新闻文化大蛋糕中占了一半以上。

自柳亚子加入《天铎报》，不久，陈布雷辞职而去。

陈布雷，字彦及，名训恩，又号畏垒，浙江慈溪人。后来成为蒋介石的文胆，但他的操觚生涯是从南社和《天铎报》开始的。《天铎报》创刊于1910年3月11日，创办人是沪杭甬铁路局驻上海总理汤寿潜。辛亥革命时，汤被推举为浙江军政府都督。在任期间，他又联合陈其美、程德全等通电起义各省，商议成立联合政府。1912年1月，中华民国临时政府成立，孙中山任命汤寿潜为交通部长，汤未到任。后汤改任赴南洋劝募公债总理，向在南洋各地华侨募款。袁世凯篡权后，汤曾与章太炎等组织"统一党"以挽残局，未果。陈布雷也是南社的早期社员，入社号69。

陈布雷进《天铎报》纯属偶然。当时，该报编辑戴季陶与钮有恒女士结婚，请了婚假。于是邵飘萍引荐，暂时委托陈布雷代理编务。

陈布雷

邵飘萍

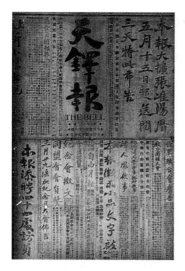

《天铎报》

邵飘萍，浙江金华人，南社社员，入社号729。

陈布雷住在南京路第一行台旅社。与《天铎报》社讲好每日撰短评两则，十天撰社论三篇，月薪四十元，住宿费加饭费十二元。柳亚子来沪，和陈布雷、邹亚云在第一行台同住了几天。很快，总编辑李怀霜便请陈布雷到办公室，说："社中经济困难，君之月薪只能发三十元，其余十元将填给股票。"

两天后，李怀霜又通知陈布雷说，有一栏目由庄某主撰，今后你只要写些短评即可。既然如此，恐怕不是业务的原因，陈布雷当天就收拾行李，辞职回故里。

柳亚子却干得开心。不料到了 2 月底，《天铎报》刊载了重民的一则短文，对章太炎颇有微词。重民即夏重民，曾任上海《天铎报》撰述。孙中山在南京就任临时大总统，夏重民入总统府任职，不久也回上海。

此时，宁调元办民社，出版《民声日报》，拉柳亚子帮忙。该报有个"杠头"叫黄侃，字季刚，笔名"不佞"，湖北蕲春人，也是南社社员，入社号221。他曾留学日本，当时章太炎鼓吹革命，流亡东京，主持《民报》。黄侃亦同居《民报》社，拜章太炎为师，创古韵二十八部。章太炎很高兴地说："历来治小学的，都没有你这样精深！"此后章太炎著书，广征博引，最后把黄侃所说作为定论。

在陈陶遗的介绍下，柳亚子认识了黄侃。黄侃是《民声日报》的主笔。他是个怪人，凡事好较真，较真必抬杠，又好饮酒，喝必高，高了就骂人，令人难堪。当时没有什么新闻管制，言论自由。报端什么样的观点都可以发表。《天铎报》上刊登夏重民的小文，引得黄侃愤愤不平，憋着一股邪火。

一天，叶楚伧代表姚雨平在岭南楼请客。柳亚子自认与叶、姚的交情不薄，喝酒哪能不叫他？哪知偏偏就没人请。柳亚子越想越气，便和老友俞剑华商量。俞剑华曾帮助柳亚子进入南社核心地位，是柳的"神机军师"。

柳亚子要面子，于是俞剑华出招："这个容易，你也拉一群南社朋友去岭南楼，在叶楚伧请客的隔壁开房间，吃饱喝足，对了，再写几张局票，飞笺招花，什么张娟娟、花雪南、杨兰春、蒋红英之流，玩呗，高兴呗，反正有老叶买单。"

柳亚子拍掌叫绝。于是在望平街叫了十几个人，去了岭南楼。正喝到兴头上，门外来了个下人拿着请客票找柳亚子。

柳亚子窝心，乜斜着眼："谁找我？"

来人递上同心楼的请客票，柳亚子一看只得起身："诸位，不好意思，东王找我，先走一步。"

叶楚伧

东王真名叫汪东，字旭初，号寄庵，吴县人，也是章太炎的门墙。章氏曾学天国封王，封国学弟子黄侃为天王，汪东为东王，朱希祖为西王，钱玄同为南王，吴承仕为北王。

辛亥革命后，章太炎与汪东创办《大共和日报》，汪东为总编辑。柳亚子称汪为姨丈，不管是什么姨，总是门亲戚，再不痛快，也得给面子。于是坐上黄包车，赶到同心楼，推开包厢门，高朋满座，就等柳亚子。

未及寒暄，就听见杂七杂八的罚酒声。柳亚子一口气干了三杯，抹着嘴刚刚坐下，只见对面"腾"地站起一人，定睛一瞧，正是"杠头"黄侃。

黄侃铁青着脸，眼睛在冒火光，劈头开骂：

"好你个柳亚子，我拿你当朋友，你竟敢辱骂我爹，好大的胆子……"

"我……我……啥时候骂过你的高堂？"柳亚子蒙了，本来就口吃，越发还不上价钱。

"一日为师终身为父，章太炎先生是我的恩师，就是我的父亲！你敢登文章对我恩师大不敬，必须道歉，否则我与你没完！"快人快语的黄侃不依不饶。

"没完又如何？怕你不成？"柳亚子干脆硬碰硬地说。

"我看你在《天铎报》真长本事，我非教训教训你！"

黄侃要过来，被汪东拉住，他摆出长辈派头："君子动口不动手。亚子，你这个态度算什么？"

柳亚子不服气："我又不是《天铎报》总编辑，他找我干什么呢？"

"你是《天铎报》的人，我不找你找谁？"

"《天铎报》又不是我一个人，你有种找他们去！"

"那好，有种你脱离《天铎报》，我就不找你，咱们还是好朋友。"

"谁和你是好朋友？我就不脱离，你想怎么办？"

大约汪东也看不下去，斧子总不能一面砍吧，于是说："亚子凭你一支笔，到哪里不是独一份？为朋友两肋插刀，离开就离开吧。"

柳亚子碍着面子："多大事啊，离就离，但我和姓黄的不是朋友！"

黄侃一蹦大高："这可是你君子一言，我就要和你做朋友，不做不行！"

第二天，柳亚子酒醒了，说出去的话不能收回，只得硬着头皮去向总编辑李怀霜辞职。

李怀霜，名葭荣，广东信宜人，南社老人，入社号 180。孙中山组织中国同盟会后，李怀霜便加入同盟会，追随孙中山从事民主革命。1910 年 3 月，他与同盟会会员夏重民等邀汉冶萍公司股东粤人陈芷澜出资，在上海租界望平街创办《天铎报》，他任总编辑。《天铎报》开始以商业性报纸的面目出现，不久便积极宣传民主革命，与于右任、宋教仁主办的《民立报》相呼应，成为同盟会在国内的两大喉舌。

柳亚子垂头丧气、结结巴巴讲了原委，李怀霜气得不得了，三下五除二，撕了辞职信：

"有本事让黄侃来找我。他又不是你祖宗，叫你辞职你就辞？"

柳亚子："君子一言快马一鞭！"

"这回你倒是不结巴了，我恨不得抽你一鞭！"李怀霜装出要打的模样。

最终柳亚子还是走了，去了《民声日报》。当然，《天铎报》总编辑李怀霜大不高兴，马君武也"横肯其首"。

没多久，《民声日报》总编辑宁调元回湘葬父，被谭延闿都督请去做三佛铁路总办，继任的总编辑是杨性恂。杨性恂，名德邻，湖南长沙人，南社社员，入社号 257。另有汪兰皋协助杨性恂。汪早年当过醴陵县令，萍浏醴起义时，被奸人告发失职之罪，被削职为民。黄花岗起义失败后，与陈子范私设祭坛祭奠。

可是杨与汪都是宁调元的人，没干多时都站不住而走了。此时，叶楚伧办起《太平洋报》。于是柳亚子便滑脚开溜，跳进《太平洋报》。

《太平洋报》阵容强大，编撰人员有：姚雨平（社长）、陈陶遗、邓树楠（顾问）、叶楚伧（总主笔）、柳亚子、苏曼殊、李息霜、林一厂、余天遂、姚鹓雏、夏光宇、胡朴安、胡寄尘、周人菊、陈无我、陈蜕安、梁云松、林百举、朱少屏、王锡民（干事）。按现在的话说，即全明星阵容，而且报纸充满了文学气息，文艺副刊更是精彩。

创刊号上就刊登《南社启事》，以太平洋报馆为南社交通部。总主笔为叶楚伧。

叶楚伧是苏州周庄人。温婉秀丽的江南水乡，却出了一个关西大汉。状貌魁梧，风采雄俊；脸上满是幽燕之气，为文却很秀丽。叶楚伧是个"上马击狂胡，下马草露布"的角色，有文气，有胆气，更有酒气。高兴时要喝，所谓兴之所至，连浮大白。有朋友来访时，酒逢知己千杯少，舍命陪君子，不醉不可；郁闷时更要喝，借酒以浇心中块垒，古人就有"酒入愁肠，化作相思泪"之说。

叶楚伧在给姚雨平当参谋长时，有人送给姚将军12瓶好酒。叶楚伧自告奋勇赶着马车去姚府送酒。时秋深气肃，路也长，他坐在车上感到凛冽有寒意，而酒香四溢，勾出酒瘾，实在憋不住，于是打开一瓶，咕嘟咕嘟一口气喝了个底朝天。等到姚将军府后，已经是下午5时许。恰巧姚雨平外出，叶楚伧将酒送给姚夫人，并说："不好意思，让我在路上喝了1瓶，只剩11瓶了。"

《太平洋报》由李叔同设计版面，报上用各种书法字体装饰标题，非常美观；苏曼殊为该报画刊绘图，十分出彩；文艺编辑柳亚子，编辑的诗文稿件，还有文艺副刊的画报，每期随正刊附送，这都是南社文豪所撰绘。副刊上连载姚鹓雏的小说《鸿雪印》《博浪锥传奇》，高钝剑的《愿无尽庐诗话》，苏曼殊的《断鸿零雁记》，都深受读者欢迎。

柳亚子对这种局面赞不绝口："《太平洋报》的局面是热闹的。大家都是熟人，并且差不多都是南社的社友；不是的，也都拉进来了。那时候，可称为南社的全盛时代。"

正当《太平洋报》红红火火之时，9月的一天，《太平洋报》突然被巡捕

（页码）178

房封了，当时只有胡寄尘在，匆忙之间，胡寄尘抓起苏曼殊亲自绘的《汾堤吊梦图》的铸版和《断鸿零雁记》手稿，理由是"欠债累累，闭门盘账"。报社被封，同人星散，许多重要的稿件不知去向，尤其李息霜的《莎士比亚墓志》的手稿也遗失了。

此外，在上海其他各报中，南社社友也占据了不少位置，略述如下：

《申报》：王钝根、陈蝶仙、周瘦鹃。

《天铎报》：邹亚云、李怀霜、俞语霜、陈布雷。

《民立报》：宋教仁、于右任、范鸿仙、谈善吾、叶楚伧、徐雪儿、陆秋心、景太昭、朱少屏、陈其美。

《新闻报》：郭步陶、杨千里、王蕴章。

《民权报》：戴季陶、汪子实、牛霹生、蒋箸超、刘铁冷、徐天啸、徐枕亚、沈东讷。

《时报》：包天笑。

《神州日报》：黄宾虹、王无生、范君博。

《大共和报》：汪旭初。

《民国新闻》：吕天民、陈泉卿、邵元冲、陶冶公、沈道非、林庚白、俞剑华。

《民国日报》：邵力子、于秋墨、闻野鹤、成舍我、朱宗良、朱凤蔚、陆咏黄。

《民声日报》：宁调元、汪兰皋、黄季刚、杨性恂、刘坤孙。

《中华民报》：邓梦硕、管际安、程善之、刘民畏。

《时事新报》：林亮奇。

《生活日报》：徐郎西、陈匪石、姜可生。

可以说，南方报刊的大半江山都掌握在南社人手中，南社等于是一个革命宣传部。因此，柳亚子也不无得意地说："请看今日之域中，竟是南社的天下。"

# 唐群英大闹议院　张汉英力争女权

"啪!"唐群英一记响亮的耳光实实在在打在宋教仁的脸上。一旁的林森急忙上前劝阻;"啪!"唐群英反手又一记清脆的耳光,重重地落在林森的面颊,连眼镜都打掉了。整个会场乱成了一锅粥,直到孙中山和黄兴出面,会场才安静下来。

这是民国元年 8 月 27 日京城的湖广会馆举行同盟会改组国民党成立大会上的一幕。这究竟是怎么一回事呢?

原来,1912 年元旦清晨,宋教仁、居正等人在龙公馆正要去总统府参加孙中山就职大典。刚走出客厅,突然涌来了一群女兵,为首的正是女子北伐队队长林宗雪。

林宗雪,原名张雪,字佚凡,又字逸凡,浙江平湖人,生卒具体时间不详。早年与陈去病、柳亚子等人有交往。

南社成立后不久,有十多名平湖人参加,林宗雪是其中之一,但没有填入社书,顺序号为"十"。南社在上海张家花园举行第三次雅集时,林被选任为庶务,职责是协助书记柳亚子处理社内杂务,这让她成为在南社中任职的第一位女性,也是唯一一位女性。在处理内务之余,林宗雪等

林宗雪

人在上海为革命党人推销《民立报》，甚至还乘着火车把报纸推销到杭州等地。

上海光复后，尚侠女学堂的创办人辛素贞即向沪军都督陈其美上呈要求组建"女国民军"。辛素贞带领尚侠女学堂学生五六人到沪军都督府请愿，要求予以批复。陈其美批示准其成立，并承诺"如果教练完善，确能御侮折冲，枪械经费各节自应代为设法。事关军务，希即照章切实办理"。

辛素贞在《民立报》刊登广告，招募女国民军。计划先招第一队五百人，招募的范围主要面向浙江；并在上海南市丰记码头 8 号设招待所，以便供来沪报名者居住。经过一番挑选，第一批女子组成"女子国民军"，这是上海最先出现的女子军事团体。

"女子国民军"，也称"女子北伐军"，因为母亲姓林，张雪就以"林宗雪"之名报名应征。林宗雪作风泼辣，敢作敢为，很快在应征者中脱颖而出，当上了司令。

话题扯回到刚才的湖广会馆一幕上。林宗雪她们挡住了宋教仁、居正的去路，吵吵嚷嚷把他们拥回客厅。

林宗雪挡住宋教仁与居正："我们只要求享有女子参政权，必须请宋先生答复。"宋教仁觉得好笑，假装作色道："大总统今天就职，你们不去护卫，已经失礼，请不要无理取闹，快去到总统府。"

可林宗雪不吃这一套，带着一帮女兵纠缠不休。居正连哄带吓，才"说

上海女子北伐革命军

服"她们。等居正、宋教仁匆匆赶到总统府，就职典礼已告结束。

两天后，孙中山在总统府与"女子参政同志会"会长林宗雪谈话时，说"此次革命，女界并与有功"。明确表示："将来必予女子完全参政权。唯女子须急求法政知识，了解平等自由之真理。"在男女平权和女子参政问题上，孙中山给予理解和支持。

那么唐群英为什么要大闹参议院呢？

原来中华民国临时政府北迁北京以后，北京政府公布了《参议院议员选举法》和《众议院议员选举法》，占全国人口一半的妇女依然没有选举权和被选举权。唐群英等六十多名女中豪杰冲进参议院进行抗议，并与男议员进行激烈的辩论。

唐群英义正词严地说："辛亥革命时，女子牺牲生命和财产与男子一样，为什么革命成功后竟弃女子于不顾？"

议长解释："袁大总统不赞成女子参政权。"

唐群英："袁大总统不赞成女子参政权，女子也没有必要承认袁大总统！"

唐群英、沈佩贞等数人又到同盟会总部发难，谴责男会员不通知女会员，擅自将党纲中"男女平权"删去；指责宋教仁受人愚骗，"甘心卖党"，表示要以武力对待。后经张继许以从长计议，她们才离去。当晚，唐群英召开紧急会议，商讨对策，认为"会员变更政纲，以求利禄，既负革命死难之烈士，今日又复消除男女平权，竟将女界捐资助饷之义抛于九霄，陷女界永受专制，殊堪痛恨"，决定致电各省支部，"迅筹对待办法"。

然而，同盟会其他党派合并为国民党时，出于妥协需要，党纲中竟删去"男女平权"条文。此举引起女会员的强烈抗议，再次掀起波澜。

27日，湖广会馆内人头涌动，闷热异常，在国民党成立大会上，唐群英火冒三丈，冲上了主席台，对着秘书长宋教仁，"举手抓其额，扭其胡，而以纤手乱批宋颊，清

唐群英

脆之声，震于屋瓦"。

唐群英到底是怎样一个人呢？

唐群英，字希陶，号恭懿，也是南社社员，她是在武昌起义首日正式填写入社书，入社号193。唐群英1871年12月8日（清同治十年十月二十六）生于湖南衡山新桥一个名门望族家庭。唐群英的父亲和叔伯们都显赫一时，父亲因功升提督，诰封建威将军，母亲为诰封一品夫人。唐群英20岁嫁到邻县湘乡荷叶塘（今双峰县），丈夫曾传刚是曾国藩的堂弟，婚后生有一女。

在荷叶塘，唐群英结识了两位著名的女性，对她一生有很大的影响。一位是葛建浩（蔡和森的母亲），她的堂叔是曾国藩的女婿；另一位是秋瑾，她是从浙江嫁到湘乡，与曾国藩的表侄王廷钧结为夫妻。唐群英与这两位女性志趣相投，过从甚密。

但后来发生的事情令人匪夷所思。短短七八年间，唐群英的父亲撒手人寰，爱女不幸夭亡，丈夫猝然病逝。她过起独守红楼、夜伴孤枕、欲死不能、欲嫁不得的悲惨生活。

"活生生的一个人，怎么能如此默默地坐以待毙？"

唐群英不甘沉沦，在痛苦中写诗自励：

斗室自温酒，钧天谁换风？
犹在沧浪里，誓做踏波人。

在秋瑾、葛建浩的支持下，1904年唐群英毅然决然，乘轮船东渡日本留学。

她自费考入东京青山实践女校，与秋瑾同窗。两年后，又以优异的成绩考进日本成女高等学校师范科，成为官费生。在此期间，与湖南志士黄兴、宋教仁、刘揆一、刘道一结识，参加了华兴会，成为这个革命团体中的唯一巾帼。1905年8月20日，唐群英率先参加了孙中山领导的中国同盟会。不久，秋瑾、何香凝、张汉英等也先后加入。

唐群英把主要精力放在组织留日女学生的工作上，成为留日女学生会的书记和会长。1905年底，秋瑾回国，在上海创办《中国女报》，提倡女权，宣传革命，唐群英为之撰稿。1907年7月，秋瑾在绍兴准备武装起义，为清廷侦之，英勇就义。唐群英得知，悲愤不已，决定复仇。

孙中山亲撰五言诗寄赠：

> 此去浪滔天，应知身在船。
>
> 若返潇湘日，为我问陈癫。

陈癫即湖南志士陈树人。果然，唐群英与陈树人共同合作，积极开展秘密反清革命活动。1910年2月，广州新军起义失败，革命暂时处于低潮。唐群英再次东渡日本，创办《留日女学会》杂志。

1911年广州黄花岗起义失败后，唐群英火速回国，奔走于上海、湖南、湖北等地，策动起义。

> 烽烟看四起，投袂自提兵。

辛亥革命爆发后，各省纷纷响应。唐群英与张汉英在上海召集女同胞，组织女子后援会，募集军饷，为民军后援。她们成立了女子"北伐军救济队"，唐群英亲任队长，北上杀敌，参加了攻打拒守南京的战斗。她身挎"双枪"、智勇攻城的英姿获得"双枪女将"的威名。

南京临时政府成立后，唐群英被孙中山誉为"巾帼英雄"，荣获总统府"二等嘉禾勋章"。

春绿江南大地，莺飞草长，生机盎然。位于南京湖南路上的临时参议院正在开会，议员们高谈阔论，气氛十分热烈。

议长林森头戴大礼帽，身穿黑呢子大衣，站在台上，双手上下摆动着：

"诸位先生们，请肃静……还有一项提案，就是要任命唐绍仪为内阁总理，同盟会方面坚持内阁总理必须是同盟会会员，目前，唐绍仪已经加入同盟会，此君得到孙文、袁世凯两位新旧总统共同信任，决定其为内阁总理……诸位有什么意见没有，如果没有什么异议，我们就举行表决通过……"

突然，传来一阵喧哗声，引得议员们纷纷扭过脸朝着窗外望去。

大门外，三十多名红唇白齿的女性，与门卫大声争吵，为首的是英姿飒

就任临时大总统时的孙中山

爽的唐群英。她们在质问："女子不能享有参政权还能算是民国吗？"

早在2月1日，大总统孙中山在原两江总督署西花厅接见神州女界共和协济社代表唐群英、张汉昭等人。唐群英当面向孙中山提出女子参政权的问题，孙中山答复："对于你们的要求，我本人表态同意，但还需要得到参议院的议决。你们写个议案交给参议院吧。"

于是唐群英等信心大增，一方面写提案，一方面联络全体女界。3月8日，唐群英等人成立了神州女界参政同盟会，该会以实行男女平权、普及教育、一夫一妻制为宗旨，并在各省建立支部、发展组织。同时，她们将女子参政问题议案提交参议院。

但是，孙总统并没有将唐群英等人的意见向参议院提交。于是，唐群英等再次去谒见孙中山，态度激烈，请求其立即向参议院提交，并提出要在宪法中写上"无论男女均有选举权及被选举权"一条。

孙中山只得委婉地劝说："如果你们能不懈努力，将来或许能达到目的。你们不能以激烈的手段来达到目的，这也不是本总统赞成女子参政的初衷。"

不料，孙中山的劝说极大地激发了唐群英等人的怒火，于是才有了她们3月19日的勇闯参议院之举。

两天后，唐群英等人依然未得到参议院的答复。于是带领六十多人携带棍棒，欲打进参议院。议长林森只得打电话给孙中山，要求派兵保护。唐群英等人进不了参议院，更加群情激奋，又赶到总统府，强要孙总统去参议院提交提议。

孙中山只得接见女界参政同盟会代表，答应向参议院进行斡旋。但表示："我这个总统已经让位于袁世凯，新任国务总理唐绍仪已经就职，你们还需征得他的同意。"

3月25、26两日，唐群英带着她的女将们两次要求面见新任总理唐绍仪，都吃了闭门羹。于是大动肝火。30日，唐群英等数人再闯参议院，要求改正临时约法，伸胳膊捋袖子，"大肆咆哮，势将动武"，吓得林森大呼卫兵保护，唐群英等人只得悻悻而去。

4月1日，孙中山赴参议院发表辞职宣言；5日，南京临时政府解散，参议院随之迁往北京。南京参议院闹过了，不依不饶的唐群英带人又去了北京。

8月13日，中国同盟会本部在京开会，选举国民党事务所干事，推举宋教仁、张继等十六人为筹备员。女会员唐群英、沈佩贞反对与他党合并，尤其不满纲领中删除男女平权一条，大闹会场。接下来就有本文开头时这一幕。

与唐群英一起提出议案的张汉英又是何人呢？

张汉英，湖南醴陵人，生于1872年，她是在武昌起义首日与唐群英一起加入南社的，入社号194。她在1904年官费考入东京青山实践女校，亦与唐群英同窗；她的丈夫李发根也来日本留学，肄业于宏文理化夜班、东京实科学校日班理化专科。

1906年底，萍浏醴会党、矿工在同盟会会员的筹划下，开始起义。孙中山命令东京的同盟会员杨卓琳、李发根、廖德磻等先后回上海响应，拟运动苏浙两省会党起事。不久，杨卓琳、李发根认识了两江总督端方派出的密探肖某等人，杨、李两人被诱至扬州某茶楼被捕，杨卓琳被处死，李发根、廖德磻被押入江宁城大牢，等秋后斩决。张汉英闻之后，立即回国救夫。她家与端方素有交情，她官费留学日本的指标就是当时的湖南巡抚端方拍板决定的。

张汉英来到两江总督府，以门生帖子投递，见到端方。端方很给面子，设家宴请张汉英吃饭，面对山珍海味，张汉英想起黑牢里的夫君，一时泪流满面，无处下箸。

端方动了恻隐之心："谁叫你是我的学生呢！你夫君犯的是死罪。也罢，给他换个监房，去掉枷锁，先优待他，判个永远监禁吧！"

这就是两江总督端方制造的"丙午江宁党狱"。

第二年，光绪帝和慈禧太后驾崩，三岁的溥仪登基，摄政王载沣监国，大赦天下。张汉英毕业后回国，四处活动，几经周折，李发根终于出狱。南京临时政府建立后，李发根一度出任江苏省民政长。

1912 年南京临时政府参议院在制定《临时约法》时，张汉英力主将女子参政权载入约法，由于遭到参议院中大男子主义者和守旧势力的反对，张汉英也拍案而起，据理力争。在男女平权、女子参政运动中与唐群英互相配合，也是一员健将。

　　张汉英诗文俱佳，出刊办报，文字极具穿透力。她有诗《咏厕头》，收录在《南社湘集》中。该诗曰："万里长江一望明，归舟无数自纵横。何时一击中流楫，顿息遥天巨浪生。"

　　11 月 6 日，北京参议院再度开会，讨论唐群英、张汉英等人的请愿案，反对者认为：此案在南京时业已议决，不宜再行提出；后因赞同者少，此议案作废。一些激烈的女权主义者提出：未结婚者，停止十年不与男子结婚；已婚者，亦十年不与男子交言。

　　唐群英却因为一则结婚启事更是"风乍起，吹皱一池春水"。

　　1913 年 2 月，《长沙日报》上突然刊出一则结婚启事，说某月某日，在长沙湖湘大酒楼举行郑师道先生和唐群英小姐结婚典礼，望亲朋好友前往祝贺。

　　有好事者立即去向唐群英道喜。不料唐群英柳眉倒竖，老虎发威，召集一帮女将，直冲府后街的《长沙日报》社，一把揪住该报主编傅熊湘的衣领，骂道："我什么时候结婚要你来操心？我根本不认识那个叫郑师道的疯子。你立即更正，登报道歉！"

　　傅熊湘是南社早期社员，入社号 35。他是一个特立独行的"风韵"，曾致书柳亚子云：

　　卜居万山中，捐妻子，弃朋友，块然独处，名其林曰繁霜，署其阿曰息影，字其居曰鹑借，问其卧曰梦甜。读书灌园，长眠饱食，风梳露沐，木居豕游。酌松露以为醪，引清泉而作供。红叶间落，寒山着花，白云归迟，疏林滞晚。风振衣而虎啸，月满槛而鹿啼，日夕所经，神思为豁。

　　大凡这种人物，都有点神经质。再说傅某还是唐群英入南社的介绍人。于是，傅熊湘理直气壮地说："广告不属于编辑部，至于这条广告从何而来，我无从追究，即使查出来是何人所登，广告也无更正之例。"他特意补充一句：

"请你自重，这是报馆。"

唐群英心头火起："不是报馆我还不来。"她大声下令，"给我砸！"

一群娘子军冲进排字房，七手八脚，推倒排字盘，将里面砸得乱七八糟。唐群英一声呼哨，一群妇女扬长而去。

第二天，市面上就不见了《长沙日报》。而该报是同盟会长沙机关报，无法出版，自然声誉也大受影响。

事件发生后，唐群英、傅熊湘同时告到湖南都督谭延闿处，一个要赔偿名誉损失，一个要赔偿报馆损失。

经调查，那个所谓的"新郎"郑师道，脑子也有毛病，是个亢进精神病患者，追求唐群英未遂，就采取无赖手段，本意弄假成真，不想弄巧成拙，见事闹大了，就做缩头乌龟。谭延闿调停无效，最后，只得拿出公款 2000 元赔偿报馆损失，最终此案不了了之。

## 社会党"洪水"肇始　国民党"渔父"建立

1912 年元旦，孙中山从沪赴宁时，特意带了一只木箱，让人小心翼翼地抬上火车。到南京后，又让人送到总统府西花厅。

胡汉民感到不解，问："这是一箱什么东西如此重要？"

孙中山笑了："展堂，你猜呢？"

胡汉民摇摇头："这怎么猜呢？会是钱吗？"

孙中山："我在吴淞码头时，曾有记者问我带回来多少钱？我说，余一文莫名，如果是钱，岂不是在欺骗公众吗？"

胡汉民："那我可真猜不出来了。"

江亢虎

孙中山打开木箱："这里面全是书，是我从欧美各国带回来的四种有关社会主义的书籍。"

胡汉民拿出一本，翻了翻，全是英文原版："你什么时候又开始研究欧美社会主义理论呢？"

孙中山说："你还不知道吧，江博士自称在中国研究亨利·乔治学说的，只有孙中山、唐绍仪和他本人而已。其实，我哪里有研究社会主义，这是我特意准备送给江亢虎的。"

他在办公桌前坐下，铺好信纸，打开铜墨盒，取下毛笔写道：

江亢虎先生：请广集同志，多译此种著作以输入新思想，若能建一学校研究斯学，尤所深望。

江亢虎和中国社会党又是怎么一回事呢？

江亢虎又名绍铨，号洪水、亢庐，别号康瓠，出生于江西弋阳一个官宦之家。

1901 年，18 岁的江亢虎经两江总督刘坤一举荐，作为各地推行"新政"中的英才，赴日考察政治半年。当轮船缓缓驶进横滨港，海湾里停泊着的日本军舰引起了江亢虎的注意。他既对这个大清宿敌的咄咄逼人感到不安，又对日本的富国强兵之道甚有兴趣，并为此做了大量研究探讨。在日本，江亢虎认真学习了社会学、政治学和欧美近代哲学等方面的知识，并与赏识他的孙中山先生有了交往。

一天，江亢虎赴横滨下田町的中国会馆与孙中山先生彻夜长谈。他赞成中国搞革命，但不赞成反清排满，拒绝参加兴中会。孙中山见其能言善辩，聪颖过人，又比自己小 12 岁，便一心劝说江亢虎支持他的反清革命活动；江亢虎不为所动。事后，孙中山曾对人说："此人如若不投身革命，势必为反动势力所利用，即便身不由己卷入革命，亦极可能首鼠两端，朝三暮四。"

由于江亢虎把一个日本女佣肚子搞大了，不得不提前结束在日本的考察工作，申请回国。在天津，江亢虎受到了直隶总督兼北洋大臣袁世凯的礼遇，被任命为北洋编译局总纂和《北洋官报》总纂，官居五品。江亢虎本是春风得意，不料却与幕中旧官僚合不来，延至1902年10月，江亢虎再度赴日。日本社会各界和官方人士都以为他有官方背景，是袁世凯派到日本的情报人员，派警方对他格外保护。

江亢虎食宿于东京上等宾馆，出入必车接车送，让秋瑾很是反感。在一次小型集会上，秋瑾扬言要除掉这条"清廷的走狗"，吓得江亢虎特地花钱请两名贴身保镖。1903年，江亢虎倡导"三无主义"，即无国家、无家庭、无宗教，可谓惊世骇俗。1904年9月，江亢虎回国。

很快，江亢虎担任了刑部主事和京师大学堂的日文教习，一方面与奕劻、袁世凯、荫昌等权臣交往过密；另一方面则暗中与反清力量接上关系，并设宴款待了进京活动的同盟会评议员汪精卫、朱执信等人。

当时，国内并没有马列著作的中文译本，江亢虎便直接研读马克思、恩格斯、考茨基、列宁、普列汉诺夫等人理论著作的英译本。一个创办新政党的念头在他的脑中产生了。

一天，江亢虎正在京师大学堂的寓所里读《资本论》的英译本，《神州日报》记者陈翼龙领着一位年轻人前来拜访，年轻人的名片上写有"李守常"三个字，他就是十余年后成为中国共产党创始人之一的李大钊。他比江亢虎小六岁，还在北京法政学堂学习，曾在京师大学堂旁听过江亢虎的课。

陈翼龙带李大钊来原本是要与江亢虎商量创办政党的事，江亢虎立即提出要创立中国社会党，并取出了他草拟好的章程，请陈、李两人过目。江亢虎的神速显然出乎陈翼龙与李大钊的预料，他们考虑再三，认为目前缺乏创建政党的基础，还需看看时局的变化。陈、李遂告辞而去。

1907年，江亢虎又赴日本，兼习英、法、德文，研究社会学。当时吴稚晖在法国巴黎创办《新世纪》杂志，江亢虎化名"徐安诚"，发表了《无家庭主义》等文章。1910年3月，江亢虎游历世界各国，在比利时首都布鲁塞尔发表《无家庭主义意见书》等文。

1911 年，江亢虎回国，不久加入南社，入社号 89。

同年 7 月，江亢虎在杭州女学联合大会上演讲《社会主义与女学之关系》，便被当局以"洪水猛兽"的罪名驱逐出境，回到上海。从此，他便自称"江洪水"。在惜阴公会、女子进行社和《天铎报》的赞助下，江亢虎组成了社会主义研究会，陈翼龙是他的主要骨干。在张园举行成立大会，到会的 400 人中，当场有 50 人正式入会；发刊机关报《社会星》。自命不凡的江亢虎以教主自居，在发刊词中大言不惭："佛陀枯坐树下十九年，仰视明星而悟大道；耶稣降世，则星现于东。"而《社会星》固"幽兰之华灯，而光明之显像也"。然而《社会星》发行了三期就"陨落"了。

辛亥革命后，人民获得集会结社的自由，江亢虎将研究会改为中国社会党，总部设在上海，在南京设支部。同年 12 月，又在苏州成立支部，陈翼龙为总务干事。江亢虎、陈翼龙多次在上海、崇明、昆山等地发表演说，纵论其"社会主义"无国界、无种族界、无宗教界、无男女界，一律平等、一概自由、一致亲爱；教育普及、财务均配、嫁娶自主、人人尽力于职业、人人受公众之保护，以达到都能平等享有人生所最需要的衣、食、住三大要素。

孙中山回国时，特意从美国带书给江亢虎，表示祝贺。

1912 年 7 月，江亢虎与陈翼龙一道赴北京，建立社会党北京支部，陈为总干事，发展党员 400 余人。随即在济南、烟台、奉天、张家口、太原、保定等地筹建支部，同时在京创办法律出版社、世界语学会、北京新剧社和平民学校。陈兼平民学校校长。该校男女生兼收，一律免费，对贫寒学生补助书籍笔墨费用。当时邓颖超（时名文淑）不到十岁，即在该校上学，其母杨振德亦在此校任教。

江亢虎和中国社会党名噪一时。斯诺的《西行漫记》里提到，毛泽东和他谈话，毛泽东表示自己是读了江亢虎的书，才慢慢了解社会主义的。而江亢虎在鼓吹社会主义理论之外，诗词亦是极好的。

的确，江亢虎才华横溢似洪水溢出。1912 年 4 月他去苏俄，以中国社会党名义列席共产国际第三次代表大会，只可惜他后来将中国社会党改为中国新社会民主党，依附北洋军阀，1926 年该党解散，而江亢虎本人在抗战时期投降日伪，在汪伪政府任职，成了汉奸，晚节不保。

说完"洪水"，就不得不说"渔父"。"渔父"是宋教仁的号。他比江亢虎入南社稍迟，入社号 164。

江亢虎在提倡社会主义时，固然引起清当局的注意，将其视为"洪水猛兽"；同样也引起孙中山与同盟会的重视。

当时在上海《民立报》主笔政的宋教仁，与江亢虎论战。宋教仁主张的是国家社会主义，与江亢虎的无政府主义不是一路，他以"渔父"笔名发表了《社会主义商榷》一文，批驳江亢虎，着实热闹了一番。

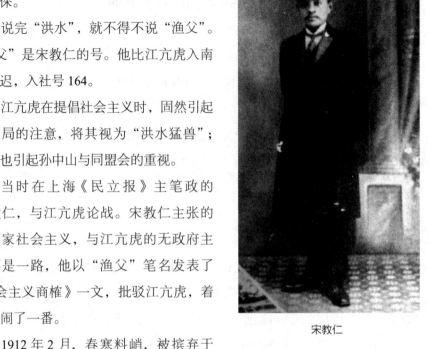

宋教仁

1912 年 2 月，春寒料峭，被摈弃于南京临时政府之外的宋教仁，出现在上海《天铎报》社中。主持该报馆的一帮人，都是南社人士，所作的诗词、散文、小说，散发着犀利、雄健、清新的气息，很受上海市民的喜爱。

因此宋教仁来到这里，就像回到家里一般，骨子里透着亲近。

主笔柳亚子，总编辑李怀霜、邹亚云、陈布雷、冯平等都起身欢迎。

柳亚子笑着说："今天在座的都是南社社友，旧雨新知，不谋而合，我来介绍。"

柳亚子为宋教仁一一介绍。到冯平面前，柳亚子说："这是冯平，字心侠，又字壮公，十三岁以第一名的考绩得中太仓秀才，后来补了太仓州的议事员；又东渡日本，在东京晋见了孙中山先生，参加了同盟会。"

宋教仁点头："你这一说，我倒想起来了，好像有一面之缘。后来我去了东北，你去了哪里？"

冯平说："1907 年我也回国，在苏州认识柳亚子。当时清廷通缉我，只得将幼子托付与亚子，流亡在外。"

柳亚子："传言壮公被害，害得我哭了几回，还写下《哭冯心侠》诗两首。"

宋教仁："念来听听如何？"

柳亚子想了想："一纸书传泪暗吞，苍天梦梦佛无言。如君死尚憎流俗，而我生难共酒樽。白眼看人怜阮籍，青蝇作吊痛虞翻。平生知己成何用，一哭凭棺事莫论。"

宋教仁点头："好诗，尤其'白眼看人怜阮籍，青蝇作吊痛虞翻'典用得巧妙，而且对仗又工整，不愧南社马首！"

柳亚子颇为谦虚："方家面前不敢言诗，遁初，你是不知道，壮公真壮，去年9月，为了革命变卖家产资助中国少年社，组织社员谋杀清廷权贵，其家中暗阁之中竟藏匿炸药，胆子也是极大的。"

宋教仁拉着冯平的手，话中有话："可见推翻清朝是集天下英雄之力，不像有些人只会贪天之功。好了，不说这个了。最近你们还在骂袁世凯吗？"

柳亚子："袁世凯肯定要骂，把我等辛辛苦苦拿命换来的江山拱手让人的也要骂，还有杀害周实丹、阮梦桃的凶手姚荣泽更要骂！不但要骂还要杀，不扑杀此獠，无以谢天下！"

宋教仁："是啊，丢掉的江山还要重拾，正需要吾辈继续努力。"他拍着冯平的肩膀："有这样毁家纾难的社员，还愁革命不能成功？"

柳亚子："路漫漫其修远兮。"

宋教仁："亚子兄何出此言？"

柳亚子："远的不说，沪军都督府也在和稀泥，山阳烈士不能瞑目。"

宋教仁："我们都是读书人，要用我们的方式来达到目的。"

冯平："遁初兄，你我一见如故，小弟有个不情之请……"

宋教仁："请讲，只要我能做到的。"

冯平："我想要兄一幅墨宝以示纪念。"

宋教仁："取笔来！"

柳亚子捧砚磨墨，冯平铺纸案前，宋教仁提笔饱蘸墨汁，挥毫一蹴而就，写下"白眼观天下，丹心报国家"。

接着，他在纸边空白处写下数行跋语："民国成立后一月，遇壮公于上海天铎社，剑光闪闪，肝胆逼人，湖海青灯，订知交焉。君于九、十月间毁家成中国少年社，社友北行者再，大功告成在指顾间，用书是联，以博一笑。武陵渔父。"

1913 年 2 月中下旬，宋教仁到了上海，在上海国民党欢迎会上发表演说，主张建设共和政体以反对独裁政治，强调国会和立法的重要性，没有宪法的实施则共和体制则不能成立。

为宋教仁做速记者，是当年积极向于右任所办的《民吁报》《民立报》投稿的南社一位重要成员徐血儿。他与宋教仁是好友，对其主张观点皆举双手赞同。

民国初年，政党林立。的确，比起玩枪出身的北洋军阀开山祖师袁世凯，宋教仁书生意气，本不足虑，但袁世凯意识到真正的政敌不是孙中山、黄兴，而是宋教仁。孙中山让位于袁世凯后，同盟会变为在野党，宋教仁主张"毁党造党"，放弃同盟会的名称，吸收其他小党，组成一个大政党，在国会中成为第一大党的地位，从而由国会多数派进而组成责任内阁，使袁世凯的总统失去真正的权力。

经过宋教仁不懈的努力，取得同盟会内一致意见：中国同盟会与统一共和党、国民公党、国民共进会会商合并，定名为国民党。由宋教仁为主，起草《国民党宣言》。

国民党七理事互推孙中山为理事长，而孙中山志不在此，决计从事民生建设，致函宋教仁："欲舍政事而专心致志于铁路之建筑，于十年中筑二十万里之线，纵横于五大部之间。"于是遴请宋教仁代理理事长，将党务交给宋教仁全权处理。

春风得意的宋教仁在发展党务之时，也没有忘记文人的雅事。1912 年 8 月，他与杨杏佛等在上海《民主报》发表启事，宣告成立南社北京事务所。

杨杏佛，名铨，江西清江人。早年就读上海中国公学，1911 年加入同盟会，

杨杏佛

1912 年任南京临时政府总统府秘书，同年春参加南社，入社号 229。

9 月中旬，南社在北京黄兴寓所举行临时雅集，黄兴、程家柽、陈其美、姚雨平、朱少屏、陈陶遗、叶楚伧等人就是这时填写入社书的。据不完全统计，此时南社已有社员 1100 多人。在民国初年，着实形成了"红杏枝头春意闹"的局面。

宋教仁抱负远大，信心满满，不遗余力地宣传、鼓吹他的政党内阁的主张，为使国民党在国会中成为第一大党而大展拳脚。他是中国政坛上一颗冉冉升起的耀眼而璀璨的明星，口若悬河，滔滔不绝，下笔千言，立马可待，而且浑身散发出迷人的魅力，每到一处，能立即控制场面，为国民党赢得极大的声誉。

根据《临时约法》中的第五十三条，限十个月内，召集国会的条文，在国会选举前，先选参众两院议员。从 12 月中旬开始到次年 2 月中旬结束，在宋教仁的努力下，国民党大胜。两院议员总数共 870 席，国民党占了 392 席，成为国会第一大党。

参议院、众议院中的南社社员有高天梅、马小进、马君武、杭辛斋、赵基桐、田子琴、刘成禺、居正、陈汉元、周志成、林沛笙、殷铸夫、邵瑞彭、白楚湘、郭人漳、谢国人、张纯伯、叶竞生、凌蕉庵、凌铁庵、张我华、郭培生等人。

宋教仁的一举一动引起了袁世凯的嫉恨。身陷危机之中宋教仁却浑然不觉，他奔波在北京、南京、上海、湖北、湖南各地，到处抨击时政，要组织责任内阁，带着人民走向民主宪政之路。

新华宫里的袁世凯忧心忡忡地对亲信杨度说："皙子，你那位老乡势头太猛了。"

杨度说："这样的秀才，手无缚鸡之力，你会怕他？"

袁世凯说："我不怕孙文、黄兴用暴力来夺取政权，我只怕宋教仁以合法手段赢得胜利。"

## 宋教仁被刺身亡　于右任墨泪写撰

上海滩灯红酒绿，风花雪月。

四马路的长三书寓，是文人常常光顾的地方，近来有位花名叫花雪南的红倌人风头正健，是风流和尚苏曼殊的相好。

苏曼殊号超凡，12 岁时在广州长寿寺出家为僧，法名博经。他才华横溢，风流倜傥，与陈去病、高天梅、柳亚子、叶楚伧、朱少屏、刘季平都是好友。

常言道文人无行，酒色财气缺一不可。南社的一帮人都是风月场中的老手。尤其是苏曼殊，更是被称作"万花丛中一诗僧"。

1913 年 3 月 20 日晚，陈其美、苏曼殊、柳亚子、朱少屏、叶楚伧、包天笑几位腻在花雪南的寓所中，倚红偎翠，吃花酒，听艳曲。

那位叫花雪南的红倌人光艳照人，鹅蛋形小脸，新月眉下有一对含情脉脉的丹凤眼，樱桃似的红唇，嫣然一笑，百媚皆生，令人销魂。尤其是苏曼殊，隔三岔五便邀几个狎友来吃花酒，赏艳诗。

三杯酒下肚，苏曼殊诗兴大发，左臂揽着花雪南的细腰，右手拿筷子敲着杯盏：

"诸位，我为花雪南赋诗一首，请多多赐教。"他摇头晃脑吟道：

> 棠梨无限忆秋千，杨柳腰肢最可怜。
>
> 纵使有情还有泪，漫从人海说人天。

在座诸友齐拍巴掌："好诗，好诗！再来一首。"

苏曼殊看着窗外，冒出一句："绿窗新柳玉台旁……"

叶楚伧笑道："你也是江郎才尽，怎么都是杨柳、绿柳的？"

苏曼殊抓起花雪南的玉臂，放在鼻子下闻着，张口就来：

"臂上微闻荻乳香……"

包天笑："此句甚好，只是夸张，隔座怎能闻到荻乳之香？"

苏曼殊一推怀中的花雪南："去他腿上坐，也让他闻闻，否则今晚的酒吃不下肚。"

众人又拍掌大笑起来。只见陈其美站了起来："诸位，对不住，我得先走一步。"

苏曼殊："看看，英士兄炉甚，等不得了，去，先上他怀中坐着。"

陈其美："真的要走，都等着我呢。"

柳亚子："英士，什么事这样急？谁等你？"

陈其美："今晚十点，遁初在沪宁车站北上，要参加第一届国会开幕，他是多数党领袖，必然成为责任内阁的阁揆，无论如何我要去送行。"

苏曼殊："送他干甚？扫了大家的兴。"

陈其美："不管如何，遁初是我们南社社友，我也算代表诸位略表心意。改日我请诸位去红倌人蒋红英书寓喝酒如何？"

柳亚子："说话算话？"

陈其美拱手："一定一定，告辞！"

此时，于右任、黄兴、拓泽滨（贵州贵阳人，南社社员）、廖仲恺、陈静宣、吴仲华等也在为宋教仁钱行。10时许，一行人驱车抵达沪宁车站。进了车站招待室小憩。这时陈其美也来了，几个人坐着说话。

黄兴说："遁初，北方有人恨你，放话要杀你，此行还要多加小心。"

宋教仁："我一生光明磊落，平生既无宿怨也无私仇。我们是与袁世凯在光天化日下进行政治竞争，怎么会有这种卑劣残忍的手段？我估计是异党及旧官僚放出来的谣言，想恐吓我北上的决心，让他们来吧，我有真理，不怕魑魅魍魉！"

陈其美："还是小心为上，要不我派兵跟着你。"

宋教仁："不必，别让政敌小瞧我们！"

10时40分，国民党交际处干事过来，说："时间到了，请吧！"

于是，宋教仁等相继站起来，出了招待室，在吴仲华的引导下，向进站口方向走去。只有于右任还在里面与人谈话。黄兴走在前面，廖仲恺和吴仲华一左一右，宋教仁居中，走到检票口处。

一个黑影从柱子后面闪了出来，对着宋教仁的后背瞄准。

只听见"啪啪啪"三枪，宋教仁大叫："我中枪了！"说完便倒在地上。黄兴等人急忙俯身查看。于右任听见枪声，急忙出来，见此情景，立即借朋友的汽车，抱宋教仁上车，说："我先送遁初去铁路医院，你们随后来。"

于右任、宋教仁到达医院后，却没有医生在，于是又赶紧让人去寻找医生。于右任扶宋教仁坐在长椅上，宋教仁满头大汗："胡子，我疼得要命！"

于右任："遁初，再忍一忍，一会儿医生就来了。"

宋教仁的手从于右任的脖滑到胸前，微弱地说："我不行了，有三件事你记住：第一，所有在南京、北京及东京寄存之书籍，悉捐入南京图书馆。第二，我家贫寒，老母亲尚在。如果我死了，请克强和你，还有诸公替我照料。第三，诸公皆当勉力进行，不要为了我而放弃责任心。我为调和南北事，费尽心力，造谣者及一班人民，不知原委，每多误解。我受痛苦，也是应该的，死亦无悔。"

于右任只觉得心如刀绞，一句话也说不出来。

医生来了，检查伤势后，立即为宋教仁做手术。这时，陈其美、黄兴也赶到医院。直到12时30分，才取出子弹，这是六英寸九发勃朗宁手枪的子弹，子弹头尖而小，伤口流血不多，但很痛苦。

宋教仁在病榻上，忍着巨大的疼痛，对黄兴说："克强，你替我带拟致袁总统电文。"他口授道：

"仁本夜乘沪宁车赴京敬谒钧座，十时四十五分在车站突被奸人自背后施枪，弹由腰上部入腹下部，势必至死。窃思仁自受教以来，即束身自爱，虽寡过之未获，从未结怨于私人。清政不良，起任改革，亦重人道，守公理，不敢有一毫权利之存见。今国本未固，民福不增，遽尔撒手，死有余恨。伏冀大总统开诚心布公道，竭力保障民权，俾国家得确定不拔之宪法，则虽死之日，有生之年。临死哀言，尚祈鉴纳。宋教仁"

3月21日上午，柳亚子梦醒，听得寓外报童呼喊："看报！看报！宋教仁北站被刺……"

他急忙买了一张晨报，只见"宋教仁被刺"几个黑体大字映入眼帘，极为震惊。随即又看见了大总统袁世凯的电慰：

岂意众目昭彰之地，竟有凶手敢行暗杀，人心险恶，法纪何在？惟祈吉人天相，调治平复，幸勿作衰败之语，徒生悲观。

下午2时，医生又为宋教仁做了第二次手术。22日清晨3时许，宋教仁病情恶化，目睛有翻仰之状，全身温度渐低，手脚冰凉。众人先后赶来，含悲对之。宋教仁尚勉强环视故人，两手放胸前，好像有许多话要说，却一句也说

宋教仁正装遗照

不出来，依依不舍。黄兴贴近他的面颊，在耳旁轻声呼唤："遁初，你放心去吧！"

宋教仁慢慢断气，死不瞑目。

"遁初……"黄兴、于右任伏尸恸哭。

陈其美捶胸顿足哭道："此事真不甘心，真不甘心！"

陈其美买来一口楠木棺材放在太平间，宋教仁遗体被黄兴等人抬下楼，给其换上衣服，入殓后盖上红绸被，一群革命党人、南社旧友哭声号啕。

同日，黄兴、陈其美联名致函上海租界总巡捕房，悬赏侦缉凶手。

袁世凯命令江苏都督程德全、民政长应德闳"迅缉凶犯，穷究主名，务得确情，按法严办"。

宋教仁是位杰出的政治家，更是南社的佼佼者。他留下的诗不多，但都发自肺腑，情真意切。1911 年 4 月，黄兴广州起义失败后，七十二烈士归葬黄花岗。宋教仁有诗云：

> 孤月残云了一生，无情天地恨何平。
> 常山节烈终呼贼，崖海风波失援兵。
> 特为两间留正气，空教千古说忠名。
> 伤心汉室终难复，血染杜鹃泪有声。

> 海天杯酒吊先生，时势如斯感靡平。
> 不幸文山难救国，多才武穆竟知兵。
> 卅年片梦成长别，万古千秋得有名。
> 恨未从军轻一掷，头颅无价哭无声。

宋教仁是南社社员中最负盛名者，他的英年早逝，对中国民主宪政是转折性的打击，对国民党、对南社也是无可估量的损失。

柳亚子流着泪写下《哭宋遁初烈士》二首：

> 忽复吞声哭，苍凉到九原。

斯人如此死，吾党复何言！

危论天应忌，神奸世所尊。

来岑今已矣，努力珍公孙。


不用吾谋恨，当年计岂迂。

操刀悭一割，滋蔓已难图。

小丑空婴槛，元凶尚负嵎。

伤心邦国瘁，不独恸黄垆。


3月23日中午，陈其美、黄兴、于右任、居正及日本友人宫崎寅藏等在沪宁铁路医院门前为宋教仁送殡。等候在门前的人有数百人之多。3时整，宋教仁的灵榇被黄兴等人抬上车，宾客、商团和市民多达3000多人。南社社员、国民党员执绋者有1500多人。送殡的队伍出了医院，由北四川路、蓬莱路、河南路，绕道福州路、浙江路、松江路，经过三洋泾桥，来到三茅阁《民立报》社大门前暂停。只见报社同人设路祭行礼。于右任匍匐在地，哭得抬不起头，哀叹："今日不敢为私交哭，不敢为《民立报》哭，实为中华民国前途痛哭！"

话音未落，同人痛哭，党员痛哭，护灵的商团队员也在痛哭，就连道路旁观者也跟着落泪。

真可谓哭声震天，泪飞如雨。大家都发誓，要为宋教仁报仇。队伍最后到达斜桥，灵榇到达湖南会馆，天已经暗下来。会馆门前素彩白灯，进入厝放灵榇的大厅后，更是人满为患。

正当人们脸上的泪痕犹在时，谁也没想到，案件很快告破了。

是日晚，一位叫王阿发的古董商来到上海租界巡捕房。

王阿发举报："我给古玩店当伙计，老板姓张。一周前，去小西门外文元坊应夔丞家兜售字画。而应夔丞却拿出商务印书馆印制的宋教仁先生的明信片让我瞧，说：'如果你能杀掉这个人，我愿出大洋千元。'我当时没敢答应，回到家和朋友商量，认为可以干。于是我们又回到应夔丞家。应夔丞却说：'玩笑话，怎能当真？不能无辜杀人……'"

赵秉钧

宋教仁被刺后，王阿发看了报上宋先生的照片，将此事告诉老板，于是便向巡捕房举报。

深夜，巡捕房巡捕带着人来到应家，当时应夔丞去迎春坊228号一个叫胡翠云的妓女处。巡捕房又来到迎春坊妓院，逮捕了应夔丞，并在其家搜出公文信件甚多。巡捕在讯问应家的住客时，一个身穿新衣服的五短身材的汉子亦被带走。经人指认，那个汉子就是刺杀宋教仁的凶手武士英。据供此人是一个复员军人，从外地来上海讨生活的，宋教仁就是此人所杀。

应夔丞，字桂馨，自供是中国共进会会长，青帮头子。

在寻获的证据和来往密电中，发现内务部秘书洪述祖与应夔丞的密电，以及国务总理赵秉钧与应夔丞的来往信件，还有赵秉钧寄给应夔丞的密电码本。唆使应夔丞的人是洪述祖，唆使洪述祖的人是赵秉钧，那唆使赵秉钧的人又是谁呢？

宋教仁被刺的消息传到日本，在那里考察实业的孙中山于3月25日返抵上海，赶往同孚路21号黄兴寓所商议应对办法。

宋教仁墓

4月13日，国民党上海交通部在张园为宋教仁举行追悼大会，由陈其美主祭，居正礼赞、汪洋（字子实，号影庐，安徽旌德人，南社社员，入社号230）宣读祭文。首先由陈其美报告追悼宋教仁的意义，接着居正、徐天复、于右任、沈曼云（江苏吴县人、实业家）、吴永珊（同盟会会员、孙中山大总统府秘书）等发表悼词，极尽哀思。黄兴因病未能出席大会，却送了一副有针对性的挽联：

前年杀吴禄贞，去年杀张振武，今年又杀宋教仁；

你说是应桂馨，他说是洪述祖，我说确是袁世凯。

孙中山的挽联：

做民权保障，谁非后死者？

为宪政流血，公真第一人。

于右任的挽联：

我不为私交哭，我不为民立报与国民党哭，我为中华民国前途哭；

君岂与武贼仇，君岂与应桂馨和洪述祖仇，君与专制魔王余孽仇。

宋教仁的墓地选在上海闸北。由宋教仁的湖南老乡谭人凤为之建墓。墓形为半圆形，墓的顶上有雕塑，雄鹰展翅，鹰爪踩蛇，意示惩恶扬善，壮志凌云，甚有纪念性。墓前有宋教仁铜坐像，左手持书本，右手托腮。坐像下有大理石基座，上刻"渔父"两字，系章炳麟手笔；其后部还有于右任的撰书刻铭。文曰：

先生之死，天下惜之。先生之行，天下知之，吾又何纪。为直笔乎？直笔人戮。为曲笔乎？曲笔天诛。嗟嗟九泉之泪，天下之血，老友之笔，贼人之铁。勒之空山，期之良史，铭诸心肝，质诸天地。呜呼！

第六章　乌云压城

## 赵正平四处奔走　黄克强南京兴兵

初夏时分，正是江南梅子成熟的季节。冷暖空气在长江下游对峙、相持，三天晴两天雨，搞得人们也是心烦意乱的。

面对袁世凯对国民党咄咄逼人的架势，是迎战还是当缩头乌龟，这是摆在革命党人面前的大事。

黄兴秘密请赵正平四处联络党人。

赵正平，字厚生，江苏宝山人，南社社员，入社号 30。早年与黄郛一同留学日本学习军事。黄郛，字膺白，也是南社社员，入社号 672。辛亥革命时任兵站总监部参谋长。此时赵正平是江苏都督府副参谋长，参谋长为黄郛。

南京下关码头，停泊着轮船招商局南京至九江的江字号客轮。赵正平独自站在甲板上，面对霏霏细雨，江上一片迷蒙，由于能见度太差，无法起碇。糟糕的天气就像糟糕的局势，让人看不清摸不透。就在黄兴暗中联络秘密反袁的同时，调停的大门正半开着。

与此同时，一艘来自欧洲的邮轮靠上吴淞口码头，船上下来两位与南社相关的人物，一位是汪精卫，另一位是蔡元培。汪精卫在 1912 年民国元年和陈璧君一同去了法国，而蔡元培则是进入唐绍仪内阁的同盟会会员。此外还有工商总长陈其美、农林总长宋教仁。还没干一百天，就因为袁世凯侵权，唐绍仪辞职了，当时袁世凯假惺惺挽留蔡元培、宋教仁与陈其美，说："我代表四万万人请诸位留。"蔡元培回答："我也代表四万万人请总统准我们辞职。"不久，蔡元培也去了法国。

此时，蔡、汪两人为何联袂而回呢？原来两人以鲁仲连自居，是来调和南北矛盾的。应夔丞、武士英的被抓，刺杀宋教仁案渐渐水落石出。真正的幕后指使人，不是别人，正是袁世凯。这时，为了对付国民党，袁世凯向五国银行团进行大借款，消息传来，黄兴通电："骤须巨款，用途安在……今宋案证据已经发表，词连政府，人心骇皇。倘违法借款之事同时发生，则人心瓦解，大局动摇……冀幸当局者停止进行。"

袁世凯立即派倪嗣冲为安徽清乡督办，由河南向安徽边境集中，派赵倜毅军与北洋第六师李纯两部集中于河南与湖北交接的武胜关；又派海军舰队游弋在九江上下游一带，钳制国民党控制的江苏、安徽、江西三省。

1913 年 5 月 15 日，袁世凯下令褫夺黄兴上将头衔，又免去江西都督李烈钧、广东都督胡汉民、安徽都督柏文蔚的职务。"宋案"使得国民党与袁世凯翻脸，双方剑拔弩张。

孙中山竭力主张武力讨袁，他派了参议院议长张继及参议员马君武、邵元冲、白逾桓到江西，动员李烈钧讨袁。这四位恰巧都是南社人物。张继和马君武前文已有介绍。邵元冲，名庸舒，号翼如，浙江绍兴人。1903 年考中秀才，1906 年加入同盟会。辛亥革命后出任上海《民国新闻》总编辑，1912 年10 月加入南社，入社号 356。白逾桓，字楚湘，湖北阳新人，著名报人。早年留学日本，1905 年加入同盟会，曾在北京创办《国风日报》，任社长兼总编辑，宣传反清革命。武昌起义后，历任战地总司令部督战员、都督府参议员、国会众议会议员等，加入南社的入社号 378。

四位文人见了李烈钧，谈起话来头头是道。但李烈钧鉴于自己联盟反袁的主张久久得不到手握军权的党人的响应，顾虑重重，打起退堂鼓，说："克强法律解决的办法比大动干戈要强。"

就在这时，汪精卫与蔡元培到了上海，来不及喘口气，便立即和赵凤昌联系，准备通过张謇与袁世凯谈判。

赵凤昌是江苏常州人，曾是两广总督张之洞的幕僚。赵凤昌与官僚、士绅、同盟会、光复会各方人士皆有往来。此人思路开阔，智谋超群，对南北形势，判断精确，常出奇策，以匡时局。

当时人戏赠凤昌一个外号，叫他"民国的产婆"。这位"产婆"，在"助产"时很是出力。

难怪汪精卫、蔡元培一来就一头扎进惜阴堂，希望赵凤昌疏通各方关系，争取和平局面。双方拟定的基本条件是国民党顾全大局，选举袁世凯为正式大总统，"宋案"让赵秉钧出庭对质的主张不再坚持，罪名到洪述祖为止；同时"孙、黄自行声明"，"对于正式选举及其他政要为正当之宣告"；袁世凯方面，除请袁"告诫各省都督不得轻于发言，军人不得干预政治，且为四都督解释反抗中央之谣传，并申明不于临时期内有所撤换"。

6月5日，赵凤昌在致陈陶遗（时为江苏国民党支部长）的电报中说：

经武（即党人胡瑛，袁世凯为羁縻他，令其任青海屯垦使，但未就）来商，精卫与切要处（指孙中山、黄兴）研究大局，已一致和平，对于前途，亦力趋稳定。惟望中央勿信伪谣，勿骤有更动，俾汪（精卫）更能进行。

张謇已将这些条件转达给袁世凯。之后，汪精卫则转赴广东。

没想到袁世凯已经做好动手的准备，根本不理会调停，命令北洋军兵分两路，南下江西和南京，如不听号令，直接消灭国民党控制的军队。

6月8日，赵正平在九江下了船，先会晤了南社社员方声涛和林虎，说明讨袁的意见；之后又乘小火轮赶到南昌，直奔江西都督府求见李烈钧。李烈钧于百忙中接见赵正平，紧握着他的手说："你怎么来了呢？"

赵正平说："袁世凯要动手了，大家要商量个对付的办法。"

李烈钧向赵正平介绍了参谋长兼代省长彭程万，军务司司长俞永瞻，师长刘世钧等人。

就在几个人讨论时局时，袁世凯对国民党的挑战书，即免除李烈钧江西都督的命令到了。

李烈钧看了电报，说："我早知道早晚必有此变，如果反袁，一定会打仗，大家认为该怎么办？"

彭程万："那也没办法，不是我们要打，是袁大头要动手消灭我们。"

刘世钧："还是不动干戈为好。"

赵正平："我是外人，我插一句，此事重大，不如现行电询湘、皖、闽、

李烈钧

粤诸省，再行决定如何？"

李烈钧点头："甚好，你来起草电稿，用密电急发。"

不一日，各省都督都先后回电。湘督谭延闿说，大家怎样他从众；粤督胡汉民说，他不久到沪，见面再谈；皖督柏文蔚的意思：不如大家撒手；闽督孙道仁则含糊其词，模棱两可。

李烈钧叹口气："罢罢，大家明哲保身，我下野好了。"

当即，李烈钧卸职，准备一些款项，拟带一群英俊青年，分赴东西洋留学。

6月14日，袁世凯又下令免去胡汉民的广东都督之职。

15日，李烈钧卸职离开南昌，前往上海。船过湖口时，九江等地的将领来船慰问，义愤填膺，纷纷表示要立即反袁。李烈钧说："外面局势实在弄不清楚，到上海后再和孙、黄诸要人商议，并询各省意见，再行发动。即使现时不发动，我一定电知你们，大家到外国观察一时，将来总有事可做。"

李烈钧在路过安庆时，专门下船登岸，拜会了安徽都督柏文蔚，但两人并没有拿出解决问题的办法来。

再说赵正平、熊樾山回到上海的第二天，形势苍黄。

汪精卫回到广州后，与胡汉民、陈炯明取得了一致意见，决定反袁，联名致电黄兴，表明了一致反袁的态度，并请黄兴专力长江一带的军事。

黄兴来了劲头，先派宁调元、熊樾山赴汉口联络，开始着手部署长江上的军事计划。而这时李烈钧也来到上海，在黄兴的说服下，收起出洋的主意，准备回赣。

李烈钧与黄郛、赵正平密谋，当即写了几封密函给林虎、刘世钧、何子奇、李明扬诸将领，请他们表明态度。赵正平再次负重大使命，来到九江。看到赵正平的信，诸将议决：请李烈钧回赣，决定大计。赵再次回沪，李烈钧已准备出发，一见赵正平说："来得正好，你随我这个急先锋去主持江西军务。"

赵正平说："我还要去见克强先生，宁沪间军事也很重要，我不能离开。"李、赵两人在上海北站分手。

赵正平见到黄兴后，发现他的态度十分坚决，说："你赶紧回南京去，密报各同志提前准备！"

赵正平赶到南京，急电徐州的冷遹赴宁，和章梓等人商议对策。

冷遹，字御秋，镇江人，南社社员，入社号70，时任第三师中将师长；章梓，字木良，江苏江宁人，南社社员，入社号171，时任第一师师长。

几个人一致认为：苏省军队的命脉，所有的子弹补充都在上海高昌庙制造局里，现在袁世凯先发制人，派臧致平一个团南下，控制了制造局，如果夺不回来，苏省军队实在危险。

赵正平当即又赶回上海，请黄兴、陈其美先行宣布上海独立，将上海拿在手中，然后南京再宣布独立。黄兴召集陈其美、黄郛等人商量上海独立的具体计划。

这几位南社老友夸夸其谈。陈其美说："我已派轮赴甬，装运宁波镇守使顾乃斌的部队，快要到了，等他们一到，我们宣布上海独立。"

黄郛说："制造局里有我一个团，可以配合。"

时隔一日，该来的都没有来，黄郛打包票的那团人马也毫无动静，急得他跳脚。有人说，还是广东先发动为好，北洋军不便劳师袭远，若在南京或扬子江发动，危险性太大；又有人说，还是南京先动为好。搞来搞去，黄兴还是决定先在南京发动，派了何成濬和赵正平去南京运动军队。等到了南京，赵正平、何成濬与第八师的刘建藩、柏文蔚、冷遹等人商议讨袁，对于发动日期，均主张越早越好。

在这种情况下，"二次革命"爆发了。

任国民政府战时总司令的黄兴

7月13日，江西讨袁军总司令李烈钧率林虎、方声涛等宣布誓师，与北洋军张敬尧所部激战。孙中山得悉，表示要去南京"亲统六军"；黄兴认为孙"不善戎伍，措置稍乖，遗祸匪浅"，劝孙中山勿往，自己愿意代替指挥。

14日夜，黄兴冒着酷暑，轻衣简从，带着章士钊等十余人秘密赶到南京，直接去了李府巷第八师师长陈之骥的宅邸。当即，黄兴命令章梓第一师和第八师控制南京各要地，部署讨袁计划；并出任江苏讨袁军总司令，何成濬为参谋长。

清晨，第八师的士兵切断了江苏都督府的电话线，并进入都督府。尚在睡梦中的都督程德全被吓醒，大嚷："发生了什么事？"

赵正平几步来到榻前："报告都督，我们讨袁了。"

程德全哆哆嗦嗦："这如何办？"

赵正平："请都督放心，克强先生就要来了，要与都督商量大事。"

程德全："克强先生在哪里？请他快来吧！"

话音未落，黄兴和第八师师长陈之骥带着将领们进来了。

等众人落座，黄兴说："目前的形势不讨袁不成了，箭在弦上不得不发，为了共和国拼死一战吧。恳请都督协助！"

程德全不敢应允，众将领纷纷下跪："恳请都督协助！"

程德全脸色缓了过来："为事权统一，请克强先生出任江苏讨袁军总司令，程某愿从旁协助！"

7月15日，程德全、应德闳、黄兴三人通电，宣布江苏独立；自从一年前卸任南京留守之后，黄兴一直没有官方职位，因此以江苏都督程德全的名义，委任他为江苏讨袁总令。黄兴就职后，7月16日指挥各军向北洋军开火。

陈去病是在7月19日应黄兴之邀，与庞树柏、孙景贤等人一起到了南京。黄兴见到陈去病很高兴，就任他为秘书，参加讨袁革命，曾撰讨袁檄文，通电声援李烈钧、柏文蔚、胡汉民三督军讨袁。当时的《民立报》曾发表庞树柏的《秣陵一席谈》，其中提道：

大元帅未莅宁，军事由黄总司令及代理都督章君木良主持，纪律森然，军队襟前多悬布，书讨袁字样。

黄兴就职江苏讨袁军总司令，一篇义正词严、震聋发聩的就职通电就出自于陈去病之手。电曰：

……自宋案发生，继以私借外款，袁世凯之阴谋一旦暴露，国民骇痛，理有固然。兴当时悲愤之余，偶电中央，婉词切责。湘赣皖粤四督，坦怀论列，亦本之忠爱民国之心。乃世凯遽有异图，日作备战。当时世凯罪状既彰，岂难申讨？徒以天下甫定，外患方殷，阋墙之戒，乃所宜守。爰戢可用之兵，徐俟元凶之悟。兴虽得世凯砌词辱骂之电，置而不答。四督何谴，罢斥随至，亦各下心谢职，翩然归田，宜可以告无罪于袁世凯矣。乃彼豺狼之性，终不可移！忽于各省安谧之时，妄列大兵于江海，当蒙边不靖之顷，转重腹地以兵戎。倒行逆施，至于此极！推其用心，非至剿绝南军，杀尽异己不止。似此绝灭人道，破坏共和，谁无子孙，忍再坐视！

兴今承江苏程都督委为该省讨袁军总司令，视事之日，军心悉同。深悔待时留决之非，幸有急起直追之会。当即誓师北伐，殄此神奸！诸公保育共和，凤所倾服，望即协同声势，用集大成。兴一无能力，尚有心肝，此行如得死所，乃所尸祝。若赖我祖黄帝之灵，居敌忾同仇之后，天下从风，独夫胆寒，则兴之本志惟在倒袁。民贼一去，兴即解甲归田，国中政事，悉让贤者。如存权利之想，神明殛之。临电涕泣，伏惟矜鉴。

江苏讨袁军总司令　黄兴

程德全、应德闳虽然和黄兴共同宣布江苏独立通电，但情非得已，如坐针毡，遂请陈陶遗向黄兴与将领们缓颊，要去上海看病，明眼人一看都知道是怎么回事。柏文蔚不同意放虎归山。

陈陶遗与许多将领都是患难兄弟，于是说："大家给我一个面子，程都督在这里难免不便，不如放他去沪吧。"

众人点头："悉听尊便。"

这样，程德全与应德闳"鳌鱼脱却金钩去，摇头摆尾再不来"。

章梓调任都督府参谋长，第一师师长由洪承典接任。柏文蔚出任安徽讨袁军总司令，赶赴蚌埠部署军事。

7月15日晚，徐州前线冷遹的部队尚未完全集中，先锋即占领利国驿，与北洋军开火。冷遹亲赴前线指挥战斗；北洋军张勋部来攻，冷师长连连向后方催促子弹及援军。

此时，张宗昌在冷遹第三师当骑兵第三团团长，眼看北洋军势大，暗地里投降北洋军冯国璋部；北洋第四师也赶到前线，加强进攻；冷遹终于得不到支援而退出徐州，全师退往蚌埠。第一师、第八师也撤回南京。

这时，镇江、苏州各地苏军纷纷通电响应，但是上海方面由于海军支持袁世凯而军事行动最终失败。不久，江西讨袁失败，湖口失守；占领清江浦的北洋军，直冲镇江。广东、福建等省也没有援兵到来。坐镇南京的黄兴，面对弹饷两绝、糜烂无助的军事状况一筹莫展。

7月28日，程德全致电黄兴，要其"取消讨袁名义，投戈释甲，痛自引咎，以谢天下"。黄兴拍案怒斥，此时，他身边的卫队营长张鹏翥拉着他的衣角："总司令，别骂了，您再瞧瞧这个。"他将手里的一封密电递过去。黄兴一看，原来是一份程德全要张鹏翥捉拿黄兴立功的电报。

黄兴受不了了，拔出枪："你也别拿，我自杀，你好去交差！"

张鹏翥夺过枪："总司令别这样，要捉拿你，我还会让你看电报吗？"

黄兴仰天长啸："罢罢罢，我这就离开南京！"

当夜，黄兴悄悄地在下关码头登上日轮"静冈丸"，去了日本。其他南社社员章梓、冷遹、赵正平等也联袂出了中华门，乘小船经溧水、溧阳，而至宜兴，再由宜兴赴湖州，改乘小火轮去了上海。

此时，南社社员、陈去病的结拜兄弟、柳亚子的姑父蔡寅出场了。庞树柏的《秣陵一席谈》也谈道：

> 行政公署由蔡君冶民摄任，署中旧员已鼠窜狼奔，不知所往。现陈巢南在内擘画一切。巢南为革命之先觉南社之主盟，政治、文学卓然无两，自此吾江苏行政或可刷然一新乎。

蔡寅，字清任，号冶民。早年东渡日本，入早稻田大学攻读法政，结识了陈其美、孙中山、黄兴等革命家，加盟同盟会。辛亥年上海独立，陈其美为沪军都督，委任蔡寅为都督府军法处长。此番黄兴入南京主持讨袁时，程德全、应德闳出走上海，蔡寅被公推为江苏代理民政长。

29 日，蔡寅暂代省长，他首先电告全省父老乡亲，讨袁是大势所趋，民主所向。勉励各地搞好治安，惩治坏人，保持社会安定。同时向社会各界筹集军饷，在军队中选贤任能，动员和激励全体将士奋起讨袁。

讨袁军屡遭失利，袁军冯国璋、张勋两部直扑南京。蔡寅身先士卒，亲临第一线。可是，最终因力量单薄，后援不继而失利。蔡寅也只得离开了南京。9 月 1 日，张勋攻陷南京，历史上称为"张勋复辟"。

陈去病在南京也待不下去了，就到了浙江参与讨袁，但很快也失败了。此后他避祸北上，出塞到张家口。

"二次革命"宣告失败。

## 柏文蔚铩羽安徽　　陈其美开战淞沪

7 月下旬，被袁世凯免职的柏文蔚从安庆赶到南京，住在升平桥。

溽暑如蒸，加上蚊虫的袭扰，一把扇子拍到天亮，柏文蔚的心情糟糕透了。黄兴派人来请他，就是不去，后来他干脆独自在秦淮河边找了个凉快的去处，一杯清茶，枯坐终日。

他在跟谁赌气呢？

此时，黄兴的参谋长陈之骥终于侦察到柏文蔚的行踪，在门口求见。柏文蔚只得将其请进来。

陈之骥："烈武，好大的气性，跟谁呢？"

柏文蔚拍着桌子："跟克强！"

陈之骥："克强？他成天忙着在京组织讨袁军，你跟他生哪门子气？"

柏文蔚："克强先倡和平，今又主战，而北洋军已做好动手的准备，大势已去，败之道也。我去见他干啥？真真气死我了。"

陈之骥："好了好了，你这样躲着早晚不是个事，走吧，去见克强。"

于是陈之骥不由分说，拉上柏文蔚就走，来到黄兴的总司令部。

柏文蔚依旧不依不饶："先生前次力主和平，今则又主战，为何前后判若两人？"

黄兴敷衍道："孙先生之命，我有什么办法？"

柏文蔚："此刻大势已去，兵力已不在手，势在必败！"

黄兴："革命原非易事，失败也管不了许多。好了，烈武兄，你得助我一臂之力，我委你为安徽讨袁军总司令！"

这时，陈懋修、朴健、吴兆麟等几位旧军官反对讨袁，第一师师长章梓与洪承典将三人抓了起来。江苏都督程德全反对，认为不能自相残杀。

柏文蔚说："有敌无我，有我无敌，既认为敌，不必拘泥细节，此为军家所不让，圣人所不能非议也。还请雪老包容，主持大局。"

程德全微笑着："不妥不妥！"

柏文蔚知道程德全是个首鼠两端的人，私下对黄兴说："最好快刀斩乱麻，杀了程德全，以免后患。或实行人道，把他关押起来，否则必坏大事！"

黄兴妇人之仁，终不肯答应。未及，程德全逃到苏州，通电反对黄兴，脱离讨袁战线，跟着上海总商会亦通电响应程德全，军心动摇。柏文蔚跌足道："失败之因，首伏于此。"

这时，胡万泰、孙多森在芜湖假"独立"，自称都督。此时，张永正也在宣城宣布独立，遂以援赣为名，沿江上溯大通，与胡万泰等部打了起来，胡万泰不敌，离开安徽，与孙多森等先后来到南京。

柏文蔚任安徽讨袁军总司令后，立即赴安徽向蚌埠成立讨袁军司令部，部署军事，令各部临淮关、正阳关一带集中，严阵以待北洋军南下。旋即返回南京，统一安徽军事。由于内部矛盾重重，安徽党人认为胡万泰早有预谋，一旦统兵外出，放虎归山，后患无穷。但柏文蔚与胡万泰父亲、淮军宿将胡殿甲的关系甚好，对胡表示信任。7 月 27 日，柏文蔚率胡万泰回安庆，命胡率一师兵力向太湖方向作战，部署淮上各军兵分三路迎击倪嗣冲的北洋军。倪嗣冲所部渡淮，讨袁军溃败。

胡万泰得悉后，立即率部回师安庆，蠢蠢欲动，要夺安徽都督的职位。

这时，柏文蔚接到黄兴的密电，说："大势已去，无能为力，弟已他往，望兄相机引退，留此身以待后用。"但他不甘心，所以也没将黄兴逃离南京的消息告诉他人。

次日，胡万泰腰里别着枪，子弹上膛，气色傲慢地来到都督府。柏文蔚知其来者不善，右手握在军刀把上，该刀锋锐异常。见柏文蔚提防，胡万泰没敢贸然动手，只是问："黄兴已经逃走，你知道吗？"

柏文蔚摇头佯装不知，并假装斥责道："大势如此，我预备所有的实力你可以继续保留，你前天大骂倪嗣冲，未免不留余地，眼下你最好派人前往疏通一下。克强出走是早晚的事情，我也准备把一切都交给你负责。"

胡万泰松了口气："我已经派人和倪嗣冲、段芝贵接洽去了，等待时机吧。"

柏文蔚："你要好自为之。我马上要离开安庆，你要维持好秩序。"

胡万泰告辞而出。7 日，通电列举柏文蔚"五大罪行"，调动军队，即将围攻都督府。卫队营长叶开鑫前来报告，柏文蔚当即给胡万泰打电话。胡万泰说："你可以离开，但要把你手下几个人交出来。"

柏文蔚："他们都已经走了。"

胡万泰讥讽道："可怜啊，往日的心腹患难，今天竟不顾你都逃了。"

柏文蔚："他们虽然走了，却没有害我之意。你没有走，却要与我兵戎相见！要知道老子也不是吃素的，不信你就试试，等着吃炮弹！"

柏文蔚当即命令："向南庄岭胡万泰司令部开炮！"

电话随即中断，而南庄岭一片火海，胡万泰司令部毁于炮火。柏文蔚带人杀向东门，但叛军人数太多，冲不出去，只得折回都督府，拼力死守。忽有一个在警察局做事的亲戚来报："南门的叛军已撤走，可由南门过江。"

柏文蔚带人前往南门，搭木划子渡过长江，后到达芜湖，转赴南京。

胡万泰随即通电取消安徽独立。

8 月 11 日，何海鸣再次在南京宣布独立，为苏军总司令，张尧卿为江苏都督。柏文蔚到后，在党人推举下，接任江苏都督并兼任师长。

冷遹一走，张宗昌便接任了师长一职，但他投降冯国璋之事，革命党和讨袁军方面并不知晓。津浦路败退时，张宗昌的军队相率进入南京城。不久，他与北洋军勾结之事终于被发觉，于是他与苏军翻脸，南京的重要要塞天堡城不战便为张勋部所占领。

柏文蔚当即指挥兵力反攻被张勋部所夺得的天堡城，连攻三次，均失败而告终。讨袁军内部第八师几个团长均反对何海鸣，共同逐何。柏文蔚势难制止，见大势已去，将都督大印交还给何海鸣，当即去了日本领事馆，坐着日本小轿车出了水西门，一位看守城门的警察见柏文蔚要出城，立即敬礼，大声问："都督要去哪里？"柏文蔚见被认出，只得说："去芜湖。"警察才开了城门。

柏文蔚的卫队又遇上冯国璋的兵，双方发生枪战，卫队很快便被击溃。柏文蔚身边只剩下一个随从。两人将身上的华服换成苦力服装，在江边遇见芜湖运米的小轮，上船后，知道芜湖也纷乱异常，不宜前往。于是又上了"日本丸"，换上和服，几经折腾，终于到了上海，在虹口日租界某小旅馆里躲了两天，就亡命去日本了。

何海鸣孤军苦守，与北洋军在南京大战二十余日，张勋沿用湘军攻破天京城的手法，在太平门掘地道，埋设地雷，炸开一段城墙，冲进城内。辫子军大杀大掠三天，南京城遭到一场浩劫。

上海又是怎样一番情景呢？

按孙中山、黄兴的预定计划，上海理应策应南京独立。但南京发动，上海却没有响应。上海的核心在制造局，国民党方面知道，而北洋方面更是清楚。就在江苏通电独立之时，上海制造局督理陈愧也紧急行动。为防止革命党混入厂区，召集各分厂负责人到总厂开会。陈愧拿出一摞印制好的表格，宣布了新规定："接总办通知，要立即重新造工人名册，凡工人之年限、籍贯、三代，及何年何月何人所保荐进场，均须一一填明，并且需要另寻妥保，签押保证，否则开除。"

就在当晚，守在电话机旁的陈愧就接到电话，知道南京独立了。他立即下令将机关枪架在制造局各个门口，并增调陆军六十一团两个营的士兵共一千多人入局防守，各大门添设小钢炮；又派人紧急运送了 **40 万发子弹**给驻上海的北洋军。

7月16日，陈其美被驻沪海陆军将领推举为上海讨袁军总司令。这一天早上，南市关桥中华银行旧址设立了总司令部，楼外白旗招展，士兵云集。陈其美带着李书城、沈曼云等人，大马金刀来到这里，在欢呼声中上了二层楼。等候在那里的居正迎了上来："总司令，驻沪海军将派舰船，会同步队一营前往吴淞，以夺取炮台。"

陈其美："觉生，消息可靠吗？"

居正："可靠，有我们的人在里面。舰长们多数不同意，愿意保持中立。但陆军部已令海圻、海容、海琛三舰装兵五百，欲克复吴淞。"

陈其美："觉生，我委你为吴淞要塞司令，立即前往。"

他又对沈曼云说："兵马未动，粮草先行。军费的问题你尽力去办，无论如何先筹大洋五万，否则这仗没法打。"

沈曼云："我全力筹措，以应急需。"

"当当当……"墙上的挂钟连续响了九下。

陈其美激动地说："时间到了，讨袁宣言立即送各报馆，我们要将国贼罪状宣告中华，愿与我爱国同胞共殛之！"

军情紧急。陈其美借调松江讨袁军步兵二营、水师三营约三千人，在总司令钮永建的率领下，于下午4点陆续抵达上海。

7月18日，支持北京政府的"飞鹰"舰于午时进入吴淞口，要塞总监白逾桓和司令居正下令开炮。炮台上的德国克虏伯大炮立即向"飞鹰"舰开炮，炮弹落在水中，激起冲天的水柱，一发炮弹击中"飞鹰"甲板，舰长下令退出外口停锚。

陆军总长兼国务总理段祺瑞增调袁军二千名，进驻江南制造局；而镇江讨袁军一千二百人带着机关枪六挺，乘火车前往上海，参加攻打江南制造局的战斗。

钮永建的淞军占领了龙华火药厂，海军司令李鼎新和中将郑汝成、陈恍大为恐惧，离开制造局，登上"海筹"军舰，指挥"肇和""应瑞"两舰开往吴淞，企图抢先夺取吴淞炮台。

22日深夜，南京讨袁军总司令部召开各级将领军事会议。陈其美一身戎装，鼻梁上架着深度近视眼镜，透着几分威严，态度镇定，一口吴侬软语："令浙军六十一团陈团长率全团暨三十七团，福字营刘福彪率所部敢死队，以斜桥、陆家浜东至南会馆、浦滩一带，分扎阵地。明晨一时许，在南门外图书公司门前集合，分四路进攻。望道桥一带炮队营、沪军营为第一路；斜桥南自火车站、桂墅里为第二路；龙华至西炮台、新公所为第三路；肇周路西、陆家浜的预备队为第四路。明晨3时，同时进攻！"

上海制造局周围静悄悄的，偶尔传来几声野狗的叫声。

讨袁军皆进入阵地，紧张地等待进攻时刻的到来。而上海制造局围墙里的袁军也没有睡觉，荷枪实弹，严阵以待。

陈其美俯卧在壕沟里，掏出怀表，借着微光，只见时间已在2点55分，他吩咐："准备！"

参谋一跃而起，手里的信号枪响了。一颗明亮的信号弹徐徐划破夜空。霎时间，隆隆的炮声夹杂着机关枪声一齐响起。

淞军、镇军旗开得胜，进展顺利，袁军在突如其来的打击下，死伤甚多；刘福彪的人马也很快攻到西栅门外。

袁军反应过来，机关枪、小钢炮一个劲地猛轰。西栅门外讨袁军开始撤退。而东栅门的讨袁军前赴后继，团长蒋志清率九十三团向袁军展开一次次的进攻。

突然，高昌庙一带的黄浦江上，几柱雪亮的探照灯将阵地照射得如同白昼。"海筹"舰上的六十磅巨炮向讨袁军开炮，震耳欲聋。

陈其美当即将司令部转移到闸北南海会馆。

袁世凯任命郑汝成为上海镇守使。

24日晚，陈其美又令钮永建所部松军向沪杭车站的北洋军进攻，你来我往，死伤惨重。吴淞要塞最终不幸失守。江苏都督程德全秘密策反了刘福彪，为北洋军内应。就在"海圻"等舰进攻吴淞炮台时，刘福彪率领他的福字营前来夺取炮台；加上袁军从江湾登陆，攻击要塞后方，8月13日，上海讨袁军失败。

## 宁调元慷慨就义　　陈子范不幸身亡

宁调元自幼饱学，结识黄兴，从事革命。在东京留学时加盟同盟会。性情耿直，疾恶如仇。工诗文，能饮酒。当时康、梁主张保皇，而孙、黄倡言革命。一次，宁调元大醉，出门见不相识的人，瞪起眼问："小子，你是不是梁启超？"说完，将手中的皮包扔到那人的头上。

1907年1月28日，宁调元不幸在岳阳被捕，后被押送到长沙监狱。宁调元为了响应湖南萍浏醴起义，特意从东京赶回国。待他赶到时，起义已经失败了。反清革命，大逆不道是死罪，即便不死，也意味着要把牢底坐穿。当时，他只有24岁，全凭着一腔热血和革命信念，笑对苦难。他给诗友南社社员傅熊湘信中说："昨又询过一次，无结果，但坐地不屈膝也……弟之近稿，兄有意收留，甚为感激，又著有《碧血痕》一卷，得一万余言，涉及一百余人，将来亦须兄相助。弟诗被官搜去者五十有余首，皆托意风怀之作。"

宁调元的《丙午被捕》共有三首：

### 其一

正当腊尽与冬残，铁锁银铛带笑看。

赢得卫兵差解事，傍人镇日骂昏官。

### 其二

旧游万里记瀛洲，今日钟期悉楚囚。

宁调元

不信洞庭湖上望，断头台近岳阳楼。

其三

几生东海填精卫，千古南冠泣楚囚。
如此相逢如此死，并时屈贾更风流。

宁调元坐牢，三年光阴，填词赋诗六百首，成为名副其实的"囚徒诗人"。

他还有更重要的工作：联络同志，建立同盟会湘支部，筹划建立南社，讨论结社宗旨、社团的命名和社刊出版体例等等。总之，每一天都很充实。

三年后，在谭延闿、龙璋的具结下，宁调元出狱。之后，他前往北京主编《帝国日报》，依旧激浊扬清，抨击时政，无所顾忌。辛亥革命时期，他奔走于湖北、湖南，参与黎元洪、谭延闿的幕府，出谋划策。民国元年，宁调元在上海成立民社，总理其事，并创办《民声日报》。

谭延闿总怕宁调元惹事，推荐他去三佛铁路做总办。宁调元上任便大刀阔斧整顿财务，惩治贪腐。闲暇时与粤籍南社社员蔡哲夫、邓尔雅、谢英伯、王君衍等人唱和诗词，游山玩水，欲终老桃花源中。

1913 年 6 月，宁调元联络反袁势力，又一次在汉口租界被捕，这一次，抓他的主谋是辛亥革命被他们推举上台的湖北都督黎元洪。难道这是大水冲了龙王庙？

原来，宋教仁被刺，宁调元悲愤不已，辞去了广东三佛铁路总办一职，匆匆赶到上海，谒见孙中山、黄兴，并密电湖南都督谭延闿，劝其独立，组织讨袁军。而此时，昔日武汉地区革命党人詹大悲、蔡济民、杨王鹏、季雨霖等人正组织参谋团，运动军队。孙中山派宁调元与熊越山一同来汉共同筹划起事，他们成立了公民讨贼团。公民讨贼团在汉口运动军队，并在宜昌、襄阳、岳口、新堤设立机关。汉口国民党交通部还办起《民国日报》，制造舆论，由宁调元、詹大悲、熊越山、皮宗石主持笔政。虽然如此，革命内部还是缺乏众望所归的领袖，没有统一的指挥。

6月9日，袁世凯免去了李烈钧江西都督的职务，由黎元洪兼领江西都督。公民讨贼团也加紧活动，并于6月23日夜晚发出动员令，定于25、26日各路同时大举。他们约定25日夜在武昌南湖集合，26日由中和门攻入城内，放火接应，口号"忍耐"。

但黎元洪却比革命党人动手更快。24日早晨，黎元洪派兵包围《民国日报》社，并查封汉口国民党交通部，在德租界抓捕了宁调元、熊越山。詹大悲、蔡济民、季雨霖等在驻汉日军司令部

汉口《民国日报》旧址

掩护下，乘日舰逃遁到上海。另一位党人蒋翊武则逃往湖南。

黎元洪貌似忠厚，内心险恶，可见一斑。虽然与宁调元是旧时相识，但还是将其押到武昌监狱。

宁调元在狱中给南社社员刘谦写信说：

> 弟以五号引渡过江，押军法局，提讯数次，尚未定谳，生死关头，已于十年前勘破，至此复何所系，惟默揣中国时局，瓜分之祸，不出三年，吾人早不免一死，瞻乌爰止，于谁之屋？后死者重可哀也。

视死如归，忧国忧民之情，跃然纸上。

不久，李烈钧起兵于湖口，黄兴就任讨袁军总司令于南京，宁调元喜形于色，终日啸歌，戏集水浒人名与京剧名，成一百多副对联以自遣。继而赣宁等地讨袁军失败，宁闻讯大哭，口占七绝：

一局残棋尚未终，纷纷铁骑下东蒙。

可怜五族共和史，容易昙花一现中。

　　此时，南社社员汪文溥（字幼安，号兰皋，江苏武进人，入社号 252）和黎尚雯（字湘荪，湖南浏阳人，入社号 646）请黎元洪看在宁调元过去曾入幕参谋的份儿上，留其一条活命。高天梅也联合众议员 22 人，驰电黎元洪，营救宁调元。而《大汉报》主笔，因其在民社时与共和党合并，与宁调元之间有宿怨，在报上揭发宁调元构成"二次革命"的罪行，洋洋洒洒，有数千字，标题赫然为"请杀宁调元以谢天下"。此时军法局里一管事者向宁调元索贿，只要答应他的条件，就设法放其出逃，被宁调元所拒绝。

　　这样，军法局上报陆军部，批复枪决。

　　1913 年 9 月 25 日，宁调元与熊越山一同就义于武昌抱冰堂。

　　行刑前宁调元写下《武昌狱中书感》：

拒狼进虎亦何忙，奔走十年此下场。

岂独桑田能变海，似怜蓬鬓已添霜。

死如嫉恶当厉鬼，生不逢时甘作殇。

偶倚明窗一凝睇，水光山色剧凄凉。

柳亚子惊闻噩耗，痛极有作：

其一

当年专制犹开网，此日共和竟杀身。

早识兴朝菹醢急，不应左袒倡秦亡。

其二

杜夫曷丧苍生愿，豪杰成灰白骨哀。

血溅武昌他日事，鬼雄呵护复仇来。

宁调元死后，刘谦赶至武昌，为其收尸，将其骸骨背回长沙，归葬西山渌江书院之侧，因此险遭不测，北洋军阀纵火焚烧报馆，刘谦几乎葬身火窟。

刘谦还与南社同人刘师陶（字少樵，号沧霞，醴陵人，入社号331）搜罗宁调元遗著，得《明夷诗钞》《南幽百绝》《南幽杂俎》《庄子补释》《诸子杂钞》《佛教圣典》等。

烈火没有烧死刘谦，但在烈火中永生的有陈子范。

1913年9月27日上午8时许，上海法租界突然响起了一声巨大的爆炸声，烟尘弥漫了附近的几条弄堂。在戴凉帽的安南巡捕尖锐的警笛声里，只见大批巡捕封锁了街道。

"出了啥事情？"

"啥人出事了？"

一个个惊恐的目光互相询问着。一位年轻人带着悲伤的神色挤出了围观的人群，匆匆在林荫道上快步走着，来到了海宁路10号一所法式小楼前，敲响了院门。

这是陈其美的住宅。一个女仆打开门上的小窗看了一下，开了门："请吧，先生在楼上。"

年轻人上了楼，陈其美已经迎过来："果夫……"

陈果夫眼泪下来了："二叔，子范先生出事了，都是我的错……"

陈其美痛苦地闭上眼："革命嘛，哪能不流血？谁能保证不献身？说不定哪天我也会与烈士为伍……"

陈果夫哽咽着："二叔，去日本避避吧，袁世凯的力量太强了，我们打不过……"

陈其美长叹一声："此次讨袁失败，非袁世凯力强，是我们国民党人自己太弱，非因人力少，实在是缺乏团结力，各自为谋所致，孙、黄一走，人心四散，如果人人都能像子范一样，何患不胜？"

陈子范，名祢，字子范，号勒生。因为好喝酒，别署燕市酒徒，辛亥革命时剪辫子，又称散发酒徒。福建侯官人，身材魁梧，自幼喜习拳脚。他在芜湖海关做文科工作时，直隶总督、北洋大臣李鸿章权倾天下，安徽李姓一族气焰熏天，在芜湖建有李家花园。有误入者，轻则遭到家奴呵斥，重则捆绑

陈子范

送官。因此，当地人视李家花园为危途。陈子范不信邪，偏要闯闯禁地，于是单枪匹马，闲庭信步。果然，十数恶奴狗仗人势蜂拥而上。陈子范闪转腾挪，挥拳踢腿，打得恶奴头破血流，哭爹喊娘。主家不依，告到官府。陈子范对审官说："十人打一人，你若向着李家，天理何在？"遂不了了之。陈子范丢了海关工作，进入《皖江日报》出任主编，并给柳亚子所办《复报》投稿，结为文字之交。辛亥革命前，陈子范到上海，与柳亚子、陈其美、宋教仁、章梓等南社社员成为莫逆，加入南社，入社号 111。又与同乡林庚白、林森等创立"铁血铲除团"，以清朝走狗为暗杀对象。

武昌起义爆发后，陈其美派陈果夫过上海到武昌。此时，在陈其美处认识了陈子范。

不久，江西九江海关任职的党人林森、蒋群等，为响应武昌革命，分头策动新军五十三标、队官刘世钧等人响应，宣布独立，兵不血刃占领九江城，成立军政府。林森负责外交工作，急招陈子范来浔襄助。等中华民国南京临时政府成立，林森为临时参议院议长，而陈子范去了上海。

1912 年 4 月 3 日，陈子范与柳亚子、高天梅、陈陶遗、姚雨平、赵正平、朱少屏、姚石子等联合致函沪军都督陈其美，要求为周实、阮式二烈士迁葬，建立专祠。宋教仁被刺后，政局纷扰，不久，孙中山写信邀请远在法国的汪精卫回国。

阳春三月，江南草长莺飞。汪精卫回到上海，在张静江家中，第一次遇陈子范，立即被他的豪爽之侠气所折服。陈子范力主讨袁的观点，给了汪精卫很深的印象。交谈中，才得知彼此是南社中人，更为投契。

"二次革命"爆发后，陈子范开始研制炸弹。原来，秘密制造炸弹的工作一直是党人王汉强来负责的。辛亥革命成功后，刀枪入库马放南山。制造炸弹的事情用不着再做，王汉强就把剩下来的炸弹壳和其他材料都藏在一间废弃的仓库里。不久，王汉强娶妻生子，过上幸福的小日子。陈其美等组织讨袁军，并让其侄子陈果夫、陈希曾去找王汉强制造炸弹。

王汉强坚决表示不敢再制造炸弹，并将旧仓库中炸弹壳等材料装了满满两大篮子，还给陈氏兄弟。

陈果夫无奈，只得向陈其美请示。陈其美说："把这些交给陈子范同志，此人古道热肠，或许能帮助我们……"

陈果夫与陈希曾一人提着一大篮子材料去找陈子范。陈其美并没有看走眼，陈子范正憋在家中，为讨袁失败而懊恼。一见陈果夫二人提着制造炸弹的材料，大喜过望，如获至宝，兴奋地说："这下好了，终于有办法收拾这群袁狗了！你们回去和英士说，这种任务统统交给我。"

此后，陈子范没日没夜制造炸弹，陈果夫来取，再带来新的材料。

这天，陈子范又熬了一个通宵。8点钟，陈果夫要来取炸弹。他太困了，从口袋里掏出一包香烟，用火柴点上，不料一颗火星落到火药上，"轰轰——"，陈子范死于非命。

时在浙江的陈去病得知噩耗，写下《哀陈勒生》，抒发悲痛的心情：

> 知君崇实际，亦颇事文章。
>
> 有笔能扛鼎，伤心起障狂。
>
> 图穷匕首见，身竟掌雷戕。
>
> 惭愧渐离筑，悲歌易水长。

陈去病非常喜欢杭州西湖，已在西湖边购得一块坟地以做百年之需。由于陈子范死无葬地，就将自己的墓地慷慨捐出。

1916年春天，陈去病与林森等葬陈子范于西湖之孤山，汪精卫诗以记之：

> 民国二年春，江色朝入槛。我从张静江，初识陈子范。
>
> 容貌既温粹，风神亦夷澹。于中郁奇气，如山不可撼。
>
> 落落语不烦，沈沈心已感。至今寤寐间，光采犹未减。

呜呼夜漫漫，众生同黯黮。束身作大炬，烛破群鬼胆。

劳薪忽已爇，惊泪不能斩。故人有林君，收骨入深坎。

秋坟郁相望，杨花白如棉。下车苦腹痛，絮酒致烦懑。

## 程家柽横刀大笑　吴虎头饮弹而亡

袁世凯斜靠在居仁堂的办公桌前，戴着老花镜在看《顺天时报》。

这些天来，他一直心情舒畅，镇压了国民党，撵跑了孙中山和黄兴，又成为中华民国正式大总统。在当今天下，无人能敌，怎么能不愉悦呢？

突然，"啪——"的一声，袁世凯怒气冲冲，将手里的报纸拍在桌上，吓得袁克定一哆嗦。

"父亲，啥事又惹您老人家不高兴啦？"

袁世凯摘下老花镜，指着报纸："这乱党胆子也太大了，在公堂之上还竟敢历数国家元首叛国罪状……"

袁克定："又是那个姓程的家伙吧？胆大妄为，还审个啥劲儿……"

袁世凯："走走过场。不管有罪无罪，姓程的都得杀！"

袁氏父子口中姓程的，就是革命党人、南社社员程家柽。程家柽，字韵荪，一字润生，安徽休宁人。1909 年加入南社，入社号 24。

程家柽仪表堂堂，蓄美须，是中国留学生中参加革命最早的人物之一。宋教仁对程家柽很欣赏，在民国元年撰《程家柽革命大事略》一文。

据国民党元老、南社社员冯自由在其名著《革命逸史》中说："考宋君撰述此文之原意，全在为君辩诬释谣、以正视听，其为友洗刷之热肠。"由此看来，程家柽是个有个性、有争议的人物。

文人无形，美酒和美人没有不爱的。在程家柽身上这种特点尤为明显。

1906年，程家柽应京师大学堂总监督张亨嘉之聘回国，任农科教习。党人设宴欢送，他酒喝多了，大声说："我有一大功和一大罪，你们知道吗？一大功是因为我参加革命最早，给大家做了榜样……一大罪，是我谈的日本女人最多。"

一席话使大家哭笑不得。

又有一件事能说明程家柽的胆识。萍浏醴起义时，党人胡瑛自东京回国策应。待其赶到汉口时，起义已经失败，胡瑛为叛徒郭尧阶出卖，被捕押入死牢。革命党人季雨霖潜行北京，找到时在京师大学堂的程家柽，请其设法救援。

程家柽无计可施："我办不了，请原谅。"

季雨霖哀求道："快想法吧，晚了胡瑛就被杀了。"

程家柽不得已，假借民政部尚书、肃亲王善耆的名义，给湖广总督张之洞打了个电报，请其高抬贵手。随即程家柽将此事告诉了善耆。

善耆火冒三丈，指着程家柽骂道："你找死！是你胆太大，休怪我！"

程家柽面不改色："假冒亲王之名，罪不容诛！但是您也曾经说过要帮助我们，看来也是胡说的。好吧，请您把我一并交给法官，我愿意与胡瑛同死。"原来，程家柽与善耆左右的关系不错，其夫人又是善耆的小妾和子女的家庭教师。不得已，善耆只得派人去武汉见张之洞说情。最后，张之洞将胡瑛的斩立决改为监禁十年。

1907年3月下旬，宋教仁与白逾桓准备运动东北绿林武装"马侠"，他们于4月1日到达安东，以孙文、黄兴名义给大孤山马侠李逢春写信，"欲与公等通好，南北交攻，共图大举……"宋教仁即上山与李逢春面谈，准备一致行动。6月，宋教仁、白逾桓得到惠州起义的消息，决定拟发兵响应，先占辽沈，再逼榆关，进窥北京。而清廷早已得悉有关情况，电令东北各省加强防范。白逾桓在碱厂招兵，被盛京将军赵尔巽击败；后又潜入沈阳图谋举事，不想被日人古川清告密，遂被东三省总督徐世昌拘捕。于是白逾桓驰书至程家柽求救。在程的运作下，徐世昌将白逾桓押解回原籍，交地方官严加管束。白逾桓在途中伺机逃走，辗转赴日。程家柽为逃避清廷的追查，再度回到日本。当时，同盟会经费十分紧张，以致机关报《民报》无法开印。

刘揆一

程家柽提着一袋银圆来到《民报》，放在桌上，对庶务刘揆一说："能答应我的条件尽管拿去用。"

刘揆一正为经费急得抓耳挠腮，急忙请程家柽坐下。

程说："实不相瞒，我这次回来负有满族贵族与党人交涉之使命。去年，徐锡麟一案，牵连甚多，正是由于肃清王善耆和铁良二人不允株连，所以祸及不多。铁良希望与我来谈两点，第一，如果我们只主张政治革命，抛弃种族革命，情愿与我等一起行动，推动清廷的政治改革。不知能否接纳？"

刘揆一推辞道："三民主义同时并进，抛弃种族主义，怎么发动群众？此事没有商量的余地。"

程家柽："还有一点，党人固执己见，不放弃种族革命也行，但矛头只对准皇室，不必祸及他人，尤其是别对准铁良，这点能否商量？如果这一条能行，他愿意先出银圆一万表示心意。我们可否用这笔钱来付《民报》的印刷费？不上他的当就行了。"

刘揆一踌躇再三："老大不在，我做不了主。再说圣者不饮盗泉之水，君子不食嗟来之食。"

程家柽提着钱袋走后，主笔章太炎问："程家柽拿钱来又拿走到底为啥？"

刘揆一将原委告之。章太炎说："这事没有大害，我看应该开会表决一下。"

于是报社同人开会，最后同意接受了这笔钱。但是，这件事传出去之后，党人中多鄙视程家柽的做法。

党人刘师培被端方所收买，误以为程家柽亦投降朝廷，于是与程家柽及日本人北辉次郎、青藤幸七郎等商量，愿以十万金买孙中山的人头。程家柽将此事泄露给刘揆一、宋教仁等人，刘师培恨其泄谋，找了加藤位夫、吉田三郎，伙同北辉次郎、青藤幸七郎将程家柽带至偏僻之处，围殴暴打程家柽，幸亏被警察发现，人虽没死，已成脑震荡，记忆力大减。同年 8 月，程家柽回到北京，被汪宝荣告密于袁世凯，被捕入狱。后为清太子太保世绩所救，在日本使馆武官井上一熊的帮助下，剃发易服，亡命日本。但程家柽此次与袁世凯结下梁子。

程家柽

南京临时政府成立后，程家柽南下，晋谒孙总统，请其资助北方革命。孙中山将程家柽所请交给黄兴，并任其为幽燕招讨使，令其回北方运动军队。南北统一后，程家柽向孙总统婉辞幽燕招讨使，应家乡安徽军政府之聘，任高等顾问。

袁世凯当上临时大总统后，宋教仁任唐绍仪为内阁之农林总长，以次长位置给程家柽。程家柽不屑地说："看看袁世凯的所作所为，就知道他是什么东西，我才不捧他的场。"袁世凯得知后对其怀恨在心。

宋教仁被刺后，程家柽闻耗，大哭不已，骂道："贼子要了我朋友的命，誓报此仇！"

他秘密南下皖赣，与柏文蔚、李烈钧部署讨袁，回京后在《国风日报》上发表《袁世凯黄粱梦》一文，把袁世凯气得半死，下令封了该报。

"二次革命"失败后，程家柽仍留在北京。有同志劝其赴东瀛，他说："我与袁贼势不两立，我不杀贼，必为贼杀！"是年冬，程家柽组织铁血团，以刺杀袁世凯为目的，并联合口外人马数万人，以图里应外合。程家柽还写信给时在长崎的白逾桓，将派熊世珍去购买炸药。此时，他又与南社社员吴虎头等设法收买袁世凯的厨师，以伺机毒毙元凶。不料，事机不密，熊世珍在天津被捕，计划暴露，程家柽在北京被逮。

在法庭上，公诉人诬蔑程家柽要在北京自来水中下毒，以毒死全城无辜。程家柽大声为己辩护，痛骂袁世凯罪状，令法官听得大惊失色，不敢问话。袁世凯得知后，说："程某乎，无论有罪无罪，必须要杀！"

1914 年 9 月 23 日，程家柽以"谋逆"罪被军警杀害于北京西直门。不久，同志吴虎头在上海褚家桥被抓。

吴虎头，名鼎，字慕尧，号虎头，贵州黎平人。其父为前清进士。吴虎头 16 岁时应童子试，参加院试。后为贵州学政严修所赏识，补弟子员，进学为秀才。两年后拔贡优等，援例报捐教职，授给独山训导。

1898 年，吴虎头受到康、梁戊戌变法思想影响，主张革除不良陋俗，提倡妇女解放。在家乡发起"贵州不缠足会"，遭到顽固势力的诋毁。1903 年，吴虎头参加贵阳乡试。这是庚子赔款后，清政府最后一次科举考试，也就是说，这是念书人最后的一次机会。但吴鼎在试卷中阐发维新改良的论点，被主考官批下"有乖时宜"的评语，录入副榜，不得入京参加清廷最后一次进士会试。

十数载寒窗辛苦，落得如此境地，吴虎头怒火万丈，撩起长衫塞进腰间，使足浑身的力气，照着贡院的大门，"咣咣咣"三脚，"咔嚓"一声，大门硬是被踢破裂。

此举令在场的学子们大惊，也使吴虎头从此出名。巡抚李经羲不但没有怪罪，反倒认为此才可用。

1906 年，贵阳巡抚岑春蓂派遣吴虎头去日本考察学务。吴虎头在东京结识了黄兴等人，思想由改良倾向革命。返乡之后，他变卖家产，要北上京津，寻找同志。临行，好友置酒为其饯行，吴虎头将手指咬破，把血滴入酒杯之中，发誓不干出一番轰轰烈烈的大事业，决不罢休，并口占一首：

> 列强入寇国遭殃，满贼专横天不光。
>
> 为拯神州于水火，敢将铁骨碰刀枪。

之后，吴虎头四处碰壁，毫无建树，只得又黯然返乡。不久，由贵州德政中学考送京师大学堂学习。1910 年，未毕业就去天津《国风日报》任编辑。

1912 年，吴虎头参加了中国同盟会，并加入南社，但未填入社书，顺序号为"四五"。他到北京任《国风日报》主笔。由于发表反袁文章，该报社被军警查封；1913 年，"二次革命"开始，吴虎头著文痛斥袁世凯，嘲讽尽致。袁世凯恨之入骨，遂悬重赏 5 万银圆通缉。1914 年吴虎头秘回上海，遇前清候补道员姜俊民（一作姜靖丞），共谋以饮食置毒诛杀袁世凯。姜俊民先至北京收买大总统府厨役，答应行事。

那厨师说："杀袁不是不能干，而是有风险的，你需要给我一大笔钱，我对家人有个安排，之后才可以进行。"

姜俊民遂告吴虎头。吴虎头拿不出这笔钱，便四处写信，到处筹款。不料，他的一封密函落入奸人之手，被告发到京师警察厅，终因叛徒告密败露。吴虎头在上海褚家桥被暗探挟上汽车驰入法租界，后解往北京。

在黑牢之中，吴虎头自知不免一死，留下《绝命诗》十首，其一为：

慷慨挥椎博浪沙，丹心一片照中华。

男儿一死无他恨，大千世界是吾家。

1914 年 12 月 24 日，吴虎头被北京军警杀害。就义时，他大骂袁世凯，大义凛然地说："吴虎头今日死矣，愿诸同人前仆后继！"


## 范鸿仙死于非命　　陈其美报仇雪恨


秋虫唧唧，启明星悬在天空，这是黎明前最黑暗的时刻。1914 年 9 月 20 日的凌晨 4 时，法新租界嵩山路 33 号，几个蒙面杀手蛰伏在小楼的院墙外，为首的手一挥，一个人蹲下，其余人踩着他的肩膀相继跳进了院子。他们手里拿着闪着幽光的匕首，腰里还掖着自来得手枪，显然，这些人对这里的环境很熟悉，他们悄然无声，径直奔向前楼。

楼内传来了均匀有节奏的声音，里面的人睡得很沉，在毫无防备的情况下，危险一步步靠近。原来，中华革命党上海办事机关就设在此处，范鸿仙住在前楼楼上，钟明贵、杨斌两人睡在楼下。而秋水、义章、海洲、学文四人住在后楼。

凶手是袁世凯派驻上海侦缉队的职业杀手，要杀的对象就是范鸿仙。

范鸿仙，名光启，笔名孤鸿、哀鸿、纯黄、解人。安徽省合肥县北乡杏店村人。1882年生于安徽合肥北乡的一个贫苦农民家庭，从小聪颖好学。父亲范彦达早年参加了太平天国革命，范鸿仙幼年时就受到反清思想的熏陶。1906年，他在安徽参加了同盟会。

此后不久，范鸿仙来到上海，结识了于右任、张静江、陈其美、宋教仁、章炳麟等革命党人。1909年5月，他协助于右任创办了著名的革命报纸《民呼日报》，常以"孤鸿"为笔名，发表时事评论文章。《民呼日报》被上海租界当局查封后，于右任和范鸿仙不为所屈，又创办了《民吁日报》，不久又被查封了。次年10月，他们又创办了影响更大的《民立报》，范鸿仙任总理和主笔。他的杂文短评，针砭时弊，抨击清政府，声讨列强侵略，揭露袁世凯阴谋祸心。每天报纸一出，供不应求，洛阳纸贵，以至出现一块银圆买不得一份报纸的盛况。孙中山称赞道："范君一支神笔，胜十万雄兵。"

范鸿仙

范鸿仙在上海《民吁日报》主持笔政期间，与一群进步文人关系密切。当时，柳亚子、陈去病、高天梅等人组织南社活动，范鸿仙便加入其中，入社号177。

辛亥革命爆发后，范鸿仙积极筹划参与了光复上海、安徽、江苏的活动，还被同盟会委派负责南京的光复工作，他冒着生命危险，只身赴敌营，说服清新军第九镇统制徐绍桢起义，组织江浙联军，于1911年12月攻克南京。1912年元旦，中华民国临时政府成立，范鸿仙任江苏省参事会会长。

为巩固和保卫新政权，他毅然辞职，亲赴江淮招募壮士五千人，成立"铁血军"，亲任总司令，力主北伐。南北议和后自释兵权，仍回上海办报。是年8月25日，同盟会改组为中国国民党，范鸿仙为首批党员之一。

1913年，袁世凯派遣特务在上海车站暗杀国民党中坚宋教仁，范鸿仙撰稿声讨，笔锋直指"袁贼"。

袁世凯想拉拢范鸿仙，邀他到某地开会，到了那里，一看竟是一栋豪华的洋房，连汽车、仆人、美妾都配好了。范鸿仙勃然大怒，连称无耻，拂袖而去。

"二次革命"爆发，范鸿仙与柏文蔚等人受命在安徽举兵讨袁。"二次革命"失败后，袁世凯到处搜捕同盟会会员，范鸿仙也在通缉之列。他流亡到日本，协助孙中山组建了中华革命党。1914年初，范鸿仙受孙中山派遣，冒险回到上海，担任上海起义的负责人。经过数个月的努力，运动了北洋军士兵二百余人，谋划夺取上海镇守使公署。袁世凯悬赏6万大洋欲购范鸿仙人头。

就在9月18日的中午，有一个商人模样的人敲开了嵩山路33号的大门，说要在上海做生意，想租一套房子。范鸿仙等人一是经费拮据，二是也想让该商人掩护他们的行动，于是就答应将前楼的一间空屋租出去。商人很爽快地打开皮包，拿出了十块大洋做定金。

19日这天上午，来了几个工匠打扮的人，说是来看如何装修房屋的，并在空房内留下两根粗麻绳。范鸿仙原来是在家里住的，因为起义时间临近，诸事繁多，几天前专门从家搬到机关来住。谁知道竟着了上海镇守使郑汝成的道。

杀手悄悄摸进楼上的房间，只见范鸿仙侧身而卧。杀手照着他的腰部和左肩胁下就是两刀，范鸿仙猛然坐起，另一名杀手对准他的心口处就是一枪，范鸿仙倒下了。

凄厉的枪声惊动了对面楼上的人。秋水等人一跃而起，急忙赶过来。一名杀手对着楼梯处开枪，阻挡他们冲进来。一名杀手在空房内拿起早已预备好的大绳，一头拴在屋内，另一头伸出窗外，紧接着，几名杀手攀绳而下，分头逃跑。其中有一名在翻越院墙时不慎跌伤，被赶来的安南巡捕抓获。

同一时间，上海镇守使郑汝成派军队还突袭了革命党的营地，二百余壮士也全部惨遭杀害。

范鸿仙被害的消息传出后，举国震惊。

于右任作诗沉痛悼念范鸿仙：

> 鬻书求客欲亡秦，独仗精诚感党人。
>
> 一死于今关大计，东南半壁永沉沦。

孙中山先生电召范鸿仙夫人李贞如前往日本，亲予抚恤慰问。他高度评价了范鸿仙的一生，并答应"待革命成功后，定为范鸿仙举行国葬"。

范鸿仙死后不久，又一名《民立报》同人、南社社员徐血儿不幸也英年早逝。宋教仁被刺案发生后，徐血儿收集各方面材料，秉笔直书，撰写了《宋遁初先生昭雪案》一书共四册，同时还编撰了《宋渔夫集》一书。徐血儿在这两部书中无情揭露了袁世凯倒行逆施的卑劣行径，被袁世凯及其朋党嫉恨，他们先后三次悬赏缉拿徐血儿。一次，袁世凯雇用杀手，欲置徐血儿于死地，却因摸错了门牌号码，杀错了人。但徐血儿置生死于度外，他一面继续在《民立报》撰文，揭露袁贼的复辟帝制阴谋；一面亲自带领报社职工，将出版的《民立报》送到苏州河边的小火轮上，以保证苏州、无锡等地的读者能及时了解当时事态的发展。与此同时，徐血儿还秘密从事同盟会和革命党上海总部机关工作，协助有关人士组织当时的"义勇军""敢死队"以及参加南社的各项政治活动。由于长期劳累过度，以致积劳成疾，病逝于上海，年仅24岁。

1929年9月，国民党中央委员会决定将范鸿仙附葬中山陵园内。1935年3月21日，国民党中央追赠范鸿仙为陆军上将，并组织丧事筹备委员会，办理其葬事。同年11月，国民党中央派人到上海将范鸿仙灵柩迎到南京，暂厝第一公园内

陈其美任沪军都督时的戎装照

的国民革命烈士祠内。1934 年 2 月 18 日，蒋介石、于右任、林森、孙科、汪精卫、何应钦等国民政府要员及各界人士在停灵处举行公祭仪式，2 月 19 日举行国葬。1936 年移葬于南京中山陵东侧马群，为中山陵"附葬"。

1915 年 2 月下旬，陈其美一身蓝布衣裤，工人打扮，出现在上海街头。此番，他受命于孙中山，从日本返回，以代替死去的范鸿仙统筹东南革命。

"二次革命"后，袁世凯的走狗、上海镇守使郑汝成和上海警察厅厅长徐国梁，屠杀革命党人数万人。上海一大批革命党人和进步分子都死于郑汝成之手。陈其美回来的主要任务之一即要除掉郑汝成。

流亡日本的孙中山一刻也没有闲着。是年 9 月，一方面请卢夫人来东京，商量离婚，准备与宋庆龄结婚；另一方面，积极部署讨袁军事行动。

大约在 10 月底的一天晚上，陈其美在霞飞路渔阳里 5 号总部机关召集秘密组织各部负责人开会。

"诸位，我们要袭取海军，攻打江南制造局，再夺取吴淞要塞，尔后图浙攻宁，建立东南革命据点，这是总任务，目前最主要的任务是——刺杀郑汝成。"

邵元冲激动地说："早该杀郑！有谚语说：镇守使署是鬼门关，党人只去不再还！让他多活一天，就有我同志惨死在他手上。"

陈其美："我已得到情报，本月 10 日，为日皇举行加冕典礼，驻沪日本总领事馆开会庆祝，郑汝成作为上海镇守使，按理必去祝贺，我们就布置暗杀小组行动。你们回去各挑选精于射击的同志两至三人候用。每人发一百元，在一个星期内尽情快乐，把钱花完后，再回来领任务！"

邵元冲："我算了算，大概要准备一万多元，各部门的人员加起来有百十人呢！"

陈其美："就得这么多，你去安排吧。"

这些被挑选出来的忠勇战士，将领来的一百大洋在一个星期内吃喝玩乐，挥霍一空。之后，便齐集渔阳里接受任务。

客厅的大长桌上铺着一张巨幅上海地图，从高昌庙到礼查饭店大门口，再到斜桥，画着四十二个蓝圈子，紧密相连。

陈其美宣布："弟兄们，明天是日本大正天皇加冕典礼，日本驻上海总领

郑汝成

事要在虹口礼查饭店举行庆祝会，上海护军使郑汝成将代表中华民国前来道贺，我们要趁此机会把这个最凶恶的敌人除掉！"

有人问："郑汝成住在高昌庙，他是坐船从水路还是坐车走陆路呢？"

陈其美："正因为我们不知道，因此只好把狙击的重点放在礼查饭店附近，担任这一带狙击任务的同志，更要勇敢和射击精良，以期胜利完成任务。"他又指着地图："这上面共画定四十二个狙击点，大家可以自由结合，哪三人要好就三人一组；哪两人要好就两人一组，共编成四十二个组，每组发炸弹一枚，每人发十响自来得手枪一支，希望大家忠勇任事！"

大家听了陈其美的报告，很快三三两两编好了四十二个小组，并分别指定各组承担的狙击地点，在次日晨 7 点以前到位等候目标。

陈其美和大家一一握手，预祝行动顺利成功。

陈其美如此缜密周全的考虑，布下天罗地网，郑汝成还能活吗？

11 月 10 日上午，各小组均已抵达狙击地点。郑汝成是从高昌庙护军使署乘小汽艇到虹口的码头上，有几辆黑色轿车在接他。之后，挂着 253 号车牌的郑汝成的专车很快驶向礼查饭店。他进去与日本领事道贺过后，乘车一溜烟儿离开礼查饭店大门，担任狙击的同志来不及掏枪，车已经过去了。很快，车队来到外白渡桥北堍，这里正是王晓峰一组的狙击点。汽车转弯上桥，速度减慢，说时迟那时快，王晓峰、王铭三一跃而起，将手中的炸弹扔向汽车。只听见"轰隆"一声响，炸弹爆炸，将汽车的左后轮炸坏。硝烟起处，王晓峰和王铭三一左一右跳上汽车，郑汝成打开车门要逃，被王晓峰抓住衣襟，将郑汝成和身边的司务长枪击而死。

此时大乱，王晓峰、王铭三如果混入人群，肯定能逃脱，但是他们兑现了诺言，站在车上，高举着手中枪大喊："人是我们打死的，好汉做事好汉当，绝无他人指使！"

王晓峰站在桥头发表演说约一分多钟，闻讯赶来的"红头阿三"将他和王铭三逮捕。王晓峰边走边说："吾志已成，虽死无憾！"

陈其美成功地策划了杀郑行动。接下来，他再接再厉，制订了一个夺取上海的大计划。


### 肇和舰起义失败　居觉生挺枪再战

陈其美又在桌上摊开了上海地图。初冬的太阳暖洋洋的，透过玻璃窗斜斜地洒在屋内。壁炉中炉火熊熊，他脱掉外套，只穿着毛衣。

"弟兄们，我们下一步要夺取上海，关键是海军。这次起义是以舰队为主，炮队营为副，同时并举的方案，"他指着高昌庙一带的黄浦江上，"这里有肇和、应瑞、通济三艘兵舰停泊。此三舰排水量均在 1000 吨以上，肇和舰最大，有 2600 吨，是刚从英国购回的新舰，装备精良，具有较强的战斗力。我已经策反了肇和舰舰长黄鸣球、练习生陈可钧，该舰大多数官兵同意起义。应瑞和通济两舰上也有不少官兵赞同起义。只要夺得此舰，那两艘军舰就会响应，一同炮击江南制造局，这样起义就会成功！"

党人群情振奋，摩拳擦掌。他们当中有个抢眼的人物，即上海洪帮大佬徐朗西。此人是陕西三原人，于右任的同乡，他也是南社社员，入社号为155。

1905 年 5 月，徐朗西赴日本留学，入东京预备日语学校。是年 8 月，孙中山、黄兴联合兴中会、华兴会、光复会等革命小团体，成立了资产阶级政党中国同盟会。当时，留日的学生人心振奋，纷纷参加同盟会。徐朗西也在此时加盟了中国同盟会。孙中山特派徐朗西去上海与帮会联络。为了发动会党参加革命活动，孙中山通过他的好友宫崎寅藏与中国帮会首领的特殊关系，很快让徐朗西参加洪门，并创立洪帮山堂"峪云山"，被尊为"峪云山"的山主，即龙头大爷。徐朗西成为洪门在上海地区的重要人物。

陈其美与青、洪两帮都有较深的关系，他与洪帮徐朗西、杨虎有交情，动用帮会的力量十分方便。

辛亥革命上海光复时，洪帮的徐朗西和青帮的李徵五都指使帮会成员参加了陈其美攻打上海制造局的战斗。因此，在上海光复时，徐朗西领导的洪帮势力做出了不小的贡献。

同年4月1日，孙中山正式辞去临时大总统之职。7月22日，孙中山在沪出席中华民国铁道协会欢迎会。该会系南京临时政府交通部次长于右任等组织，徐朗西亦参与其间。孙中山下野后，提倡铁路建设，于右任等重新集会，选举孙中山为会长、黄兴为副会长。不久，出任"筹划全国铁路全权"之职，孙中山委任徐朗西作为其秘书。"二次革命"失败，孙中山、黄兴、陈其美等流亡东瀛。而徐朗西利用他的帮会身份，创办《生活日报》，任主笔；又与朱执信共办《民意报》，讨伐袁世凯。

1914年夏，徐朗西在上海参加中华革命党，任党务部第五局局长。此次肇和舰之役，徐朗西自然参与其间。

陈其美宣布："此次起义，我是淞沪总司令，肇和舰舰长黄鸣球为海军总

肇和舰

司令，杨虎为陆战队司令，孙祥夫为陆战队副司令，吴忠信为参谋长。"

正当陈其美等人紧张准备之际，发生了意外的情况：海军总司令萨镇冰风闻黄鸣球不稳，采取防范措施，以检阅海军为名，令肇和舰于12月6日南下广东。万一肇和舰一走，将会给起义带来巨大的困难。陈其美当即决定将起义提前于12月5日下午4时发动。

5日下午，肇和舰舰长黄鸣球应邀去沪海军司令李鼎新公馆赴宴。此时，杨虎率领海军陆战队第一大队三十余人携带手枪、炸弹，乘小艇从外滩出发，直驶泊在高昌庙的肇和舰旁。三十多人从吊梯一拥而上，拔出手枪迅速占领舱面。然后有两人跳上驾驶台控制舵机，有几个人下舱闯入机房控制轮机和锅炉，舰上的一个军官试图反抗被当场击毙。很快，水手舱和军官舱都被封锁。杨虎当即宣布讨袁宗旨，发放犒赏金，并打开存放弹药的库门，准备开炮。

与此同时，海军陆战队第二大队在孙祥夫的带领下，从杨树浦出发，计划夺取应瑞、通济两舰。不料就在他们登艇之际，被巡警发现，索要出港护照，孙祥夫等人拿不出护照，被迫返回。因此夺取应瑞、通济两舰的计划未能实现。

肇和舰经升火后，驶离高昌庙。引起同时泊在江上的应瑞、通济舰的怀疑，发旗语却不回答，而且越驶越远，两舰料必有变。此时，时钟已指向6点，远处突然传来炮声，原来肇和舰奉令向制造局开炮。

一时间，制造局炮声隆隆，火光四射，硝烟弥漫。驻守在制造局里的北洋军悬起白旗，表示要投降。肇和舰用灯光信号与应瑞和通济联系，询问是否起义，两舰发信号回复表示赞同，请勿攻击。

陆上的各路人马，听到起义的炮声，也纷纷向制造局、警察局、司令部等既定目标发起攻击，均被守军和警察击退。

陈其美听到肇和舰的炮声，立即率吴忠信、蒋介石、徐朗西等向华界进发，等赶到南市时，发现司令部等地并未被占领，只得由水道折回。

当晚，法国巡捕房派出大批巡捕包围了渔阳里革命党总部机关。陈其美、邵元冲、杨庶堪、周应时、章杰等急忙爬上屋顶逃跑，丁景梁、丁士杰等被捕。

杨虎等向制造局发炮后，未见局内有什么动静，以为陆上已被革命军占领，便不再开炮，对应瑞、通济两舰也未加防备。不料，袁世凯闻变，立即派人拿一百万支票去收买海军。6 日拂晓 4 时，应瑞、通济两舰突然向肇和舰猛烈攻击，肇和舰在无防备的情况下，屡屡中弹，舰首起火。在慌乱之中，杨虎急令该舰起锚，但起义人员不会操船，加之锅炉房也被应瑞击中，引发锅炉爆炸，杨虎只得下令弃船撤退。舰上陈可钧等十余人因伤势严重，无法行动被捕获。后英勇就义。

起义失败了，袁世凯对陈其美恨之入骨，一定要置其于死地而后快。

12 月 12 日，袁世凯推翻民国，粉墨登基，自称皇帝。蔡锷等在云南组织护国军讨伐袁世凯，护国运动开始。

孙中山立即召集会议，决定组织中华革命军四个军：居正为东北军司令，筹备处设于青岛；陈其美为东南军司令，筹备处设于上海；胡汉民为西南军司令，筹备处设于广州；于右任为西北军司令，筹备处设于三原。只有居正一彪人马成军，其余三军都泡汤。

孙中山对东北军总司令居正说，东北军到山东的第一个目标是占领潍县，第二个目标才是济南。因潍县地处胶济铁路中心，战略地位十分重要。

1916 年初，居正到青岛，总司令部设在青岛八幡町一所大楼里。他当即派人前往各地招兵买马，参加东北军的有退伍士兵、绿林武装、民团和反袁的热血青年学生，还有夏重民、胡汉贤等由海外华侨组成的"讨袁敢死先锋队"（也称"华侨义勇团"）。总共约有二万余人。

4 月 4 日，孙中山复函居正：

现在比较各处形势，不特山东为扼要，且觉最有望，故欲兄以全副精神对之，期以必占济南，则东北全局，可迎刃而解……若济南一得，弟当亲来。大约得济南，则两师之军械，一二百万以上之现款，俱可于此间筹取，持此以往，足能号召天下，幸勿忽视……

北洋军驻守潍县的是袁世凯的陆军第五师，师长张树元。居正派人与之联络，希望他能认清形势，率部反正。张树元假装同意，采取拖延战术。孙中山认为："彼虽独立，我仍攻之，更易得手也。"

居正从青岛率司令部二百多人来潍县，驻防火车站附近的杜家庄。随同前来的有总司令部参谋长兼前敌总指挥许崇智、纵队长朱霁青及支队长尹锡五、赵中玉等。日本陆军士官学校毕业的辜仁发、陈鸿庆、李铁山等，也来到了潍县。东北军对张树元部形成东南西三面包围。25日，张树元奉袁世凯令，由县城撤出，退到城北庞家庄，焚烧了西大营，一时城关空虚。北洋军退出县城，居正即拍电向孙中山报捷。

孙中山当日向居正发去贺电："潍县得，甚慰。"并命刚到青岛的廖仲恺代表他到潍县慰劳中华革命军的将士。

## 姐妹易嫁芳心碎　小男人追大女人

辛亥革命时期，"张默君"这个代表着时尚和职业新女性的名字，如雷贯耳。她还有一个知己和同志，即大名鼎鼎的鉴湖女侠秋瑾，在中国近代妇女解放史上，无论如何是应该有她们闪光的一页的。

张默君的父亲张通典，字伯纯，号天放楼主，湖南湘乡人，为清末名士。

1911年，张通典与赵声谋划广州新军起义，失败后逃往香港；武昌起义后，张通典参与苏州光复之役；1912年南京临时政府成立时，任内务司司长、大总统府秘书等。张通典的履历，与新政和革命都紧密相连。生活在这样一个家庭中的女孩，受新派思潮影响和其父革命意识熏陶，张默君在大革命时代，做一个时代潮头的弄潮儿，是很自然的事情。

张默君，原名昭汉，字默君，1884年生。她出生的时代，女孩子是要缠足的，所幸的是她的父亲张通典思想开明，与康有为共同发起"不缠足会"，反对女子缠足，提倡女子受教育。因此，张默君从小就没有被中国固有的封建礼教、陋习所束缚与摧残，迈着一双天足，奔跑玩耍。到了能够读书受教育的

张默君展纸作书

年龄，其母主持上海养正女学，默君便就读于该校；同时在汇文女校学习英文，接受双语教育。

张默君在青少年时代，阅读了明代思想家王夫之、顾炎武、黄宗羲以及王阳明等人的著作和革命党人的反清革命文章，激发了民族主义思想。1904 年，她考入上海务本女校师范科，三年后以第一名毕业。其父调职苏州时，两江总督端方委任张默君为江苏省立粹敏女学的教务长，兼授史地等课。1906 年，经黄兴介绍，张默君慨然加入中国同盟会，与"不惜千金买宝刀，貂裘换酒也堪豪"的鉴湖女侠秋瑾意气相投，结为同志。她的思想和行为，受秋瑾影响很深。1911 年张默君考入上海圣约瑟女子书院文科。

1911 年 10 月，辛亥武昌起义爆发。张默君热血沸腾，与其父张通典参加谋划光复苏州。后加入南社，入社号 200。

苏州光复后，1911 年 11 月 21 日，张默君与南社同人陈去病、傅熊湘在苏州创办了《大汉报》，并任社长。陈去病写了发刊词，他们鼓吹革命，文笔犀利，针砭时弊，振聋发聩，不同凡响。著名记者曹聚仁这样评论："张默君，她在社会参加革命运动，年纪很轻，却是同盟会的老会员。辛亥革命之役，策动苏州起义响应上海，她便做了主笔，已是了不起的风云人物。她文笔不错，诗词都来得，样儿更使人迷醉。"

1912 年，中华民国南京临时政府成立。张默君组织了中国女界协赞会，被推为总干事；继而组织神州女学协济社，任社长；创办《神州女报》，创建神州女学，该校有小学、中学、专修科等。

像张默君这样漂亮而又有文采的青年女子，在男权社会里，出头露面，很快成为公众和舆论关注的角色。就像盛开的鲜花一样，招来蜜蜂与蝴蝶，是很正常的事情。何况，张默君已到了谈婚论嫁的年龄。其实，张默君的心中，早有中意的白马王子。

早在 1908 年前后，一个年
轻英俊的从日本士官学校毕业的
留学生走进张默君的生活。他就
是蒋作宾，字雨岩，湖北应城人，
也是中国同盟会会员。两人志同
道合，很快成为挚友。蒋作宾，
相貌堂堂，有军人的气质与政治
家的抱负，令张默君芳心大动，
有意相许，却难于启齿；蒋作宾敬
佩张默君的学识与文采，但由于
张默君是女界才俊，个性很要强，
而且比自己大一岁，囿于"女子
无才便是德"的封建思想，他认

蒋作宾

为找一个女强人做老婆未必能幸福，二人始终未能从友情向爱情方面挺进。

1912 年，南京临时政府成立。在新内阁中，黄兴任陆军部长、蒋作宾为
陆军次长，而张通典为内务司长，他们之间关系都很熟。

一天，张默君兴高采烈地邀请蒋作宾去家做客，拜谒其母，有意撮合自
己的婚事，没想到，张默君在为其一一介绍家人时，三妹张淑嘉活泼大方，举
止相貌令蒋作宾倾心不已，两人一见如故，谈得很热烈，旁若无人。其时，张
淑嘉芳龄 22，尚待字闺中。

饭后，蒋作宾以军人气概和闪电战术，大胆地向张伯母要求，将淑嘉许
配给自己为妻；张老夫人本来对蒋作宾印象极佳，再加上喝了点黄酒，晕晕乎
乎，满口答应说："你去找个媒人来正式提亲！"

第二天，蒋作宾托了黄兴登门做媒，并送上聘礼。很快，择了个良辰吉
日，热热闹闹地拜堂成亲。张默君眼见心上人移情别恋，而且竟向自己的小妹
求婚，感到自尊心受到极大伤害，在喜宴上默默喝下自己酿成的苦酒。曲终人
散，顾影自怜，回到房内大哭一场，发誓这一辈子再也不嫁人！

是年 8 月，国民党在北京设立本部，在各交通口岸设立交通部；上海国民
党交通部部长是居正，编辑课长为张默君。此时的张默君已是 28 岁大龄青年。

那个时代，女人在这个岁数尚未嫁人，可谓充满危机感。上海国民党交通部有个小课员叫邵元冲，对他的上司张默君一往情深，大献殷勤。

邵元冲，字翼如，浙江绍兴人，生于 1890 年，也是南社同人，入社号356。"遥想公瑾当年"，也只有 22 岁，比默君整整小 6 岁。对于心高性傲的张默君来说，她心中的如意郎君无论如何不应该是眼前这个"小丈夫"。她认为：成熟的男人像酒，浓烈醇厚；年龄太小的男人似水，单纯乏味。尽管高不成，也不愿将就此事。

邵元冲是主动追求，周围的同事多次找机会为两人撮合，但张默君对眼前这位小弟弟还是心如止水。最后，张默君便以蒋作宾为样板，竟对邵元冲提出三个苛刻的条件，作为自己择偶的标准：第一，必须是留学生；第二，武要做将军；第三，文要掌官印。《西厢记》中，老夫人对张生与崔莺莺的婚姻，才提出一个条件，张默君的本意是想叫邵元冲知难而退，没想到却激发了邵元冲奋发进取的决心和坚持不懈的努力。他坚信：精诚所至，金石为开。

再说南京临时政府北迁之后，蒋作宾到了北京，在袁世凯的政府中仍然做陆军次长。1913 年，袁世凯派人暗杀了国民党领袖宋教仁，终于导致了"二次革命"的爆发。蒋作宾是革命党，袁世凯拉拢不成，就把他监禁起来。

邵元冲坚定地站在孙中山和黄兴一边，远走江西，赞助李烈钧在湖口举

邵元冲

兵讨袁。不久，军事失利，邵元冲东渡日本避难，并做了孙中山的秘书。在日本期间，孙中山将国民党改组为中华革命党，邵元冲率先加入。不久，孙中山又创办《民国》杂志，任命胡汉民为总编辑，朱执信、戴季陶、邹鲁、邵元冲等为编辑，继续鼓吹革命。

一日，孙中山忽然问起邵元冲的个人私事，邵元冲遂将对张默君的恋情与三个条件告诉了孙中山。孙中山严肃地说："如果张小姐是认真的，我来帮你完成这三个条件！"

1915 年初，袁世凯为复辟帝制，与日本签订了丧权辱国的"二十一条"。孙中山派遣众多革命党人回国组织武装起义。应浙江革命军司令长官夏尔的呈请，孙中山委任邵元冲为革命军绍兴司令官，邵元冲真的由文人转换成军人的角色，回国进行反袁活动。同年 12 月，他与陈其美、蒋中正、吴忠信等在上海法租界霞飞路渔阳里 5 号设立起义机关，以策动肇和兵舰起义。在起义的当天，邵元冲留守起义总部工作。12 月 5 日打响了起义的炮声，举国震惊。由于双方力量众寡悬殊，最后失败。但肇和兵舰起义，对袁世凯恢复帝制是个沉重的打击。孙中山给予此役高度评价："肇和一役，事虽未集，然挽回民气，使由静而动，实为西南义军之先导。"

起义失败后，法国巡捕包围了国民党上海渔阳里总部，陈其美、邵元冲等迅速爬上房顶逃跑。

同年 12 月 25 日，蔡锷等在云南举起反袁护国大旗后，孙中山命令邵元冲与居正、蒋介石等，在山东组织中华革命军东北军，邵元冲任胶东警备司令，统筹直隶（今河北）、山东、山西的讨袁军事行动，成为一名真正的将军。

1917 年 7 月，孙中山南下广州，发表"护法宣言"，组织护法军政府，被国会非常会议举为大元帅。邵元冲追随孙中山，任广州大元帅府机要秘书，代行秘书长。

1919 年，邵元冲赴美国留学，至 1923 年底学成归来，实现了三个标准。10 月 10 日，绍、张二人在上海举行婚礼，有情人终成眷属。


### 傅熊湘妓院藏身　陈其美被刺殒命

1913 年 11 月 7 日，一个腥风血雨的早晨，长沙郊外黄土岗下，一批参加湖南独立的革命党人等待着最后的时刻。

一排举枪的士兵，对准对面一排捆着双手的"囚犯"们。他们是财政司长杨性恂、内务司长易宗羲、筹饷处会办伍任钧、富训商业学校校长文经纬等。

随着执行军官一声口令，子弹齐发，这些革命党人像被割的稻子，齐刷刷倒下了，他们当中有一个跪了下来，久久不动。当兵的傻了，当官的走过去，嘴里骂道："不想死？看你的骨头硬，还是我的子弹硬！"对准囚犯的后脑勺，"啪、啪"连扣两下，不倒的囚犯终于倒下了，满嘴都是泥⋯⋯

这名不倒的"囚犯"就是杨性恂。

杨性恂，字德邻，湖南长沙人。民国元年2月，在《民声日报》就职，南社社员，入社号257。杨性恂的二弟就是在英国利物浦蹈海的留学生杨守仁。杨性恂在辛亥革命时，同吴禄贞在北方活动，图谋直捣北京。不料，吴禄贞在石家庄车站被刺，杨性恂虎口余生，逃至上海。南京临时政府北迁，他曾在留守府给黄兴当助手。留守府撤销后，杨性恂到了上海，曾在《民声日报》干过一段时间。宁调元回湘后，他不久也离开了报社回长沙。谭延闿下野后，袁世凯派"屠夫"汤芗铭督湘，大杀革命党人。杨性恂和宁调元都没有逃过这一劫，而傅熊湘却因藏身妓院而避难。

月上东山，在长沙的百花村堂班里热闹非凡。民国初年，长沙娼妓繁盛。最上等的称为堂班，分两档，斫轮老手一档，雏妓一档，散居于美园、古大苑、百花村、高家巷、铜铺巷等地，每所妓院门前皆大红灯笼高高挂。

百花村挂着红灯笼的门前，来了两位青年男子。一位颇迟疑："这行吗？"

另一位："只有这里了，你等着。"

说完，刘镜心进去了，在外等候的就是傅熊湘。

老鸨见是熟人，打着招呼。刘镜心低声："我有个靴友，很有钱的，要见你这里的头牌。"

老鸨笑着说："只要你肯割爱，我只要袁大头就行。"

刘镜心来见校书黄少君。校书即妓女的别称，唐王建《寄蜀中薛涛校书》诗："万里桥边女校书，枇杷花里闭门居。""校书"实为歌女的雅称，但她们与一般的妓女不同，主要是演奏配乐、唱歌跳舞，亦有时兼而卖身。

黄少君在百花村算得上是色艺俱佳的校书。正因为名气大，来求见的客人很多。此时正与客人侑酒，怀抱琵琶，浅斟低唱。一抬头，瞧见门外的刘镜心正向她招手，便将琵琶收拨当心一划，站起身对客人说："我去去就来。"

黄少君见到刘镜心，一脸娇嗔："还知道来？拌两句嘴也不能不露面了吧！"

刘镜心曾答应为黄少君梳拢，两人感情极深。因要资助革命党朋友，而黄少君因要给"妈妈"交钱，两人闹了点误会，气得刘镜心大骂："婊子无情！"

黄少君把手一伸："拿来——否则休怪婊子无情！"

刘镜心："开句玩笑还当真？"

黄少君："嫁汉嫁汉，穿衣吃饭。"

刘镜心："不开玩笑，我有正经事求你！"

黄少君："又没带钱？"

刘镜心："我朋友摊上大事了，被当局追杀，没地方躲……"

黄少君："杀头的事就想到我了？"

刘镜心："我都跑一圈了……"

黄少君："去我的妆阁吧！"

黄少君拿出全部体己，和"妈妈"说，遇见个阔少，不管是谁一律挡驾。

这个所谓的阔少，就是逃亡在外、遭全城通缉的傅熊湘。

傅熊湘出任《长沙日报》总编辑，文笔犀利，直插袁党要害。得罪了袁世凯，傅出逃时，长沙全城白色恐怖，腥风血雨，天天杀人。好容易逃到醴陵老家，也待不下去，不管是亲戚、朋友，只要见到他上门求救，都提心吊胆，生怕受到牵连。于是傅又逃回长沙，求助好友刘镜心，刘镜心也是想了一圈，最后决定去找百花村校书黄少君。

在刘镜心的撮合下，傅熊湘在黄少君的妆阁躲了十天，温柔乡中，流连忘返，心有灵犀。

等风声过了，傅熊湘才脱离温柔乡，红绡帐。因对这段情谊铭心刻骨，留下了《红薇感旧记》。

柳亚子得知此事，感黄少君高义，作《玉娇曲为钝根赋》：

连鸡已失东南局，降幡夜树君山麓。痛哭当年失贾生，变名此日同张禄。烽火仓皇走避兵，株连钩党梦魂惊。谁知覆地翻天际，别有盟山誓海情。佳人少小生南国，玉娇小字传乡邑。一自天钟第一流，湘花湘草无颜色。佳侠含光本性成，桃花剑底独关情。红颜别擅凌云气，素手能弹变徵声。望门投止文章伯，一见无端情脉脉。本来苏小是乡亲，何况香君重遁客。枇杷门巷受恩身，好作桃源暂避秦。金屋翻教营复壁，玉钗亲典为留宾。贾生少年工词赋，宾从翩翩各殊度。明灯华烛屡寻欢，檀板银筝不知数。一度温馨几度愁，念家山破唱梁州。从来青史千年恨，都付红裙一哭休。红裙著意相怜惜，争奈柔乡难托迹。折尽门前杨柳枝，明朝又作关山客。后约难留啮齿盟，五湖天际若为情。空怜辜负婵娟子，霸越亡吴计未成。失时豪俊仍肥遁，蛾眉别去遗长恨。传闻绿叶已成荫，差幸名花免堕溷。侠骨柔肠自古难，红妆季布拟湘兰。玳梁紫燕营巢去，祝尔双栖岁岁安。君不伍相穷途濑女逢，王孙漂母各英雄。独怜红拂天涯老，惆怅他年李卫公。

南社文人，闻此才子佳人、美人救英雄事，兴之所至，文思泉涌，一拥而上。题诗者有：

柳亚子、高天梅、胡石予、蔡哲夫、蒋万里、胡寄尘、王大觉、周芷畦、吴悔晦、余天遂、王西神、叶中泠、邵次公、姚民哀、吴瞿安、郑叔容、刘今希、方旭芝、高吹万、奚度青、孙阿英、黄栩园、姚石子、龚芥弥、刘约真、朱伯深、孙姬瑞、李洞庭、谢霍晋、姚大愿、姚大慈、黄巽卿、刘少樵、文牧希、田星六、田个石、秦刚武、姚鹓雏、匡尧臣、张平子、谭戒甫、周咏康、凌萍子、白中垒、宋淑琴、高芥子、谢秉璋、王笑疏、刘君曼、简叔乾、骆迈南、陈篱庵、文湘芷、钟爱琴、黄宾虹、刘小墅、叶楚伧、胡朴安、张丹甫、沈道非、刘镜心、邓尔雅、张稚兰女士、智休和尚。

题词者：王西神、叶中泠、张挥孙、姜杏痴、邵次公、许盥乎、姚民哀、宋痴萍、庞独笑、陈蝶仙。

题曲者：吴瞿安。

绘画者：黄宾虹、蔡哲夫。

为文者：汪兰皋、蒋万里。

胡朴安说："除少数人非南社社员，大多数皆是南社社员之笔墨，真可谓南社一故实也。"

这真是一段佳话。可惜的是傅熊湘的名气比起蔡锷逊色不少，否则这段美救英雄的故事也将天下闻名。但另有一段惊心动魄的故事，至今仍时时被人提及。

1916 年 3 月 22 日袁世凯被迫取消了洪宪帝制，但孙中山并不肯罢手，于 4 月 27 日携廖仲恺、戴季陶由日本启程返沪。

5 月 9 日，孙中山在上海发表《第二次讨袁宣言》，表示："袁氏未去，当与国民共任讨贼之事。"此时，黄兴也从美国返回日本，呼吁一致讨袁。

从 5 月 16 日起，渔阳里至萨坡路、浦石路、白尔部路转角，共有十余个不三不四的人在那里转悠。

18 日下午，陈其美坐着黄包车，匆匆赶回他在法租界萨坡赛路（今淡水路）14 号的寓所。此时的陈其美正患严重的胃病，住在长浜路寓所里，正为经费拮据而大伤脑筋。这时，陈其美的友人李海秋忽然与他联系："鸿丰公司与日本一家实业公司签署典押矿地合同，请您作担保，您可从中得到十分之四的押矿借款作为革命经费。"

陈其美闻听有这笔款子，便不假思索地应承下来。鸿丰公司与陈其美约定 5 月 18 日下午到陈的寓所中请陈签字，陈其美便急匆匆赶回萨坡路 14 号寓所。这幢房子是一个日本人山田纯三郎出面租的，三层小楼，第一层是客厅，有前后两间，第二层是山田办公室，第三层是革命党人的办公室。

袁世凯通过冯国璋找到了曾在章梓部下任过团长的张宗昌（已叛归袁），拨给经费，令其布置暗杀陈其美。张宗昌令心腹陈国瑞、朱光明等到上海假意开了

孙中山任大元帅时留影

一家鸿丰煤矿公司，买通了陈其美的熟人李海秋与王介凡，让他们劝陈其美为他们作保，声称事成后，鸿丰公司将把押矿借款的十分之四给陈其美作革命活动经费。陈其美正为无法筹款而发愁，闻讯便一口答应下来。

陈其美来到萨坡路 14 号不久，鸿丰公司的五位代表在李海秋引导下分乘马车也来到这里。陈其美便招呼客人到客厅内坐下，就准备在合同上签字。忽然，李海秋站起来说忘记把合同底本带来，要立即回去拿。说话间，他已起身向门外走去。就在李海秋刚出客厅的时候，埋伏在门外的杀手程子安等突然冲进来，用勃朗宁手枪照着陈其美连射。陈其美头部中了数枪，当场倒在血泊中。

其时，前厅的邵元冲、丁景梁、吴忠信等人正在开会，闻枪声知道不好，急忙赶到后厅，两杀手疯狂射击，丁景梁、曹叔实当场被打伤。两杀手与鸿丰公司的五个办事员仓皇逃出屋子，奔到马路上，四散而逃，凶手许国霖跨上一辆黄包车正要逃窜，被车夫掀翻车子，被闻枪声赶来的法国巡捕当场抓住。

凶手逃走后，邵元冲、戴季陶等人急忙过来扶起陈其美，并打电话叫医生，此时的陈其美眼睛还能看着大家，却说不出一句话。大约半小时后，医生赶到，陈其美已经气绝身亡。

一代英豪，撒手人寰。陈其美被害，举国震惊。南社社员纷纷撰联赋诗。柳亚子作七律《哭陈其美烈士》：

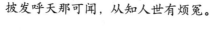

披发呼天那可闻，从知人世有烦冤。

1917 年 5 月 15 日，陈其美灵柩归里。在湖东门二里桥停灵，亲朋故旧和浙江各界代表前往祭奠。

十年薪胆关青史，一夕风雪怒白门。

生负霸才原不忝，死留残局更何言。

苌弘化碧宗周烬，忍向黄垆检断魂。

黄兴挽联：

> 脱帻揽贤殿，早知狙伺来狂客；
>
> 横刀向天哭，如此艰难负使君。
>
> 蛙井竟称尊，杀贼当思慰来歙；
>
> 海天待归棹，故人何处觅陈遵。

于右任挽联：

> 十年薪胆余亡命，百战河山吊国殇。

邵元冲挽联：

> 来日大难，遗恨无穷，谁凭横流奠沧海；
>
> 碧血犹殷，哲人其萎，空余肝胆曜乾坤。

戴季陶挽联：

> 不敷衍，不调停，不畏人言，一副侠骨，妒煞宵小；
>
> 为民福，为国利，为谋革命，全身热血，保障共和。

南社同人挽联：

> 白社黄垆，一恸人琴成畴昔；
>
> 丹心碧血，百年宇宙肃清高。

第七章 南社风雨

## 柳亚子退出南社　　众社员拥戴盟主

　　子夜时分，四野沉沉。太浦河静静地穿过黎里镇，不时有几只流萤在河边闪烁，古镇的居民都进入梦乡。

　　柳宅第五进的楼下，东边磨剑室书斋还亮着灯。夫人郑佩宜拿着件衣服进来给坐在南窗书桌前奋笔疾书的柳亚子披上。

　　"很晚了，你的疟疾还没有痊愈……"

　　"你先睡吧，社务繁忙，《南社丛刻》第六集还等着出版呢。"

　　"有没有什么能帮上你的？唉，说是三位编辑员，其实都是你一人来干。"

　　"景耀月和宁调元都抓不住，再说，交给别人去做我还不放心呢。"

　　"与其这样，编辑员三人制还不如一人制。"

　　"你说得有道理，三个和尚没水吃。"

　　"我看啊，你这样拼命，这担水你自己挑吧！"

　　夫人的话，还真让柳亚子上了心："对，我自己干。"

　　"人言可畏，也不怕别人说你大权独揽？"

　　"为了南社，顾不得许多了……"

　　果然，民国元年的中秋刚过，柳亚子抱病赴沪，和太太郑佩宜参加南社第七次雅集。

　　静安寺东北，有个著名的海派林园——愚园。园中景点甚多，景色如画。入园走过小桥，迎面就是一楼，楼后是个水池，池中东西南三面皆建有舫亭，名气最大的是敦雅堂，敦雅堂后面是层层叠叠的假山石，假山之上是花神阁，阁内镌刻着闽人辜鸿铭的诗文。

秋日游人如织，熙熙攘攘。亭阁间有茶点酒肴，是文人骚客品茗小酌的好去处。

当柳亚子伉俪兴冲冲来到南新厅，见高天梅、朱少屏、姚石子、胡寄尘、王西神、高吹万、汪兰皋、陈范、姚鵷雏等人都到了。他略一寒暄，直奔陈范而去，执其手："蜕庵兄，你总算来了。"

陈范笑着："南社名气很大，我怎能置身于外？"

柳亚子："欢迎欢迎，我扫径以待。"

陈范："世道无常，令尊大人的事我是后来听说的，也没奉上一份奠仪。"

柳亚子："蜕庵兄，心意我领了。"

高天梅过来："亚子，一起坐下，边喝茶边说吧！"

他查了一下人头，报告说："此次雅集共到三十五位，新社员有高吹万、王粲君、杨了公、姚鵷雏、陈蜕庵、汪兰皋、王西神、庄翔声、姜可生、李一民、张卓身、杨伯谦、程善之、殷人庵、俞语霜等人。大家欢迎！"

柳亚子等老社员一齐鼓掌。

高天梅说："下面请柳亚子汇报社务。"

柳亚子有备而来，将自己在家考虑好的新计划和盘托出："根据《南社条例》规定，编辑员为三人制，但是第一届编辑员（即文选陈去病、诗选高天梅、词选庞檗子）的成绩不能令人满意，第一集《南社丛刻》由高天梅编辑，编制马虎，次序杂乱；而第二集由陈去病编辑，将文选、诗选与词选排在一起，而以个人专集殿后，比第一集的错杂好得多了；不过，文的成分太少，诗的成分太多，不排姓氏笔画，也不依籍贯省份，依旧成为一塌糊涂。第三次的编辑员景耀月、宁调元推辞着没有就职，王无生也没有实行编辑的工夫，于是责任便揽到我的头上来了，于是一切编制，也都重新来过，取消专集，限定诗文词录的页数，幸亏有俞剑华帮忙，替我代操选政……"

高天梅插话："亚子，你很是辛苦，做了不少工作，但你说这些的用意何在？"

"你不要着急，我下面就要说正题，既然如此，我提议修改条例，主要改编辑员三人制为一人制。我觉得南社的编辑事情，老实说，除了我以外，是找

南社第七次雅集

不出一个合适的人来担任，一个人就不容易找，何必要三人呢？所以我主张，改三人制为一人制，人选则我来做自荐的毛遂，这是为了南社的前途。"

高天梅跳起来："哈，我说呢，原来是你想大权独揽啊！我不同意修改条例。"

一些人也附和："条例是大家定的，怎么能说改就改？"

有人说："众擎易举，独力难成，现在民国讲民主，哪能一个人说了算呢？"

"对呀，还是按原条例办。"

柳亚子环顾四周，暗暗叫苦。原来，支持他的俞剑华去了南洋，而识大体的陈去病与叶楚伧也没有出席会议。

高天梅做了个安静的动作，说："这样吧，举手表决，反对修改条例的举手，如果多于赞成修改条例的票数，条例就原封不动。"

结果，新参加的社员不明就里，大多支持高天梅，举手反对的人占了四分之三。

高天梅得意了，揶揄道："究竟谁是得道多助呢？"他又环顾说："今天到会的社友，知识程度很高，自然黑白分明，不会受人家的利用了。这个议题不再议了，下面选举新的三位编辑员和职员。"

选举的结果：

文选编辑员：高吹万；

诗选编辑员：柳亚子；

词选编辑员：王西神；

书记员：姚石子；

会计员：胡寄尘；

庶务员：胡朴安，汪兰皋，朱少屏。

柳亚子闷声吃完茶点，大家又去丽珠照相馆合影，柳亚子情绪始终不高。陈范劝道："亚子，看开一些，再说你何苦把事都揽在头上呢？"

朱少屏也说："亚子，晚上去我家，好好聊聊。"

柳亚子点头："怪我多事。"

雅集一次不容易，等到晚上，一行人又去雅聚园聚餐，柳亚子憋了一肚子的气借酒消愁，一杯接一杯地喝闷酒。没想到高天梅还在冷言冷语，自鸣得意。

柳亚子夫妇住进朱少屏家中。他越想越生气，一夜辗转反侧，天明时分，终于决定：登报声明，永远脱离南社。

11 月 29 日，《民立报》上赫然刊出《柳亚子脱离南社之通告》：

仆因多病，不能办事，自请出社，即日归里，杜门养疴。

朱少屏急忙去见高天梅："亚子走了，这是报上的通告。"

他接过报纸看着："那天我的话有点多，可能伤着他了。他的自尊心又强……"

朱少屏："南社的事亚子操心比我们任何一个人都多，他是灵魂，这一走社务如何是好？"

高天梅："少屏，你能否去疏通一下，就说我托你向他道歉。"

朱少屏："我可以试试，你再找些和他要好的，也帮忙劝解。"

柳亚子的脾气是说到做到，对于来人一概不理。他和叶楚伧、苏曼殊、陈陶遗、姚鹓雏在上海玩了好几天，扬长而归黎里。

柳亚子尽管负气而归，但此时第七集尚在印刷中间，校对的事情还是都坚持做完，有始有终。《南社丛刻》第七集文 45 篇，诗 556 首，词 111 首。文有庞檗子《拟沪军都督北伐誓师文》、叶楚伧《建国战纪序》、柳亚子《亡友丹徒赵君传》，这些都是辛亥革命文献，充满了战斗精神。

再说南社，因为柳亚子一走，众人都慌了神。高天梅第一个没了主意，文选编辑员高吹万和词选编辑员王西神不肯就职。1913 年 3 月 16 日，姚石子、高吹万、姚鹓雏、周人菊、程善之、胡朴安、胡寄尘、汪子实、钱卓然、林一厂、郭步陶、王吉乐共 12 人在上海愚园举行第八次雅集，此会的议题就是如何让柳亚子重新入会。

姚石子说："要想维持南社的生命，非请柳亚子重新入社不可；而要柳亚子重新入社，非尊重他的主张，就是修改条例，改三人制为一人制不可！"

大家都表示同意，于是第五次修改条例，计划先令高吹万和王西神在此次雅集中书面提出辞职，化三为一，再请柳亚子入社。

不料，柳亚子余怒未消，坚决不肯复社，书记员姚石子与会计员胡寄尘勉强维持社务。

到了是年 10 月 16 日，南社举行第九次雅集，到会 16 人，即陈去病、姚石子、高吹万、杨了公、姚鹓雏、俞剑华、汪兰皋、王西神、朱少屏、李一民、胡朴安、胡寄尘、汪子实、周芷畦、郑仲敬和徐朗西。

雅集的中心话题仍然是要柳亚子复入社，让姚石子给柳亚子写信劝驾，但是柳亚子还在拉硬弓。然而，尽管柳亚子没松口复社，但想法已经开始变化，他觉得编辑员单一，只是编辑而已，管不了其他的事情。而对于南社这么一个庞大的文人团体，要想增加凝聚力，把这些人组织起来，必须做更深层的改革，即把编辑员制改为主任制。主任怎样产生呢？应该由书记员于一月前分发选举票给全体社友，用通讯选举的方法选出主任，任期一年，得连举连任。而职员不必选举，由主任委任，在必要时主任还可以兼任。

柳亚子把自己的新想法写信告诉姚石子，言下之意，不答应我的条件绝不复出。姚石子将柳亚子的意图告诉高天梅，高天梅一想也只得如此了。

转眼又到了 1914 年 3 月 29 日的第十次愚园雅集，到会者有 18 人。大家修改条例，水到渠成。柳亚子接到姚石子的来信，便慨然允许，重新加入南社，几经反复，5 月 24 日正午，南社又在愚园云起楼召集临时雅集，到会者有三十人。除了柳亚子是重新入社者外，陈去病、叶楚伧、庞檗子、朱少屏、陈布雷、陶神州、宋诒于、徐粹庵、钟愭庵、汪兰皋、蒋万里、王西神、周人

南社第十次雅集

菊、林一厂、吕天民；还有蔡冶民、陆子美、宋痴萍、朱宗良、徐子华等是第一次参加，众人飞觞行令，分韵赋诗，兴会淋漓，柳亚子终于在大家的拥护下，成为盟主。

第十次雅集后，柳亚子编辑了《南社丛刻》第八集，这是编辑理念和编辑体制都发生重大转折的标志。而使人耳目一新的是录了李煮梦的 35 首诗、5 首词，数量为这一刊第一。李煮梦，广东梅县人，原名李才，字小白，号煮梦。在 1912 年初加入南社，入社号 284。1908 年的时候，他曾在梅县丙村的三堡学堂任老师，当时有个学生，就是中华人民共和国和中国人民解放军的缔造者和领导者之一的叶剑英元帅。李煮梦很欣赏叶剑英的诗文，经常亲加指点，使其习作大有长进。叶剑英直到晚年还怀念这位启蒙老师，还能背诵李诗"调高泣风雨，笔健走雷霆""剑气纵横盘北斗，箫声凄咽拂南天"等佳句，因而留下了叶剑英与第八集《南社丛刻》的故事。

叶剑英对李煮梦很是敬佩，叶剑英在指挥粉碎"四人帮"的战斗期间，曾反复念着一首七绝："浪写风怀浪赋诗，吟成尽作断肠辞。国仇家恨填胸臆，那有闲情哭古人。"在那个决定党和国家命运的关键时刻，叶帅念的这首诗，正是来自李煮梦的作品。1977 年 5 月中旬，叶剑英因开会又住进了于北京西郊玉泉山的 9 号楼。他在到达后的第二天中午，又特别想读李煮梦的诗词。可是，到收藏柜里去拿，不知为什么又不见了，没有读上非常遗憾，就与身边的工作人员讲了这件事。这年 6 月 12 日，叶剑英又去玉泉山开会，这天吃过午饭后，在 9 号楼外走廊散步时，一位女服务员迎面走过来，双手捧着一本书对叶剑英说："叶帅，您要的书。"叶剑英接过一看，正是他要找的《南社丛刻》第八集，顿时高兴起来。于是，他就在外走廊坐下来，看了又看，最后，在书的第二页空白处挥笔写下了一行字："廊间正是无寥赖，燕子衔泥慰故人。"

## 上天下地说春航　黄垆涕泪哭子美

民国元年 2 月，柳亚子天天泡剧场，观看新剧《血泪碑》，几近疯狂。南社领袖推崇戏剧改革，痴迷醉心于新剧，代表人物为陈去病和柳亚子。但柳亚子主要是去捧一位叫冯春航的角儿。

冯春航，名旭初，号春航，江苏吴县人，家居枫桥狮子山。父名三喜，是四大徽班之一四喜班里的老伶工。同治六年（1867），京剧传到上海。新建的满庭芳戏园从天津约来京班，受到观众欢迎。同年，丹桂茶园通过北京的三庆班、四喜班等，又约来大批著名京剧演员，其中有老生夏奎章（夏月润之父）、熊金桂（熊文通之父），花旦冯三喜（冯子和之父）等。他们都在上海落户，成为以上海为中心的南派京剧世家。嗣后，更多的京角陆续南下，知名的有周

《三娘教子》中的冯春航

春奎、孙菊仙、杨小楼、孙春恒、黄月山、李春来、刘永春以及梆子花旦田际云等，从而使上海成为与北京并立的另一个京剧中心。

光绪末年，冯三喜应邀北上，途中遭遇强盗，所有值钱的东西，悉被劫掠一空。冯三喜只得回沪上，来到夏月珊主持的丹桂戏院。夏月珊与冯三喜素称世好，见其小儿子冯旭初眉清目秀，是块好材料，于是将其留在身边，教其学戏。冯旭初三年艺成登台，拿手的除青衣外，兼习花旦。他能演的戏很多，《杜十娘》《花田错》《卖油郎》《冯小青》《血泪碑》等都是拿手戏。时沪上有京伶青衣常子和，极负盛誉，而冯旭初的扮相、声音笑貌很像常子和，于是"小子和"三字轰动一时。冯旭初索性就用"冯子和"为艺名。

民国初年，被誉为京剧界四大美男子的是梅兰芳、朱幼芬、贾碧云和冯子和（春航）。冯的名气的确很大，他与荀慧生、尚小云为师兄弟，艺名为芙蓉草。

南社首次雅集时，冯春航适在苏州阊门演出，粉墨登台的冯春航以俊美的容貌、如风摆柳的身段和轻柔的嗓音迷倒无数戏迷，散戏之后，那些姨太太、小姐蜂拥后门。当冯春航坐着自备的黄包车归寓时，年轻的女粉丝在自己美丽的肖像下写上地址，用手绢包着抛向车中，真有"一曲红绡不知数"之感。同样，柳亚子也对冯春航产生畸恋。每晚邀着同好俞剑华前去观剧，趁着酒兴，喊哑了嗓子，拍红了巴掌。

柳亚子为之赋诗云：

> 黄歇江边旧凤雏，无端乞食到姑苏。
> 蛾眉谣诼眉偏妩，翠袖飘零怨岂无。
> 别有伤心看宝剑，那堪多难失明珠。
> 狂生旧是陈阳美，也许云郎捧砚无。

1911年2月，柳亚子去上海参加南社第四次雅集，正逢冯春航在丹桂茶园演出《血泪碑》，剧情为一对相爱男女石如玉与梁如珍命运多舛，爱情坎坷。梁如珍几经磨难，呕血而亡；石如玉将所爱之人的棺材归葬家乡，之后为之复仇，将仇人之首割下祭奠于如珍冢前，自己撞碑而死。

该剧环环相扣，看了一场，欲罢不能，势必一口气都要看完。柳亚子状如疯魔，场场必到，醉酒观剧。他说："《血泪碑》为冯郎绝唱，在上海，酒阑灯烬，辄复往观，沉酣颠倒，不自知其情之一往而深也。"

柳亚子还有《海上观剧赠冯春航》七绝：

> 一曲清歌匝地悲，海愁霞想总参差。
>
> 吴儿纵有心如铁，忍听樽前血泪碑。

此时，柳亚子对冯春航的痴迷几近一种病态的疯狂。他在《民生日报》特辟"上天下地"栏目，连篇累牍发表吹捧冯春航的短文，已经不单单是新剧的内容，包括演技、扮相各个方面。3月7日柳亚子的短评云：

> 海上梨园弟子饰为女郎者，大都雄而不雌，否亦轻浮妖冶，似倡家荡妇，不足与于美人芳草之选也。若夫幽娴贞静，容止不佻，缠绵悱恻，啼笑皆真，以余所见，独有冯春航耳。顾冯长新剧……而新剧中尤以悲剧为最。往观所演《血泪碑》，真能使人回肠荡气，不可抑制。

庞檗子也说："独有吴江柳亚子，上天下地说春航。"

柳亚子不仅自己痴迷，也援引南社中的同好一同赏剧做粉丝。原先拉着俞剑华，俞去南洋后，又拉着苏曼殊、林一厂等人一起给冯春航捧场。苏曼殊看了《血泪碑》，大受感动，边看边落泪。次日撰《冯春航谈》，称赞其表演炉火纯青，"竿头日进。剧界前途，大有望于斯人云"。

林一厂是最不喜欢看戏的，碍着面子陪柳亚子去了一次剧院，那天正好冯春航演《儿女英雄传》(原名《金玉缘》，清代文康作。后经人弥补缺失，改名为《儿女英雄传》)，冯春航饰演十三妹，将女中侠义形象演得惟妙惟肖。林一厂看后为之倾倒，从此也成为冯春航的铁杆粉丝。

南社社友广东台山马小进，正从美国哥伦比亚大学毕业归来，路过上海。马小进，名骏声，字小进，号退之，别号梦寄，入社号55。

柳亚子拉马小进看冯春航所编新剧《血泪碑》。看完后，柳亚子问马小进："好不好？"马小进："当然好！"柳亚子："那你必须写点东西赞美一下。"

马小进集陆游句，得诗二绝：

### 其一

我亦今生悔有情，江山丝竹谢宣城。

西风莫便吹摇落，第一销魂是此声。

### 其二

霓裳叠叠奈何天，纵不销魂已可怜。

惆怅十年前旧梦，野蚕情绪太缠绵。

1912 年 7 月，天气甚热，北方京剧名旦贾碧云南下上海大舞台演出。他的拿手戏是《红梅阁》《梵王宫》等传统剧目，随即刮起一阵旋风，轰动沪上。

一时间，南方翘楚与北方巨擘在沪上打擂，争霸艺苑。好冯者被称为冯党，好贾者被喻为贾党。双方相互攻击，不亦乐乎。

凡是有人对冯春航提出异议，柳亚子必出全力与争，南社中与柳亚子同调者有林一厂、俞剑华、陈布雷、姚石子、庞檗子、叶楚伧、朱少屏、沈道非、傅熊湘、杨杏佛等。

不久，《小说时报》出版了挺贾的《碧云集》；柳亚子不堪示弱，编辑了《春航集》，自谓：

冯党与贾党的斗争颇烈，甚至含有南北斗争的意思。因为这时候已是一九一三年（民国二年）三月二十日上海沪宁车站发生"宋案"以后，我们的南社第三届文选编辑员宋渔父已为袁世凯刺死，而二次革命的战机，也就迫在眉睫了。

好事者题一绝句形容柳亚子：

绝倒江东柳七郎，上天下地说春航。

曲评也自争朱陆，漫笑时流左袒狂。

1913 年 6 月，柳亚子赴上海，将已编好的《春航集》交付胡寄尘准备印行，7 月份由广益书局出版。这时，柳亚子才与心仪已久的冯春航见面。不久，冯春航加入南社，入社号 522。

南社都是些何等人物？冯春航加入后好学不倦，虚心请教，向同社张冥飞、陈越流学诗。天资聪颖，一经点拨，便能吟咏。

张冥飞有如此评说：

> 春航学诗于越流，有巧思而句不能工。五月余晤之于孤山，以留别诗见示，因为改定，并言作诗之法，不外眼前景物，雕镂而成。今重晤春航于沪，责己自立课程，颇能致力，又前者孤山之游，景物良佳，而春航苦不能收束于绝句中，余使试用前韵，连缀成句，酌易数字，居然合作矣。识此以见春航之会心。

1912 年 5 月，柳亚子结识了新剧演员陆子美。陆子美，名遵熹，号焕甫，号子美，江苏吴县人。当时，陆子美自苏州至黎里演出，首演《血泪碑》。柳亚子看得热泪盈眶，赞赏之极。撰写剧评《评血泪碑全本》《血泪碑中之陆郎》，洋洋千言；随即陆子美演《恨海》，柳亚子又写《评恨海》，约数千字。两人邂逅酒肆，相见恨晚，柳亚子时劝陆子美折节读书，陆慨然允诺，柳亚子撰《陆郎曲》相赠。诗曰：

陆子美化妆像

不如归卧糜台侧，读书还折平生节。

十年名山绝业成，老夫为汝传衣钵。

陆子美退出梨园行返回苏州。6 月，柳亚子请陆子美绘《汾湖旧隐图》，图成之后，柳亚子去苏州取图，一见十分喜欢，特撰《汾湖旧隐图记》，并广征南社社友题咏、作画。柳亚子将这些书画装订成册页，置于一个特制的长方形大木盒中，放在周寿恩堂的磨剑室内。

为了生计，陆子美在半年后重现红氍毹，加入上海民鸣新剧团，这种近于京剧与文明戏之间的新剧，通俗易懂，深受有闲阶级的姨太太的欢迎，尤其对于自己喜爱的演员，这些太太更是骨灰级粉丝，不管在哪个剧场演出，都蜂拥而至，一时间，陆子美成为小姐、太太们顶礼膜拜的偶像，大红大紫，风靡上海。

柳亚子又刊《子美集》一册，姚鹓雏又为之作序。相识未久，即 1914 年春夏之交，柳亚子前往上海，流连十余日。5 月 24 日，南社为欢迎柳亚子复社，在愚园起云楼召集临时雅集，陆子美参加后，加入了南社，入社号 415。但他因身世之故，经常郁郁寡欢，哀感伤神。1915 年 4 月 8 日，陆子美因病在上海去世，年仅 23 岁。

柳亚子为子美的逝世痛悼不已。诗曰：

故鬼烦冤新鬼恨，黄垆涕泪自年年。

士龙死后羊车杳，携手江东顾彦先。

在《南社丛刻》第十四集上，为悼念南社亡友，柳亚子将陆子美的遗像与所撰《陆生传》及社友《哭宋渔父》《哭宁调元》等诗文都编辑其中，柳亚子还打算编纪念亡友的《黄垆集》。

## 吕碧城加盟南社　柳亚子绝交吹万

　　1914年8月某日，天气仍然炎热，旅沪的南社社友在徐园举行了一次临时雅集。张默君准时赴约，一位风姿绰约的青年女人，身着蝉翼般的时髦衣裙，像一只美丽的蝴蝶，翩然而至。南社两位未婚女子同时出现，令人大饱眼福。柳亚子因复社不久，《南社丛刻》脱期多时，他便开快车，连续编辑出版第九集、第十集与第十一集，没有出席，因而没瞧见双美并立，引为憾事。

　　这个后到的大美女、大才女就是与秋瑾并称为"女子双杰"的吕碧城。

　　宣统元年，即1909年，袁世凯被罢黜官职，遣归彰德洹上村。严复时应学

徐园雅集

吕碧城

部之聘，为审定名词馆总纂，吕碧城正跟从严复学习"名学"，遂托严复向学部疏通，准备去美国留学。当出国的手续办妥之后，由于种种原因，未能成行。

辛亥武昌起义爆发，清廷慌了手脚，重新启用袁世凯。1912 年，袁世凯当上中华民国大总统后，特别赏识吕碧城的才华与胆识，特聘她为公府咨议，出入新华门。

袁世凯的身边尽是阿谀奉承的小人，吕碧城很讨厌这种腐败的官场氛围。一天，吕碧城进府，问袁世凯："我刚才在中南海遇见一个风流倜傥的青年，正在唱昆曲《西厢记》。"

袁世凯笑着说："他对你仰慕已久，你却不认识他。"

吕碧城何等聪明："难道他就是二公子克文？"

"除了他还会有谁？汉书《食货志》上说：天下熙熙，皆为利来；天下攘攘，皆为利往。只有他作诗唱曲，淡漠仕途，置身事外，还自号寒云，自命清高。"

吕碧城立即对袁克文的超凡脱俗有了极好印象，再看了他的诗文，更从内心佩服，两人即结为文友。袁克文对吕碧城的诗集《晓露词》尤为喜爱，加上吕碧城被袁世凯聘为秘书，与克文见面的机会很多，两人的感情处在一种朦胧的状态之中。不久，袁克文与易顺鼎、费树蔚、徐芷生、陈浣、梁众异（鸿志）、黄浚等人在南海流水音结了个诗社。他们吟诗赋词，弹琴唱曲，切磋技艺，互相酬唱，吕碧城参与其间。画家汪鸥客为袁克文绘制了《寒庐茗图》，吕碧城有一首《齐乐天》，题为"寒庐茗话图为袁寒云题"。

吕碧城是个才貌双全的女子，虽然比袁克文大几岁，却透着成熟女人的风韵，自然令袁二公子仰慕不已。他既喜爱她的诗文，又暗恋她的美貌，吕碧城对袁克文也有好感。无奈他已经成婚，娶贵池刘梅真为妻。

吕碧城不愿接受他迟来的感情，有情人终不能成为眷属。袁克文的表弟，著名收藏家、诗词大家张伯驹在《续洪宪纪事诗补注》中，有诗记载了吕碧城与袁克文的爱情。诗曰：

> 不栉才人总负名，洛神未赋亦多情。
>
> 宓妃有枕无留处，惆怅词媛吕碧城。

张伯驹在注中说："吕碧城为近代女词人，曾见其词集《晓露词》，前有陈沅序。言其与寒云以词相知，有人愿为媒，使成为姻缘，但寒云已婚刘氏，遂罢。此亦恨事也。"

袁克文其时在北海结纳名士，饮酒赋诗，互相酬唱。他的大哥袁克定派遣岭南诗人梁鸿志在其间卧底。梁某将袁克文和吕碧城的诗词交给袁克定，说："吕碧城的诗是诋毁中日条约的。"

袁克定向袁世凯大进谗言。吕碧城既对北洋时期的政治不满，又难与克文结缡，心灰意冷，遂向袁世凯提出辞职。

袁世凯劝她说："你现在的职位是多少人梦寐以求的，何必非要走呢？"

吕碧城说："有人清晨回故里，有人漏夜赶科场，人各有志，不能勉强。"袁世凯摇摇头，只得同意她辞职。吕碧城孑然一身南下上海。

在上海的这段日子里，吕碧城一边进修英语口语和商业外贸等专业英语，一边开始与洋行接触，学习外贸的有关业务知识，下海经商，在外国大亨和中国商人的世界中，独往独来。她很有经济头脑，精于算计，很快盈利丰厚。在上海滩，经常看见一位穿着华丽、仪态万方的女人，坐着小轿车，出入各种大百货公司和大饭店，挥金如沙，向世人展示她的才能和智慧。与此同时，她加入了南社。柳亚子

袁克文

说她：工诗词，擅书法，在南社中与张默君齐名。

柳亚子担任南社主任后，社务很平静地进行着。

1915年5月9日，是南社第12次雅集的日子。这一天早上，柳亚子穿戴整齐，叫车去愚园。沿途听见报童挥舞着报纸吆喝着：号外！号外！今日中国政府与日本政府签订"二十一条"。柳亚子的心情陡然沉重起来。

原来是年初，袁世凯在其长子袁克定等人的撺掇下，紧锣密鼓要做皇帝。1月10日左右，日本国公使日置益到达北京。1月18日，袁世凯在居仁堂接见了日置益。日置益将拟好的"二十一条"，共分五号，面交给袁世凯，主要内容为：（一）承认日本继承德国在山东享有的一切权力，并加以扩大；（二）延长租借旅大及南满、安奉两铁路，期限为九十九年，并承认日本在南满及内蒙东部的土地租借权，建筑铁路和开采矿山的独占权；（三）汉冶萍公司改为中日合办，附近矿山不准公司以外的人开采；（四）中国沿海港湾岛屿不得租借或割让给他国；（五）中国中央政府须聘用日人为政治、军事、财政顾问，中国警政由中日合办；军械半数以上应采自日本或成立中日合办的军械厂，允许日本建造湖北、江西、广东之间重要铁路权以及日本在福建投资、筑路、开矿的优先权。

日本方面抓住袁世凯的复辟心理，要求其接受。日公使还威胁说："流亡在日本的孙中山、黄兴等革命党，与日本一些有力人物有密切关系，除非中国政府给予日本友谊的证明，否则日本政府不能阻止这种活动。大总统如果接受日方的要求，日本将感觉到中国的友好，日本政府亦能遇事相助，比如说支持大总统再高升一步。"

5月4日，日本为迫使中国接受"二十一条"，召开内阁会议及元老大臣会议，决定对华发出最后通牒。5月7日，日本驻华公使日置益紧急约见袁世凯，声称除第五号各项允许以后再行协商外，限48小时完全应允，否则"将执认为必要之手段"。与此同时，日本命令在山东和关东的军队积极备战，日本海军开进渤海湾，以武力威胁北京政府。在这种情况下，袁世凯召集国务会议，在国务会议上说："日本向我提出接受'二十一条'，他们的要求太无理，令人愤恨。"

他看着段祺瑞："如果我方拒绝日本的条件，中日两国可能爆发一场战争。

段总长,我国是否可使用武力进行抵抗?"

段祺瑞回答得很干脆:"如果发生战事,日本不要一个星期就可以灭亡中国。"

袁世凯摇头叹息道:"陆军如此无用,总长所司何事?"接着他沉痛地说:"我国国力未充,目前尚难以兵戎相见,只有接受日本的条件。经此大难以后,大家务必认为此次接受日本要求为奇耻大辱,本卧薪尝胆之精神,做奋发有为之事业,举凡军事、政治、外交、财政,力求刷新,预定计划,定年限,下决心,群策群力,期达到目的。"

于是,袁世凯决定在5月9日与日本签订"二十一条"。

柳亚子在车中怒从心来,于是口占一绝:

驱车林薄认朝暾,草草重来已隔春。

竟至何关家国事?休教人说是诗人。

此次雅集的社员较多,有42人参加。首次参加的有周瘦鹃、狄君武、陈

南社第十二次雅集

仲权、余十眉、徐小淑、钱新之等。

大家都是怀着悲愤的心情前来的，捶胸顿足，或哭或骂。柳亚子说："这是辛亥光复以来第一次国耻，民气沸腾，达于极点。可怜我是手无寸铁的书呆子，只好抱着满腔孤愤，寄沉痛于逍遥。"

愚园第十二次雅集过后，柳亚子携夫人与高吹万、姚石子同游杭州。正巧冯春航在湖滨演出，尤其南社社员丁上左、丁三在、丁以布兄弟，陈无用、陈栴兄弟以及丁立中、李叔同、王廉、王葆桢、沈钧、程宗裕、林之夏、费砚等都在杭州，一时胜友如云，不亦乐乎。

5月14日中午，南社诸君在湖滨杏花村聚餐接风，柳亚子不擅饮酒，几杯酒下肚，已呈醉状。喝足吃饱，一行人乘兴坐上画舫游湖，船身摇动，柳亚子醉态毕现，家事、国事、天下事一齐涌上心头，哇哇大哭，哭得捶胸顿足，欲学屈原，嚷着要跃身西湖。丁三在、丁以布等吓出一身冷汗，竭力阻止，连忙叫船娘移舟西泠印社举行临时雅集。众人在印泉旁合影留念，高吹万取名《西泠扶醉图》。柳亚子这一醉，在西泠印社不仅留下了《西泠扶醉图》，也留下了诗友的诸多诗篇。

**高吹万中年像**

在孤山冯小青墓畔，冯春航口占一首：

> 小青遗迹尽徘徊，若梦浮生剧可哀。
> 千古湖山一荒冢，曾移明月二分来。

诗虽一般，柳亚子却为冯春航题诗勒碑纪念。

一群诗人在水光潋滟的西湖滨流连二十多天，留下一堆诗篇，柳亚子将其中他与高吹万、姚石子三人的诗编成合集，题名《三子游草》，合伙出资刊印。

高吹万，名燮，字时若，号吹

万，是高天梅的叔叔，曾与高天梅一起创办《觉民》，南社成立不久就入社，入社号240。

姚石子，名光，与高天梅、高吹万同乡，也是南社首批社员，入社号26。

此书出版后，柳亚子分赠社友，而高吹万送朋友一些，其余在松江地方报上刊登广告，进行售卖。这一来，柳亚子不大高兴，认为此书版权是三人共同的，也没有谈到销售问题，因此，高吹万没有权利私自出卖。于是去信命令高吹万停止"侵权"行为。高吹万认为，我分到的书，归我自己处理，干卿何事？根本不买柳亚子的账。柳亚子却不依不饶，结果越闹越僵，柳亚子干脆登报声明，宣布与高吹万断绝关系。高吹万认为柳亚子太过娇情，动不动与人绝交，过于蛮横，因而两人产生了隔膜，直到1920年才言归于好。

## 唐宋之争逞意气　南社主任逐社友

立秋的这天，沪上没有丝毫的凉意，黄浦江向外散发着暑气，人们仿佛被扣在巨大的蒸笼里，闷热得透不过气来。

这是1917年的夏天，一个令人烦躁的多事的夏天，是从动荡的暮春开始的。先是府院之争，引发大总统黎元洪下令免去总理段祺瑞的职务。段祺瑞不是一个好捏的饺子，他离开北京去了天津，唆使了八个省的督军向大总统宣布"独立"，并成立了一个联合总参谋处，拉开架势要对北京开战。黎元洪撑不住劲儿了，直着脖子向麋集在徐州一带的留着大辫子的"辫帅"张勋寻求支援。张勋正愁没机会呢，率领着八千人马武装进京调停。一进北京城，就解散国会，赶走黎元洪，把一个政治僵尸——清废帝溥仪拉了出来，抬进紫禁城

"重登大宝"。张勋复辟原本得到了段祺瑞的默许,没料到,老段打出反复辟的大旗攻进了北京,当时满街都扔着死蛇样的大辫子,张勋的人马豕突狼奔,段祺瑞以"再造民国"的英雄嘴脸接着干他的国务总理。冯国璋以副总统身份出任总统,北京政府大权皆入皖系军阀的夹带之中。

北边还没消停,南社这边又发生"地震",一场内讧由此展开。

8月8日到11日,三天之内《民国日报》上连续发表了柳亚子宣布驱逐朱玺和成舍我出社的两篇紧急布告。

柳亚子这一"专横恣肆"的做法,在南社内部不啻扔了两个手雷,炸得南社人东摇西摆,目瞪口呆。表面上看,朱、成二人是推崇宋诗,而柳亚子则提倡唐音,此仅属于文风、文体之争,乃意气用事,其实,冰冻三尺非一日之寒。

从清末到民国初年,江西诗派盛行,以黄庭坚为鼻祖。而被当时推崇为现代宗师的是陈衍、郑孝胥和陈三立,他们创立"同光体"。"同光"指清代"同治""光绪"两个年号。光绪九年(1883年)至光绪十二年(1886年)间,郑孝胥、陈衍等开始标榜此诗派之名,宣称自"同、光以来诗人不墨守盛唐者",随着后期大批文人等追捧,"同光体"逐渐成为一种成型的诗风。陈衍、陈三立、郑孝胥三人被尊为泰山北斗,"大有去天五尺之概"。

陈衍,字叔伊,号石遗,福建侯官(今福州市)人。清光绪八年举人。曾为学部主事、京师大学堂教习。清亡后,在南北各大学讲授,编修《福建通志》,最后寓居苏州,与章炳麟、金天翮共倡办国学会,后任无锡国学专修学校教授。

郑孝胥,字苏戡,一字太夷,号海藏,福建福州人。清光绪八年举人。历官总理各国事务衙门,章京、京汉铁路南段总办,督办广西边务。宣统三年(1911),为湖南布政使。辛亥革命后,居上海,将其楼题为海藏楼。

陈三立,字伯严,号散原,江西义宁人,近代"同光体"诗派重要代表人物。晚清维新派名臣陈宝箴之子,与谭嗣同、徐仁铸、陶菊存并称"维新四公子",国学大师、历史学家陈寅恪之父。陈三立被誉为中国最后一位传统诗人。这几位都以遗老自居,高自标榜,被称为"同光体"的代表人物,简称"赣闽"。在南社人中,吹捧"同光体"的不乏其人,像姚鹓雏、闻野鹤、朱玺是其中代表。

柳亚子、陈勒生等人是因为不满于腐朽的清王朝，继而到不满于那些遗老们。陈勒生激烈地说："清朝的亡国大夫，严格讲起来，没有一个是好的。因为他们倘然有才具、有学问，那么，清朝也不至于亡国了。清朝既亡，讲旧道德的话，他们便应该殉国；不然，便应该洗心革面，做一个中华民国的公民。而他们却不然，既不能从黄忠浩、陆钟琦于地下，又偏要以遗老孤忠自命，这就觉得是进退失据了。"

恨屋及乌。柳亚子是反清的，也认为清朝的臣子没有一个是好的，因此，对"同光体"的攻击也不遗余力。这是南社人中激进、主流的一种代表，毕竟南社是反抗北庭而出现的一个文人团体。

早在 1911 年，柳亚子为提倡唐音，反对宋诗，在撰《胡寄尘诗序》中，旗帜鲜明地表明了立场：

论者亦知倡宋诗以为名高，果作俑于谁氏乎？盖自一二罢官废吏，身见放逐，利禄之怀，耿耿勿忘，既不得逞，则涂饰章句，附庸风雅，造为艰深以文浅陋……今之称诗坛渠率者，日暮途穷，东山再出，曲学阿世，迎合时宰，不惜为盗臣民贼之功狗。

柳亚子以痛打落水狗的精神，对"同光体"毫不留情大加挞伐。然而南社内部不时发出偏噬"同光体"，吹捧陈三立、郑孝胥等为"诗坛渠帅"的不谐之音。

胡朴安认为："亚子之抨击宋诗，非文艺之观念，是政治之观念。因排清朝之遗老故，而排清朝遗老所为之宋诗。其檄文有云：若非革命成功，宋诗已送中国至于万劫不可复回之地云云。"

1914 年，柳亚子撰《论诗六绝句》，讥讽郑、陈枯寂无生趣，抨击樊（增祥）、易（顺鼎）淫哇乱正声，攻击王闿运"老负虚名"。这种争斗时断时续。

1916 年 1 月 22 日，以讨袁为主旨的《民国日报》在上海创刊。陈其美为筹办人，叶楚伧任总编辑，邵力子任经理和副刊编辑。该报以拥护共和，发扬民治，唤起国民奋斗精神为宗旨，积极参加护法运动和随后的反对北洋军阀的斗争。该报除刊载全国各地讨袁斗争的消息外，还设有来电、专论、要电、时评、快风和文艺等专栏。南社社友的文字主要发表在《民国日报》上。当时该报编文艺副刊的是闻野鹤（名宥，字子威），江苏松江县泗泾镇人，与钱病鹤皆共事于《民国日报》，并称"双鹤"。

4月28日，《民国日报》发表吴虞的《与柳亚子书》。在信中，吴虞批评了陈衍为《东方》杂志编辑的《海内诗录》，又指责陈三立与郑孝胥，文章最后说：

> 上海诗流，几为陈（衍）郑（孝胥）一派所垄断，非得南社起而振之，诗学殆江河日下矣。

这成为反"同光体"与挺"同光体"两派之间矛盾总爆发的导火索。

朱玺与闻野鹤的关系非常好，都是泗泾人。朱玺尝学宋诗，投给文艺栏目，野鹤经常登载宋诗派的诗，让柳亚子大为不快。此时该报副刊又登载南社社友胡先赞扬"同光体"的诗。胡先字步曾，号忏庵，江西新建人，留美科学博士，工诗词，宗宋诗，曾以苏东坡的诗翻译成英文，介绍到国外。

他写信给柳亚子，恭维"同光体"，于是柳亚子还作了两首诗，作为回答。诗曰：

朱玺

> 诗派江西宁足道，妄持燕石诋琼琚。
> 生平自有千秋在，不向群儿问毁誉。
> 分宁茶客黄山谷，能解诗家三昧无？
> 千古知言冯定远，比他嫠妇与驴夫。

胡先读书养气的功夫好极了，认为："亚子狂妄自大，毫无学者风度，既属无可理喻，也不必反驳。"

当时，柳亚子感觉着"相骂无对头"的苦闷，而闻野鹤偏偏不识相，在《民国日报》上发表《栖梧诗话》，引录郑孝胥未刊诗六首，盛赞其为"清神独往，一扫凡秽，零金碎玉，诚可珍也"。

柳亚子狠狠回敬过去，闻野鹤就不再出声。

成舍我

朱玺挂起仗义执言的大帜，向柳亚子下攻击令，大言不惭："反对同光体者，是执蝘蜓以嘲龟龙也。"蝘蜓者，壁虎也。他将"同光体"比作龟龙一类，而柳盟主手里只是壁虎，还敢嘲笑龟龙。这样一来，柳亚子无名火往上直冲，哪肯善罢甘休？也是唇枪舌剑，王无为、成舍我、朱玺皆为胡、闻抱不平。于是大开笔战。

看柳亚子大开杀戒，姚鹓雏出面来讲和，被柳亚子劈头盖脸地敲打过来，有诗为证：

撞钟伐鼓几人知？玉尘清言世已非。
多事姚生成谢女，青绫来解小郎围。

赣闽纷纭貉一丘，何劳宗派费搜求？
经生家法从来异，渭浊泾清肯合流。

不相菲薄不相师，斯语平生我亦疑。
谁遣魏收轻蛱蝶，龟龙蝘蜓漫嘲讥。

蜡丸书奏意殷勤，绝命词成语苦辛。
失节钱吴终晚盖，宁同腥秽虏遗臣。

自甘戎首复何尤，十载京尘苦未休。
太息云间诗派尽，湘真憔悴玉樊愁。

姚鹓雏

姚鹓雏碰了个大钉子，也缩头回去。此时，胡朴安一连给柳亚子写了两封信，进行劝解。第一封信说：

倡事吟咏，兴到为止。譬如山歌村笛，随意为事，若必晦涩其义，枯燥其辞，窃以为人之性情，当不如此。江西派宋诗，纵有佳句必经几许做作，如剪采为花，终乏真意，清季末年，二三遗老，专为此体，窥其用心，亦避熟趋生，藉以见长耳……

足下大声挞伐，具有同情，继而思之，亦可谓多事矣。某某只诗，余从未寓目，雅不欲论。语云：誉我者，我之友；毁我者，亦我之友。既非相知只雅，并无一面之缘，誉固无从誉，毁亦无从毁，非仅仆不欲毁之，意愿足下不必毁之也。

尤其第二封信，写得好极了：

亚子足下，前书仓促，未尽所怀。足下来函，若怪朴不甚相谅，朴不能不言。夫两军对垒，必有相当人物，始有交绥之价值。三两小卒，一偏裨已足了之。足下认为劲敌，大兴挞伐之师，朴窃为足下不取者也。某在南社，知其名者寥寥无几，今足下张旗鸣鼓，披露姓氏于报端，一若某之力量，真足以号召一切，与足下对抗，道路之人，往往以某之姓名与足下相提并论，足下何若成此子之名耶？即使某不示弱，哓哓不休，夏夜不寐，蛙声聒耳，既无术以止之，任之可也。至必大声疾呼，与之较量短长高下，足下忍之，真无畏耳。昨自某君询朴，与亚子对垒之某，其文章气节，视亚子如何？朴瞠目无以对。人之感想，终不信亚子轻身而战一无名之卒，毁之誉之，足下当哑然自笑也。

朴爱足下，不惜尽言，溽暑流金，千万珍重。

只有朱玺当仁不让，勇往直前，柳亚子自然不肯服输。此时，由原来的闻、柳之争变成朱、柳之争，闹了一个多月，把《民国日报》文艺栏目闹得乌烟瘴气、一塌糊涂。

朱玺，字鸳雏，是位短命诗人，去世时也不过二十余岁。朱玺原籍苏州莫厘山，其父流寓松江，遂为籍。幼失怙恃，由杨了公主办的松江孤儿院养大，认杨了公为寄父。他的《即事求了公寄父和》可证：

> 为怯春寒坐小庐，无花无酒自庭除。
>
> 细临南国无双谱，只唱西厢第六书。
>
> 刚欲行时重照镜，但安步去不须车。
>
> 市楼诸老知迟我，一笑眉痕淡不知。

朱玺 13 岁时从泗泾马漱予学诗，又喜戏剧，登场饰旦角儿，楚楚可人。后由杨了公、姚鹓雏介绍入南社。写了不少诗词，发表于《南社丛刻》，成为名噪一时的著名诗人。据说"鸳鸯蝴蝶派"的称谓便是来自他的诗句"蝴蝶粉香来海国，鸳鸯梦冷怨潇湘"。后来朱玺进了《民国日报》社做编辑。初生牛犊不怕虎，帮人打架成为主将。

7 月 9 日，朱玺在《民国日报》上发表《平诗》一文，除了吹捧郑孝胥"对于清廷，未尝迎合干进"，语意之间莫不忧国如焚，警惕一切；同时说："吴又陵（吴虞字又陵）《秋水集》小具聪明，便欲自附名作，本不足道。柳亚子太邱道广，竟为所愚，则甚惜之。"

柳亚子在《民国日报》上连续发表文章《斥朱鸳雏》，劈头便是：

> 野鹤之胡闹未已，而鸳雏之妄论又来。恰似倪嗣冲造反之后，继以张勋复辟。爱国之士，安得不忙然耶？辞而辟之，为诗界存正论，余岂好辩哉，余不得已也！

他揭露郑孝胥以诗文歌颂清朝显宦，受到端方赏识，以驳斥朱玺的"未尝迎合"，而所谓"忧国如焚，警惕一切"，只不过是"忧索虏之亡，而平生希望将绝耳。彼胸中目中，宁能识得中华民国四大字者！"

柳亚子在最后说："若身为中华民国之人，而犹袭同光之体，日为之张目，岂以亡索虏之不足，复欲再亡我中华民国耶？"

之后，柳亚子又连续发表《磨剑室杂拉话》，认为"宋西江派之诗为不佳，陈、郑学宋之诗更不佳，今既为民国时代矣，自宜有代表民国之诗，与陈、郑代兴，岂容嘘已死之灰而复燃之，使亡国之音重陈于廊庙哉？"

《民国日报》的老板叶楚伧发急了，他了解柳亚子臭脾气，劝与压都不行，于是转过头来压迫朱玺，说："不要再骂了，你骂柳亚子就是骂我，在《民国日报》的地盘上，是不容许你如此这般的。"以砸饭碗来威胁朱玺，自然遇上个士可杀不可辱的愣头青。

朱玺一怒而脱离《民国日报》，去了《中华新报》。该报是 1915 年 10 月 10 日在上海创刊的，谷钟秀、杨永泰等主编。该报发刊词斥袁世凯"于对外丧权辱国之后，乃为一姓之子孙帝王万世之谋，以二三近幸官僚之化身，悍然冒称国民之公意"。《中华新报》是黄兴欧事研究会反对帝制的喉舌，创刊之后，即同筹安会展开国体问题论战。

朱玺找到了新营垒，愈发对柳亚子攻击的猛烈了，在报端发表七绝六首《论诗斥柳亚子》，其中不乏人身攻击，从"同光体"到人品，说柳亚子"少年美貌"，与冯春航、陆子美有断袖之癖等等。

事后，柳亚子说，诗作得很蹩脚，不像朱玺的手笔，也有人讲不是朱玺作的，但用了朱玺的名义来做挡箭牌。但当时势成骑虎的柳亚子肝火大旺，一怒之下宣布开除朱玺出南社社籍。邵力子、胡朴安等都来劝，但是柳亚子是越劝越僵，将广告刊登在《民国日报》上。

这样，成舍我出来打抱不平了。成舍我，名平，湖南湘乡人。其父跟随湘军到了天京，即太平天国首都，成舍我出生在江宁城的下关。12 岁时随其父去了安庆。两年后辛亥革命爆发，成舍我参加了学生军。"二次革命"时，部队被打散，他辗转沈阳，进入《健报》任校对，不久成为一名记者。1915 年，南下上海，进入《民国日报》任编辑，后加入南社，入社号 597。

在朱玺与柳亚子就唐宋词笔战时，他是站在朱玺一边的。柳亚子毅然开除朱玺，于是舍我而出，在《中华新报》上发表《南社社员公鉴》，直指柳亚子："似此专横恣肆之主任，自应急谋图之。"第二天，柳亚子接招，同样在《中华新报》上刊登《报成舍我书》，指出文章与品节不能判然两途，希望成舍我与朱玺断绝关系，否则开除。成舍我依旧故我，继续发表《答客问》称：人人有天赋之权利，诗宗何派，任人自由，干涉者必反对之。

事隔三日，成舍我在《中华新报》又发表《余十眉等鉴》，嘲笑余十眉等人跟在柳亚子身后为应声虫，声称：如能以南社八百余人名义登报拥柳，则当从此钳口。

余十眉，浙江嘉善人，与胞弟其钰一起加入南社。他喜好清人龚自珍，能一字不落地背诵《龚定庵全集》，深获柳亚子欢心。同时，他与柳亚子又为酒友，某次在西塘镇与柳亚子雅集，该镇18名南社社员与柳亚子开怀畅饮，谈诗论道，直将柳亚子喝得醉打山门，不省人事，竟从床上滚落在地。此传为笑谈。

柳亚子正在火头上，见成舍我公开挑战他的权威，并连累其他社友，大笔一挥，又开除了成舍我。只不过开

余十眉

刊于《南社丛刻》上的驱逐朱玺出社
布告

除朱玺时，《南社丛刻》第二十集尚未出版，驱逐朱玺的布告用大字刊登在上；驱逐成舍我时，丛刊已印成，于是便印成单页夹在其中。

## 高吹万谢辞盟主　姚石子勉为其难

柳亚子这边刚吐完一口恶气，一波未平一波又起，蔡哲夫横刀立马，斜刺里杀了出来。

蔡哲夫，号成城，取《诗经》"哲夫成城"之意。诗经中还有"哲夫倾城"之句，于是给夫人取名倾城。他是南社元老，是岭南派文人之扛鼎人物，南社广东分社社长。他的娥皇女英，发妻张倾城（张落），后又娶谈溶溶（月色）为如夫人，两位夫人都是南社人物。尤其是谈月色，本是广州檀度寺出家的一位尼姑，豆蔻年华，擅诵经，娴书画，自然引得文人雅士欣赏，蔡哲夫便为其才情倾慕不已，最终谈月色也学做陈妙常，春心荡漾，脱离空门，进入围城。

早在第一次虎丘雅集时，蔡哲夫就因为唐宋词之争，与柳亚子辩论；加上庞檗子助阵，柳亚子结结巴巴，还不上价钱，最后气得哇哇大哭。

前度蔡郎又重来，自然不同凡响。

1917 年 8 月 25 日的《中华新报》上，蔡哲夫以"南社广东分社同人"名义在《中华新报》发表启事，指责柳亚子的霸道行为，鼓动南社社员在即将到来的秋季选举中改选高吹万为南社主任。为了达到这一目的，蔡哲夫与成舍我等人在上海成立"南社临时通讯处"，提出恢复南社旧章，重新推选高吹万、邓尔雅、傅熊湘为文选、诗选、词选主任。

眼看南社要分裂，但大旗还得高举。叶楚伧、田桐、胡朴安等 34 人在

柳亚子、高吹万、姚石子等合影

《民国日报》上发表《南社旅沪同人启事》，支持柳亚子，称："柳君亚庐，文章道德为仆等所钦佩，仆等与之同社十年，深信其处置南社一切，皆极正当。"

此后陆续有南社社员在报端发表启事，表示"驱逐败类，所以维持风骚；抵制亚子，实为摧毁南社"等。

9月26日，陈去病领衔204人发表《南社社友公鉴》，表示绝不承认"南社临时通讯处"，提议仍选举柳亚子连任南社主任。

蔡哲夫等人铁了心要扳倒柳亚子。9月27日，"南社临时通讯处"向社员散发选票，进行选举，以便从柳亚子手中夺权。

又是一年的金秋十月，本应是个硕果累累的季节。10月10日，南社改选揭晓，10月17日，《民国日报》刊登了《南社书记部通告》，公告收到选票377张，柳亚子以362张的票数当选主任。而蔡哲夫的"南社临时通讯社"在《中华新报》上也公布了选举结果，经广东社友40余人选举，高吹万、邓尔雅、傅熊湘当选为文选、诗选、词选主任。

高吹万不就文选主任，而傅熊湘声明支持柳亚子，剩下一个邓尔雅也无法出场。还有社友孙仲瑛等17人在《民国日报》上爆料：广东社员大多数未参加选举，显然40余人是冒名捏造。

柳亚子的又一次退出，使南社处于群龙无首的境地，于是蔡哲夫等岭南派力挺高吹万出任南社主任一职。

高吹万是"江南三大儒"之一，他与高天梅是叔侄关系，可是岁数却比侄子小一岁。柳亚子与高天梅为同学，也称高吹万为叔。高吹万的妻子顾葆瑢与柳亚子夫人郑佩宜结为盟姊妹，互相酬唱，其子高君介也同隶南社社籍。高吹万与柳亚子在《三子游草》版权问题上有矛盾，乃至绝交，但此事却不愿意蹚入浑水，他声明不干南社主任。山中无老虎，猴子充大王，结果姚石子出任主任一职。

南社这次闹了年余的大内讧后果很严重。柳亚子闷气出不来，"肝火旺得一塌糊涂，几乎逢人便骂，终于搅散了南社的道场"。

更多的局外人看得很清楚，南社离开柳亚子，就离风吹云散不远了。一年以后，朱玺的义父杨了公看见柳亚子，不提干儿子的事，只是低低地诉说："人一动肝火，是最伤元气的。"

柳亚子毛骨悚然，置身无地。

继任主任姚石子，名光，号复庐，江苏金山张堰镇（现属上海）人，他是高吹万的外甥，长相十分似舅，人们往往将他们认为是一个人。在社时无人问津，南社有风吹云散之时，被社友推举继任主任。他多少也为南社尽过力，曾举行雅集于上海徐园。请傅熊湘编《南社丛刻》二十一集，自己出资印刷，1919 年底出版，分送各社友。第二年又请陈去病、余十眉编辑第二十二集，

**姚石子**

分订上下两册，于 1923 年底出版，还是自掏腰包。但大势已去，南社曲终人散。柳亚子说："结果是使我灰心短气，觉得天下事不可为，便怏怏然辞去了南社主任的职务，由姚石子先生继续担任。再以后，南社也终于停顿了。追究南社没落的原因，一方面果然由于这一次内讧，一方面实在是时代已在'五四'风潮以后，青年的思想早已突飞猛进，而南社还是抱残守缺，弄它的调调儿，抓不住青年的心理。尤其是经过这次的一闹，鸡飞狗走，大家更觉得头疼，认为是丢在茅

厕内的金字招牌，捞起来也大有余臭了。"

闻野鹤挑起南社这段公案时，年仅 16 岁。等事闹大了，他便缩了头，偃旗息鼓念书去了。1920 年毕业于松江中学，随即考入复旦大学，次年主编《礼拜六》小说周刊。1922 年进上海私立中学教书，后主编过《中国画报》，入商务印书馆编译所当编辑；后来成为中山大学、燕京大学、山东大学等校名教授。

成舍我当时也不过十八九岁，闹完事后也愤而辞职，想去北京却没有路费，于是将自己翻译的几篇西洋短篇小说投寄给《大共和日报》，得到一百元稿费，于是北上北京。他想进北京大学学习，但没有中学毕业文凭，苦无门路；后起草了万言书投寄北大校长蔡元培先生。蔡元培见其文笔甚好，是个人才，破例接纳他为旁听生。半年后，成舍我考试成绩名列前茅，转为正式生。成舍我白天上课，晚上去《益世报》任编辑，还用"舍我"笔名撰写社论和短评。1919 年 5 月 23 日，成舍我撰写题为《安福与强盗》的社论，得罪了在北京政府掌权的皖系段祺瑞与安福国会，该报被查封，总编辑潘云超被判刑一年，成舍我代任总编辑，最后成为著名的报人。

朱玺是最冤枉的，脱离南社后，与寄父杨了公也闹掰了，所著《镜里桃花记》，对杨先生也大加讽刺，结果四面碰壁，为了谋食，旅居上海，操笔墨生涯。

贫寒的生活以及不良的生活习惯摧残了他的身体，最终患肺病而死，其妻许蟾仙悲伤过度，不久亦亡，遗有一子一女。夫妻遗柩在洞庭东山旅沪同乡会馆的莫厘三善堂殡舍之中停放达 16 年之久。柳亚子曾有心与朋友出资，把朱玺的遗骨葬之公墓，了却一桩心事，然而事与愿违。

第八章　追求光明

## 众社友广州护法　于右任陕西靖国

段祺瑞借张勋复辟，把黎元洪赶下台，又以"讨逆"名义打垮张勋，7月5日，段祺瑞以国务总理身份掌握实权。他后来决定废弃《临时约法》和国会，另行召集一个临时参议院，以达到建立独裁政权的目的。孙中山指出，段的做法是"以伪共和易真复辟"。段只是形式上与袁世凯、张勋不一样，实质上与袁、张无别。南社社员田桐等致电西南各省，痛斥段祺瑞为"非法伪造之总理"，"请即日出师，檄文布告示叛徒隐蒂"。

7月6日，孙中山率海琛、应瑞两舰离沪赴粤，章太炎、朱执信、廖仲恺、陈炯明等同行。17日到达虎门，旋改乘江固舰抵黄埔，广东督军陈炳锟、省长朱庆澜等前往江边迎接。19日，孙中山抵广州，请国会议员来粤召集国会以决定大计。朱庆澜表示赞成。陈炳锟以"南方力薄，经济困难"为辞推托。孙中山逐一解释，并希敦促陆荣廷东下合作，陈勉强同意。同日，孙中山通过津、沪各报邀请国会议员南下护法，召开国会，以行"民国统治之权"。21日，程璧光与第一舰队司令林葆怿率舰队自吴淞口开往广东，唐绍仪、汪精卫等同行。行前在沪发表《海军护法宣言》，宣布海军讨逆三大目标："一曰拥护约法；二曰拥护国会；三曰惩办祸首。"8月18日，孙中山在黄埔公园宴请南下国会议员120多人。次日，电促国会议员到粤集会。25日，150多名议员在广州开会，因不足法定人数，故称为非常国会。29日，会议通过《国会非常组织法大纲》并决定成立军政府。31日，会议又通过《中华民国军政府组织大纲》，明确确定，在《临时约法》未完全恢复之前，行政权由大元帅执掌，对

孙中山就任海陆军大元帅后与夫人宋庆龄合影

外代表中华民国。随孙中山南下的南社社员有汪精卫、田桐、张继、居正、邹鲁、陈去病、高天梅、邵瑞彭、马小进等人。

孙中山在广州树立了护法旗帜，号召反对北洋军阀。1918年，高峻、耿直、张义安、胡景翼、曹士英等在陕西响应护法运动，组织陕西靖国军，相继举行武装起义，反抗北洋军阀的陕西督军陈树藩。同年8月，于右任受孙中山委派，回陕就任陕西靖国军总司令。

1918年8月中旬，于右任和张钫先后到达三原。于右任等人首先整顿军队，用抽签的方式改编各路义军，分六路，总司令部设立在三原。从此，陕西靖国军有了统一的组织。靖国军的势力发展到省西各县。但于右任是个文人，对付鱼龙杂处、心口不一的各路将领，力不从心。陕西靖国军构成复杂，其中相当多的一部分来自陕西的刀客和豫西的蹚将。辛亥革命时，在同盟会的运动下，参加反清起义。之后有的被改编，有的被遣散，依然重操旧业。此时又开始加入反对北洋军阀统治的战争，让于右任担任总司令，也真够难为他的了。

1918年3月，靖国军进攻潼关，夺取武器，军力增强很多，扩展了势力，仍旧退驻洛南。4月，张钫由北京出发到达雒南后，樊钟秀反戈，全军移驻商州，从事整训。樊钟秀部又进驻蓝田。与渭北取得联络，截断陈树藩军东路。樊军驻濮阳镇时，距西安城仅三十里，常向省城西郊游击，直达三桥，陈树藩、刘镇华紧闭城门，不敢应战。樊军后为就食又移驻大王店、终南镇，继而围攻周至县城，陈部守军马耀群开城夜遁，周至遂被樊部占领。

张钫于 7 月中旬到三原，在渭北各县整军。

此后，靖国军与北洋军在陕西各地你进我退，进行拉锯战。直到 1919 年 2 月，北南双方政府在上海召开和会。至 6 月，北洋军对渭北停战，对乾县则用重兵围困。守将一路支队司令王珏、副司令郭英夫率千余众抗十倍之敌。

敌军用两吨火药炸城墙，继以奋勇队猛攻。守军等城裂烟焰冲天之际，抛钉板以堵裂隙，抛火球于攀登敌群中，集中火力射击扒城之敌，敌死满壕，攻入不得。在强攻无效的情况下，敌方又采取挖掘隧道的办法，企图突袭入城。守军埋缸罐于城隅以听地下挖掘之音，穿戳敌人所挖之隧道，使敌方阴谋不能得逞。守城军隐蔽得法，强攻之敌偶然登城眺望，视则不见守城兵，但反攻时，则全力以赴，使敌军受重创。敌用炮击，则内防巩固，敌炸城，则堵御敏捷。守军御敌 6 个月，兵太劳累，援军数番去救，隔不得达，粮尽弹绝，借炸之缺口，整军出城，攻其弱区，夺取北岭，安全退过泾水。

这一战役，声震关中，是靖国军停战前最光荣的一役。上海和会议事，因陕战事不停而停开。后派划界委员监视停战，陕西又打了 6 个月。靖国军的交通四面堵绝，电报不通，邮政绕路送出，一个消息传到上海，需时一月，川、滇友军的信件要两个月。弹药补给多数取之于敌，粮秣供给依赖五六县之地方。每日伙食分三级，400 文、300 文、200 文制钱，常至日午发不下来，艰苦之状，可以想见。

上海开和会议停战时，北洋军阀方面诬陕西靖国军郭坚、樊钟秀、卢占魁是土匪，把他们的防守地不列入议和区。南方代表反对说："郭坚是陈树藩的警备司令，樊是陈树藩的营长，若是匪，是陈树藩招收的；卢占魁是绥远的骑兵旅长，是起义的，即使是匪也是北洋政府承认的。"双方斗争十分激烈。

1920 年前后陕西干旱，靖国军几乎到了断炊地步。于右任体察民间疾苦，作诗曰：

> 兵革又凶荒，三年鬓已苍。
>
> 野有横白骨，天复降玄霜。
>
> 战士祈年稔，乡民祭国殇。
>
> 秦人尔何辜，杀戮作耕桑。

各路将领建议征收债券，增加捐税。于右任满含热泪，劝告众将领："民众已是挖草根、剥树皮、卖儿卖女顾饥，我们军队是解民倒悬，岂能雪上加霜。"

靖国军在缺粮短草中坚持抗击北洋军阀，呼应孙中山南方革命，为国民革命史写下光辉的一页。

靖国军之间的矛盾随着战争的失利而产生，在紧要关头，人事权的不统一和各将领意见分歧、不能忠诚团结的情况都表现出来了。靖国军总司令部的指挥调动往往采取会商方式，同舟不共济的次数很多。

直皖战争结束后，皖系倒台。南方桂系失败，滇军内部火并。陈树藩见局势变化，释放了胡景翼。

胡景翼返三原后，被委任为靖国军总指挥。但胡景翼主张从实际出发，对时局要见机行事，不墨守成规，与于右任要把靖国军的旗子打到底的主张相抵触。就在这时，有人杀害了于鹤九、李春堂。于鹤九是于右任的同宗，和于很密切。李春堂是三路的谋士，也常和于右任接近。这些举动，足以使靖国军内部局势恶化。

1921 年春，直系派三路兵入陕。当时靖国军内部有一种说法："倒陈陈已去，反段段已倒，靖国军的任务完成了。"还有人说："反对军阀要用军阀打军阀（意在拥护吴佩孚），五年苦撑的局面，人民士兵都吃不消。"

这时，胡景翼欲投直系，暗中指示先断绝接济于右任总司令部每日的伙食（长官 400 文、士兵 200 文制钱），迫使于右任不得不离开总司令部，退居三原西关民治小学里。

于右任先退居民治小学，接着在三原东里堡刘家花园住了一个时期，后又到方里镇山中居住。三路曹世英投了直系后，三路支队长石象仪据高陵（曹世

靖国军总司令于右任

英之司令部所在地），拥护于右任。三路军官马青苑、甄士仁等亦逐其支队长而独立。三路最有力的是杨虎城这一支队，始终为靖国军而不投降。曹世英走后，三路军就瓦解了。

1922 年春，杨虎城移驻武功，迎于右任于方里镇，曹世英部下于鸣岗营长率部护送于右任西进；郭坚被杀后其部下李夺、麻振武等又树靖国军军旗，拥护于右任。于右任委李夺为第一路司令，杨虎城为第三路司令，设靖国军总司令部于凤翔，置行营于武功。杨虎城于乾县铁佛寺截获甘肃的大批械弹。

于右任、杨虎城、李夺、麻振武合攻在省西的直军，战于马嵬坡杨贵妃墓旁。李夺、麻振武误期竟致大败。

从此，杨虎城部被迫北走榆林，李夺、麻振武被迫接受直系改编，于右任东山再起之计因而失败。同年 8 月，于右任西走天水，经阴平，沿白龙江到重庆后赴上海。陕西靖国军五六年战争，到武功一战算是最终结束了。

1919 年 8 月于右任致孙中山函（信封），有孙中山同月 31 日的批语。

## 吴又陵名起《新青年》　两邵氏投身"五四"潮

清末，四川成都新繁县的一对父子，因家务，父亲把儿子告上公堂。一时间，社会舆论都一边倒，站在父亲一边，那个不孝的逆子就是后来著名的学者吴虞。吴虞，字又陵，号爱智，四川新繁人，南社社员，入社号834。吴虞的妻子曾兰，字仲殊，号香祖，也参加了南社，入社号868。

事情的起因是这样的，吴家在成都颇有地位。吴父兴杰私交一位李姓寡妇，拿家里的钱供寡妇享用，太太发觉后，多次劝阻不听，反目成仇，后来竟郁郁而亡。人死还未满一年，吴父大张旗鼓，将寡妇迎娶进门为妾。此时，长子吴虞已经结婚，继母颐指气使，肆意妄为，于是家庭纠纷不断，最终吴父将祖产的几亩薄田分给儿子，自立门户。吴虞夫妇带着一岁的儿子阿迁去了新繁老家，过起耕读的日子。

不久，阿迁有病，而乡下医疗条件太差，又无钱给儿子看病，无奈之下，回到成都父亲家里求助，不料继母发威，将他们赶出门。夫妻二人只得抱着阿迁回了乡下，儿子终将夭折。

于是，吴虞由悲转愤，将家田卖尽，去日本留学。毕业归来，先后在假定府中学、成都县中学、官办法政学堂教书，住在父亲家里。继母对待他们夫妇的态度依然很恶劣，而家中资产被李氏挥霍大半，吴虞屡劝父亲不听。父亲却越发讨厌儿子。一天，不知为什么事，继母又嚣张之极，吴虞实在气不过，便骂一句"李寡妇"，李氏撒泼装死，吴父跳将出来与儿子大吵，继而回屋写状子要告吴虞。吴妻见势不妙，请叔公出面调解，吴父不听，辱骂终日，又通宵达旦地写状子要去衙门告吴虞，有小丫鬟偷偷告诉吴虞，于是吴虞进父房内，求父亲不要告，父不听，双方冲突，吴虞与父亲抢夺状子，在争夺中，吴父的衣服被扯破，于是大骂儿子"忤逆"，竟敢打老子，拿起棍棒将吴虞打出家门，逢人便宣扬其子不孝。说把自己打得出血，并告到官府。

吴虞很痛苦，写下《家庭苦趣》一文，油印200份，想将事实真相告知亲朋。

吴虞

有个叫周泽的人，与吴虞在日本是同学，认为吴虞此举是"非法非礼""扬亲之过，名教罪人，不可恕！"于是联合当地读书人超过百人，以"绝孝养，大逆忤父"的罪名，将吴虞告上官府。

吴虞本是个叛逆青年，喜欢在报端发表一些讥讽时事及非儒之作。官府正愁没机会收拾他，正好被人控告，于是乃兴大狱，要严惩吴虞。说来也巧，吴虞有个同学欧阳理东在衙门中做事，得悉内幕急忙通知吴虞快逃。吴虞急急如漏网之鱼，惶惶如丧家之犬，什么都顾不上带，逃命去了。等官府公差衙役来到吴家扑了个空，就吓唬吴妻限期交人，否则顶罪吃牢饭。吴妻哭诉于有头面的人物，由此人向川督王人文等说情，最终不了了之。但四川教育总会会长徐炯以家庭冲突为名，召开了教育会，声讨吴虞为"名教罪人"，宣布将吴虞逐出了教育界。这是戊庚年即1910年的事。吴虞后来非常痛恨他的父亲，称之为"魔鬼"。一次他召集亲友，宣布与父亲脱离关系，说："父亲为孔教徒，封建头脑，难于相处。与其神离貌合，不如各行其道。"但从不承认打过父亲。他在《秋水诗集》有首诗为己辩诬：

朱子曾蒙逆母讯，欧公亦有盗甥疑。

小人诬善诚何益？圣贤终教后世知。

正是封建家庭和礼教的阴影始终缠绕着吴虞，令他深受其害，因此，他在反孔非儒方面始终是先锋。

辛亥革命后，吴虞曾加入共和党，兼《四川政治公报》主编，后著文反对袁世凯称帝。1915年，陈独秀从日本归来，创办了《青年杂志》，后来易名为《新青年》，吴虞爱不释手。1916年12月，吴虞给陈独秀写了一封长信，并将《家族制度与专制主义之根据论》《礼论》等"反孔非礼"的文章一并寄给《新青年》杂志社，"以求印证"。1917年1月，在《新青年》2卷5号上，陈独秀发表吴虞的《致陈独秀书》，和自己的回信《答吴又陵》，谈到"无论何种学派，均不能定为一尊，以阻碍思想文化之自由发展，况儒术孔道，非无优点，而缺点责正多……吾国之政治、法律、社会道德俱无由出黑暗而入光明"。

1917年《新青年》2卷6号上刊登了吴虞《家族制度与专制主义之根据

论》一文。吴虞一夜成名，欣喜不已。之后不断将自己的文章投给《新青年》；同时，他还有专论讲述新文化，成为"反孔非礼"和新文化运动的先锋。

吴虞与柳亚子素未谋面，但对其尊唐贬宋、反对"同光体"的主张不谋而合。柳亚子与朱玺、闻野鹤、姚鹓雏等人笔战，吴虞在四川遥相呼应，为柳亚子张目。1917年应柳亚子之邀，经柳亚子和南社社员谢无量的介绍而加入南社。

谢无量，原名蒙，字大澄，号希范，后易名沉，字无量，别署啬庵。南社入社号463。1906年赴北京任《京报》主笔，每天撰写社论，评论时事。1909年被聘为四川存古学堂监督，兼授词章，教学之余，潜心研究古典文学。同年10月四川成立咨议局，与张澜等一起参加立宪运动，曾受托撰写《国会请愿书》，1911年6月与张澜等人参加保路运动。他和马一浮友善。马有时署名"浮"字，谢沉马浮，相映成趣，有"天下文章称马谢"之美誉。

《新青年》的创刊，是新文化运动开始的标志。它猛烈地抨击了封建主义，促进了民众的思想觉悟，为"五四运动"的爆发、马克思主义在中国的传播做了思想舆论准备，开辟了道路。吴虞在为《新青年》写稿中思想不断提高。1919年11月，吴虞在《新青年》6卷6号上发表了著名的《吃人与礼教》《说孝》等文，无情地鞭挞旧礼教和儒家学说，影响极大，成为新文化运动的主将，被胡适称为"中国思想界的清道夫""四川只手打倒孔家店的老英雄"。

1919年是不平凡的一年，5月4日，爆发了在中国近代史上具有划时代意义的"五四运动"，推动了新文化运动的发展。领导这场运动的就是《新青年》的创办者陈独秀。吴虞在陈独秀的影响下，反对以礼为准则的等级观念，揭露儒教

《新青年》杂志

以礼杀人的本质。他在鲁迅《狂人日记》的启发下，以中国历史上的实例，揭露"吃人的是讲礼教的！讲礼教的就是吃人的！"他认为在孔子整个思想体系中，起主要作用的是礼，学礼、复礼、传礼是孔子思想和一生活动的主线。吴虞成为与陈独秀和胡适齐名的"五四"新文化运动主将。

"五四运动"并非 5 月 4 日突发，导致"五四运动"的是学界的"五三"晚会及翌日的午前筹会。南社社员邵飘萍便是"五四运动"的直接发起人之一。

当时，邵飘萍是北京大学新闻研究会的首创人、促成者和导师，刚创办《京报》。5 月 2 日，北大校长蔡元培，将钱能训内阁已发出密电，命令将出席巴黎和会代表在山东条款上签字的消息，转告给学生代表，指出这是国家存亡的关键时刻，号召大家奋起救国。听到这个消息后，5 月 3 日，各社团纷纷召开应急会议，力谋补救。晚上在北大礼堂，凡在北平城内的各大学代表都来参加了，只有清华大学在城外赶不进来参加，完全没有教授，也没有党派的区分，纯粹都是学生……那时胡适之先生在上海，而陈独秀是后来看了报纸才知道"五四运动"游行的事，而老师中只有邵飘萍参加了。他首先跳上讲台，做了沉痛激昂的报告，他说道："现在民族危机系于一发，如果我们再缄默等待，民族就无可挽救而只有沦亡了。北大是最高学府，应当挺身而出，把各校同学发动起来，救亡图存，奋起抗争……"邵飘萍的报告，让整个礼堂响起了一片呜咽声，有的同学捶胸跺脚，有的同学大声号啕……在邵飘萍的号召下，同学们的情绪更为激动。大会开至深夜 23 点，做出四项决定：一、联合各界一致力争；二、通电巴黎专使，坚持和约上不签字；三、通电全国各省市于 5 月 7 日国耻纪念日举行群众游行示威运动；四、定于 5 月 4 日（星期日）齐集天安门举行学界大示威。这个"五三"晚会导入了"五四运动"。

"五三"之夜，是个准备直接行动的不眠之夜，学生领袖们在准备上街游行。邵飘萍则深夜回报馆又疾书新闻《北京学生界之愤慨》，告知社会：

自山东问题警耗传来，北京大学、高等师范、法政专门及各实业学校，于前昨两日即在校自行讨论，举出代表与各校接洽一致，闻各校学生会议已有结果：今日下午将有对于外交问题之表示，全体一致出校，行列为有秩序之示威运动，并通告海内外，主张对于外交问题坚持到底。此种举动实不容轻忽视者。

同时，他又撰写评论说："学生因外交问题一致奋起，以促朝野人士之觉悟。此青年界之生气，国家前途之好现象。……既须有奋起之气概，尤望其努力修养，以收最后之效果，未可以一时之表示，遂引为自足。"

这样，邵飘萍顺理成章地成了新闻界事先报道"五四运动"、评论"五四运动"的第一人。

5月4日上午，邵飘萍又赶往堂子胡同国立法政专门学校，去参加北京各校学生代表在那里举行的午前筹会。上午10时30分，北京各校学生代表在堂子胡同国立法政专门学校集会。邵飘萍和另一记者报告巴黎和会经过和我国外交情势。经过一小时的悲愤发言，主席宣布请各代表即刻回校召集同学，于下午1时在天安门集合，然后整队游行东交民巷，对各国使馆示威，抗议巴黎和约，要求收回青岛。这样，邵飘萍与各校学生代表一起，对即将爆发的"五四运动"进行最后的酝酿。

下午1点多钟，北京三所高校的三千多名学生代表冲破军警阻挠，云集天安门，他们打出"誓死力争，还我青岛""收回山东权利""拒绝在巴黎和约上签字""废除二十一条""抵制日货""宁肯玉碎，勿为瓦全""外争国权，内惩国贼"等口号，并且要求惩办交通总长曹汝霖、币制局总裁陆宗舆、驻日公使章宗祥，学生游行队伍移至曹宅，痛打了章宗祥，北京高等师范学校（今北京师范大学前身）数理部的匡互生第一个冲进曹宅，并带头火烧曹宅，引发"火烧赵家楼"事件。随后，军警给予镇压，并逮捕了学生代表32人。

消息传到上海，另一位姓邵的南社人也坐不住了，他就是邵力子。

邵力子，原名景奎，字仲辉，学名闻泰，又名凤寿，笔名力子，浙江绍兴人。

邵力子

1906 年 10 月，留学日本，加入同盟会。1907 年春回国，与于右任等一起创办《神州日报》，宣传反清思想。后与于右任一起创办《民呼日报》《民吁日报》《民立报》，1914 年在复旦公学任教时参加南社，入社号 408。同年 7 月，加入中华革命党。1916 年 1 月，在上海创办《民国日报》，任经理兼编本埠新闻。1919 年"五四运动"爆发时，他是复旦大学的国文教员，又兼任《民国日报》总编辑。

1919 年 5 月 5 日深夜，热闹的上海城宁静了，市民都进入了梦乡。《民国日报》的编辑室里灯还亮着，邵力子还在审阅来稿。

邵力子接到了来自北京的电话，心情激奋起来了。他一边认真地听着，一边认真地记录着，立即将稿件写了出来，并且亲自排版、校对，连夜将刊登"五四运动"消息的报纸印了出来。

5 月 6 日凌晨，邵力子带着刊有"五四运动"消息的《民国日报》兴冲冲地奔到了复旦大学。

在校门口，遇到了复旦大学学生自治会主席朱仲华。邵力子一面将当日的《民国日报》递给朱仲华，一面急促地对他说："你看看本报头版头条新闻，北京大学学生已带头掀起反对列强、惩办卖国贼的爱国运动，复旦大学应该怎

"五四运动"时的上海游行示威活动

巴黎和会

么办？不能落后啊！"

朱仲华也兴奋起来了，他说："我们复旦是富有革命精神和民主精神的学校，应当响应北京，共同战斗。我去集合同学，你来动员。"

"可以，由你征得校长同意，集合学生，我随后就到。"

邵力子说完就去了教师宿舍，把报纸分发给了教师，让他们支持学生的行动。当时的复旦大学校长是李登辉。他是福建同安人，1872 年出生于印尼爪哇岛，是印尼第七代华裔。1913 年到上海复旦大学任校长，他是支持学生的爱国运动的。

8 时，复旦大学校园里响起了集合的钟声，学生们都奔向了礼堂。会议由朱仲华主持，邵力子亲自做了报告。他先宣读了当天报上有关北京学生运动的新闻，然后说："中国在巴黎和会上的外交彻底失败了，卖国政府还准备在丧权辱国的和约上签字，北大的学生已经行动起来，我们复旦怎么办？今儿再不表示表示我们刚毅果敢的精神，那不独辜负了学校平日的训诲，你们自己又怎样对得起你们自己的良心呢？"

邵力子慷慨激昂的讲话让同学们深受感动。他们商定，一方面联系上海各大中学校，通电营救北京被捕学生，一方面积极准备参加明天举行的全市性的国民大会。邵力子和校长李登辉提醒同学，仅仅靠本学校的力量是不够的，应该联合各大中学校，有一个比较永久的组织，方足以应付未来。于是，同学们决定联络各校，发起创立"上海市学生联合会"。

会后，同学们拟定了营救北京同学的电报稿，派出 70 多人携稿到各校征求意见、邀请签名，结果南洋公学、约翰大学等 33 所大中学校一致同意。当晚，由朱仲华等人前往拍电，强烈要求北京政府释放被捕学生，"若政府弃髦民意，滥肆权威"，"吾人义不独生，誓必前仆后继，以昭正义"。这份电报的拍发，是上海学生在"五四运动"中联合斗争的开始。5 月 7 日是日本提出"二十一条"不平等条约的 4 周年，上海人民举行国民大会，复旦大学 200 余人参加了大会。会议由江苏省教育会黄炎培主持，要求惩办卖国贼，拒签巴黎和约，释放被捕学生，会后举行游行示威，并赴南、北政府和谈代表唐绍仪、朱启钤住处，要求他们向北京政府转达上海国民大会的决议。

当时，孙中山因第一次护法运动失败，避居上海法租界莫利爱路的寓所，埋头撰写《建国方略》，邵力子就去找了孙中山。按响孙中山寓所的门铃，穿着精致蓝色长袍的孙夫人宋庆龄开了门。邵力子向孙中山汇报了北京和上海的学生爱国运动，宋庆龄端庄地坐在丈夫的边上。

孙中山听了邵力子的汇报，也被学生的爱国主义精神感染了。他指示邵力子多到学校工厂宣传革命党的主张，并且答应与学生见面。后来，邵力子带朱仲华到了孙中山的寓所，孙中山特别高兴，写了"天下为公"的条幅送给了朱仲华。他还亲自到上海学生总会演讲，谴责卖国贼，赞扬学生爱国义举。

邵力子离开孙府已经是深夜了，回到报馆，心里还久久不能平静。于是又提起了笔，一篇《一致讨贼》的时评一挥而就，文中写道：

上海孙中山故居

昨日之国民大会，最足见群众心理者，为一致讨贼。演说者每至惩办卖国贼时，则群众必鼓掌欢呼应之，义愤所激，绝非可以伪饰。擒贼先擒王，执重用曹、陆、章者，实为卖国巨魁，凡我国民者，当一致声讨之。

这篇时评5月8日见了报，得到了很大的反响。

5月8、9日的《民国日报》上连续发表了《何以慰北京学生》《讨贼为第一义》等时评，文中写道："释放学生，不能满意，当以力争主权，惩治国贼为先，愚昨既言矣。而非惩治国贼，则欲力争主权而无从。故今日之事，惟万众一心，以共讨卖国贼耳。"

"五四运动"后，邵力子就与共产党人一起，积极参与发起建立马克思主义研究会和创建中国共产党。

## 戴季陶赞赏马克思　陈望道受命译《宣言》

戴季陶辛亥革命后追随孙中山，参加了"二次革命"和护法战争，并曾在广州军政府担任外交部次长之职。1918年5月4日，因桂系军阀操纵国会，孙中山受到排挤，愤然宣布辞去大元帅之职，在戴季陶的陪同下，于21日离开广州前往上海。

戴到达上海后，于1918年底遇到从日本回到上海的李汉俊。李汉俊是中国早期马克思主义者之一，他一见到戴季陶，即开始谈论马克思主义。由于戴也曾读过马克思主义的相关著作，两人便经常在一起聊天。当时国内宣传马克思主义的著名刊物为北京的《每周评论》，由新文化运动健将陈独秀等人主编，很受读者热捧，戴、李二人也经常阅读。由于该刊物为北方宣传马克思主义的

戴季陶　　　　　　　　　　　　李汉俊

主阵地，因此，二人便商议也在上海创办一个杂志，名为《星期评论》。从名称上可以看出，该杂志有与《每周评论》遥相呼应之意。《星期评论》正式创办了，并作为国民党机关报《民国日报》系列刊物，由戴季陶任主编。

1920 年，陈独秀到了上海。他肩负着组建上海共产主义小组、成立全国共产党组织的使命。那时，李汉俊是陈独秀家的常客。接着，李汉俊又将戴季陶、沈玄庐介绍给陈独秀认识。

陈独秀本对戴季陶宣传马克思主义及创办《星期评论》甚是嘉许，而戴也对陈独秀这位新文化运动中的健将十分仰慕，两人一见如故。为了表示自己的善意，戴季陶还将自己租住的楼让出来给陈独秀一家居住。于是，这里就成了陈独秀的家，也成了《新青年》编辑部的所在地，更成了中国共产党组织的诞生地。

戴季陶主编《星期评论》，他就产生了一个想法：连载《共产党宣言》。《共产党宣言》是马克思和恩格斯为共产主义者同盟起草的纲领，国际共产主义运动第一个纲领性文献，马克思主义诞生的重要标志。戴季陶在日本时，买过一本日文版《共产党宣言》，他深知这本书的分量，想翻译这本书在国内宣传。但是，一读，第一句话就感到有难度了。要翻译这本书，不仅要谙熟马克思主义理论，还要有相当高的中文修养。

戴季陶向邵力子说起了这件事，邵力子想了一想，就向他推荐了一个人：陈望道。

陈望道，原名参一，笔名佛突、雪帆，浙江义乌人，后来成了新南社社员。他早年留学日本，毕业于日本中央大学法科，获法学学士学位。1919年5月回国，在浙江杭州省立第一师范学校任国文教员，积极参加新文化运动。1920年春，应陈独秀之邀，到上海编辑《新青年》，并参加马克思主义研究会和社会主义青年团筹建工作。在此期间，他还参加上海工人运动，组织纺织、印刷、邮务等工会，亲自到沪西工厂区开办工人夜校和平民女学。

邵力子找到了陈望道，开门见山对他说："望道，要请你翻译《共产党宣言》，行不行？"

陈望道："试一试吧！不行另请高明。"

邵力子："不是试一试，而是一定要快译，译好。"

陈望道："编辑工作怎么办？"

邵力子："《觉悟》副刊有我在，可以放心。经济上有困难，我可以帮你解决。"

陈望道望着邵力子，说了一个字："行。"

戴季陶给陈望道提供了日文版本与英文版本两种《共产党宣言》，供陈望道参照翻译。

陈望道回到故乡义乌，他避开了所有的亲友，躲进了老家的柴房里。这间房子半间堆着柴火，地上积了一寸多厚的灰尘，角落里还布满了蜘蛛网。在母亲的帮助下，打扫了一下，搬来了两条长凳，横放一块铺板，组成了桌子。在泥地上铺了几捆稻草，算是凳子。陈望道就在这样的环境下，在油灯下、寒风中开始了翻译工作。

有一天，陈望道的母亲见儿子关起门来不分昼夜地依据日文本、参考英文

1920年，"五四"时期的陈望道。

本翻译《共产党宣言》，人都累瘦了，便给儿子做了糯米粽子，外加一碟红糖，送到书桌前，催促儿子趁热快吃。陈望道一边吃粽子，一边继续琢磨翻译句子。过了一会儿，母亲在屋外喊道："红糖不够，我再给你添一些。"儿子赶快回答："够甜，够甜的了！"当母亲前来收拾碗筷时，竟见到儿子满嘴是墨汁，红糖却一点没动，原来是蘸了墨汁吃了粽子，于是母子相对大笑一场。

1920 年 4 月末，陈望道终于译完了《共产党宣言》，再经陈独秀与李汉俊二人校阅，当年 8 月便在上海首次出版印刷 100 本，很快售尽，当即再版，仍然售空。

陈望道翻译的我国第一个全译本《共产党宣言》封面（1920 年 9 月版）。

在上海的那段时光，陈独秀和戴季陶两人朝夕相处，常常交流思想，关系简直胜似亲兄弟。当时陈独秀等人已经在上海成立了党的外围组织——中国社会主义青年团。而戴季陶的住址即团址，对外挂"外国语学校"牌子，团务由袁振英、施存统、俞秀松等人主持。这实际上是准共产党小组。所以，戴季陶的家也是共产党小组所在地。

1920 年 5 月，陈独秀约了戴季陶、施存统、沈玄庐、陈望道、李汉俊、周佛海、杨明斋和袁振英等人，会同共产国际派来指导工作的维经斯基（中文名为吴廷康）到戴季陶住宅密商组织共产党的办法。

这次会议上做出了一个重大决定：正式成立中共党组织。鉴于戴季陶在马克思主义理论方面的突出才能，陈独秀等人将党纲的起草工作交给他。陈独秀认为如今大家都没有起草党纲的经验，也没有其他国家共产党的党纲借鉴；而戴季陶自 1912 年以来，一直任孙中山的机要秘书，类似党内组织文章自然比旁人来得熟悉。

戴季陶接受任务起草了党纲，这是中国共产党第一部纲领，当这个《中国共产党党纲》起草完成后，陈独秀、李汉俊、沈玄庐、施存统、俞秀松、邵

位于浙江省义乌市分水塘村的陈望道旧宅。1920年初，陈望道在此翻译了《共产党宣言》全文。

力子等人在陈独秀家开会，讨论正式成立党组织。

这天讨论时，戴季陶却意外缺席了。待会议快要结束时，戴季陶才姗姗来迟。当他推门进来，这些人已经将组织共产党的事完成了，他要做的事就是点头同意了。但出乎大家意料的是，戴季陶居然说："我不能参加，只要孙中山先生在世一天，我就绝不可能参加其他的政党。"因为凭着戴季陶对马克思主义的研究，大家认为谁不参加都有可能，唯有戴季陶不可能不参加。所以戴此言一出，举座皆惊，整个会场的气氛为之凝结。

戴季陶之所以不愿意加入中共党组织，一是因为戴季陶本人逐渐与马克思主义中的一些观点相排斥，他并不赞成阶级斗争，也反对工人运动，这使他与马克思主义渐行渐远；二是戴季陶准备参与创建中共党组织的事情被孙中山所知，遭到了孙的严厉呵斥。经孙中山修订的国民党的《规约》第二章第七条规定："党员不能兼入他党。并不得自行脱党。"为此事，戴季陶还大哭了一场。在遭到孙中山的反对后，戴季陶也彻底放弃了加入中共党组织的念头。

后来，中共领导人李立三在一次党史报告中说："中国共产党的发生是由6个人发起，陈独秀、戴季陶……但他（戴）并没有继续朝前进步。"戴季陶与中共可谓失之交臂。

# 邵力子协建共产党　李公馆"一大"标青史

1920年8月上旬的一个晚上，邵力子正在卧室里看稿子，突然他儿子跑进来说："爸爸，你看谁来了。"

一看是陈独秀，邵力子连忙站了起来，请陈独秀坐下，泡上了茶。

陈独秀坐下后，一边喝茶，一边向邵力子讲起了成立中国共产党的事。

陈独秀："组建中国共产党的意向我和在上海的李汉俊、陈望道、沈定一、施存统等也谈过，他们都表示赞成。"

邵力子："进展很顺利。"

陈独秀："凡是参加者都要表示愿意参加的明确意思。季陶表示他与孙中山有深切的关系，不能成为共产党员。你是老同盟会会员，与孙中山关系也非同一般，我们欢迎你参加并为发起人之一，你愿意吗？"

邵力子："我愿意，为了救国，义无反顾。"

陈独秀紧紧握住了邵力子的双手，说："谢谢。"说完就告辞了。邵力子的政治命运也在这简单的谈话中注定了。

就在同月，在陈独秀的住处召开了上海共产主义者会议。会上决定发起成立上海共产主义小组，推举陈独秀为书记，拟定了《中国共产党宣言》。邵力子是上海共产主义小组中的特殊人物，陈独秀在会上说："邵力子是以老同盟会会员、国民党员的特殊身份加入的，有些工作以国民党员身份更有利，可否允许他参加党的会议。"与会人都表示同意。

上海共产主义小组是中国共产党的第一个组织，实际上是中国共产党的发起组织。12 月，陈独秀离沪去广州，先后由李汉俊、李达代理书记，成员先后有李汉俊、沈玄庐、陈望道、俞秀松、施存统、李达、杨明斋、周佛海、邵力子、袁振英、沈雁冰、林伯渠、李启汉、李中、沈泽民等十余人。其中邵力子、陈望道、沈雁冰后来都参加了南社。发起组主要工作为：宣传马克思主义，帮助各地建立共产党和社会主义青年团组织，指导和开展工人组织，联系北京、武汉、济南、长沙、广州等地共产主义小组和社会主义青年团。

1920 年 10 月的一天，陈独秀又来到了邵力子的家中，刚坐定，还未等邵力子开口，陈独秀就快言快语地说："虽然我们批判了张东荪、梁启超，但无政府主义思潮在一部分知识分子中影响很大，如果我们不继续战斗，恐怕会使他们混淆视听，以假乱真。"

邵力子也有同感道："是啊，你说得很对，依你之见该怎么办？"

陈独秀说："除了利用《新青年》《觉悟》现有阵地，还应另辟蹊径。"

邵力子："你是说再创办一个宣传马列的刊物？"

陈独秀："对，这事我与李达商量过了，刊名就叫《共产党》。"

邵力子："好，好。"

两人谈了很多很多，不知不觉已到了天明。

经过陈独秀、李达、邵力子等人的筹备，《共产党》创刊号终于在纪念十月革命三周年之际问世了。

1921 年新春佳节，在上海大世界的上空，雪片似地飞舞着"贺年卡"，人们纷纷上前迎接。拿到手里一看，正面印着"恭贺新年"，背面印着一首诗：

> 天下要太平，劳工须团结，
>
> 万恶财主铜钱多，都是劳工汗和血。
>
> 谁也晓得，为富不仁是强盗；
>
> 谁也晓得，推翻财主天下悦；
>
> 谁也晓得，不做工的不该吃。
>
> 有工大家做，有饭大家吃。
>
> 这才是共产主义太平国。

这是上海共产主义小组经邵力子、李达、陈望道、沈雁冰共同研究策划的一个活动，在进行革命的宣传。

马林

1921 年 6 月，共产国际代表马林和赤色职工国际代表尼克尔斯基来到中国，帮助中国建立中国共产党。根据国际代表的建议，邵力子、李达、李汉俊、张国焘在渔阳里 2 号召开会议，商议加紧中国共产党的筹建工作。代理书记李达分别与在广州的陈独秀和在北京的李大钊联系，商议讨论建党的具体事宜，并确定在上海召开中国共产党第一次代表大会。

邵力子积极参与了"一大"的联络和总务等工作，联系了吃住的安排和会议的地点。他想到了博文女校校长黄绍兰，她思想进步，并且现在学校是假期，师生都已离开学校，代表们住在那里比较安全。于是，就让李达的夫人、"一大"筹备组人员王会悟以北京大学师生暑假团的名义去联络，黄绍兰同意了。

关于会议地点，王会悟对邵力子建议："李汉俊的哥哥李书城正在外地避暑，他的房子空着，可以去商量。"邵力子认为很好，王会悟就与李汉俊商量，李汉俊一口答应。

李汉俊的哥哥李书城也是南社社员。1912 年 1 月，南京中华民国临时政府成立，李书城受黄兴委托主持陆军部组阁。后与李根源、张孝准潜赴南京，发动第八师起兵讨袁，"二次革命"失败后，李书城被袁世凯列为"宁沪之乱""执重要事务"的首犯，在全国悬赏两万元通缉，随后李流亡日本。袁世凯在全国各界唾骂声中忧郁而亡，李书城出任新任大总统黎元洪顾问。1917 年 9 月，广州成立"护法军政府"，孙中山任大元帅，李书城任护国军总司令，并兼湘西防务督办。1918 年，又担任孙中山广州护法军政府军事委员会委员等要职。

护法运动失败后，李书城一时走投无路。就在这时，他的弟弟李汉俊从日本留学回到了上海，给李书城带来了苏联十月革命胜利的消息，也带来了马克思列宁主义救中国的真理。

兄弟两人住在一起，每次吃饭，兄弟两人都是并排而坐，边吃边谈，从十月革命讲到"五四运动"，从新文化运动讲到马克思主义在中国的传播。他理解弟弟，也支持弟弟的革命行动。同时，在经济上也给了弟弟很大的支持，而李汉俊把钱用在了革命事业上。

1920 年秋，由于家里人口减少，李书城决定将家搬到法租界贝勒路树德里 3 号（即现在的兴业路 76 号）。这是一所两楼两底的房子。李书城的前妻甘世瑜于 1917 年患肺病去世，他与续弦薛文淑住在西边的亭子间，前面的房间是他们会客的地方，李汉俊住在东面的楼上。后面的亭子间是李书城的大女儿声韵和姨娘住，西面楼前面住着警卫梁平和一位姓廖的厨师，上楼有一个共用的楼梯。李书城每次上楼必须经过李汉俊的房间才能到达他的卧室，所以李汉俊的每一个举动他是知道得很清楚的。

共产党人经常在李书城的家里聚会，客人少时在李汉俊的房间，客人多时就在楼下的饭厅里。有时争论问题声音很大，李书城经过，要他们小声交谈，不要惊动邻里，引起外人注意。李汉俊和他的同志们听后都十分感动。

1920 年，李书城与亲人合影。（后排从右到左为薛文淑、李书城、李汉俊、李声华，前排坐者为李母）。

薛文淑刚从家乡到上海，对外界一无所知，但是她觉得李汉俊的这些朋友很异常，他们在一起经常发生争论，有时像是在吵架，她以为一定是闹翻了，可是第二天这些人还是照常来，从表情上看不出有什么不愉快。他们常深更半夜才出门，总是弄得声响很大。薛文淑对这些人的情况感到奇怪，曾对李书城提起，李书城对其弟行踪是知道的，但他对薛文淑说："汉俊他们的事，你不要去管。"

当年上海贝勒路树德里不仅是李书城、李汉俊兄弟俩的寓所，同时还是《新时代丛书》社的通讯处。该社是由李大钊、陈独秀、李达、李汉俊、沈雁冰、陈望道、邵力子、沈玄庐、夏丏尊、经亨颐、周建人等 15 人于 1921 年 6 月发起成立的专事翻译的出版机构。同年 6 月 24 日，上海《民国日报》的《觉悟》副刊曾登载《新时代丛书编辑缘起》一文，谈到该社出版的宗旨是"增进国人普通知识"，编辑内容"包括文艺、科学、哲学、社会问题及其他日常生活所不可缺少之知识"，通讯处是"上海贝勒路树德里 108 号"（即望志路 108 号，与隔壁 106 号同为李家所住）。筹备中国共产党的"一大"时，既因 106 号是"李公馆"，又鉴于 108 号是出版机构的公开通讯处，有进出集议之便，所以就设会场于此。在会议过程中，会址突然受到巡捕搜查时，李汉俊即泰然自若地以《新时代丛书》为由与之周旋。

1921 年 7 月 23 日，中国共产党第一次代表大会就在李书城家召开。当时李书城不在上海，去了湖南主持讨伐湖北督军王占元的军务，警卫员梁平随他一同前去。出席中国共产党第一次全国代表大会的各地代表共 12 人，他们是：上海小组的李达、李汉俊；武汉小组的董必武、陈潭秋；长沙小组的毛泽东、何叔衡；济南小组的王尽美、邓恩铭；北京小组的张国焘、刘仁静；广州小组的陈公博；旅日小组的周佛海。参加会议的还有武汉小组的包惠僧（他是在广州与陈独秀商谈工作期间，受陈个人委派参加会议的）。他们代表着全国 50 多名党员。共产国际派马林（荷兰人）和赤色职工国际代表尼克尔斯基（俄国人）出席了会议。

两位共产国际代表出席了"一大"开幕会议，并发表热情的讲话。马林首先指出：中国共产党的成立具有重大的世界意义，第三国际增加了一个东方支部，苏俄布尔什维克又多了一个亲密战友，并对中共提出了建议和希望。尼克尔斯基介绍了共产国际远东局的情况，要求中共把工作进程及时报告远东局。

接着，代表们商讨了会议的任务和议题，一致确定先由各地代表报告本地工作，再讨论并通过党的纲领和今后工作计划，最后选举中央领导机构。

7 月 24 日举行第二次会议，各地代表报告本地区党团组织的状况和工作进程，并交流了经验体会。25、26 日休会，用于起草党的纲领和今后工作计划。27 日、28 日和 29 日三天，分别举行三次会议，集中议论此前起草的纲领和决议。讨论认真热烈，大家各抒己见，既有统一的认识，又在某些问题引起争论，会议未做出决定。

7月30日晚，"一大"举行第六次会议，原定议题是通过党的纲领和决议，选举中央机构。会议刚开始几分钟，法租界巡捕房密探突然闯入，具有丰富秘密工作经验的马林，警觉地说这人一定是"包打听"，建议立即停会，大家分头离开。

果然，十几分钟后两辆警车包围了李公馆，这时，参会的大多数人撤离后，只有李汉俊不顾个人安危留下应付随之而来的巡捕房警探的搜查和盘问。对法警询问家里为何藏有许多社会主义书籍，两个外国人是什么人，他镇静地用法语回答，自己"兼任商务印书馆的编译，什么书都要看看"，并告知那两个外国人是北京大学的英国教授，利用暑假来沪一起谈"编辑新时代丛书的问题"。

法籍警官亲自带人进入室内询问搜查，没有找到多少证据，威胁警告一番后撤走了。这次冲击虽然没有带来重大损失，但毕竟"一大"不能再在原址进行了。

转移出来的"一大"代表当晚集中于李达寓所商讨，大家一致认为会议不能在上海举行了，有人提议到杭州开会，又有的提出杭州过于繁华，容易暴露目标。当时在场的李达夫人王会悟提出："不如到我的家乡嘉兴南湖开会，

中共一大会址——李公馆

邵力子与夫人傅学文

那里游客多，可以雇一只船，代表们扮作游客，一边游湖，一边开会。嘉兴离上海很近，又易于隐蔽。"

　　在大家还有点犹豫时，邵力子来到了李达的家中，他庆幸没有出事，同时也向李达提出了转移到嘉兴南湖继续开会的建议。邵力子的父亲邵霖担任过江苏吴江县县丞，分防在嘉兴附近的盛泽镇，而邵力子的母亲就是盛泽人，邵力子早年曾在盛泽镇读书、任教，因而对嘉兴南湖也比较熟悉。这样，大家都赞成了。

　　第二天清晨，代表们分两批乘火车前往嘉兴。两位国际代表目标太大，李汉俊、陈公博也因经历一场虚惊，都未去嘉兴。10时左右，代表们先后到达嘉兴车站，在鸳湖旅馆稍事休息后，登上事先租好的南湖画舫。

　　中国共产党就这样诞生了。

# 新南社柳亚子再举旗帜 "贿选案"邵次公拍案而起

春意浓浓，柳亚子一袭长衫，来到了《民国日报》叶楚伧的办公室。

叶楚伧不在，桌上除了文房四宝外，还有半盒雪茄烟，半瓶五加皮和一个空酒杯。柳亚子也不拿自己当外人，拿起酒瓶就往酒杯中倒酒。

背后传来叶楚伧的吴侬软语："你给我留点儿，不要都喝完了。"

亚子笑了："我就知道侬要心疼。"

叶楚伧拉过一把椅子："坐吧，边喝边说。"

"你也来点儿？"

"我来了还有你喝的？"他拿起一支雪茄，"我还是抽这个，过瘾。"

"叫我来啥事？"

"还是那件事，考虑得怎么样？"

叶楚伧说的那件事，就是成立新南社的事情。

柳亚子说："对于这个运动，我原是同情的，反对封建礼教，提倡男女平权，打倒孔家店，在我都是很早的主张。欢迎德先生（民主）、赛小姐（科学）来主持中国，我当然也举双手赞成……"

叶楚伧："那还犹豫什么？要动起来才能融进去。"

柳亚子期期艾艾："只有打倒旧文学一点，你知道我们做文言已经习惯，让写大白话，不能接受。"

叶楚伧："这点我同意。但是，文言文有多少人能看明白呢？我们要让大众都能看懂我们的文章才行。就像这五加皮，你喝，我喝，只是几瓶，要是大众都喝⋯⋯"他说着去柳亚子手中拿酒杯。

柳亚子躲过："你算了吧，都喝还够不够？"

叶楚伧笑了："我的酒我还不能喝一口？南社的基础可以利用，丢掉未免可惜。"

柳亚子也笑了，一饮而尽："我知道你的酒不好喝，还不是又让我作冯妇！"

叶楚伧将酒瓶拿在手中，一口酒一口雪茄烟，徐徐地说："非你主持莫属！"

柳亚子这回倒痛快："好吧，发起宣言和组织大纲你来写。"

1915 年的新文化运动蓬蓬勃勃地开展以后，叶楚伧便与柳亚子商量，是否做弄潮儿。"五四"新文化运动的兴起和发展，这使得本具革命精神之南社诸人，经过短暂的迷茫和颓唐之后，不能不有所振作。

1919 年 6 月 16 日，叶楚伧在《民国日报》创办《觉悟》副刊，批判封建文化，宣传科学民主思潮，并使之成为"五四"新文化思想的重要阵地。

其时，南社中坚邵力子、胡朴安等均有重新振作的意思，成立"新南社"只是早晚问题。1923 年 4 月 1 日，柳亚子在《新黎里》报的"发刊词"中云：

从前种种，譬如昨日死。以后种种，譬如今日生。此日新又新之说也。潮流澎湃，一日千里吞炭吐炭，舍故取新，苟非力自振拔，猛勇精进，欲不为时代之落伍者，乌可得哉！

是年 5 月，叶楚伧在上海《民国日报》社召开新南社筹备会。特地邀请新文化运动的健将陈望道、曹聚仁和陈德徵参加，其余是南社旧人柳亚子、叶楚伧、胡朴安、余十眉和邵力子。这八个人中，除了柳亚子、余十眉外，都是《民国日报》社的人，所以柳亚子说：新南社是以《民国日报》为大本营的。

叶楚伧拿着《新南社发起宣言》分发给每一个人："请诸位斧正。"

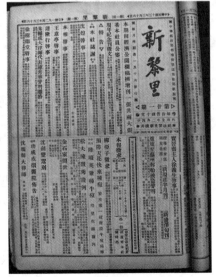

《新黎里》报

大家一看，只见上面写着：

南社的发起，在民族气节提倡的时代；新南社的孵化，在世界潮流引纳的时代；南社里的一部分人，断不愿为时代落伍者。那一点，新南社孵化中应该向国民高呼声明的。

南社在提倡民族气节以后，引纳世界潮流以前，中间经过几次困厄，被人指摘也不少；然而这些都是新南社孵化的动机，发起新南社的，非但不愿引为耻辱，并且将深自庆。

南社是应和同盟会而起的文学研究机关，同盟会经几度改革以后，已有民众化的倾向，新南社当然要沿袭原来的使命，追随着时代，与民众相见。

南社在民元以前，唯一使命，是提倡民族气节。因为要提倡民族气节，不知不觉形成了中国文字的交换机关。新南社是蜕化文字交换，而薪求进步到国学整理和思想介绍的。

这次的孵化作用，分析起来，颇多感慨。一，同人中实在已有挂名在南社，而嫌单调著述太觉无味，自向浓郁的新途径奋进的。二，也有已上了新途径，回头过来，觉得有改造必要的。三，也有接受了外间的攻击或讪笑，愿平心静气地来适应潮流，并且保存南社不可磨灭的精神的。四，也有可惜南社建筑术卑鄙，承认南社主张革命的基础，愿帮助在旧基础上完成一个新的建筑的。综合着上述四种意义，经过了这次改造的磋商，新南社孵化便渐进成熟时期了。

新南社对世界思潮，从此以后，愿诚实而充分的向国内输送。固然现在向国内输送世界思潮的出版物研究机关不少，但我们既发现了这项新负的责任，总该在人类中有本分的努力。只是这种责任太重太大了，我们原有的伴侣和别的团体的伴侣合作，尤其愿国内具有同样责任的，加入新南社的组织中，协力进行。

新南社对于国学，从今以后，愿一弃从前纤靡之习，先从整理入手。国学经几朝乡愚文妖等捏造割裂，实在支离得令人生厌了，然而这是乡愚文妖的责任，与国学本身绝不相干。国学本身是否占有世界学术中相当位置，在未经整理以前，谁也不能下这断语。我们既不是神圣，怎敢代世界支配一切；所以第一步工夫只是整理。

我们受了以上的两种使命，发起组织新南社。在新南社未成立时，以上的话，只是我们几个人的意思，待正式成立时，还该有一度宣言。

柳亚子看后，不禁称赞道："小凤，这篇宣言我个人以为好极了。首先将新旧南社的区别分清楚了，而南社里的一批人，断不愿为时代落伍者，尤其新南社要沿袭原来的使命，随时代前进，已经把我们创立新南社的初衷讲明白了。"

陈望道说："我是第一次参加会议，南社的文字是革命的文字，但南社鱼龙混杂，这是最大的败笔。新南社的文字是与蜕化的文字，与不符合时代精神的文字来一个交换，这点也非常重要。换句话说就是与抱残守缺者来一个切割！新南社的责任有二，一是国学整理，二是思想介绍。我们要把世界上先进的思想和学说介绍给大众。"

邵力子频频点头："对于世界新思潮向国内输送，我十分赞成，这是我们被新赋予的责任，只是这新责任太重大，恐怕不是我们几个人的肩膀能扛得起来的。"

叶楚伧说："我已经意识到了，所以要和别的团体进行合作。"

曹聚仁说："整理国学，我是拥护的，像以往的一些争论恐怕还是要有的。"

柳亚子说："争论当然要继续，但国学有整理的价值吗？可不能牛粪里寻香水，徒劳无功。"

胡朴安："你这也太偏激，老祖宗都不要了，那还不在半空飘着？"

陈望道："对于国学，还是要去粗取精，去伪存真。"

柳亚子："好吧，喜欢研究国

曹聚仁

学的人就让他们去尝试一下也好。但以往的方式不会再出现，大动干戈的做法有不少教训。"

几个人还讨论了新南社宗旨、人事安排、出版刊物、成立时间，并将临时通讯地点还是定在上海白克路竞雄女学余十眉处，胡朴安的住处新闸路池浜桥永德里 15 号为临时收款处。

陈去病开始没有参与新南社的发起，他曾在南社和新南社之间动摇。当时，他一方面对社会主义有所疑惑，另一方面在文言文和整理国学主张上与柳亚子所提倡的新南社精神有所游离。但是，因为与柳亚子等人的感情及文人的凝聚，他也就积极参与了。因此，宣言刊登时发起人增加到了 16 人，陈去病也名列其中。

新南社《发起大纲》和《组织大纲》在报上发表以后，旧南社社员和一些文学青年陆续报名，原定的 10 月 10 日召开成立大会的日子已经没几天了，叶楚伧突然来见柳亚子："成立时间要推后几天。"

"为什么？大家都准备好了，有的外地的人员也已经到沪。"

"'双十节'是我和吴孟芙结婚的日子，是女方父母早定的，喜帖都发了，我才知道的。"

"这样也好，能喝两次喜酒何乐不为？"

于是，新南社成立的时间往后推了 4 天，改在 10 月 14 日。雅集的地点定在福州路小花园都益菜馆。

说来也巧，南社社友邵瑞彭也在这一天到达上海，受到全体社友的热烈鼓掌欢迎。参加人员除了发起人外，还有汪精卫、陈布雷、潘公展、张继、朱凤蔚等 38 人。

新南社成立会上，众社友依然推举柳亚子做社长。

柳亚子站起来谦虚地说："诸位抬爱，亚子感动不已，只是我不通外国文字，不懂哲学，又不懂科学，简直不配坐这个社长的位置。"

胡朴安插话："你不能推辞，没有你这个马头带领，是跑不起来的。"

大家七嘴八舌，纷纷赞同。

柳亚子又说："我有什么呢？有的是奋斗的精神和坚强不屈的意志，我是相信我自己的，那就不用三辞三让地惺惺作态了，先跨上马背再讲，可是大家

新南社第一次聚餐会

要帮助我才行呀！"

大家报以热烈的掌声。依照《新南社条例》，邵力子、陈望道、胡朴安为编辑主任，叶楚伧、吴孟芙、陈布雷为干事，胡朴安为会计，余十眉为书记。在 10 月 19 日，柳亚子在《民国日报》上发表《新南社成立布告》：

> 新南社的成立，是旧南社中一部分的旧朋友，和新文化运动中一部分的新朋友联合起来、共同组织的。
>
> 新南社的精神，是鼓吹三民主义，提倡民众文学，而归结到社会主义的实行。对于妇女问题，劳动问题，更情愿加以忠实的研究。
>
> ……
>
> 我希望已经加入的朋友们共同努力，我更希望没有加入的朋友们都来合作。
>
> 新南社万岁！新中国万岁！新世界万岁！

柳亚子说："在历史时间上，这时候已是 1924 年 1 月，中国国民党改组的前夜了。南社的成立，是以中国同盟会为依归的；新南社的成立，则以行将改组的中国国民党为依归，在契机上可说是很巧妙的了。"

是年 11 月，《新南社通讯录》出版，从 5 月份入社的柳亚子，包括其一家子，到 11 月入社的何香凝，共有 153 人。到次年 2 月，《新南社通讯录续稿》增加了 60 人。

新南社将雅集日期定为每年的双五和双十日。1924 年 5 月 5 日，新南社在上海都益菜馆举行第二次雅集，出席者有汪精卫、张继、居正、柳亚子、陈去病、邵力子、汪兰皋、陈望道等人。

柳亚子还和陈望道讨论如何发展新派社员的问题。陈望道在致柳亚子的函中称："我以为现在文学革命的南京政府已经成立，所急需的是多数的清乡委员，去剿清各地的拖辫子……我极希望先生能成为清乡委员的领袖，看到辫子便剪，而自己则光着头颅在街上走。"陈望道的意思为新南社已经成立，需要更多的文学革命的社员，清剿各地的旧文化，并希望柳亚子成为领头羊。

陈望道还表示可以介绍沈雁冰、杨贤江和叶天底等加入新南社。

沈雁冰，即茅盾，左翼文学家。他本姓沈，名德鸿，字雁冰，浙江桐乡人。从北京大学预科读毕，无力升学，入上海商务印书馆工作。1920 年，茅盾接编并全面革新了老牌的《小说月报》，并于 1921 年 1 月发起成立了"文学研究会"，成为文学研究会的首席评论家。同年 7 月，中国共产党成立，茅盾成为中国共产党最早的党员之一。

杨贤江，浙江慈溪人，是共产党早期青年运动领导人之一。"五四运动"的浪潮使杨贤江接触到新思想和新学说，极大地触动他的"教育救国"思想。同年 10 月，他经邓中夏介绍，参加了以改革社会为宗旨的"少年中国学会"，同时参与发起的有李大钊、毛泽东、张闻天、恽代英等，杨贤江被选为南京

茅盾

分会书记。次年，他与李大钊、恽代英等 7 人被选为"少年中国学会"的评议员。1923 年由"东方艺术研究会"选派去任《民国日报》副刊《艺术评论》的编辑。与陈独秀、瞿秋白、罗亦农、恽代英交往频繁，于 1923 年底加入中国共产党。

叶天底，浙江上虞人，

善绘画，能篆刻，尤其爱好西洋画，是李叔同的得意门生。1920年到上海，从事校对《新青年》文稿工作。1924年叶天底应邀去苏州乐益女中任教，他以教师职业为掩护，开辟党的据点，1925年9月，中共上海区委委派侯绍裘，在乐益女中秘密主持建立了中共苏州独立支部，直属上海区委领导，叶天底任支部书记。

这几个人物都是当时在青年中影响较大的人物。在陈望道的介绍下，都加入新南社，尤其是沈雁冰的夫人孔德沚也一同加入了新南社。而廖仲恺、何香凝、邵元冲、沈玄庐、杨杏佛、朱季恂、刘大白、周水平、叶天底、徐蔚南、毛啸岑等皆成为新南社的中坚分子。

就在11月的一天，叶楚伧带着一位个子不太高，却十分干练的身穿西装的中年人来见柳亚子。他介绍说："这是廖仲恺先生。"

柳亚子早有耳闻，立即紧紧地握住来人的双手不放。

叶楚伧笑着："不要紧，跑不了的。"

廖仲恺也笑了。

柳亚子："仲恺兄一向在粤追随中山先生，怎么到沪来了？"

廖仲恺说："我奉中山先生之命来此，与各省支部讨论国民党的改组问题。也想听听亚子兄的见解。"

柳亚子："我们刚刚成立了新南社，就是要秉承新文化运动的宗旨，以文学革命推动社会革命，希望仲恺兄多多支持。"

叶楚伧："亚子，你是三句不离本行。"

廖仲恺："新南社的情况我已经从《民国日报》上看到了，不但我要参加，我的夫人何香凝也要参加。"

柳亚子与廖仲恺一见如故，惺惺相惜。

果然，廖仲恺、何香凝夫妇参加了新南社。柳亚子对其期望甚高。在一次聚餐会上即席赋诗赠廖仲恺：

招邀豪俊开诗国，整顿河山入酒筋。

书生尚有如椽笔，待奏铙歌下建康。

廖仲恺告诉柳亚子："这几天我就要离沪赴粤。"

柳亚子："这样急，不能过了新年吗？"

"国民党一大在即，我要回广州去，许多工作等着我呢。"

柳亚子稍一沉吟，一首《送廖仲恺归粤兼呈何香凝夫人》脱口而出：

> 星云山斗望中遥，才识荆州便故交。
>
> 早向天南称柱石，恰从海上送征轺。
>
> 疮痍吴地来苏后，图象云台列宿高。
>
> 一幅流民新粉本，闺中湘管待重描。

上面提到的邵瑞彭是何许人也？他有无加入新南社？

邵瑞彭，字次珊，号次公，浙江淳安县人。早年在浙江省立优级师范学堂读书时，加入光复会和同盟会。辛亥革命时，积极参与光复杭州的军事行动。1912 年 12 月，国会成立，当选为众议院议员。1913 年 2 月 4 日，由高天梅、陈去病介绍加入南社，入社号 372。他擅书法，工词章，精通古历算学，又是一个不阿权贵的拧种。曾与高天梅、邹鲁等联衔质问袁世凯；在孙中山南下广州时，奔赴广州出席非常国会，选举孙中山为非常大总统。

时间又转回 1923 年 10 月 7 日。北京，一清早，天低云暗。大街上到处是挥舞着报纸的报童，口里大声吆喝着：

"看报！看报！特大新闻！特大新闻！"

"国会议员邵瑞彭揭发曹锟贿选总统！凡投曹锟一票者，可获大洋 5000 元，有照片为证！"

"看报了，看报……"

市民纷纷买报，议论着、骂不绝口……

就像空中掠过一道雪亮刺眼的闪电，随之一声震耳欲聋的惊雷。

曹锟

随着直系军阀接连战胜皖系和奉系军阀以后，1923 年 6 月，曹锟开始想点子，也想尝一回大总统的滋味，指使内务总长高凌霨出面拉拢选票，凡是投票给曹锟的国会议员，每人赠送 5000 大洋的银票，规定在总统选出后三日即行兑现。

10 月 1 日晚，一辆洋车停在国会议员邵瑞彭的门前，来人下了车，在下人的引导下，匆匆来到上房。邵瑞彭迎了过来：“玉烈兄，打听清楚了吗？”

“打听清楚了，还有你的一份。”吴玉烈从皮包里拿出一张 5000 元的支票放在桌上。

“不错，上面还有我的名字，是谁给你的？”

“这是吴大头让我转交给你的。”

吴景濂，脑袋特大，被称为吴大头。

“这是今年的西湖龙井，刚从淳安送来的，味道实在是好。”

吴玉烈端起茶盅，用茶盖拨开漂浮的几片新叶，略微喝了两口：“次公兄，我还有事！”说完把一张银票压在茶盅的下边，起身就走。

这天深夜，邵瑞彭脱下长衫，换上下人的短装，出了门，钻胡同，向前门外京奉铁路车站而去。深夜乘火车来到天津，住进了租界的一家旅馆。

第二天，一封急件寄往北京警察厅，里面有一张照片，是写着邵瑞彭名字的支票，另有信一封，向高凌霨、吴景濂等人为曹锟谋任总统向议员行贿提起控诉。诉状说：“高凌霨、吴景濂等，假甘石桥房屋，组织买票机关。每票自五千至万余不等，所签票数，在五百张以上。当时领票一百九十余人。瑞彭于此等事未敢相信，适值同乡议员吴玉烈将往院，托其探听，谓：‘该被告等已将选举曹锟之票价五千元，交代我转交等语。’”

10 月 7 日，《民国日报》上刊载了一封邵瑞彭的《举发贿选通电》：

各省区军民长官、各省议会、各团体、各报馆钧鉴：瑞彭幼承庭训，自行束修，及为议员，不骛党争，不竞名利。十载以还，蒿目时变，以为宪典未立，拨乱无方。曩岁回复国会之役，蒙犯艰难，奔赴凤夜，方冀大法早成，私愿已足。未敢贪婪进竞，为我邦家羞。暨乎六月十三日，政变又作，瑞彭虽切覆巢之忧，犹殷补牢之望。不图构难之人，志在窃位，金壬鼓煽，思念欲重赂议员，使选举曹锟为总统。初疑报纸谰言，未足凭信，乃本月初一宵分竟有授瑞彭五千元支票之事，窃谓政变之应如何处置，曹锟之宜为总统与否，皆当别论。若夫选举行贿，国有常刑，不为举发，何所逃罪？特向京师警察厅依法告发。又恐京师受制强暴，法律已无效验，用是附告发状原文，布告天下，以求公判。邦人父老，凡百君子，其鉴察焉！众议员邵瑞彭。

　　贿选支票的照片还在邵飘萍的《京报》和林白水的《社会日报》上刊出，并伴有揭露曹锟贿选的文字公之于世。曹锟闻之大怒，发狠要取邵瑞彭的性命。

　　为避免遭到曹锟的特务暗杀，邵瑞彭易装乘轮船南下，于10月14日到达上海。恰逢柳亚子、叶楚伧、邵力子、胡朴安、陈望道、曹聚仁、陈德徵等，在福州路小花园都益菜馆召开新南社成立大会，邵瑞彭飘然而至。四天之后，邵瑞彭返回故乡淳安，石硖师范讲习所的学生们高举着"揭发五千贿选，先生万里归来"的横幅欢迎他，热闹非凡。

## 高天梅名列"猪榜"　陈去病追随孙文

　　就在邵瑞彭揭露曹锟贿选，公开与国会决裂之时，拒绝受贿的还有议员田桐等。

　　田桐是有名的暴脾气，在国会上，如果遇上言语不合者，第一句大声斥责，第二句开骂，第三句就拍起桌子，抓着墨水瓶之类就砸了过去，人称"田三句"。当曹锟派人给他送支票时，他当场扔在地上，拂袖而去，南下上海，与汪精卫、于右任等商量抵制办法。

　　也有几百个议员接受了钱而参加投票，当时在京的国会议员590人，曹锟以 480 票当选为大总统，其中南社中以高天梅为首的 19 人也卷入其中。

田桐

辛亥革命胜利以后，南北议和，1912 年，清廷皇帝退位，高天梅被推选为众议院议员，从此他对民国满怀热情，开始在政界里积极奔走，数次北上南下。高天梅满怀豪情到达北京参与民主政治，准备大展拳脚。现实的残酷使他逐渐看清了一个现实：参众两院和国会，不过是北洋军阀装点门面的橡皮图章。一般性的提案整天吵吵不休，鸡毛蒜皮的事情也得进行全体表决，对于大政方针，持不同政见者根本无法表达自己不同意见，甚至到后来连装点门面的空招牌也不要了，国会解散。高天梅的失落心情溢于言表。

到 1916 年，袁世凯退位，黎元洪恢复了两院和国会的活动。高天梅再度北上，可是北京的政局仍旧混乱不堪，国会和两院的会议依然是吵吵嚷嚷。张勋复辟，国会再次被解散了事，无可奈何的高天梅再次失望而南归。

1917 年和 1921 年，孙中山两度在广州召开非常国会，高天梅都应邀参加。但是新旧军阀混杂其中，争权夺利，不顾民生，面对国家分裂、生灵涂炭的局面，高天梅作为一个文人，两次南下，两次失意归来。

1921 年冬，高天梅第三次入京，抱着大干一番的决心，挥动手中的一支健笔，日夜不停奋笔疾书，发表政见。此时，他已经认识到这是隔靴搔痒，无关紧要。

1923 年夏，军阀曹锟的野心日渐显露，议员纷纷离京。这时的高天梅束装南下抵沪。7 月 12 日，上海发布《离京国会议员之两大宣言》，上面有高天梅的签名。9 月 13 日，公布的拥曹议员 428 员名单，没有高天梅。9 月 22 日，参众两院在京开会时，高天梅出现在了北京。

家乡人士知道高天梅已经赴京，曾联名写信，劝他早日出京，"不要违法助逆"。高天梅回信说："曹锟欲用金钱贿买总统，罪大恶极，令人发指。所幸投票之权，实操诸我，旭之铁腕尚在也。所以迟迟未即南下，特以此次倡国会南迁论者，乃竟合全国唾弃之安福、政学两系为一气。深恐故态复作，遗毒无穷！故郑重考量耳，非绝不南旋也。至人格之保存与丧失，以留京、赴沪定之，要非探本之论矣。辱承教悬，敢布区区。"

高天梅这个回信的大意即曹锟用钱买总统是罪大恶极的，但投票权在于我。至于为什么不出京南下呢？因为安福系和支持段祺瑞的政学系也主张议员南下，我要是南下，恐怕遂了安福、政学系的阴谋，所以我绝不会回来。人格的保存与丧失不是以留京或去沪而决定的。意思是再明白不过的，我是留京不投票。

10月5日，在京的国会参众两院议员选举大总统，参加投票的有590人，曹锟因为贿选使了钱，如愿以偿当上大总统。

消息公布，天下沸沸扬扬。上海《申报》公布了参选议员的名单，高天梅名列其中。这个名单被称为"猪榜"，参加者名为"猪仔议员"。

疾恶如仇的柳亚子一来替老友惋惜，晚节不保，二来痛心疾首，10月13日致电高天梅：

宛平伪国会转前众议员高天梅兄：骇闻被卖，请从此割席。二十年旧交，哭君无泪，可奈何！柳人权。

中国文人讲究气节，柳亚子是谴责、质问，高天梅并没有接招，没有解释，而他的落水失身似乎另有隐情。

10月29日，上海《民国日报》发表了汪精卫、于右任等领衔的《旧南社社员启事》：

汪精卫、于右任、徐忏慧、陈巢南、柳亚子、郑佩宜、叶楚伧、邵力子、余十眉、姚石子、王粲君、陈享利等旧南社社友之资格，同情于田梓琴君之主张，以猪仔议员高旭、彭昌福、蔡福灵、王有兰、骆继汉、陈家鼎、陈九韶、席绶、于均生、景耀月、狄楼海、景定成、赵世钰、叶夏声、马小进、饶芙蓉、易宗夔、陈祖基、李安陆等贿选祸国，辱及南社，不再承认其社友资格，特此宣言。社中同志如有赞成此者，请随时随地发表同一态度，为中华民国稍留正气，不胜盼祷之至。

汪精卫等人将高天梅列名"猪仔议员"之首，奇怪的是他之前对此事信誓旦旦，事后却一声不吭，难道有什么难言之隐？

从那以后，高天梅日夕以酒为伴，再也没有年轻时那种"提三尺剑可灭虏""男儿不做可怜虫"的雄心壮志。一年以后，回到张堰镇乡下，心情抑郁，杜门不出。

1925 年 8 月 28 日，高天梅患病去世，年仅 49 岁。

高天梅抑郁而死的时候，南社的另一位发起人陈去病在为孙中山的丧事而忙碌着。

铁狮子胡同 5 号顾维钧私宅，这是一处极为考究的四合院。孙中山自 1925 年 1 月 26 日肝癌潜发，进入协和医院接受治疗，动了手术后，2 月 18 日医治无效，移送到此地，陈去病便留在孙中山身边侍疾。望着弥留之际的孙中山，以往跟随孙中山投身革命的情景如电影般在陈去病的眼前展示了出来：

1916 年，陈去病得到指令，与督军参谋长周凤岐、警政厅长夏超等人在杭州湖舫中谒见孙中山，陪同孙中山游览西湖、乘渡轮渡钱塘江，沿浙东运河到绍兴祭徐公祠，出游鉴湖、赏兰亭、进陶社，经余姚去宁波，乘"健康号"军舰至舟山群岛、上南海普陀山。在普陀山瑞相，陈去病为孙中山代笔写下了《游普陀志奇》。就在这旅途闲暇中，陈去病向孙中山叙述了自身家世，孙中山听了也很有感触，后为陈去病的母亲写墓碑铭，为陈家墓园题写了"二陈先生之墓"坊额。1917 年，陈去病随孙中山赴广州"护法"，先后担

二陈先生之墓牌坊

孙中山手书"女之师表"碑

任非常国会秘书长、参议院秘书长等职。护法运动失败后，黯然返回吴江水乡同里镇，筑浩歌堂，徘徊于曲水流觞之间，长啸于烟雨晴空之中。

1921年，孙中山重返广州，陈去病接到消息，立即从上海坐船南下，在大本营担任前敌宣传主任。一天夜里，火光冲天，枪炮声不绝于耳，原来陈炯明叛变革命，叛军炮打观音山大总统府，孙中山逃到"永丰"舰上，指挥平叛。此时，陈去病的一支笔抵挡不住叛军的浪潮，在广州已经无所作为，只好只身赴宁，在东南大学担任讲师。孙中山与苏俄合作，改组国民党，陈去病担任了国民党江苏临时省党部委员。

陈去病正沉浸在回忆之中，汪精卫匆匆出来说孙中山病危了，陈去病感到孙中山即将逝世，怀着忧郁的心情写下了《春夜铁狮子胡同侍香山公疾》：

孙中山与宋庆龄

春风日和煦，万物尽昭苏。
夫子何为者，沉疴独可虞。
忍随仲由祷，愁听两楹吁。
长夜浑无寐，钟鸣漏益孤。

孙中山的病情日益加重，到了3月上旬，时常昏迷，到了弥留阶段。

有一天，孙中山看上去昏睡了过去，守护在他身边的宋庆龄、孙科、汪精卫、何香凝、张静江等人讨论起后事来。汪精卫说："世人都说总理是崇祯皇帝转世，所以推翻了清朝，建立了民国。根据这情况，我认为总理如有不测，葬在北京景山最宜。"大家不置可否。

没想到汪精卫的话被醒过来的孙中山听到了，在床上连说道："不，我要葬紫金山。"在场者对孙中山突然启口无不感到惊喜，可对要葬紫金山一事一时都面面相觑，顿生疑团。为了安慰他，就齐声应允了。

3月12日上午9时30分，孙中山与世长辞。

陈去病悲痛万分，写了《哭孙总理》诗：

地坼天崩泰岳隤，万方哀痛集燕台。

云龙风虎人千古，钟鼎旂常土一培。

自是中原多劫运，不教雄骏澹沉灾。

繁花满苑春无主，长使苍生哭奠来。

陈去病以诗相哭，以诗代替祭文。孙中山的逝世不仅使陈去病失去了一位恩师，而且使全中国失去了一位领袖。这首诗既写出了"地坼天崩泰岳隤"的感觉，又写出了"万方哀痛集燕台"的场景。写出了"云龙风虎人千古"的悲伤，也写出了对"繁花满苑春无主"的忧虑，体现了对孙中山感情的忠贞，也体现了对祖国感情的忠贞，感人至深。

在讨论治丧时，汪精卫把孙中山的那番话予以传达，但大家因为不了解紫金山的地理方位，一个个感到茫然。陈去病告知汪精卫等人："总理所说的紫金山就是南京钟山。"

孙中山一生只到过南京一次，怎么会对紫金山的印象如此深刻？陈去病慢慢地说出了这么一段典故，破解了其中的缘由。

原来，孙中山深深爱着南京的山山水水。在他的《建国方略》中，对南京是这样描述的："南京为中国古都，在北京之前，其位置乃一美善之地区，其地有高山，有深水，有平原，此三种天工，钟毓一处，在世界中之大都市诚难觅如此佳境也。"孙中山对南京山水情有独钟而引发其死后葬于南京的愿望，并向部属明确做了交代，还向陈去病作了翔实的诠释。那是1912年4月1日，孙中山与总统府秘书长胡汉民等随员到南京东郊打猎，在半山寺（即今中山

孙中山灵堂

陵处）下马休息，孙中山举目环顾，长江天际，远山如黛，钟阜龙蟠，石城虎踞，壮美景色尽收眼底。他感叹地说："这里的地势要比明孝陵还要好，待我他日辞世时，向国民乞上一抔土，以安置躯壳耳。"

陈去病接着进一步阐述道："总理所以择南京紫金山为其长眠之地，不仅是因为这里山水相对气势恢宏，还在于当时北方尚在北洋军阀统治之下，将来定都南京，自己葬于紫金山，这是暗示人们革命尚未成功，仍需继续努力。"

陈去病的一番话提醒了大家，众人要陈去病写一篇考证的文章，于是陈去病进一步考察了紫金山，其间写下了《为香山公谋万年吉地，诣紫金山骋望》一诗：

> 神烈山高接帝阍，极天星斗待谁扪。
>
> 石城虎踞情如昨，钟阜龙蟠势尚存。
>
> 王气来应销汉腊，长江终古属岷源。
>
> 万年遗蜕诚堪托，拜手聊酬国士恩。

不久，陈去病就写了《紫金山考》一文，文中写道："……查紫金山，即古金陵。秦始皇时，以金陵有王气，泄其水于江，为秦皇淮河。汉蒋子文为秣陵尉，葬此，因名蒋山。吴大帝孙权亦葬于此，号曰蒋陵。厥后六朝俱都金陵，遂以此山为王气所钟，更名钟山。明太祖驱斥胡虏，奠定中原；开国垂统，日月重光。临终遗命，以灵谷寺故址为长眠之所。爰迁志公禅师塔而葬焉，即今孝陵是也。满夷入关，豫王多铎及洪承畴等尽伐其松柏，而以其给八旗为牧场，蹂躏不堪言状。犹顾亭林眷眷于此不去，变姓名曰蒋山佣，即此地也。洪扬时，于孝陵主峰建城曰天保，以作屏障。形势奇险，为兵家所重。时浙军克天保，而南京遂下。今有纪念功塔，屹然峙焉。民国以还，江苏省政府又于孝陵东南之四方城，即碑亭，设造林场。而每岁清明，则在山之上下，植树尤众。十数年来，郁郁葱葱，渐成林农。谒陵衢路，亦冈修整，面加扩大。吾总理委灵于此，凡本部已不须规划，只求地位得当，布置得宜，足以慰在天之灵，而万姓之答礼……"

这篇《紫金山考》为陈去病和唐昌治提议，戴季陶附议，后发送全国各大报纸上公开发表。

孙中山墓葬地释疑了，就开始处理善后事宜，先是推定了张静江、汪精卫、林森、于右任、戴季陶、杨庶堪、邵力子、宋子文、孔祥熙、叶楚伧、林叶明、陈去病为丧事筹备委员。其中有6位是南社社员。

4月18日，孙中山葬事筹备处在上海成都路广仁里张静江家中举行了第一次会议。据记载，从1925年4月18日到1929年6月18日，葬事筹备委员会一共召开了69次会议，诸如孙中山先生的葬事经费（包括陵墓工程经费）的筹集、中山陵设计图案的征求、陵墓工程承包人的选

中山陵

定、中山陵园的造林和绿化以及孙中山先生的灵榇由北京迎归南京安葬等等，这一系列的大事，曾多次经葬事筹备委员会详加讨论，做出决定，付诸实施。

陈去病就住在南京成贤街浮桥南首的林森寓所的南京办事处，工作更是繁忙，他往返于北京、南京、上海之间，还专门陪同宋庆龄、孙科等上紫金山踏勘墓地，最终正式确定了钟山中部小茅山南坡为中山先生的墓地。

夏天，南京各界追悼孙总理大会在东南大学体育馆举行。陈去病从上海到南京参加了会议并在会上做了演讲。

1925 年 9 月 20 日下午 2 时，在上海四川路大洲公司三楼召开了葬事筹备委员及家属联席会议，会议主要是审定中山陵墓设计图。中山陵墓设计从 5 月 15 日至 9 月 15 日，用了三个月时间向海内外征集方案，共收到应征图四十余种，陈列在大洲公司大楼，9 月 16 日至 20 日为评判时期，除了葬事筹备委员和宋庆龄、孙哲生等人外，还请了中国画家王一亭、南洋大学校长凌鸿勋、德国建筑师朴士、雕刻家李金友为评判顾问。每个顾问在 20 日前交了评判意见书。

9 月 27 日下午，筹备委员会和孙氏家属在北成都路广仁里张家宅再次举行联席会议，宋庆龄因病未能参加。

陈去病在南京中山王府留影

经过长时间的讨论，在众多的图案中，一张图案吸引了大家，这图案简朴典雅，并且完全体现了中国古代建筑精神，一致通过这图案为一等奖。

这图案是吕彦直设计的，于是就请他担任建筑师，主持计划建筑详图和监工事务。

1926 年 3 月 15 日，孙中山陵墓奠基典礼举行。下午 3 时，各公团、学校、各省军民长官代表均参加典礼。也就在这时，陈去病受命编辑总理《哀思录》。后来人莅南京必至中山陵，其实这里面很大的贡献出自于南社创始者之一的陈去病。

陈去病晚年在南京担任革命博物馆馆长，寓居大功坊的瞻园。这里原为明中山王徐达的邸第，环境优雅，假山庭榭，小桥流水，园中有垂丝海棠一株，婀娜多姿，妩媚之极。一夕被雷雨所摧折，陈去病伤感不已。作诗曰：

红妆自古遭奇劫，银烛徒怜照病身。

此时的陈去病多愁善感，无复早年的壮怀激烈，变得孤芳自赏，不合时宜。

## 盖棺论定新南社　　走越走胡本寻常

胡朴安

春寒料峭，胡朴安头上冒着热气，跨进柳亚子的房门，将一叠文稿扔在书桌上，气呼呼地坐在一边。

"怎么啦？仲明？"柳亚子从稿纸堆里抬起头，放下手中的笔，从眼镜框上面看过去。

"你当社长的倒成了甩手大掌柜，就知道挣你的稿费，社务你到底还管不管？"

"我不是太忙嘛，到底怎么啦？"

"邵力子是编辑主任，他办《民国日报》事情太忙，社员中担任撰述的太少，你看看第一期的稿件吧！"

柳亚子拿起一摞稿件，一篇一篇翻阅着："《最近的新俄罗斯》，沈玄庐撰；《留别留俄同志们的一封信》，沈玄庐撰；《英国的新村运动》，邵元冲撰；《中国的乱源》，刘伯伦撰；《精神分析底意义历史和学说》，李未农撰；《诗人拜伦底百年祭》，陈德徵撰；《中国诗歌实质上变化的大关键》，胡怀琛撰；《加纳博士底妇女参政论》……"

"你看出问题了吗？"

"旧南社以诗为浪漫，汪兆铭先生的《双照楼》可以是代表；新南社以散文为主，代表人物是廖仲恺先生。我们或许一时不习惯，慢慢就会适应的。"

"老朽恐怕难以接受新文化运动。"

"南社是文学运动，诗词太多而缺乏散文，太浪漫；新南社面对社会的发展、时代的前进也做了相应的调整。以散文和白话文为主，正所谓后来居上嘛。"

胡朴安摇头："我们自己的特点在哪里？一群文人又不是政治家，做政论文章做得过《新青年》《东方》杂志吗？文人就是浪漫，硬往新文化运动上去靠，恐不伦不类。"

柳亚子全家

柳亚子坚定地说："无论如何，新南社对于南社总是后来居上的，或者南社派的政治可以变做新南社的政治也未可知。"

胡朴安："阁下的思想跑得太快，后面人跟不上，这样下去恐怕不会走得太远……"

柳亚子分析，南社精神最饱满的时代是反清阶段，到光复成功后便渐渐堕落了。在袁世凯时代，都认为无事可做；到"二次革命"失败后，激进分子牺牲了，残余的都抱着"妇人醇酒"消极起来，作品变成靡靡之音。在袁世凯复辟帝制时，南社社员都不敢开口，等袁世凯一倒，便热烈攻击起来。柳亚子反对鲁迅痛打落水狗的观点，认为不是好汉所为。还有一个重要原因是南社的致命伤，即鱼龙混杂，什么人都有，意见分歧，内讧蜂起。社务难免停顿。但对于如何维持新南社的发展，却无好的办法。《新南社社刊》终于出版了，论文、小说和翻译作品为主，且都是白话文，也有少量的诗歌之类。

柳亚子的思想是与时俱进的，新文化运动兴起时，他是反对白话文和白话诗的，但到了 1923 年，思想大转变，发起成立新南社，拥护白话诗，他诗中说："旧诗会入博物馆，新诗好置飞机场。"对旧诗前途失去信心，激起了部分南社成员特别是湘籍成员的不满。

新南社成立不久，湖南长沙的傅熊湘杀了出来，他于 1924 年 1 月 1 日发起了南社湘集，聚集了一群南国诗人，有意与新南社针锋相对。

发起人傅熊湘在《湘集导言》中明言其宗旨："海上诸社友又别有新南社之组织，其宗旨盖亦稍异。同人为欲保存南社旧观，爰就长沙为南社湘集，用以联络同志，保存组织，提倡气节，发扬国学，演进文化。"

这是公开向柳亚子及新南社叫板了。傅熊湘就是个爱和人较劲的角色，袁世凯在时和袁世凯对着干，袁世凯死后，傅熊湘重新主持《长沙日报》，不久，就和总理段祺瑞手下的四大金刚之一、段的小舅子吴光新对抗上了。当时段祺瑞派内弟到岳州，担任长江上游总司令，此人在湘地作恶多端，傅熊湘便在报上揭露吴光新的劣罪。惹得吴大恼，于是派出几名杀手去长沙干掉傅熊湘。月黑风高，几个歹徒围住《长沙日报》社，放了一把大火，火借风威，风助火势，熊熊烈焰直将报社吞噬。说来也侥幸，就是那一晚傅熊湘外出喝酒，逃过一劫，但所有文稿、书籍、衣物皆成灰烬。吴光新得知没有烧死傅熊湘，

张敬尧

《天问》

扬言还须要他的命，傅熊湘便悄悄溜上船，顺流而下，逃到上海。

1918年，皖系军阀张敬尧被段祺瑞任命为湖南督军兼省长。他伙同他的三个兄弟：张敬舜、张敬禹、张敬汤，在湖南恣意施行暴政，烧杀抢掠，奸淫妇女，搜刮民财，摧残教育，钳制舆论，为非作歹，无恶不作。湖南人民极为痛恨，时谚称："堂堂呼张，尧舜禹汤，一二三四，虎豹豺狼，张毒不除，湖南无望。"于是，湖南学生界发动了驱逐军阀张敬尧的斗争。

此时，傅熊湘和醴陵籍南社社员袁家谱、文湘芷等人，在上海法租界宝昌路花园里的居住地，积极响应。他们搜集张敬尧的罪行，根据文湘芷、刘泽湘等人在兵灾地区所拍摄的照片和资料，编成《湘灾纪略》《醴陵兵灾图》等作为罪证，于1919年2月20日，北京政府与孙中山的南方政府在上海召开"南北和平会议"时，傅熊湘、文湘芷等人向会议代表展示张敬尧在湖南的暴行和醴陵等地老百姓遭受兵灾的惨状。在次年3月的《民国日报》上，以"湖南善后协会"名义发表《湖南公民紧要声明》，揭露张敬尧以湖南银行名义所置沅江田产并擅自出卖等罪行。是年5月，傅熊湘与毛泽东等湖南学联驱张运动的代表会合，共同进行驱张运动。

毛泽东后来说："驱张运动的发起，名流老辈小子后生，一齐加入，就是缘于这几种很深的刺激。故湘人驱张，完全是因为在人格上湘人与他不能两立。"傅熊湘、袁雪安、文湘芷这些"名流老辈"和毛泽东等"小子后生"一同投入驱张运动。傅熊湘还以"湖南善后协会"的名义创办了《天问》周刊，宣传湖南自治运动。1920年7月的《天问》周刊第23号上刊载着毛泽东发表的《湖南人民的自决》："社会的腐朽，民族的颓败，非有绝大努力，给他个连根拔起，不足以摧陷廓清……湖南的事情，应由全体湖南人民自决之。"①

　　1920年，直皖战争中段祺瑞失败，张敬尧也被免职。傅熊湘回长沙，担任谭延闿湖南省长公署秘书、省议会议员、湖南沅江县县长等职。柳亚子等人发起新南社以后，傅熊湘与刘约真等不赞成柳亚子等的主张，在长沙创建南社湘集。1912年9月，陈去病与秋瑾的胞妹秋珵一起，就秋瑾归葬浙江之事去了湘潭。高天梅、陈去病、马小进、冯平、邓尔雅、张默君、蔡寅、谈月色、张倾城、邵瑞彭、江亢虎等265人参加，与南社分裂的意味非常明显。尤其是"继续南社，就长沙组织，以提倡气节，发扬国学，演进文化为宗旨"，尤其对社刊的要求"均以文言文为准，这便是和新南社对抗的主因了"。

　　但其中也有些奇怪的现象，跨党分子很多，如陈去病、邵瑞彭既是新南社社员又名列南社湘集名录之中。邵元冲与张默君夫妇就更值得琢磨了，邵元冲是新南社社员，张默君却是南社湘集社友。

　　陈去病对南社还是很怀念的。1928年11月的时候，他想到南社成立到今已是20年了，于是就与朱梁任等人一商量，11月7日（农历九月廿六立冬）在《民国日报》联名发表《虎丘雅集小启》，决定在苏州虎丘举行雅集，纪念南社成立20周年：

　　吾曹当胡清季世，先与总理组织同盟会于江户，致力革命。又虑国内禁网之繁密，同志之未易纠合也，乃更创南社于吴门，以文字相感召。迄今追溯集会之初，粤为己酉孟冬之朔，盖匆匆二十年矣。虽桥山弓剑，永绝攀号，而南国诸生，犹怀慷慨。际宗邦之混一，庆海宇之升平。爰结同俦，重寻归好。香霏瑶席，看冷蕊之先开（席设冷香阁）；日照云岩，续清游于既往。眷怀芳躅，口动遐心。白日正中，琼筵斯启。凡百君子，幸其鉴诸。南社第一次集会

① 毛泽东：《湘人为人格而战》，1920年6月9日上海《时事新报》。

人陈去病、朱葆康、柳弃疾、朱梁任同启。

11 月 12 日（农历十月初一），南社 20 周年纪念会在苏州虎丘举行。那天虽然天气不好，有些细雨，但由京沪杭各地赴会的依旧很多，有陈去病、费公直、吴相融、凌景坚、陈绵祥、朱剑芒、朱锡梁、包天笑、余天遂、姚光、高圭、沈砺、冯平、狄膺、赵赤羽、胡颖之、邵力子、丘望仑、陶牧、黄宾虹、胡朴安、胡怀琛、胡惠生、郭惜、吕志伊、陆明桓、范烟桥、朱秋岑、范君博、陆兆鹍、庞树松、唐奇、冯飞、冯超、庄先识、韩亮夫、陈乃乾、平智础、张百川等 40 人。

下午 1 时，各社员冒雨登虎丘山千人石上摄影，然后至冷香阁品茗，3 时许下山，至附近清园聚餐，随即开会讨论议案。柳亚子因病未参加，就推陈去病为临时主席。

这次会议，审议了沈道非提议本社事务应否继续进行案，本社失节社员应否除名案，朱梁任提议的李公祠办理案，冯心侠提议的本社纪念特刊应否负责编辑案，陈去病提议的本杜诗文纪念册应否审查案等议案。

会议的一个重大议案就是李公祠案。在审议即将结束时，朱梁任忽触景生情，站起来说："本社同人素以种族革命为主义。忆昔有清之季，李鸿章任北洋大臣，甘心媚满，杀戮汉人甚多，即本社社员亦有遭其毒手者。乃者，国民政府成立，全国统一，此等丑事，胡能听其立祠设祭，长为一般人所恭奉？

虎丘冷香阁

吾等应即日向苏州市政当局提议，将此处所有李鸿章之神位毁去，改祀太平天国李秀成。'李公祠'三字，则仍沿其旧可也。"

朱梁任之议既出，在座十分感动，唯多数人感到改祀李秀成也不妥，更经反复讨论，最后乃决定将李公祠改为南社先烈祠，专祀南社社员之为革命牺牲的像宋教仁、黄兴等人。

议事结束时，时钟已鸣四下，众始兴尽而散。

柳亚子没有参加会议，他后来记述说："当时幸亏没有到会，否则定要不欢而散。"因为他觉得"这些议案大部分和我的主张都是相抵触的"。尽管柳亚子断言这一大堆议案"直到巢南去世的时候还是原封不动地摆着"，但事实上，陈去病在他去世前的五年间，一直在操持着南社的事务。

新南社的历史生命太短促了，到第二年的断奶期，还是1924年"双十节"聚餐会过后就停止了。有人开玩笑，都是柳亚子在《新南社成立布告》里喊"新南社万岁"的结果，只存在一岁多便夭折了。具有讽刺意味的是被柳亚子讥为"偏安于长沙"的南社湘集，在1926年4月出版的姓氏录上有建设固定社址于长沙妙高峰的计划，后来因为北伐战争的影响，难以实行，连社务也完全停顿，但存在的时间要比新南社长一倍。

## "萍水相逢"一百天　剩看秋碧照春红

1926年，是黑暗势力与进步势力大搏斗的一年，也是我国报业史上不幸的一年。两位南社社员、才华横溢的北方报人、著名的《京报》社长邵飘萍与《社会日报》社长林白水相继在北京被北洋军阀张宗昌杀害，前前后后，正好一百天。国人再也读不到他们脍炙人口的揭露黑暗、针砭时弊的文章，惋惜他

邵飘萍

们的遭遇，当时就有人称之为"萍水相逢百日间"。

是年 4 月 26 日清晨，北京城的春天刮起了少有的狂风，刮得人睁不开眼。天色阴森可怖，铅云四合不见阳光。直鲁军军政执法处处长王琦亲自带领执法队从昏暗的牢房中提出一位 42 岁的闻名天下的报人，此人便是以"铁肩辣手"而著称的《京报》社长邵飘萍。此时，他昔日风流倜傥的仪表皆失，透过近视眼镜，一双迷茫、愤怒的目光面对着虎狼般的军警。执法队押着邵飘萍走过他熟悉的北京街道，来到了天桥刑场。

王琦以"乱党"和"宣传赤化"的罪名，宣读了执行邵飘萍死刑的命令。下命令的人是"狗肉将军"张宗昌，而他的后台，便是奉系军阀魁首张作霖。

随着一声尖厉的枪声，邵飘萍年轻的生命结束了，也宣告了北方舆论界"中流砥柱"的崩塌。新闻界、文化界和中国的革命派无不为之惋惜与悲痛。

邵飘萍的一生中，这种惊涛骇浪的风险已经经过多次了，许多次逢凶化吉，然而这一次却没有逃脱劫难。

上海《申报》因邵飘萍的"独家新闻"而闻名于世。他后创《京报》，在我国新闻史上开创了不少新闻之"最"，被称为中国新闻理论的开拓者、奠基人。北京大官讨厌见记者，邵飘萍却能让他们不得不见、不得不谈，旁敲侧击，数语已得要领。

一次，北京饭店里热闹非凡，全体阁员、总统府和国务院秘书长都到场了，宴请的主人就是邵飘萍。酒过三巡，觥筹交错间，这些要员都放开了，你我谈话间都显露自己的能耐，于是在不经意间不少机密信息泄露出来了。邵飘萍却是醉翁之意不在酒，他事先已在隔壁房间安排了人，备好电报纸，将这些要员的话一一记录在案。又让两辆自行车在门外等候，消息随写随发。宴会还未结束，消息已到达上海。两天后，在京阁员见到《申报》上的报道，大惊失色，而邵飘萍也就名声在外了。

几年前的一天，邵飘萍来到了内阁会场，因为他得知一个消息，今天要讨论"金佛郎案"。所谓佛郎，就是法郎在当时的译名。因是涉及庚子赔款，是保密的事情，记者是不能列席参加的。邵飘萍早早地来了，守候在会场的门侧。不一会儿，法国公使一行大摇大摆地来了，邵飘萍一看有机可乘，就赶紧走了上去，不慌不忙地跟在了后面，门卫以为他是法国公使的随从，也就没有阻拦他。进了会场，果然被他采到了一条独条新闻，庚子赔款中法国部分本来可以用纸币来赔偿，但是法国国内通货膨胀使纸币贬值，于是法国要求中国用黄金代替纸币，于是中国因此而多支付了八千万元。第二天，关于"金佛郎案"的讨论内容便见诸报纸，引起民众的激愤，政府对邵飘萍十分愤恨。

就是因为他时常撰文揭露贪官污吏、地方豪绅丑行和政府的阴暗面，因而他曾多次遭追捕。1912年邵飘萍在杭州与辛亥革命时期著名报人杭辛斋合作创办《汉民日报》，邵飘萍任主编，办报三年，三次被捕，然而他毫无畏惧。袁世凯窃国后，邵飘萍在《汉民日报》上仍这么说："袁总统令云，苟且贿赂一体禁绝。振青曰：请自大总统始。"快评字字见血，浙江权贵深恨之，于1913年8月查封《汉民日报》，逮捕邵飘萍，后获释。1914年，该报被袁下令查封，邵被捕，经营救出狱，逃亡日本。1916年7月，在北京创办新闻编译社，揭露以段祺瑞为首的北洋军阀的种种丑恶行径，遭到军阀忌恨。1919年在"五四"期间邵飘萍创办了《京报》，数次刊发激烈言论抨击段政府，后来《京报》遭到封禁，他遭到追捕，化装后被迫再次流亡日本。

1924年，冯玉祥发动北京政变，率部从山海关前线倒戈，囚禁贿选总统曹锟，导致直系军阀吴佩孚的大败。段祺瑞被推为中华民国临时执政。冯玉祥率国民军进北京后，臂章上"不扰民，真爱民"的口号并不虚妄，北京城内颇有一番新气象。于是邵飘萍便在《京报》不断撰文赞扬，并声援冯玉祥的进步主张。

冯玉祥

邵飘萍的思想愈来愈激进，而政府对付他的手段则愈来愈强硬。1926年3月18日，发生了震惊中外的段祺瑞政府在北京制造枪杀请愿群众的流血事件。3月12日，冯玉祥的国民军与奉系军阀作战期间，日本军舰掩护奉军军舰驶进天津大沽口，炮击国民军，守军死伤十余名。国民军坚决还击，将日舰驱逐出大沽口。日本竟联合英美等八国于16日向段祺瑞政府发出最后通牒，提出了要求撤除大沽口国防设施的无理要求。3月18日，北京140余个团体和北大、清华等80余所大中小学校包括邵飘萍创办的务本女子大学等群众五千余人，由李大钊主持，在天安门集会抗议，要求拒绝八国通牒。队伍游行至国务院门前，遭到政府军警枪杀，打死47人，打伤200多人，时称"三一八惨案"。中共北方区委李大钊、陈乔年均在斗争中负伤。鲁迅把3月18日称作"民国以来最黑暗的一天"。

邵飘萍得知消息，坐不住了。他与李大钊是同志，就在上一年，他经李大钊、罗章龙介绍加入了中国共产党。于是，他主办的《京报》连续两天以两个整版的篇幅报道了"三一八惨案"，并持续报道了将近一个多月。邵飘萍本人则急赴各地采访，还写下大批揭露、驳斥、抗议和警告政府的文字，其中写道："世界各国不论如何专制暴虐之君王，从未闻有对于徒手民众之请愿外交而开枪死伤数十百人者。若必强指为暴徒乱党，则死伤之数十百人明明皆有姓名学历以考查，政府不能以一手掩众目也……此项账目，必有清算之一日。"他撰文宣告政府"罪实无可逃"，并严正提出组织"特别法庭"，指名缉拿"执政总理"为首的"政府凶犯"，公开审理"如此故意犯罪凶杀多人之案"，使犯罪者伏法。

当时反动军阀惧怕邵飘萍的名声，又想利用《京报》为自己做宣传，施展了软硬兼施的手段。张作霖曾汇款30万元企图收买邵飘萍，遭到拒绝。他说："张作霖出30万元买我，这种钱我不要，枪毙我也不要！"于是张作霖下令：打到北京后，立即处决邵飘萍。4月15日，张宗昌率军入京，段祺瑞政府垮台，奉张集团窃取了北京政权。他们占领北京后，钳制舆论，封闭报馆，捕杀报人。

邵飘萍对骤变的风云不是没有觉察。冯玉祥部一撤离，他便立即躲入东交民巷外国使馆区里的六国饭店，而军界是不能也不敢进入使馆区捕人的。一住数天，到了 4 月 24 日这天，他碰上了张汉举。

张汉举在北京也办了一家小报《大陆报》，宗旨与《京报》正好相反，专为入主中枢的北洋军阀唱赞歌，像只马勺边上的苍蝇，奔走于权贵之门，以讨些残汤剩饭混日子。此人有个绰号，叫"夜壶张三"，这是青楼中的姑娘们首先叫起来的，后渐渐成为公认的名号。夜壶在北方即夜中方便的尿罐。因其满嘴脏话，臭气连天，再加上他好吹牛，故弄玄虚，妓女们便送他这个贴切的"雅号"。

邵飘萍与"夜壶张三"是旧交，邵飘萍不知道这人已被军阀以造币厂厂长之职和两万元大洋的诱饵收买。当时正愁无人闲话，了解信息，于是便与"夜壶张三"闲聊起来。

"夜壶张三"说："危机已经过去，《京报》馆并无查封，说明你没有什么危险。"他故作神秘地说："我在当局处有熟人，你已无事了。回家不会出问题的。"清清冷冷的邵飘萍不堪寂寞，便于当夜想潜回家中取些文稿，谁想一离开使馆区，便被王琦的军法处军警布下的埋伏所逮捕，被折磨至半夜。

邵飘萍被捕惊动当时北京的报界，报界同人立即出马营救。上海《新闻报》《时报》《商报》和汉口《正议日报》的驻京记者以及《北京晚报》《五点钟晚报》《中报》《公报》、万国电信社、神州通讯社、益智通讯社、民生通讯社、报知新闻社的记者都出动了。

25 日下午 3 时，报界召开大会，讨论营救方法，当时就推定代表 13 人前往张宗昌司令部请求释放邵社长，而此时《京报》馆才被军警查封。代表们对张宗昌的部下说："我们是北京报界选出的代表，前来保释邵飘萍。如果邵飘萍所犯罪名为宣传赤化，那么北京的报界全体岂不是都同情赤化吗？"

"狗肉将军"张宗昌则骂道："我非要看看，是他的笔厉害还是我的枪厉害！"他还说："取缔宣传赤化分子，早经奉天军事会议决定，警厅奉命执行，邵飘萍不过其中一人而已。"

代表们见张宗昌不讲道理，一时无所适从。这时有人说道："张学良与邵飘萍曾有私交，我们是否去求求张少帅，看他能不能出面相救。"这得到了大家的赞同，于是，13 名代表赴石老娘胡同去访张学良。

张学良接见了他们，一见面各代表说明了来意。

张学良说："逮捕邵氏一事，老帅与吴子玉及各将领早已有此种决定，并定一经捕到，即时就地枪决。"代表们请他说情。张学良说："此时邵某是否尚在人世，且不可知，唯此次要办邵某，并非因其记者关系，实以其宣传赤化，流毒社会，贻误青年，罪在不赦，碍难挽回，而事又经决定，我一人亦难做主……"

张学良的一席话，让代表们了解了逮捕且欲杀害邵飘萍是直奉联军既定的方针，虽然少帅与邵飘萍此前也有私交，但他绝不可能擅自违背已由直奉军阀各将领铁定的计划。

直奉联军进入北京，为了借"反赤"获得出师之名，并以此控制局面，势必要拿几个人头来开刀问祭。13 位代表听了张学良的回答，面面相觑，他们不愿意失去最后的希望，又再三解释和恳请，但张学良始终没有动容。最后，张学良终于讲出这样的话来："飘萍虽死，已可扬名，诸君何必如此，强我所难。"他还对代表们表示：他是宁肯"一一负荆请罪"，但"此事实无挽回余地"。这时，会见已经持续了三个多小时，张学良已经渐渐失去耐心，借口要去参加一个会议，起身送客。这样一来，代表们只好含泪而归。军团司令部连夜审讯，仓促定谳，1926 年 4 月 26 日凌晨便将邵飘萍秘密枪杀于北京天桥。刑场上，邵飘萍表现得非常从容镇定，传说当时他对现场进行监督的官兵说了句："诸位免送。"然后就仰天大笑，从容就义。邵飘萍时年四十岁。

邵飘萍死后，其妻汤修慧接办《京报》。这位坚强的女子，居然能够继续坚持办报宗旨，顶住压力而将报纸办下去，堪为女中豪杰了。

邵飘萍之死，引起全国愤慨，各界纷纷举行大规模示威游行及悼念活动，报界在显要位置刊登飘萍被杀真相，如《民国日报》的"飘萍竟被枪毙"，《申报》的"哭飘萍并告国人"，《大公报》的"飘萍君横遭惨

邵飘萍之妻汤修慧

死之真因”等。

中国共产党机关报《向导》周刊对此有深刻的揭露。第151期和154期报道："今年5月1日前三星期，反动军阀张作霖、吴佩孚的军队占领了北京，北方民众革命运动概受摧残，革命领袖概被通缉，左倾的进步的报馆被封，左倾的进步的新闻记者被枪毙。"

5月12日，当时通电下野到苏联游历的冯玉祥，在莫斯科的报纸上得知邵飘萍被害一事，悲痛不已。他在日记上写道："归来阅报，知邵飘萍被枪毙，至为惋惜。中国言论不自由，于斯极矣。"

邵飘萍遇难了，但他的名字留在了许多人的心中。1936年夏天，在陕北保安的窑洞里，借着摇曳的烛光，毛泽东向美国著名记者埃德加·斯诺讲述自己成长的历史，说道："特别是邵飘萍，对我帮助很大，他是新闻学会的讲师，是一个自由主义者，一个具有热烈理想和优秀品质的人。"原来邵飘萍还曾经是毛泽东的老师。1918年，邵飘萍与北京大学校长蔡元培及教授徐宝璜一起创立了"北京大学新闻学研究会"，毛泽东早年在北大当图书馆管理员时，曾参加新闻学会，从而结识了邵飘萍。邵飘萍当时为新闻学会讲师，给了毛泽东不少帮助，毛泽东除听课外还多次去邵飘萍家拜访，聆听老师的教诲。

在邵飘萍遇难不久，另一位南社社员林白水也被张宗昌杀害了。

林白水也是个爱憎分明、敢说敢干的人。1921年他与胡政之等人在财政总长周自齐的支持下，创办《新社会报》，林白水为社长，胡政之为总编辑。1922年2月10日，因直系、奉系军阀矛盾尖锐，大战在即，林白水在《新社会报》刊登直系大将吴佩孚搬运飞机炸弹积极备战及盐余、公债财政黑幕等消息，该报被北京警察厅勒令停刊三个月。直到直奉战争结束，直系军阀曹锟、吴佩孚战胜奉系军阀张作霖，奉系全部撤出关外，《新社会报》才被准予复刊，但改名为《社会日报》。1923年10月，曹锟贿选大总统，林白水借机攻击众议员受贿，触怒直系军阀。林白水被军警捉去，银铛入狱，《社会日报》又遭封闭。直到1924年1月，林白水才被释放，《社会日报》继续出版。

复刊后的《社会日报》风格不变，以要闻、时评为主，报道的许多内容成了人们街谈巷议的热点。林白水文章"尖刻突兀，易于动人"，又"喜议论个人长短，甚或揭人隐事"，或"涉及权贵私德问题，形容备至，不留余地"。

他办的报纸深为城市人民所喜爱。1925 年 5 月，上海纱厂日籍工头打死工人顾正红，激起全国大规模的反对日本等帝国主义的"五卅运动"。林白水的爱国热血一时沸腾，《社会日报》发出特别启事，宣布拒绝刊登发表日、英等国商品的广告，以实际行动声援"五卅运动"。

林氏办报，不比邵飘萍的阔绰，经费紧张便是头疼之事，于是每刊上必刊登《林白水卖文字办报》的启事，要求社会人士予以资助。1925 年夏，林白水为"树改造报业之风声"，在《社会日报》创办副刊《生春红》，以扩大读者面和社会影响。

"生春红"原为一方名砚之名，为清乾隆年间号称"十砚老人"的黄莘田所有。黄氏在广东端州（今肇庆，以出端砚闻名）时，与其宠姬金樱买下一方名砚，取苏东坡诗"小窗书幌相妩媚，令君晓梦生春红"之句中"生春红"三个字。得名砚不久，金樱便病逝，而砚中所磨之墨汁犹未干。黄莘田睹物泪流，在砚背镌诗一首："端江共汝买归舟，翠羽明珠汝不收。只裹生春红一片，至今墨沛泪交流。"此砚在黄莘田身后辗转流落，幸为林白水所得。林白水深爱之，所办副刊名《生春红》，所居书房名"春红斋"。而此砚的名气在士人中间亦很大，人人有怀此砚之心。

林白水

林白水办《生春红》文字益显锋利，剜肉割肤，令暴戾军阀刺痛。1926 年 4 月 16 日，直奉军阀进城之后，林白水仍旧发表时评赞扬冯玉祥的部队撤出北京时秩序井然。这一"见面礼"自然引起吴佩孚、张作霖的忌恨。张宗昌心里像塞了一把驴毛，满腹不快，埋下杀害林氏的种子。

在邵飘萍被害当天，林白水在所撰时评中指出："军阀即成阀，多半不利于民，有害于国。"他认为凡有天良的记者，应该替平民百姓讲话，不应去向军阀献媚。他针对奉鲁军"讨赤"的无耻谰言，

343

一针见血地指出："时至今日，若犹以讨赤为言，兵连祸结，则赤党之洪水猛兽未见，而不赤之洪水猛兽先来。"张作霖、张宗昌之流对此论更是怀恨在心，伺机报复。

林白水应记取同业邵飘萍之殷鉴，但为了代百姓哀告，他仍大声疾呼，无所顾忌。面对武装到牙齿的军阀，他对好心劝他收敛的亲友说："世间还有公道，读报的还能辨别黑白是非，我就是因为文字贾祸，也很值得。"

5月12日，林白水顶着杀头的风险，在《社会日报》头版发表《敬告奉直当局》："吾人敢断定讨赤事业必无结果，徒使人民涂炭，丧国家元气，糜费无数国帑，牺牲战士生命，甚为不值。"5月17日，他在时评《代小百姓告哀》中更将批判的矛头指向残暴的直奉联军：

> ……直奉联军开到近畿以来，近畿之民，庐舍为墟，田园尽芜，室中鸡犬不留，妇女老弱，流离颠沛。彼身罹兵祸之愚民，固不知讨赤有许多好处在后，而但觉目前之所遭之惨祸，虽不赤亦何可乐也！

当血色恐怖、北京众报记者噤若寒蝉之时，林白水仍敢于拍案而起，讲几句真话，其脊梁之硬、胆气之豪、良知之灼然，一时无二。考古学家容庚曾在林白水家做过家庭教师，在他眼里，林白水酷似东汉末年击鼓骂曹的狂士祢衡，说林白水"视权贵蔑如也。其所办日报，抨击军阀，笔锋犀利，如挝渔阳之鼓……其身世与祢正平略同"，祢、林两人最终同遭杀身之祸，结局也一样。林白水的时评使直奉军阀极为愤怒，杀机就此伏下，林白水命在旦夕。

1925年8月5日，林白水在《社会日报》上发表时评《官僚之运气》，更是直接招致杀身之祸。这篇文章得罪了一个阴险毒辣的政客，此人姓潘名复，是直系军阀张宗昌跟前的头号心腹爱将，号称"智囊"。

且看林白水骂功十足的文字：

> 狗有狗运，猪有猪运，督办亦有督办运，苟运气未到，不怕你有大来头，终难如愿也。某君者，人皆号称为某军阀之"肾囊"，因其终日系在某军阀之胯下，亦步亦趋，不离晷刻，有类于肾囊累赘，终日悬于腰间也。此君热心做

官，热心刮地皮，固是有口皆碑，而此次既不能得优缺总长，乃并一优缺督办，亦不能得……甚矣运气之不能不讲也。

林白水故意用"肾囊"和"智囊"两名词在字形上的相似影射原北京政府财政次长潘复，把潘与张的关系极为滑稽而又十分形象地比喻为肾囊之系于胯下，可谓刻薄之极，挖苦之至。文中还奚落潘复拼命钻营，如意算盘却屡屡落空的窘况，大有"笑人齿缺曰狗窦大开"的意思。

当晚，林白水接到了一个电话，勒令后天在报纸上刊出更正声明，并且公开道歉。原来是潘复读到了《官僚之运气》，勃然大怒，叫人给林白水打电话。林白水从容地回答："言论自由，岂容暴力干涉。"断然拒绝潘某的要求。

这下潘复就去找他的主子了，他在张宗昌面前哀哀戚戚地哭诉，请"狗肉将军"为他做主，将林白水处以极刑。笔杆子斗不过枪杆子，军阀张宗昌草菅人命多矣，做个顺水人情，下令杀掉一位手无缚鸡之力的报人简直就是小菜一碟。潘复得到许可，立刻给林白水安了个"通敌有证"的罪名，定下死罪。所谓的"敌"，指的是不久前刚刚撤出北京的冯玉祥，有此一项指控，绝对是杀无赦。

1926年8月6日凌晨1时，京畿宪兵司令王琦奉张宗昌之命，乘车来到报馆，略谈数语，便将林白水强行拥入汽车。报馆编辑见势不妙，赶紧打电话四处求援，林白水的好友薛大可、杨度、叶恭绰等人急匆匆赶往潘复的住宅，找到正在打牌的张宗昌及潘复，为林白水求情。薛大可长跪不起，王琦与潘复耳语后离去。

时间已是凌晨2时，张宗昌见薛大可还跪在那里，在薛大可等人的表白下，张宗昌意识渐趋清醒，为了一个肾囊与睾丸，竟把一条命打进去，也有些不太合适，特别是对言论界人士更有些不妥。于是改变心思，决定放林氏一马，就抄起电话往宪兵司令部打，接电话的正是王琦。张宗昌说同意将"立即枪决"的命令改为"暂缓执行"。王琦报告说，林白水已于半小时前被绑赴天桥枪决。事已至此，张宗昌与众人只好表示此系天命，无力回天了。

其实这是潘复与王琦串通，谎报行刑时间，定要置林白水于死地。事实上，这个时候林白水仍然活着。潘复见到几位京城名流前来说情，料想张宗昌毕竟对言论界人士还有顾虑，可能会被说动并放掉林，遂与王琦出门紧急商讨。王琦是潘在山东时的旧交，而王琦的宪兵司令位子也是靠潘在张宗昌面前费了力气才弄到手的，因而王琦对潘唯命是从。为置林白水于死地，潘、王二人想出了一个谎报行刑时间的计谋，此计果然成功。

8月6日凌晨4点10分，林白水被押赴天桥刑场枪决，时年52岁。遇难之时，林身穿夏布长衫，须发斑白，子弹从后脑入，左眼出，陈尸道旁，双目未瞑，见者无不为之骇然伤心。由于林的就义之日与邵飘萍之死恰好间隔百日，于是就有了"萍水相逢百日间"的说法。

当年，北京新闻界激于义愤，为邵飘萍、林白水这两位新闻史上的烈士召开了盛大的追悼会，会场高悬一联，把两人的名字嵌入其中，满是悲恍痛悼之意：

> 一样飘萍身世
>
> 千秋白水文章

## 成舍我死里逃生　　指控案不了了之

被张宗昌抓去的著名报人还有《世界日报》主笔成舍我。他是在林白水被枪毙的第二天，即8月7日落到张宗昌手中的。那天，三辆卡车急停在手帕胡同35号成舍我的家门前，一群如狼似虎的直鲁联军士兵涌进四合小院，将上房的成舍我一把揪住，提溜小鸡般地拉上卡车，之后便径直去了宪兵司令部的黑牢。

宪兵司令王琦狞笑着："成舍我，这次我看你要被舍了！"

成舍我办的报纸

监牢里，天天有犯人被拉出去，几声枪响，便再也不见人回还。成舍我在黑牢里心惊肉跳地待了四天，第五天的早上，突然牢门被打开了。一位狱卒叫嚷着："成舍我，出来！"

成舍我终于等到了行刑的日子，他稍稍整了整衣襟淡淡地说："不合规矩啊？送人上路怎么也得让吃一顿。"

一个班长模样的笑了："怎么？这牢饭还没吃够？上外边吃好的。"

他被押到宪兵司令部。一进去，就看见王琦，还有一位留着花白胡须的老者在场。

王琦："来人报上名来！"

成舍我："在下成舍我。"

王琦："慕老，对吗？"

那位老者走到成舍我面前仔细看着，颔首："正是此人。"

成舍我拱手："慕老，不好意思，这么大岁数还来送我最后一程。"

老者笑笑，却对王琦说："王司令，人，我带走了！"

"慢！"王琦拿出一张帖子，"慕老，麻烦您走个手续。"

老者接过，戴上老花镜一看，只见上面写着："兹送上成舍我一名，请查收。"

老人看后放在口袋里，又拿起毛笔在另一张纸上写道："兹收到成舍我一名，谢谢。"落款：孙慕韩。

之后，老者带着成舍我出了宪兵司令部大铁门，坐上东洋车，穿过了熟悉的街道，恍若一梦。成舍我先前是在北京《益世报》做总编辑的，离开该报后，在众议院当秘书，又在教育部做秘书。他是个不甘寂寞的人，精力充沛，从新闻界跳入政界，在政界又兼做新闻，自己又办了一张《世界晚报》，请写

347

**成舍我全家**

小说闻名的张恨水包办副刊，张恨水给副刊取名《夜光》。以北京官场为背景，写了小说《春明外史》在副刊上发表，从1924年4月12日连载到1929年1月24日，约有百万字，很受读者欢迎。

大约到1925年前后，成舍我觉得晚报不如日报神气，就找了些搞政治的人出钱支持，买了两架平板机、小机器、石印机，又在石驸马大街找了一处大房子，编辑部里又请了十几个人，办起了《世界日报》，其副刊《明珠》还是由张恨水包办。还有张友渔、马彦祥、朱虚白、胡春冰等一起办副刊。张恨水的《金粉世家》也在这里连载。

再说那位被称作"孙慕韩"的究竟何人？他怎么能救成舍我呢？

孙宝琦（1867—1931），字慕韩，晚年署名孟晋老人，浙江杭州人。清山东巡抚，民国时期外交总长。1924年1月，任曹锟大总统的国务总理。

"慕老，大恩不言谢，但我还是要说一声，谢谢！"成舍我诚挚地说。

孙宝琦摇头："我哪有这么大的面子？是你命不该绝，你被捕的当天，正是张宗昌娶姨太太的好日子，往后拖了几日，我才有时间活动。"

原来，孙宝琦事前并未想到自己会当内阁总理。他做税务督办，每月坐

孙宝琦

领纹银 1200 两，突然曹锟叫他组织内阁。他兴高采烈地回到北京来，才知道这件好事是他的妹夫颜惠庆从中做成的。他满拟延揽几位知心朋友入阁，不料曹锟拿出一张名单来，孙宝琦看了这张名单，不由得倒抽了一口冷气：原来"责任内阁"的全体阁员都是由"总统"指派的。他吞吞吐吐地提出了一个意见，认为王克敏在国会中有查办案，不宜提出，请改提龚心湛为财政总长，曹锟就满脸不高兴地表示不能接受。孙觉得身为内阁总理，竟要照单全收，心中也不舒服，赌气到海淀承泽园去"避嚣"。但是，颜惠庆前来劝驾的时候，他又觉得总理得来不易，便又不声不响地跟随颜惠庆进城了。

曹锟叫孙宝琦做国务总理，本来是看中了这位"老成练达"的旧官僚，能够百依百顺，不会像过去一样经常有府院政潮发生。自从孙宝琦上台以来，王克敏仍然以责任内阁自居，孙宝琦和王克敏大闹意见，王克敏赌气请假不到部。王克敏是曹锟最信任的人，因此曹锟对孙的感情更恶化了。

王克敏还控制了京师的报馆，发给津贴，于是各报都发表拥王反孙的言论。孙宝琦自己的薪水也遭到拖欠，无法敷衍报馆。只有成舍我的《世界晚报》销路不错，成舍我还发表过支持孙宝琦的文章，还不时在报端刊载几首打油诗讥讽王克敏。孙宝琦自然对成舍我心存感激。7月，孙宝琦辞去国务总理，曾叫长公子拜访了成舍我，而成舍我也拜会了孙宝琦两次。

成舍我办《世界晚报》时，为了节俭，报馆就设在手帕胡同 35 号自家住宅。此时他已成家，妻子是他的好帮手。就在晚报声誉益隆之际，他踌躇满志，已经在筹划着创办《世界日报》了。

1925 年 2 月 10 日，《世界日报》以对开四版（两个月后增至对开八版）创刊，社址迁至石驸马大街 90 号。日报宗旨一如其旧，不改初衷，以夹叙夹议的新闻报道和评论文章见长。日报问世不久，发生了震惊中外的"五卅惨案"。该报陆续刊载许多揭露新闻，并募捐援助上海罢工工人。6月10日发表署名"舍我"的时评《沪案唯一之目标》，主张惩凶、赔偿。

次年"三一八惨案"发生后，日报以大量篇幅刊登了有关惨案的新闻和照片，发表了署名"舍我"的时评《段政府尚不知悔祸耶》，在谴责军阀当局镇压学生爱国运动的同时，提出了段祺瑞政府引咎辞职、惩办凶手和抚恤死难者三项要求。这些时评喊出了时代的声音。

正因为如此，几个月后，革命军退出北京，奉系军阀控制了北京政府，成舍我面临杀头之灾。此时，孙宝琦出面，施以援手，救了成舍我一命。

蒋介石北伐后，国民政府定都南京，首都建设蓬勃发展，一时间，新闻事业亦应运而生，各个报纸都争相在南京创办。

成舍我是在南京出生的，与山清水秀的江南有感情，再加上办报必须有政府里的关系，于是就到南京，在国民政府中奔走，办起一个《民生报》。《世界日报》的财务交给他的太太杨璠管理。

国民革命军北伐成功后，一天，成舍我从南京回北京，在景山公园游玩时，碰上下野的军阀张宗昌。

张宗昌拦住去路，假装斯文："成先生，你认识我吗？"

成舍我摇头："面生得很，不知阁下……"

张宗昌哈哈笑着："我就是曾经抓过你、要枪毙你的张督办！"

成舍我也笑着回答："你就是那位山东人说的'搁点葱，放瓣蒜，锅里煮着张督办'？是否还想补我一枪？"

张宗昌连忙说："没有的事，那次真对不起，我枪下留情，还请先生笔下留情！"说罢哈哈大笑，两人一阵捧腹。

成舍我拱手告辞。

但是，随着国民党专制统治的加强，北洋时代那种百家争鸣的局面早已一去不复返，而大多数南社报人的风格还停留在北洋时期，所以经常出现言论被限制、报馆被封闭的现象，只是这些文化人一时还接受不了，屡屡发生与政府和管制条例相左的事来，出现胳膊拧大腿的现象。

因此，叶楚伧被蒋介石"招安"以后，成为中宣部部长，摇身一变，由

彭学沛

敢作敢为的报人成了收拾报人的打手。1933年8月6日，叶楚伧宣布变更新闻检查办法，规定由中央党部发表国际国内政治情报及宣传大纲作为各报发刊标准。他还召集新闻界训话，要求遇事与中央党部协商，保持一致，被扣留的消息与稿件一律不准刊布。

1933年6月底，刚创刊的《反战新闻》被停刊。10月12日，国民党中常会通过《取缔不良小报暂行办法》，规定在《出版法》未修正前所有小报呈请登记案一律缓办，已登记之小报如发现有"言论荒谬，记载失当"等情况，停止其发行权。30日，国民政府训令行政院专饬遵行。

成舍我《民生报》的销路一向较广，在南京占前三甲。1934年5月24日该报刊载社论，谓国民政府行政院政务处长经营行政院官署，有贪污舞弊之嫌。26日，行政院指其为"恶意造谣"，令该报停刊三天。5月29日，该报复刊，又发表社论《停刊经过如此，敬请全国公民公判》，表示要依法与之抗争。

国民政府行政院政务处长彭学沛为此向江宁地方法庭起诉，指控《民生报》经理成舍我"恶意造谣"，"妨害公务和名誉"。成舍我一再捅马蜂窝，也引起行政院长汪精卫的大怒，认为这是某派打压汪派之暗潮，立马手谕军警：勒令《民生报》停刊，并由首都宪兵司令部将成舍我"请"去关押40多天。

那天，已是初夏，成舍我手握一柄折扇，神色自若地说："我坐牢不算一回事，连张宗昌都不怕，还怕他汪精卫！"

此言传到汪精卫耳中，更是火上浇油，他恨恨地说："事到如今还嘴硬，我永远不准他再办报！"

该案成为轰动全国的大案，成案后交由白下路江宁地方法院审理。成舍我有不少海外朋友以为他已被害，纷纷打电报慰问其家属。开庭时正值南京酷暑，法官、法警和旁听者无不挥汗如雨；成舍我轻摇折扇侃侃而谈，引经据典，援古证今，口若悬河。听者为之动容，不时发出一两句叫好声。

法院几次开庭，双方激烈争辩，互不相让。不少好友去拘留所看成舍我，劝他："我们办报人与最高当局对抗，无疑是鸡蛋碰石头，何苦呢！"

成舍我脖子一拧："我的看法恰与你不同，我这个鸡蛋就要与汪精卫这个石头碰，最后的胜利必属于我！"

朋友摇头："这如何可能？"

成舍我自信地说："肯定能，汪精卫不能做一辈子行政院长，而我可以做一辈子新闻记者。"

后经端木恺、程沧波等周旋，这场官司才不了了之。40天后，成舍我获释。南京不能办报，他就去了上海，报人还得靠办报吃饭。

1935年9月20日，由成舍我、胡朴安、萧同兹、严谔声、吴中一等新闻界人士集资，创办《立报》。

第九章　北伐建国

## 廖仲恺广州被刺　汪与蒋联手逐胡

自从确立了"联俄、联共，扶助农工"的三大政策，孙中山仿佛将国民党带进了一片新天地，革命的形势顿时峰回路转，柳暗花明，一派生机。特别是黄埔军校的创立，那是国共合作的典范，很快训练出一支有战斗力、有理想、有纪律的革命军，于是旌旗所指，所向披靡，广东统一于青天白日旗下，成了革命的策源地。

遗憾的是，孙中山没能亲眼见到这一切。在这期间，由于北方形势突变，孙中山抱病北上，却不幸罹疾而逝，让人痛心不已。

根据孙中山的遗愿，改组大元帅府为国民政府。1925 年 7 月 1 日，国民政府在广州正式成立，汪精卫全票当选为国民政府主席兼军事委员会主席。其组织采取委员会议制，推定汪精卫、胡汉民、张静江、谭延闿、许崇智、于右任、张继、徐谦、林森、廖仲恺、戴季陶、伍朝枢、古应芳、朱培德、孙科、程潜 16 人为政府委员，汪精卫、胡汉民、谭延闿、许崇智、林森为常务委员。此外，国民政府下设 3 个部，分别为外交、军事、财政，由胡汉民、廖仲恺、许崇智分任部长。

从以上名单中，可以看出南社（新南社）的分量。政府委员中，十六占其五，另有一名常务委员，一名部长。

廖仲恺是新南社重量级的人物，用柳亚子的话说，汪精卫是老南社的代表人物，以诗词著称；而廖仲恺则是新南社的代表人物，以散文著称。

廖仲恺身材不高，典型的广东人长相，但眉宇间一颗醒目的黑痣却使人

廖仲恺与孙中山在广州

十分容易辨认。虽然身材瘦弱，却心雄万夫，跟随孙中山后就一直致力于革命，是孙中山的得力助手之一，他与汪精卫及胡汉民并称为孙中山麾下三杰。

廖仲恺长于理财，曾任过中华民国军政府财政次长，署理财政总长；中华民国政府财政部次长，广东省财政厅长。所以现在由他继续执掌财政，那是人尽其才，恰得其所。

廖仲恺还是国民党中著名的左派人士，坚决执行贯彻孙中山的三大政策，对名利也特别淡然，在国民党高层人士中威望极高，说话也有影响力。所以，胡汉民认为，汪精卫这次全票当选，一定是廖仲恺活动的结果。有一次廖仲恺与他商量工作时他就恼火道："我本来不懂外文，却为何让我当外交部长，这不是胡闹吗？"

如果说胡汉民对廖仲恺的不满仅仅局限于发发牢骚，那么他的堂弟胡毅生就没有节制了。

胡毅生是个极右分子，与他来往的也都是右派圈子中人，如孙科、邹鲁、伍朝枢、邓泽如、吴铁城、林直勉数人。

所谓人以群分，物以类聚。这几位右派人物凑到了一起，批评起政治来就没了边际，他们主要攻击国共联合的政策，而攻击的具体矛头则指向了贯彻孙中山主张的廖仲恺。他们骂廖仲恺是被人利用，祸害国民党。特别是胡毅生，情绪最为激动，竟攘臂道：

"庆父不死，鲁难未已。有姓廖的这种人，国民党迟早被共产党鸠占鹊巢。所以，我们要考虑到行使非常手段。"

孙中山的公子孙科也在现场，听了胡毅生的话不觉浑身一冷，所谓的非常手段就是指在肉体上消灭廖仲恺了。他虽然也是个右派分子，但对于刺杀他父亲的忠诚战友，党国元勋，还是觉得于心不忍，因此劝阻说："倒廖仲恺的台是可以的，但是万万不能采取暗杀手段。"

不知道胡汉民是如何表态的，说起来他与廖仲恺交情匪浅，长期以来一直共同追随孙中山左右。廖仲恺待人诚恳、虚心，以胡汉民那种脾气，平辈之人是很难与之相处的，独与廖仲恺很少发生龃龉。

胡汉民

举一个例子，黄埔军校开办以后，胡汉民也被孙中山点将，任命为军校政治教官。但他以元老自居，好摆架子，很难请得动，军校政治部为他安排的课程和讲演也时常由别人代之。意见反映到廖仲恺那里，廖仲恺总是先为胡汉民开脱，说胡汉民公务繁忙，应该理解。然后再跑到胡汉民那里婉言再邀，那一份诚恳真让人感动。胡汉民心里也大为受用，觉着冲着廖仲恺的面子也不能不去。

但是，尽管不能说胡汉民对"廖案"有重大嫌疑，却至少难脱失察之罪，因为胡毅生等人的聚会有好几次都是在他的府中举行。若说他亲手布置操纵，似乎还不至于心狠手辣到如此地步。此公虽说思想右倾，但品行上不能称卑鄙。比如说这次选举国民政府主席，虽然他也挺热衷，但选票上却是填的汪兆铭大名。反观汪精卫，却是毫不客气地选了自己。

胡毅生的行为却是越来越出格，最近又经营了一家名为"文华"的俱乐部，专作聚会的地方，聚赌吃喝。右派分子也常常在那里纠合随从，公然大放厥词。廖仲恺是他们骂得最凶的人，后来因"廖案"被通缉的几个重要嫌疑人胡毅生、林直勉、朱卓文都是那里的常客。

对于外面的险恶形势，廖仲恺是有所察觉的。据一份密报报告，在搜到的一封法西斯派的学生信中，里面写着"黑衣领袖有奖励"，但不知指的是谁。

廖夫人何香凝这几天也听到有人要谋害丈夫的消息，据说要杀的目标还不止一人。黄埔军校校长蒋介石前几日就在回军校办事处的路上遭人伏击，因此她提醒廖仲恺要多加防范。

谁知廖仲恺却不以为然，他对何香凝说："增加卫兵，只好捉拿刺客，并不能阻挡他们行凶。我是天天到工会、农会、学生会等团体开会或演说的，而且一天到晚要跑好几个地方，他们想要谋杀我，很可以装扮成工人、农民或学生模样，混入群众中下手的。"

"我生平为人做事，自问没有对不起党，对不起国家，对不起民众的地方。中国如果不联俄、联共，就没有出路。他们如果安心想来暗杀，防备也是没有用处的。总之，生死由他去，革命我总是不能松懈一步的。"

何香凝虽然觉得他的话有些道理，但毕竟放心不下，还是加派了一位卫士，又知会了当时的公安局长吴铁城，她未想到，吴铁城也是个右派人物，从内心里是恨透廖仲恺的。

1925 年 8 月 20 日，这个悲痛的日子何香凝永远忘不了。这天早晨，她与廖仲恺同车到中央党部开会，刚下车，一阵罪恶的弹雨扑面而来夺走了廖仲恺的生命。天不佑党国，仅不过半年左右，孙中山、廖仲恺这两位擎天人物就相继长逝。

正在省城军校办事处的蒋介石刚准备去中央党部开会，突然接到电话："廖仲恺先生到中央党部开会，早到了一刻，在党部大礼堂门前遭暴徒刺杀。"蒋介石摔下电话，脸色苍白，他立即赶到现场，分开众人，抚尸大哭。

蒋介石的这份悲痛不是装出来的，他与廖仲恺搭档，分任黄埔军校校长和党代表。廖仲恺资历深、地位高，却从不见他发号令、摆架子。一切事情都放手让他去做，从不掣肘。回想黄埔初创时，经费何等紧张，廖仲恺却安慰他："军校款，弟不问支出，兄亦不问来源，经费不乏，尽管安心办去。"

廖仲恺为这一纸承诺，要费多少精力和心血，对此，蒋介石十分明白。据何香凝回忆，当时黄埔的军费按定例是每月三万元，但因为广东的财政大权被滇桂军阀杨希闵、刘震寰把持，因此对黄埔军校百般刁难，每个月实际得款项竟不足六千元，这巨大的亏空就靠廖仲恺张罗填补了。没奈何，廖仲恺常常夜里要到杨希闵吸食鸦片烟的烟床旁边去等杨希闵签字，才能领到款来，送去黄埔军校。黄埔军校几百学生的学费、宿费、伙食费，甚至服装费、书籍文具费用都是政府供给，而这些钱就是这样辛苦筹来的。

望着眼前惨景，联想到自己前几天也差点被刺，蒋介石也觉得不能再容忍了。

刺杀廖仲恺的凶手陈顺被当场击伤，从他身上搜出一些单据，按日期顺序，早几天的是当衣服的当票，后几天是分钱的单子，证明这个人原本很穷，是在重金收买下干此伤天害理之事的。据凶犯交代，这次行刺事件，是朱卓文一手布置的，另外胡毅生、魏邦平、梁鸿楷、林直勉等人均参与其谋。

凶讯传来，举国喧腾，进步人士愤慨难忍，周恩来特为此撰文指出：

自国民党改组以来，最显著革命势力便是革命军的组成和工农群众之参加国民革命，这两件伟大事业的做成，大部分的功绩是属于廖先生的。廖先生因此而愈见忌恨于反革命分子，而终至被杀害牺牲。我们一定要为廖先生报仇。①

南社的发源地江苏吴江也为廖仲恺举行了追悼大会，柳亚子悲痛欲绝，廖仲恺是新南社标杆式的人物，又是广东国民政府著名的左派人士，他的死对南社的损失不言而喻。满腔思念，集于一联，曰：

难忘畴昔周旋，南渡离筵频入梦。
所赖英灵呵护，东征义旅早成功。

廖仲恺被刺当天，广州宣布戒严。24 日，蒋介石就任广州卫戍司令，下午，在寓所召开特别委员会，决定明日逮捕各犯。25 日，抓获嫌犯林直勉、张国桢、梁士锋等，胡毅生、朱卓文脱逃。同时，在粤军总部扣留梁鸿楷、招桂章、杨锦龙等。

同日，国民政府令设审理"廖案"特别法庭，任命林森等 9 人为检查委员。

然而"廖案"的审理工作遇到了麻烦，涉嫌最重的是已逃逸的朱卓文，凶手使用的手枪原本属他所有，可是他现在却潜匿无踪。

---

① 中央军事政治学校革命军社编：《革命军》第 8 期。

广州群众为廖仲恺送葬

朱卓文也是老同盟会员，他逃跑后长期隐姓埋名，尽管他声称"廖仲恺骤遭狙击，实为民众最后之裁判"。但否认自己亲自参加了这一计划。

至于林直勉，他曾是孙中山的秘书，陈炯明当年炮轰观音山的时候，就是他和林树巍强挽着孙中山离开总统府的。据情报，在"廖案"发生前，他曾与朱卓文等谈到"非杀死廖仲恺不可"。逮捕后，他承认对廖怀有敌意，但坚决表示与犯行无关。

另一重大嫌疑犯胡毅生逃到上海后，发表《告国内外同志书》，也否认与凶案有关。

"廖案"的审理始终未见重大突破，以至于迄今仍为悬案。廖仲恺的牺牲给中国革命、给南社带来的损失是难以估量的。从此，国民党左派阵营倒了一面大旗，而南社也失去了一位有着全国性重大影响的人物。

"廖案"的发生，让南社的另一位标杆式的人物汪精卫看到了投机的空间。孙中山逝世后，汪精卫比较过自己的竞争对手，他认为最有威胁的就是胡汉民，胡在资历、威望诸方面与他旗鼓相当，且生性倔强，恐不会轻易认输。因此，在今后的权力较量中，必须联络力量。

他挑选了蒋介石。汪精卫察觉出这位年轻的将领有政治野心，正需要人扶持帮助，他甚至感受到了对方投来的频频秋波。何不与他联手呢？只要给他一点甜头他便能为己所用。另外，蒋介石资历甚浅，难构成威胁，汪精卫对此心中比较踏实。孰知，事实证明，他这一判断大错特错，足让他后悔终生。

孙中山后事料理刚刚告一个段落，汪精卫就从北京赶回，抽了一个时间，专程去潮安看望蒋介石。第一次东征后，蒋介石临时驻节于此。

汪精卫什么时候都是那样整洁潇洒，这天他也是西装革履，头发打着发蜡，梳得溜光锃亮。人们评论他说，与其是一个政客，却更像是一个漂亮的演员，总是喜欢欣赏自己那副比其年龄显得有点儿年轻的外貌。

蒋介石热情地起身相迎，他的临时住所面临一湖碧波，故屋主人取名"湖轩"，汪精卫连连夸奖此处清幽雅致。

宾主坐定，汪精卫告知蒋介石他在北京的情况，当讲到孙中山病危一节时，汪精卫说："总理病笃中，犹以微息呼介石，绵惙不已。"

汪精卫完全是在刻意笼络蒋介石，孙中山临终前最后的留言是"和平、奋斗、救中国"，汪精卫却在后面缀上"介石"两个字。

蒋介石闻之脸色一变，这可是他从前未听说过的，他梦寐以求的就是继承孙中山的衣钵。现在孙中山临终前独呼唤他，不是说明他是最有资格的接班人吗？从此，蒋介石把汪精卫的杜撰作为事实到处宣传。在国民党的一些史籍上，孙中山的临终留言也是这样写的。

投之以桃，报之以李。蒋介石看得很清楚，汪精卫之所以获得成功，乃是因为左派形象这一点。因此，他积极向汪精卫靠拢，并表现出一个左派的面目。请看他是如何奉承汪精卫的：

"精卫同志在痛悼廖先生之时，谓'革命的反帝国主义的向左去，不革命的不反帝国主义的向右去'，此为痛极明彻之词，所以警勉同志共同努力于革命。"

蒋介石这番话说得真会挑时候，恰在国民党二大召开前夕，他需要得到汪精卫的帮助。另一方面，汪精卫此时也正受到西山会议派的攻击骚扰，蒋介石的支持着实让汪精卫感激。

汪蒋联手的结果，他们双方都是满载而归。

"廖案"的发生，使汪精卫感到彻底扳倒胡汉民的机会到了，他与蒋介石暗地里采取了一致的步骤。但是汪精卫到底火候不够，所采取的行动及表现让人感到露骨和性急。

"事件发生后，胡汉民自感不安，接连向汪精卫打听'廖案'办理情况，汪皆不理会。"这对于胡汉民很是刺激，要知道他与汪曾有多年共同战斗的历史，相交甚深。汪精卫还多次指责胡汉民要对此事负政治责任。

相形之下，蒋介石要聪明委婉得多。

他想除去胡汉民的心情较之汪精卫更迫切，因为胡汉民等元老派几乎占据了所有的位置，使他难以晋升。所以，蒋介石对汪精卫极力驱胡十分赞成。但胡汉民在国民党中的地位和势力使他顾虑重重，觉得反胡具有较大的危险，稍有失误便进退失据，不好收拾。好在有汪精卫挡在前面，自己则看风使舵。

因此，蒋介石对胡汉民还是表现得很尊重，当胡汉民向他陈述对处理"廖案"的意见时，他表现出一个晚辈对长者的谦虚和尊敬，对胡的意见给予一定的肯定。这使胡汉民甚感安慰，后来甚至认为自己被逐而不被杀，乃是蒋介石袒护所致。

其实，蒋介石对胡汉民并不手软，8月25日早晨5点，胡汉民起身刚洗漱完毕，就见黄埔军校的军人叩门而入，吓得他从后门张皇而逃，堂堂的党国大员竟如此狼狈，这让他的自尊心很受伤。过后很长一段时间，才接到蒋介石派人送来的通行证和一封亲笔信，只有寥寥几句话：

"此事与先生无涉，仅毅生有嫌疑，故派人搜捕。"

胡汉民受惊一事，蒋介石否认是他干的，说派去搜捕的人是卫戍部队参谋长王懋功指使的。谁都知道王懋功与汪精卫走得很近，胡汉民由此恨透了汪精卫。事实上，蒋介石当时是卫戍司令，否认此事与他有关，实在令人难以置信。

9月下旬，胡汉民因城里风声鹤唳，无法居住，于是接受蒋介石的建议，移住黄埔，实则为软禁。因为他也担心自己光天化日之下被抓起来，那么面子就丢尽了。

在黄埔住了大约有一个星期，有一天蒋介石去看他，还是一如既往的和颜悦色，对他说："苏联顾问鲍罗廷认为，按现在的处境，胡先生最好还是到俄国休息休息。"

"这是要赶我走，为你们腾位置呀。"胡汉民心中道，但嘴上却说，"也好也好，你这个黄埔岛虽然幽静，但毕竟不是久待之处。"

10月2日，胡汉民携女儿胡木兰乘"列宁"号离开广州赴苏联考察。

然而这一次赴洋考察，被胡汉民视为放逐，引为大辱，他的心胸本来就不宽广，因此而念念不忘。

## 戴季陶上海破壁　国民党左右分道

"廖案"的风波并没有因为胡汉民的被逐而平息，反而有愈演愈烈之势，在逮捕的近二十人中，除了与胡汉民有关系者外，其余皆粤军中人。于是蒋介石向粤军领袖、军界前辈、时任广东国民政府军事部长的许崇智发难。他提出：粤军将领牵涉"廖案"者甚多，粤军已靠不住，为了许的安全，建议派出黄埔军，负责许住宅的警卫。

许崇智心中冷笑，蒋介石嘴中的保护其实就是武装监视，就是软禁。他现在借"廖案"而发作，就是私心自用。因为有自己在，蒋介石就做不成广东军界第一人。

许崇智有心反抗，然而蒋介石鞭快一着，已经派军队控制了广州城，直接威胁着自身的安全。没奈何，许崇智只能服这个软，接受蒋介石的建议，离开广州去了上海。

许崇智算是恨透了蒋介石，同时也捎带上了汪精卫。正是汪精卫为主席的军事委员会做出决定，才使蒋介石取得了"倒许"的合法权力。因此他要给广东方面制造点麻烦。

在上海稍作安顿，许崇智就拜访了一

居正

位民国大佬——武昌起义的主要功臣居正。此公一向思想右倾，看不惯汪精卫的做派，且自视甚高，视蒋介石为后生晚辈而常有不逊之词。

居正这几年心情也很郁闷，在孙中山改组国民党期间，与孙中山争执得很厉害，坚决不赞同孙中山的三大政策，反对国共合作。

在原则问题上，孙中山是不轻易让步的，眼见得居正哓哓置辩，也不禁心头火起，语气严峻起来。他警告居正，改组国民党是他深思熟虑过的，事关国民党的发展与前途。凡我同志，当努力执行。如反对而不听劝告者，敬请离开本党。

眼见得话不投机，居正扭头即走，他的性格一向倔强激烈，爱走极端，被孙中山批评了一通，就觉得灰头土脸下不了台，看这个大千世界都觉得灰蒙蒙了无生气。于是一跺脚，竟然在上海的郊外寻了块空地，做起了养蜂人。

虽说对孙中山有不满之处，但居正对孙中山的感情还是真挚深厚的，不久听说孙中山逝世于北京，也不由地悲从心来，并特地赴北京奔丧，与领袖告别。

在北京期间，居正与许多国民党要人见了面，大家唏嘘了一番后都建议，不如趁着人多，就在北京开一次中央委员会议，以讨论孙中山逝世后国民党的工作和政策。

大概与蜜蜂待久了，居正对人际交往有了隔膜，总觉得与大家格格不入。道不同，不相与谋，于是打道回了上海，继续养他的蜜蜂。

尽管人在江湖，但居正的心却是静不下来，他是天生与政治有缘的，所以听说许崇智来访，人顿时精神了起来，他也听说最近广州发生了很多事情，正需要了解一下。

因为满腔的怨气，所以许崇智添油加醋地将"廖案"以来发生的事述说了一遍，果然，听得居正怒目圆睁："若如此，长此以往，党将不党也。"

他情绪激动地批评道："先总理一生之伟大不必置评，然晚年'联俄、联共'口号的提出却值得商榷，让共产党有了可乘之机。现在汪兆铭又打着总理的旗号，以左派自居。其实汪某人也并非信奉共产主义那一套，他只是想抱苏联人的粗腿，拉共产党人壮大自己的力量。可恶的是共产党人正恰恰利用了汪兆铭的私心，乘机蚕食国民党，借国民党的壳做成自己的窝。"

许崇智连连点头称是："如今广州已被汪兆铭、蒋中正所控制，侦骑四出，让人恐怖惊心，许多党内老同志都待不下去了。听说林森、邹鲁也都以加强北方工作，料理孙先生后事为名相继离穗了。"

"这我也听说了，他们前几天借道沪上，直接去了北京，据说有所动作。"居正的表情有点神秘。

"哈哈，居先生果然是秀才不出门，便知天下事。"许崇智奉承道。

居正也有点得意："他们打算在北京召开一次党内大会，处理一下重要问题，已经邀请本人赴会。"

"若如此，汪兆铭、蒋中正岂不是被晾在一边了？"许崇智不由得幸灾乐祸起来，"那居先生还不成行？车旅费用一干均由许某承担。"

居正一拱手表示感谢："我本来还在犹豫，因为听说北京那里的情况很复杂，然几天前张静江先生来鄙处，竟威胁我若去北京，他就一定去广州，和我作对。居某人一向怕过谁，你不让我去，我偏要去不可。"

"谁不知道张静江是蒋中正的军师，他当然偏向姓蒋的了。"许崇智恨恨道。

"虽然张静江拦不住我，但我仍然担心，在北京的那帮人只会骂娘，却说不出道理。有一个问题绕不过去，大家都表示自己是孙先生的信徒，但'联俄、联共'的政策是孙先生生前制定的，想推翻也得有行得通的理论呀。听说戴季陶这几年就在研究这个问题，也和我谈过，滔滔不绝，很有一套呀，以他的理论行之，配合大家的鼓噪，一定能把广州方面左派的势头扳下来。只是此公与张静江、蒋中正都是一个圈子的，平日里称兄道弟，只怕他不肯北行。"

"戴季陶那个人好奉承，再责以大义，是党国利益重，还是个人私谊重？想必他能分得清。"许崇智希望居正能亲自上门游说戴季陶。

自从与共产党脱离了关系，戴季陶变化很大。

本来，他是对共产党有一份负疚之心的，临退出时曾表态，他今后一定在党外对共产党多帮助。

没想到他很快就忘了自己的承诺，而且成了共产党的死敌。

据说他思想变化的原因出自一起事故。1922 年，他奉孙中山之命去了一趟四川，劝说川军各派弭兵息战，结果任务未能完成。戴季陶这个人爱走极端，使命的失败让他感到面上无光，用他自己的话说，对于公私的前途都无半点光明。绝望之下，居然趁夜投江自杀。如果不是几位渔民赶来相救，他早就呜呼哀哉了。

可是戴季陶却认为，此次未死，是因佛光高照，从此，他笃信佛教。后来甚至给自己取了"不空""不动"的法名。

佛教理论对于人生充满了消极色彩，认为万事皆空，提倡平和、忍让。因此，戴季陶开始对马克思主义阶级斗争的学说产生了反感，也对孙中山的三大政策和国共合作表示了根本怀疑，整日与廖仲恺争论不休。也亏得廖先生一副好脾气，为了劝说戴季陶同意作为浙江省三代表之一参加国民党"一大"，累得舌焦唇干。

黄埔军校成立后，戴季陶被任命为军校第一任政治部主任，这个职位很重要，但戴季陶的情绪却闹个没完，他是戴着有色眼镜来看待形势的，一切都不顺眼。他任军校政治部主任两个月，经常不上班，或每隔一两天到政治部走一趟，看看例行的文件就走了，无所事事，把政治部变成了一个死气沉沉、毫无作用的机构。

尽管这样消极逃避，但矛盾还是找上门来，另一位国民党内的老右派，也是南社成员之一的张继容不得戴季陶与共产党有过瓜葛，居然指着鼻子骂他"反复无常"，是共产党的走狗。

一向骂惯人的戴季陶哪能容忍这样的污辱，但张继的脾气在国民党内更有名，一言不合即骂，骂不过瘾就报以老拳。戴季陶自忖不是张继的对手，一怒之下，辞去一切职务，跑到香港乘船回到了上海。

回到上海后的戴季陶似乎要努力表明自己非共产党的"走狗"，从此一心反共。张继的一通臭骂让他感到很窝囊，张继是个粗人，动辄大打出手，对国共合作这样的大题目能说出个子丑寅卯吗？要知道，任何一种主义，一种思想，如果没有理论基础，都将如水中月、镜中花，成了无本之木，无源之水。

对于国共合作，戴季陶一直认定，"叫共产党参加进来，只能把他们作为酱油或醋，不能作为正菜"。看到革命形势高涨，国共之间勠力同心，他更是忧心如焚。一天，天降大雪，他借题发挥说："你看外面正下大雪，国民党灭亡了，大雪正像给国民党戴孝。"

于是戴季陶将自己想象成一个挽狂澜于既倒、扶大厦于将倾的济世英雄，一个舍身饲虎的菩萨。他在上海法租界萨坡赛路（今淡水路）慈安里的所谓

"季陶办事处"中面壁打坐，苦思良久，一日突觉豁然贯通，仿佛破壁而出。用戴季陶信奉的佛教语言来说，这叫"顿悟"。

戴季陶总结了以往国民党右派分子攻击国共合作的缺陷和不足，他们仅是"单纯的反共产化"，是"抛却了国民党所应该积极努力的工作"，而他戴季陶则要站在很坚实的三民主义的观点上，用纯正的三民主义，开展一个完全不同于以往的、独具新意的反赤运动。

什么是纯正的"三民主义"，戴季陶居然把孙中山学说和孔孟思想挂起钩来。也亏得他费了一番心思，提出了一套荒谬可笑的推论。他说：孙中山的三民主义，民族、民权、民生，实际上就是孔子的天下之达道五，即所谓君臣也、父子也、夫妇也、兄弟也、朋友也。只不过"孔子是以家族主义为中心的，孙中山则以民族主义代替了孔子的家族主义"。其精神实质是一脉相承的。而孙中山的历史功绩就在于"用革命的功夫，把埋没了几千年的社会连带责任主义，在三民主义的青天白日旗下，重新发扬光大起来"。这种以儒家思想为基础的三民主义，就是戴季陶决心援引作为与共产党斗争武器的所谓"纯正三民主义"。

他认为，国民党的最高准则，就是应该信奉纯正的三民主义。什么叫"纯正"，就是"共信不立，互信不生；互信不生，团体不固；团体不固，不能生存"。也就是说，"必须以三民主义为圭臬，指挥统治一切"。

这个观点戴季陶认为是最能击中共产党要害的，他舌干唇焦，到处游说，不少国民党人都被他说动了心。比如叶楚伧，此人思想并非十分右倾，对孙中山的联共政策也能理解和执行，但是经过戴季陶的反复蛊惑，也成了反共队伍中的一员。所以戴季陶非常得意：

"我这是口吐莲花，让顽石点头呀。"他总喜欢不时地夹上几句佛门语言。

戴季陶发明了这套理论后，立即受到国民党新老右派的一片喝彩，居然在他的名字后冠上"主义"两字，变成了一个专有名词。戴季陶的几本小册子也成了反苏反共的"圣经"，他自己也兴奋得满脸飞金。所以当居正上门邀请他去北京一行，当即答应下来。

但是戴季陶也为自己留下了回旋的空间，他明白此次北京右派分子大聚会，是在与广州国民政府相对抗，也是分裂国民党的一种行为，对他的至交蒋介石也是不利的。所以他预先申明，他不正式参加与会，只是去祭奠孙中山和看看党内老朋友。

光阴似箭，待林森、邹鲁、居正、戴季陶等陆续在北京聚齐，已经是深秋的季节了。天高云淡，枫叶红透，风也带着丝丝寒意。他们先借北京党部开了个预备会。邹鲁建议，将正式会议定名为国民党一届四中全会。

叶楚伧有点担心，前不久广州召开了一届三大，现在他们自称为一届四大，岂不是另立中央，公开分裂了。

居正却是附掌赞成："我们就是要争正统，争地位，争个水清沙明。"

1925年11月23日，就在北京西山碧云寺孙中山的灵前，召开了所谓的国民党一届四中全会，24名中央执行委员中只有林森、居正、覃振、石青阳、石瑛、叶楚伧、邹鲁7人参加；5名中央监察委员中只有张继和谢持列席了会议；17名候补中央执行委员中的沈定一，这时已是中央执行委员，也参加了会议；茅祖权、傅汝霖作为候补中央委员参加了会议。这是一个远不足法定人数的分裂会议。由于这次会议在北京西山举行，故被称为"西山会议"。

参加西山会议者被称为"西山会议派"。虽然参加会议者寥寥，但我们注意到却有不少南社中人掺杂其间，除了以上名单中提到的居正、叶楚伧、张继、邵元冲也出席了这次会议，至于会议的理论提供者戴季陶却未能出席正式会议，说来好笑，北京当地的一些右派分子不识庐山真面目，还以为戴季陶是赞同国共合作的呢，怕他上山捣乱，因此闯进了戴季陶寄宿的香云旅馆，将其暴打一番，以致其未能与会。

西山会议共计开了43天，召开会议22次，11月23日通过《取消共产派在本党党籍案》，12月2日通过《开除中央执行委员之共产派谭平山等案》，宣布开除谭平山、李大钊、于树德、林伯渠、毛泽东、韩麟符、于方舟等中央执行委员和候补执行委员职务，另外还分别通过解雇苏联顾问鲍罗廷、开除汪精卫党籍等决议，并宣布停止广州中央执行委员会职权，中央党部移至上海。

西山会议派的分裂活动遭到国共两党的痛击，一些与会者也遭到轻重不一的处罚，居正、张继、叶楚伧、邵元冲都被予以警告，戴季陶则受到训斥，并罚三年内不许动笔写文章。

陈去病的立场也是站在西山会议派方面。1925年6月，陈去病受右派分

西山会议会场

子范冰雪唆使，与沈进、何海樵擅自开会，企图强行接收在上海望志路上的国民党江苏省临时党部，并迁往南京。会后根据叶楚伧的指令前去接收。到了那里，遭到了省党部秘书长姜长林的严词拒绝。

陈去病的行为遭到了柳亚子严厉批责，他立即召开了国民党吴江县党部第八次会议并通电中央及全省各党部。1925年6月27日，《新黎里》刊登了国民党吴江县党部第八次会议记录：

捣乱南京市党部成立大会的罪魁，即反革命派首领范冰雪，近复唆使抗搞不履行登记手续（时正沪粤分化），未经取得党员资格之沈进、陈去病、何海樵三人，自称临时省执行委员（陈去病受命北上时，未免去临时执委之职，省临时执委也未撤销）擅开会议，欲将省党部迁往南京（岁寒之集，早此意图）。意在破坏本省党务。已由本县党部通电中央及全省各党部，主张将范冰雪永远开除党籍，并严令训戒沈进、陈去病、何海樵三人，在未以取得党员资格以前，不准干预党事。

1925年11月27日（农历十月十二），陈去病等又以中国国民党江苏省临时省党部执行委员及个人名义，通电支持西山会议：

奉电，知连日开会，同志纷集，无任欣慰。自共产党徒假借本党名义，肆行残贼，以图捣乱，由是吾党总理毕生艰苦创造之三民主义，完全受其蒙混，而不能大白于天下，其用心之毒，为祸之烈，至堪痛愤。兹幸同志忠清亮直，不屈不挠，南北一心，弘开斯会，热肠侠骨，钦佩良深，而要非先总理在天之灵有以阴相而默佑之，孰克至此！尚望确遵遗嘱，努力进行，务使国民革命旦晚实观，以完成此三民主义：一面并肃清内患，攘除奸凶，毋任魑魅魍魉之徒，依然窃据闽粤，坏我政纲，庶几澄清可待而正义日昌，曷胜大愿！临电不胜迫切屏营之至。中国国民党江苏临时省党部常务委员沈进、刘汉川、范冰雪；执行委员陈去病、秦效鲁、何海樵、顾子扬叩。

陈去病等人卷入了西山会议派，柳亚子痛心曷极，决定给这位共同创建南社的老朋友一记当头棒喝，他在《中国国民》第15期上发表了《告国民党同志书》，他质问西山会议派说："我真正不晓得我们为什么要反对共产党，更为什么要排除共产分子？'民生主义就是共产主义'，'三民主义可以包括共产主义'，不是总理的遗训吗？所以，排斥共产分子，就是断本党新生命，就是阻挠国民革命的成功，老老实实说，就是总理的罪人，也就是本党的公敌。"

这篇文章对陈去病的震动很大。特别是孙中山逝世前后，面对复杂纷呈的局面，陈去病情重老友，在政治上一度陷入迷惘彷徨之中。"四一二"政变，上海西山派一批老友竟也附和于蒋介石，陈去病对此深表痛恨。连孙中山葬事筹委会竟然也"加推蒋介石等七人"为委员。陈去病深痛蒋介石等违反孙中山先生遗教，发誓"终身勿与蒋氏共事"，一怒之下辞去了孙中山葬事筹备委员之职，连《哀思录》也没有写完，便拂袖而去了。南社人并非只会吟风弄雪，每当政治风潮来临，他们总会亮出自己的观点，投入其中。

## 中山舰风波陡起　汪精卫见利忘义

尽管胡汉民、许崇智相继离穗，但广州城并没有平静下来，汪精卫与蒋介石的矛盾又露出了端倪。许多明眼人发现，就在国民党二大以后，他们之间的隔阂已是显而易见了。

1926 年 1 月，国民党二大召开之际，蒋介石的威望正达于鼎盛，广东政府接连发动的两次东征和讨伐杨、刘诸役，他率领的黄埔军都起到了关键作用，巩固了广东的根据地，为未来的北伐打下了基础。

因此，在国民党二大会议上，蒋介石成了风光人物，当他步入会场时，掌声随之而起，居然有人提议，请全体代表起立向蒋介石致敬，以勉励其为党国奋斗。在党的最高规格的会议上，将如此的荣誉加在一个在党内仍无甚地位的年轻军事将领身上，显然是不正常的。

汪精卫也满脸笑容地大声招呼，态度未免太殷勤了些。蒋介石却是全身戎装，身板挺直，反而有一丝矜持。相形之下，他和汪精卫的身份像是颠倒了过来。

大会选举的结果也说明了蒋介石的迅速崛起，他以 248 票当选为中央执行委员，仅比得票最多的汪精卫少一票。后来在二届一中全会上，又被选为中央执行委员会常务委员，国民革命军总监，一跃成为国民党的核心人物，与汪精卫一文一武，形成了广东政府的双驾马车。

然而一山不容二虎。国民党二大刚刚落幕，蒋介石就邀请汪精卫夫妇，由张静江作陪，游览黄埔岛西南山神庙。

蒋介石与胡汉民

如同事先警告的那样，居正前脚去了北京，张静江随即到了广州，来助蒋介石一臂之力。谁都知道，他是蒋介石身后的推手。

四乘小轿正沿着缀满野花的山径蜿蜒而行，一月的天气，在北方还是隆冬，但在南国却犹如春天。微风轻拂，空气中洋溢着淡淡花香，张静江膝上盖着毛毯，惬意地享受着阳光，与陈璧君并轿而行。

蒋介石则有意落在后边，他拼命地向汪精卫鼓动，趁着广东根据地的统一，迅速举行北伐，以完成孙中山的遗愿。

兹事体大，汪精卫表示要征求一下苏联顾问的意见。

别说是苏联顾问，蒋介石的那点心思就连女流之辈的陈璧君也瞒不了。回到家中，她就向汪精卫打听蒋介石这次请他们夫妇游玩有什么目的。

"还不是鼓动北伐吗？最近他喋喋不休地已经说了几次了。"

"他当然性急了，从名义上讲，你是军事委员会主席，没有战争时，军队就得归军委会辖制。他蒋介石岂能轻易撒手。北伐开始后，他不就将在外君命有所不受，谁也不能奈何他了。"

汪精卫点点头，这一点他也想到了。

"还有，蒋介石坚持向长江流域进军，这是英美势力范围，也有外交上打开局面，自成一体之想。他与江浙财阀素有渊源，到了那里，还不是如鱼得水？"

"怪不得蒋介石坚决反对苏联顾问提出的进军西北、与冯玉祥会师的北伐路线。"汪精卫忽然明白了许多，因此他问：

"蒋介石借奉迎孙中山灵榇，完成总理遗愿为北伐号召，师出有名，阻拦也得有个好借口呀。"

"苏联顾问就比你有眼光，他们一再强调，北伐牵涉到中国革命生存大计，不能搞成单纯的军事行动，而要在发动群众的基础上进行。只有工农群众的支持，军事才能迅速取得胜利，胜利成果才能巩固。而现在北伐行进之各省区，工农群众还没有组织起来，侈谈北伐，为时尚早，你就以这种理由拒绝蒋介石。"

汪精卫连连称是。有人说，没有陈璧君，汪精卫成不了大事，但也坏不了大事。牝鸡司晨，陈璧君太强势了，这也是汪精卫性格弱点所致。

自从北伐计划遭到汪精卫和苏联顾问的冷落后，蒋介石就一直疑心有人对他不利，比如最近他的第一军第二师师长王懋功就与汪精卫走得很近，他怀疑这是汪精卫在挖他墙脚，甚至以军长为诱饵，鼓动王懋功反水。

"我自汕头回到广州，就感到有一股倒蒋势力，有人疑我、谤我、忌我、厌我、冷落我，所受痛苦，至不能说，不愿说之地步。"蒋介石夸大其词地向张静江诉苦道。

见蒋介石气急败坏，张静江只是一个劲地擦着眼镜片，他认为现在的蒋介石正处于精神高度的亢奋，所谓风声鹤唳、草木皆兵是也。

中国近现代史上著名的中山舰事件就是这种精神状态下的误判结果。就因为中山舰从广州开至黄埔又开回，就因为汪精卫期间打了几个电话询问他的具体行踪，再加上一些别有用心者故意设置谜团，他就怀疑苏联人、共产党、汪精卫串通一气要对他进行绑架，于是中国近现代史上的一场惊涛骇浪陡然掀起。

当中山舰开回广州时，蒋介石突然宣布戒严，逮捕了舰长李之龙，将汪精卫禁锢在观音山。因为李之龙是共产党员，蒋介石乘机以此为借口，归罪于中国共产党。他诬蔑共产党人阴谋暴动，拘捕和驱逐了黄埔军校和第一军中的所有共产党员，包括政治部主任周恩来。

面对蒋介石的公然发难，汪精卫的表现让人失望，可以说是六神无主，举止失措。

其实，并非所有人在中山舰事件中都在向蒋介石退让，一些共产党人也有与之针锋相对的主张，新南社成员之一的茅盾（沈雁冰）就亲眼目睹了毛泽东的奔走与努力。

茅盾是共产党员，专程去广州参加国民党二大。事变的当日，他曾随时任国民党代理宣传部长的毛泽东一起去苏联顾问寓所了解情况。

毛泽东的下榻之处离苏联顾问住所不过一箭之途，到了那里，却见士兵已将四周包围，盘查甚严。毛泽东迎着盘询的士兵，昂首指着自己："中央委员，宣传部长。"

望着士兵的眼睛又转向茅盾，毛泽东顺手一指："这是我的秘书。"

来者身份不凡，士兵们赔着笑，摆手让了进去。

毛泽东让茅盾留在了传达室，独自走进后面的会议室。不大一会儿工夫，茅盾听到会议室传来争吵声，其中毛泽东声音最激昂，似乎还有其他中共广州负责人在场。

毛泽东终于走了出来，他满脸怒容，一直走到家中才平静下来。

他把了解到的情况告诉茅盾，分析说，蒋介石这番动作是一种投机，我们示弱，他就得步进步；我们强硬，他就缩回去。当务之急，就是联络各军，并通电讨蒋，指责他违反党纪国法，必须严办，削其兵权，开除党籍。

茅盾听得入神，追问结果如何。

毛泽东失望地摊开双手，苏联顾问和陈延年都在犹豫，他当时在共产党内虽说也是重量级的人物，但毕竟不是政策方向的决定者。

一阵夜风吹过，茅盾不禁打了个寒战，他似乎也感受到了未来形势的严峻。

听说广州发生了"中山舰"事件，柳亚子也拍案而起，他在给儿子柳无忌的信中说："广州确有事变，并不完全是谣言，不过真实情况，恰恰和报纸上所载相反，报上说共产派倒蒋，完全是胡说，但反动派陷害共产党，是确实的。"

1925 年 5 月 15 日，国民党中央第二届委员会、监察委员会第二次全体会议在广州召开，柳亚子作为江苏代表出席了会议，第一次见到了蒋介石。

双方见面的气氛很冷淡，都是铁青着脸，在谈到"中山舰"事件中蒋介石抓捕共产党人、包围苏联顾问处时，柳亚子拍起了桌子，质问蒋介石："你到底是总理的信徒还是总理的叛徒。如果是总理的信徒，就应该切实执行三大政策。"

蒋介石压住恼怒，喃喃辩护说："政策和主义不同，主义亘古不变，政策不妨变通一下。"

柳亚子的火气更大了，词锋也更加尖锐起来：

"你不懂得政策和政略的分别。政略是可以随时变的，政策就不应该轻易放弃。就以政略而论，必须环境变化，才有变通的必要。总理生前为了反帝反封建反买办资产阶级，所以定下了伟大的三大政策。现在帝国主义鸥张犹昔，北洋军阀虎负如前，而买办资产阶级，以广州而论，就曾挑起了商团之变。这些都是雄辩胜于事实，难道你身负党国重任，还能瞠目不睹吗？"

"放肆！"蒋介石心里暴喝一声，环顾广州军政大员，党国要人，还没有一个敢以这样的口气与他对话，竟一时气得不知从何说起，甩手拂袖而去。

蒋介石的态度让柳亚子有一种不祥之兆，他找到正在广州的中共重要领导人恽代英，他们几年前在上海相识，彼此交情深厚。

柳亚子警告恽代英，要防止蒋介石，这个人是陈炯明第二，说不定要闯出大乱子。由于蒋介石的右派面目尚未彻底暴露，出于维护国共合作的考虑，恽代英不便在党外人面前对蒋介石下评语。

见恽代英不搭腔，柳亚子急了，有点口不择言："我要是你们共产党，就应该重金请个杀手，把蒋介石一枪打死。"

"别人都说我们是过激党，怎么你老兄比我们更激进，应该是过过激党了。"恽代英只能以打趣的方式应付柳亚子。

"唉，我和你说正经话，你却和我开玩笑，到时你们不杀蒋介石，怕是他会要你们的项上人头呀。"说着话，他仿佛已经看到了日后的惨景，眼泪不觉淌了下来。

恽代英也为柳亚子的真情所感动，他答应柳亚子，就这个事情他会郑重考虑。

为了能说服共产党人对蒋介石进行裁抑，柳亚子还同毛泽东有过交谈，双方在一家茶楼里坐定下来。

品茗论道历来是文人雅行，柳亚子尤好此道，于是豪兴遄飞，谈文论诗，说国家大事，评人物春秋，好不尽兴。

毛泽东也是极有见识，他的话不多，但如点龙之睛，极深刻，如高屋建瓴。但是，在讨论到如何对付蒋介石的问题上却要考虑到党内的既定方针，所以他不同意柳亚子的意见。他认为共产党人相信群众，不重视个人，搞群众运动，不搞阴谋。如今北伐在即，更是要加强国共合作。

"吾计不用，你们要后悔呀。"柳亚子只能长叹。但他对共产党有了进一步的了解。1926 年 5 月，柳亚子从广州回上海，找到陈独秀，要求加入共产党，他说："要我革命，就允许我加入共产党，否则我回吴江隐居了。"但陈独秀没同意，认为柳亚子留在国民党内作用更大。这样，柳亚子就回到了吴江，对党务很少过问了。

一切被柳亚子不幸言中。自广东政府发动北伐以来，军事进展异常顺利，其主力下两湖，进江西，径取南京；而东路军则破八闽，取浙江，上海不战而获，眼看着东南半壁尽归囊中。

在胜利的大好春光中，蒋介石却掀起了腥风血雨，发动了"四一二"反革命政变，将共产党人打倒在血泊里。在北伐胜利的基础上，在共产党人牺牲的血泊中，南京国民政府宣告正式成立。

1927 年 4 月 18 日，南京丁家桥江苏省议会大礼堂里，悬挂着青天白日旗和孙中山的画像，气氛凝重、肃穆。在宁各界知名人士聚集在这里，参加南京国民政府成立典礼。蔡元培代表国民党中央党部向新成立的国民政府授印，胡汉民则以南京国民政府主席的身份代表新政府接过此印。

这一期间，蒋介石与胡汉民的合作堪称愉快，但好景不长，因为武汉方面的压迫，桂系也乘机上演了一出逼宫戏，以致蒋介石被迫下野。为了表示与蒋氏同进退，胡汉民也挂冠而去。待到蒋介石二度出山，胡汉民自然也施施而来。但双方很快就闹翻了，胡汉民竟被蒋介石囚禁于汤山。

听闻胡汉民被囚，寂寞已久的汪精卫当即表示要与胡汉民尽弃前嫌，合作反蒋。

听说汪精卫又跳了出来，蒋介石啐了一口："百足之虫，死而不僵，汪精卫是耐不住寂寞的。"

作为对手，汪精卫让蒋介石感到了头疼。汪在国民党中的地位与影响实在不能低估，"中山舰"事件后，他离开国内不过几个月，就有许多人盼其回国了，从而形成了一个所谓"迎汪浪潮"的现象。

武汉召开国民党二届三中全会

其实这一现象的产生乃在于蒋介石向独裁道路的发展，廖仲恺的夫人何香凝说得很清楚："现在是跟北洋军阀决战的最后关头了，可是国民党内部情况那么糟，怎么办？一个人专横跋扈，闹得大家三心二意，这次战争怎么打下去，国民党怎能不垮台？"

由此可见，国民党左派迎汪的目的，就是要提高党权，对蒋介石进行限制，防止他向新军阀堕落。

面对一片迎汪之声，蒋介石也怕犯众怒，只能提笔邀请，"本党使命前途，非兄与弟共同一致，始终无间，则难忘有成"。

接到蒋介石的邀请，汪精卫的虚荣心大为满足，于是打点行装，准备返国。

山中方七日，世上已千年。就在汪精卫返程期间，中国的形势发生了巨大变化。自北伐军攻克汉口后，原来在广州的国民政府迁往武汉，而蒋介石的北伐军总司令部却设在南昌。在武汉的国民政府要求蒋介石把北伐军总司令部迁往武汉，而在南昌的蒋介石却要求把国民政府迁往南昌，两方进行了激烈的争论。蒋介石不执行党中央的命令，拒绝把司令部迁往武汉。在蒋介石看来，他到武汉必然处于国民政府的控制之下。蒋介石和武汉国民政府的迁都之争，使人们更加感到蒋介石军事独裁的危险。

1927年3月10日，国民党中央在武汉召开了二届三中全会。这次会议有毛泽东等共产党人参加，左派占了上风，与会者们一致认为蒋介石集党政军大权于一身，有挟军队与党和政府对抗，制造军事独裁的危险。如果不及早加以抑制，蒋介石必将成为袁世凯第二。二届三中全会通过了一系列议案，有"中央军事委员会组织大纲""国民革命军总司令部组织条例"等等，均旨在提高党权，削弱蒋介石的个人权力。会议还通过今后中央军事委员会不设主席，由汪精卫为首的七人集体领导。

对此，蒋介石做出反击，随着北伐军占领南京后，北伐军司令部也迁往南京，并有组织政府的企图，这样国民党就形成在汉口的国民政府和在南京的蒋介石派系两大阵营，宁汉对峙的局面也由此形成。

汪精卫恰在此时回到了国内。

他现在成了香饽饽，因为以当时汪精卫在国民党内的地位和威望，加入哪个阵营就会大大加重该阵营的砝码。1927年4月1日汪精卫乘坐的邮轮到达上海时，蒋介石就派出国民党元老吴稚晖前往码头迎接汪精卫，而且表示"自今以后，所有党政、民政、财政、外交等等，均须在汪主席领导之下，完全统一于中央。中正统率全军而服从之"。

4月3日，汪精卫到法租界孙中山的故居，和蒋介石以及在沪的国民党高级军政干部会谈。

蒋、汪见面，两人都有些不自然，蒋介石竭力奉承汪精卫："目前我党已处于一个危险时期，也是一个转折关头，现在一切党国命运在于汪主席复职。"

汪精卫有点局促地说："蒋先生要兄弟来究竟要做些什么呢？"

蒋介石说："第一是复职；第二是把苏俄代表鲍罗廷赶走，此人在武汉成了太上皇，非把他赶走不可；第三是分共。这三件事必须坚决做，立即做，请汪主席指示。"

汪精卫有点为难，在回国途中，他曾转道苏联，与斯大林有个会晤，斯大林对他有两点希望：一是重用左派，二是继续发挥苏联顾问的作用。如果依着蒋介石的办法，那不是对斯大林食言了？因此他回答说："联俄容共的政策为总理手定，不可轻言更改。此事事关重大，须召开四中全会做出决定。党的民主制度、组织原则是必须遵守的。"

吴稚晖站起来激动地说："汪兄弟，现在是什么时候，须是快刀斩乱麻，你却还要讲什么组织原则，还要对共党心存幻想。"

李宗仁、李石曾等人也纷纷发言，都是一个腔调，要求汪精卫不要偏袒中共。汪精卫一时间成为众矢之的，但汪精卫并不让步："我是站在工农方面的呀！谁要残害工农，谁就是我的敌人。"

吴稚晖忍不住激动了，"扑通"一声跪倒在汪精卫面前，流着眼泪说："汪先生，为了党国的命运，你就放弃祖共立场，留在上海领导吧！"

"这不是强人所难吗？"汪精卫心中很不满，拔腿逃避上楼，连声说道，"稚老，您是老前辈，这样我当不起，当不起。"

会议草草而散。

第二天继续开会，这次汪精卫改变了昨天的强硬态度，同蒋介石达成了初步协议。协议规定：一、4月15日由汪精卫主持召开国民党中央二届四中全会，在二届四中全会上决定一切；二、通告共产党暂停在国民政府内的一切活动，听候中央开会决定；三、工人纠察队等一切武装团体均服从蒋总司令的指挥。

这就是汪精卫的性格缺陷——首鼠两端，犹豫不定。"中山舰"事件后，他对中共及苏联方面产生了不满，认为给他的支持不给力，以致落败于蒋介石。所以他想两头都留有余地。

果然，汪精卫很快就找到了中共领导人陈独秀，要求陈独秀发表一个不反对国民党的宣言，堵住蒋介石说共产党要搞暴动的口实。

4月5日，汪、陈两人一起联名发表了一份《国共两党领袖汪兆铭、陈独秀联合宣言》，宣言说："中国共产党坚决承认，中国国民党及国民党的三民主义，在中国革命中毫无疑义的重要。只有不愿意中国革命向前进展的人，才想打倒国民党，才想打倒三民主义。"宣言最后说，国共两党将为中国革命携手到底，绝不受人离间。

汪精卫在发表了《汪陈联合宣言》之后，就乘船前往汉口。汪精卫到达汉口后，受到许多群众的夹道欢迎，使汪精卫非常感动。在10万民众参加的"迎汪大会"上，汪精卫说："中国革命到了一个严重的时期，革命的往左边来，不革命的快走开去！"

随着"四一二"政变的消息传来，汪精卫批蒋的调子也升级，痛斥蒋介石的武力清党行为。汪精卫说："蒋介石的反共，只是一种借口。其反革命之行动，丧心病狂之至，自绝于党，自绝于民众，纪律俱在，难逃大戮。"4月18日，汪精卫又以国民党中央的名义，发表通电说："蒋中正屠杀民众，摧残党部，甘为反动，罪恶昭彰。已经中央执行委员会决议，开除党籍，免去本人所兼各职。着全国将士及各革命团体拿解中央,按反革命罪条例惩治。"

为了对抗武汉的正统国民政府,蒋介石干脆在南京也成立一个新的国民政府。4 月 18 日,南京的国民政府成立,胡汉民出任国民政府主席,蒋介石自己任中央军委主席和国民革命军总司令,国民党公开分裂,形成宁汉对立的局面。

随着形势的恶化,武汉政府内部也出现了危机,独十师师长夏斗寅叛变在前,独三十三团团长许克祥发动"马日事变"于后,汪精卫的态度迅速向右转变。工农运动的高涨已经触犯了当权者的利益,而最主要是革命军内部。由于北伐进程中的大量招降纳叛,已在中高级将领中混入许多地主分子。据统计,从北伐出发到 1927 年元月,归附国民革命军的 56 个高级将领中,有 51 个是拥有 500 亩以上的大地主。在最早加入北伐行列的前 8 个军中,地主分子及类似出身的军官比比皆是。而两湖地区的农民运动又特别高涨,因此对于这些军官而言,打土豪,分田地,打的是自家的父老,分的是自家的财产,自然心怀不满。许克祥就曾恨恨骂道:"妈个巴子,老子在前方打仗,共产党却指使泥腿子在后方抄老子的家,共老子的产,真是岂有此理。"

对于反动军官许克祥镇压工农的行为,汪精卫反而表示袒护,他说:"农民协会就是要不得嘛,农产品被摧残光了,工商业家被打跑了,上不要中央,下不要人民,都被逼得走投无路了,许克祥的行为也是被逼无奈嘛。"

汪精卫的这番话,表明他的思想已经开始右转。他本来就是个华而不实、缺乏韧力的人,在看到内部不稳、外敌压境的时候,便认为只有与共产党彻底分裂,才是解决困境的唯一方法。

现在就只差一个反共的借口了,婊子要做,牌坊也要立,这符合他的性格。这时,刚到武汉不久的共产国际代表鲁易却恰逢其时地把借口给他送来了。

鲁易不了解汪精卫的为人,被汪的反蒋假象所迷惑,他将共产国际的机密电报副本送到了汪精卫的面前,妄想通过汪精卫创造一个奇迹。

汪精卫将电报瞄了一眼,不由得一阵心惊肉跳,只见电文上写道:

**1. 改组武汉政府,加强这个政府中共产党的力量。**

**2. 改组国民党中央执行委员会,在中央执行委员会中增加更多的新的工**

农领袖。

3. 要武装两万中国共产党。

4. 挑选五万工农积极分子加入国民党军队，使国民党军队得以彻底改进。排除其中的反动将领，以中国共产党式坚定的国民党左派代替。

5. 设立以国民党左派领袖为首的革命军事法庭，严厉惩办反动军官。

6. 厉行土地革命，坚决从下面实行没收地主土地和豪绅的财产。

"共产党岂不是越俎代庖，鸠占鹊巢，这几条随便实行哪一条，国民党就不是国民党了。"汪精卫心中恨恨道，继而是一阵狂喜，这岂不是向共产党大开杀戒的最好借口？他表面上不动声色："我现在太忙，这份材料暂放在这里，等我看完后再说。"说着话，已经起身送客。

望着鲁易出去的背影，汪精卫心中冷笑，共产国际怎么派了这么一位不懂事的书呆子。

是作秀的时候了，在武汉政府同僚面前，他大发雷霆，白皙的面孔涨得通红，戟指怒斥电报内容违反了当年《孙文越飞宣言》之精神，乃苏俄谋我之阴谋。他捶胸顿足，一副上当受骗、悔之晚矣的模样：

"兄弟为党为国，要做一回恶人了。"

汪精卫的下手很重。7月15日，他主持了国民党中常会第二十次扩大会议，宣布分共，当时现场一片反共的喧嚣，只有何香凝冷面严霜，她暗自摇头，难道迎汪竟迎出这样一位人物来，她真怀疑自己的眼睛看错了，因此气得一言不发。

在一片反共声浪中，于右任站了起来。他指出，孙中山的国共合作政策没有错，共产党不是危害国民党的力量，共产党不能亡我们，我们自己不努力，才是真正的亡了。

真是滔滔浊世，世人皆醉我独醒。何香凝、于右任在这次分共会议上的表现给许多人留下了深刻的印象。

叛变革命后的汪精卫使出屠夫手段，宁可错杀三千，不使一人漏网，无数共产党人、国民党左派、进步青年和工农骨干惨遭杀害，南社社友李书城的哥哥李汉俊也遭劫难。李汉俊早在中共三大后就退出了共产党，任湖北省教育厅长。"七一五"分共后，他天真地认为汪精卫要杀的只是共产党，与他们无关，没有及时躲避，而遭到毒手。

汉方宣布分共后，武汉政府和南京蒋介石政府之间的根本分歧就消失了，很多国民党人开始要求分裂的武汉和南京政府重新统一。1927 年 8 月初，冯玉祥分别致电宁汉政府，请求双方重归于好，合二为一。武汉政府声称自己是正统政府，斥责蒋介石违背党统党纪，在南京另立政府是"以军治党、以党窃权"，是搞个人独裁的结果。汪精卫提出宁汉政府重新联合的前提必须是蒋介石下台，南京方面的国民党人要求宁汉统一的呼声也很高，特别是在南京的李宗仁桂系军队的势力膨胀，也从侧面催促蒋介石下台。于是上演了一出逼宫戏，让蒋介石被迫下野。

蒋介石的下野使汪精卫等反蒋派松了一口气，8 月 19 日汪精卫代表武汉政府发表《迁都南京宣言》，汪精卫以为从此国民党就可以实现"以党治军"的文人领导，消除军人独裁的疾患。

但是汪精卫的夫人陈璧君却是大摇其头，当时南京方面最高党政机关是由桂系、西山会议派及汪派三种势力组成的中央特别委员会，请问：在这样的组合中，你汪精卫能唯我独尊吗？

一语提醒梦中人，无论是李宗仁的桂系或者西山会议派，对汪精卫而言，都是生疏而有间隙，只是把他作为一个招牌使用。

所以汪精卫出尔反尔，随即发表《引退通电》，拒绝与桂系合作，并秘密回到广州，与支持他的张发奎及亲信陈公博，联合李济深，形成了粤派势力。

还在下野期间的蒋介石立即抓住这一机会，打出"联汪反桂"牌，让宋子文带着他的亲笔信去广州与汪精卫联络，大施离间计，说广东的李济深是广西人，与桂系的李宗仁关系密切，血比水浓，要汪精卫设法将李济深赶出广东，形成广州汪之天下。

果然，汪精卫立刻怦然心动，蒋介石自然也予以配合，从日本回国后，就邀请汪、李来上海，协商合作问题。李济深不知是计，前脚刚走，后院立即起火，张发奎的部将黄琪翔兵变广州，将自己的根据地拱手交汪。

其实汪精卫这样做得不偿失，李济深、李宗仁等或通电或演讲，群起指责，要求查处汪精卫等人。桂系大将白崇禧竟找到上海青帮头子杜月笙门下，要求绑架汪精卫，以出口恶气。李济深更是恨之入骨，不惜写信与一向不和的蒋介石，请求出兵讨伐。蒋介石做得也绝，居然将这信拿给了汪氏夫妇，他这不是卖好，而是存心看他们的笑话。

果然，汪精卫、陈璧君一看到李济深的信，不由得愧疚万分，原来是自己的同盟者，却被蒋介石拆成了冤家对头。夫妻相对无言，只能以泪洗面。

汪精卫就这样被蒋介石玩弄于股掌之上，这些年来他一直流落海外，所以每当失意之时，他就愈益痛恨蒋介石，大志难酬，也着实让人怅然难乐。直到胡汉民汤山被囚，才让他看到了东山再起的希望。所以他不仅发文痛骂蒋介石，而且表达了与胡汉民合作的愿望。他拍着胸脯保证：

"过去我和胡先生的不和，都是上了蒋介石的当。蒋之所以专横跋扈，就是因为我们不能团结。这回反蒋，一定要合作到底，万一失败了去跳海，也要抱在一起跳。"

自从胡汉民被囚汤山后，蒋介石算是坐在了热锅上，西南方面已经组成了反蒋联盟，要声讨蒋介石的专制统治，他现在有点后悔低估了胡汉民在国民党的影响和能量。因此，他派出戴季陶和吴稚晖去劝说胡汉民，寻一个转圜之道。

胡汉民却是软硬不吃。

一向善言的戴季陶这时也显得木讷了，因为心中有愧，诱捕胡汉民的主意是他出的，但没想到胡汉民太倔强，以至形成了今天的僵局，而且让老朋友也吃苦了，所以半晌才挤出一句话："我劝你学学佛吧。"

"混账东西。"胡汉民怒喝道，"你这样男盗女娼，还配谈佛。"

除了戴季陶外，来看望胡汉民的还有于右任。当时卫兵还拦着于右任不让进呢，气得于右任拿起手杖砸向警卫："就是蒋介石在这儿，也不能拦我去看胡先生。"

对于于右任来访，胡汉民很是感动，只是在那个环境下不能畅所欲言，两人相对唏嘘，百感交集。于右任只是劝胡汉民保重身体，留得青山在，不愁没柴烧。

就在胡汉民被囚期间，日本利用中国的内乱，发动了"九一八"事变，全国上下都提出了一致对外的口号，胡汉民也不为难蒋介石了，于是蒋介石答应恢复他的自由。

孙科

1931 年 10 月 22 日，蒋介石、胡汉民、汪精卫又重新在上海聚首。大家同意重组政府，共赴国难，但胡汉民表示前提必须让蒋介石下野。年底，国民党召开四届一中全会，蒋介石下野，由孙科任行政院长负责政府实际领导。

然而孙科并非众望所归，不过月余，他已经支撑不下去了。于是外界又有吁请蒋、汪、胡再度合作的呼声，只是胡汉民经过这场风波，有点心灰意冷了，所以他坚辞不出，哪怕是于右任相请，也驳了老朋友的面子。

蒋介石、汪精卫终于又成了搭档，他的亲信陈公博对他谏言道："汪先生以为能与蒋先生合作得益吗？你们交往的历史比我长，对他的了解也比我深，但我却冒昧直言，以蒋先生与胡先生较，后者虽然说偏狭自负，但毕竟有所为有所不为，不比蒋先生那样无所不用其极，更令人担心。"

汪精卫劝说陈公博道："这次蒋先生是真心的，否则也不会答应将行政院让出来，更不会同意今后国府由行政院负实际责任。"

1932 年 1 月中旬，汪蒋经过杭州烟霞洞密谈，联袂进京，由汪出任行政院长兼内政部长，并担任中央政治会议主席，主持政务；蒋介石则专任军事，担任军事委员会委员长，表面上似乎是双驾马车，平分秋色了。

其实不然，汪精卫自 1932 年进南京，就没有一天扬眉吐气过，守着行政院一摊子，差不多成了蒋介石的幕僚。

尽管做伴食宰相，但汪精卫驽马恋栈，忍气吞声地伺候着蒋介石。官场自有迷人处，权力从来是有着巨大的诱惑力的。

1935 年 11 月 1 日发生了一件"中央党部刺汪案"。那天是国民党四届六中全会的开幕日，按惯例，早晨 8 时去中山陵谒灵，9 时回中央党部举行开幕式，由汪精卫讲话，然后 10 点 30 分开预备会。

但蒋介石那天的感觉很不好。谒灵时，许多官员仪容不整，还有打呵欠者。回来时，又有不明身份的汽车闯入代表的车流，这让他心里陡生警惕。回到位于丁家桥的中央党部，他的这种感觉就更强烈了，在休息室里，倚着窗户向外看，只见院内乱哄哄一片，甚至有京外大员的马弁背着盒子炮在晃悠，他皱起眉头责问在身边的中央秘书长叶楚伧："会议的安排如此马虎，事先的工作是怎么做的？"

叶楚伧期期艾艾答不上来，昨夜他喝高了，头疼得厉害。

望着对方宿醉未醒的样子，蒋介石更是来火，恰巧有人来催促，开幕式已经结束，马上就要照相了，请蒋先生下去。

"不去了。"蒋介石负气道，见来人愣着，他又补充说，"让汪先生也不要去照相了，外面闹哄哄的。"

就在催促蒋介石的时候，代表已在楼下大厅摆好了姿势，汪精卫理所当然地坐在了第一排。因为蒋介石迟迟不来，所以摄影师已经开始工作了，待镁光灯闪过，代表们开始散席。

就在汪精卫刚刚转过半个身位的当口，只见记者群中突出一人，手持连发手枪，冲着汪精卫就是三枪，而且枪枪中的。

事发猝然，几乎没有任何人做出反应，包括卫士都愣在了现场。只有张继冲出来，一个箭步已经来到了凶手的身后，然后两臂将其紧紧抱住。

凶手乃是青壮之人，连甩几下，试图摆脱张继，但张继如附骨之疽，紧紧缠住了凶手。

张学良也赶了过来，少帅略通武术，飞起一脚，将凶手踢倒。这时卫队已经蜂拥而上，控制了局面。事后，张学良对张继的勇敢非常佩服，他说若不是凶手已经发完枪里的子弹，那肯定是要回击张继的。

陈璧君后来也表示了对张继的感激，她说满朝文武，竟只有两个姓张的见义勇为；特别是张继，一介文人，到搏命的时候还真敢搏命。

进入南京国民政府中枢的南社成员中，除汪精卫外，还有一大批人，真可谓冠盖满京华，其中五院正副院长中，几乎占了半壁江山。戴季陶首任考试院院长，于右任任监察院院长，居正任司法院院长，张继任司法院副院长，另有叶楚伧担任了中央党部秘书长，邵力子担任了国民党中宣部部长。

# 柳亚子夹墙逃生　杨杏佛身遭狙击

真正是冰火两重天，就在众多南社人物弹冠相庆，联袂进京之际，以柳亚子为代表的进步人士却遭受着打压、追杀，被笼罩在白色恐怖之中。

在国民党"清党"行动中，柳亚子上了黑名单。在南社成员中，居高官者比比皆是，有许多也是柳亚子的朋友，纷纷为柳亚子缓颊，他们说："柳亚子乃是一个标准文人，意气用事，当年顶撞蒋总司令，那是文人狂态，不值得计较。"

蒋介石却是铁青着脸："我并非在意柳亚子无礼于我，但是他在本党二届二中全会上的表现很出格呵，难道说没有共产党的嫌疑？"

柳亚子

说起柳亚子在国民党二届二中全会上的表现，的确让人惊讶，让人佩服。

国民党二届二中全会召开于 1926 年 5 月，在这次会议上通过了所谓"整理党务案"，这在国共关系史上是一个标志性的事件，代表着蒋介石的进一步向右转，根据该案，将共产党人排除出国民党中央领导机构，加入国民党的共产党员名单须全部交由国民党中央保存等等。

由于陈独秀的右倾退让政策，加上国民党右派的活动，蒋介石已经完全控制了会场的形势，会场上反共的情绪很激烈，让许多左派和进步人士噤若寒蝉。

只有三个人挺身而出，分别是何香凝、彭泽民、柳亚子。何香凝慷慨力陈议案的谬误与荒唐，说到愤慨时，情绪激动，拍案顿足，几乎将地板跺裂。听着何香凝慷慨陈词，柳亚子也是义愤填膺，但他从小就有口吃的毛病，越急越说不出话。只见他手舞足蹈，脸涨得通红，却是期期艾艾说不出完整句子，急得几乎失去知觉，只是配合着何香凝的发言，不停地点头、拍掌。而彭泽民也是气得手脚发抖，讲不出话来，最后跑到孙中山的遗像前放声痛哭，以泄心中之悲愤。

这次会议上，何香凝的顿足、柳亚子的拍掌、彭泽民的号泣，被传为国民党二届二中全会的痛史。

蒋介石冷眼旁观了这一切，心里骂道："这是公开与我叫板了。"何香凝是廖仲恺的夫人，彭泽民资历老，在海外有影响，蒋介石对他们有所忌惮，但柳亚子只是来自地方的一个基层代表，是一个手无缚鸡之力的文人，蒋介石对他没有顾忌，所以执意将他列入了黑名单。

柳亚子一只脚跨进了鬼门关。

在广州期间，柳亚子的心情很不好，眼看着蒋介石叛变革命在即，共产党又拒绝了他的刺蒋计划，让他感到了冷落、无奈，生出一种没人理解的寂寥。因此二届二中全会没结束，他就拂袖回到了黎里，杜门不出。

"四一二"政变发生期间，柳亚子尽管也听说蒋介石在上海、南京等地大开杀戒，但黎里是个偏僻小镇，估计不会祸延至此，因此也没打算躲避，没想到，死神的翅膀竟和他擦肩而过。

因为上了黑名单，柳亚子成了重犯，上海、苏州军警当然要重视，于是派出十几人的队伍坐着小火轮，摸到黎里。当时"清党"的工作量很大，许多地方的人手都不敷分配，而为了抓柳亚子，竟专门派了一队人马，可见当局是必欲置其于死地的。

1927年5月8日深夜，正是月黑风高时，一行人悄悄上了岸，摸到了柳宅的门前，一阵急促的敲门声，将正在熟睡的柳亚子一家惊醒。听到敲门声异常，柳夫人多了个心眼，对柳亚子道："听说当局在上海杀人杀红了眼，你平时放言无忌，在广州又得罪了大人物，莫不是找你霉头的。"

在江南一些大户人家里，往往为了防范土匪而设有密室，也就是夹屋，或者称之复壁，柳亚子所居赐福堂原本为清朝一达官所置，不仅庭院深深，有大小上百间屋，而且在后面一进中设有复壁，可容三五人。

刚将柳亚子藏好，士兵已经冲了进来，指名道姓要抓柳亚子。柳夫人很镇静，告知丈夫早就外出，目前不知行踪。

"昨天还有人见到他，你以为我们不知情。"有人吼道，"细细搜，上头有交代，这个人是重犯，就是大海捞针也非抓到不可。"

于是来人分散开来，一间屋一间屋地折腾，幸亏宅子大，搜捕者并无所获。柳亚子在夹壁内听得仔细，又气又急，随着搜捕声越来越近，他已经感到危险的临近，在这生死关头，文人自有文人的风骨，于是口占一绝：

> 曾无富贵娱杨恽，偏有文章杀祢衡。
>
> 长啸一声归去也，世间竖子竟成名。

写罢，闭目待尽。

与此同时，柳夫人也是心急如焚，虽说宅子大，但一间间搜下去总有尽

国民党江苏省党部成立

时，再说那密室隐蔽得也不够巧妙，留心点不难发现。就在这时，听到隔壁一阵喧嚣，有人大喊：

"柳亚子找到了！"

柳夫人心中一冷，急忙冲了过去，原来是自己的妹夫被当成了柳亚子抓了起来。

也怪这位凌姑夫运交华盖，昨天他来柳家做客，因多饮了几杯酒，耽误了时辰，看到天色已晚，所以柳氏夫妇劝他留了下来，没想到被误当成了柳亚子。因为惊吓，凌姑夫已经是哆哆嗦嗦，磕磕巴巴说不成完整句子，一位士兵向小头目道："都说柳亚子是个磕巴，看来就是此人没错啦。"

就这样阴差阳错，柳亚子躲过了一劫。

士兵走后，天尚未大亮，柳亚子默默从密室走出，不敢耽搁，柳夫人当即为他换了套渔民的打扮，从门前小河乘船而走。几天后，柳氏全家在上海会

毛啸岑全家合影

合，浮槎东渡，以待来日。

就在柳亚子遭遇惊魂一刻之际，他的同乡、国民党江苏省党部的同事毛啸岑也在家乡避难。

毛啸岑是新南社成员，柳亚子十分看重他，将他比成《水浒传》中的"九纹龙"史进。在柳亚子的介绍下，他还认识了人生的指路人侯绍裘。

侯绍裘是共产党的一个重要干部，专门从事开展国共合作的统战工作，参加过上海起义，是国共合作时期国民党江苏省党部的负责人。

在与侯绍裘工作期间，毛啸岑加强了对共产党的认识，并要求加入共产党。经过一段时间考验，在"四一二"政变前夕，侯绍裘通知他，组织上已经接受他为中共党员。但是现在形势危险，局面复杂，再加上侯绍裘要东奔西走，组织手续留待日后再办。

这就造成了毛啸岑一生最大的遗憾，从此与共产党失之交臂。因为根据上级指示，设在上海市的国民党江苏省党部迁到南京。这次搬迁很热闹，在经过苏州、无锡、常州等地时，都有成千上万的欢迎人群。到了南京下关后，竟有四五万群众迎接他们，这让毛啸岑很开心，以为又一波的革命高潮要来临。

但侯绍裘警告他，现在有一股暗潮涌动，蒋介石在南昌已经露出反共的端倪，要防止他在南京有大动作，要准备牺牲，所以家属一律不带。

果然被侯绍裘不幸言中。4月7日，毛啸岑就接到电话，让他注意安全，最好别出门。为了防止万一，毛啸岑也做了准备，将文件收拾整理妥当，又将省党部两颗大印藏了起来。

第二天刚上班，就有暴徒冲进省党部，一个个头戴礼帽，身着长衫黑马褂，手里提着盒子炮，也不问青红皂白，见物就砸，见人就抓，嘴里还骂着："抓的就是你们这些跨党分子。"

邓演达

幸亏在押解的途中遇到了武汉政

府方面派来的政治部少将吴琪，吴琪与江苏省党部的一些人相熟，于是拔枪相救。暴徒本想不从，但看到吴琪的少将军章，有点胆怯了。

毛啸岑算是捡回了一条命，几天后，蒋介石公开发出清党号召，宁错杀三千，不漏掉一个，毛啸岑岂有幸理。几天后，侯绍裘就在南京纱帽巷十号召开紧急会议时被捕，因审讯无结果，特务们下了毒手，将侯绍裘等人装进麻袋，用电工刀戳死，用汽车运到通济门外九龙桥，沉入了秦淮河。

听到侯绍裘的死讯，毛啸岑放声痛哭。失去了引路人，毛啸岑顿失所倚，在全中国的范围内都是腥风血雨，毛啸岑就像长空孤雁一般徘徊迷茫。没奈何，他只能去自己的家乡吴江暂避风头。但是家乡也不安全，从苏州来的军警在柳家搜查后，也曾到毛家抓人，扑空后仍不死心，在吴江设下暗线，张网以待。

毛啸岑只能躲到位于盛泽的岳母家，从此进入了隐居生活。

直到1930年，他才重新接触政治。因为有人向他介绍了中国国民党临时行动委员会，也就是后来的农工党。因为他们企图在国共两党以外寻找一条出路，形成第三种势力，故人们也习惯称之"第三党"。

"第三党"的领导人邓演达，是著名的国民党左派，也是反蒋的坚定人士，威信极高。因为完全与组织失去了联系，毛啸岑感到了孤独和迷茫，人生失去了方向。因此"第三党"的出现，让他感到仿佛是黑夜亮起的灯火，让他迫不及待地投奔过去。

毛啸岑又焕发了往日的激情，在吴江发展党员，筹备武装，他盼望有朝一日能义旗再举，公开与蒋介石叫板。然而一个惊天凶信让他几乎心如死灰，由于行事不密，邓演达在上海被捕，对于邓演达这样的实力人物，蒋介石没有手软，而是快刀斩乱麻，将其杀害于南京郊外，当时毛啸岑等正准备组织营救，蒋介石连这样的机会也不给。

由于邓演达的牺牲，"第三党"也削弱了号召力和影响力，不久，谭平山在汉口宣布"第三党"解散。听到这个消息，毛啸岑犹如高山顶上失足，扬子江心落水，他原来是想通过"第三党"来实现自己的革命理想，而现在连这点希望也化作乌有。

尽管九死一生，但柳亚子、毛啸岑毕竟逃离了生天，相比杨杏佛，他们是幸运的。

1912 年南北议和后，杨杏佛因不愿在袁世凯政府任职，11 月赴美留学，入康奈尔大学机械工程专业。毕业后，又入哈佛大学攻读工商管理、经济学和统计学，1918 年毕业回国，获商学博士学位。1920 年任南京高等师范学校教授，东南大学工科主任。1922 年与赵元任等创立中国科学社。1924 年杨杏佛赴广州任孙中山秘书，深得信任与赏识。1925 年 3 月任孙中山治丧筹备处总干事，1928 年 4 月任中央研究院总干事，1932 年 12 月，任中国民权保障同盟筹备委员会总干事兼执委，是当时国内著名的民主派代表人物。

就是这样一位文化人，蒋介石却对之恨之入骨，必欲置之死地而后快。究其原因，乃在于民主与独裁的根本冲突。杨杏佛是要求民主的斗士，自然与蒋介石的独裁政权有化解不了的矛盾。

蒋介石对杨杏佛的恼恨是从杀害邓演达事件开始的。邓演达是国民党的一位重要人物，孙中山在世时也对其特别器重，此人于革命有功，于党国有功，于北伐有功。然而就是因为反对蒋介石背叛革命，就遭到特务的逮捕、暗杀，中间不经法律程序，甚至连走个过场都没有。

这就让宋庆龄、蔡元培等国民党内的一些重量级人物拍案而起了，如果由着蒋介石胡来，那这个国家就暗无天日了，人民将生活在恐怖之中，因此他们奔走呼号，谴责蒋介石推行的特务政治，而杨杏佛则是其中的骨干分子。

蒋介石的特务政治却是愈演愈烈，后来的牛兰夫妇案、陈独秀被捕案，都是违反人权的行为。为了制止蒋介石的行为，1932 年底，蔡元培和宋庆龄等成立了中国民权保障同盟，专门营救被政治迫害的文化名流，争取言论、出版、集会等自由。办公地设在上海法租界亚尔培路 331 号中央研究院国际出版物交换处（今陕西南路 235 号），杨杏佛任同盟的总干事。

杨杏佛工作热情高，社会影响也大，有人这样评价："如果说宋庆龄、蔡元培是民权保障同盟的精神领袖或者说灵魂人物，那么杨杏佛就是同盟的实干领袖，是实干家。"如果缺了杨杏佛这样执着精干的人物，民权保障同盟就不会有如此大的作为。

因此蒋介石将打击的矛头对准了杨杏佛，因为宋庆龄是孙中山的遗孀，蒋介石对此是心有忌惮的，而除掉杨杏佛，则去掉了宋庆龄的左膀右臂，并形成"杀杨儆宋"的效果。

蒋介石隐隐动了杀机。

1933 年 1 月，在长城抗战的硝烟中，杨杏佛代表中国民权保障同盟赴北平视察，在华北期间，他到处发表演讲，参加示威游行，揭露腐败政治，抨击监狱黑幕，呼吁抗日救国，要求民权自由等等。一时间，平津等地的抗日民主爱国运动沸沸扬扬，打乱了蒋介石在华北"边抵抗，边交涉"的打算。更让蒋介石恼火的是，杨杏佛和宋庆龄在 4 月 5 日亲赴南京，要求国民党政府立即释放被关押的省港大罢工领导人罗登贤及所有政治犯。宋、杨还以中央委员的名义要求停止内战，与共产党合作，共同抗日。这触动了蒋介石政治神经中最敏感的部分，让他忍无可忍了。

杨杏佛却继续给蒋介石以难堪。大约在 5 月中旬，国民党上海警察局和租界当局合谋，绑架了进步作家丁玲、史学家潘梓年，并杀害了"湖畔

杨杏佛与鲁迅

诗人"应修人。全国舆论哗然，国民党政府只承认杀害了应修人，对绑架丁玲、潘梓年之事却矢口否认。杨杏佛经过深入调查，掌握了重要证据，他一方面联合文化教育界人士致电南京国民政府行政院提出责问，一方面向租界当局提出交涉。这件事如果暴露，蒋介石的脸上可就难看了。

于是，轮到杀人魔王戴笠出场了。

蒋介石的交代很清楚，杨杏佛的行为已经妨碍了国家方针的施行，影响了政府的声誉，而且为共产党张目，死有余辜。

接到了蒋介石的指令，戴笠立刻奔赴上海，筹划暗杀。他召集了军统杀手余乐醒、赵理君和沈醉等人，制订了暗杀计划。

沈醉建议，将暗杀地点定在大西路、中山路一带，因为杨杏佛有骑马的爱好，每天早晨都会在那一带练习，而且行人僻少，很利于行刺。

但蒋介石否定了这一计划，他批评戴笠没有政治眼光，大西路、中山路都属于华界管辖，既达不到吓唬宋庆龄的目的，也可能引起各方面的指责，到时候政府会很麻烦的。他顺手取过一张上海地图，用手点了点，示意暗杀地点就定在此处。

戴笠探头一望，心里一紧，蒋介石所选地点就在宋庆龄寓所附近的亚尔培路 331 号，要命的是它在法租界管辖区内，租界的巡捕多，不利于行动人员的撤退，到时搞砸了，蒋介石是不会帮自己背这个黑锅的。

带着这层担心，所以戴笠在布置行动任务时特别强调，此次行动不成功便成仁，一旦失手，不能被人留做活口，必须立即自杀，以保守团体的秘密。

暗杀组由 6 人组成，组长为赵理君，这是军统老牌杀手，人称"追命太岁"；副组长王克全，中共叛徒，这个人的特点是心思缜密，考虑问题特别周全；组员李阿大，为上海苏北帮著名杀手，在江湖上很有名气。另外还有过得诚、施云之和刘阿三等人。

箭在弦上，但戴笠却使了一步缓兵之计。

戴笠也明白杨杏佛是个正派人，是国家的栋梁，这样的人杀之可惜。因此他想让杨杏佛知险而退，改弦易辙，转而为政府所用，以达到不杀而胜之。如果这件事干成了，蒋介石也不会总是骂他没有政治头脑了。

首先，戴笠通过南京市党部对杨杏佛发出书面警告，造谣"保障同盟"

是"保障反革命及共产党要犯",请最高当局解散该团体,并发动舆论力量,攻击同盟是"专抱共产党粗腿的组织"。

棒喝之下,戴笠也为杨杏佛设计了退路,通过国民党政府表示可以给杨杏佛一个名义出国考察,就此退出国内的政治活动。

但杨杏佛根本不买戴笠的账,活动反而更加频繁,他还公然联合文化界、教育界38位知名人士领衔签名,要求南京政府行政院、司法行政部释放政治犯,保障民权等。

蒋介石闻讯大怒,他骂戴笠为什么执行任务不力:"对付这样的死硬分子,客气是没有用的。"

戴笠这回也恨得牙痒,他骂杨杏佛敬酒不吃吃罚酒,害得他在蒋介石面前挨骂,于是发出了"裁决令"。

6月18日,星期天,大约早晨六时许,赵理君就带着暗杀组出发了,到了亚尔培路,汽车停在了拐弯处,除了赵理君留在车上观察指挥,其余人等都下了车,王克全假装行人散步,在路口接应,李阿大、过得诚等则分散隐蔽。

八时左右,杨杏佛与儿子杨小佛从所居之地中央研究院出门,拟乘汽车去大西路马厩骑马,中央研究院门口停有两辆车,一辆是道奇牌轿车,一辆是敞篷,杨杏佛原本是坐轿车的,但因为那辆敞篷挡住了路,他也没细想,径直绕过去上了那辆敞篷。就这么一个不经意的举动,让他陷入了死亡的境地。因为无遮无挡,他只能束手待毙。

眼看着杨杏佛进入车内,赵理君发出信号,特务们各就各位,就在车子驰出大门的时候,有四支手枪同时向车内射击,在第一阵枪雨后,身中两枪的司机跳车逃命,而杨杏佛因为护子心切,竟伏身压在儿子杨小佛身上。

又是一阵弹雨扑来,杨杏佛被打成如筛子一般,他的儿子却因为他的保护,只是腿上受了轻伤。

眼看着行动得手,赵理君发出撤退信号,并将车从拐角处开了出来,准备接应。没想到法租界巡警的动作也够快,居然已经出现在了现场。

因为是第一次在法租界作案,过得诚有点紧张,撤退时竟跑错了方向,待明白过来,接应的汽车已离他十余丈远,于是狂呼"等等我!等等我!"

"真是笨!"赵理君恨恨地骂道,他有心停车,但看到巡捕房的人就在过得诚的身后，停车势必连自己也跑不掉。想想戴笠在行动前的警告，他心一横，举起手枪，对着过得诚就是一梭子，眼看对方倒在血泊中，他一踩油门，汽车一溜烟地驶出了法租界。

其实过得诚当时并没死，但他却没有胆量活下去，戴老板临行前有交代，不成功便成仁，于是抬起手中枪，对准了自己的胸膛。

此案是军统在租界进行暗杀行动的首次作案，戴笠对此十分满意，一直被视为军统行动的经典案例，尤其欣赏过得诚"杀身成仁"的自杀之举。据说后来在重庆修建中美合作所时，还将里面的一条路命名为"过得诚路"以作为表彰。

中国的进步人士们为杨杏佛之死表现出了极大的愤怒和悲哀。宋庆龄发表了激动人心的讲话："这些人和他们雇来的打手们以为靠武力、绑架、施刑和谋杀，他们可以粉碎争取自由的斗争……但是，斗争不仅远远没有被粉碎，而且我们应当更坚定地斗争，因为杨铨为了自由而失去了他的生命，我们必须加倍努力直至实现我们的目标。"

鲁迅极度悲伤，写诗以表达自己愤慨的心情。


### 悼杨铨

岂有豪情似旧时，花开花落两由之。

何期泪洒江南雨，又为斯民哭健儿。


没有鲜血的浇灌，哪有自由之花的盛开？杨杏佛用他的生命为南社的历史抹上了一层浓厚的色彩。

# 高朋满座同乡会  南社诸子排座次

由于时局动荡，再加上南社诸子因为各自的政治态度不同，价值取向不同，以及文人相轻等等，作为一个组织，南社早已名存实亡了。成员与成员之间，互相的联系也明显减少了许多。屈指算来，最近一次的集会还是在1928年，因为纪念南社成立20周年，由陈去病等人发起举行了南社雅集，参加者约四十余人，算是一次盛会了。

直到6年后，即1934年，南社才举行一次临时雅集。说起来举办这次雅集的原因让人心酸，那是因为陈去病于去年10月间去世，勾起了大家的怀念，于是决定在上海西藏路宁波同乡会为陈去病举行追悼会。

1933年10月5日，南社发起人陈去病离开了人世。惊悉噩耗，熟识的人们悲痛不已，民间同人自发地举行了追思活动。当年，陈去病成了西山会议派，让柳亚子耿耿于怀，双方一时冷淡不少。但蒋介石叛变革命后，陈去病反而没有跟风，参加对共产党及国民党左派的迫害，对蒋介石抱了不合作态度。后来南京政府任命他为江苏省主席，他也是冷眼相看，这份清高柳亚子欣赏得很。因此，后来两人的隔阂也化解了。陈去病去世，柳亚子闻听凶讯，泪如泉涌，作《哭陈巢南》：

> 壮思翻海洗天河，老柳雄心掩薜萝。
> 文献松陵今已矣，书城难挽鲁阳戈。

陈去病墓今貌

范烟桥主编的《珊瑚》半月刊刊发了"陈佩忍逝世专号"，由柳亚子题签。

国民政府于《请褒恤陈去病呈文》后，在 1934 年刊发了《国民政府对陈去病褒扬令》：

## 国民政府令

### 二十三年二月二十二日

中国国民党党史编纂委员会委员陈去病，志行纯洁，学术淹深。早岁倡应主义，发起南社，鼓吹革命，一时闻风兴起，为辛亥光复之先声，其后历任要职，卓著勤劳，肆志名山，有功学术，宏儒宿望，党国推崇。遽闻溘逝，深堪悼惜，应予明令褒扬，用表遗型昭兹来许。

此令。


此后陈去病的生平事迹被录入了国史，国民政府决定召开追悼大会。1934 年 3 月初，吴铁城、柳亚子、胡朴安、朱凤蔚、朱少屏等人一起在报上发布了《陈去病先生追悼会启》，3 月 4 日，追悼会如期举行。

追悼会现场气氛庄严肃穆，无论是嘉宾还是好友都神情凝重。在压低的哀乐声中，柳亚子用沉重的语调读着《祭陈去病先生文》：

中华民国二十三年四月四日，南社代表柳亚子谨以心香一瓣，热泪千行，臻祭于巢南盟长之灵。呜呼！胡清末造，天膻地腥，爰举南社，以抗北庭。

维我巢南，首树大纛；亦有天梅，左犄右角。贱子不才，居然鼎峙，白眼看天，有泪盈眦。三十年来，海变为桑，天梅早逝，公复沦亡。闻笛黄垆，西风一恸，零落旧交，祥麟威凤。中原高瞩，神州陆沈，溥仪小丑，仍潜伪庭。倭虏交讧，人间何世？披发伊川，万愁千喟。哀鸿满野，铤鹿走林，谓我何求？悠悠此心。悲公先逝。美公完归，焚林烈火，我将怨谁？既伤逝者，行复自念，流涕陈词，公灵岂昧。尚飨！

柳亚子

会罢，天色已暮，大家来到四川北路新亚酒店，陆续入座。朱少屏是个细心人，他清点了一下人数，竟达109人，可见陈去病在南社的威望和影响，借着他的好人缘，南社也凑成了一次少见的盛会。

几杯酒下肚，席间开始热闹起来，回忆起往事，仿佛又回到了少年时，不禁唏嘘，叹岁月如梭，时不我待。

包天笑在席间感慨，他一生最有意义的时光就是在南社兴盛的时期，当年大家在一起点评江山，为国奔波，以笔作戈，一腔热血如沸如腾，今天想起来还激动不已。因此，他提议，恢复南社，让它重新发扬光大。

"不可，不可。"柳亚子端着酒杯道。自从夹壁逃生，他在日本躲了一年，后来听说蒋介石下野，国内政治空气也稍有松动，于是启程回国，一直住在上海。

虽说是南社的创始人，但柳亚子早因为各种原因另张旗帜，成立了新南社，当然不能同意包天笑的建议了。他认为，新南社成立时，旧南社就已经结束，现在"南社"已是一个历史名词，今天要把它恢复，那是开倒车，是违反历史规律的。他讽刺包天笑："难道没有看过《进化论》？"

眼看着包天笑面皮涨红，就要反驳，一旁坐着的冯平连忙打着圆场，他说："南社在中国历史上自有它不可磨灭的价值，恢复固然不对，而永久的纪念却是很有必要。"

这番话说得不偏不倚，包天笑、柳亚子都笑了笑，互相扬扬手中酒杯，一饮而尽。柳亚子显然酒过量了，只要有人敬酒，他都来者不拒。一直缠绕他的头神经疼也在突然间消失了，只觉得文思如泉涌。趁着酒兴，他开始评价起在座的各位。

他说论及南社诸子，在座的就像那《水浒传》中梁山泊108条好汉，各有其长。二十年前，他曾与陈巢南就点评过。说着话，姜可生前来敬酒，柳亚子手一指道："可生老弟能文能诗，可谓天立星双枪将。"

接着，他又指向坐在对面的朱少屏："平时雅集举行，所有请柬通知都是少屏兄所写，大概你们没人没有他的墨宝。所以大家都说他是南社的'圣手书生'。"

"凭什么别人是天罡星，我是地煞星。"朱少屏笑着抗议。

"是啊，以少屏在南社的地位与贡献，可点为天闲星入云龙。"柳亚子答。

"那我是谁？"包天笑问。

柳亚子打量了他一眼，不假思索："天富星扑天雕。"

众皆大笑。有人问柳亚子他本人应是哪一位好汉。

柳亚子挠挠头："充其量做个小旋风吧。"

"听人道，你是自称呼保义宋公明的。"

"这是南社点将录，我只配是小旋风。若是诗坛点将录，那我自然当仁不让，要做那宋公明哥哥了。"柳亚子一脸自负。

"那谁是托塔天王晁盖哥哥？"

蔡元培

柳亚子想了想："只有蔡元培先

生配当托塔天王。"

在南社名单中，虽然不见蔡元培的名字，但蔡元培对南社的帮助很大，以至于许多人都把他视为南社一员。比如当年蔡元培在上海办《警钟日报》，其时南社诸子尚未闯出名头，是蔡元培积极扶掖，经常刊登陈去病、高天梅、柳亚子等人诗作，为他们打开了影响。同样也是蔡元培，将柳亚子等人介绍进入同盟会，将他们引上了追随孙中山的道路。这些都是让柳亚子没齿不忘的。所以后来成立南社纪念会，柳亚子就力请蔡元培先生任该会名誉会长。当然，蔡元培也慨然应允。

一年后，1935 年 12 月 29 日，柳亚子发起组织了南社纪念会，大家聚餐于上海西藏路晋隆西菜社，到会 21 人。

席间，柳亚子作《南社纪念会宣言》演讲。他强调了以前的观点，南社已成为历史的名词了，是绝对不能再复活了。但是南社的精神却有纪念的价值。南社以后还有新南社，这和中国同盟会以后有中华革命党完全是一样的。所不同的地方，是我们没有中山先生的毅力和勇气，能够把中华革命党再改组为中国国民党。所以新南社和南社，性质虽然不同，精神却是一贯的。我们现在纪念南社，也就包括纪念新南社的意义在里面了。

南社纪念会还规定了以下条例：凡南社社友及新南社社友为该会当然会员；非社友欲加入者须有会员二人以上介绍；该会每年雅集两次，等等。另外，柳亚子为当然会长。

虽然说道不同，不相与谋。南社成员已经出现了严重的分化，有的割袍断交，有的分道扬镳，但南社对当时的中国影响实在太大了。柳亚子甚至认为，近十年来的中国政治，无论文经武纬，几乎笼罩于南社的影响之下。

于是，柳亚子想起了去年的临时雅集，有人提议可以编一本《南社点将录》，就仿造梁山泊英雄排座次的形式。想不到当时自己酒后的玩笑居然有人认了真，柳亚子感到很好笑，也很有趣，但是这一次他没有囿于南社范围，而是将整个文坛包括进来，题名《文坛点将录》，共计 109 位，兹录于后：


**1. 梁山泊开山头领托塔天王蔡子民**

**2. 天魁星呼保义柳亚子**

3. 天罡星玉麒麟郑佩宜

4. 天机星智多星陈陶遗

5. 天闲星入云龙朱少屏

6. 天勇星大刀叶楚伧

7. 天雄星豹子头刘季平

8. 天猛星霹雳火林庚白

9. 天威星双鞭林一厂

10. 天英星小李广徐蔚南

11. 天贵星小旋风潘公展

12. 天富星扑天雕包天笑

13. 天满星美髯公孙仲瑛

14. 天孤星花和尚朱凤蔚

15. 天伤星行者宋寰公

16. 天立星双枪将姜可生

17. 天捷星没羽箭姚雨平

18. 天暗星青面兽费公直

19. 天佑星金枪手余十眉

20. 天空星急先锋吴豹军

21. 天速星神行太保陆丹林

22. 天异星赤发鬼冯心侠

23. 天杀星黑旋风冯自由

24. 天微星九纹龙毛啸岑

25. 天究星没遮拦张心芜

26. 天退星插翅虎张挥孙

27. 天寿星混江龙丘潜庐

28. 天剑星立地太岁周志成

29. 天平星船火儿朱剑芒

30. 天罪星短命二郎王立佛

31. 天损星浪里白条朱云光

32. 天败星活阎罗高君介

33. 天牢星病关索胡寄尘

34. 天彗星拼命三郎胡惠生

35. 天暴星两头蛇徐忏慧

36. 天哭星双尾蝎徐小淑

37. 天巧星浪子陈希虑

38. 地魁星神机军师郑正秋

39. 地煞星镇三山吴开先

40. 地勇星病尉迟朱義农

41. 地杰星丑郡马姚菊隐

42. 地雄星井木犴马祝眉

43. 地威星百胜将殷孟俶

44. 地英星天目将李坚甫

45. 地奇星圣水将军章衣萍

46. 地猛星神火将军陈志皋

47. 地文星圣手书生吴曙天

48. 地正星铁面孔目黄定慧

49. 地辟星摩云金翅卢葆华

50. 地阖星火眼狻猊陈锦云

51. 地强星锦毛虎郑佩亚

52. 地暗星锦豹子杨静宜

53. 地辅星轰天雷夏潄芳

54. 地会星神算子黄冰清

55. 地佐星小温侯黄红荑

56. 地佑星赛仁贵柳无非

57. 地灵星神医许半龙

58. 地兽星紫髯伯凌昭懿

59. 地微星矮脚虎李大超

60. 地彗星一丈青王孝英

61. 地暴星丧门神章铁民

62. 地默星混世魔王曾今可

63. 地猖星毛头星吴冰梅

64. 地狂星独火星吴澍

65. 地飞星八臂哪吒陈宝璋

66. 地走星飞天大圣纪侠中

67. 地巧星玉臂匠唐蓉裳

68. 地明星铁笛仙丁怀芬

69. 地进星出洞蛟陈炳煌

70. 地退星翻江蜃丁炳章

71. 地满星玉幡竿林众可

72. 地遂星通臂猿汤曾敫

73. 地周星跳涧虎陈鹤年

74. 地隐星白花蛇钱释云

75. 地异星白面郎君高方

76. 地理星九尾龟李沈东

77. 地俊星铁扇子郑竞存

78. 地乐星铁叫子凌诵益

79. 地捷星花项虎朱鸿杰

80. 地速星中箭虎黄苗子

81. 地镇星小遮拦严柠檬

82. 地羁星操刀鬼陈无那

83. 地魔星云里金刚吴少薇

84. 地妖星摸着天马公愚

85. 地幽星病大虫陈克成

86. 地僻星打虎将沈君匋

87. 地空星小霸王王秋厓

88. 地孤星金钱豹子戴云超

89. 地全星鬼脸儿宋之强

90. 地短星出林龙唐闰生

91. 地角星独角龙唐荃生

92. 地囚星旱地忽律朱云平

93. 地藏星笑面虎唐一民

94. 地伏星金眼彪冯超尘

95. 地平星铁臂膊沈志远

96. 地损星一枝花高尔柏

97. 地奴星催命判官沈中路

98. 地察星青眼虎顾依仁

99. 地恶星没面目朱翊新

100. 地丑星石将军张景龙

101. 地数星小尉迟周宪文

102. 地阴星母大虫陈明珠

103. 地刑星菜园子李迦陵

104. 地壮星母夜叉何梅英

105. 地劣星活闪婆王安浦

106. 地健星险道神金瑞石

107. 地耗星白日鼠金鲁望

108. 地贼星鼓上蚤张鑫长

109. 地狗星金毛犬陈霭麓

对此《文坛点将录》柳亚子作了两点说明：

一、天罡三十六人，均南社或新南社社友，地煞星七十二人，大多是为非南社社友。

二、水浒传只有女将三人，而现有二十三人，只能借用男头领点之。

水浒一百单八将，加上晁盖便为一百零九人。

南社社员有一千多人，以上所点，并非全是南社社员，连柳亚子也认为多为应景玩笑，当不得真。但是多少反映了当时文坛人才兴旺一时。

第十章　国难当头

## 马君武诗讽少帅　　何香凝赠衣激将

　　自从南京政府成立，蒋介石就没有消停过，一方面征讨国民党内反蒋势力，一方面与共产党大打出手。趁着中国内乱，日本帝国主义发动了"九一八"事变，突然占领了东三省。

　　当时张学良因病在北平协和医院治疗。事变发生当晚，张学良因招待宋哲元等将领，携夫人于凤至及赵四小姐去前门外中和戏院观看梅兰芳先生的《宇宙锋》。观剧中途，张学良侍卫副官长谭海来报，有人注意，少帅的脸色当时就变了，即起身返回医院。

　　待接通东北边防军司令长官公署参谋长荣臻电话后，张学良立即与南京当局电话联系，请示如何应变。并迅即招来顾问端纳，令其立即通知欧美各国驻平新闻记者，夤夜举行记者招待会。同时，张学良召集戢翼翘、于学

蒋介石与张学良

忠、万福麟、鲍文樾等重要将领举行紧急会议，磋商对策，直至次日凌晨。待记者招待会毕，他才回到病房稍睡些许时间。

据称，当时南京军事委员会给张学良的复电称："日军此举，不过是寻常挑衅性质，为免除事件扩大，绝对不准抵抗。"如此指示不下十余次。

张学良迫于军令，不战而退，自然千夫所指，从此背上"不抵抗将军"的恶名。对他当晚观剧的行为，舆论也颇多责难，认为张身为陆海空副司令兼东北边防司令长官，在千钧一发之非常时刻，竟有如此闲情逸致去看戏，真可谓视国事如儿戏了。

马君武的打油诗就是在这样的舆论环境下出炉的。

马君武是中国留德学生中第一个取得科学博士学位者。这位留德工学博士，精通英、日、德、法等数国文字，又写得一手好诗。曾用旧诗格律译拜伦、歌德、席勒等人的诗篇，编译了《德华字典》等书。他还是将达尔文进化思想介绍到中国的第一人，翻译并出版达尔文《物种起源》。其时，有人开玩笑说："马君武"对上"达尔文"，真是一副绝世好联。

马君武才华出众，特别在文学教育方面，他的古诗词也写得好，在文学史上有一定影响。在内容上，他的诗鼓吹新思潮，标榜爱国主义；在格式应用和语言风格上，他也刻意创新，不拘一格，反对复古主义和形式主义。在高手如云的南社，他的诗也是别具一格。

但是，在马君武诸多的诗词中，最出名的却还是以下这首《哀沈阳（仿李义山北齐体）》：

赵四风流朱五狂，翩翩胡蝶正当行。
温柔乡是英雄冢，哪管东师入沈阳。

告急军书夜半来，开场弦管又相催。
沈阳已陷休回顾，更抱佳人舞几回。

马君武

李义山即晚唐诗人李商隐，他的《北齐》二首是咏史之作，讽刺北齐后主高纬宠幸冯淑妃而亡国，借古鉴今。全诗如下：

一笑相倾国便亡，何劳荆棘始堪伤。
小怜玉体横陈夜，已报周师入晋阳。

巧笑知堪敌万几，倾城最在著戎衣。
晋阳已陷休回顾，更请君王猎一围。

马诗一经刊出，即不胫而走，风靡一时，让张学良感到很有压力，让与此事无关的胡蝶深受委屈。

老百姓却是津津乐道。

首先，该诗写得的确出色。马君武早年系辛亥革命党人，在政界历任要职。后又涉身学界，曾先后主持大夏大学，创办中国公学，在政、学两界都有很大影响，又是南社的名诗人。马在"九一八"后坚决抗日，这两首《哀沈阳》虽是仿拟之作，但极见功力，笔触犀利，淋漓酣畅，对比色彩强烈，更兼不用一事，遣词通俗浅显，明白如话，端的是脍炙人口的佳作，堪与《北齐》伯仲。直到六年后全面抗战爆发之初，马君武本人还在汉口自诩此诗敢和明末清初著名诗人吴梅村祭酒痛斥吴三桂的那首《圆圆曲》先后媲美、永垂史册，大有胜吴一筹之叹。故而此诗适应了舆论导向，推波助澜，愈益流播四方。

另外，也迎合了老百姓的心理。张学良本来就风流名声在外，再加上普通人不明真相，将丢失东三省的责任摊到了他的头上，因此落下"不抵抗将军"的恶名，马君武的冷嘲热讽正好替他们出了心中一口闷气。而媒体更是宁信其有，不信其无，广而刊之。

由于此事影响太大，作为一位艺人，胡蝶当然要珍惜名声，因此刊出辟谣启事：

蝶于上月为摄演影剧曾赴北平。抵平之日适逢国难，明星同人乃开会集议，公决抵制日货，并规定罚则。禁止男女之演员私自出外游戏及酬酢，所有

胡蝶

私人宴会一概予以谢绝。留平五十余日，未尝一涉舞场。不料公事毕回申，忽闻有数报登载蝶与张副司令由相与跳舞而过从甚密，且获巨值馈赠云云。蝶初以为此种捕风捉影之谈不久必然水落石出，无须巫巫分辩乃日。昨有日本新闻将蝶之小影与张副司令之名字并列报端，更造作馈赠十万元等等之蜚语。其用意无非欲借男女暧昧之事，不惜牺牲之个人之名誉，以遂其诬蔑陷害之毒计。查此次日人利用宣传阴谋，凡有可以侮辱我中华官吏与国民者，无所不用其极，亦不仅只此一事。惟事实不容颠倒，良心尚未尽丧。蝶也国民之一份也，虽尚未能以颈血溅仇人，岂能于国难当前之时与守土之责者相与跳舞耶？"商女不知亡国恨"，是真狗彘不食者矣！呜呼！暴日欲逐其并吞中国之野心，造谣生事，设想之奇，造事之巧，目的盖欲毁张副司令之名誉，冀阻止其回辽反攻。愿我国人悉烛其奸，而毋遂其借刀杀人之计也。

从这份辟谣启事看，胡蝶很有大局观。她认为，要警惕日本人在夸大事实，企图"侮辱我中华官吏与国民"，"欲毁张副司令之名誉，冀阻止其回辽反攻"，该时，臭名昭著的汉奸于冲汉就借马君武的《哀沈阳》放肆攻讦张学良："整天和什么赵四、朱五、胡蝶、鸳鸯等一群妖精厮混在一起，再加上吗啡白面，三毒交攻，把小伙子弄成像鬼一般，躲在协和医院里半年不出门，军政大事怎么去处理？"在国难当头之际，胡蝶顾全大局，不惜牺牲个人之名誉，这是十分难能可贵、值得称道的。

还有人说马君武写此诗乃夹杂个人情绪，胡蝶与张学良终身未曾见面，他却是来了个"乔太守乱点鸳鸯谱"，究其原因，是他对少帅的报复。因为马君武当时在北平创立的私立民国大学，经费拮据，听说张学良曾给天津张伯苓办的南开大学捐助过不少办学金，便要求对方捐资，但张学良以"现今的军事费用，已穷于筹措，实已爱莫能助"为借口，回绝了马君武，后来遂有《哀沈阳》二首报了这一箭之仇。

这一说法不无道理，别看马君武是一介文人，却脾气火爆，一点亏也吃不得的，早年和宋教仁起争执，一言不合，挥拳击向宋教仁，将其眼窝击伤，致宋半个月捂着眼睛见人。在南社与苏曼殊对诗，那苏诗人何等惊才绝艳，输在他手上也不丢人，但马君武却觉得面子上过不去，要用拳头讨回来，让苏诗人挨了打还不知为什么。所以说，这首《哀沈阳》也算是公私兼顾了。

"九一八"风波未停，为了转移国际视听，日本人又在上海闹事了，企图将战场移至淞沪一带。自1932年初，挑衅不断，日本浪人、和尚、士兵连续生事，各类报急电文纷至沓来。由于中央处置无力，外寇势急，终于在1月28日酿成事变，十九路军在蔡廷锴、蒋光鼐的率领下与日军在闸北对上了阵。

战斗打响的当晚，刚刚在国民党四中大会上当选为中央执行委员的何香凝就忙着打电话召集会议，出席的人都是各医院、慈善团体和工商界的负责人或知名人士，共同商议支前、慰劳和救护事宜。

这次会议的效率很高。3天后，何香凝就偕同宋庆龄带着满满两卡车的慰问品上了前线，亲眼目睹了战士们浴血奋战。何香凝当时就激动得流下了眼泪，她答应，一定要给前线战士送来更多的物资，一定要说服中央尽早出兵，不能让十九路军的弟兄单打独斗。

何香凝说到做到。从前线一回来，她就发起捐献棉衣运动，因为当时正是天寒地冻之际，十九路军的许多士兵都是穿着单衣作战，这让何香凝心疼不已。在她的努力下，5天之内，就筹得棉衣3万多套。

与此同时，何香凝又与宋庆龄商量着捐建伤兵医院，这可是需要大笔资金的，为了筹足款项，有人回忆说，何香凝和宋庆龄几乎把钱都花光了。

没奈何，何香凝只能拿出压箱底的东西了，那就是她积存多年的画作，何香凝发起组织"救济国难书画展览会"，将展览会"所售得之款全数捐助给红十字会"。

柳亚子也赶过来帮着何香凝操劳。在上海这几年，柳亚子的心情很不好，因为他消息闭塞，不知道朱、毛已经闯出了一片天地，还以为"长夜难明赤县天"呢。好在一帮南社老友未相忘，即使如于右任、叶楚伧这些政府大员依然与他把酒言欢，平辈论交，丝毫没有高下贵贱之分。

何香凝的到来，使柳亚子的精神为之一振，为抗日而出力，该是他柳亚子分内的事。

何香凝擅国画，尤工画虎、松和梅，平时作画甚勤，积有大量画幅，也经常请柳亚子为之题画。柳亚子不擅画，但他的字却别有特色，加上他的名气，因此喜爱者颇多。何、柳画书连璧，吸引了不少收藏家，因此义卖的情况让人满意。

宋庆龄、何香凝这样的名流登高一呼，上海市形成了一个支援十九路军坚持抗战的高潮，现款、金银、日用品、药材及各类器材从四面八方源源而来。仅 1 月 30 日一天中，就收得捐款现金 10 万元。在整个淞沪抗战期间，共筹款 700 万元，相当于十九路军八九个月的军饷总数。与此同时，各种义勇军、敢死队等组织，也有力地配合了十九路军的行动。

正因为有人民的支持，十九路军居然以孤军抗顽敌，坚持达一个多月之久。日军原打算 48 个小时就占领上海的，结果却屡屡受挫，三易主帅，数次增兵，然始终被压缩在吴淞沿海一线而不能越雷池。

随着战火的延续，十九路军的处境也越来越危险，迫切需要支援，但国民政府始终按兵不动，这让陈铭枢、蒋光鼐等人束手无策，何香凝怒不可遏，当场就拉着他们赶上去南京的火车，直接找到了蒋介石。

蒋介石很热情，立刻招呼他们吃饭，他心里笃定得很，一切都有了主意。

与对待"九一八"事变不同，因为"九一八"事变虽然将东北的大好河山拱手让敌，但从个人私利上来说，蒋介石是有失有得，得大于失。其失者，在于河山易色，作为全国领袖，威信受损失；其得者，作为国内最大的旁系武装的东北军失去了地盘，从此寄人篱下，对中央政府形成不了威胁。因此蒋介石只是寄希望于国联调停，并不打算与日本人动起真刀真枪。

但"一·二八"事件则不然，蒋介石因贸然扣押胡汉民引起宁粤之争导致第二次下野，当时主政的是孙科内阁，他知道，以孙科的能力，是处理不了这样的大事的，因为他调动不了中央军。蒋介石乐得在旁看孙科的笑话。

刚刚获得自由的胡汉民在南方发话了。别看胡汉民现在对蒋介石恨之入骨，但大事情不糊涂。兄弟阋于墙而外御其侮，必须抛开个人的好恶。所以他也劝孙科让位："我虽然也讨厌蒋介石，但领导全国抗战还非他不可，你是压不住阵脚的。"胡汉民如是说。

眼看着自己即将再度出山，蒋介石的态度有了变化，他不能再坐视十九路军孤军奋战而中央嫡系按兵不动，他要为自己重登舞台获个碰头彩。

何香凝一行正是在这个时候见到蒋介石的。

但是何香凝却急了，蒋介石对于出兵支援一事一直不表态，只是一个劲儿地往她碗里夹菜："廖夫人辛苦了，多吃点，多吃点。"

何香凝气得把碗一推："我不要吃饭，我要你表态，你如果再这样下去，我真的要和你绝交了。"

"廖夫人不要动气，一切好说好说。"蒋介石还是一副笑吟吟的模样。

带着一肚子气回到家中，何香凝收拾起一包女子衣饰，附上一首诗，《为中日事赠蒋介石及中国军人的女服有感而咏》，寄给了蒋介石。诗云：

一天下南社一

> 枉自称男儿，甘受倭奴气。
>
> 不战送山河，万世同羞耻。
>
> 吾侪妇女们，愿赴沙场死。
>
> 将我巾帼裳，换尔征衣去。

这首诗的名气不比马君武的《哀沈阳》差，它表达的是一种正能量，充满了爱国的激情，大大激励了中国军人的抗日决心。接到何香凝的信，蒋介石笑了笑："这是学诸葛亮激将司马懿呀，现在正好用得上，也给黄埔军鼓鼓士气。"

蒋介石让人将这首诗传诵军中，并同时发表通电，号召全国官兵奋起：

国亡即在目前，凡有血气，宁能再忍！

中正与诸同志久共患难，今身虽在野，犹愿与诸将士誓同生死，尽我天职。特本血诚，先行电告：务各淬砺奋发，敌忾同仇，勿作虚浮之豪气；保持牺牲之精神，枕戈待命，以救危亡。党国幸甚！蒋中正印。

果然，自何香凝的诗传诵军中，那些黄埔健儿早已是血脉贲张。想当年，被称作"黄埔慈母"的廖党代表何等有威信，有人在军中鼓动道："廖师母如今寄诗军中，着实让我们羞愤，似这样隔岸观火，也实在有辱军人的称号，真的还不如外面的老百姓对抗战有贡献呢。"

黄埔一期生，中央军王牌军88师师长俞济时首先有所动作，领衔李延年、宋希濂等将领通电全国，誓与十九路军将士喋血沙场。259旅旅长孙元良也主动请战。何香凝激动得流下了眼泪，连声道："中国不缺热血男儿呀！"

为了继续鼓励军人的抗战热情，何香凝又赠诗孙元良，并请转属下各部：

君流血，我流泪，锦绣江山被人取，增你勇气，快到沙场去，恢复我失地，好男儿，救国不怕死，死亦留名于万世。

孙元良部果然不负所托，后来八百壮士守四行，就是其部下壮举。

## 沈钧儒入狱南京　　邵元冲魂归西安

南社诸子中，有功名的不少，但考上进士的就沈钧儒一人，而且当年考秀才的时候还是第一名呢，由此可见其天资聪颖。

考中进士后，沈钧儒被分配到了刑部，从此与法律打起了交道，后来又去日本学法律，再后来就成了中国法学界的权威，"七君子事件"发生前，他是上海滩上名声很响的大律师。

"七君子事件"发生于抗战前夕。自从"九一八"事变后,有识之士都明白,中日之间迟早将有一战。但蒋介石始终坚持一个方针,那就是"攘外必先安内",也就是先清内乱,再御外侮,这一点是绝对不能动摇,并被视为国策。

但是国内抗日浪潮却是日甚一日,向政府示威、请愿的活动不断,让蒋介石难于招架,很是心烦。如果这些都是群众自发性的零星之举,蒋介石并不担心,但救国会却搅了进来,这就形成了声势和规模。蒋介石认定,救国会可能有共产党人的背景,据说沈钧儒以前就与共产党有瓜葛,清党期间曾经被抓捕,已经上了死刑名单,在报批时,曾担任过蒋介石秘书的马文车因与沈钧儒有一段师生情,故将沈钧儒的名字划掉,让他逃出了生天。另外,救国会的其他一些人也都有着通共的嫌疑。

蒋介石的猜测没错。事实上,救国会与中共确有联系,比如与冯雪峰,与潘汉年都有过接触。

全国各界救国联合会(简称救国会)于 1936 年 6 月在上海成立,其骨干以 1935 年 12 月成立的上海文化界救国会为主。沈钧儒、章乃器、李公朴、史良、沙千里、王造时等 14 人为常务委员,邹韬奋、宋庆龄、马相伯、何香凝等 40 余人为执行委员。救国会的宗旨和任务是"团结全国救国力量","制定共同抗敌纲领,建立一个统一的抗敌政权"。在上海、南京、西安、香港乃至纽约、巴黎等地设有组织,并自办多种报刊鼓吹停止内战、抗日救亡。

沈钧儒是学法律的,喜欢走法律程序。成立翌日,就将救国会的纲领文件面交上海市市长吴铁城,要求得到承认,结果遭到拒绝。

吴铁城冷冷地威胁说:"你们要做民族英雄吗?那就让你们尝尝民族英雄的滋味。"

一个月后,沈钧儒等五位代表又赴南京,要求国民党五届二中全会议

沈钧儒

"七君子"在苏州监狱被释放前的合影。左起王造时、史良、章乃器、沈钧儒、沙千里、李公朴、邹韬奋。

决停止内战，立即对日作战，并请在全会上发言，被国民党拒绝。

几天后，蒋介石邀沈钧儒、章乃器、李公朴三人吃饭，希望救国会能体谅政府。但沈钧儒明确拒绝救国会接受国民党领导，称该会"代表全国人民意志"，"谁抗日就团结谁"。谈判三日，未能达成共识，沈钧儒等返回上海。

但救国会的行动却依次展开。1936 年 9 月，救国会组织二千余人走上街头，进行援绥募捐，并派送抗日宣传品。1936 年 10 月鲁迅逝世，救国会主持发起三天群众性悼念活动，22 日包括学生、工人、店员、教授等在内的六七千人集体为鲁迅送葬，一路高唱《义勇军进行曲》和《打回老家去》等歌曲，高呼抗日口号，将鲁迅葬礼变成当年上海最大的一次抗日救亡示威活动。

日本方面也向中国政府施压。1936 年 11 月上旬，上海日商纱厂工人数万人进行反日大罢工，救国会发表声援宣言，并组织罢工后援委员会，积极支持罢工。11 月 18 日，日本总领事若杉派员找到上海市政府秘书长俞鸿钧，提出四项要求，第一项就是逮捕罢工幕后推手救国会的沈钧儒、章乃器、李公朴等五人。平心而论，上海地方官员还是有道德底线的，俞鸿钧表示无确凿证据不好逮捕。

"想要确凿证据那是遥遥无期。若中方处置无力，不排除鄙国军方出面解决此事。"日本代表作出了战争威胁。

上海地方政府屈服了，在 22 日晚至 23 日凌晨，对沈钧儒、章乃器、李公朴、王造时、沙千里、史良、邹韬奋 7 人实行抓捕。

"七君子"被捕后，关押在上海公安局，12 月 4 日移解到苏州吴县横街江苏高等法院看守所。史良因为是女性，被取保候审，但她认为"大丈夫敢做敢为"，又主动投狱，被单独关押在司前街女犯看守所。

到底是大律师，一进看守所，沈钧儒就指着狱吏的鼻子责问："我们犯了什么法？凭哪条哪款逮捕我们？"

看守所长闻讯前去解释："请原谅，这事由不得我们，我们这是'奉命行事，身不由己'。你们要我说哪条哪款，我也确实说不上来。嘿嘿，委屈一下，委屈一下！"

看守所长觉得对沈钧儒等这批社会名流进行关押，确实于法无据，关了一夜后，未经请示，便自作主张取保释放了。后来，江苏省高等法院检察处首席检察官翁赞年听下属报告放人了，气得暴跳如雷，疾呼："是有法律依据的！就是国民政府新近颁布的《危害民国紧急治罪法》。他们触犯了这个法的第六条。谁敢擅自做主放人？我将提请追查！"

第二天深夜 1 点多，"七君子"又被统统逮捕入狱。

逮捕"七君子"，本来是个政治事件，但当局却偏要将它往法律上扯，似乎这样就能以理服人。却不知，玩法律，沈钧儒他们是行家里手，因此在法庭上，反而是主客易位，成了"七君子"宣传抗日的阵地。这里录下一段当时在法庭上的双方交锋。

审判长问沈钧儒："你赞成共产主义吗？"

沈钧儒答："赞成不赞成共产主义？这是很滑稽的。我请审判长注意这一点，就是我们从不读什么主义。如果一定说被告等宣传什么主义的话，那么，我们的主义，就是抗日主义，就是救国主义！"

审判长："抗日救国不是共产党的口号吗？"

沈钧儒："共产党吃饭，我们也吃饭，难道共产党抗日，我们就不能抗日吗？审判长的话被告不明白。"

审判长："那么，你同意共产党抗日统一的口号了？"

沈钧儒："我想抗日求统一，当然是人人同意的。"

审判长："你知道你们被共产党利用了吗？"

沈钧儒："假使共产党利用我们抗日，我们甘愿被他们利用！"

审判长："组织救国会是共产党指使的吗？"

沈钧儒："刚刚相反，我们组织救国会，正是因为国内不安，要大家都来一致抗日，你这样的问话，是错误的。"

审判长："救国会办了登记手续没有？"

沈钧儒："救国会虽未登记，但所做的事情都是绝对公开的。"

检察官看到审判长被沈钧儒反驳得尴尬窘迫，下不了台，只能转向其他人发问，这样的场面，在法庭上时时可见。

在囚禁"七君子"期间，还发生一件趣事，就是国际友人王安娜来狱中探监。

王安娜原名安娜·利泽，德国人，曾在柏林大学学习历史和语言，获哲学博士学位，因嫁给中国丈夫王炳南而改姓王。从 1931 年起就开始参加反法西斯斗争，1935 年与留德的中国共产党党员王炳南结婚，第二年随丈夫来到中国，协助做统战工作。

王安娜第一次见到沈钧儒是在"救国会"的一次聚会活动中。当王炳南正要向王安娜介绍沈钧儒时，这位身穿中式长衫、银髯垂胸的沈老已主动走过来和王安娜夫妇打招呼。

沈钧儒很健谈，平易近人，他告诉王安娜，他对德国特别有好感，自己的三个孩子都曾在德国留学。王安娜则明确表示将以实际行动支持"救国会"的活动。两人的交谈融洽和谐，特别使她兴奋的是，她得知沈老家里还有一个德国媳妇，长期和他儿子住在西安。在异国他乡，幸遇德国同胞，自然十分高兴，心中不觉与沈钧儒拉近了距离。

沈钧儒入狱后，王安娜为了营救和声援"七君子"，在国际上竭力扩大宣传，以争取世界上反法西斯力量的支持。一天，王安娜在上海一家咖啡馆里，和一位美国记者谈到了这件事。这位美国记者富有正义感，对王安娜谈的情况很感兴趣，他表示也想写一篇"七君子"转押到苏州监狱的前后情况，但苦于苏州监狱封锁得很厉害，很难捞到第一手材料。

王安娜灵机一动，突然想起沈钧儒有个德国儿媳妇。她兴奋地对美国记者说："既然苏州监狱不限制亲属探监，沈钧儒的德国儿媳妇又没到过苏州，我为什么不冒充沈钧儒的德国儿媳妇，堂堂正正地到苏州监狱去探望公公呢？"

美国记者听后拍案叫绝。

王安娜在上海将幼子黎明安排妥当后，立即赶赴苏州。她以儿媳探视公公的名义，进入了苏州监狱，果然没受到任何阻挠。

沈钧儒等六位男囚犯看到德国朋友王安娜前来探监，喜出望外，都高兴得跳了起来，高声叫着"哈罗"来欢迎她。这几位爱国人士得知王安娜是冒充沈先生的德国儿媳名义冒险探狱，都捧腹大笑。沈钧儒道："你来得正好，我们正想扩大舆论，你这次实地采访，是很重要的。"

王安娜在牢房里待了一整天，和"救国会"的几位难友们共同领略了一番狱中之苦。略有不足的是，她是以儿媳探视公公名义来探监的，只能和沈钧儒等人待在男牢里，不能到处乱走动，因此没能去女牢探望一下"七君子"中唯一的一位女士史良。

由于国内外对"七君子事件"反响过于强烈，加上不久后"西安事变"爆发，国共实现第二次合作，蒋介石也无心再在此事上纠缠，1937 年 7 月 31日，当局宣布将"七君子"无罪释放。

在"七君子"被囚期间，少帅张学良也曾伸出援手，他曾专门开飞机去洛阳，面见蒋介石，要求释放"七君子"。

蒋介石面色一冷："这不是你张汉卿要管的事，你当前的任务是剿匪。"

张学良怒了，说话也没了分寸："似你这样镇压爱国运动，与当年袁世凯、

蒋介石到达西安时，张学良、杨虎城前往迎接。（左起：蒋介石、杨虎城、邵力子、张学良）

张宗昌何异？"

蒋介石当时就火冒了起来，这袁世凯、张宗昌何许人也，一个是窃国大盗，一个是狗肉将军，都是遗臭历史的人，张学良竟然将他们与自己相提并论。

然而蒋介石突然按住了火气——张学良的这种态度有点反常，这话的味道不对呀，莫不是被共产党洗了脑子？有了这层狐疑，他决心尽快去西安走一遭，亲自监督张学良、杨虎城的"剿共"行动。与共产党打了十年，可不能在这最后五分钟功亏一篑。

于是蒋介石带着随员去了西安，其中就有邵元冲。

蒋介石对邵元冲一向信任，原因在于邵元冲坚决反共，特别对国共合作有异议。当年办黄埔，邵元冲曾担任过军校代政治部主任，那课上得无精打采，纯粹是敷衍了事，让学生们很有意见，称他是"打瞌睡的教官"。

辞去黄埔政治部主任后，邵元冲就与居正、谢持、邹鲁等国民党右派搅到了一起，后来的西山会议派，他也是其中的一名骨干分子，在国民党二全大会上受到警告。

1918年，国民党三位中坚干部和一位医生的合影。前左为朱执信，右为廖仲恺，后排右为邵元冲。

有了这段历史，蒋介石对他自然用着放心，南京国民政府成立时，就让他担任了国民党中央青年部长，后来还陆续担任过浙江政治分会委员、浙江省党部改组委员会委员兼宣传部长、杭州市市长等职。只是在杭州市市长任上，因将市公务局公款十万元汇存到沪行而遭到诟病并辞职。

蒋介石没有忘记邵元冲，不久又让他出任了广州政治分会秘书长，但时间不长，邵元冲就回到上海，干起了他的老本行，创办了《建国》周刊。果然，他很快就让《建国》声名大噪，成了国民党反共的重要喉舌。第二年，《建国》周刊由上海迁到南京变为月刊，邵元冲仍任社长。他以阐述孙中山三民主义为由，大肆诋毁马克思主义，污蔑共产党，曲解阶级斗争，主张强化国民党的党治。这一切自然都十分合蒋介石的口味，所以在仕途上也是一帆风顺，官至立法院代院长、副院长，进入了国民党的权力核心。

虽然官居显位，但邵元冲却不改文人情怀。他喜欢做学问，而且兴趣广博，所涉领域甚多，政治、历史、地理、文学无所不通，前一阵子，他周游了一圈大西北，陕、甘、宁、绥、晋都踏了一遍，归来后写了一本《西北揽胜》。

《西北揽胜》刚杀青，他又去了广西，见到了反蒋派桂系首领李宗仁，双方有一番密谈。蒋介石此次电召邵元冲来陕，也是想了解一下桂系的情况。没想到匆匆赶来的邵元冲却撞上了西安事变，而且死于非命。

1936 年 12 月，蒋介石到西安主持"围剿"陕北红军的军事。蒋作宾与连襟邵元冲以及陈诚、邵力子、蒋方震等随行。蒋介石驻节临潼华清池；跟随蒋介石的军政大员们，住在西京招待所。邵元冲住了一间最好的套房，因为只有这间房有后门。本来这套房是准备留给陈诚住的，由于陈诚外出，邵元冲补住进去。待陈诚公干回来，见邵元冲已经安顿好，不好意思让他搬出来，于是另

1936 年摄于华清池。( 左起：蒋介石、宋美龄、傅学文、张学良、杨虎城、邵力子，右一为杨永泰)

外找了一间房间。

12月11日中午，邵元冲兴致勃勃地游览了西安翠华山。他头戴礼帽，身着水獭毛领的呢子大衣，在乱石峥嵘的山石上留下生前最后一张照片。他已准备第二天离开西安转回南京。然而，命运却等不得他与张默君再次相见了。

12月12日，爆发了震惊中外的"西安事变"。本来，张学良和杨虎城在兵谏前，规定不许开枪，只能抓活的。在华清池，蒋介石的侍从副官长蒋孝先因为抵抗被打死；蒋介石在骊山后山被捉，关押在西安绥靖公署的新城大楼。

邵元冲是唯一一位死于非命的国民党大人物。事变发生时，在西京招待所的邵元冲，被士兵砸门声惊醒，惊慌失措，却打不开门。外边的士兵开枪，邵元冲急忙开了后窗，跳到庭院里，向后墙跑去。跟在后面的士兵连声大喝："不准动，再跑开枪啦！"然而，邵元冲还是爬上墙头，只听见"啪啪啪啪"一连四枪，邵元冲下部中弹，流血不止，当即从墙上掉下来，人们发现他还没死，赶紧将其送到医院，延至第二天不治身亡。

悲夫，枪弹无眼，竟夺去一个本不该离开这个世界的人的生命。

当所有的军政大员都在招待所的饭厅集中时，蒋作宾听说连襟邵元冲被打死了，顿时呆若木鸡，连连摇头叹气，始信红颜薄命，不知张默君将如何挺得住这种鸳鸯失伴的沉重打击。

噩耗传来，张默君肝肠寸断，痛不欲生，几天的时间，憔悴许多。没想到命运对自己如此不公平，十年的恩爱夫妻竟如此残酷地被拆散。

张默君翻看与邵元冲在恋爱时的互答之诗句，处处像谶语一样，似乎隐藏着不祥之征兆。当年"宛转千回带泪看"，如今"更无古井起波澜"。

与此同时，张默君不甘心，到处散发传单，攻讦打死邵元冲的东北军第一〇三师和师长刘多荃。她认为刘多荃是杀害邵元冲的凶手，要求将其缉拿归案，为邵元冲报仇申冤。刘多荃认为自己是冤枉的，在整个事件中完全是奉令行事。由于"西安事变"后，国共抗战的局面逐渐形成，正值整军肃武、用人之际，此事不了了之。

在事变的当日，邵元冲的绍兴老乡邵力子也是被控制的对象。凌晨枪响时，邵力子和夫人急忙下楼查看，刚出楼口，邵夫人傅学文的手就被流弹打伤，于是只得退了回去，两人躲进藏书楼，在书柜旁坐到天明。

一大早，杨虎城的士兵就找上了门，将邵力子夫妇带到了杨虎城的绥靖公署。10时左右，张学良前来探望，对邵夫人受伤一事表示慰问和道歉。

邵力子说："学文的伤不碍事，但你们捅了个天大的娄子。现在一定要保证蒋先生的安全，以后的事才好说。"

张学良说："委员长的安全一定有保证，而且只要他接受我们的主张，实行抗日，我们还接受他做领袖。只是现在委员长正在气头上，不但话听不进去，连饭也不吃，还是想请邵先生帮着劝劝。"

"委员长的脾气倔，我怕劝也是没用的。"说着话，邵力子已经挪动脚步，他对蒋介石也是从内心里关心。

来到关押蒋介石的新城大厦，张学良转身，示意邵力子一人进去。

见到邵力子，蒋介石稍欠了欠身，问："你是什么情况？"

邵力子据实而告。看到蒋介石神情委顿，不禁关心地劝道："委员长还是吃点东西，注意加衣防寒，身体第一。"

"我不要吃东西，告诉张学良，要么送我去洛阳，要么现在就枪毙我。"蒋介石暴怒起来。

"刚才我听张汉卿说了，只要你答应抗日，他就还认你做领袖。所以说，没有人敢枪毙你。"邵力子安慰道。

蒋介石却闭上了眼睛，一言不发。

第二天再见蒋介石，邵力子再劝他挪个地方，搬到有暖气设备的私人公馆，蒋介石却扭着脖子道："这里是西安绥靖公署，我是行政院长，住在这里合适，我不接受他们的私人安排。"

"唉，都到这个时候了，还讲究这些呢。"蒋介石的脾气让邵力子又有了新领教。所以当周恩来到西安与蒋介石谈判时，邵力子就不无担心，他告诫周恩来，蒋先生是个牛脾气，怕是不好沟通呀。周恩来神情很笃定，他让邵力子放心，蒋介石这个人也是知道变通的，目前形势所迫，不好沟通也得沟通。

几天后，当邵力子得知"西安事变"已和平解决，蒋介石和共产党达成了一致，不禁佩服起周恩来的魅力，这是让顽石点头呀。

直到"西安事变"解决，邵力子再没见到蒋介石，待随蒋来陕的大员也陆续地飞走，也不见南京政府对他的指示。

杨虎城道："邵先生不走最好，还留在这里当省长。"

邵力子苦笑道："你以为可能吗？"他心里明白，蒋介石对他不满意至极了。身为地方长官，发生这么大的事情，竟事先没有觉察，问他个失察之罪绰绰有余了。

调他回京的命令终于到了。来探望他的人络绎不绝，大家都很好奇，纷纷议论，说到张、杨，都是义愤填膺，都说是以下犯上，乱臣贼子。唯邵力子摇摇头，认为张、杨之举虽不合适，却是出于爱国之心，动机、出发点却是无可非议。

有人暗中为邵力子担心，这番话说得太不合时宜了，真是个书生呀。

果然，陈立夫就向蒋介石嘀咕了，说邵力子偏护张、杨，有参与西安兵变的嫌疑。

蒋介石倒是识人很准，说邵力子有亲共倾向他相信，但说有心加害于他，则绝无可能。但是对邵力子的惩罚却是必需的，很快，免去邵力子陕西省省长的命令就下达了，并指令他去溪口陪张学良"读书"，其实也就是将邵力子打入了冷宫。

因"西安事变"受到冷落的不止邵力子一人。

"西安事变"消息传到南京时，把所有的中央大员都惊呆了，军政部长何应钦立即将在京的重要人物请到家中，密商对策。

戴季陶自然在被请之列。这次会议争论得非常激烈，以冯玉祥、李烈钧、孙科等为首的一派主张以蒋介石的生命为重，和平解决"西安事变"。另一派则以戴季陶、何应钦、吴稚晖、居正、叶楚伧为首，坚决主张以武力讨伐西安叛逆。

虽然同为主战，但戴季陶、居正、叶楚伧与何应钦出发点不同。按何应钦的打算，兵打西安，有三种可能：其一，如果蒋介石没死，由于他主张攻打西安而使蒋介石得救，那么其功不可磨灭，就如蒋介石当年中山舰赴难帮助孙中山脱险一样。其二，如果蒋介石死在西安，或者因飞机轰炸而导致蒋丧生，那么顺势剿平张、杨，以自己目前的势力，取蒋代之是有可能的。其三，从日本方面的意思看，他们是主张动武而不希望和平解决的，所以自己将得到日本人的支持。而戴季陶、居正、叶楚伧这几个书生之所以意见一致地主张讨伐，则是因为他们认为张、杨有亲共的可能，此举怕是按共产党意图所为。因此从反共出发，西安该打。除此之外，还有一个更重要的原因，那就是汉贼不两立，以刀枪相见于一国之主，那是大逆不道，是乱臣贼子，是败坏纲常，是可忍孰不可忍。

主和派和主战派吵得厉害，一天一夜后都没个结论，最后还是戴季陶的意见占了上风。他举了明朝的例子，土木堡之变，明英宗也被生擒，因后方镇定有办法，不为挟持所动，明英宗最后才能安全回来。如果我们能平定西安，将张、杨的生命控制在我们手中，蒋先生自然也就会有安全。如果我们反过来求张、杨，那么就会受他们要挟，予求予取，将没个节制，蒋先生的安全也没有保障。

见还有人犹豫，戴季陶急得拍着胸脯："我与蒋先生是什么关系，大家都知道，难道我不关心他的安全？"

会议终于做了决定："张学良撤职查办，军队归何应钦调遣。"

眼看着"西安事变"就要演变成一场新的内战。

宋美龄搅了局。

她当然在乎丈夫的安全了，如果一旦打起来，将极有可能玉石俱焚，因此力主和平解决。她要求姻亲孔祥熙以代行政院长的名义，在孔公馆召集高级会议，在研究武力讨伐之前，研究和平营救蒋介石的问题。

戴季陶的态度依然很激烈，必须出兵西安。但因为大家都知道宋美龄的态度了，所以主和派的力量渐渐占了上风。戴季陶的脸色也越来越难看，中途突然离席，半晌回来后，却冲着众人缓缓跪下，让大家惊呆了。

戴季陶先是磕了一个头："我是信佛的，活佛在拉萨，去拉萨拜佛有三条路，一条是由西康经昌都，二是由青海经玉树，还有一条是由印度越大吉岭，这三条路都可通拉萨。诚心拜佛的人三条路都走，总有一条走得通的，不要光走一条路。"

大家还没明白过来，戴季陶已经起身离去。

戴季陶这话是什么意思，众人费思量，按字面意思理解，是否是可先进行和平营救，不成再行武力解决。

于是主战主和之争趋于缓解。

但是戴季陶从内心是不赞成和谈的。在 12 月 16 日国民党中央第 23 次政治会议上，他又一次大声疾呼，力主讨伐。他声嘶力竭道：

"现在委员长的吉凶未卜，若是不幸而为凶，则我们还去和叛逆妥洽，岂不是白白地上了他的当，乃至将来无法申大义讨国贼。若是委员长还是安全的话，则我们用向绑匪赎票的方式将委员长救出来，则委员长又何以统率三军，领导全国？"

宋子文皱起了眉头，戴季陶的话有点过分了，因此在会后向他提出要注意言辞。

戴季陶正在火头上，红着眼睛顶撞这位"国舅爷"："我同介石的关系不亚于你们这些亲戚。我也是救他，只是和你们救的方法不同。和平营救是你们蒋家私人的事，作为党国，非武力讨伐不可，这事关原则，事关党国的面子。"

所以，后来宋美龄发表《"西安事变"回忆录》时，可没忘了将何应钦、戴季陶等主战派讥讽一番，蒋介石此后对戴季陶也像是隔了一层，不复往日的那种亲密无间了。

# 汪精卫归国问鼎　　邵力子谈判上山

听说国内发生了"西安事变"，一直在国外养伤的汪精卫神经又兴奋了起来。虽说汪精卫人在江湖，却心系庙堂。这几年在国外，虽说很优哉，但心里却是空落落的，权力对人总是诱惑无穷。

于是汪精卫打点起行装，匆匆赶往国内。

待赶到国内，"西安事变"已经和平解决，蒋介石好端端地回到了南京，而且威望较之事变前还提高了一大截。

这是因为"西安事变"，国共已达成联合的意向，这是符合全国人民愿望的，蒋介石作为全国抗战领袖的地位已基本确定。

听说汪精卫回国，蒋介石在心中骂道："娘希匹，以为我死了，他来抢领袖了。"然而汪精卫的地位和影响在那儿摆着，总得安排个位置，行政院长一职是不打算交出去了，这是个实职，吃下去的肉岂有再吐出来的道理。蒋介石咬了咬牙，请汪精卫就位国民党中央政治会议主席，形成了蒋主政、汪主党的局面。

虽然中政会主席不如行政院长管辖范围具体而实际，但也是国家最高决策机构，而当时中国最棘手、最要紧的事莫过于应付即将到来的中日战争。汪精卫的这次回国，对中央大政的正确决策有百害而无一利，比如说在国民党五届三中全会上，由他主持开幕式，在开幕词中，他还是主张继续"攘外必先安内"，说"西安反侧初定，隐忧未已"，"尤使数年以来之剿匪工作，功亏一篑"。当时就遭到宋庆龄、何香凝等人的批驳："直到今天，政府中仍有个别人士不了解必先结束内战的道理，在今天居然还可以听到'抗日必先剿共的老调，这是多么荒谬'。"

"汪兆铭变了，我都不熟悉了。"何香凝叹道，"他现在是对日妥协的悲观论者，与我们没有共同语言的。"

汪精卫思想的转变是有一个过程的。"一·二八"淞沪抗战时，他是取代孙科政府匆匆上台的。上任伊始，就宣布迁都洛阳，积极抗战，并称中国政府"决非威武所能屈，决不以尺土寸地授人"，1932年2月1日，汪精卫主持召开了最高军事会议，决定把全国划分为四个防区和一个预备区，摆出了进行积极抵抗的姿态。2月8日，汪精卫代表国民党中央慰勉上海十九路军将士"忠义之气，照耀天日"，犒劳十九路军五万元，同时下令其他部队支援十九路军。

然而，汪精卫的命令等于零，中央军根本不听命于他，他们是踩着蒋介石的节拍前进的。

与此同时，汪精卫还致电在北方的张学良，希望他在北方出兵以牵制日军，并派出陈公博充当说客。但张学良却是对陈公博敷衍了一番，并没有实际行动。

这些情况给汪精卫很大刺激。淞沪事件稍停后，中日开始进行和平谈判，汪精卫派外交次长郭泰祺和日本谈判，双方于 5 月 5 日达成《淞沪停战协定》。但停战协议的消息传出后，却在中国的民众中间引起了愤怒，愤怒的上海民众把郭泰祺责骂为卖国贼并将其打伤。

1932 年 6 月，汪精卫率领行政院副院长宋子文、外交部长罗文干等去北平会见国联调查团团长李顿，共同调查日军占领东北三省的问题。汪精卫在北平时找当时任北平绥靖公署主任的张学良商谈东北问题和对日方针，张学良却一直称病不见，但又和宋子文一起去北海游船，使汪精卫深感气愤。7 月 17 日，日军在热河发起了新的军事进攻，汪精卫以行政院长的名义发表通电，命令张学良立即出兵热河，收复失地。张学良却声称汪精卫无权过问军事，出兵要有军事委员长蒋介石的命令。

汪精卫大怒，已有心撤换张学良。但张学良的身份、地位、实力岂是能轻易动摇的，于是汪精卫赌了一把，提议两人联袂下台以谢国人。

汪精卫这一招被胡适批评为颇失政体。政府对张学良下台一事也略过不提，汪精卫只好宣布自己辞职，前往欧洲养病。

汪精卫出国后，日军于 1933 年 1 月进攻山海关，2 月中旬又占领承德。热河省的大片领土再次沦陷，震动了全国。国民党内部再次出现请汪精卫归国主持抗战的呼声。汪精卫则提出条件说，他回国主政的前提必须是张学良辞职，以平民愤。此时蒋介石也无法袒护张学良，3 月 9 日，蒋介石和张学良在保定会晤，蒋介石说服张学良辞职出国考察。3 月 10 日，张学良发表通电辞职，汪精卫则于 3 月底回南京复职。

但是这次汪精卫复职后，改变了他以前的主战态度，变成了主和派。

转变的原因，起于陈公博一次去前线的劳军。

就在长城抗战打到激烈时，汪精卫命令他的左膀右臂陈公博代表行政院北上劳军，以鼓舞士气，了解前线情况。当时陈公博也是位主战派，淞沪抗战时，他还与李济深一起去阎锡山那里讨来十万颗手榴弹送给十九路军。因此对这次劳军，他还是有热情的。

没想到陈公博刚到北平，便得知各路军队均已败退，而且是"不奉命令，擅自撤退"。

面对溃军，主持华北军事的何应钦束手无策，竟然央求陈公博向各军将领说假话，谎称政府已经通过途径谈判解决中日问题，战事不久就会停下来，这才将人心惶惶的军队稳定下来。

前线溃败之惨状，给陈公博的抗战热情浇了一盆冷水，回到南京后就添油加醋地向蒋介石和汪精卫汇报。蒋、汪二人也是面面相觑，叹了口气："军事既难解决，那就走外交途径吧。"

汪精卫从此成了主和派的代表，1933年5月31日，熊斌代表何应钦与日军代表冈村宁次在天津塘沽举行会谈，共同签订了《塘沽协定》。这个协定承认冀东为非军事区，准许日军在该地区视察，实际上是默认了日本对东北三省和热河的占领。

《塘沽协定》公布后，社会舆论一片沸腾，上海的市民团体联合发出通电："我全国民众，誓死抗日，而汪精卫誓死媚日，竟至敢冒不韪，继《上海停战协定》之后又签订卖国之《塘沽协定》，即加以卖国之名，岂得为过。"

在国民党高层，反对汪精卫的声音也不绝于耳，于右任就在一次会议上对汪精卫戟指怒斥，说是怒发冲冠也不为过，甚至动了粗口。

于右任痛心呀，想当年汪精卫何等意气风发，勇往直前，怎似今日对日畏首畏尾，挺不起腰杆。痛之切，恨之切，所以忍不住要骂娘。

戴季陶虽然没有像于右任那样金刚怒目，但冷嘲热讽，语言刻薄，臊得汪精卫坐立不安。

陈公博看不下去了，他劝汪精卫："签了这个协定，先生遭到各界纷纷批评，我真不知道汪先生为什么要背这个黑锅？"

汪精卫说："我们要复兴中国起码要30年，不只我这年纪看不见，恐怕连你也看不见。我已年过半百，无其他报国之道，只要中国不再损失主权与领土，就可告慰平生了。"

陈公博有点感动地说："历代王朝危急之秋总有人站出来背黑锅的。其实南宋秦桧也是一个大好人，他看南宋已无力与金抗战，就挺身而出与金讲和。我想秦桧是一名状元出身的有学问的宰相，绝不是傻瓜。他当初何尝没有想过以后要被世人唾骂？但他还是以牺牲自己来换取南宋日后的中兴。李鸿章、袁世凯也都想复兴国家，都不想卖国。可是李鸿章死了，袁世凯也死了，中国还是不振，到今日国难愈加沉重。"

陈公博继续说："现在有人说《上海停战协定》《塘沽协定》是卖国，我看与其说是卖国，还不如说是送国。卖国的人还有代价可得，送国却是没有代价的。今日要送国的人大有人在，又何必要汪先生去送呢？"

汪精卫听后说："别人去送国还不如我汪某去送。别人送国是没有限度的，而我送国则有限度，不能让他们把国都送完。"

陈公博又说："不过我对于先生这种无代价的牺牲总觉得不值得。"汪精卫则说："说到牺牲，都是无代价的，有代价便不算牺牲，我已五十出头了，我决意当牺牲品。"

看来汪精卫打算一条道走到黑了。

其实，在国民党内，像汪精卫这样的对日妥协分子不止一个，比如周佛海等等，但是他们零零星星形不成气候。所以，当汪精卫一回国，立即成了旗帜性的人物，在国民政府内部汇成了一股暗流，后来周佛海组成的"低调俱乐部"，就是这股暗流的汇聚。

虽说"西安事变"中，国共双方明确了合作的大方向，但合作抗日的许多具体问题都未能落实，因此，国共之间在杭州、西安、庐山等地进行过多次会谈。

庐山会谈发生在1937年7月中旬，邵力子作为国民党的代表出席参加。听说邵力子参加会谈，陈果夫很惊讶，他提醒蒋介石，邵力子可是有亲共的倾向的。蒋介石成竹在胸："邵力子为人我清楚，绝不会做有损于我的事。他与共产党关系一向不错，这对谈判的气氛有好处，僵硬的时候有转圜的余地。"

这次谈判的一个重点问题就是如何发表《中共中央为公布国共合作宣言》，蒋介石是要鸡蛋里挑骨头的，因为《宣言》一旦发表，就事实上承认了共产党的合法地位，而中共方面也是必争不可。

蒋介石让邵力子和另一位谈判代表张冲先说说看法。

邵力子抢先发言，先造成一种基调。他表示共产党的这份宣言既符合当前团结抗战、巩固国内和平的需要，也符合刚刚召开的国民党五届三中全会的精神，公布这个《宣言》，表明国共两党在外敌侵略时合作了，枪口一致对外了，应该及早公布。

张冲也持相同意见。

蒋介石神色不动，让人莫测高深。

邵力子语气缓了缓，从另一个方面补充说："写这份《宣言》的人文笔很好呀，你看这结尾部分'寇深矣！祸亟矣！同胞们，起来，一致地团结啊！我们伟大的悠久的中华民族是不可屈服的。起来，为巩固民族的团结而奋斗！为推翻日本帝国主义的压迫而奋斗！胜利是属于中华民族的！'只要是爱国者，读了这份《宣言》，肯定是热血澎湃，奋勇而起……"

蒋介石挥挥手："文笔好坏不重要，只看它内容如何。你们再研究研究吧。"说完起身离去。

邵力子与张冲对望一眼，也不知蒋介石是何主意。

待到与中共代表周恩来谈判时，蒋介石果然与周恩来打起了太极拳，说他对《宣言》还没有细读，一时也提交不出意见。但兹事体大，得回到南京后与有关人员商量一下再作定夺。

周恩来反应何等敏捷："你们的宣传部部长邵力子先生就在这儿，蒋先生还需要回南京与谁商量。"

蒋介石一时语塞，神情中露出了尴尬，邵力子很机智地接了上去："委员长对《宣言》的内容和文字都没有什么意见，只是考虑恰当的发表的时间，这个问题很好解决的。"

蒋介石、周恩来都很满意邵力子的及时插话，问题变得简单了。

9月23日，国民党中央通讯社发布了《中共中央为公布国共合作宣言》，第二天，蒋介石发表了《对中国共产党宣言的谈话》，邵力子的心情特别舒畅，因为蒋介石的谈话，承认了中国共产党在全国的合法地位，第二次国共合作正式形成。

邵力子

邵力子此次庐山之行还有一个额外收获：帮助中共创办《新华日报》。

在国统区办共产党报纸，其难度之大可想而知了。

所以周恩来先与邵力子悄悄地商量："今后我们两党合作了，不通声气可不行，你们许多人不了解我们的政策，不了解苏区的情况，所以我们党准备在南京创办《新华日报》，邵先生以为可行否？"

虽然邵力子知道这事极有难度，但他还是表示可以一试，只是现在会谈时间太紧，回到南京后再从容想办法。

周恩来问："这要与委员长打招呼吗？"

邵力子答："难就难在这里，一般的报纸批准权限在我这里就行了，但你们的报纸，还得委员长点头，这样才没有人敢找麻烦。"

于是周恩来在下庐山之前，向蒋介石提了办报纸一事。蒋介石愣了一下，因为当时华北前线战事紧急，上海日军也蠢蠢欲动，他正伤着脑筋呢。一时没反应过来，于是顺口应了一句："这事你找邵力子办吧。"

蒋介石的回答正中周恩来下怀。后来他去南京开会，就找到了邵力子。

"你在庐山向委员长打过招呼吗？"邵力子问。

"他说找你办就行。"

"太好了！"邵力子大喜过望，他催着周恩来，现在就申请登记，他把字签了，这事就算大功告成了。

果然，两天后，正式批文下来了，准予《新华日报》在南京出版。

周恩来又专程拜访了于右任，请他为报纸题个报头，于右任的书法在当时是闻名遐迩的。

虽然有蒋介石的批文，但谁都知道《新华日报》是共产党开的，而蒋介石对共产党人的态度那是天下皆知。虽说眼下国共合作，但国民党内许多人还是与共产党保持距离，免得蒋介石知道将其打入另类。但于右任出于一片公心，他说共产党本来就应该在南京城里有自己的一份报纸，这才显得国民党与共产党合作的诚意与肚量。

报纸正在筹办之中，南京却沦陷了，国民政府迁到了武汉，筹办人员也跟着去了武汉，但在湖北省政府有关部门注册时，主办人员却推托说，这得省主席批示。但湖北省主席何成浚却不露面，周恩来知道有人刁难，于是打电话问邵力子。邵力子当然知道问题的症结，他给周恩来出了主意，现在国民政府迁汉，武汉成了直辖市，注册问题找武汉市长吴国桢就行。

周恩来多聪明呀，当即让人去找吴国桢，吴国桢二话没说，立刻指示下属办理。原来邵力子早向吴国桢打过招呼。

1938 年 1 月 11 日，《新华日报》在汉口创刊发行，这是中共在国统区公开出版发行的第一张大报，一出版，立即轰动武汉三镇，其发行网络也日益扩大，并流行到各省。对扩大共产党的影响，宣传抗战，起到不可估量的作用。

西安事变后不久，邵力子担任了国民党中央宣传部部长，他在任上做了两件令人惊讶的事。

第一件事是出版了《鲁迅全集》，这是受鲁迅夫人许广平的委托。邵力子对这位与南社有很深渊源的著名作家也是很崇敬的，但鲁迅名气太大了，他的革命精神、战斗精神让举国为之注目，当然中统的特务也不例外。根据现行规定，出版物是要进行审阅的。如果这些书稿落到特务手中，不知要被删改成什么模样，也不知要审阅到猴年马月。

所以，邵力子将负责审稿的朱子爽唤来，与他商量说："鲁迅的集子很多都公开出版过了，有的就是在我手上发表的。"朱子爽仔细聆听，他知道邵力子的意思，只是有点担心中统安插在编审会的特务找麻烦。

"就连胡适先生也认为鲁迅先生的小说很出色。难不成那些人比胡适水平还高？要知道胡先生可是蒋先生都敬重的人。"邵力子安慰朱子爽道。

"行，就按部长的意思办。"朱子爽当场就找了个地方坐下来，解开书稿，现场审阅。邵力子也加入了进来，只是随手翻翻而已，到了下午三时左右，皇皇百万言的《鲁迅全集》已经全部审阅完毕。邵力子揉揉腰肢，提笔给许广平回信道，《鲁迅全集》现在就可以交书局出版。

朱子爽笑道："中宣部长亲自审稿，怕是创了先例，几百万字书稿几个小时审完，怕也是创了先例了。"

第二件事让人更惊讶。有一天，邵力子的学生孙寒冰找到他，说有一本好书，不知能否批准出版。

"写的什么？作者是谁？"邵力子随口问道。

孙寒冰的回答让他打了个激灵："书名是《毛泽东自传》，是一个叫埃德加·斯诺的美国作家所著，我们已经将它翻译成中文，想在《文摘》上发表。"

邵力子用指头点了点孙寒冰，意思是他们胆子也太大了，毛泽东何许人也，是共产党的领袖，与当局不共戴天，居然敢公开出版他的传记，不怕特务找上门呀。

"现在不是倡导建立抗日民族统一战线吗？要求国共合作的呼声很高，而许多人则对共产党、对毛泽东、对延安都不了解。出版这本书，也有助于当局了解情况呀。"孙寒冰辩解说。

邵力子暗暗点头，这倒是搪塞蒋介石的理由，于是当场答应了孙寒冰。

几天后，《毛泽东自传》在《文摘》上发表，顿时轰动全国，蒋介石的电话也追来了，问他宣传部长是怎么当的？

邵力子很沉着："委员长不满意我的工作，我可以检讨改进嘛。"

蒋介石气得吼了一句："你知道现在报刊有多少共产党人？百分之九十都是。"

大概蒋介石也知道自己有点夸大事实，有点失态了，"啪"的将电话挂掉了。

不久，《文摘》就遭到了查封，邵力子据理力争，甚至以辞职相胁，但胳膊扭不过大腿，蒋介石批准了他辞职的报告。

但蒋介石还需要倚重邵力子。

## 汪精卫叛国出逃　何香凝口诛笔伐

周恩来一行此次庐山之行是秘密的，因为前不久"七七事变"已经发生，中国正处于生死存亡之间，蒋介石正在庐山召开谈话会，各界重要人士都陆续到场了。

就在庐山会议期间，蒋介石发表了《告抗战全体将士书》，在座的南开大学校长张伯苓连连称赞这篇文章声情并茂，悲鸣声中透露出一种雄壮的慷慨。

这几年来的忍耐，骂了不还口，打了不还手，我们为的是什么？实在为的要安定内部，完成统一，充实国力，到最后关头，来抗战雪耻。

现在，和平既然绝望，只有抗战到底，那就必须不惜牺牲来和倭寇死拼。我们大家都是许身革命的黄帝子孙，只有齐心努力杀贼，驱逐万恶的倭寇。

"写得痛快！"张伯苓击节而赞，"有理有节，不卑不亢，宛如哀兵之沉吼，令人动容，令人同情，令人感奋，令人欲罢不能。凡有血性者，势难坐视。"

相形之下，几天后汪精卫的讲话就充满了悲观的情绪，他说："牺牲两个字是严酷的，我们自己牺牲，我们并且要全国同胞一齐牺牲。因为我们是弱国，我们是弱国之民，我们所谓抵抗，无他内容，其内容只是牺牲，我们要使每一个人、每一块地，都成为灰烬……我们如不牺牲，那就只有做傀儡了。历史上的元灭宋、清灭明，这两次被外族侵略而亡，不是侵略者能使我们四万万人被杀尽，能将我们的土地毁尽，而是我们死了几个有血性的人之后，大多数没有血性的人，将自己的身体连同所有的土地，都进贡给侵略者，以为富贵之地……所以我们必定要强制我们的同胞一齐牺牲，不留一个傀儡的种子。无论是通都大镇，无论是荒村僻壤，必使人与地俱成灰烬。我们牺牲完了，我们抵抗之目的也达到了。"

汪精卫的话引起了蒋介石侍从室副主任周佛海的共鸣。周佛海也是个悲观论者，他扳着指头数落着："无论是论经济、论军事、论人的要素，中国与日本相距何止道理计，如果真的长期打下去，只怕是日本喊痒的时候，中国都倒下去了。"

因此他开始向汪精卫靠拢。

周佛海结交广泛，朋友中有文人，也有武将，文人有北大教授胡适、陶希圣，蒋介石侍从室主任陈布雷，江西省省长熊式辉，外交部亚洲司司长高宗武，抗战前曾任江苏省江宁实验县县长的梅思平，南京行政院简任秘书罗君强；武将则有时任军事委员会委员长西安行营主任顾祝同，等等。周佛海消息灵通，来客也皆是有能量之人。

周佛海的住所也是个适宜聚会的地方，当时他住在南京西流湾 8 号私宅，这座房屋建成于"一·二八"淞沪抗战之后，为了防备中日战事再起能躲避轰炸，周佛海特地修建了地下室，这在当时的建筑物中是不多见的。房舍周围三面池塘环绕，几竿翠竹，数株垂柳，映着青水碧波，让人心旷神怡，难怪成了当时达官贵客聚会的沙龙。

这帮人的聚会，绝不是品茗清谈，他们每日讨论的都是当前所发生的中日大事，论点也趋于一致："中国必败。"

周佛海气急败坏地说："前几天，蒋先生召开庐山座谈会，现在各党各派的朝野人士大唱高调，但是调子越是高唱入云者，越是居心叵测，除了头脑极简单的糊涂虫外，没有不明白继续打下去，中国绝不能侥幸成功。"

高宗武点点头："是的，在这点上，汪先生很清楚，他就说过，别看现在全国一致高喊'彻底抗战，牺牲到底'的口号，实际上真的准备为国家牺牲的人能有百分之几？大部分人嘴上高喊牺牲，但他们内心里牺牲的概念是让别人去牺牲，而并不是自己牺牲。为什么大部分人不肯讲出不愿牺牲的老实话？是因为他们害怕背上卖国的罪名，害怕承担亡国的责任。"

这话讲得有点出格了，谁都能听出来这其中的弦外之音。这对忠于蒋介石的陈布雷来说就刺耳了，因此他阻止道："佛海兄，你我非平常百姓，说话要注意分寸，已经有人说你是非战集团的主谋，称这里是'低调俱乐部'，专门散布失败言论。我们今后也少聚了，以免引起非议。"

周佛海居然梗着脖子反驳道："我们只是尊重事实而已。"

战场上的形势在迅速恶化，华北已经出现了溃败的迹象，刻意组织的淞沪会战，也因被日本人抄了后路，几十万大军开始匆匆后撤，南京城危在旦夕，迁都已不可避免。

在离开南京前，周佛海专门拜访了汪精卫。

汪府已一片混乱，陈璧君正指挥佣人收拾行李，对周佛海的来访感到十分意外，因此在走廊上随便摆张椅子招呼客人坐下。

周佛海长话短说，直入主题，他问汪精卫："自七七抗战以来，平津丢了，上海丢了，如今首都沦陷在即，请看今日满朝文武逃奔之惨象，大有昔日八国联军入京之景重现。试问这仗能打下去？陶德曼调停应该拒绝吗？"

说到陶德曼调停，汪精卫一直有遗憾。在淞沪抗战期间，德国表示愿意调停中日之间的冲突，这项工作就由驻华大使陶德曼具体来操作。1937 年 11 月 5 日，陶德曼向中国方面透露了日本讲和的条件：

一、内蒙成立自治政府；二、华北非武装区域扩大，主权归南京政府，治安由中国警察维持；三、上海非武装区域扩大，治安由国际警察管理；四、中国停止反日排日政策；五、共同反共；六、减低日货关税；七、尊重外国人在华的权利。

当时，许多国民党官员都认为日方的条件不算苛刻，既没要求成立华北自治政权，也没要求承认"满洲国"，连赔款也没提。所以汪精卫恨不得立马签字。孔祥熙看他如此猴急，忍不住讽刺了他一句："我可没有汪先生的胆量，我怕戴上汉奸帽子，背上挨不起三枪。"

但是蒋介石没有急于拍板，他对陶德曼说，假如他全部同意这些要求，中国就会被舆论浪潮冲倒，中国就会发生革命。他要求德方、日方对谈判一事严格保密。

所以，汪精卫苦笑着对周佛海道："你的来意我清楚，兄弟在淞沪战前就有一篇讲话，《大家说老实话，大家要负责任》，就是意有所指。和，固然吃亏，就老老实实地承认吃亏，并且求于吃亏以后，有所抵偿。战呢，是会打败仗的，就老实地承认打败仗，败了再打，打了再败，败个不已，打个不已，这哪里还有一点胜利的影子。陶德曼调停，我也力劝其成，在德国大使馆与他会晤，款款深谈，似有所得。但最后的主意还得蒋先生决定。为此事我给蒋先生写过信，也当面谈过，无奈蒋先生听不下去。"

陈璧君在一旁泼泼辣辣插嘴道："我们哪里是日本人的对手哟，他蒋介石想保持'主权领土完整'，奢谈什么'如果放弃尺寸领土和主权，便是中华民族的千古罪人'，这顶帽子何等吓人，大家都噤若寒蝉，让他一个人唱高调，他唱高调还不算，全国也只好一起跟着唱，一起去受苦，一起去牺牲。"

她叹了一口气，话锋一转，指着面前二位："亏得你们这些七尺须眉，当朝大员，却也坐观成败，明哲保身。要不是我自己身体不好，否则真想为'和平运动'大干一场。过去随汪先生流亡国外，身体垮了，一天只能睡两个小时，力不从心啦。"说完她手捧胸口，一副病恹恹的样子。

陈璧君的狂妄，让周佛海大开眼界，真是名不虚传，他尽管心中摇头，嘴上却奉承着："汪夫人眼光卓越，巾帼不让须眉，我辈如不惕然自警，岂不汗颜。所幸有识之士已结合成群，正希望以汪先生为核心，以'和平运动'为旗帜，谋求战争早日结束。"

这话说得很露骨，汪精卫听了也很受用，但周佛海是蒋介石圈中人，汪精卫怀疑他的诚意，他故作谦虚说：

"佛海兄抬爱了，兄弟何德何能，可一手擎天？中日间的事是大事，大事定夺，还是离不开蒋先生的。"

周佛海知道汪精卫信不过他，于是用极诚恳的语气说：

"佛海今日登门，是与汪先生交心的。佛海为人处事，是跟理不跟人。平日里蒋先生待我不薄，权不可谓不重，禄不可谓不厚，称得上是恩重如山。但佛海今日来贵府，是请汪先生揭和平交涉之旗，不是对蒋先生反水，乃是为救中国而来。蒋先生为人倔强，受中共煽动，已钻入抗战的牛角尖。故日下救中国之希望，只有寄托于汪先生之肩上。这才是佛海今天登门的真正目的。"

这番话说得情理兼备，汪氏夫妇不由不动容。但汪精卫对周佛海提的希望感到实现渺茫，为难地说："现在全国上下，喊'打'声响彻云天。日本方面又咄咄逼人。欲想和平解决，得先有人开辟途径，有人穿针引线，这如何办到？"

周佛海微微一笑，他已经想好了一步棋。

周佛海这步棋就落实在外交部亚洲司司长高宗武身上。他以搜集情报为名瞒着蒋介石将高宗武派到了沦陷区上海，与日本人建立了联系。日本方面向他介绍说，由于近卫声明已经宣布，不以国民政府为对手，所以蒋日之间的谈判已无可能。

望着高宗武失望的眼神，日方安慰说，和平的道路并未彻底堵死，虽然日本方面不与蒋介石谈和，但欢迎与中国的第三种势力接触，对结束中日战争做新的探索。

高宗武眼睛一亮，将汪精卫隆重推出，他说汪精卫是中国的第一流人才，在党、政、军各领域都有着极其重要的影响，是当前中国"和平运动"的领头人。日本人对汪精卫当然熟悉，于是建议高宗武继续深谈。

在周佛海的运作下，高宗武两次出离重庆，甚至跑到了日本境内与日方做秘密交涉。最后日本召开五相会议，做出决定：为了使中方丧失抗战能力，并推翻中国现中央政府，使蒋介石垮台，起用中国第一流人物，削弱中国民众的抗战意识。同时，酝酿建立巩固的新兴政权。

1938 年 11 月 20 日，由高宗武、梅思平代表汪精卫签字的《日华协议记录》出笼，汪精卫的叛国投降之旅正式启程。

叛国投敌，毕竟是件大事，汪精卫深知不得儿戏。连日来，忧心忡忡，长吁短叹。他甚至为自己可惜起来。当初刺杀摄政王时，自己是何等豪气冲云，海内景仰。如今却要腼颜事敌，做石敬瑭、张邦昌、秦桧之流。

汪精卫的心思陈璧君最了解，望着整日沉思的汪精卫，她劝道：

"季新哥，我知道你心中苦处，以你与党国的历史、感情，自然不是一朝一夕能断然割掉的。但这样做，是为党国，为民族，为民生。否则如周佛海这样的人，原来都是姓蒋的人，为什么现在也愿意实行你的主张呢？"

汪精卫抖着那张《日华协议记录》苦笑着："可这就是一份卖国契约呀，我不能视而不见呵。"

陈璧君急了起来："你说这份协议是卖国文契，我问你，满洲在谁手里？内蒙古在谁手里？华北又在谁手里？我们只是承认既成事实。抗战，抗战，我们已经抗到了哪里？日本人能打下南京，打下武汉，就打不下重庆？就打不下西安？就打不下成都？就打不下昆明？到时再往哪里退？真的是死无葬身之地了。你愿意给老蒋陪葬，我还不愿呢。"

陈璧君火气越来越大，她讥讽道："对了，我忘了，你和蒋介石还换过兰谱呢，他还叫你一声四哥呢。生死与共，甘苦同尝。呸！听起来都叫人肉麻。中山舰事件，是谁玩弄阴谋将你赶走，漂泊异国，无以为家？这么多年来，姓蒋的对你可从来没手软过。我瞧你这个副总裁也做得难过，纯粹是个花瓶，是个摆设。"

也难怪陈璧君着急，眼看着已经水到渠成，汪精卫又发起书呆子气，奢谈什么爱国卖国的大题目，岂不将坐失良机，长期以来朝思暮想的领袖梦还有圆成的日子吗？她陈璧君自然再也成不了第一夫人，永远矮宋美龄一头。想到这里，怎不令她又酸又急。

陈璧君的一通骂，让汪精卫无地自容。不过倒也提醒了他，大丈夫处事，怎能如此婆婆妈妈，反不如一巾帼红颜。再说，失去这次机会，也许真的永远成了俯仰人下的臣僚了，这是他最不甘心的。

1938 年 12 月 18 日上午，汪精卫、陈璧君一行从重庆上飞机，踏上了叛国的旅程。

22 日，日本发出第三次近卫声明，以呼应汪精卫的叛国行为。

29 日，为响应近卫声明，汪精卫发表"艳电"，不仅为近卫声明涂脂抹粉，美化日本帝国主义的侵华政策，还对中国共产党进行恶意攻击，其汉奸嘴脸公然大白于世人面前。

汪精卫从此走上了一条不归路。1939 年 5 月汪精卫到了日本，8 月回国秘密召开伪国民党第六次代表大会，宣布"反共睦邻"。1940 年 3 月在南京成立伪国民政府，担任"行政院长"兼"国府主席"。1944 年 11 月在日本名古屋病死。有个叫陈剑魂的人作了一首《改汪精卫诗》：

何香凝

当年慷慨歌燕市，曾羡从容作楚囚。

恨未引刀成一快，终惭不负少年头。

听说汪精卫叛国出逃，何香凝是痛恨交加，她与汪精卫一家交情匪浅，是"三十余年曾共患难的交情"。大家不仅是南社的同好，也是孙中山先生的得力助手，平时诗酒相酬，战时并肩对敌。

何香凝与陈璧君的关系也非比寻常，她们都是同盟会最早、最重要的女会员，是战友，也是闺密，经常居同室、食同锅，亲密无间。

犹记得，当年陈炯明炮轰总统府，为了先锁住孙中山的"钱袋子"，将时任军政府财政总长的廖仲恺关进了石井兵工厂。为了营救廖仲恺，陈璧君一介女流，竟然调动人手，准备劫狱。此事虽然未成行，但那份义气还是感动人的。

陈璧君虽然性格泼辣，为人霸道，但对何香凝却还是尊重的，不敢造次。汪精卫主政广东政府期间，陈璧君约何香凝相聚，也许是第一夫人的派头使惯了，陈璧君有点忘乎所以了，当时痰往上涌，她习惯性地对何香凝吩咐："把痰盂给我。"平时，她就是这样使唤秘书的。

何香凝大怒，她可不在乎对方是第一夫人的身份，于是拍案而起，大声喝道："陈璧君，我也要吐痰了，把痰盂拿给我。"

陈璧君一愣，知道自己弄错了对象，她也很乖，不解释，不发火，而是连忙赔着不是，并将痰盂奉上。

何香凝一直视陈璧君为自己的小妹，而且知道这个小妹有时候会犯浑，但心底那份早年的感情却是丢弃不掉。后来陈璧君叛国那是多大的罪，中华人民共和国成立后她依然和宋庆龄一道向毛主席为陈璧君求情，请求给予大赦，并与宋庆龄一道给陈璧君写信，要她改过自新，承认罪恶。

这封信写得非常动情，表面上平淡，其实处处用心：


陈璧君先生大鉴：

我们曾经在国父孙先生身边相处共事多年，彼此都很了解。你是位倔强能干的女性，我们十分尊重你。对你抗战胜利后的痛苦处境，一直持同情态度。过去，因为我们与蒋先生领导的政权势不两立，不可能为你进言。现在，时代不同了。今天上午，我们晋见共产党的两位领袖。他们明确表示，只要陈先生发个简短的悔过声明，马上恢复你的自由。我们知道你的性格，一定难于接受。能伸能屈大丈夫，恳望你接受我们的意见，好姐妹，殷切期待你早日在上海庆龄寓所、在北京香凝寓所畅叙离别之情。

谨此敬颂大安。

庆龄（执笔）香凝

1949 年 9 月 25 日夜于北京

可惜陈璧君已经抱定死不悔改之心，准备追随汪精卫于九泉之下了，她拒绝了宋庆龄、何香凝的殷殷深情。

在汪精卫与蒋介石早期的矛盾冲突中，因为同属于国民党左派，何香凝大多数时候也是坚定地支持汪精卫的。在中山舰事件发生的第一时间，何香凝就赶到蒋介石的驻地，责问蒋介石为什么行此对革命有害之事。她还拉着蒋介石去见汪精卫，把这件事情说清楚。可惜汪精卫太软弱，不能在蒋介石面前挺起腰杆，据理力争。

何香凝对汪精卫的支持依然继续，到了北伐时期，国民党内曾掀起过"迎汪复职"的浪潮，何香凝是其主要的推手，她曾亲自写信给国民党中央执行委员会，提出"请中央照从前决议准其迎汪同志回国"。她还万里迢迢地亲赴法国去劝说汪精卫归国复职。

但是汪精卫日后的行为却让她日益齿冷，特别是对日问题处理上的妥协使她不能苟同。她曾经提醒最高当局，汪先生一些观点不合时宜，有淆乱人心、影响抗战之嫌。

待汪精卫"艳电"发表，何香凝终于忍不住愤怒了，一篇《斥汪精卫》写得淋漓酣畅，火力全开。

该文最早发表于香港《星岛日报》，后来又刊登在成都《新新闻周刊》，反响极大。何香凝开篇即道：汪精卫的这份通电，讲的实在不是人话，所议各点，都是围绕着日本人的利益，成了日本人的应声虫，不仅民族气节全无，连做人的资格都不够。汪精卫所提各点，实际上就是让中国敞开怀抱，由着日本人水银泻地一般地进入。

何香凝继续说：汪精卫的这些谬论还不是最可怕可恨的，因为这些鬼话中国人是听不入耳的，最可恨的是汪精卫还以政府人士自居，挑拨国共合作关系，挑拨政府与地方军队关系，给日本人以可乘之机。

何香凝还揭露了汪精卫的无耻嘴脸：听说六年前国人就传汪精卫在南京大发议论，说秦桧不是汉奸。看来姓汪的真想走秦桧的汉奸之旅了。所以，她要求国民党中央，对这种民族败类绝不能姑息，必须开除其党籍，不能让国民党蒙羞。

何香凝最后提到，汪精卫投敌是件坏事，但也可能向好的方向转移，因为现在忠与奸、敌与友，变得分明了，界限既明，抗战之信念益坚，自然要战斗到最后的胜利。

这篇文章陈璧君也看到了，她气冲冲地将报纸摔向汪精卫："这个老婆子骂人凶得很，我们被糟蹋得不像人样了。"她要汪精卫也写一篇文章还击。

"骂我们的人太多了，你忙得过来吗？现在我是世人皆欲杀呀。"汪精卫叹口气，"再说何香凝的脾气你是知道的，我写一篇回击，她有十篇等着你。"

尽管汪精卫没有回应，但何香凝却是不依不饶，因为她认为为孙中山清理门户是她的分内之事，在后来的《再斥汪精卫》一文中，何从汪精卫熟人的角度再次予以痛斥。

何香凝对汪精卫的性格和个人政治野心予以了刻画和揭露，她要人们认清楚，"汪精卫这个人，不能不算作一个会花言巧语的人，可是只要看他十五年来所说的话，他每年说的话，就每次不一样，表面上既如此，实质上更可知了"。

何香凝形象地形容汪精卫在政治上的动摇与摇摆，汪精卫的政治方针，今日南，明日北，后日东，下日西，是一种"风车政治"，不停地旋转，最后转到了日本人的怀抱里。为什么呢？因为汪精卫的"风车政治"是没有任何原则的，只是为了抢领袖，因此今日联甲倒乙，明天联乙倒甲，后天又联丙倒乙。所以只要需要，就不妨投靠日本人了。

所以反对汪精卫就要吸取教训，就要尊重孙中山先生的遗教，必须坚守三大政策。从汪精卫今天落水做了汉奸的教训看，大凡想离开孙中山三大政策的基本立场去曲解三民主义，或者修正三民主义的人，其结局都不外和帝国主义妥协，或者就有成为汪精卫第二的危险。所以，国民党必须将历年来路人皆知的投降派、对抗战无信心的人清除出去。这样大家才能精诚团结，挽救国家于危亡。

看到何香凝痛斥汪精卫的文章，蒋介石也频频点头，在宁汉分裂以前，每逢蒋汪矛盾冲突时，何香凝几乎都是站在汪精卫的一边。这让蒋介石很是郁闷，以为何香凝有个人好恶的原因。但现在他明白了，何香凝是对事不对人，是有原则的。

果然，何香凝很快又向蒋介石发难了，蒋介石虽然反对汪精卫乞和投降，主张继续抗战，但是共产党是他一块心病。所以他想借着抗战削弱共产党，最好将其溶化于无形。于是在国民党五届五次全体会议上，蒋介石提出来"联共又防共"的基本方针。

这一方针被迅速落实，政府当局也由抗战初期的联共抗日转向了消极抗日，积极反共。到了1940年底，国民党在陕甘宁边区已经集结了40万大军，同时，还有8万多兵马布置在皖南一带，对新四军虎视眈眈。

何香凝十分担心事态恶化。她了解蒋介石对共产党的心态，说不定哪天就会痛下杀手，干出亲者痛仇者快的事。因此何香凝以国民党元老的身份，特别邀请了宋庆龄、柳亚子、彭泽民开了一个四人会议，并联名起草了一封公开信，主张团结抗战。

公开信警告国民党当局：

最近讨伐共军之声甚嚣尘上，中外视听为之一变。国人既惶惶深忧兄弟阋墙之重见今日，友邦亦窃窃私议中国抗日之势难保存。倘不幸构成剿共之事实，岂仅过去所历惨痛又将重演，实足使抗日已成之基础堕于一旦。而时势所趋，又非昔比，则我国家民族以及我党之前途，将更不堪设想！

公开信劝告政府当局要胸怀宽阔，要认清"日寇不独为我党之敌人，亦正为共产党之敌人。敌人之敌人，即为我之良友"。因此，进攻共产党，只能是削弱抗战的力量。

听说何香凝等起草了这封公开信并准备发表，蒋介石惊出了一身冷汗，何香凝的感觉太准确了，因为就在这封公开信起草前，蒋介石已经发动了"皖南事变"，新四军被俘和牺牲的达好几千人，军长叶挺也被扣押了。

蒋介石也知道这件事做得太不地道，要遭人骂的，所以命令重庆严密封锁消息。而公开信此时出炉，岂不是火上浇油，让政府难堪！

但是何香凝、宋庆龄不是寻常人，再加上柳亚子和彭泽民也都是不畏死的角色，想封他们的口不容易。也难为蒋介石了，他竟拿出了流氓手段，以叶挺的生死做要挟。

何香凝等人犹豫了，他们知道蒋介石心狠手辣，惹恼了他真的会杀人泄愤，千万不能让叶挺成为第二个邓演达，那代价就太大了。于是商议，以不发表公开信为条件，但要保证叶挺的生命安全并尽快释放叶挺。

公开信虽然被压了下来，但是在社会上却不胫而走，国民党内的许多高层人士都有其印刷品，互相传阅。后来香港诸报以及延安的《新中华报》都予以发表，让蒋介石很是恼火。然而慑于宋庆龄、何香凝的地位与影响，却是顾忌重重，一时下不得手。

## 亚子居住活埋庵　　弘一高标晚来香

公开信的广泛流播，让蒋介石很是被动，却又惹不得宋、何两位人物。他可忍不下这口气，于是无拳无勇的柳亚子就成了他报复的对象。

自从由日本返回上海，柳亚子在沪一居就是十年，这十年对柳亚子来讲，有寂寞的时分，也有激情的时候；有潦倒的挣扎，也有希望的奋发。

潦倒时，他更多地陷入了回忆之中，回忆故人的音容笑貌，他想起了鲁迅、陈去病、叶楚伧……

犹记得，当年秋高气爽，名作家郁达夫为招待兄嫂郁华夫妇，特地在杭州聚丰楼摆下宴席，邀请了柳亚子夫妇作陪，同席的还有名满天下的鲁迅和才女林徽因。席间谈笑甚欢。趁着酒兴，柳亚子向鲁迅索诗。鲁迅因刚添了爱子周海婴，心情甚好，也不推辞，慨然应承。几日后，柳亚子就收到了一件堪称国宝的鲁迅亲笔诗抄《自嘲》：

运交华盖欲何求，未敢翻身已碰头。

破帽遮颜过闹市，漏船载酒泛中流。

横眉冷对千夫指，俯首甘为孺子牛。

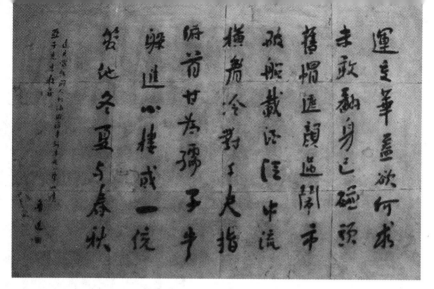

躲进小楼成一统，管他冬夏与春秋。

可以说，这首诗是鲁迅诗集中最著名的一首，无论是思想性、艺术性，都达到高度完美。鲁迅将此诗赠予柳亚子也非偶然，以柳亚子诗酒傲公侯的清高，加上在文学领域的地位本来就能赢得鲁迅的赞赏。所以说他也无愧接受这件珍品。柳亚子也知道这件礼品的分量，一直藏如至宝，陆续在诗幅上题字达百余之多，且不敢藏私，新中国成立后，作为中国国民党革命委员会对毛泽东和朱德表敬忱之心，献给了国家。

然而诗稿虽在，故人却已逝，柳亚子翻弄旧作，发现了当年回赠鲁迅的诗作，稍加修改，重新誊抄：

逐臭趋炎苦未休，能标叛帜即千秋。

嵇山一老终堪念，牛酪何人为汝谋。

有时候，柳亚子也不满意自己一味地陷入往事的回忆，他想做点实事，但一介书生，无权无势。好在还有人看在他昔日的名声和在文坛的地位卖个面子，营救谢冰莹一事就是个例子。

谢冰莹是中国第一位女兵作家，她的小说曾在中国文坛上刮起一股清新之风，柳亚子对她十分欣赏，并将其认作义女。

柳亚子如此器重她可能和谢冰莹的经历有关，谢冰莹曾进过黄埔军校武汉分校，和后来著名的抗日英雄赵一曼同窗，在校期间就编入叶挺的麾下参加过北伐战争，后来在"福建事变"中又被选为妇女部长，受到南京政府的通缉。有这样的经历，自然就与柳亚子的感情拉近了。据谢冰莹回忆，她第一次见到柳亚子，就产生了一种不一样的感觉，就像一个孩子见到久别的母亲。一段时间，谢冰莹就住在柳家，与柳夫人郑静宜，儿女无忌、无垢、无非等情同手足。看见这种情形的人描述："柳亚子与谢冰莹不是父女，而胜似父女。"

柳亚子

两人相识后不久，就是谢冰莹生日。其时谢不过二十多岁，可柳亚子仍然按照旧文人的积习，为她作词以贺。后来发表于 1933 年 2 月《新时代月刊》：

一

绝技擅红妆，短笔长枪，文儒武侠一身当。青史人才都碌碌，伏蔡秦梁。旧梦断湖湘，折翅难翔；中原依旧战争场！雌伏雄飞应有日，莫漫悲凉。

二

岁首赋催桩，今进桃觞，红尘游戏尽无伤。艳福檀郎吾亦妒，努力扶将。年少侠游场，儿女情长，通家交谊镇难忘。寿汝恨无双匕首，惭愧诗囊。

词作不仅称赞了谢冰莹"短笔长枪，文儒武侠一身当"。同时也为自己"恨无双匕首"而"惭愧诗囊"。

以谢冰莹的性格，在那个动乱之秋不弄出点声响是不可能的，果然，在留学日本期间她便"闯祸"了。那是在 1935 年 4 月间，因为伪满洲国皇帝溥仪访问日本，谢冰莹拒绝前往欢迎，遭到了日本当局的调查。谢冰莹对溥仪很是不屑："他不过是你们扶植的一个儿皇帝，不值得我去欢迎。"

要知道，当时日本正在加紧分裂中国，扶植伪满洲国是他们侵略中国计划的重要一环，反满抗日是一项重罪。因此当晚谢冰莹就被关进了警察署，饱受了皮肉之苦。

但谢冰莹却倔强得很，咬紧牙关不求饶不认错，只是给以白眼。

谢冰莹被捕的消息很快传到了国内，柳亚子听了很担心，他了解谢冰莹的脾气，也知道日本人的狠毒，怕是没有什么好结果。

于是他忙着打点关系。平日里他是懒得求人的，但为了救谢冰莹，顾不上老面子了。先是打电报给许世英，为了增加把握，后来又电求留日学生监督周宪文，请他们务必伸出援手。

本来许世英、周宪文对谢冰莹一案也有忌惮，因为听说谢冰莹在监狱态度强硬，日本人放出风来，估计这位姓谢的是共产党，因为一般人不会这样硬扛的。许世英、周宪文私下也嘀咕，如果谢冰莹真是共产党，这事就复杂了，还是不插手为妙。

虽作如此想，但眼看同胞在国外遭难而无动于衷，也是心有内疚。恰好柳亚子的电报到，他们都松了一口气，谁都知道柳亚子是个闲云野鹤，绝对不是共产党的人，以此类推，他要力保的谢冰莹也一定和共产党无关，只是一位涉世未深、不知轻重的"愤青"而已。

于是他们拿着柳亚子的电报去保谢冰莹，没想到日本人也知道柳亚子的大名，"是位诗人，诗写得大大的好"。

看在柳亚子的面上，谢冰莹走出了日本的监狱。当时谢冰莹一点不知道害怕，事后有人告诉她，若不是柳亚子的两份电报，怕是她的小命就丢在日本了。

人到晚年，谢冰莹回忆起此事，不由得感激柳亚子的救命之恩。

待到"八一三"淞沪抗战，柳亚子的心又像冰一样的冷，他早年患有神经衰弱症，现在又复发了。据柳亚子称，此病一发作，神经就麻木了，如同活死人一般。他感到自己活得没有价值，国家危亡之际，不能执干戈以卫社稷，而且不仅不能和战场上的战士相提并论，且不如他的干女儿谢冰莹呢。听说淞沪事起，正在湖南衡山养病的谢冰莹立即带领湖南妇女战地服务团前往上海，穿梭于前线，救伤员于生死。相形之下，一旁观战的柳亚子不能不感到由衷的惭愧。所以，他在纪念廖仲恺去世 12 周年时所作的诗句里自责道：

**君死已泰山，我定鸿毛死。**

柳亚子对自己要求太严了，其实他也尽了自己的本分，给当局上书，出谋划策，当然这些都是书生之见，但对于一个不谙军事的文人而言，也尽力了。

淞沪之战到了尾声，由于被日军抄了后路，上海沦陷已成定局，何香凝一再相劝，不如离开去香港，免得在日本人的刺刀下受气。柳亚子叹了一口气，他何尝不想走，只是囊中羞涩，总不能去香港做叫花子吧。

果然如何香凝所说，在日本人刺刀下讨生活何其难也，那一份低眉顺眼就不是柳亚子能忍受的，他决定闭门不出了，给自己的居所起了个新名称，叫"活埋庵"。说起来这个斋号还是南明大儒王船山的发明，明朝灭亡后，王老先生为了表示自己的气节，不事清人，从此专攻学问，写了一副楹联以言志：

**六经待我开生面，七尺从天乞活埋。**

于是柳亚子也学着王船山样，给自己的居所取名为"活埋庵"。这也是一个信息，表明他绝不与日本人及任何伪政权合作。

偏偏有人忘不了他，汪伪政权成立后，因为臭名昭著，少有人问津，于是一直想拉一些社会名流充充门面，居然就想到了柳亚子。据说一位无行文人就向汪精卫建议，柳亚子如今闲居上海，此人是南社领袖，又是诗坛班主，号召力不可小瞧，不如请他入伙，也能造点声势。

汪精卫倒是了解柳亚子，他摇摇头，说道："你不了解亚子，这个人又懒又偏，他想当官早当了。你现在去请他，怕是遭到奚落的。"

"他敢！如果敬酒不吃吃罚酒，那就让李士群带上他那帮 76 号，看姓柳的还托大不成。"

"你以为李士群那帮拆烂污别着盒子炮就能吓住柳亚子？当年蒋介石想让他跌个软都不可能。这个人是士可杀不可辱的。"汪精卫摆摆手，不准人再去骚扰柳亚子，毕竟柳亚子与他曾有交情，不能霸王硬上弓，强拉故人落水。

柳亚子对汪精卫向来是敬佩的，他认为汪这个人是绝顶聪明，比如说当年考秀才，柳亚子是他那个考区的第二名，已经被誉为神童了，但汪精卫却是第一名。柳亚子诗写得特别好，当年南社创始人之一的高天梅自称是江南第一诗人，可以惊天地，泣鬼神。柳亚子就不以为然，写诗讽道：自诩江南诗第一，可怜竟与我同时。意思是有我柳亚子在，你高天梅只能排在我身后，仿佛周公瑾生不逢时碰上了诸葛亮。

但是，柳亚子却对汪精卫的诗评价很高，至少认为不比自己逊色。

还有一项汪精卫远胜于他，那就是口才，柳亚子是个结巴，而汪精卫却是口若悬河，让柳亚子羡慕不已。另外再加上汪精卫早年的革命经历，尤其是刺杀满清朝贵，更像是传奇故事一样，都让柳亚子敬佩得很。他曾经有一首诗赠汪精卫，道不尽的仰慕之辞：

> 一击亡胡帝，平生张子房。
>
> 风姿犹妇女，家国有沧桑。
>
> 廿载盟心久，一宵握手偿，
>
> 元戎方盰食，何以拯黔苍。

所以，凡是汪精卫赠送的诗稿画卷，他都视若珍藏。比如说，他曾请人绘制了两幅《江楼秋思图》，其中一幅由何香凝所绘，上面布满名人题词，其中就有汪精卫的墨迹。

柳亚子万万没想到像汪精卫这样的人也会落水做了汉奸，真是卿本佳人，奈何做贼。他叹息着，从书画堆中找出了《江楼秋思图》，墨迹依旧，却物是人非。柳亚子真有一把火烧了此图的冲动，只是那是何香凝所绘，题词者除了汪精卫，还有廖仲恺，总不能玉石俱焚吧。

于是一腔愤怒化成了四行诗句：

> 欲追构桧真可诧，便学张刘岂有成。
>
> 千载熏莸今日判，忍从地下哭同盟。

诗中除了惊讶汪精卫居然会步南宋赵构、秦桧的后尘，还断言汪精卫就像历史上的汉奸人物张邦昌、刘豫之流一样最终身败名裂，而廖仲恺与之相比，一熏一莸，永远不可同日而语。

柳亚子也担心有汉奸会看重他在诗坛上的名气，要拉他下水。听说这些人的手段很多，让人防不胜防。有个叫朱舜华的人曾经是何香凝组织的国难救护队骨干，她就提醒过柳亚子不能大意：

"听说汉奸想绑你的票。"

柳亚子答："我不怕，大不了一个死字。"

朱舜华说："虽然我相信你不会软化的，他们也不敢动手杀害你。绑去以后他们一定以上宾之礼待你，三日一小宴，五日一大宴，也许你的老酒会喝得过瘾。不过，这时候内外隔绝，他们一定不让你和朋友见面，一方面盗用你的文章，今天一个宣言，明天一个通电，闹得满天星斗起来。怕是你有嘴说不清了。"

一番话说得柳亚子悚然动容。为了防止这些意外的情况发生，他要给家人一个交代，因此写下了《遗嘱示儿辈》，铮铮铁骨，耿耿丹心，跃然纸上：

余以病废之身，静观时变，不拟离沪。故人倘以横逆相加，当誓死抵抗。成仁取义，古训昭垂；束发读书，初衷俱在。断不使我江乡先哲吴长兴、孙君昌辈笑人于地下也。中华民国二十八年十月书付儿辈。亚子。

就在这活埋庵里，柳亚子谢绝了一切宾客，几乎足不出户，用他的话说："行类活埋，无聊已极，痛苦弥深。"他沉浸在幻想中打发时光。

他幻想着只身飞到莫斯科，见到了斯大林，说动斯大林趁德国陷入欧战之际，先定远东，遣飞机千架，炸平东京，再遣红军百万，突入东四省，代中国收复失地，如此，天下太平将早日来到。

想到这里，他激动起来，提笔写道：

轰炸千机毁东京，红军百万定辽宁。
男儿愧负仪秦舌，寰宇何年见太平。

虽然这是南柯一梦，但诗人的大胆想象却表明了拳拳爱国之心。

眼看着柳亚子在孤岛苦受煎熬，许多友人也纷纷劝其不如离开上海。这一次柳亚子没有拒绝劝告，活埋庵里的日子让他身心俱疲，他要呼吸一下自由新鲜的空气。

于是他来到了香港，见到了故人何香凝。聊起时局，何香凝告诉他，蒋介石又打共产党的主意了，想借抗战，乘机溶共产党于无形。

于是就有了前文所提到的四人宣言。

就在四人宣言准备发表之际，"皖南事变"发生，叶挺也被囚。当局有令，必须对有关皖南事变的披露及评论严防死守，不能流向社会。

所以，为了阻止四人宣言的发表，当局花了大力气。在香港，就连青帮头子杜月笙都出面了，他邀请柳亚子去他府上聚聚。

别看杜月笙是流氓大亨，柳亚子可不惧他，慨然赴约。

杜月笙倒是客气，表示他只是政府的说客，最好双方各让一步，大家都留着面子。因为关心叶挺的安全，柳亚子他们的条件就是确保叶挺的安全，公开信可以暂不发表。

就在谈话间，杜月笙的一位客人插嘴批评宋、何两位夫人是受共产党蒙蔽，与政府为难。柳亚子勃然大怒，戟指骂道："你算什么东西？一个三流走狗而已，滚一边去。"

杜月笙脸色阴了下来，柳亚子这句话太伤人了，连带他也给骂了。他的客人是个三流走狗，那么他杜月笙充其量也就是个二流走狗了。以杜月笙的地位和影响，怕是政府大员也不敢在他面前指着和尚骂秃驴。

但杜月笙忍了下来，他知道柳亚子清高得很，从来不把他这样的三教九流之辈放在眼里，"文人轻狂，不与他一般见识了"。

让重庆方面没想到的是，宋庆龄、柳亚子四人的公开信不胫而走，这让蒋介石感到恼火，宋庆龄、何香凝他惹不起，收拾一个柳亚子还是绰绰有余的。很快，他就找到了由头。

自从参加国民党二届五中全会以后，柳亚子几乎不与政府当局再打交道了，虽然他还是国民党中央监察委员，政府方面也似乎忘掉他这个人。可是这一次蒋介石却想起了他。1941 年 3 月，柳亚子接到通知，要他参加在重庆召开的国民党中央五届八中全会。

因为"皖南事变"，柳亚子正一肚子气，当然对这个会议抱抵触情绪，于是就写了一封电文给时任国民党中央党部秘书长的叶楚伧，表示拒绝，电文如下：

> 齐电敬悉，承召旨谕，同济时艰，惭感无任。惟是士君子出处，大节自有本末，闻量而后入者矣，未闻入而后量也。此次新四军不幸事变，中枢负责人士，借整顿军纪之名，行排除异己之实。长城自坏，悲道继之先亡；三字埋冤，知岳侯之无罪。舆论沸腾，士民切齿，而当事者犹未闻有悔祸之心，何也？在昔奉天罪己，唐室因以中兴；韩原愎谏，晋侯于焉覆国。以古烛今，无待著龟矣。谓当开诚布公于天下，以共见严惩祸首，厚抚遗黎，然后公开大政，团结友党。涤宦海之颓波，驱祸夷于穷岛。庶几还我山河，成功有日。弟虽然无状，要当抠衣扶杖，乐睹太平耳。否则，三军可以夺帅，匹夫不可夺志。西山采蕨，甘学夷齐；南海沉湘，誓追张陆，不愿向小朝廷求活也。泣涕陈词，刀锯待命，总理在天之灵，实昭鉴之。

这封快电寄到中央党部，叶楚伧摇头苦笑，知道柳亚子又发脾气了，"真是老而弥辣！"他随手将电文往桌上一丢，也就忘了此事。

有好事者发现了这封电文，如获至宝，拿去送给蒋介石，指着一行字告道："这个柳亚子也太放肆了，居然称重庆政府为小朝廷，是何居心。"

这句话触到蒋介石痛处，不由大怒："娘希匹，柳亚子文人轻狂，屡次不理他也罢了，竟愈发不知自忌，诋毁政府，非得给他点颜色看不行。"

1941 年 4 月 2 日，在蒋介石授意下，柳亚子被开除国民党党籍。

蒋介石这一招对柳亚子毫无作用，他从来视富贵如浮云，因此也发表了一个声明，说他以国民党中央监察委员身份，提议将蒋介石开除出党。

何香凝也出来打抱不平："这封公开信是我发起的，为何不开除我的党籍？"

中国共产党则从延安致电柳亚子，表示慰问，寄希望于柳亚子。

柳亚子很感动，为此作诗一首，寄给了在延安的毛泽东和其他共产党人：

弓剑桥陵寂不哗，万年枝上挺奇花。

云天倘许同忧国，粤海难忘共品茶。

杜断房谋劳午夜，江毫丘锦各名家。

商山诸老欣能健，白头相期莫夏华。

接到柳亚子的诗，毛泽东也很感动。他叹道，亚子先生真够朋友，当初与他粤海品茶，十多年过去了，竟一直未忘。这个人重情呀！

此事风波稍息后，有人责备叶楚伧，说叶楚伧卖友求荣，拿柳亚子做进身之阶。叶楚伧也不辩白。柳亚子听闻此事，连连声明，休要冤枉小凤，他做不出这等事的。

蒋介石则被批评太没风度，以一国之尊与一介文人较长论短。蒋介石也无奈，曾有人提议继续整柳亚子，让他知道厉害。蒋介石摇摇头："算了，从活埋庵里走出来的人，还有可惧怕的吗？不惹他，不惹他。"

就在柳亚子走进活埋庵的前后，他的老朋友李叔同，现在成了有名的弘一法师。弘一身在空门，心念众生，奔波不息。

"七七事变"发生时，弘一正在青岛湛山寺修行，而此时青岛已成为军事上的争点，形势十分紧急，有钱的人都纷纷南下。弘一在上海的友人夏丏尊急忙写信去请他提早南来，说上海有安静的地方，可以清修。

弘一接到信却沉吟道："我本已决定在青岛住到中秋节，现在遇难即离，不合出家人本性。即便青岛陷水深火热，吾不离也。"

在青岛期间，弘一度过了他 58 岁生日。

那一天晨起，即研墨挥毫，写下"殉教"横幅，并作题记：

李叔同（弘一法师）

曩居南闽净峰，不避乡匪之难；今居东

453

齐湛山，复值倭寇之警。为护佛门而舍身命，大义所在，何可辞耶？

见难弗辞，这是弘一的一贯做法，他曾有言：不避乡匪，不避倭寇，为佛门愿誓舍命。勇猛护持于佛法，愿常利益诸世间。发心求正觉，忘己济群生。中秋过后，弘一才如诺由水路离开青岛经上海南返。

这时，"八一三"战火正酣，炮火连天，炸弹如雨。日军正直取大场，向上海市区逼近。此时青岛反倒平静。因此，上海友人在弘一离开青岛之前，又写信劝他宜暂住青岛，最好不要来沪。

但弘一还是来了上海。当时日本人的飞机就在头顶上盘旋，炸弹呼啸而下，弘一却是镇静如常，与友人就"抗战与杀生"这一命题进行讨论。

这对佛教徒弘一而言是一个重大的理论上的挑战。

抗战必然杀生，这是不可抗拒的现实，可是这又有悖于佛法和戒律。对这个问题，弘一没有过多纠结，佛也做狮子吼，为了众生安宁，以杀止杀也无妨。以杀止杀就是护心，即维护正义和公道。弘一认为，佛以普度众生为主旨，今国人惨遭恶魔浩劫，抗战拯救生灵于涂炭，正是佛门救苦救难、普度众生之正道。

这就是大师，不迂腐，善变通，对佛家真谛有着真正的理解。

在上海小住数日，按计划，弘一下一站是厦门，可是厦门也不是平静之地，已经处于日军的兵锋所及。所有人都劝弘一到内地暂避，弘一还是那句老话："为护法故，不怕炮弹。"

他声言，不俟厦门战事平靖，不离厦门。

但是友人不能由着弘一了，眼看厦门陷落在即，苦劝弘一："法师的名气太大了，届时那些日本人一定纠缠不休，法师当然不惧他们，但若是惹恼了他们，一怒之下在佛门撒野，岂不是冲撞了菩萨。"

这种担心并非杞人忧天。抗战前夕，日本人确实骚扰过弘一。由于驻守厦门的国民政府海军力量薄弱，致使日本海军于1936年6月起不断到厦门"操演""访问"，肆无忌惮地进出厦门港口，窥探军情，处心积虑地图谋占有厦门。同年7月间，日本第十三驱逐舰队司令西岗茂泰率领"吴竹""若竹"两艘军舰，由汕头窜进厦门。

弘一的名气在日本也是妇孺皆知的，西岗茂泰司令因久闻其盛名，特登岸往鼓浪屿日光岩寺寻访大师，并要求弘一用日语对话。

弘一摇摇头，都说客随主便，在我中华，当然在华言华语。

西岗说："吾国为君之婿乡，又有血缘之亲，何竟忘之？"

弘一以华语回之："贵国为吾负笈之邦，师友均在，倘有日风烟俱净，祥和之气重现，贫僧旧地重游，谒师访友，以日语倾积久之愫，固所愿也。"

司令又说："论弘扬佛法，敝国之环境较贫穷落后的贵国为优，法师若愿命驾，吾当奏明天皇，以国师礼专机迎往……"

弘一毅然答道："出家人宠辱俱忘，敝国虽穷，爱之弥笃！尤不愿在板荡时离去，纵以身殉，在所不惜。"

面对弘一的凛然正气，西岗心中连赞："真不愧得道高僧，中华人才杰出。"他无由得生出了一种敬仰之感。

这件事后来被一些中外报纸冠以"爱国高僧"的标题予以详细报道。所以有些狂热的军国主义分子叫嚣，日后若见到弘一，管他高僧不高僧，刺刀地干活。

在友人的力劝下，弘一于厦门陷落前四日启程去泉州。然而中国之大，已没有一块净土。弘一到了泉州，又闻到了战争的硝烟，日军已经逼近，随时都有进攻的可能。

弘一却不畏不惧，东去西往，弘法开示，置个人之生死于度外。他在写给丰子恺的信中说："于兵戈扰攘时，朽人愿尽绵力，以安慰受诸苦惊惶忧恼诸众生等，当为仁者所赞喜。"从佛门的慈悲心怀出发，以勇猛精进的精神，为众生抚平心灵的创伤。

这也是弘一进入佛门后最忙碌的一段日子，连他自己都调侃说，整日集会，整日讲演，整日宣号佛法，都快成了个"应酬和尚"了。

弘一如此奔波劳神，也是为报国家人民养育之恩，他经常在用斋前潸然泪下，告诫众僧："吾人吃的是中华之粟，所饮是温陵（泉州古称）之水，身为佛子，于此之时，不能共纾国难于万一，为释迦如来长点体面……自揣不如一只狗子！狗子尚能为主守门，吾人一无所用，而犹腼颜受食，能无愧于心乎？"

他要求众僧，也希望民众"念佛不忘救国，救国必须念佛"。此时的弘一大师并没有脱下僧袍换成战袍，但他却能把佛法真谛与抗战救国有机地联系起来，赋予佛法以壮怀激烈的时代精神，在他的意识里，他的宣讲佛理，即是一种觉世救世之举。

为了抗战，弘一自己也改变了许多，比如说，他的书法堪称绝妙，已经脱去烟火气，透出了一股禅意，让收藏者趋之若鹜。偏偏弘一惜字如金，轻易不为人题字，因为许多人都是从经济角度对待他的作品的。但是，到了抗战后，他却是手不释毫，有时能题字数百幅，而所题之词多是与抗战护法有关。他是以这种方式激励人们去保家、卫国、护法。

时光荏苒，弘一已进入人生的第60个年头了。为了避寿，他决定闭关修炼。闭关是僧人修行的一种方式，有短期的，也有长期的，甚至终身的。在闭关期间，法师不能和外界接触，不能离开闭关的房间，尽量不说话，任何人也不允许进去打扰，一天送一顿饭。闭关期间，法师静心在内修行，阅读经书，参悟佛法。

弘一这一次闭关选在了南普陀，在寺院后山有一天然石洞，小道蜿蜒，很是幽静。据说现在还保存完好，离山洞不远处还有当年弘一亲手种植的杨柳。

山洞并不深邃，却是阴森潮湿，常有一些蛇鼠之类的出入其间，有的僧人说得玄乎，说是弘一因为是得道高僧，所以他闭关时，有一条蟒蛇盘旋于洞口为其护法。不仅驱走野兽，防闲人打扰，还会送来一些水果，让弘一补养身子。

听说弘一闭关清修，柳亚子连道可惜，弘一这样惊才绝艳，留在世上一天，就会为艺术、为人类创造瑰宝。另外，弘一在佛教界名气很大，在日本也有影响，若他登高一呼，绝对会扩大抗战的声势。他这一闭关，又不知何时何日才结束，白白虚耗了生命。因此他在给弘一的贺寿诗中稍有不满：

> 君礼释迦佛，我拜马克思。
> 大雄大无畏，救世心无歧。
> 闭关谢尘网，吾意嫌消极。
> 愿持铁禅杖，打杀卖国贼。

大概也只有柳亚子以如此口气与弘一对话了。在许多信徒眼里，弘一就如神一般不可亵渎，所以他们认为柳亚子的诗太唐突了。

弘一却是不以为意。十多年不见，这位老朋友还是不改其浪漫天真，唯其如此，才是真朋友、好朋友。于是口占一绝，以作回应：

> 亭亭菊一枝，高标矗劲节。
> 云何色殷红，殉教应流血。

在这首诗中，弘一表达了自己的心志，在现实残酷的抗战潮流中，他没有一味地避世，而是如顶风冒霜之晚菊，保持着高洁。作为一位僧人，他有自己独特的报国之道，为了这个目标，他会不惜以鲜血为代价的。

弘一以自己的实际行动为抗战做出贡献。佛门是清净之地，但是弘一让它变为了抗日志士的护身之所，据江苏籍人士黄福海回忆，他当年就是一位中共地下党员，在泉州参加对日斗争，曾与弘一有过多次接触，虽然是相坐无言，但双方都在观察，弘一大师眼神清澈，仿佛天外之仙，与他相近，浑身如沐清风。

弘一也在打量着黄福海，他是见过大场面的，一生阅人无数，只一眼，已基本断定黄福海的真实身份。但他没有说破，只是不停地捻着佛珠。

就在佛门的掩护下，黄福海展开了地下工作，有弘一这块招牌，黄福海的工作环境变得安全而宁静，敌人也压根没有想到弘一身边会有中共地下工作者的存在。

弘一的气场是巨大的。每到一处，都随时增添崇拜者，许多人因他而皈依佛门。而弘一提倡的"念佛不忘救国，护法就是护国"，则让许多佛教徒也加入了抗战的潮流，这就是弘一在抗战时期作为一个僧人所做的特殊贡献。

长期的苦行僧生活，透支了弘一的生命。他是修律宗的，佛教有许多门派，论修行之苦，当数律宗。而弘一对自己又要求甚严，节简到了极点，长年粗茶淡饭，一日只两餐而已，且过午不食。他有一件僧衣，据说补了240个补丁。要知道弘一可是富家子弟出身呀，锦衣玉食惯了，可是一入佛门，却如脱胎换骨一般。

弘一法师圆寂于1942年农历九月初四，之前就有迹象了，大概八月底的时候他留下了遗言。九月初一，写下了"悲欣交集"四个字，将几十年的功力，以及对两千年中国书法的认识和体会都凝聚于此了。在他人生的最后时间，内蕴已经脱离俗世的纠缠，忘人忘我，一片浑茫。时而圆转，时而滞涩，生熟碰撞，巧拙对歌。一如无意落花，平稳安详，宁静无欲，脱尽铅华。因此竟有行家称，就这四个字，怕是中国书法史上可遇不可求的妙品，是继王羲之《兰亭集序》、颜鲁公《祭侄文稿》、苏东坡《寒食帖》之后的又一杰作，在中国书法史上具有里程碑的意义。

弘一走了，但他却留下了无量功德。

## 保气节甘以血拼　　为抗战各尽其力

南社主要是由传统知识分子组成的，他们受过系统的儒家思想教育，孔曰成仁，孟曰取义，对"气节"二字最为讲究，所谓正色立朝、奉天子正朔、明华夷之辨、忠奸不两立等等。即使斧钺加身，也难稍改其志。

最近，时任租界法院推事的郁华压力非常大，自从上海沦陷后，由于当时日本尚未对英、美、法等国宣战，因此尽管租界之外炮火连天，但对于租界，日本人还不敢贸然侵犯。当时，国民政府在租界之内仍然设立办事处和通讯社，抗战前设置在租界内的特区法院也继续运行，租界内各报纸只要挂上洋旗，依然可以发表抗日言论。

这就让日军驻上海当局很不爽。从 1938 年开始多次与租界交涉，要求接管租界内的中国法院。美、英、法诸国政府当时都只承认蒋介石国民政府，因此直截了当地拒绝此项要求，但也有所妥协，就是向日本人承诺发表公告，宣布不保护任何政治活动，允许日本人在租界内逮捕所谓从事政治活动的中国人。

对此，日本人并不满足，交涉一时形成僵局。他们想出了一个盘外招，把夺取租界警察权和中国法院管辖权的任务交给汪伪上海76号特工总部承担。在当时上海滩，76号可是让人闻风丧胆，76号杀人越货，绑架富商，贩卖烟土，什么事都能干得出来，而且许多都是在光天化日之下进行。仗着日本人对他们的庇护，已经到了无法无天、无所顾忌的地步。

接到日本人布置的任务后，76号立即展开了行动，他们成立了租界突击队，连续制造一系列大案要案，让租界警察和法院头疼不已。

郁华表示要坚决还击。

郁华，原名庆云，字曼陀，浙江萧山富阳人，是著名文学家郁达夫的长兄。他参加南社，未填入社书，顺序号为11。1905年考取官费留学日本，先后毕业于早稻田大学师范科、法政大学法科，获法学学士学位。1910年回国，在北京外务部工作，1912年考取法官，任京师高等审判厅推事，兼司法储才馆及朝阳大学刑法教授。1929年调任大理院东北分院推事，刑庭庭长。"九一八"事变前夕，日寇通知郁华不得擅自离沈，另有要职委任，他化装逃回北平。1932年任江苏省高等法院第二分院刑庭庭长，东吴、法政大学教授。当时，二分院设在上海英租界，他利用所处的特殊地位，积极帮助、庇护进步人士，当

郁华

廖承志在英租界被捕后，他设法使其获释。上海沦陷后，日伪汉奸对他十分仇视，两次寄给他附子弹的恐吓信，他置之不理，并且对惩办汉奸执法更严。

最近他手上正处理一件大案，就是轰动一时的上海沪江大学校长刘湛恩案。刘湛恩是位爱国人士，因拒与日本人合作，于1938年4月7日被76号特务杀死于外滩。

所幸凶手曾某被租界拿获，日前将在法院审理。76号派人捎话给郁华，让他眼睛放亮些，手下留情，否则76号不好惹。

郁华冷冷一笑，对这群鸡鸣狗盗之徒，

他一向懒得正眼瞧。

开庭那天，众目所瞩，凶手曾某尚哓哓置辩，郁华当庭怒喝，痛斥其残暴行为。多年以后，刘湛恩之子刘光华回忆说："我曾亲睹郁华庭长不顾自身安危，当庭痛斥被现场群众捕获的刺客曾某，并判以极刑，其高风亮节，秉公执法确实令人佩服。"

76号算是将郁华恨透了。

得罪了76号，就等于同死亡挂了号。没多久，郁华的好朋友、《大美晚报》副刊编辑朱惺公也遭到76号的黑手。76号放出话来，朱惺公的下场就是郁华的下场。

租界当局也十分关心郁华和其他法官的安全，他们加强了各法院的武装戒备，同时由警务处派出武装人员接送司法人员上下班，对于院长、刑事庭庭长等高级人员，甚至由装甲车接送。

然而对此保护举动，并不是所有人都能接受，很多的中国司法人员认为这是向特务示弱，他们宁愿步行或者通过其他交通工具上下班。郁华便是其中一位，他拒绝了租界当局的好意，坚持自备包车上下班。

76号打手吴世宝不解，这姓郁的吃了豹子胆不成，找死呀！他当时就要带人进入租界实行暗杀。

76号头目李士群拦住了他，说郁华这个人在法律界很有名气，威望也高，连日本人也很重视。

李士群的话没错，郁华早年留学日本，专攻法律，"九一八"事变发生时就担任沈阳最高法院东北分院刑庭庭长。当时日本人也对郁华很重视，曾以要职相诱，但遭到拒绝。回到关内后，又担任江苏高二法院刑庭庭长。郁华思想进步，任职期间主持正义，且业务能力超强。1933年，何香凝的公子廖承志在上海被捕，南京军法处要求引渡。郁华知道，一旦廖案交由特务机构处理，那就生死由天做不了主了。因此他引经据典与军法处周旋，使其引渡计划落空。为这件事，何香凝还亲绘一幅《春兰秋菊图》赠予郁华，以表感谢。

"你想想，这姓郁的名头这么大，我们把他拉过来做事，那得有多大影响呀。再说了，他还有个弟弟郁达夫，名气比他还大。所以，这个人不要轻易杀。先给他个警告，看他识不识相。"

从 1939 年春，郁华就接到署名为"反共除奸团"的恐吓信："如果不参加我们组织，你的生命难保。"

见郁华没反应，敌伪又许以高官厚禄，郁华亦严词拒绝。友人多次劝他外出避祸，他却说："国家民族正在危急之际，怎能抛弃职守？我当做我应该做的事，生死就不去计较了。"

随着《中美日报》的案发，76 号终于忍不住要向郁华下黑手了。

《中美日报》是一家悬挂美国国旗、以美国人为发行人的报社，"八一三"事件后发表过许多抗日反汪言论。1939 年 7 月 22 日晚 8 时许，一大批 76 号特务包围了《中美日报》社的大门。当时报社的保安人员见势不妙，情急之下把铁门关死。特务们拉不开门，又不敢在租界久留，于是临时改变计划扑向附近的《大晚报》馆，并极为放肆地打砸抢，捣毁排字房，打死打伤排字工各一名。租界巡捕闻讯赶来，特务们开枪拒捕，交火后有几位 76 号特务受伤被捕。

此案进入司法程序之后，几位被捕特务经公共租界上海第一地方法院一审判处死刑。76 号的头子李士群、丁默邨同时写信给即将承接此案二审的郁华推事，要求他撤销原判，宣布被告无罪，并威胁郁华说，如果不这样的话，后果将极其严重。

郁华对此嗤之以鼻，驳回上诉，维持原判。

李士群大怒："世上有路你不走，地狱无门你偏来。"他当时就叫来吴世宝，立即布置人手，对郁华实施肉体上的消灭。随即命令特务夏仲明、吴振明、潘公亚等人布置暗杀。

1939 年 11 月 23 日上午 8 时许，郁华正在跨上包车时，突然身后响起一串枪声，郁华摇晃了几下，挣扎着转过身来，未及看清，又是一阵弹雨迎面泼来，将他彻底击倒在黄包车上。

郁华是抗战以来租界内第一个遭到汉奸暗杀的中国高级司法人员。噩耗传到新加坡的胞弟郁达夫耳中，郁达夫愤笔挥就挽联一副：

天壤薄王郎，节见穷时，各有清名闻海内；
乾坤扶正气，神伤雨夜，好凭血债索辽东。

郁华被害后，上海、香港等地均有悼念活动。香港《星岛日报》发表《学者与名节》的社论，称颂郁华"重名节、爱国家"，其"威武不能屈，富贵不能淫的精神，是中国在今日持久抗战中所最宝贵的"。

在痛悼郁华被害的同时，许多人也为朱少屏庆幸，如果他没有及时逃离上海，怕是也遭了日伪的毒手。但是，最终他还是被日本宪兵杀害了。

朱少屏算是南社的骨干人物了。这个人的最大特点是活动能力超强。南社成员才子多，纵酒疏狂的人也多，是瞧不上做一些记账、通知联络、安排会务等琐事的，但朱少屏却兢兢业业，不辞琐碎。举凡南社收支款项、印行刊物、联络宣传，都由他一手包办。南社每次雅集，也归他发柬通知，因此有人将他比做《水浒传》108 将中的"圣手书生"。南社社友数以千计，只有他认识最多，几乎个个报得上名字。

随着众多南社成员的崭露头角，朱少屏凭着手中掌握的南社人脉，就足以干出一番事业。1914 年，他应邀担任了上海寰球中国学生会总干事，这是一家为留学生服务的中介公司。当时，中国知识界发起成立"留法勤工俭学会"，寰球中国学生会就为 17 批共计 1800 多名赴法留学生提供了咨询、代办手续等各种服务。多少年后，外交部部长陈毅还与朱少屏的女儿、时任机要秘书的朱青开玩笑："你父亲还敲了我五块大洋的竹杠。"意思是他们当年向寰球中国学生会交了五块大洋的服务费。

若干年后，这批留法学生又成才了。他们或在国内，或在国外，或在实业圈，或在学术界，或在政坛，都成了有影响的人物。他们可能记不清寰球中国学生会的其他人，但都不会忘记朱少屏。

南京国民政府也看重他的影响力，想把他拉入官场，朱少屏微笑道："要想当官，也用不着等到今天了，当年孙大总统的秘书长胡汉民先生就邀请过我，我拒绝了。官场不清静，人格得不到尊重，此生是与它无缘了。"

朱少屏

上海沦陷后，朱少屏与前面提到的沪江大学校长刘湛恩走动甚多。刘湛恩是位爱国人士，交际也广泛。他与朱少屏商议，成立一个国际友谊社，广泛联系各国官方人士或民间知名学者，以争取国际友人的同情和支持。

国际友谊社很快就宣告成立，他们还出版了英文刊物《回声》，除刊登文章外，还配以大量漫画和照片，内容大多为揭露日军侵略之暴行。

这就让日本军方不能容忍了，尤其是南京大屠杀事件发生后，《回声》居然将日军的屠杀照片刊载出来，成了日军罪行的铁证。

于是就有前文提到的刘湛恩遇刺案。

日本人自然也不会放过朱少屏，就在刘湛恩遇刺数日后，朱少屏的家中被扔进一颗手榴弹，所幸除了看门人受轻伤外，其他人安然无恙。

朱少屏不惧个人生死，但担心一家老少的安全，于是逃离孤岛，出走香港。本以为就此安全了，没想到重庆方面来人找到了朱少屏，说是如今政府在南洋方面缺少人手，想利用朱少屏的关系，在南洋打开局面，因此政府有意委任他为驻马尼拉领事。朱少屏苦笑着说，他这辈子有个原则，就是不沾官场的边。

来人脸色一正，批评朱少屏："朱先生对政府有意见尽可以批评，但对国家不能使性子，现在抗日救难，人人有责。还望朱先生从民族大义着眼。"

一席话说得朱少屏连连点头。

朱少屏在菲律宾的工作卓有成效，在华侨中广泛地开展了抗日宣传，募集了大量资金，支援国内抗战。

随着太平洋战争的爆发，日军的铁蹄占领了菲律宾。沦陷之前，朱少屏等人有足够时间脱离险境，麦克阿瑟将军专门为中国的几位外交官在飞机上保留了座位，但是总领事杨光泩与大家决定，一是未有奉得政府撤退命令，二是要保护在菲华侨安全，不得擅自先期逃生。

马尼拉沦陷的当天，日驻菲副领事楩次太郎就要求中国驻菲领事馆承认汪伪政权，遭到拒绝。楩次立刻翻脸，说是日本不承认重庆政权，那么，杨光泩、朱少屏等也就不具有"外交人员的资格"，换言之，也就是不受保护。

被押初期，日方先采取怀柔手段，允许外交官们的伙食由青年会集体代办，准许亲属好友探视送食物等。劝说他们接受三个条件：一、通电重庆政府，劝其对日媾和，并宣布拥护南京汪伪政府；二、在 3 个月内，为占领当局募集相当于居菲华侨 1937 年至 1941 年给重庆政府捐款 1200 万菲币的双倍款项，否则没收所有华侨财产；三、组织新华侨协会，与占领当局合作。如果这些条件被接受，被拘人员即可获释，被封财产可以解封，已动用者可以照价赔付。

总领事杨光泩严词拒绝日本人的条件。他有点歉意地对朱少屏说："在我们之中，朱先生岁数最大，怕是今后要吃苦了。"

朱少屏挥挥手："我已经准备将这把老骨头丢在这里了。"

日占领当局得知，马尼拉陷落前，曾有一艘船停靠，上面装了一船的法币，但后来这些法币不见了。日占领当局妄图弄到这批法币，以破坏中国金融，削弱中国抗战能力。他们要中国外交官说出存放法币的地点，遭到了所有人的白眼。不久，那一船法币的下落被查清。太平洋战争爆发后，中国在美国印刷了大宗法币，在运回国内的途中，因交通阻塞，滞留在马尼拉海关。杨光泩在日军攻入马尼拉前，决定将其全部焚毁，保证祖国经费不被日寇所用。

日宪兵司令太田恼羞成怒，悍然不顾国际公法，于 1942 年 4 月 17 日下午 1 点半，将杨光泩、朱少屏等 9 人用军车秘密押赴刑场，执行枪决。

就义的场面让人热血沸腾，9 位烈士都是正面对着刽子手，以致行刑者都露出了怯色，想绕到烈士身后开枪。令人震撼的一幕出现了，9 位烈士齐刷刷转过了身，挺起胸膛，大声喝道："要打，对着正面打，中国人不怕死！"

抗战胜利，国民政府为朱少屏等 9 位烈士发布褒奖令，并将遗骸运回国内，安葬在南京菊花台。

在南社的名单中，景耀月是个地地道道的北方人，乃山西芮城人氏。在辛亥革命时期，他的名气相当大。首先，他的学问深，有南章北景之称。所谓南章，指的是章太炎。能与国学大师比肩而立，那也属于顶尖级的人物了。其次，景耀月参加革命早，是同盟会最早的成员之一，后来又与于右任在上海一起办《民吁日报》，影响很大。南京临时政府成立时，许多重要文件他都参与其中，诸如《临时约法》《临时政府组织法》都是他起草的。据说孙中山举行总统就职宣誓时，就职宣言还没准备好，景耀月摒开众人，躲进一斗室，独运神思，一挥而就。南社多才子，但对景耀月这份倚马千言的能耐还是很佩服。

景耀月洁身自爱，作为国民党元老，他后来却拒绝在官场厮混。他说官场就是个大粪坑，很难让人居污泥而不染，当离得远远的。他对蒋介石发动

"四一二"政变、屠杀共产党人很不满,讽刺蒋介石推行的所谓三民主义是"杀民主义",国民党是"刮民党"。有人将这些话传给山西土皇帝阎锡山,说景耀月放言无忌,有必要警告一番。阎锡山连忙止住:"这位老爷子惹不起,他当着我的面都敢骂的。"

景耀月对共产党却很同情,当年张作霖逮捕中共领袖李大钊等人时,他就写信给张作霖,让他不要杀害爱国人士。西安事变时,他除了写信给张学良、杨虎城两位将军,又同时致书毛泽东和朱德,希望"必使蒋停内战,息党争,顾大局,团结御侮,救亡图存,避免内战,勿予敌以可乘之机"。毛泽东曾给予回信,邀请他赴陕北共商国是。可惜他因患肾炎,需住院治疗,未能成行。

抗战爆发后,景滞留北平,军统方面担心他被日寇利用,建议早作预案。但蒋介石不担心,昔闻"九一八"事变,景老先生伏案痛哭,三日不食,并写信给伪满洲国总理郑孝胥,斥其"背叛祖国,甘效吴三桂、洪承畴,认贼作父……"须知景老先生与郑逆交情深厚,当年郑对景曾有救命之恩。关键时期,景老先生能深明大义,与之割袍断交,这样的人会附逆吗?

景耀月在北平的处境非常困危,日本人已经三番五次登门纠缠,让他主持华北教育总署工作。景耀月屡屡拒绝,答曰:"我是文人,无心政治。"

于是日本人霸王硬上弓,登报发表景耀月就任北平图书馆馆长之职。

景耀月立即发表公开声明:"此事,我事先不知。我今年老体衰,百病缠身,实难胜任。"

发表这份声明,是需有胆量的,这份声明等于表明了自己与日本人不合作的立场。因此有人提醒他,日本人怕是要报复的。

景耀月也知道厉害,但他不能屈服,他慨然说:"饿死事小,失节事大,当年牧羊的苏武就是我的榜样。我比不上当年的文天祥,但至少也要效法史可法。此事万万不可苟且。"

日寇的报复比想象中还要残暴。日寇先将其子曾炎以抗日罪名逮捕关押在宪兵队,严刑拷打;后继以同样罪名通缉其另一子景柔。他的住所也常遭日伪士兵的搜查,人被殴,书被毁,并放出话来,只要姓景的答应合作,一切都随之解决。

亲人的遭遇让景耀月老泪纵横,然气节不能丢,他擦干眼泪道:"我的儿子被日本人抓了，我的夫人被日本人在扫荡中打死了，我的祖屋被日本人烧了，请问问日本人，还有什么手段对付老夫的。"

日本人的手段残忍得超乎想象，他们派去了时任山西省伪省长、后任华北伪政府教育部长的苏体仁，以接景耀月治病为由，将他送到北平同仁医院，谎称他患有膀胱瘤，割开他的膀胱，不予缝合，由着其尿血、感染。

在人生最后那段日子里，景耀月如同生活在地狱中一样，一位花甲老人，每天出血盈盆，辗侧呼疼于病榻，却无人过问，终于被折磨至死。

听闻景耀月死讯，蒋介石既感慨又敬服："如果全国人民都像景老先生那样'义死不避斧钺之诛，义穷不受轩冕之荣'，何愁倭寇不灭？"他下令为景耀月召开追悼会，以褒扬忠烈。

类似的故事在其他南社人身上也有发生，虽然没有以上几位那样壮怀激烈，但也让人敬佩。

陈陶遗当时也是因病滞留沪上，重庆方面屡屡催他西迁，并聘其为国民参政会参政员，都被他以年老多病为由推辞不就。于是日伪方面就以为有机可乘，因为陈陶遗当年可是孙传芳治下的江苏省省长，一向与蒋介石不合作的。于是邀请他出来任事。陈陶遗没有答应。

待到汪精卫伪政府成立，汪精卫扫了一眼政府组织人员名单，很是不满：都是些阿猫阿狗上不了台面的人物，怎么像陈陶遗这样的人反而榜上无名。于是他派出陈陶遗的结盟兄弟赵正平劝其出山。

然而除了挨了一顿骂，只是空手而返，赵正平满脸羞色地道，他真后悔此行，简直是自取其辱。

日伪方面仍不罢休，就连日军侵华司令冈村宁次都亲自登门劝说，冈村当年被孙传芳聘为顾问，与陈陶遗有点头之交。

一进陈府，冈村迎面就见一幅写着"息缘闭户，养病知闲"的条幅，待坐定后，双方寒暄一番，说起往日事，陈陶遗也是有问有答，气氛并不尴尬。待到冈村说明来意，陈陶遗则如老僧入定，再不发一言了。冈村再三邀请，陈陶遗只是手指条幅，随即端起茶碗，表示送客。

填词高手范烟桥也是日本人拉拢的对象。范烟桥在影视界很有名气，由他改编的《西厢记》《秦淮世家》《三笑》等等，部部卖座。他捧红了包括周璇在内的一大批明星。特别是周璇以一曲《夜上海》红遍大江南北，成为上海的"音乐名片"，而这首歌的词作者就是范烟桥。

日寇统治上海时期，上海组成中华联合制片公司，这是有汉奸背景的一家公司，力邀范烟桥参加，遭到其拒绝。后来日本人又邀请他担任《新申报》编辑，仍遭拒绝。为了防止日伪再纠缠，他干脆离开了电影业，重拾教鞭。他常说：做人要仰不愧于天，俯不怍于人，宁愿束紧腰带，做一个苏州人说的憨大，北平人说的傻子。

南社多文人，且大多数人都过了壮年，虽不能执干戈以卫社稷，但在抗战的洪流里，却是有力出力，有钱出钱，以尽自己的绵薄之力。

上海沦陷后，毛啸岑本来是有机会去马来西亚的，但最近遇见了一位故人叫王绍鏊，此人是中共秘密党员，专门从事国民党和社会上层人士工作。听说毛啸岑现在上海招商局工作，于是叮嘱他，要利用这个位置以及他在家乡的影响，就地抗日。

毛啸岑一直在寻找着共产党，所以对王绍鏊交代的任务非常用心，很快就将他的表妹沈月箴介绍给了王绍鏊，让她谈谈吴江的情况。

沈月箴是个要求进步的热血青年，她告诉王绍鏊，吴江人民的抗日热情很高，很适宜开展工作。

于是王绍鏊决定，派出"华东人民武装抗日会"的领导、中共党员李愈秋，化名丁秉成带一支二十余人的队伍进入吴江，开展斗争。

毛啸岑摆摆手说："吴江情况还是复杂的，还是我去先摸一下路子，运用一些老关系，给老丁他们做好开局。"

在吴江，毛啸岑有位老朋友，叫王岳麓，这个人路子野，名气大，思想也开明，现任国民党县政府财政科长，是个用得着的人。另外，吴江县县长沈立群也与他有旧谊，是国民党三战区司令顾祝同专门派到沦陷区做地下工作的。

毛啸岑先后见了这两位，大家谈得都很投缘，沈立群说："虽说国共之间有些矛盾，但现在不是合作抗日嘛，欢迎共产党人来吴江，抗日不分党派嘛，就连蒋委员长在庐山讲话里也是这个意思。"

1938 年秋，丁秉成率队奉命前往吴江，任务是改造当地游击队，在吴江建立起共产党人领导的抗日武装。

当时太湖上人枪最多的一支游击队是程万军的队伍，活动于湖滨吴江各乡镇。丁秉成先是让人带着毛啸岑的介绍信去见王岳麓，他与程万军很熟悉，然后将"武抗"的人介绍进了程部。

为了改造这支部队，丁秉成又从上海运来一些革命书籍，其中有毛泽东的《论持久战》，还有艾思齐的《大众哲学》、苏联文艺小说《钢铁是怎样炼成的》等等，润物细无声，很快，程万军部的一些年轻人思想就有了变化，不想跟着程万军这样的队伍厮混了。他们说：

"共产党不是山大王，在这样的队伍里才有奔头。"

于是丁秉成顺利说动数十人，当即带上枪离开程万军部，成立了吴江第一支由共产党独立领导的抗日队伍"江浙太湖抗日义勇军"。很快，这支队伍就发展到了二百余人。

吴江成了中共抗日武装力量的一个重要据点，华东人民武装抗日会就设在了毛啸岑在黎里楼下浜的老宅里。现在，这里已经成了文物，当地政府还设立了一块铜牌，铭文如下：

就在毛啸岑工作顺利开展的时候，一件突如其来的意外让他无法应对，汪精卫的伪南京政府成立了。作为南社的骨干，汪精卫虽然可能并未与毛啸岑近距离接触，但名字还是耳熟的。另外，当年汪精卫的第一亲信陈公博在上海组织改组派，听说毛啸岑也是反蒋的，根据敌人的敌人就是朋友这一条原则，还曾经想拉他入伙。所以他们把毛啸岑列入了可以收买的对象。

汪伪政府对毛啸岑够重视了，开出的价码不低，或者交通部长或者财政厅长，由毛啸岑挑。这都是肥得流油的差事。

没想到毛啸岑一口拒绝。这就惹恼了李士群的 76 号："这样的香饽饽都拒之门外，他毛啸岑怕是没把汪先生的政府当回事了。"76 号的头号打手吴世宝很气愤，向李士群建议："干脆直接绑将过来。"

李士群同意吴世宝的建议，但他交代说："绑架可以，但动静不能大，现在上海滩骂 76 号的人不少，说这里都成了土匪窝了。"

吴世宝点点头，按照李士群的交代，先派一个小喽啰去毛啸岑住宅前踩点。谁知这个小喽啰鬼头鬼脑地引起了毛啸岑的注意，再加上友人的通风报信，让毛啸岑及时避过了 76 号的绑架。

眼看着上海不能待了，毛啸岑借着招商局的业务关系来到了香港，他听说王绍鏊也因为工作任务变化来到了香港，于是四处打听其下落。巧了，原来王绍鏊竟住在他家的附近。

没有过多的寒暄，毛啸岑迫切地希望，继续跟着共产党干，他请求王绍鏊向上级汇报他的情况，接受他的请求。

王绍鏊点点头，他理解毛啸岑的心情。几天后，王绍鏊就约见了毛啸岑。与王绍鏊同来的还有另一位中年人，叫徐明诚，也是中共地下党员。王绍鏊介绍说："徐明诚同志是由潘汉年先生直接领导的，今后由他与你单线联系。具体的任务，则由徐明诚同志向你布置。"

徐明诚也站了起来，向毛啸岑伸出手，只说了一句话，就让毛啸岑眼泪禁不住地流了出来：

"欢迎你回家。"

毛啸岑的具体任务是做好统战工作，特别要与国民党的上层人士打好交道，向他们宣传抗战思想以及共产党的主张和政策。

毛啸岑有这样的工作条件，因为他的同乡兼好友柳亚子也来到了香港，柳亚子文名满天下，交游满天下，而且都是重量级的人物。

在柳亚子的介绍下，毛啸岑认识了宋庆龄、何香凝、廖承志、彭泽民等等。这些人都是著名的左派人士，思想进步，与他们交谈来往，毛啸岑很轻松，很愉快。

而与杜月笙的交往则让毛啸岑的每根神经都要绷紧起来，杜月笙在香港的住宅也在毛啸岑所居之柯士南道附近，在王绍鏊的介绍下，在一个阳光充足的下午，毛啸岑走进了杜府。

杜月笙

别看杜月笙是上海黑社会的老大，但外表却很斯文，对文化人特别客气，毛啸岑是南社的骨干，在文坛上也是有名气的。另外，他在招商局做事，对做生意也不是外行，加上久居上海，熟悉当地行情，这些都是杜月笙看重的地方。

面对青帮大佬，毛啸岑表现得不卑不亢，要言不烦，谈吐有节，他向杜月笙介绍了上海的情况。因为有传言说杜月笙来香港有为蒋介石与日本人牵线的目的，所以他希望杜月笙断了对日本人的念想。

"自从杜先生离了上海，沪上已变了样，现在是李士群、吴世宝的76号横行，有日本人支撑，怕是他们对杜先生也不买账的。"

杜月笙叹了口气，这些情况他早已知道，都由上海的徒弟传过来，李士群的76号已经把他在上海的生意抢了大半，却是无可奈何。

"其实杜先生也不要急于这一时，李士群什么东西，给杜先生做跟班也配不上，只是现在有日本人撑腰，只要打走日本人，大上海还是得听杜先生吆喝。"

杜月笙何等精明，岂能听不出这话外之音，毛啸岑也是说得实在，只有赶走日本人，才能重新夺回上海的地盘，因此与日本人妥协不成。

但是杜月笙还有一个担心：国民党的腐败，包括国军的腐败他是清楚的，能战胜日本人吗？

毛啸岑告诉他，中国的抗日队伍不是只有蒋介石的军队，还有共产党的军队，而共产党的军队据说不仅战斗力强，而且深得民心。如果国共两党能团结一致，则兄弟齐心，其利断金。

一番话说得杜月笙频频颔首。凭直觉，他对毛啸岑的身份猜出一二，于是

成了许多脍炙人口的名篇杰作，。最得意的抗战名篇当数《抗战周年纪念告全国军民书》。写这篇文章的时候，正逢暑热，武汉号称"长江三火炉"之一，白天烈日炎炎，夜晚闷热难当，日机还时不时飞临上空进行轰炸，陈布雷住在防空洞里，所用台灯常被炸弹震得键开灯灭，蒋介石一再叮嘱他要注意安全。

对这一切，陈布雷浑然不觉，全身心投入了写作，用他自己的话说："余挥汗如雨，振笔疾书，文思泉涌，仿佛向全国人民说话。"

这篇文章泼墨六千余言，兹列举部分段落以飨读者：

自从日寇侵犯我们卢沟桥以来，我全国奋起抗战，到今天足足有一年了！这一年中间，战区扩大到九个省份，将士牺牲至几十万人，民众死亡不胜计数，我们的农村田园工业建设，以及文化机关全被毁坏，壮丁青年惨遭杀戮，多数同胞流离痛苦，至于老弱妇女受到敌军兽行惨不忍闻的凌辱屠杀，尤为历史上未有的惨毒。但是从开始抗战到如今，我们的民心士气越打越团结，越战越坚强，前线将士英勇的牺牲，后方民众热烈的奋斗，举国同胞民族意识的发扬，已经使国际上观听完全改变，把中华民族的荣誉地位积极提高，使暴戾骄横的敌寇惊惶无措，进退失据；相信照此奋斗，一是足一人火嵋上儿明的道路，一步步接近最后的胜利……世界历史上侵略他人的国家，从没有像日寇这样的凶毒。我全国军民，我们要自救，要救我们的子孙，要保全我们的民族，就得把握住这个重要的时机，誓死予敌寇以打击，再不能有一刻的因循，贻百世无穷的悔恨。我全国的军民，更要彻底的想一想，我们神明华胄受敌寇如此压迫凌辱，我们庄严的河山原野，任敌军恣意践踏，我们奇耻大辱这样深，当前危机这样重，我们若还不能洗雪耻辱，予打击者以打击，那么在个人固生不如死，在国家也存不如亡，世界上断没有如此腼颜苟活的民族能独立生存于世界上的。……我们民族有一句古训："楚虽三户，亡秦必楚"，这是何等壮烈的气概！这就是说我们中华民族的国民，决不会被敌国凶暴所畏慑，而且是敌人愈凶暴，我们要愈能坚忍。……同时我们更加知道胜利的目标愈接近，我们的奋斗便应该更艰苦；抗战到今天，已一年了！今天以后的战事，要求我们全国军民的牺牲更要十百倍于往日，我们必须格外谨慎，格外勇敢，格外的刻苦耐劳，冒险犯难，越过重重的荆棘，奔赴光明的大道。

文章发表后，好评如潮，与张子缨的《抗战周年纪念告友邦人士书》、郭沫若的《抗战周年纪念告日本国民书》并称为象征抗战胜利的"三联璧"。广播电台以中外五种语言广播，海内外各报都在头版头条上刊出，《大公报》主笔张季鸾评价陈布雷此文"淋漓酣畅，在蒋介石昭告全国之书中没有比这篇更好的。篇幅虽然长而不觉其冗，气势旺盛，通体不懈，是抗战前途光明的象征"。

除此以外，陈布雷还著有《"八一三"告沦陷区民众书》《告空军将士书》《驳斥近卫东亚新秩序》《告入缅将士电稿》等名篇，其中《驳斥近卫东亚新秩序》被张季鸾称为"抗战期中第一篇有力文字"，而《告入缅将士电稿》则是文情并茂，俨然当年诸葛亮的《出师表》。难怪于右任先生评价说："布雷先生的笔重逾千斤，为抗战出力甚多。"

于右任现在虽贵为监察院长，却也拾起了老本行，办了个《民族诗坛》，他想用诗歌作武器，唤醒鼓舞广大民众奋起抗战。他自己也身体力行，进行一种新的形式的创作。这些诗歌都是见景而作，直抒胸臆，有很强的感染力和号召力。比如他在1938年10月发表在《民族诗坛》上的《神圣战争》这样写道：

忧愁风雨，迷离云树，流亡不知艰难路。寇何如？寇何如？中原春色还如故。神圣战争当共负。兴，天定助；亡，人自取。

这首感怀之作表达了于右任对抗日民族统一战线的拥护，"神圣战争当共负"，只有全国民众的上下团结一致，才能夺取抗日战争的最后胜利。他在这里说的"天定助"，则是表明了这场战争是正义之战，但是，如果执掌国家政权的"人"淡漠民意，只是执行着片面抗战、消极抗战的政策，那将断送民族，断送国家。

于右任的诗贴近生活，有感而发，有很强的针对性。1938年的中秋，天色将晚，于右任在湖北黄陂山道巧遇一群伤兵，眼见得这群伤兵互相扶携，头缠绷带，持拐而行，满脸菜色，不由得心痛不已，从心中生出一种敬意，于是心旌激荡，提笔写道：

伤兵叹息复叹息，日之夕矣月复出，转诉人间爱赏月，不知敌机乘月伤吾骨。明月阑，吾骨酸；明月残，吾骨寒。民族生命争一线，吾身幸参神圣战。军前歌舞作中秋，独惜更番不得见。今宵明月圆又圆，定是吾军破胡天；破胡天，破胡天，吾躯甘愿为国捐。

由于战事激烈，部队伤亡巨大，急需兵员补充，于右任特作诗以鼓动青壮年投身军营。他在《长歌复短歌》中写道：

长歌长，短歌短；神圣战争方开展。哥哥后，弟弟前；争将性命为国捐，击破胡儿在今年。短歌短，长歌长；万事荣名在国殇。爱吾爱，仇吾仇，勇者不惧仁不忧，大家起来卫神州。

写诗之余，于右任也会叹息，也会自责，毕竟他是政府五院院长之一，理应对国家负起更大的责任，起到更大的作用。可是，在这方面，他却感到心有余而力不足。

作为监察院长，他有责任要厘清吏治，尽量给这个社会多一点公平，多一点正直，多一点阳光。但是，他力有未逮。国家正陷于战争之中，民生凋敝，而在国民党上层，却是腐败横行，醉生梦死。就说财政部长孔祥熙吧，身为"皇亲国戚"，是统治圈子中的核心人物，却只顾得聚敛私财，听说他的女儿竟然出动百辆汽车从缅甸走私大批民用物品，高价倒卖，转手之间，暴利滚滚。为了遮人耳目，逃避有关方面检查，居然假借抗日之名，在车上赫然贴上"中国国民政府军事委员会"的封条，瞒天过海，偷税漏税，让民众切齿痛恨，舆论大哗。

于右任有心整肃，他在监察院的会议上力主弹劾。案子报到蒋介石那里，蒋介石一沉吟，来了个四两拨千斤，说孔祥熙是政府公务人员，这个案子理应由"公务人员惩戒委员会"办理。

这中间的差别大了，一个惊天大案变成了违纪小事。于右任气得连连摇头，他知道蒋介石私心所在，但没法反驳，于是只能称病，拒不参加蒋介石召集的会议，以示不满。

虽然力量单薄，但于右任还是尽力而为，有一次他在内参上看到一则通报，说是军队里克扣军饷成风，战士们随身只有一套衣服，因为没营养，胳膊瘦得像麻秆。他们抱怨说，重庆的猪都比他们吃得好。

于右任当时就拿着这份内参去找蒋介石，蒋介石只是轻描淡写地扫一眼，回答知道了，就准备打发于右任。

于右任发怒了，他抖着内参问："我们的战士受到这样的待遇，试问日本人打过来，他们愿意拼命吗？"

一句话说得蒋介石悚然动容，第二天就召集了军事会议，责成有关大员立即带上五万元去前线劳军。虽说这是杯水车薪，但毕竟聊胜于无。

仗着国民党元老的身份，于右任有时也会顶撞国民党内反共反进步的声音。在一次最高国防会议上，何应钦使坏道："听说最近重庆要发生大事，当年所谓的'七君子'沈钧儒几个又在互相串通，密谋在重庆暴动，而且后面有政治背景。"

蒋介石的神色顿时紧张起来。冯玉祥连忙插话，指责何应钦是道听途说："那不可能，沈钧儒那几个都是文人，除了手上的笔，什么也没有，如何搞暴动？这是有人造谣陷害。"

于右任马上接住冯玉祥的话，指着何应钦："你要相信这种谣言，也不要让日本人过来杀我们了，自己就把自己杀了。"

何应钦脸涨得通红，本来想在蒋介石面前邀功，却遭到这顿抢白。因此这次打击进步力量的阴谋就这样破产了。

虽然都是国民党的中枢人物，但蒋介石对于右任是尊而不近，这和与戴季陶的亲密无间是有很大区别的。

戴季陶正是利用这个优势向蒋介石灌输抗战到底的思想。

说实话，每逢战事危急时，蒋介石心中也是有很大的压力。为了缓解这种压力，他常去与戴季陶商量，因为对戴季陶，他可以无所顾忌，无话不谈。有时候他也怀疑中国究竟能抵抗多久，是否除了抵抗之外，还有其他的道路可走？

戴季陶连忙让他打住，他问蒋介石是否知道日本的底线？

蒋介石沉默不语。

戴季陶一拍大腿："这就是日本人的可怕之处，所谓欲壑难填呀。那我们让到什么地步？莫不成将整个中国都给它，那你就是亡国之君，历史上亡国之君的下场你都清楚，还用我多说吗？"

"可是中国什么时候才能看到胜利？"蒋介石仍然没信心。

"记得南京国民政府成立时，我去过一趟日本，在招待会上，有陆军大臣致祝酒词，很无理，说一国之建立，非恃空论，日本之有今日，乃武力战争胜利而来。我当时就回应他，一国之能久大，自有其久大渊源。中国立国之五千年，强盛时代，亦逾其半。非仅赖数十年富强之新兴国所能测度。将来如何，请看罢。所以，我敢断言，最后的胜利一定属于中国。"

一番话说得蒋介石雄心陡起。他知道戴季陶对日本研究极深，这些话并非泛泛而谈。

戴季陶的学问太大了，他不仅对日本研究深，对印度也颇了解，提倡加强中印交流。印度政府对他也很尊重，屡次邀请他前往访问。同时，因为尼赫鲁在印度推行民族独立运动，使英国对于印度的统治出现了麻烦。所以英国方面也照会蒋介石，希望他派人从中印友好的角度对印度施加影响。

最恰当的人选自然是戴季陶了，但戴季陶却摆起了架子。

英国人太自私，就在三个月前，迫于日本人的压力，英国政府与日本达成了一项协议，关闭滇缅公路三个月。这等于将中国的一条动脉切断了。现在，因为日本人占领了越南，直接威胁到英国在远东的殖民地，于是恼怒万分，改变了原来牺牲中国的态度，希望借中国的力量加强它在远东殖民地的军事力量。所以迫切地需要中国派人到印度去缓和矛盾。

于是戴季陶放言，你英国人一天不开放滇缅公路，我戴某人一天不动身；若英国人今天开放滇缅公路，那我第二天就启程。所以，不管英国人如何焦急，他就是稳坐钓鱼船。没奈何，英国人只好宣布开放滇缅公路，戴季陶也不食言，立即打马启程。

戴季陶印度之行很成功，所到之处都是备受欢迎，印度人民对中国的遭遇表示同情，并坚信中国抗战的成功。大文豪泰戈尔这样致辞道："现下，我愈深切地相信，在不久的将来，中国将光荣胜利地渡过当前的困难，中国将以精神战胜侵略的事迹，昭示于现代。"

从印度返国后，蒋介石来戴府更勤了，大事小事都要向戴季陶唠叨唠叨。戴季陶也理解蒋介石的心情，他这是想放松心情呢。于是两人天文地理、国家大事、儿女私情无所不聊，当然也涉及到对抗战的态度以及方针政策。因为戴季陶是坚定的主战论者，近朱者赤，近墨者黑，所以对坚定蒋介石抗战到底的决心不无影响。

第十一章　大江东去

## 邵力子左右为难　柳亚子渝州索句

抗战胜利的消息传到重庆时，蒋介石并没有加入到欢呼的人群，脸上见不到一丝战胜者的神采飞扬。刚刚戴季陶与他谈过，现在远不是庆祝胜利的时候，外患方去，内乱将至，共产党的羽毛已经丰满到可以和他分庭抗礼，万万不能掉以轻心。

于是他连着发了三道命令，第一道命令是给他的嫡系部队，让他们加紧作战，积极推进。第二份电报的收报方则是中共领导的八路军、新四军。发报人的口气蛮不讲理，命令各解放区的抗日部队"应就原地驻防待命"，不得向敌伪"擅自行动"。第三份命令则是要求沦陷区的日伪军必须负责维持地方治安，不得向中共投降，并要对八路军、新四军的进攻做有效之防卫，如日伪驻地被中共部队攻占，日军有"将其收回"之责任。

站立一旁的侍从室二处主任陈布雷眉头紧了紧，"蒋先生这样干，会弄巧成拙的。"他心里批评道。

果然，延安窑洞里的毛泽东根本不理这一套，摆出了强硬姿态，他这样回答蒋介石："你的命令有利于敌人，因此，我站在中国和同盟国的共同利益的立场上，坚决地彻底地反对你的命令，直至你承认错误，并公开收回这个错误命令之时为止。我现在继续命令我统率的军队，配合苏联、美国、英国的军队，坚决向敌人进攻，直至敌人在实际上停止敌对行为，缴出武器，一切祖国的国土完全收复为止。"

近水楼台先得月。由于中国共产党的军队置身前线，而蒋介石的精锐主力却集中在西南大后方，所以蒋介石需要争取时间。于是他决定先唱文戏，接连三份邀请电，请毛泽东赴重庆谈判。

这是一招妙棋，不仅争取了时间，而且摆明了要试试毛泽东是否有胆量闯闯重庆这个龙潭虎穴。中共稍有不慎，应对失误，内战的罪名就落到了延安的头上。

毛泽东拍板做了决定，飞赴重庆，商谈和平大计。

听说毛泽东亲赴重庆，邵力子额手称庆，他以为国共继续合作有望、和平有望，因此冒着暑热偕夫人去重庆九龙坡机场欢迎毛泽东一行。

晚上，是欢迎毛泽东的宴会。宴罢，邵力子悄声问张群，谈判的方案准备如何？是否要再商量一下？张群手一摊："哪有什么方案呀，蒋委员长说，待中共方面亮出底牌，我们再见招拆招。"

邵力子心中一冷，这么大的事，怎么没有个预案，这说明蒋介石没有诚意呀。因此，在后来召开的政治协商会议的发言中，他直言不讳地批评说："毛泽东到重庆来是最有诚意的表现。在会谈中，政府方面没有提出具体方案，这或许要受良心的责备与朋友的责备，我们没有在会议上争取主动。"

果然，在第二天的谈判时，蒋介石仅是泛泛而谈，对于中共方面提出的具体问题并不作答。他提出了三个原则，要点是现期解决全部问题。

散会后，蒋介石叫住了张群和邵力子，嘱咐道："与中共谈判，政治与军事一起解决，但对政治要求可以从宽，而对于军事，则严格统一，不能迁就。"邵力子心中暗道："蒋先生果然精明，知道抓枪杆子的重要性，只怕中共也洞察厉害，不会轻易让步的。"

几天后，国共双方都将条件摆在了桌面上。


中共提出《谈判要点》十一条：

1. 在和平、民主、团结基础上，实现全国的统一，建立独立、自由、富强的新中国，彻底实行三民主义。

2. 拥护蒋先生，承认蒋先生在全国的领导地位。

3. 承认国共两党及抗日党派的平等合法地位，确立长期合作、和平建国方针。

4. 承认解放区部队及地方政权在抗日战争中的功绩和合法地位。

5. 严惩汉奸，解散伪军。

6. 重划受降地区，解放区抗日军队参加受降工作。

7. 停止一切武装冲突，各部暂留原地待命。

8. 实现政治民主化，军队国家化，党派平等合法。

9. 召开各党派及无党派人士参加的政治会议，各党派参加政府，重选国民大会。由中共推举陕甘宁边区及热河、察哈尔、河北、山东、山西五省省府主席，绥远、河南、江苏、安徽、湖北、浙江、广东及东北三省的十省副主席，北平、天津、青岛、上海四特别市副市长。推行地方自治，实行普选。

10. 公平合理地整编全国军队，解放区部队编成16个军，48个师，驻地集中于淮河流域及陇海路以北地区，中共及地方军事人员参加军委会及其他各部的工作。设立北平行营及北方政治委员会，任中共人员为主任。

11. 释放政治犯，取消一切不合理禁令，取消特务等。

蒋介石的回答是，除了承认中共谈判要点前两条外，其他要求都请中共免开尊口。他要邵力子等人按照这个要求写出回答中共的"复案"。

蒋介石的回答也太霸道了，让邵力子如何开口？张群捅了他一下："死马当成活马医，千万别在蒋先生面前叫苦，他会不高兴的。"

待与周恩来见面，张群劈头就说："贵党所提十一条建议，蒋委员长认为与国家的政令军令之统一背道而驰，我们不能接受。"

周恩来哈哈一笑，当场就抓住了张群的漏洞："这十一条蒋先生也不尽反对吧？难不成让我们将第二条之承认蒋先生在全国的领导地位去掉？"

邵力子也是差点笑出了声，与周恩来打嘴仗，张群根本不是对手，于是补充道："十一条有的可以接受，有的不可以接受，有的可以商量，总之具体情况，具体讨论。"这就是邵力子为谈判给自己定的基调，尽量弥合国共之间的矛盾，于荆棘丛中开出一条路。

周恩来满意邵力子的态度。

所以，每逢国民党谈判代表与中共方面争执不下时，邵力子总站出来做和事佬，或者暂缓一步，或者绕道而行，总之不使火上浇油。比如说，双方对军队整编的问题分歧很大，周恩来强调，必须承认国共两党都有政权，都有军队。

邵力子则提出，如果中共放弃军队和地盘，以诚意奉之国家，则以蒋主席之精诚谋国、天下为公之做法，不仅不会亏待中共，反而会敬重贵党。

周恩来道："力子先生的意思是你们的政权就是代表国家，我们的政权就不能代表人民；你们的军队就是国家的军队，我们的军队就是一党的私有武装，这种说法本来就不公平。"

面对周恩来的反诘，邵力子没有争辩。他明白共产党占着理。但本着各为其主的原则，他还得绕着弯与周恩来周旋。

由于双方各持己见，谈判毫无进展。

毛泽东寻找着突破方向。他请来了几位德高望重的民主人士，有民盟的负责人张澜，有黄炎培，还有前文提到的"七君子"之首沈钧儒。见到毛泽东神色凝重，沈钧儒安慰说："谈判中出现挫折和波澜是难免的，我们一定团结各民主党派，促使谈判早日成功。"

毛泽东欠欠身，表示感谢。周恩来给大家通报了一个消息，说是在山西的阎锡山正调动军队，进攻上党解放区。

"一边在谈判桌上喊和平，一边却磨刀霍霍，让人怎么相信国民党的诚意。"沈钧儒气得胡须抖动，"蒋某人一再邀请你们来重庆谈判，却在背后准备开战，这哪里还像一个全国的领袖。"他转向张澜，建议他问问张群和邵力子，打的是什么主意？

张澜说："我早有此意。"

接到张澜的请柬，邵力子直挠头，心里发虚，他与夫人道："这是去赴鸿门宴呀。"除了张群、邵力子外，张澜将周恩来、王若飞等人也请了过来，大家一见面，先介绍了一下谈判情况，张澜点点头，表示明白了。

张澜将头转向张群、邵力子："原来我以为谈判没有进展，是中共方面不配合。现在看来，是贵党在百般刁难呀，这就不对了。"

张群微笑着解释"各为其主嘛，很多问题解决起来多有曲折也是正常的。"张澜词锋尖锐起来："听说山西的阎锡山调重兵，向中共方面进攻。可有此事？"

张群回答，这是阎锡山个人举动，与政府无涉。

"我不问你，我问力子先生，他是个君子。"张澜语中带刺，言下之意，他信不过张群。邵力子当然不能承认蒋介石预闻此事，只能回答政府的确不了解山西方面详情。张澜用手点点邵力子，意思是你这个老实人今天也有讲假话的时候。邵力子心里一阵羞愧，他从来都是堂堂正正做人，今天却是睁着眼睛说瞎话，这是自己对自己人格的不尊重呀。

回到家中，邵力子仍然满脸羞色，他的夫人一眼就瞧出了丈夫的不痛快，于是劝道："既然蒋主席让你去和共产党谈判，你就告诉他实情，将大家的意见如实转告他。"

邵力子摇摇头："蒋先生的脾气谁都知道，自从谈判以来，不要说直言相劝，稍微话不投机，他就要发脾气的。共产党是他一块心病，听不得别人劝的。"

蒋介石之所以在谈判桌上不通情理，其实他是在等上党方面的消息。如果阎锡山这一战能取胜，他就有了大把的筹码，好与中共方面讨价还价。没想到阎锡山的军队不争气，大败亏输。

待再回到谈判桌上，蒋介石的口气松动了许多，为了表示追求和平的诚意，中共也一再作出让步，谈判出现了进展。

中共也打出了温情牌，1945 年 12 月 19 日，周恩来以中共代表团的名义宴请国民党代表，因为其他代表均有公务，因此国民党方面只有邵力子一人出席。

因为没有张群在场，邵力子一身轻松，这顿饭吃得很愉快，大家畅所欲言，一团祥和。

周恩来专门为邵力子点了几个绍兴菜。虽然周恩来的家乡在江苏淮安，但他祖籍在绍兴，因此对绍兴菜不陌生，点评起来头头是道。

酒水方面，本来周恩来要点绍兴花雕的，可惜侍者称这里没有，于是只能上了茅台。

邵力子承诺，等到全国统一，他一定请周恩来去绍兴喝正宗的花雕。

周恩来喝了一口酒，说道："好啊，我就盼着这一天呢，但是现在得尽快召开政治协商会议，先停止内战，其他问题再用协商的方法解决。"

邵力子说："我也希望这样，政治协商会议早一天召开，解放区的政权就早一天得到承认，只要承认解放区政府，其他问题就好办了。"

邵力子如此说，让周恩来很高兴，他拿起酒杯向邵力子敬道："国民党中若都像力子先生这样通情理，事情就好办多了。"

1946 年 1 月 5 日，周恩来等人与国民党代表王世杰、邵力子、张群等拟定《关于停止国内军事冲突的协议》，中国的内战终于暂时停止了。

不可否认，邵力子在其中发挥了相当的作用。

听说毛泽东将来重庆与蒋介石会谈，柳亚子却是不喜反惊，毛泽东固然有气魄，有胆量，有智慧，但蒋介石是何许人也，柳亚子看得非常清楚，那是顽石一块，很难理喻的。假如一旦谈崩，怕是中国立刻陷入内战的火海。他当时作的一首诗，就表达了这种复杂的心情：

> 殷雷爆竹沸渝城，长夜居然曙色明。
> 负重农工嗟力竭，贪天奸幸侈功成。
> 横流举世吾滋惧，义战能持国尚荣。
> 翘首东南新捷报，江淮子弟盼收京。

毛泽东没有忘记柳亚子。虽说有 19 年未见，但互相之间却有鱼雁往来。自广州一别后，国内政治形势逆转。大革命失败了，毛泽东领导共产党人走上了武装夺取政权的道路。柳亚子则继续着文学生涯。难能可贵的是，在当时白色恐怖下，柳亚子却不怕杀头，赋诗歌颂毛泽东领导的革命斗争。1929 年，居住在上海的柳亚子作《存殁口号》一诗，诗中写道：

> 神烈峰头墓草青，湘南赤帜正纵横。
> 人间毁誉原休问，并世支那两列宁。

原注谓"两列宁"为孙中山、毛泽东。第一句指南京紫金山中山陵所在地；第二句表达了对毛泽东所领导的工农武装斗争的热情赞扬，由于诗中所写的人物一生一死，故曰"存殁口号"。在当时的环境下写出这样的诗来，是需要勇气和胆识的。

1932 年，蒋介石调动 30 万重兵，向毛泽东领导的中央苏区发起大规模"围剿"，不但没有消灭红军，反而遭到惨败。得到红军胜利消息后，柳亚子备受鼓舞，写下了《怀人四截》。其中第一首写道：

平原门下亦寻常，脱颖如何竟处囊。
十万大军凭掌握，登坛旗鼓看毛郎。

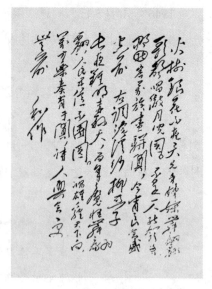

毛泽东和柳亚子的诗

诗中"毛郎"，诗人自注"毛润之"。柳亚子运用平原君和毛遂的典故，讴歌根据地反"围剿"的胜利，表达自己对毛泽东的敬仰之情。

毛泽东也是十分关心柳亚子的。1937年6月25日，毛泽东看到柳亚子为何香凝的画所作的题词，致信何香凝，向她询问柳亚子的情况。信中写道：

看了柳亚子的字，如见其人，便时乞为致意。像这样有骨气的旧文人，可惜太少，得一二个拿句老话说叫做人中麟凤，只不知他现时的政治意见如何？时事渐有转机，想先生亦为之慰，但光明之域，尚须做甚大努力方能达到。

柳亚子盼望着毛泽东领导的中国共产党队伍不断壮大、发展。当他得知毛泽东正领导抗日军队与日寇浴血奋战，便自香港给毛泽东寄诗。

接到柳亚子诗后，毛泽东心情非常激动，只是无暇以诗作答，后来曾给柳亚子写了一封热情洋溢的信，信文如下：

亚子兄：

广州别后，十八年中，你的灾难也受得够了，但是没有把你压倒，还是屹然独立的，为你并为中国人民庆贺！"云天倘许同忧国，粤海难忘共品茶"，这是几年前你为我写的诗，我却至今作不出半句来回答你。看见照片，样子老一些，精神还好罢？没有病罢？很想有见面的机会，不知能如愿否？敬祝

健康

毛泽东

一九四四年十一月二十一日 ①

① 《毛泽东书信集》，第224页，人民出版社1983年版。

信中提到的"灾难"是指 1927 年"四一二"事变中，柳亚子受到蒋介石的通缉和搜捕，匿于夹壁中幸免，以后流亡日本。

看过毛泽东的来信，更加增添了柳亚子对毛泽东的思念之情。眼看着战场形势好转，共产党力量在壮大，他对中国的前途也是信心倍增，逢人便讲："世界的光明在莫斯科，中国的光明在延安。"并于 1945 年赋诗一首寄给毛泽东，诗的题目是《延安一首，正月二十六日赋寄润之》，诗云：

> 工农康乐新天地，革命功成万众和。
>
> 世界光明两灯塔，延安遥接莫斯科。

所以，毛泽东来渝仅两天，就在曾家岩约见柳亚子，并单独谈了一次话。

近二十年未见，柳亚子感到毛泽东已日益显出了领袖风范，一举手，一投足，都从容大度，看问题高屋建瓴，一语中的，让柳亚子钦佩不已。用柳亚子的话说，以往的担心一扫而光。"单凭他伟大的人格，就觉得世界上没有不能感化的人，没有不能解决的事件。总之，我信任毛先生，便有信任中国内部没有存在着不能解决的问题，而不是必诉之于武力了。"

回到家中，柳亚子依然很感慨，与毛泽东一别就是 19 年，这 19 年里，毛泽东做着惊天动地的大事情，而自己仍然是一介书生，而且还是身心多病，相形之下，能无愧乎？

这一夜，柳亚子辗转反侧，一夜无眠，干脆倚在枕上，作诗一首，送呈毛泽东：

> 阔别羊城十九秋，重逢握手喜渝州。
>
> 弥天大勇诚能格，遍地劳民乱倘休。
>
> 霖雨苍生新建国，云雷青史旧同舟。
>
> 中山卡尔双源合，一笑昆仑顶上头。

在这首诗里，柳亚子除了对毛泽东表示敬佩之情外，也有一种自豪之感，那就是自己曾与毛泽东这样的杰出人物一起指点江山，经纶天下。他预祝中国共产党在马克思主义指导下，发扬光大孙中山创下的革命基业，取得最终的成功。

毛泽东对柳亚子的情谊非同一般，在重庆谈判期间他是何等繁忙，却在9月6日与周恩来、王若飞驱车前往津南村拜访南开中学校长张伯苓和柳亚子。柳亚子就在自己的住房内接待了贵宾。临别前，毛泽东还为与柳亚子住在同院的卢子才的长子卢国琦题字留念。毛泽东就在小孩子的本上题写了"为和平、民主、团结而奋斗"，周恩来、王若飞也都题了字。

柳亚子也怦然心动，在三人题字之后，即席赋诗，以记其事：

> 兰玉庭阶第一枝，英雄崇拜复何疑。
>
> 已看三杰留鸿爪，更遣聋翁补小诗。

客人临走时，柳亚子意犹未尽，请毛泽东"写长征诗见惠"，因为他打算编一本《民国诗选》，以前曾见过传抄的《七律·长征》，实为当代精品。但怕传抄者有误，故请毛泽东亲笔书之。

毛泽东当时没有表态，却在心里面认下了这笔文字债。这就是后来毛泽东在《七律·和柳亚子先生》中所说的"索句渝州叶正黄"之原委。

10月2日，毛泽东再次邀请柳亚子去红岩村做客，柳亚子则邀上尹瘦石为毛泽东画像。

自从毛泽东来到重庆，一直困扰着柳亚子的神经衰弱也减轻了许多，思维活跃，诗如泉涌。尹瘦石绘画完成后，他又为绘像题诗一首：

> 恩马堂堂斯列健，人间又见此头颅。
>
> 龙翔凤翥君堪喜，骥附骖随我敢吁。
>
> 岳峙渊渟真磊落，天心民意要同符。
>
> 双江汇合巴渝地，听取欢虞万众呼。

诗中除了对毛泽东的热情赞颂外，也表达了柳亚子追随前行的意思。

毛泽东在渝的日子里，柳亚子数年来的忧忧之气也一扫而空，尤其毛泽东数次光临和相邀，表达了特别的尊重和珍视，让他喜不自胜，也生出一种老骥伏枥的豪气，仿佛回到了年少时的奋发和激情。他又写了两首诗连同书信寄给了毛泽东：

> 后车载我过蟠溪，骏骨黄金意岂迷。
> 兴汉早闻三足鼎，封秦宁用一丸泥。
> 最难鲍叔能知管，倘用夷吾定霸齐。
> 心上温馨生感激，归来絮语告山妻。

> 得坐光风霁月中，矜平躁释百忧空。
> 与君一席肺腑语，胜我十年萤雪功。
> 后起多才堪活国，颓龄渐老意犹童。
> 中山卡尔双源合，天下英雄见略同。

10月6日，柳亚子收到毛泽东回信，毛信赞扬柳亚子诗写得慷慨豪壮，其中有语曰："先生诗慨当以慷，卑视陆游陈亮，读之使人兴起。可惜我只是能读不能作。但是千万读者中多我一个读者，也不算辱没先生，我又引以自豪了。"①

得到毛泽东如此的评价，柳亚子内心激动不已，心潮起伏，又作诗一首：

> 瑜亮同时君与我，几时煮酒论英雄。
> 陆游陈亮宁卑视，卡尔中山愿略同。
> 已见人民昌陕北，何当子弟起江东。
> 冠裳玉帛葵丘会，骥尾追随倘许从。

诗中表达了自己谦逊的谢意和对毛泽东的崇敬之情。"葵丘会"用齐桓公会诸侯之典，表示自己愿意追随中国共产党，建立一个有各民主党派参加的新

① 《毛泽东书信集》，第261页，人民出版社1983年版。

中国的决心。

10月7日，毛泽东抄了一首《沁园春·雪》，寄给柳亚子。他在给柳亚子的信中写道："初到陕北看见大雪时，填过一首词，似与先生诗格略近，录呈审正。"也许考虑到正在重庆谈判，而《七律·长征》有着明显的反蒋意味——正是蒋介石第五次"围剿"迫使红军不得不进行长征。于是，毛泽东改寄《沁园春·雪》给柳亚子：

北国风光，千里冰封，万里雪飘。望长城内外，惟余莽莽；大河上下，顿失滔滔。山舞银蛇，原驰蜡象，欲与天公试比高。须晴日，看红装素裹，分外妖娆。

江山如此多娇，引无数英雄竞折腰。惜秦皇汉武，略输文采；唐宗宋祖，稍逊风骚。一代天骄，成吉思汗，只识弯弓射大雕。俱往矣，数风流人物，还看今朝。

柳亚子拍案惊奇，人们都知道毛泽东是共产党的领袖，却不知道他竟做得一手好词。而且格调之高，气势之大，胸襟之阔，简直是前无古人。要知道柳亚子在诗坛上是何等自负，但对毛泽东这首词却是赞赏至极！"叹为中国有词以来第一作手"，"虽苏、辛犹未能抗手，况余之乎"。

柳亚子也不禁技痒，和作一首，有小序云："次韵和毛润之初到陕北看大

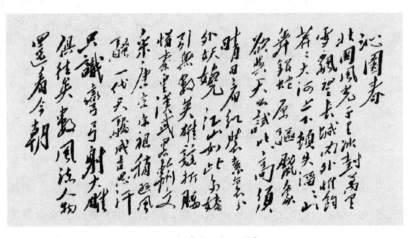

毛泽东《沁园春·雪》

雪之作，不能尽如原意也。"词云：

　　廿载重逢，一阕新词，意共云飘。叹青梅酒滞，余怀惘惘；黄河流浊，举世滔滔。邻笛山阳，伯仁由我，拔剑难平块垒高。伤心甚，哭无双国士，绝代妖娆。

　　才华信美多娇，看千古词人共折腰。算黄州太守，犹输气概；稼轩居士，只解牢骚。更笑胡儿，纳兰容若，艳想秾情着意雕。君与我，要上天下地，把握今朝。

　　10 月下旬，柳亚子将毛泽东的赠词《沁园春·雪》和自己的和词在中苏文化协会举办的"柳诗尹（瘦石）画联展"上展出，并将两词送交《新华日报》，要求同时发表。但《新华日报》社的同志告诉柳亚子，延安有规定，发表毛泽东的词，一定要征得毛泽东本人同意。可是，毛泽东谈判结束，已经离开重庆返回了延安。经过协商，《新华日报》社于 11 月 11 日先发表了柳亚子的和词。

　　柳亚子的和词一经发表，就引起读者极大的兴趣，都企盼着能早日拜读毛泽东的原词。就在此时，剧作家吴祖光得到一份传抄不全的毛词，其中遗漏了三个短句，但大致意思已能窥出。吴祖光也是大吃一惊，这首诗的风格类似苏东坡与辛弃疾，但苏、辛词中也没有如此磅礴大气之作，大概也只能出自毛泽东之手了。于是他勤加搜集，终于得到完本，在 11 月 14 日重庆《新民报·晚刊》第二版副刊《西方夜谭》上刊出了毛泽东的咏雪词，标题是《毛词·沁园春》。吴祖光特意在该词后面加写了一段按语："毛润之先生能词，似鲜为人知。客有抄得其《沁园春·雪》一词者，风调独特，文情并茂，而气魄之大乃不可及。据毛氏自称，则游戏之作。殊不足为青年法，尤不足为外人道也。"

　　这是毛泽东诗词首次在报纸上刊出与人民大众见面，顿时轰动了整个山城，并及全国。两周后，重庆《大公报》采用剪辑办法以醒目的位置并列推出毛泽东的原词和柳亚子的和词，短时间内，重庆十几家报刊纷纷转载，广为传诵。

　　据说蒋介石看了毛词后曾问过陈布雷，感觉如何？陈布雷唏嘘道："盖世精品，怕是千古难得一见。"

蒋介石嘴里嘟哝一句："什么绝妙好词，里面都是帝王思想。"他吩咐道，要让宣传部门组织国内知名词家，将毛泽东比下去。陈布雷摇摇头，蒋介石这就是外行了，诗言志，毛泽东的这首词是将个人的才华、胸襟、见识、气量融为了一体，岂是一般文人所能比拟。

现在的柳亚子已经一扫来重庆时的颓唐，成了重庆最活跃的人物之一。10月19日，中国民主同盟在重庆召开全国临时代表大会，提出对国事的十项主张，同情共产党。经南社旧友沈钧儒介绍，他加入了中国民主同盟，后被选为中央委员。柳亚子自认为20岁加入同盟会，59岁加入中国民主同盟，颇值得自豪。他希望以后为他写传记的人一定要记住这一点。

## "衔得泥来成垒后　到头垒坏复成泥"

1945年8月15日，日本宣布无条件投降。国共在重庆就抗战后中国的命运举行谈判。通往和平民主的大门曾一度打开，然而，陈布雷认为，国共会谈"深以终必破裂为虑"。这种局面，陈布雷并不能左右。他说过："我接近委座，愧无积极贡献，仅在消极方面，曾做善良之建议而已。"

1946年5月，陈布雷随蒋介石还都南京，终于告别了抗战八年的陪都重庆。飞机大部分时间穿行在浓密的云层之中，陈布雷的眉头始终不展，昏昏欲睡。快到南京上空时，飞机开始下降，云隙中不时透过刺眼的阳光，陈布雷感到一阵阵强烈的头疼，下意识地握紧了扶椅的把手，在强烈的颠簸中，飞机的轮子终于落了地。

一身病态的陈布雷就这样抵达首都。一下飞机，他就去了六朝古刹鸡鸣寺，去求观音签："问何时可辞官归里？"

陈布雷虔诚地摇动着签筒，半晌，一根竹签掉了出来，拾起一看，签文曰："一朝丹篆下阶除，珠玉丰余满载归。"意思是说，一朝辞官而去时，可获财富满载而归，心中暗暗高兴。接着，他翻过签文去读签解，只见四字："官不宜解"，心中顿时怅然若失。

蒋介石回到阔别多年的国民政府，径直走到最后面的子超楼二楼，进了主席办公室，对政务局局长陈希曾说："你安排一下，在政务局二楼给布雷先生安排一间办公室。"陈希曾一愣："主座，陈主任的办公室为什么安排在这里？"言下之意，陈布雷是军事委员会委员长侍从室第二处主任，不是政务局的人，办公室不好安排在政务局里。

蒋介石脸一沉："叫你安排你安排就是了。国府还都就太平了？共党蠢蠢欲动，时刻有叛乱之企图，他们与我们争夺民心，我要用布雷先生的如椽大笔，揭露共党的阴谋，你说他的办公室该安排在哪里？"

"是是，主座，我这就去安排。"

陈希曾不敢怠慢，立即腾出政务局二楼东南第一间安排给陈布雷作为办公室，特意吩咐安排一部机要电话直接通蒋介石办公室，以便他随时与蒋介石联络。

陈布雷坐着他专用的别克车，来到国府大院，穿过大堂和二堂，在陈希曾的引导下，来到他的办公室。宽大的办公桌，高高的皮椅子，和别的办公室迥然不同，尤其后面的墙上，悬挂着一个长方形的镜框，里面是蒋介石亲笔手书的四个正楷大字"宁静致远"，落款为"布雷先生雅正，蒋中正"。陈布雷看了，诚惶诚恐地说："布雷何德何能，竟劳主座如此？"

随着抗战的胜利，国民政府军事委员长侍从室取消，并入国民政府文官处。蒋介石最初的打算是让陈布雷担任文官长的，但陈布雷坚辞不就。

陈布雷

陈布雷与陈诚

宋美龄也在一旁相劝："布雷先生不要太固执了。"

陈布雷取笑着自己说："像我这样的人，矮小瘦弱，站也站不直，摆在礼堂上也不像个样子呀。"

于是双方各退一步，陈布雷答应担任国民党中央副秘书长，后来又担任了国府委员兼总统府国策顾问。陈布雷为人做事有一个原则，思想上保持自由，行为上则与政府保持一致。所以他尽管对国民党有所不满，并力图革除，但在行动上却处处为政府辩护，以维护蒋介石的地位和形象。

比如说，国共谈判期间，中共和各民主党派要求国民党实行宪政，真正开放政权。陈布雷却说："现在实行宪政太早，委座会不习惯的，而且其他老先生也不愿受文字羁绊，将来会不可避免地发生问题。"

陈布雷还利用自己的地位和影响拉拢一些民主人士为蒋介石捧场，遭到拒绝后还嘲笑他们不过是自命清高罢了。

1946 年 11 月 15 日，蒋介石排斥中共，召开所谓"国民大会"，实际上关上了和平谈判的大门。12 月 5 日，又通过了违背政协决议原则的"宪法"，遭到中共和进步人士的猛烈抨击。但陈布雷却认为这是中国将走上民主道路的标志，孙中山的三民主义即将在蒋介石的领导下实现，这难道不值得高兴吗？共产党却对此进行批评和攻击，这不是一种"叛逆"行为吗？

蒋介石扬言，在三至六个月内，可以完全消灭共军。对此，陈布雷坚信不疑，他曾经说过这样的话："委座对军事方面极有把握，必须使共产党的武力不致阻扰国家的建设，为国家根本需要，故此点必须坚持。"

在他眼里，蒋介石就是一位"当代明君"："我觉得蒋先生的看法胸襟远大，于国家有利，故从那时就为他服务。过去对此问题不敢谈，现在既已成事实，而无敢再怀疑者，此系国家一大进步。"

陈布雷在国府办公的日子里，他的地位和关系十分重要，但又十分微妙。他的文字工作也日益繁重。

蒋介石的许多重要文件，例如召开制宪国民大会的有关文件、修正中华民国国民政府组织法的文件、"戡乱建国"文件等等，以及蒋介石的一些重要文告，都经陈布雷执笔、修改润色。压力陡增，使他须臾不敢稍有松懈，若是别人操觚，他就不放心，事必躬亲，强烈的责任感，使得他神经衰弱，于是头痛、失眠的旧病卷土重来。

一日，陈布雷从上海坐火车回南京，在头等车厢遇见左舜生。左舜生一见他的精神状态很差，问："布雷兄，近来身体如何？"

陈布雷摇着头回答："我这个身体，好比一部机器，实已用到不能再用。从前偶然修理修理，也还照常可以开动，现在确已到了修理也无法修理的时候了。"

夏秋季节，陈布雷病象日增，健康日损，脑力益衰。他的秘书蒋君章说："布雷先生的健康，二十年来一向不很良好。他的病在医学上不知道是否叫作高度的神经衰弱，他自己叫作脑病。在我记忆中，每年春夏，都是先生健康不良的季节，尤其以胜利以后为然。每年春夏之间，他总觉得精神不佳，思虑无力，胃口也差，在容貌上表现出委顿的样子。在这个时候，他本来非常温厚的性情，要比较急躁些，本来很轻松和欢喜讲些笑话或遗闻逸事的，要比较沉默些。"

陈布雷神情萎靡、疲惫不堪的样子，也被蒋介石看在眼里，于是关心地说："布雷先生，你的身体太差，去庐山修养一段吧。"在蒋介石的催促下，陈布雷请了一个月的假，上庐山修养。身在山林，心在廊庙，无时无刻不以"党国大事为念。党国多事，放心不下，健康很难恢复"。一个星期后，在给秘书蒋君章的信中谈道：

上山已七天，而脑力筋力之疲颓，不曾因接触大自然而恢复。至于体力不济，亦极可惊。出脂江路到传习学舍散步，一来回须两小时许。加以目光散漫，手腕颤痛，与三十四年夏季无异。现在上午只能略看闲书，下午僵卧，傍晚散步，夜间绝对不作事，十时即安排就寝。如此休养，尚且毫无效果，即写一封信，亦笔若千钧（连续写两函，即无力写第三函）。于是弟悟年力衰老之已难补救也。初离京时，只拟请假一月，如以七月八日起算，亦仅有两星期可住，因之甚为踌躇，预计非续假不可。故先以近况报兄……弟实深望此行能恢复健康，再可奋斗两年，以遂党员报国之愿，若照近日情形，实无此把握也。

等回到南京，起色不大。一天下班以后，陈布雷出了总统府，对副官陶永标说："去总理陵园散散心。"

当车至灵谷寺后，陈布雷吩咐停车，他对陶永标说："有朝一日，我辞去官职，就在灵谷寺做个和尚如何？"

陶永标笑着说："您真会开玩笑，蒋总统能让您在他身边做和尚？除非回到慈溪老家去。"

陈布雷不由长叹一声："故国家山，只能梦里相见。想遁入空门尚不可得，何况归隐山林啊！"

随着形势的恶化，陈布雷的心情也越来越恶劣。1947年，美国方面派出魏德迈来中国调查，魏得出结论说，国民党政府不仅将在军事上失败，而且在经济与政治上都将失败。

借着这个机会，陈布雷又一次向蒋介石提出谏言："虽说魏德迈所言有所偏颇，不能将责任都推到先生头上，但自抗战胜利后，我党政军大员大发接收财，风气败坏，却也是不争之事实，倘若失去民心，我们怎么与共产党继续打下去？"

蒋介石也是一身惊恐，他问陈布雷可有解决的办法。

陈布雷表情严肃，他建议立即整顿贪污之风，而且不仅是打打苍蝇，考虑也得打打老虎。

蒋介石听出了陈布雷的弦外之音："你是说孔、宋二位？"

陈布雷点点头："两位外面有许多风闻，说得很难听。"他建议干脆让孔祥熙出国，停止介入国家大事。

陈布雷与夫人

蒋介石犹豫起来，罢免孔祥熙，怕是过不了夫人宋美龄这道关。于是叹了一口气："各家都有难念的经呀。"

陈布雷何等敏感，他询问蒋介石何出此言。

"有情报说你的小女儿，就是在北平贝满中学教书的那个，参加了共产党。"

陈布雷已是惊慌失措。

"你不要紧张，"蒋介石安慰陈布雷道，"保密局早就向我报告了此事，你女儿与北平共党电台一案有牵连，与你无关。小孩子嘛，容易上共党的当，你要让她多读点曾文正公家书。"

陈布雷的身体每况愈下，脚步蹒跚，精神恍惚，他自己也感到病体难支，于1948年夏请假休养，赴海宁观潮，游杭州品茗。眺望远方，检讨人生，一种悲观失望的情绪在悄悄地滋生。

待回到南京，眼前情景让他不忍睹，因为国民党败局已定，许多人都在准备后路了，把财产和家眷送到台湾；也有的准备反正，改弦易辙。陈布雷是有理想的人，没想到自己一生的奋斗竟是如此结局，没想到自己忠心耿耿追随了二十多年的蒋介石落到如此地步，这让他肠断心枯。

好像有所感应似的，此时寓居上海的夫人王允默坐卧不安，无日不为陈布雷过度虚弱不支的病体担心。1948年的夏天，陈布雷又"养病庐山"，夫人随伴。一日黄昏，在风景如画的仙人洞中，陈布雷夫妇"小坐闲谈"。

陈布雷看着妻子不禁动情，说："我的病体拖累你太久了。"他长叹一声，"这辈子欠你的太多了，而给予你的却太少了，无法偿还了。"

王允默说："老夫老妻，相濡以沫，何必客气？"

陈布雷细声慢气地说："先妣谢世之日，年三十九，先考见背，则四十九，我今年五十九岁，较先人之寿长矣。"

王允默心中掠过一阵阴霾，强笑着说："何出此言？上至党国，下至家小，你舍得下吗？再说，现在科学进化，人的寿命长着呢！你不会撒手先去的。"二人都沉默下来，夕阳西垂，陈布雷目送山鸟投林，久久不曾开口。想到这里，陈夫人王允默再也坐不住了，她要前往龙华寺，为陈布雷抽签问吉。

时局纷纷，前途难测。山门外，烧香的、问签的善男信女很多，王允默将手中的香点燃，绕签筒转了三圈，恭恭敬敬趴下磕了头，颤抖着手去摇签筒，口中默念"阿弥陀佛，心诚则灵"。

"啪啦"一支竹签掉出来，王允默一把抓过，心情紧张地看着，签文为"观音灵签"第三签，签文是这样的：

> 冲风冒雨击还归，役役劳心似燕儿。
> 衔得泥来成垒后，到头垒坏复成泥。

"是支下下签！"霎时，王允默像被一桶凉水从头浇下，血液都凝结了。签文中所云的燕子筑垒的垒，正是陈布雷别署"畏垒"之"垒"。陈布雷为国民党鞠躬尽瘁，又何尝不似"役役劳心"的燕子。为蒋介石顶风冒雨，辛辛苦苦筑垒。然而，一生的心血白费了，蒋家王朝垮台在即，垒快坏了，又将成为一堆稀泥，这难道就是陈布雷的下场吗？

深夜，湖南路一座二层小楼的窗内，透出几缕昏黄的灯光，弱小瘦枯的陈布雷，独处桌前已好几个晚上了，桌上铺着的八行笺上，仍然是"实行总体战计划"七个字。

数日前，蒋介石在总统府办公室召见陈布雷，见他一脸疲惫的样子，劝慰道："布雷先生，时世艰难，需要你我同舟共济，过去，你是我的头脑、思想，现在，我，尤其是国家正需要你，人家都称你是我的文胆，没有胆怎么行呢？没有胆，怎么能打败共产党呢？"

"总统，我实在不敢当。"陈布雷诚惶诚恐地说。

国民大会会场

蒋介石语气凝重起来："我需要你尽快拿出一个'战时体制'的方案来，与岳军（张群字）、哲生（孙科字）、达铨（吴鼎昌字），还有何敬之（即何应钦）、陈立夫等人商量一下，要尽快搞出来。"

几天过去了，总统府秘书长吴鼎昌电话催了几次，陈布雷还是写不出来，真是到了江郎才尽、灯枯油尽的地步了。

1948 年 11 月 11 日，上午，国民党中央政治委员会举行临时会议，在京的中央委员、立法委员、监察委员均列席会议。

早晨，陈布雷从寓所的小楼上匆匆下来，很快漱洗完毕，顾不上吃早餐，拖着一身病态和一脸倦容，坐车驰向国府路。

陈布雷怕开会，更怕见总统，但国事艰难，正需同舟共济，又不能不开会，不能不见总统。在总统府门前，陈布雷下了车，有人问他："先生，你有没有准备？"陈布雷突然想起 15 岁时，母亲弥留之际，有邻居问他："你准备没有？"不禁打了个冷战。

在国府大礼堂内，蒋介石宣布经济政策失败，他说，政府取消"限价政策"，而要大量发行钞票，发行总额将不以 20 亿元为限，竟可无限滥印。陈布雷怀疑自己的耳朵出了问题，因为，这是一条绝路。日暮途穷，倒行逆施，南京政府在加快自身垮台的步伐。

蒋介石一脸愠怒仍在斥责："各单位互不接洽，互不配合，互相拆台，党的高级干部中有人对党国前途丧失信心，未能集中精力以纾危艰：有人公开散布失败情绪。在总统府的门口竟问别人，'你有没有准备？'准备什么？准备后路还是准备投共？……甚至有个别党国中坚，在此多事之秋，对国家委以的重任持敷衍、推诿的态度……"

陈布雷觉得，蒋介石的发言是针对他讲的，他感到对不起总统的信任，辜负了党国的重托。

蒋介石依然用嘶嘶的奉化土语杂拌着宁波官话说："抗战建国，用了八年时间，'剿匪'也要八年。"

陈布雷听后脸色苍白，浑身不住颤抖。

面对素白的八行笺，陈布雷怎么也写不出战时总体方案。当他还是一介布衣时，每次从杭州到南京，报界同人就说："看吧，又有重要的社论要发表了！"果然，第二天的大报上，脍炙人口的大块文章在头版头条刊出，洛阳纸贵，传为美谈。别人陶醉在洋洋洒洒、掷地有声的万言文章时，往往以为是陈布雷文思泉涌，只有他自己明白这是怎样的呕心沥血，像一条春蚕，不论昼夜倾吐出雪白光亮的丝，不仅是丝，是它灵魂、生命的一部分。而他现在已力不从心，心神委顿，吐出的竟是一条条殷红的血丝……

回到寓所，陈布雷瘫倒在沙发上，一动不动。晚饭时，陈布雷吃得很少，临上楼前，郑重吩咐陶永标："不要让客人打扰我，我需要休息了。"

陈布雷的八行笺上终于出现了字迹：

　　人生总有一死，死有重于泰山，有轻于鸿毛，倘使我是在抗战中因工作关系（如某年之七月六日以及长江舟中）被敌机扫射轰炸而遭难，虽不能是重于泰山，也还有些价值。倘使我是因工作实在紧张，积劳成疾而死，也还值得人一些些可惜。

　　而今我是为了脑力实在使用得太疲劳了，思虑一些些也不能用，考虑一个问题时，终觉得头绪纷繁，无从入手，而且拖延疲怠，日复一日，把急要的问题，应该早些提出方案之文件（如战时体制）一天天拖延下去，着急尽管着急，而一些不能主动，不但怕见统帅，甚至怕开会，自己拿不出一些些主意，可以说我的脑筋已油尽灯枯了。为了这一些苦恼，又想到国家已进入非常时期像我这样，虚生人间何用，由此一念而萌自弃之心，虽曰不谓为临难苟免，何可得乎……

天下最大之罪恶，孰有过于"自暴自弃而自了"者，"对国家对家庭都是不负责任的行为"，我此举万万不可为训，我觉得任何人都可以鄙视我、责备我。

但我这一个念头萌动了不知多少次了，每逢心里痛苦时，常常有"终结我的生命吧"的念头来袭余之心……

人生到了不能工作，不能用思维，则生命便失去意义，没有意义的生命，留之何用……

想来想去，毫无出路，觉得自身的处境与能力太不相应了，自身的个性缺点，与自己之所以许身自处者。

六十老人得此极不荣誉之下场，只有罪愆，别无话说……

写完遗书后，陈布雷思绪如潮，不能自已，又写下《上总统书》：

介公总裁钧鉴：

布雷追随二十年，受知深切，任何痛苦，均应承当，以期无负教诲。但今春以来，目睹耳闻，饱受刺激，入夏秋后，病象日增，神经极度衰弱，实已不堪勉强支持，值此党国最艰危之时期，而自验近来身心已毫无可效命之能力，与其偷生尸位，使公误计以为尚有一可供驱使之部下，因而贻误公务，何如坦白承认自身已无能为役，而结束无价值之一生。凡此狂愚之思想，纯系心理之失常，读公昔在黄埔斥青年自杀之训词，深感此举为万万无可谅恕之罪恶，实无面目再求宥谅，纵有百功，亦不能掩此一眚，况自问平生无丝毫贡献可言乎？天佑中国，必能转危为安，唯公善保政躬，颐养天和，以保障三民主义之成功，而庇护我四亿五千万之同胞。回忆许身麾下，本置生死于度外，岂料今日，乃以毕生尽瘁之初衷，而蹈此极不负责之结局，书生无用，负国负公，真不知何词以能解也。夫人前并致敬意。

部属布雷负罪谨上。

紧接着，陈布雷又用笔、用心血写下了《介公再鉴》《留交蒋君章、金省吾两秘书函及处理身后事务十则》《致张道藩先生函》《致洪兰友先生函》《致潘公展、程沧波先生函》《留交陈方、李惟果、陶希圣先生并嘱向中央诸友致敬之函》及《遗陈夫人书》《遗陈公子书》《予陶副官永标之手教》等12封遗书。

整整两个晚上，寝室灯光依旧。该交代的交代完了，陈布雷拿起瓶中的安眠药，一股脑儿倒出，一粒一粒又一粒地服下，然后安静地躺在床上。桌上数纸遗书，枕上两行清泪，窗外一天秋雨，他安静地去了。

1948年11月13日上午10时许，秘书蒋君章与副官陶永标上楼唤陈布雷起床时，被眼前的情景惊呆了，他有如下记述：

> 天哪！蜡黄的脸，睁开了的眼，张大了的嘴……抚摸他的手，是冰冷的，又抚摸了他的脚，是僵硬的，最后抚摸他的胸口，还有一点儿温暖，等医生赶来时，打了几针强心针，最后宣告了失败。

中午，蒋介石亲自前来，面对遗容，默默无言，绕了一圈说："好好地料理，我派总统府军务局长俞济时与政务局长陈方帮助料理后事。"

戴季陶惊闻噩耗，失声痛哭，奔视陈布雷遗容后，再次涕泣而回。

11月18日，中央社报道了陈布雷逝世的电讯，云："先生因失眠症及心脏衰弱逝世。"

陈布雷死后，归葬杭州九溪十八涧。

## 戴季陶机关算尽　广州城油尽灯枯

无独有偶，另一位南社耆宿戴季陶也走上同样的道路。

戴季陶年轻时在南社时，笔下生风，虎虎有生气。28 岁头上做了孙中山广州大元帅府法制委员会委员，兼大元帅府秘书长和外交部次长；35 岁时是国民党中央执行委员、政治委员、宣传部长；39 岁时成为考试院长，一做就是 20 年，从激进分子到老气横秋。就连戴季陶的考试院也变成了复古衙门，连门卫都着孔子时候的峨冠博带。

1944 年，戴季陶曾在陪都重庆曾家岩豪迈地说："周朝的天下是八百年，国民党至少要掌握政权一千年！"

然而时隔一年，日本宣布投降。戴季陶对前途却十分悲观，他听到日本投降的消息，当即认为国家即将大乱。卧床三日，不进饮食，不会客。

自从抗战胜利后，戴季陶就将主要精力放在如何对付中国共产党。他提醒蒋介石："不要认为日本投降了就万事大吉，现在共产党已经羽翼丰满，最关键的是他们得人心，所谓得人心者得天下。委员长不能掉以轻心呀。"

一席话说得蒋介石惕然自警。

戴季陶特别反对邀请毛泽东来重庆谈判，他说，只要毛润之踏上重庆的土地，就等于政府承认了共产党的合法地位。

蒋介石意味深长地说："你以为毛润之有胆量来重庆吗？如果不来，将来内战发生，那就全是共产党的责任了。"

戴季陶说："可是我们猜测不出共产党下一步的棋，我担心重庆成为他们表演宣传的大舞台。"

戴季陶的担心成为现实，毛泽东的重庆谈判获得了大成功、大影响。这就让戴季陶跌足顿脚，连叹蒋介石的失策。

戴季陶对共产党越来越有一种恐惧感，因为毛泽东在重庆期间曾拜访了他。这也是他与毛泽东第一次近距离接触。

那一天，毛泽东本来计划是拜访于右任的，听说戴季陶家就在于府附近，于是提出想见见戴季陶。

随行人员一惊，戴季陶可是反共死硬派，怕是相见无好言，说不定当场就会闹出不愉快，以致主客受窘。

毛泽东一挥手："光找左派谈不行，现在国民党是右派当家，所以解决问题还要找右派。"

戴季陶也没有想到毛泽东的光临，因为毛泽东来重庆前，他就向蒋介石申明，由于他戴某人与共产党关系的恶劣，他将不参加国共会谈。

但毛泽东的屈尊造访还是让他受宠若惊，戴季陶一向认为自己是见过大世面的，可以做到宠辱不惊。但今天见到毛泽东，却有点手足无措。

毛泽东很坦然，也很随和，于天下形势、国情民心、共产党的政策娓娓道来。有人注意到，戴季陶只是诺诺连声，竟然有些局促不安，双眼竟不敢与毛泽东对视。

这可不像戴季陶一贯的风格，他的学问、口才、风度都是一流的，有人说甚至不差于汪精卫，却为何在毛泽东面前拙言笨舌？

这就是一种无言的恐惧。

后来，戴季陶见到了张治中，两人谈起毛泽东，纵然是反共的死硬派，但戴季陶对毛泽东却没有一句不敬之词，只是连叹"这个人物了不起"。

所以他请张治中代为相邀，与毛泽东联杯酒之欢。

毛泽东应邀赴约，宴席安排在德育斋。

宾主坐定，双方举杯相邀，看来毛泽东对戴季陶也很重视。毛泽东的谈话向来很风趣，妙语连珠，有时候对国民党右派人物进行评论，那可是入木三分，很辛辣的。但今天对戴季陶却是尽了礼数，没有批评的语言。

戴季陶也没有往日的谈锋，一脸严肃、郑重，他与蒋介石在一起也从来没有这样的拘谨。

这其实也是一种敬仰的表现。

与共产党领导人的近距离接触，让戴季陶意识到对手是超乎寻常的强大，具有无穷的潜力。所以后来蒋介石与他讨论内战的战略时，他就很谨慎，坚决反对蒋介石出兵关外，他说："我们能把华北巩固就算不错了，千万不能操之过急。"

因为有美国人的支持，又刚刚经过抗战的洗礼，部队战斗力提高了几个层次，所以蒋介石对戴季陶的担心不以为然："戴老夫子过虑了，共产党没有三头六臂，挡不住我强大的国军。"

蒋介石以为戴季陶为自己的意见被否决而耿耿于怀，于是换了一个话题，问他对于战后首都的建立有什么看法。虽说南京是几朝古都，但从历史上看，都是短命的小王朝，这让蒋介石心里有点不爽。

戴季陶的情绪好了点，他侃侃而言，认为建立首都，当然要重人杰地灵，南京虎踞龙盘，临江靠海，是建都的理想之地。当然北京也自有优势，东扼渤海，西制回藏，北瞰满蒙，南控中原，在气度上超越南京。而西安则自古就是帝王之都，也是可以考虑的。

"但是，"他话锋一转，"若想长治久安，关键还在人为，否则即使占尽天时地利，怕也不能江山永固。"

蒋介石连连点头，戴季陶这些话有深意。

为了国民党政权的兴旺发达，戴季陶绞尽了脑汁，他认为，要稳定政权，就要培养遴选优秀人才。所以，他将主要的精力仍集中于考试院的业务上，建立起西方的资产阶级考试制度，建成以五院制为特色的资产阶级共和国。若能如愿，死后，他也无愧去见孙中山了。

让他遗憾的是，蒋介石对这一套不感兴趣。蒋介石对人才的需要完全是从他的独裁统治来考虑，而且现在是一门心思用在与共产党打内战上。所以，每每戴季陶苦心孤诣拟出来的计划政策，他都是敷衍应付。"很好，很好，戴院长辛苦了，这些我一会儿看，让有关方面讨论一下。"

转眼间，戴季陶的心血就被束之高阁，也许永远都见不到天日。屡屡受到冷落之下，加上身体日趋衰弱，戴季陶萌生了退意，向蒋介石提出辞去考试院院长之职。蒋介石叹了口气："现在战场上形势很不好，让我焦头烂额。困难之际，你不帮我谁帮我？能让我放心的人也不多，你忍心让我一个人独撑危局吗？"

戴季陶也叹了口气，蒋介石这番掏心窝子的话让他感动。罢罢罢，谁让他们是拜把子兄弟呢。

就这样一直拖到了 1948 年春，国民党行宪大会召开，戴季陶本来还有一丝希望，能够通过修改宪法，以便符合孙中山的五院制精神，建立一个货真价实的资产阶级共和国。没想到大会的结果事与愿违，不仅宪法没有改成，反而通过了《动员戡乱时期临时条款》，赋予了蒋介石以紧急处置的权力，国民党专制独裁的色彩更浓了。

戴季陶灰心了，他可不是走狗，他是有思想有抱负的，他跟着蒋介石走，

行宪大会会场

是因为他认为蒋介石是个强人，有能力完成孙中山未竟事业。所以现在蒋介石的做法让他特别心冷。

这一次他不迁就蒋介石了，坚决提出辞职，哪怕蒋介石派出了二公子蒋纬国前来劝驾。蒋纬国与戴季陶是有特殊关系的，若是他有什么请求，怕是戴季陶拼上老命也会答应的。但这次戴季陶让蒋纬国失望了。

但是政治理想的破灭没有影响戴季陶对蒋介石的那份兄弟情，在行宪国大上，蒋介石遇到了难题，因为美国政府看中了胡适，认为这可以给现时的国民党政权添上一层民主的色彩。

这就让蒋介石很为难，美国人可不是能轻易得罪的，与共产党打内战，就靠美国人撑着呢。但是自己对这个总统的头衔也是志在必得。如何摆平这个问题，让他颇费思量。

所以他先表态，自己无意于参加总统的选举，然后提出总统候选人必备的四项条件：一、文人；二、学者专家；三、国际知名人士；四、不一定是国民党员。

这简直是为胡适量身定制的，美国人也没什么可说了。

但在讨论会上，分歧就多了。国民党内本来就派系林立，所以争论很激烈，有人说胡适可以做总统，有人说胡适不配做总统。当然，更多的人认为蒋介石才劳苦功高，配得上总统的头衔，但反对派的意见也时有所闻，认为蒋介石暂时休息一下也无妨。

戴季陶知道蒋介石的心思，此公一向视权力如命，岂愿归隐林下，那不是他的风格。再说现在国民党的统治风雨飘摇，环顾整个国民党内，论手腕，论刚毅，论强势，论能力，能出蒋介石其右者还真找不出。

为了党国的利益，也为了兄弟的情分，戴季陶不顾病体沉沉，挺身站了出来。他当时满脸潮红，脚步蹒跚，但精神亢奋，一上台就发作起来：说什么蒋总裁不宜担任总统，那是一派胡言。戴季陶又以国民党元老身份，回顾了国民党的历史，认为就目前的局势，就党对国家的责任来说，都非蒋先生担任总统不可。

以戴季陶的资历和地位，加上他声严色厉，气势慑人，会场变得鸦雀无声，谁也不敢与之争锋。

戴季陶一锤定音，蒋介石在台下大为感动，到底是兄弟，到底是几十年的交情呀。

总统问题解决了，副总统的选举又出了麻烦，蒋介石已经暗定下副总统的人选，就是孙中山的公子孙科。因为孙科在实力上对他构不成威胁，而且也能表明他对孙中山的继承和尊重。所以于右任、程潜等几位候选人都是陪衬的。

没想到半路上杀出程咬金，桂系首领李宗仁也要竞选副总统。

李宗仁是有军事实力做后盾的，当年就对蒋介石上演过逼宫戏。现在军事形势不利，美国人对李宗仁也有好感，保不定哪天李宗仁就有取蒋而代之的打算。所以，他很担心李宗仁会成功当选。

李宗仁却是志在必得。

所以他广泛撒网，广交朋友。他对戴季陶做过分析，虽然蒋戴交情不薄，但戴季陶对蒋的许多做法也是不满的，而且与孙科也一向有隙，所以有争取的可能。

李宗仁使出了大手笔，将一尊价值连城的金佛送到了戴府。戴季陶是何等见识，立刻报出了来历，这尊金佛原在某名刹供奉，不知为何竟在李宗仁的手里，可是无价之宝呀。他压住内心的激动，双手合十膜拜道："我戴某人何德何能，消受不起，消受不起。当转赠广东刘大师供养。"话虽如此，却是盯着金佛不停欣赏，显然珍爱之极。

吃人嘴软，拿人手软，戴季陶也不例外。当时他就做出明确表态，李公配合蒋公，那是虎从风，云从龙，党国之幸，党国之福。他戴某人一定玉成此事。

眼看着李宗仁在副总统竞选中一马当先，蒋介石抛开了不偏不倚的姿态，公开表示反对李宗仁参加竞选。待明白了蒋介石的意图，戴季陶的态度也是一百八十度大转弯，李宗仁再派人来询问竞选一事，他只是客客气气招待一番，将对方敷衍了事。至于那尊金佛，则成了"戴菩萨"的私人珍藏。

让李宗仁气闷的是，戴季陶白赚了一尊金佛不说，还反过手来帮助孙科竞选。戴季陶的能量非同小可，特别在边疆地区有很高威信。于是他以带病之身，拉着孙科举行了一次盛大的边疆代表茶话会，为孙科拉票。

戴季陶果然有面子，大家都表示要支持孙科。为了砸实此事，戴季陶有意无意地说道，边疆的兄弟们就是爽快，不像内地的有些人奸滑，当年曹锟搞贿选，就是有人拿了钱还不办事，岂不是更可恶。于是当时就有人站了出来，提议在投票之前公开看票，防止有人口中应承，实际上却不投孙科。

事后戴季陶也感到不妥，秘密投票是宪法给予的权利，而他这种行为就是强征选票，是违背宪法的。戴季陶毕生是以追求资产阶级民主制度为目标的，但是现在的行为却让人大为诧异。可以说，为了挽救蒋家王朝的命运，他是可以牺牲原则、牺牲追求的。

人算不如天算，因为美国的支持，因为桂系的拥戴，因为蒋介石独裁统治的不得人心，最终李宗仁胜出。

戴季陶长叹一声，只觉心力交瘁，最近不如意的事太多。首先，他的病疼益剧，多年以来的神经疼随时发作，严重失眠，对安眠药处于深度依赖。有一次因为服用过量的安眠药，以致不省人事，所吸香烟余烬落在床上，几乎造成一场火灾。

陈布雷自杀后，戴季陶的反应非常激烈，扑倒在灵床前号啕大哭：

"布雷兄，你为何走了呢？我的心和你在一起，也跟着一起去罢。"

蒋介石眉头皱紧，心中竟有一丝不祥之感。

陈布雷之死，触动了戴季陶的神经，因为他对这个政权心灰意冷，自己的生命也来日无多了。

尤其1948年11月上旬到1949年1月上中旬的"徐蚌会战"结束，蒋介石老本尽折，被迫下野。戴季陶愁容满面，痛苦万状，惶惶不可终日。

蒋介石下野不久，解放军饮马长江。戴季陶仓皇辞庙，随国民党中央迁往广州。途次上海时，上海市政府秘书长沈宗濂设宴为其洗尘。席间有人劝："戴院长，您不妨放洋游憩，便作国际宣传功夫。"

戴季陶答道："我就是死也要死在国内的。"

1949 年 2 月 8 日，58 岁的戴季陶已经老态龙钟，在两人的跟随下，出席中常会，在签到簿上签名时，拿笔的手哆哆嗦嗦，颤抖得十分厉害。中央党部秘书长郑彦棻特地走到戴季陶面前，向他汇报会议议程，戴季陶要吸香烟，郑彦棻掏出打火机连打几次都没有着。戴季陶惨笑着说："已经油尽灯枯了。"

这是陈布雷的遗言，没想到又从戴季陶嘴里重复出来，郑彦棻听来有别样的感觉。同时见他从烟灰碟中取烟复吸时，竟将燃烧的一头放到嘴里去，一副完全失去控制力的样子。据说会上他还疾呼：革命党人要恢复民国十五年北伐精神，仍以广州为根据地，再造河山，复兴祖国。

……

四天以后的上午 8 点，参加中常会的元老、南社老人于右任返京，在东山东园招待所门前上车时，刘纪文匆匆赶来说："戴先生服安眠药过量，已经神志不清了。"于右任急着赶飞机，说："不必送了，要紧的还是照料戴先生的病……"

其实，戴季陶这时已经不行了。后经医生抢救，回天乏术，还是走了。

## 为和平南北奔波　　迎解放络绎进京

虽然说重庆谈判取得了重大成功，双方签订了《双十协议》，内战得以暂时停止。但邵力子明白蒋介石与共产党是不能共天下的，这仗迟早还得打。

果然蒋介石很快就挑起了内战，国共双方在全国范围内大打出手，随着"制宪国大"的召开，国民党等于是关上了谈判的大门。有鉴于此，周恩来发表声明，指出蒋介石"最后破坏政协以来和平商谈的道路"，并于 1946 年 11 月 19 日率中共代表团乘飞机回延安。

邵力子赶来送行。

周恩来环顾机场，送行的除中共留守人员外，还有吴铁城和马歇尔的代表，亲自赶来的只有邵力子。邵力子只是紧紧握着周恩来的手，一切皆在无言中。

次年 3 月 7 日，董必武率中共在上海、南京的留守人员也撤回重庆，邵力子又一次赶来送行。董必武很感动，心里暗道：这是共产党的真朋友啊。

一年后，董必武派出秘密人员，带着自己的亲笔信，去南京找邵力子，因为解放区困难，请邵力子帮忙购一些面粉和大米，一万斤不嫌少，十万斤不嫌多。

邵力子知道国统区对粮食是禁运的，何况还是运给共产党的。但他没有推托，一个电话叫来了负责主管粮食调配的徐恭让，让他搞一张运粮证。

徐恭让问，从哪里起运，发到哪里？

来人道："上海发货，天津中转。"

徐恭让一听就明白了，但他没有说破，只是道，他的审批权限只有八万斤。

"八万斤也行。"来人道。

为了保险起见，邵力子还让徐恭让专门陪同来人去了上海、天津，一切办得妥妥当当，方才返回。

听说此事办妥，邵力子轻松了一些，他没有能力阻止蒋介石发动内战，只能对共产党尽自己所能，帮助一点是一点。

光阴似箭，转眼间到了 1948 年底，国民党已经在战场上一败涂地。在旧年的最后一天，他被请到了黄埔路总统官邸，参加晚宴。

在晚宴上，蒋介石宣布下野。

邵力子心里一酸，他对蒋介石虽然不满，但君臣多年，那一份感情回避不了。第二天打开收音机，新华社的新年献词《将革命进行到底》正播得铿锵有力，对蒋介石反共发动内战进行了有力的批判，并宣称"决不怜惜蛇一样的恶人"。

邵力子无力地瘫倒在沙发上。

夫人见状关切地走过来，送上茶水，她知道邵力子的心病所在：与蒋介石是君臣关系，与共产党则是朋友。在这两者之间，他做何选择，实在是为难呀。

邵力子喝了一口水，理了一下思路，与夫人道："昨天晚宴上，蒋先生又提出要和谈，也许让我出任代表。"

夫人抢白说："只怕又是假和谈，使缓兵之计，你又是白忙一场。"

邵力子承认夫人的话有理，他说："我是倾向和平的，为真和平我不计个人得失，为假和平，那就请他另请高明。"

随着蒋介石的下野，李宗仁成为了代总统，孙科领导的行政院也做出决议，派邵力子等人组成和谈代表团。1949 年 2 月 14 日，由邵力子等人组成的上海人民和平代表团到达北平，毛泽东事先就打电报给在北平的叶剑英，要他们对代表团招待周到，谈话恳切。

待到了北平，邵力子大吃一惊，解放军入城不过半个月的时间，北平城里却是一片祥和景象，哪里有历史变迁的迹象。对比之下，上海和南京市场萧条，物价飞涨，市民惶恐不安。"原来共产党不是土包子呀，他们管理大城市也很内行。"邵力子如是想。

为欢迎代表团，叶剑英举行了招待宴会，席间遇到了董必武。董必武不忘旧事，一个劲地感谢邵力子为延安搞来了八万斤面粉，"那真是雪中送炭，救了延安的急呀"。

宴会结束时，叶剑英走过来通知邵力子几位，毛主席和周副主席来电话了，要在石家庄与大家见面。

离石家庄大约 70 华里，就是中共中央临时所在地西柏坡，邵力子大吃一惊，这西柏坡不过只有百多户人家的小山村，房屋多是土坯垒成，院墙也是土夯起来的。有的人家是小小的木板门，有的是用树枝或高粱秆编成的栅栏，还有的人家连门都没有，只是个豁口。村子里的道路也不齐整，沟沟坡坡的。邵力子不禁问：

"润之先生和恩来先生就是住在这里？"

陪同人员告诉他，毛主席与周副主席在这里已住了 8 个多月。

"三大战役也是在这里指挥的？"

1949 年 2 月，周恩来（右一）、杨尚昆（左一）和颜惠庆（右三）、邵力子（左二）、章士钊（右二）、江庸（右四）在西柏坡合影。

"是啊。"陪同人员不理解他们为什么如此惊讶。

邵力子一阵感慨，国民党失败的原因，也许在这里能找到一二答案了。

毛泽东、周恩来热情地接待了代表团，并达成了八项秘密协定。因为中共方面不相信蒋介石的和平诚意，因此声明，这八项协定只能交由李宗仁，不能向任何人透露。代表团中的颜惠庆、章士钊、江庸等人都是民主人士，唯有邵力子是蒋介石政权的中枢人物，他能答应不向蒋介石透露，说明此时他在内心中已与蒋介石割袍断义了。

从西柏坡返回到了北平，稍事整顿，代表团又忙着回南京向李宗仁汇报。临行前，叶剑英拉着邵力子的手，轻轻说，毛主席和周副主席要他代为向邵力子征求意见，邵先生是以个人身份来的，不像其他代表，要赶回去汇报。邵先生既然没这个任务，可否留下来，参加即将召开的新政治协商会议。

邵力子心情一阵激动，这说明共产党已经将他从朋友视为自己人了。一时间，他的双眼竟然湿润了："感谢润之先生和恩来先生的关怀，我很想留下来。但我现在要回去，要与李德邻好好谈谈，劝他不要放弃和平的机会。我还会再来。"

国共谈判仍在继续，国民党方面又派出了南京政府和平商谈代表团，邵力子仍为代表之一。因为代表团首席代表张治中临行前去了溪口向蒋介石请示谈判事宜，引起了中共的反对，所以在接待方面降低了规格，以示薄惩。

谈判进行的颇费周折，国民党的六位代表，除了邵力子认为国民党应负内战责任，同意惩办战犯外，其余五位都不同意惩办战犯，还提出立即停战、解放军不要过江等不合理要求。

"力子先生深明大义，表明他已经与我们站在一起了。"周恩来对叶剑英道。

"对的，邵老的心与我们越贴越近。"叶剑英拿出一张纸条递给周恩来，"这是邵老悄悄给我的。"

周恩来接过来扫了一眼，是邵力子的笔迹，写道：

"随中航专机送国民党和谈代表来的郭子玉是军统航空检查署的特务，此次来平，当有使命，还望小心。"

叶剑英告诉周恩来，他已经将所有从宁来平人员审查了一番，巧了，竟发现自己几十年前的一位老同学，航空专员于仲仁。因此，他向周恩来建议，争取于仲仁，利用国民党的专机，将解放平津和华北、西北、中南各大城市缴获的几百万亿金圆券运到江南去。

周恩来眉毛一扬："行，但要绝对保密。"

争取于仲仁的工作很成功，他愿意为即将到来的新中国而尽力，问题是他调动不了专机，这就需要人来配合。

于是就找邵力子商量，邵力子想了个办法，他去找张治中，说上海来电话，夫人病了，他想乘飞机回上海看看，速去速回，误不了事。

张治中与邵力子关系一向甚好，连忙催他回上海看望夫人。他抄起电话通知机组，下午就起飞，由郭子玉随机陪同。

郭子玉负有特殊使命，当然不能随便离开北平，因此他谎称腹疼，让于仲仁代为陪机。这正中邵力子下怀。

躺在病床上，郭子玉越想越不对劲，邵力子为何急匆匆要调专机回上海？他几次要求医生拔下针头，但都遭到了拒绝。几个小时后，输液结束，一打听，飞机早上天了，气得他对跟随过来的医生没好气吼道："跟着我干什么，肚子不疼了。"

在邵力子护送下，十几箱金圆券安全抵达目的地，交付中共地下人员之手。在上海稍作停留，看望了一下夫人傅学文，第二天邵力子就回到了北平。晚上见到叶剑英，叶剑英笑容可掬，握着邵力子的手，连声道"辛苦辛苦"。站在一旁的章士钊有点纳闷，邵力子回上海只是看望一下夫人，有什么辛苦可言，值得叶剑英专程来一趟。

1949 年 4 月 15 日，国共双方代表签订《国内和平协定》。

"协定"传到蒋介石手里，他勃然大怒，大骂张治中："文白无能，丧权辱国。"同时在当天的日记中也捎带将邵力子一通骂，说邵力子所为"是诚无耻之极者之所为"。

南京方面也明确拒绝承认"协定"，并通知代表团返京。

邵力子第一个回电，表示拒绝返回南京。

这是他与蒋介石的诀别。

但张治中却表示，别人留平或是回京，悉听尊便，他本人是要回南京复命的。

周恩来情绪很激动，坚决不同意张治中回京，他说，西安事变时，他已经对不起一位姓张的朋友（指张学良）了，现在不能再对不起姓张的朋友。

邵力子知道张治中的心病，他是囿于封建思想，所谓忠臣不事二主，不忍在蒋介石最困难之际离弃而去。因此，他劝张治中道："论与蒋介石的关系，我们都是他身边人，蒋先生平时也确实对我们不薄。但是良禽择木，贤者择主，蒋介石不得人心，我们再跟着他就是为虎作伥了。再说蒋介石的脾性你我都了解，他能放过你吗？"

张治中依然沉默。

邵力子又向周恩来建议，张治中的家人都在上海，为了防止国民党拿他们当人质，应该及早采取措施，也让张文白少了后顾之忧。

周恩来微微一笑，这件事早有安排了。

4月24日，张治中在完全不知情的情况下被周恩来拉着去机场接客，却见飞机上走下来自己的妻儿。张治中激动地对周恩来说："你可真会留客。"

邵力子也为张治中高兴，5月20日，与张治中等人给广州李宗仁、何应钦发电，剖陈利害，共商和平之道。5月27日，邵力子与其他52人在《解放日报》发表公开声明，宣布"与国民党反动派断绝关系，将诚心诚意地接受共产党的领导"。

邵力子在北平谈判期间，何香凝已经在中共的邀请下，从香港来到了北平。早在抗战后期，何香凝与蒋介石的关系已可以说是冰炭不同炉了。何香凝的进步言论总让蒋介石恼火。所以，香港被日军占领后，何香凝想回重庆，就受到了阻拦。以何香凝的地位和身份，却买不到去重庆的飞机票、汽车票。这都是蒋介石下的绊子。他对手下人说："若是何香凝来重庆，怕是让他少活几年。"

但何香凝毕竟是廖仲恺的夫人，念着廖仲恺的旧情，蒋介石让人送来一封信，里面装了一张百万元的大额支票，说是给何香凝的"安家费"。

何香凝不食这"嗟来之食"，将支票退了回去。她还仿明朝大才子唐伯虎"闲来写幅丹青卖，不使人间造孽钱"的诗句，提笔在信封背面写上"闲来写画营生活，不使人间造孽钱"。

去不成重庆，何香凝就四处漂泊，时而桂林，时而广州，时而香港，她与当局的距离也越来越远。特别是抗战胜利后，蒋介石冒天下之大不韪，发动全面内战，何香凝已不惜与蒋介石公开决裂了。1947年6月，她与李济深联名发表《致海外同胞同志书》，历数蒋政权八大罪状，明确"今日内战的责任，应由国民党独裁派负之"，"今日之独裁统治区，已成人间地狱"。

在与蒋介石进一步交恶的同时，何香凝与共产党的感情却是日趋升温，在朱德六十寿辰时，何香凝专门致电祝贺，还提笔绘梅花一幅，并题诗一首：

> 将军花甲寿，敬贺一枝梅。
>
> 凌霜兼耐雪，铁骨占花魁。
>
> 春到和平日，新生万物回。

要知道当时国共双方在战场上正打得如火如荼，何香凝却驰电为解放军总司令贺寿，这已经将她的政治态度公开了。

到了1948年春，战场上的形势已经逐步明朗化了，未雨绸缪，中共已经考虑新中国的建设了。中共发出纪念"五一"号召，号召"各民主党派、各人民团体、各社会贤达迅速召开政治协商会议，讨论并筹备人民代表大会，成立民主联合政府"。何香凝在香港表示热烈响应，并与李济深、沈钧儒、章伯钧等12人发表《致全国同胞电》，表示响应中共"五一"号召，并愿接受共产党的领导。

1948年秋，解放战争进入到最后的战略决战，蒋介石失败已成定局，因此成立新中国、召开新政协就提上了议事日程。

在中共的安排下，各民主党派和著名民主爱国人士的代表从这年的8月起陆续到达了解放区，参加新政治协商会议的筹备工作。中共自然忘不了何香凝，大约在 10 月底，就将在哈尔滨与沈钧儒、谭平山等就有关召开新政协问题会谈的初步精神转告给了在香港的何香凝、李济深等人，并征求意见。

对解放区，何香凝早就心向往之，当时就催促李济深等人尽快应中共之邀，越早走越好。李济深表示赞同何香凝的意见，他问何香凝是否与之同行。

"待到陇上花开，当缓缓而行。"何香凝微笑作答。

果然，第二年 4 月，何香凝终于踏上了北平的土地。

在北平火车站，何香凝受到了朱德、周恩来、邓颖超等人的热烈欢迎。晚上，毛泽东、周恩来又在中南海怀仁堂设宴招待，欢迎她回来，为建设新中国贡献才智。

柳亚子比何香凝先行一步，他是在 1949 年 2 月离开香港的。

毛泽东重庆之行虽然取得了成功，《双十协定》也签了，但蒋介石执意要打内战，于是国内又笼罩着战争的阴云。

柳亚子的神经衰弱又犯了，重庆的政治气候、自然气候都让他待着闷气，于是打道回到上海。

到上海不久，恰逢上海各界在玉佛寺召开在昆明牺牲的南菁中学教员于再烈士追悼大会。于再是中共党员，在昆明"一二·一"惨案中为劝阻国民党军警殴打联大学生时被手榴弹炸死，引起全国震动。因此追悼会的规模甚大，许多民主人士都参加了。

柳亚子在会上发表了演讲，在演讲中将矛头直指国民党政府：

于再君不是死于抗战结束之前，而是死于抗战结束之后；不是死于我们的敌人的脚下，而是死于我们本国人的手中。机关枪和手榴弹已被用来屠杀爱好和平的人民，就因为他们要求一个统一的中国和一个民主的政府。

柳亚子对政府的大胆抨击让人咋舌，在上海出版的英文周刊《密勒氏评论报》全文刊登。

在延安的毛泽东读后也击节赞赏，亲自致书柳亚子："阅报知先生已迁沪，在于再追悼会上慷慨陈词，快活如之！"

5月28日是柳亚子60寿辰，本应庆贺，许多故交好友准备好好热闹一场的，但时局如此，柳亚子没有这个心情，一概婉拒。

没想到远在北方的张家口，中共中央晋察冀分局机关报《晋察冀日报》为柳亚子出版了祝寿特刊，延安方面也给柳亚子发来贺电：

上海柳亚子先生惠鉴：今日为先生六旬大寿，特电申贺，并祝老当益壮，继续为中国之和平、民主、团结、统一而奋斗。

连蒋介石都奇怪，柳亚子不过一介书生，为何得到中共如此礼遇和重视。他命令上海地方当局要严加注意柳亚子的动向。

柳亚子却一点不隐瞒自己的政治态度，他在《二月廿三日红军纪念节有作》一诗中明白写道：

马恩斯列堂堂在，我有孙毛誓勿疑。

来日大同新世界，五洲万国尽红旗。

柳亚子的行为不是孤立的，在整个国统区，反内战、反独裁的运动也此起彼伏。1947年7月，国民党公布《戡平共匪叛乱总动员令》，训令各级国民党组织，对民主党派上层人士采取"暂时容忍敷衍"，对中下层分子，只要反对国民党，则"一律格杀勿论"。民盟的许多成员被逮捕、绑架，民盟的组织也被宣布为"非法团体"。在这种情况下，柳亚子在上海已经有人身之危险。就在这时，何香凝、李济深让人带来一封密信，希望柳亚子即赴香港，商量大事。

到了香港，柳亚子心情大畅，一是因为国内大局已趋向明朗，共产党的胜利是迟早的事。二是因为躲避国民党当局的迫害，国内许多进步人士都纷纷撤到了香港，因为香港的特殊环境可以让他们畅所欲言，政治气氛轻松。

何香凝与柳亚子商议，他们准备成立中国国民党革命委员会（即民革），以否认蒋介石一手把持的国民党中央，为实现革命的三民主义而奋斗。柳亚子连连点头，表示赞成。后来民革正式成立，他当选为中央监察委员会常务委员会主席。

转眼间到了 1949 年，共产党已经胜利在望，开始作筹建新政权的准备。柳亚子是共产党的老朋友，自然在邀请之列。周恩来发出指示，对柳亚子等在香港的民主人士的接送必须要绝对保密，绝对安全。于是，在中共组织的精心安排下，柳亚子于 1949 年 2 月下旬乘"华中轮"启程离港。

当日风急浪高，柳亚子却兴致勃勃，诗兴大发，同行者有陈叔通、马寅初等 27 人，柳亚子全部有诗相赠，包括年仅一岁的项锦州，连他本人都有一份。

待到了烟台，从船上远远望去，欢迎的人群早在等候。柳亚子又是一阵激动。共产党对人尊重、实诚，难怪他们赢得天下。所以，在晚上招待宴会上，大饮当地名酒张裕葡萄酒，颇为酣畅。

从烟台，经青州，抵济南，走石家庄，最终到北平，一路欢迎，一路宴请，一路参观，想想从香港到北平这短短二十余日，却是跨越了两个时代，经历了两种人生。他觉得他这一生值了，无论是以前的少年热血，中年的苦苦求索，晚年的奔向光明，都是他人生的财富。

在北平，柳亚子遇见了许多老朋友，其中不少是南社旧友，如茅盾、马叙伦、沈钧儒等等。他们各有各的故事，各有各的感慨。

1949 年 4 月 16 日，柳亚子在北京中山公园主持了一次南社、新南社临时雅集，到会的南社、新南社社友有茅盾、欧阳予倩、邵力子、沈体兰、张志让、郑桐荪、宋琳、胡先骕等 16 人，此外还有一大批嘉宾应邀出席了雅集，如周恩来、叶剑英、李立三等，共计 80 多人，让柳亚子十分激动，他致了谢词。周恩来、叶剑英在会上讲了话，欧阳予倩、邵力子、沈体兰等先后发言，这是南社、新南社的最后一次雅集，历史翻开了新的一页。

# 观鱼胜过富春江　　白头吟望中原路

初到北平，柳亚子一直处于兴奋状态，来平第二天晚上，北平市市长叶剑英就举行宴会，招待柳亚子一行民主人士。席间，柳亚子大呼万岁，饮黄酒十余大杯。有人劝他注意身体，他摇摇手："莫扫兴，莫扫兴，老夫数年来已无此乐事也。"

3月25日，毛泽东抵达北平，柳亚子与沈钧儒、陈叔通、黄炎培等人以代表名义迎接。少顷，又与李济深、陈叔通等乘车随毛泽东之后检阅军队。柳亚子一介文人，哪里经过这样的场面，只感到心旌神荡，热血沸扬。

晚上，毛泽东又在颐和园请客，直到午夜二时方才回六国饭店，柳亚子尚无倦意，又赋诗四首，可见兴奋。

26日、27日又是宴请、观剧、讲演，各种活动不断，柳亚子也经常喝得酒酣耳热，大呼痛快。没想到28日晚，他却写了《感事呈毛主席一首》，其中不无牢骚：

> 开天辟地君真健，说项依刘我大难。
> 夺席谈经非五鹿，无车弹铗怨冯谖。
> 头颅早悔平生贱，肝胆宁忘一寸丹。
> 安得南征驰捷报，分湖便是子陵滩。

那意思就是说我柳亚子要退隐了，回老家当诗人去。这是诗的语言，是柳亚子叶落归根的文士心态的表露。

柳亚子当时的心态是不平衡的。

就在早些时候,中共与到达解放区的各党派领导人商定:新政协代表,每党推举6人参加。在柳亚子到达解放区之前,民革中央举行联席会议,推选李济深、朱蕴山、李德全、陈邵先、梅龚彬、朱学范6人为代表,同时,也提出希望增加何香凝、柳亚子、张文3人。

这样,满怀希望来到北平的柳亚子,反而不能参加新政协筹备工作。1948年1月民革组建时,柳亚子是核心人物,被公推为筹备委秘书长,目前也是中央监察委员会主席,如今却是连个民革代表都当不上?

柳亚子的怨气可想而知。就在他到北平的第二天,民盟总部开会。第三天晚上开学术工作会议,由李维汉、周扬主持。会后李、周设宴招待,柳亚子饮酒仅7杯,显然很不痛快。1948年5月中共邀请各党派领导人参加政协会议的名单上,柳亚子名列第五,怎么如今连出席新政协的资格都成问题?

柳亚子也是个潇洒的人,民革秘书长当得不顺心,可以辞职组织诗社;新政协筹备代表落选,还可以参加文艺工作。可是,在3月22日的文协联席会议上,柳亚子只是与会的普通一员,第二天出席文协会议,又未列名常委,北平的文代会筹委会没有柳亚子的位置,全国文联领导机构也没有柳亚子的位置,名满天下的大诗人、南社的创始人、毛泽东的老朋友,却成了一位普通看客。

本来有些事情可以与毛泽东当面说,但文人爱面子,这些话柳亚子难于启齿,于是以诗说事,这也是文人的风格。

还有一些不快则是误会造成的。一天,他想去西山碧云寺参拜孙中山先生的灵堂,要接待部门安排车子。当时,中共中央初入北平,百事待举,车子实在不够用,工作人员认为柳亚子去西山不一定非要派车不可,就没有派车。柳亚子很生气,便写信给相关负责人连贯,并请转告周恩来。连贯认为这等小事不能去干扰忙得不可开交的周副主席,便未将柳亚子的话转告给周恩来。而柳亚子却以为是周恩来不理睬他了。柳亚子在日记上写道:

> ……以后当决心请假一月,不出席任何会议,庶不至由发言而生气,由生气而骂人,由骂人而伤身耳!

毛泽东关心着柳亚子，也知道柳亚子的不满，派人将柳亚子从六国饭店接出，用汽车送往柳亚子的新住处颐和园益寿堂，这可是老佛爷慈禧的皇家花园，那条件、风景都没得说。柳亚子自然满意，于是又赋诗一首，其中有语云："出入鱼车宁有憾"，"不遣冯谖怨弹铗"。

4月29日，柳亚子作《得毛主席惠诗》：

> 饮茶粤海未能忘，索句渝州叶正黄。
> 三十一年还旧国，落花时节读华章。
> 牢骚太盛防肠断，风物长宜放眼量。
> 莫道昆明池水浅，观鱼胜过富春江。

这首诗回顾了毛、柳之间的友谊，接着指出柳亚子之所以有太多的牢骚，是由于眼光看得近，跳不出个人的小圈子，劝他不要回乡隐居了，应留在北平参与建国工作。

柳亚子得诗后，非常感动，立即次韵作答：

> 东道恩深敢淡忘，中原龙战血玄黄。
> 名园容我添诗料，野史凭人入短章。
> 汉鼠唐猫原有恨，唐尧汉武讵能量。
> 昆明湖水清如许，未必严光忆富江。

几天之后，柳亚子又依韵题咏：

> 昌言吾拜心肝赤，养士君倾醴酒黄。
> 陈亮陆游饶感慨，杜陵李白富篇章。
> 离骚屈子幽兰怨，风度元戎海水量。
> 倘遣名园长属我，躬耕原不恋吴江。

柳亚子说毛泽东有海水般的度量，并表示接受毛泽东的规劝，他又把自己比作屈原，这也恰恰反映了柳亚子的直率，不脱书生本色。至于最后一句"倘遣名园长属我"，有人认为是柳亚子向毛泽东要颐和园，则是望文生义，任意曲解。柳亚子的意思是，他十分喜爱颐和园，不舍得移居，也是对毛泽东劝他留在北京的回答。毛泽东对柳亚子是理解的，在5月21日曾写信给柳亚子，其中说道："某同志妄评大著，查有实据，我亦不以为然。希望先生出以宽大政策，今后和他们相处可能好些。"

1949年9月下旬，柳亚子出席了中国人民政治协商会议第一次会议，当选为中央人民政府委员。10月1日，中华人民共和国成立，10月21日，中央人民政府政务院成立，柳亚子任文教委员会委员，后历任华东行政委员会副主席、中央文史馆副馆长。与柳亚子先后来北平的其他南社人，也有投身于新中国的建设中，并担任了重要职务：沈钧儒历任第一任最高人民法院院长、全国人大副主任、全国政协副主席等职；马叙伦历任中央人民政府委员、第一任教育部长、全国政协副主席等职；茅盾历任文联副主席、文化部长、作协主席、全国政协副主席等职；李书城历任全国财经委员会委员、第一任农业部长等职，邵力子历任中央人民政府政务院政务委员、人大常委、政协常委等职；何香凝历任中央人民政府委员、全国人大常委会副委员长、全国政协副主席、华侨事务委员会主任……有时候老朋友相聚，谈起往事，特别是提到南社，就会谓然长叹，因为他们的老朋友于右任还在海峡对岸。

国民党撤离大陆时，于右任本不想离开大陆，因为周恩来已经托屈武给于右任捎话：欢迎于先生来北平。如果北平来不了，那就留在南京不动，等解放军占领南京，再派飞机接他来北平，将来同张澜、李济深、沈钧儒等人一道组织新政

毛泽东和柳亚子

于右任

协。

于右任很感激周恩来的好意，但他对屈武道，他已经走不了了，蒋介石一向怀疑他亲共，早在他的住宅周围布置了特务。现在只能相机行事。

就在解放军过江的第二天早晨，就有一位身着戎装的国民党军官闯进于府，身后还跟着一名武装士兵。来人态度很严肃，说是奉上司令，因为共产党已渡江，请院长即刻离开南京，飞机已经准备好了。

于右任推托自己身体不佳，稍缓再走。

来人竟一点不肯通融，大有于右任不走就要动粗的模样。于右任知道来人肯定奉了特别命令，不然，谁敢对他如此无理。

于右任先去上海，稍事停留，又去了广州，然后到香港，转重庆，绕了一个圈子，就是找不到脱身的机会，一是年已古稀，行动不便；二是蒋介石也防范得紧。1949 年 11 月 29 日，无奈只身一人去了台湾。

在台湾，于右任住在台北青田街 9 号，院落不大，除了几棵老树，就是几盆长年放置的海棠花。在这个寂寞冷落的小院里，于右任度过他生命的暮年。

因为思念故土，思念家乡，于右任的衣食住行都保持着在大陆的习惯。他最爱吃的就是家乡风味的面条。有一次厨师为他专做了大拇指宽的面条，他吃得分外香，还挑起面条炫耀："在我们关中平原，有一句俗话：锅盔如锅盖，面条像裤带。这才是地道的家乡饭呀。"

因为思念故交，每年重阳，于右任必邀集从大陆飘零到台湾的诗人老友相聚，登高北望，赋词吟诗，他有一首《四十七年重九北投侨园》，道不尽对家乡的思念：

年年置酒迎重九，今日黄花映白头。

海上无风又无雨，高吟容易见神州。

登高归来，思绪万千，仍不能平，于是中宵坐起，检点柜箧，搜出《岁寒三友图》，往事历历浮上心头。这幅画乃三十年前所作，犹记得紫金山苍松翠柏，朔风凛冽，于右任与何香凝、经亨颐、陈树人一行共谒正在建造中的中山陵。经于右任提议，四人合作了这幅《岁寒三友图》。何香凝描古梅，陈树人绘苍松，经亨颐画修竹，于右任题诗，诗云：

> 紫金山上中山墓，扫墓来时岁已寒。
> 万物昭苏雷启蛰，画图留作后人看。
> 松奇梅古竹潇洒，经酒陈诗廖哭声。
> 润色江山一枝笔，无聊来写此时情。

想不到三十年后，于右任的一位友人竟在台北一家书肆中偶见当年的《岁寒三友图》，当即重金购回。于右任目睹旧作，不禁生出沧海桑田之感，怀念旧友益切。于是披衣而起，研墨挥毫，他无意中发现，在诗的最后一句，当时竟漏写了一个"时"，于是将漏字补上，并吟诗《怀念大陆及旧友》：

> 三十余年补一字，完成题画岁寒诗。
> 于今怀念寒三友，泉下经陈知不知。
> 破碎山河容再造，凋零师友记同游。
> 中山陵树年年老，扫墓于郎已白头。

于右任的诗很快传开来，《人民日报》也予以刊载。何香凝读后心潮难平，遥念当年岁寒三友，经亨颐、陈树人俱已作古，她与于右任却是相隔两岸，音讯不通。中山陵树木一年老一岁，树犹如此，人何以堪。因此，她劝慰于右任振作起来，其中有诗云：

> 遥望台湾感慨忧，追怀往事念同游。
> 数十年来如一日，国运繁荣度白头。

于右任（中）在台湾

　　然而于右任却难解心头忧结。他是最怕过生日的，因为这意味着进入暮年的他又向生命尽头靠近了一步。他实在是想家呀。

　　有一首诗这样写道：

> 嫩绿新芽次第栽，名园曳杖且徘徊。
>
> 人间佳种知多少，天上晴云自去来。
>
> 老屋翻新村径远，小畦尽艳好花开。
>
> 白头吟望中原路，待我归来寿一杯。

　　像类似情绪的诗句还有许多，如"垂垂白发悲游子，隐隐青山见故乡""夜夜梦中原，白首泪频滴"等等。

　　于右任的这种情绪让大陆方面也很关切。1961年3月，章士钊由香港回北京，说于右任最近在给友人的信中提及，他的妻子仍在大陆，今年就过八十寿辰，可惜他不在大陆，她的生日一定冷落，是会伤心的。章士钊希望总理要注意于右任的这种情绪。

　　周恩来神情很严肃，当即表示："我们不能为这点小事让于先生不安。"随即做出安排，让屈武回西安，以女婿的名义为于夫人祝八十大寿。

　　虽然于夫人的寿辰已过，但根据当地的风俗可以给于夫人补寿。那一天共摆了三桌寿席，在座的还有于右任在大陆时期的好朋友陕西省副省长孙蔚如等等，大家纷纷向于夫人敬酒，场面热热闹闹，宴后，还特意拍照以志纪念。

待屈武回到北京，周恩来又指示他将祝寿情况连同照片一起寄给于右任，让他安心。

可是这封家书如何安全到达于右任手中，却使屈武一筹莫展，因为要让岳父知道周恩来的关心，就必须写上总理的名字。可是他知道蒋介石一向对于右任不放心，若是这封信落在特务手里，遭到扣押还是小事，只怕岳父也会因此遭祸，那就负了总理对于右任的一片关心了。

没奈何，只能去找邵力子商量了，他是于右任的至交好友，两人无话不谈，也许有好的办法。

听说屈武来意，邵力子连道："这有何难，提到总理的地方，你以濂溪先生代之，你的老岳就明白了。"

屈武不解其意。邵力子告诉他，抗战时期他与于右任住在一起，经常谈论历史名人，特别提到那位作《爱莲说》的北宋大儒周敦颐，周敦颐在庐山莲花峰下的小溪上筑室讲学，他以故乡道县都庞岭之濂溪为其小溪命名，所以人称周敦颐为濂溪先生。当年，每与于先生谈到周恩来，都是隐称为濂溪先生。而其他人都不知晓这点小秘密。

当这封信安全转达到于右任手中时，老先生连连拱手以表谢意，他很激动，濂溪先生如此之忙，却没忘了自己。他让来人一定要向濂溪先生表示诚挚的谢悃。

据人回忆，那几日，于右任极为开心，满脸春色，一改往日的愁容。

随着时间的推移，于右任也知道来日无多了。"开国几人在，老诗存几首"，他常常发出这样的悲鸣。那首著名的《望大陆》成了他的临终遗嘱：

葬我于高山之上兮，望我大陆；大陆不可见兮，只有痛哭！
葬我于高山之上兮，望我故乡；故乡不可见兮，永不能忘！
天苍苍，野茫茫，山之上，国有殇！

1964 年 11 月 10 日，于右任病逝于台北，享年 86 岁。

随着 1992 年 97 岁的南社老人郑逸梅的离去，以及 2002 年柳亚子的哲嗣柳无忌先生的逝世，一代英杰终于风流云散。

# 尾声：留住那片云

于右任的去世，意味着南社又倒下了一杆标志性的大旗。而早在6年前，南社3位创立者中最后仅存的柳亚子也因病在北京去世。

柳亚子的追悼会还是很隆重的，治丧委员会由林伯渠、周恩来、宋庆龄、李济深、沈钧儒等30人组成。公祭大会，灵柩两旁，放着毛泽东、刘少奇、周恩来、朱德等送的花圈，大会由刘少奇、周恩来、李济深、沈钧儒、郭沫

柳亚子追悼会

若、陈毅、黄炎培、李维汉、吴玉章、陈叔通主祭。公祭后，起灵时由刘少奇、周恩来等执绋。柳亚子地下有知，也安息了。这是对他的肯定，也是对南社的肯定。

遥想当年，南社发轫于清末，风雨如晦，却从江南水乡深处走来一群读书人，新啼初试，震聋发聩，书生意气，热血青年。他们高擎民族主义大旗，倡言反清复汉，并最终加入孙中山的革命队伍。以笔作戈，在舆论界掀起漫天风暴。

迨至民国初建，南社也进入了兴盛时期，个人日趋成熟，才华日趋显现，文经武纬，政界有黄兴、宋教仁、胡汉民、汪精卫、居正、戴季陶、于右任等一大批精英人士；军界则有柏文蔚、陈其美、范鸿仙等不一而足；报界有叶楚伧、邵力子、邵元冲等翘楚；此外还有教育界的蔡元培、马叙伦；司法界的沈钧儒；艺术界的黄宾虹；都是业内大腕级的人物。此外还有诗坛领袖柳亚子，佛界奇葩李叔同、苏曼殊等等，都为南社增色不少。由此可见，南社对当时中国的影响是全方位的。因此有人说南社"几乎荟萃了当时中国的全部文化精英"。这种评价虽然有些夸大，但南社的确体现了当时中国的全幅文化景观。

随着清王朝的覆灭，南社的统一斗争对象的消失，也因为各人的政治见解的分歧，政治选择出现了多元化和复杂化。因此南社也出现了分化，最明显的例子就是持续了很长一段时间的"宗唐宗宋"之争。其实这不仅仅是文学之争，它背后还有一种政治倾向和态度之争，是南社内部保守势力和进步势力政治斗争的特殊表现形式。

因此，到了北伐以后，由于国共两党意识形态上的巨大分歧，南社成员也随着各人的政治选择而站队。大浪淘沙，接受时代风雨的洗刷。但是有一点须说明，当民族矛盾高于阶级矛盾之时，除了个别投降分子，绝大部分的南社人能够摒弃偏见，以民族利益为重，坚守气节。这也是南社人最看重的一点。

南社是个精英团体，但是，它的人员构成多是旧式知识分子，随着时代的前进，他们表现出了许多的不适应性。从生理方面，也由青年转向壮年、暮年，垂垂老矣，许多人更是墓木已拱。由于时代的变迁，他们已从主角转为配角，淡出了当代人们的视野。然而历史没有遗忘他们，在他们身上流露出来的那种文化底蕴、人格气节，正是中华传统文脉的传承，可以说，中国近代的民主革命、文化变革、传统与变革、现代转型、知识分子运动等都离不开南社这重要一页。正所谓"山回路转不见君，雪上空留马行处"。他们的事迹，依然如空谷回音，余声袅袅。

1978年，改革开放的春风吹醒了中国大地，还历史本来面目。1981年10月9日，首都各界纪念辛亥革命七十周年大会在北京召开，时任中共中央总书记的胡耀邦发表讲话，将陈去病、柳亚子等列为辛亥革命著名的风云人物。他说：

> 在辛亥革命时期，许多爱国志士加入孙中山领导的革命行列，进行了艰苦卓绝的斗争，有的甚至献出了自己的生命。当时著名的风云人物有陆皓东、郑士良、黄兴、章太炎、邹容、陈天华、宋教仁、朱执信、廖仲恺、蔡元培、胡汉民、陶成章、秋瑾、徐锡麟、熊成基、刘静庵、詹大悲、张培爵、吴玉章、陈去病、柳亚子、居正、于右任、李烈钧、蔡锷、朱德、焦达峰、董必武、林伯渠、冯玉祥、续范亭、张奚若、司徒美堂以及其他许多人……[1]

于是，陈去病、柳亚子、黄兴、宋教仁、廖仲恺、居正、于右任等人和南社这个团体重新被人们所认识。

我们的《天下南社》似乎也该告一段落。但是，这不是我们写这本小书的目的。南社是一片浩瀚的森林，其中的每一棵树都值得去研究、探讨，而供后来人庇荫乘凉，绝不是区区几十万字所能概括于万一。

南社的精神，代表了近代知识分子的革命精神，在风雨如磐的时代，一声报晓的鸡鸣声，起到了唤醒国人沉迷的作用。

南社的风骨，就是"铁肩担道义，辣手著文章"。追求着中华民族复兴之路，他们的存在，担负起挽狂澜于既倒的重任。

一部南社人的总集是一部名副其实的新《四库全书》，汗牛充栋，浩如烟海，正因为有了南社人的著作，才令现代文学的天空璀璨夺目。

南社没了，南社人的精神还在，南社人的思想犹存，南社人的著作并没有藏之于深山，只是散见于各个图书馆和私人手中，这是中华民族人文主义的

---

[1]  1981年10月10日《人民日报》

宝贵遗产，总有一天，海纳百川，汇集全部，流传后世，那将是告慰先辈、纪念南社的最好方式。

但愿这一天能早日到来。

# 参考书目

1. 杨天石、刘彦成:《南社》,中华书局,1980年。

2. 杨天石:《南社史长编》,中国人民大学出版社,1995年。

3. 柳无忌编:《柳亚子年谱》,北京中国社会科学出版社,1983年。

4. 柳亚子:《磨剑室诗词集》,上海人民出版社,1985年。

5. 柳无忌编:《南社纪略》,上海人民出版社1983年。

6. 马以君:《南社研究》,中山大出版社,1992年。

7. 孙之梅:《南社研究》,人民文学出版社,2003年。

8. 张明观:《柳亚子传》,社会科学文献出版社,1997年。

9. 吕程、吴增光:《苏曼殊》,漓江出版社,1993年。

10. 林济:《国民党元老居正传》,湖北人民出版社,1993年。

11.《居正文集》(上、下),华中师范大学出版社,1980年。

12. 范小方等:《戴季陶传》,团结出版社,2007年。

13. 马望英:《论戴季陶主义产生的原因及影响》,烟台大学学报(哲社版),2009年1月。

14. 申德成:《戴季陶主义浅谈》,《传承》2008年12期。

15. 刘苹华:《笔雄万夫:叶楚伧传》,近代中国出版社。1986年。

16. 闻少华:《汪精卫传》,团结出版社,2007年。

17. 雷鸣:《汪精卫先生传》,政治月刊出版社,1944年。

18.《茅盾自传》,江苏文艺出版社,1996年。

19. 周友光:《慈悲旅人:李叔同传》,中国友谊出版公司,2012 年。

20. 吴可为:《古道汉亭:李叔同传》,杭州出版社,2004 年。

21.《太白之风:陈望道传》,浙江人民出版社,2006 年。

22. 许友成:《于右任传》,百花文艺出版社 2007 年。

23.《陈布雷集》,东方出版社,2011 年。

24. 张功臣:《民国报人》,山东画报出版社,2010。

25.《邵力子文集》(上、下),中华书局,1985 年。

26.《邵元冲日记》,上海人民出版社,1990 年。

27. 张健:《志同道合:邵元冲、张默君夫妇传》,近代中国出版社,1984 年。

28. 尚明轩:《何香凝传》,人民文学出版社,2012 年。

29. 周兴梁:《廖仲恺和何香凝》,河南人民出版社,1989 年。

30. 许为民:《杨佛杏年谱》,《中国科技史料》1991 年第 2 期。

31. 柳无忌、殷安如编:《南社人物传》,社会科学文献出版社。

32. 冯自由:《革命逸史》,新星出版社,2009 年 1 月。

33. 郑逸梅:《文苑花絮》,中华书局,2005 年 7 月。

34. 郑逸梅:《清末民初文坛轶事》,中华书局,2005 年 7 月。

35. 郑逸梅:《书报话旧》,中华书局,2005 年 7 月。

36. 郑逸梅:《近代名人丛话》,中华书局,2005 年 7 月。

37. 金建陵:《墨痕微恙》,南京大学出版社,2010 年 11 月。

38. 李海珉:《吴江与南社》,2010 年。

39. 张夷编:《南社钩沉》,山东画报出版社,2009 年。

40. 包天笑:《钏影楼回忆录》、《钏影楼回忆录续编》,香港大华出版社,1973 年 9 月。

41. 郑逸梅:《南社丛谈》,上海人民出版社,1981 年 2 月。

42. 李海珉:《南社书坛点将录》,苏州大学出版社,2012 年 8 月。

43. 俞前:《巢南浩歌》(上、下),上海文艺出版社,2010 年。

44. 王晓华、俞前:《秀才造反与民国创立》,上海人民出版社,2011 年 11 月。

45. 曹雪娟主编:《南社百杰》,上海人民出版社,2009 年 10 月。

46. 柳无忌、柳无非编:《自传·年谱·日记》,上海人民出版社,1986年11月。

47. 爱泼斯坦著、符家钦译:《从鸦片战争到解放》,今日中国出版社,1997年6月。

48. 谢春开主编:《宋教仁诗联鉴赏集》,湖南人民出版社,2013年2月,

49. 江苏省政协和淮安市政协文史资料委员会编:《周实阮式纪念集》,1991年。

50. 江苏省政协文史委员会、金陵之声广播电台编:《追寻辛亥》,江苏古籍出版社,2002年12月。

51. 蔡元培著、文明国编:《蔡元培自述》,人民日报出版社,2011年7月。

52. 政协上海市委员会文史资料委员会:《叶楚伧纪念集》,1994年11月。

53. 李松林、王树荫主编:《历届民国总统》,团结出版社,1989年12月。

54. 陈星:《孤云野鹤苏曼殊》,山东画报出版社,1995年12月。

55. 罗永常:《血祭共和——追忆宋教仁》,作家出版社,2011年3月。

56. 李元灿、李育民、迟云飞:《宋教仁传》,国际展望出版社,1992年。

57. 尚明轩、李志奇:《世界大相册(何香凝)》,中共党史出版社,2007年7月。

58. [美]居蜜编著:《居正与近代中国——居氏家藏手稿释读(钟明志著、居浩然注〈我的回忆〉)》,南京大学出版社,2012年。

59.《邹鲁回忆录》、《陈布雷回忆录》,民国丛书第二编,上海书店,1989年。

60. 柏文蔚、姚怀然校注:《柏烈武五十年大事记》。

61. 政协安徽省委员会编:《纪念柏文蔚先生》。

62. 周文晓、沈承庆、朱柽编著:《朱剑芒先生纪念集》,1990年。

63. 毛注青:《黄兴年谱》,湖南人民出版社,1980年10月。

64. 许凤仪、赵尔俊、王虎华:《熊成基传》,1998年2月江苏文史资料第107辑。

65. 蔡德金:《汪精卫评传》,四川人民出版社,1988年4月。

66. 范方镇、韩建国编著:《孙中山传奇》,凤凰出版社、江苏人民出版社,

2002 年 12 月。

67. 周苐棠、秋仲英、陈德和辑：《秋瑾史料》，湖南人民出版社，1981 年 12 月。

68. 宫崎寅藏《孙中山与黄兴初次见面》。

69. 徐宏慧：《金松岑传》，2003 年。

70. 许华：《范鸿仙传》。

71. 万仁国编著：《刘师培年谱》，广陵书社，2003 年 8 月。

72. 任光椿：《辛亥风云录》，湖南人民出版社，2003 年 1 月。

73. 肖杰：《蒋介石与胡汉民》，吉林文史出版社，1995 年 1 月。

74. 林家有、张金超：《文武兼备的革命家朱执信》，广东人民出版社，2008 年 10 月。

75. 路小可：《吴稚晖》，兰州大学出版社，1997 年 4 月。

76. 谢德铣、朱态、王德林、裘士雄编著：《鲁迅在绍兴》，浙江人民出版社，1981 年。

77. 王光远编：《陈独秀年谱》，重庆出版社，1987 年 10 月。

78. 邵黎黎、孙家轩：《我的父亲邵力子》，河海大学出版，1998 年 7 月。

79. 俞前：《毛啸岑》，江苏省政协文史资料。

80. 李根源：《辛亥前后十年杂忆》。

81. 汤伟康：《上海光复与陈其美》。

82. 华德韩：《邵飘萍与五四运动》。

83. 中国第二历史档案馆馆藏北洋政府史料。

84. 中国第二历史案馆馆藏南京国民政府档案。

书中大部分图片由柳亚子纪念馆提供